FJB

P. C. CAST

# SUN Warrior

## Gefährten einer neuen Welt

ROMAN

Aus dem amerikanischen Englisch
von Christine Blum

FJB

MIX
Papier aus verantwortungsvollen Quellen
FSC® C083411

Erschienen bei FISCHER FJB

Die amerikanische Originalausgabe erschien unter dem Titel
›Sun Warrior. Tales of a New World‹
bei Wednesday Books, New York.

Dieses Werk wurde im Auftrag von St. Martin's Press, LLC,
durch die Literarische Agentur Thomas Schlück GmbH,
30827 Garbsen, vermittelt.

Satz: Dörlemann Satz, Lemförde
Druck und Bindung: CPI books GmbH, Leck
Printed in Germany
ISBN 978-3-8414-4022-8

*Dieses Buch ist herzlichst meinen Gefährten gewidmet – einige von ihnen sind immer noch bei mir, andere schon in einer anderen Welt: Badger, Cammy, Chloe, Kirk, Khan, Claire, Kimmy, Khaleesi, Patchy Poo the Pud, Tiberius, Peechia und Xena Warrior Princess Cast. Ihr werdet für immer in meinem Herzen sein.*

# 1

Die Welt bestand aus Rauch. Wie ein Winternebel verdüsterte er die Luft um Mari und Nik, ballte und zerstreute sich in den tückischen Windböen, während in der Ferne wie zum Hohn Donner grollte, der Regen anzukündigen schien.

Mari zeigte nach vorn. »Da! Gleich sind wir am Ufer. Wenn der Wind den Rauch auseinanderweht, kann ich es sehen.«

»Kannst du auch sehen, ob wir anlanden können, oder ist es noch zu felsig?«, fragte Nik schweratmend. Ohne aufzusehen, ruderte er mit aller Kraft gegen die wilde Strömung an. Zu seinen Füßen lag ein großer Schäferhund, der ihn aus klugen, traurigen, bernsteinfarbenen Augen beobachtete.

»Es ist eher schlammig als felsig, und es gibt ziemlich viel Gebüsch, aber darin sollten wir das Boot gut verstecken können«, rief Mari. Neben ihr spähte eine jüngere Ausgabe des großen Schäferhunds mit gespitzten Ohren zum Ufer hinüber und nieste kräftig. Mari lächelte ihrem Gefährten zu und raufte ihm die Ohren. »Ich weiß! Aber dort hinten«, sie wies mit dem Kinn nach Süden, »ist der Rauch noch viel schlimmer.« Dann warf sie über die Schulter einen Blick auf den jungen Mann, der sich so sehr abmühte, sie ans Ufer zu bringen. »Meinst du wirklich, wir sollten hier an Land gehen, Nik? Wir sind immer noch so furchtbar nah an dem Waldbrand.«

Auch jetzt hielt er nicht im Rudern inne, obwohl er schweißgebadet war, sah sie allerdings grimmig an. Es quälte sie, welche Trauer in seinem Blick lag –, weil sie sie so gut verstand. An diesem Morgen hatte er seinen Vater verloren. Und sie vor wenigen Wochen ihre Mutter. Vielleicht würden sie irgendwann die Zeit finden, gemeinsam zu trauern und daraus Trost zu schöpfen. Im Moment jedoch war ihnen die geteilte Trauer keine Hilfe, nicht, wo Gefahr sie ebenso dick und schwer umwaberte wie der Rauch.

»Tut mir leid, Mari.« Nik zögerte einen Moment. »Ich steige hier aus. Lasst ihr euch weiter mit der Strömung treiben, bis ihr den Rauch hinter euch habt. Laru soll bei euch bleiben. Ich finde euch schon wieder, wenn das hier vorbei ist.«

Mari starrte ihn entgeistert an. Schließlich begriff sie, was er meinte. Heftig schüttelte sie den Kopf. »Nein, Nik! Du kannst doch nicht –«

Sie verstummte, weil er ein Ruder losließ und ihre Hand packte. »Ich muss. Ich muss zu meinem Volk. Vielleicht kann ich irgendwas für es tun – keine Ahnung, egal was.«

»Aber dieser Thaddeus! Bei dem Rauch und der ganzen Verwirrung wäre es ein Leichtes für ihn, dir einen Pfeil in den Rücken zu jagen. Wenn du tot bist, hilft es deinem Volk auch nicht.«

»Thaddeus wird alle Hände voll zu tun haben, die Stadt vor dem Feuer zu retten, da wird ihm keine Zeit für mich bleiben. Aber ich passe auf mich auf«, versicherte Nik ihr.

Mari schloss die Augen und bemühte sich, Ruhe zu bewahren. Sie würde sich jetzt nicht ausmalen, was Nik zustoßen könnte. Sie würde sich nicht von Angst um ihn übermannen lassen. Sie würde ihm nicht im Weg stehen.

Dann öffnete sie die Augen und sah ihn an. »Nimm du Laru

mit. Er soll auf dich aufpassen, wenn du zu sehr danach Ausschau hältst, wie du helfen kannst.« Tapfer lächelte sie Nik und den großen Schäferhund neben ihm an.

»Ich weiß nicht, ob ich ihm das zumuten will. Vielleicht sind seine Pfoten verbrannt. Schau, hier ist sein Fell versengt, das sieht zwar nicht so schlimm aus, doch ich will wirklich nicht, dass er –« Er brach ab, denn Laru bellte ungeduldig das Ufer an, als wollte er diesem befehlen, näher zu kommen.

So unbeschwert wie möglich sagte Mari: »Schau, Laru stimmt mir zu. Nie im Leben lässt er dich allein gehen!«

»Na gut, von mir aus. Aber erst mal müssen wir ans Ufer.« Nik beugte sich vor, packte wieder beide Ruder und steuerte auf das schlammige Ufer zu. Mari umarmte ihren eigenen Gefährten – Larus Sohn – und schöpfte Trost und Kraft aus dem Band, das sie auf ewig miteinander verbinden würde. Nur zu gut verstand sie Niks Wunsch, nach Hause zu eilen und zu versuchen, möglichst viele seines Volkes vor dem schrecklichen Waldbrand zu retten, der dabei war, dessen faszinierende Stadt in den Bäumen zu verschlingen. Sie wünschte nur, das brächte ihn nicht in solche Gefahr. Sie zog Rigel an sich. *Ich habe ihn gerade erst gefunden. Ich will ihn nicht schon wieder verlieren – ich habe doch in letzter Zeit schon so viel verloren.* Rigel winselte leise und leckte ihr die Wange, während das kleine Boot knirschend aufs Ufer auflief.

Eilig sprang Nik hinaus und zog es höher auf den schlammig-felsigen Grund. Laru und Rigel folgten ihm; zuletzt half er Mari auszusteigen. Flankiert von den beiden Schäferhunden stiegen sie Hand in Hand die Uferböschung hinauf. Oben schlängelte sich ein schmaler Wildwechsel am Wasser entlang. Ohne sich loszulassen, standen sie da, während Nik zu Atem kam und den Pfad entlangblickte, als könnte er durch den Rauch seine brennende Stadt erkennen.

»Soll ich mitkommen?«, fragte Mari leise.

Alarmiert sah er sie an. »Nein!« Dann bezähmte er sich und fuhr ruhiger fort. »Nein. Die würden vielleicht dich für das Feuer verantwortlich machen.«

Sie verzog das Gesicht. »Ich war überhaupt nicht in der Nähe dieser Käfige, als sie Feuer fingen.«

»Ich weiß. Und du weißt es auch. Thaddeus wird das allerdings garantiert anders darstellen. Ich will das unbedingt klären, aber nicht heute. Heute muss der Brand bekämpft werden. Übrigens – da war so eine seltsame Gestalt im Rauch.«

Maris Pupillen weiteten sich. »Du hast sie auch gesehen?«

Er nickte. »Mir kommt's schon fast wie ein Traum vor, doch ich könnte schwören, dass die Flammen und der Rauch kurz aussahen wie eine Frau.«

»Nicht wie eine Frau«, berichtigte sie. »Wie eine Göttin.«

Nik hob eine Schulter. »Okay. Vielleicht. Für Göttinnen bist du die Expertin.« Statt der Anklage, die Mari zu hören befürchtet hatte, lag milde Neugier in seinem Ton.

»Nicht ich. Die Expertin auf dem Gebiet war Mama. Zu mir hat die Erdmutter nie gesprochen – an mir schien sie nicht interessiert.«

Er lächelte bitter. »Heute war sie interessiert. Sie hat dich gerettet.«

»Uns«, sagte Mari mit fester Stimme. »Falls es wirklich die Göttin war und nicht nur ein seltsamer Zufall, durch den sich aus Wind und Feuer diese Frauengestalt bildete, hat sie uns alle vier gerettet. Vielleicht – vielleicht würde sie es ja noch mal tun. Vielleicht sollte ich doch mitkommen und dir helfen.«

»Nein«, wiederholte Nik. »Das sind mir zu viele Vielleichts. Das riskiere ich nicht. Du darfst –« Ihm versagte die Stimme. Mit einem tiefen Atemzug wischte er sich den Schweiß von der Stirn. »Dir darf nichts passieren, Mari. Verstehst du?«

Sie senkte den Blick. »Ja. Ich verstehe.«

»Gut.« Sein Atem wurde leichter, seine Schultern entspannten sich. »Wir gehen jetzt, Laru und ich. Sobald ich das Gefühl habe, dass ich definitiv nichts mehr tun kann, kommen wir zu dir an deinen Bau.«

»Bitte, bitte sei vorsichtig.«

Er legte ihr den Finger unters Kinn und hob es an, damit sie ihn ansehen musste. »Dir ist klar, warum ich gehen muss, oder?«

Sie blinzelte die aufsteigenden Tränen weg und nickte. »Weil dort deine Freunde sind. O'Bryan und Sheena. Die musst du versuchen zu retten.«

Er lächelte matt. »Ja, und nicht nur sie. Mari, in meinem Volk gibt's so viele gute, freundliche Leute. Ich weiß, dir kommt es nicht so vor, aber – es ist wie mit deiner Freundin Sora.«

»Sora? Wie meinst du das?«

»Na ja, das Erste, was ich von Sora mitbekam, war, dass sie mich töten oder zumindest einfach an meinen Wunden sterben lassen wollte. Weil sie in mir nur den Feind sah. Erst später sah sie wirklich mich. Verstehst du, genauso ist es mit meinem Volk. Vertrau mir, Mari. Bitte.«

Mari holte tief Luft. »Ich vertraue dir. Du hast meine volle Unterstützung – und Rigels. Rette deine Freunde, Nik. Und dann komm zu mir zurück.«

»Das tue ich. Ich schwöre es dir, Mari.« Er nahm ihr Gesicht zwischen die Hände und drückte seine Lippen auf ihre. In seinem Kuss schwangen Rauch, Schweiß und Trauer mit. Sie zog ihn an sich, versuchte, ihn durch ihre Berührung zu stärken, zu ermutigen, ihm so viel Kraft zu geben wie möglich, damit er wohlauf zu ihr zurückkehren würde.

Schließlich löste sie sich aus dem Kuss und schmiegte die Wange an seine Brust. »Gut. Ich warte auf dich.«

Nik hielt sie noch einen Moment fest, dann ließ er sie los, drehte sich um und begann, den Wildwechsel entlangzusprinten, Laru an seiner Seite. Nicht lange, und der mit Rauch umhüllte Wald hatte ihn verschlungen.

Rigel winselte leise. Mari kniete sich neben den kräftigen Welpen, legte ihm die Arme um den glänzend schwarzen Hals und schmiegte das Gesicht in sein dichtes, weiches Fell. »Ich weiß. Ich weiß. Ich habe auch Angst um sie. Aber Nik hat recht. Es wäre wahrscheinlich eher problematisch als hilfreich, wenn wir mitkämen. Außerdem müssen wir zu Sora. Wenn der Wind umschlägt, könnte der Brand sich bis auf unser Gebiet ausbreiten. Und wir müssen nach den geflohenen Frauen vom Inselhof suchen. Die brauchen vielleicht unsere Hilfe.« Noch einmal drückte sie ihren Schäferhund und küsste ihn auf den Kopf, ehe sie ihn losließ. »Okay, gehen wir.«

An einem kleinen Bach auf Stammesgebiet, der Nik selbst in dieser dunklen, rauchverhangenen Welt vertraut vorkam, hielt er an. Er riss sich einen Stoffstreifen aus der Tunika, ließ ihn sich völlig mit Wasser vollsaugen und spritzte auch sich selbst über und über nass. »Laru, leg dich ins Wasser. Gegen dieses Feuer brauchen wir jeden nur möglichen Vorteil.«

Gehorsam sprang der große Schäferhund in den Bach und

legte sich hinein, bis nur noch Nase, Augen und die Spitzen seiner glänzend schwarzen Ohren herausschauten.

»Super. Braver, kluger Junge. Ich hab dich so lieb, Laru. Ich hab dich so lieb.« Nik nahm sich einen Moment Zeit, um Laru zärtlich den Kopf zu streicheln. Der Schäferhund sah zu ihm auf. Trauer, Bedauern und bedingungslose Liebe strömten auf Nik ein, brachten ihm die volle Bedeutung ihrer neuen Verbindung zu Bewusstsein. Dort, mitten in dem klaren Bach, kniete er sich neben Laru und schaute ihm in die bernsteinfarbenen Augen. »Ich vermisse ihn auch. Das werde ich immer tun.«

Lähmende Trauer drohte sich über ihn zu legen. Noch vor wenigen Stunden war sein Vater Sol, Sonnenpriester und Anführer des Stammes des Lichts, mit seinem Gefährten Laru, dem unangefochtenen Leitrüden im Stamm, aufrecht und stark den Stammesleuten Thaddeus und Cyril entgegengetreten, hatte gegen die Voreingenommenheit und Ignoranz des Stammes argumentiert, Mari verteidigt und auf die Freilassung der Erdwanderinnen gedrängt, die der Stamm seit Generationen versklavte.

Der weise, tapfere Sol hatte gehandelt, wie er es als richtig erkannt hatte. Ohne auch nur einen Augenblick zu zögern, hatte er Mari das Leben gerettet – und das eigene dafür gegeben.

Niemals würde Nik diesen Moment vergessen. Thaddeus, wie er die Armbrust hob und auf Mari zielte – Sol, wie er Mari aus dem Weg stieß, so dass der für sie bestimmte Pfeil sein eigenes Herz durchbohrte. Und dann das Feuer, das den Steg, die schwimmenden Häuser und die Leiche seines Vaters verschlang. Das beinahe auch Laru verschlungen hätte.

Sanft hob Nik den Kopf des massigen Schäferhundes. An Larus Schnauze waren erste silberne Härchen zu sehen, aber er war gesund und stark, sein Fell dick und glänzend. Seine besten Jahre hatte er noch vor sich.

»Danke, dass du mich erwählt hast und nicht mit Vater gestorben bist«, sagte Nik leise. Seine Stimme brach, und langsam rollten Tränen über seine Wangen. Zu seinen frühesten Erinnerungen zählten Tagträume davon, wie ihn einst ein Schäferhund zum Gefährten fürs Leben erwählen würde – jene Wahl, die weder vorherzusehen noch zu manipulieren oder rückgängig zu machen war. In den letzten Jahren hatte er stets gehofft, es werde einer von Larus Welpen sein; eine Weile war es sogar Rigel gewesen, auf dem seine Hoffnungen geruht hatten.

Nie, nicht einmal eine Sekunde, hätte Nik sich träumen lassen, dass Laru den lebensprühenden, kerngesunden Sol überleben und ihn als Gefährten annehmen würde.

»Von einem Schäferhund erwählt zu werden war immer mein größter Traum. Nun, da er wahr geworden ist, würde ich ihn am liebsten zurückgeben. Ich würde sofort auf alles verzichten, wenn nur Vater wieder lebte.« Gemeinsam senkten Mensch und Hund die Köpfe, teilten einen Moment der Qual und des Verlusts. Laru war es, der den Bann der Verzweiflung brach. Abrupt stand er auf, schüttelte sich das Wasser aus dem Fell und sprang auf den Pfad zurück, der sie zu ihrer Stadt führen würde.

Voller Liebe und Ermutigung sah er seinen neuen Gefährten an und bellte auffordernd.

Nik blickte Laru in die Augen und erahnte darin eine Zukunft – eine Zukunft, geboren aus der Asche eines kaltherzig ausgelöschten Lebens –, die vielleicht heller leuchten konnte als die Sonne seines Vaters. Falls Nik die Kraft hatte, sich aus der Asche zu erheben und diese Zukunft zu gestalten.

Vor seinem inneren Auge sah er Maris graue Augen, und er wusste: Er würde diese Kraft haben müssen. Um seines Vaters und Larus willen, um Maris, Rigels und ja, auch um seiner selbst willen.

Stumm schwor er sich und seinem neuen Gefährten: *Ja, ich habe die Kraft!*

»Okay. Wir schaffen das!« Nik schlang sich den triefenden Tuchstreifen um Mund und Nase, band ihn im Nacken fest und folgte seinem Schäferhund.

In gleichmäßigem Tempo liefen sie weiter. Der Wind hatte aufgefrischt und trug fernes Donnergrollen an ihre Ohren. Auf einer Anhöhe wartete Laru, bis Nik ihn eingeholt hatte, und sie blieben schweratmend stehen. In diesem Moment heulte der Wind unheilvoll und drehte sich.

Zuerst war Nik froh, dass der Rauch nun von ihm weggeweht wurde, und sog wie Laru tief die kühle, saubere Luft ein. Und dann blieb sie ihm in der Kehle stecken, als der Rauch noch mehr ausdünnte und den Blick auf lichterloh brennende Häuser und Stege in den Baumkronen freigab. Der ganze nördliche Teil der Stadt stand in Flammen. Nik sah jedoch, dass es seinem Stamm gelungen war, einige der großen, uralten Kiefern zu fällen – Kiefern voller kostbarer Wohnnester – im Bemühen, eine Schneise gegen das anrückende Inferno zu schlagen. Und es schien Wirkung gezeigt zu haben, vor allem nun, da sich der Wind gedreht hatte und vom Herzen der Stadt wegwehte.

Dennoch hatte der Stamm bereits einen unvorstellbar hohen Preis bezahlt.

»Nein«, flüsterte Nik entsetzt und noch einmal: »Nein.« Übelkeit stieg in ihm hoch. Er sank in die Knie und sah unter bitteren Tränen machtlos zu, wie das Feuer sein Volk und die einzige Heimat verschlang, die er je gekannt hatte.

Laru schmiegte sich an ihn. Nik legte trostsuchend den Arm um den großen Hund, fand Halt in dessen Kraft und Liebe. »Ich muss das aufhalten, Laru. Irgendwie muss ich das aufhalten!«

Laru winselte kummervoll, schüttelte dann aber jedes Anzeichen von Trauer ab. Mit einem scharfen Bellen löste er sich aus Niks Umarmung, trabte ein paar Schritte den Pfad entlang und drehte sich fragend um.

»Hast recht, mein Großer. Hier auf den Knien kann ich überhaupt nichts aufhalten.«

Mit Laru an der Seite hetzte Nik weiter. Nicht lange und ihm kamen die ersten rußbedeckten verängstigten Stammesbrüder und -schwestern entgegen. Manche hatten Verbrennungen erlitten, andere Prellungen oder sonstige Wunden. Blindlings hasteten sie dahin, als seien ihre Seelen von dem Inferno hinter ihnen verschlungen worden.

Eine Frau jedoch brach aus der Schar aus und stolperte auf ihn zu. »Nik! O Nik, du bist ja immer noch am Leben.«

Automatisch nahm er sie am Ellbogen. Sie war so von rußgeschwärztem Schweiß überzogen, dass er sie erst erkannte, als ihr Schäferhund Laru begrüßte.

»Sheena! Captain und du habt es geschafft, wie gut! Hast du O'Bryan gesehen?«

Um Atem ringend nickte Sheena, während weitere Stammesleute an ihnen vorbeiwankten wie Schlafwandler in einem Albtraum. »Als ich ihn zuletzt sah, war er putzmunter.« Bitter wies sie auf den in Flammen stehenden Wald hinter sich. »Aber er ist dorthin zurückgegangen. Er sagte, er höre Falas Welpen fiepen.

Er – er wollte sie retten.« Sie unterdrückte ein Schluchzen. »Wie will er das machen? Wie soll überhaupt irgendjemand das hier überleben?«

Nik packte sie an den Schultern und zwang sie, ihm in die Augen zu sehen. »Sheena, atme tief durch und beruhige dich. Los! Unser Volk braucht dich.«

Mit zitternder Hand wischte Sheena sich Schweiß, Ruß und Tränen vom Gesicht. »Ja. Natürlich. Du hast ja recht.« Noch etwas unsicher nickte sie. Dann fixierte sie Nik wie einen Rettungsanker. »Wie kann ich helfen?«

»Die Richtung, in die ihr geht, ist gut. Führ die anderen auf diesem Pfad zum Kanal. Wenn der Wind sich wieder dreht, kann das Feuer auch auf diesen Teil des Waldes übergreifen. Der Kanal ist eure einzige Rettung.«

»Aber am Kanal gibt's nichts zu essen und keinen Unterschlupf. Und so viele sind verletzt. Was soll ich da tun? Nik, ich glaub nicht, dass jemand von den Heilern lebend rausgekommen ist. Sie haben sich geweigert, die schwerkranken Patienten im Heilernest allein zu lassen. Ich habe sie schreien gehört. Ich glaube, ich werde sie bis an mein Lebensende schreien hören.«

Nik schüttelte sie. »Hör auf! Denk jetzt nicht daran. Auf der letzten Späherkanzel vor dem Kanal lagern ein paar Vorräte, das weißt du doch. Hol sie. Und wenn die Heiler tot sind, müssen wir eben selbst tun, was wir können.«

»Wo ist denn diese Mari, die Captain gerettet hat – und O'Bryan ja auch? Sie ist doch Heilerin. Und Sol? Wo ist unser Sonnenpriester?«

Nik zwang sich, ruhig und gefasst zu klingen. »Mari musste zurück zu ihrem Volk gehen. Und Sol ist tot.«

Sheenas Pupillen weiteten sich vor Schock. Wie in Trance

schüttelte sie den Kopf. »Tot? Sol? Nein. Unmöglich. Selbst die Sonne hat sich gegen uns gewandt!«

»Hör mir zu, Sheena. Was hier passiert, hat nichts mit der Sonne zu tun. Nur mit der Machtgier und den Vorurteilen der Menschen. Aber ich habe keine Zeit, das genauer zu erklären. Nur eines: Thaddeus ist gefährlich und unberechenbar. Er hat Vater umgebracht.«

»Was? Wie das?«

Nik schüttelte den Kopf. »Das erkläre ich dir später. Du darfst ihm jedenfalls nicht trauen und vielleicht auch Cyril nicht. Ich weiß nicht, wie sehr Thaddeus ihn schon beeinflusst hat. Sheena, unser Volk braucht Leute wie uns beide. Sammle so viele wie möglich am Kanal. Ich schicke euch jede Hilfe, die ich finden kann. Vorräte lagern übrigens auch auf der alten Meditationsplattform. Die liegt so weit von der Stadt entfernt, dass das Feuer sie hoffentlich nicht erreicht hat.« *Noch nicht*, fügte Nik in Gedanken hinzu, sprach es jedoch nicht aus. »Ich versuche, dafür zu sorgen, dass jemand euch diese Vorräte bringt.«

»Gut. Also, ich führe unsere Leute zum Kanal. Und – und ich hole die Notvorräte von der Späherkanzel und hoffe, dass du uns wirklich die Sachen von der alten Meditationsplattform schickst. Aber, Nik, was machen wir, wenn es heute Abend dunkel wird? Die meisten sind verletzt, manche schwer. Wenn der Schwarm das Blut riecht, werden wir –«

»Reiß dich zusammen! Eines nach dem anderen. Bis es dunkel wird, dauert es noch Stunden. Ihr habt massenhaft Zeit, um einen Schutzwall zu bauen oder, falls nötig, Reisekokons und Hängematten in die Bäume am Kanal zu hängen. Du schaffst das. Das weiß ich.«

Zweifelnd nickte Sheena. »Okay. Ich kann das. Ich schaffe das. Aber beeil dich, Nik. Viele der Verletzten halten sich nur noch durch schiere Angst aufrecht. Irgendwann werden sie zusammenbrechen, und zwar total. Und außer ihnen Nahrung und Wasser zu besorgen und ihnen Ruhe zu verschaffen, habe ich keine Ahnung, was ich für sie tun könnte.«

»Ich lasse dich nicht hängen, versprochen«, versicherte Nik ihr. »Komm, Laru!« Während er an der Kolonne der Verwundeten vorbeirannte, hörte er noch, wie Sheena diese zu ermutigen und zum Kanal zu lotsen begann, ihnen zuredete, sie seien ja bald in Sicherheit.

Er biss die Zähne zusammen und betete stumm, sein Vater möge ihm für den Albtraum, dem er entgegeneilte, etwas von seiner Weisheit und Kraft borgen.

# 2

Kurz vor der Stadt, wo der Wald bereits wieder ein gut vertrauter Freund war, verließen Nik und Laru den Pfad und schlugen sich schnurgerade die Anhöhe hinauf in Richtung Zentrum. Der beißende Rauch beizte Niks Kehle und wurde zu einem konstanten bitteren Geschmack im Mund. Neben dem ersten der Baumriesen, die dem Stamm Unterkunft boten, hielten sie an. Der wirbelnde Rauch raubte Nik kurz die Orientierung. Dann vertrieb der ständig wechselnde Wind das Grau – und in diesem Moment tauchte daraus eine schreiende Gestalt auf. Es war eine Frau, die einen schwarzen Terrier an sich drückte und deren ganze Tunikarückseite in hellen Flammen stand.

Nik rannte auf sie zu. »Anhalten! Ich kann dir helfen, aber du musst –« Laru schnellte voraus, sprang die brennende Frau an und riss sie zu Boden. Der Terrier rutschte ihr aus den Händen. Nik zerrte sich das Hemd vom Leib, breitete es über sie und klopfte das Feuer aus.

»Fala!«, schrie die Frau verzweifelt. »Fala!«

Nik wagte, einen Blick zur Seite zu werfen, wo sich der kleine Terrier zitternd vor Schock an Laru drückte. »Rose, ich bin's – Nik. Fala geht's gut. Laru hat sie. Halt still, damit ich das Feuer löschen kann. Und ich muss schauen, wie schlimm du verletzt bist.«

Rose verhielt sich reglos, drehte aber den Kopf, um mit gequältem Blick Fala ansehen zu können. »Ihre Welpen. Falas Welpen. Sie sind noch da drin.« Ihre Stimme brach, und Tränen strömten ihr über die Wangen. »O'Bryan wollte sie retten, aber da fiel ein brennender Ast vom Nachbarbaum auf meinen, und alles stand in Flammen.«

»Wo ist er? O'Bryan?«

Mit zitternder Hand deutete Rose auf den Wall aus Rauch und Hitze. »Da drin. Sie sind alle noch da drin.«

Nik kniete sich neben sie. »Kannst du dich aufsetzen?«

Sie nickte und stemmte sich mit seiner Hilfe hoch. Fala wankte auf ihre Gefährtin zu, und Rose zog den kleinen Terrier auf den Schoß. »Wie schlimm ist es?«, fragte sie.

»Ich bin kein Heiler, doch ich glaube, es geht. Deine Tunika ist hin, hat allerdings das Schlimmste abgehalten. Kannst du laufen?«

»Ich glaube schon. Aber ich lasse die Welpen nicht im Stich.« Mit Fala im Arm kämpfte Rose sich auf die Beine. »Ich muss da noch mal rein. Ich muss sie retten.«

Nik legte ihr die Hand auf die Schulter. »Ich mache das. Nimm du Fala und geh zum Kanal. Weiter vorn führt schon Sheena ein paar Leute dorthin. Ich sorge dafür, dass ihr Hilfe bekommt. Und jetzt suche ich O'Bryan und die Welpen und bringe sie dir.«

Sie sah ihn aus weit offenen, glasigen Augen an. »Wenn der Wurf verloren ist, wird das Fala umbringen – und das wird mich umbringen. Das habe ich auch zu O'Bryan gesagt, als er mir zu Hilfe kam. Es tut mir leid, Nik, ich wollte nicht, dass er ebenfalls stirbt.«

»Er ist nicht tot. Und Falas Welpen auch nicht. Du bringst dich jetzt in Sicherheit. Überlass alles andere mir.«

»Wo ist denn Sol? Warum hat er das Feuer nicht aufgehalten?«

Nik ignorierte die Frage. »Alles wird gut. Das Feuer wird noch aufgehalten.« Dann drehte er Rose in Richtung des Pfads zum Kanal. »Geh. Ich komme mit den Welpen nach.«

Langsam nickte Rose. »Wenn du sie rettest, rettest du auch Fala und mich.« Mit dem zitternden Terrier in den Armen stolperte sie davon.

Nik sah Laru an. »Wir müssen O'Bryan finden!« Der große Schäferhund gab ein Wuff von sich. Ohne Zögern schritt er Nik voran in das wirbelnde Grau des Rauchs hinein.

Schon nach ein paar Schritten drehte Laru ruckartig den Kopf, bellte energisch und nahm eine Abzweigung nach links. Nik hatte Mühe, mit dem kräftigen Hund mitzuhalten. »O'Bryan? Bist du da? Melde dich!«, brüllte er.

»Hier! Hier!«, kam es aus dem dichten Rauch.

Laru schoss davon, und Nik verlor ihn endgültig aus den Augen. »O'Bryan!«, schrie er noch einmal.

»Hier, Nik! Hier!«

Nik schlug die Richtung ein, aus der die Stimme und Larus Gebell kamen, und dann musste er sich an einem heruntergefallenen Ast festhalten, um nicht über Laru und den knienden jungen Mann neben ihm zu stolpern.

Mit einem ungläubigen Grinsen auf dem schweißverklebten, leicht versengten Gesicht sah O'Bryan zu ihm auf. »Du tauchst doch immer wieder an den verrücktesten Orten auf. Aber schön, dass du da bist.«

Nik kniete sich neben den jungen Burschen, der ihm mehr Bruder als Cousin war. O'Bryans Tunika hatte seltsame Ausbeulungen, und er schlang die Arme um sich, als müsse er seinen Leib zusammenhalten. Nik durchzuckte Angst. »Wo bist du verletzt? An der Brust? Hast du Verbrennungen?«

»Nein, nein. Alles gut. Ich musste nur zu Atem kommen. Die Kleinen sind viel schwerer, als sie aussehen.«

Da erst fiel Nik auf, dass O'Bryans Tunika sich bewegte. Dieser lockerte die Arme, die rot und von Blasen übersät waren, und darunter kamen fünf kleine schwarze Schnauzen zum Vorschein, die sich in die rauchgeschwängerte Luft reckten.

»Falas Welpen! Du hast sie tatsächlich gerettet.«

»War auch mal nötig. Du und Sol könnt schließlich nicht die einzigen Helden in der Familie sein.«

Nik unterzog ihn einer schnellen Musterung und wusste nicht, ob er ihn umarmen oder ihm eine scheuern sollte. »Deine Arme sind verbrannt – und dein Gesicht. Kreuz-Käferklöten, was hast du dir nur dabei gedacht? Gestern Abend warst du noch so gut wie tot von der Fäule!«

O'Bryan grinste. »Stimmt. Der Waldbrand hat sich echt keinen guten Zeitpunkt ausgesucht.«

Maßlos erleichtert sank Nik neben ihn. Laru drängte sich zwischen sie, um an den zappelnden Terriern zu schnuppern. »Sind alle Welpen wohlauf?«

»Ja. Wir müssen nur Rose und Fala finden. Die haben wir verloren, als der Baum Feuer fing. Fala war total in Panik und Rose nicht viel weniger.«

»Ihnen geht's gut. Ich habe sie runter zum Kanal geschickt. Sheena führt schon einige Verwundete dorthin. Ich will ihnen ein paar lebensnotwendige Sachen zukommen lassen, und –«

Wieder drehte der unheilvolle Wind, zerrte an Niks Haar und wirbelte mit fast menschlichem Stöhnen Rauch, Funken und Hitze um sie auf. Seine Gier, die Stadt des Lichts zu verschlingen, schien stetig zuzunehmen.

Nik versuchte, mit einem raschen Rundumblick abzuschätzen, wohin die Flammen sich jetzt ausbreiten würden. »Der Wald wird noch komplett abbrennen! Als würde der Wind das Feuer absichtlich anfachen.«

Aus O'Bryans Ton schwand alle Leichtigkeit. »Nik, Sol muss dringend zur Schneise gehen und Sonnenfeuer herabrufen, bevor die Mutterbäume verbrennen.«

»Sol ist tot.«

O'Bryan runzelte die Stirn und schüttelte flüchtig den Kopf, wie um sich körperlich der Worte seines Cousins zu entledigen. »Wie bitte?«

»Vater ist tot«, widerholte Nik sehr langsam, damit ihm die Stimme nicht versagte.

In den Augen seines Cousins begannen Tränen zu glänzen. »Wie das?«

»Thaddeus hat ihn erschossen.«

»Warte! Nein! Ein Gefährte hat unseren Sonnenpriester erschossen? Das – das geht doch nicht. So was ist noch nie passiert!« Er packte Nik an der Tunika und schüttelte ihn. »Das muss ein Irrtum sein!«

Nik schloss die Hand um O'Bryans Faust. »Nein. Ich war dabei. Thaddeus wollte Mari töten. Vater hat ihr das Leben gerettet.«

»Mari? Aber die ist doch wichtig! Sie kann die Fäule heilen!«

»Das war Thaddeus egal. Und Cyril auch. Alles, was für die beiden zählte, war, dass die Erdwanderinnen unsere Sklaven bleiben.«

»Cyril war dabei? Das ist doch absurd. Ist es auf dem Inselhof passiert? Wollte Mari die Dreckwüh- oh, sorry, die Erdwanderinnen befreien?«

»Sie wollte sie nicht gleich befreien, sondern erst mal von der Traurigkeit heilen, an der sie bei uns sterben. Irgendwie hat Thaddeus das spitzgekriegt und Cyril und ein paar Krieger zusammengetrommelt. Ich habe keine Ahnung, welchen Stuss er ihnen über Mari und Vater erzählt hat. Sie haben uns angegriffen. Dabei ist das Feuer ausgebrochen. Es ist dann über den Kanal hinweg auf den Wald übergesprungen.«

»Kaum zu glauben, wirklich.« O'Bryans Blick wanderte zu Laru, dann wieder zu Nik.

Nik sah die Frage darin. »Laru hat sich entschieden, nicht mit Vater zu sterben. Er hat mich erwählt. Wir sind jetzt Gefährten.« Der große Schäferhund lehnte sich an Nik und sah voller Liebe zu ihm auf.

»Ich kann's immer noch nicht glauben. Oder begreifen.«

Nik umarmte Laru kurz und sah wieder O'Bryan an. »Ich erzähl's dir später genauer. Zuerst müssen wir dem Stamm helfen.« O'Bryan nickte finster, woraufhin Nik fortfuhr: »Hast du Wilkes gesehen? Die Krieger? Oder Thaddeus?«

»Nur Wilkes und Odin. Sie waren als Erste hier oben und haben den Feueralarm ausgelöst. Er sagte, die Jungen, Alten und Kranken sollten fliehen und der Rest zum Dachsbach kommen. Dort wollen sie eine große Brandschneise schlagen.«

Nik nickte. Es war sinnvoll zu versuchen, den Brand an ihrer Hauptwasserquelle aufzuhalten. Der Dachsbach war ein schnelles und ergiebiges Nebenflüsschen des Willum, das tief in den Scheidebergen im Nordwesten entsprang und rein und kühl mitten durch die Stadt strömte. Um den Bach herum hielt der Stamm den Boden stets frei von jeglichem Gestrüpp und

Geröll. »Die Ufer sind schön kahl, und dass mittendrin ein tiefer, breiter Bach fließt, hat Vorteile. Da könnte eine Schneise funktionieren«, überlegte er.

»Nicht ohne einen Sonnenpriester, der Sonnenfeuer herabrufen kann«, widersprach O'Bryan ihm.

»Wir haben keinen Sonnenpriester mehr«, sagte Nik bedächtig.

»Dann sind wir verloren.«

»Nicht unbedingt. Ich habe vielleicht eine Idee.«

»Denkst du an Mari?«

»Nein! Sie darf nicht herkommen – nicht jetzt. Thaddeus würde sie töten.«

»Aber, Nik, sie hat Sonnenfeuer herabgerufen, als ihre Mutter –«

Nik schnitt ihm das Wort ab. »Nein! Das heißt ja, schon, aber sie weiß nicht mehr, wie. Ich weiß nicht, ob sie es jetzt wieder könnte, vom Kontrollieren ganz zu schweigen. Sie wusste nicht mal, wie man die Energie der Sonne in sich aufnimmt, bis ich es ihr gezeigt habe. Ich dachte eher an die Ältesten und an Krieger wie Wilkes – und sogar mich selbst. Wenn ich mich anstrenge, kann ich einen Becher Wasser zum Sieden bringen. Und du weißt ja, ein paar von den Ältesten können Funken hervorrufen, um eine Kerze oder ein Kaminfeuer zu entzünden.«

O'Bryan sah skeptisch drein. »Das ist aber noch lange kein richtiges Sonnenfeuer.«

»Das weiß ich auch. Aber was, wenn sich mehrere Leute zusammenschließen, die Kleinkram können wie Wasser erwärmen und Funken erzeugen und so? Vielleicht können wir ja mit vereinten Kräften Sonnenfeuer herabrufen?«

»Klingt wie eine Frage, die man dem Sonnenpriester stellen müsste.«

»Wir haben aber keinen Sonnenpriester und keine Zeit für Fragen. Wir müssen handeln, und genau das tue ich jetzt«, sagte Nik. »Nimm du die Welpen. Geh zum Pfad, der am Kanal entlangführt. Weißt du, welchen ich meine?«

O'Bryan nickte »Ja.«

Nik deutete über die Schulter. »Wenn du da langgehst, stößt du auf ihn, nachdem du einen kleinen Bach überquert hast. Irgendwo dort sind Sheena und Rose und die anderen. Nimm alle mit, denen du begegnest, und hilf am Kanal mit, eine Art Lager zu schaffen. Bring die Leute dazu, möglichst viel zu trinken. Und sie sollen ruhig und besonnen bleiben. Sag ihnen nicht, dass Vater tot ist – das würde nur Panik schüren. Auf der letzten Späherkanzel sind ein paar Vorräte, und ich schicke euch mehr zu essen und Hilfe, sobald ich kann.«

»Und wohin gehst du?«

»Zum Dachsbach. Das Feuer aufhalten.«

»Okay. Hilf mir, aufzustehen und die Welpen zu beruhigen, dann verschwinde ich.« Mit einer Hand hielt er die Tunika mit den wuselnden Welpen fest, die andere streckte er Nik hin. Dieser zog ihn auf die Füße. Sie waren eben dabei, es den kleinen Terriern in der Tunika bequemer zu machen, da stolperte Rose aus dem Rauch hinter Nik.

»O'Bryan, der Sonne sei Dank! Du hast sie gerettet!« Sie stürzte zu dem jungen Mann, der sich bereits bückte und die kleinen Terrier vorsichtig auf die Erde setzte, um Fala mit ihrem Wurf zu vereinen. »Danke, danke tausendfach!«, schluchzte Rose unter Tränen. »Das werde ich dir niemals vergelten können.«

»Ach, die Kleinen glücklich und gesund wieder bei Fala zu wissen ist mir Lohn genug«, wehrte O'Bryan ab.

»Was machst du hier, Rose?«, fragte Nik. »Du solltest doch zu Sheena gehen. Hast du dich im Rauch verirrt?«

Sie schüttelte den Kopf. »Nein. Das Feuer breitet sich am Fuß des Hügels aus. Ich konnte nicht mehr weiter und wusste nicht wohin.«

»Mist«, murmelte Nik. Zu Rose sagte er: »In die Stadt kannst du nicht zurück. Die steht ja auch in Flammen.«

»Was ist mit der alten Meditationsplattform?«, fragte O'Bryan. »Die ist ziemlich weit von der Stadt weg.«

»Nicht weit genug, und in der Nähe gibt es außer einer winzigen Quelle kein Wasser. Dort wäre die Gefahr zu groß, vom Feuer eingeschlossen zu werden.«

Mit einem Mal krachte es im Gebüsch, und wild bellend kam Captain auf sie zugestürzt, dicht gefolgt von Sheena, die unter dem Gewicht zweier junger Mädchen wankte, die sich schwer auf sie stützten. Eine hatte allem Anschein nach einen gebrochenen Knöchel, die andere schlimme Verbrennungen über den gesamten linken Arm und das linke Bein verteilt.

Niks Magen zog sich zusammen. »Was ist passiert?«

Während er Sheena half, die beiden Verletzten auf den bemoosten Boden zu setzen, wischte diese sich den Ruß vom Gesicht und erklärte: »Die meisten der Leute haben es zum Pfad am Ufer geschafft. Aber ich bin umgekehrt, weil Sarah und Lydia um Hilfe riefen. Währenddessen drehte sich der Wind, und eine tote Zeder fing Feuer und versperrte uns den Weg zu den anderen.« Dann winkte Sheena Nik und O'Bryan beiseite und senkte die Stimme. »Ich weiß nicht, ob die anderen es wirklich bis ans Wasser geschafft haben. Es war schlimm – einfach schrecklich. Von einer Sekunde zur nächsten ging alles um uns herum in Flammen auf. Womöglich sind sie alle tot.« Gepeinigt sah sie Nik an. »Ich muss zurück. Ich muss versuchen, sie da rauszuführen.«

»Damit würdest du nur dich und Captain in Gefahr bringen«, sagte O'Bryan.

»Er hat recht«, stimmte Nik ihm zu. »Wenn sie vom Feuer eingeschlossen wurden, sind sie jetzt schon tot. Wenn nicht, sind sie am Kanal und hoffentlich in Sicherheit.«

»Ich bin fast froh, dass Crystal nicht mehr da ist. Sie wäre am Boden zerstört, die Stadt und unser Volk so zu sehen. Was zur Hölle machen wir?«

Nik raufte sich die Haare und versuchte, seine Gedanken zu ordnen. Unmöglich zu sagen, wie weit der Waldbrand sich am Fuß des Hügels ausgebreitet hatte. Vielleicht waren sie schon komplett vom Kanal abgeschnitten. Die Stadt war keine Option, und im Wald drumherum gab es nirgendwo Schutz. Sie brauchten Wasser und einen sicheren Unterschlupf.

Und plötzlich kam ihm die Lösung. »O'Bryan, meinst du, du findest den Weg zu dem Flüsschen an der Grenze zum Erdwandergebiet, wo wir die ersten Spuren von Rigel fanden?«

Sein Cousin zog überrascht die Augenbrauen hoch. »Da bin ich mir ziemlich sicher, selbst in diesem Rauch. Dorthin sind wir ja so einige Male gegangen.«

»Gut, dann hör gut zu: Führ Sheena und Rose und die Mädchen dorthin. Beim Versammlungsplatz der Erdwanderer solltet ihr in Sicherheit sein. Ich versuche, so bald wie möglich zu euch zu stoßen, aber falls irgendwas passiert, gehst du zu Mari. Sie wird euch helfen, da bin ich mir sicher.«

»Halt, wie finde ich Mari denn?«

»Mari?«, fragte Sheena. »Aber ist sie nicht eine Dreckwühlerin? Warum sollte sie uns Schutz gewähren?«

»Sie wird es tun. Vertraust du mir?«

Sheena blickte erst Nik, dann O'Bryan an. Sie zögerte nicht lange. »Ich vertraue dir. Nur dank Mari sind Captain und ich noch am Leben.«

»Ich auch«, fügte O'Bryan hinzu. »Aber das sagt mir immer noch nicht, wie ich sie finden soll.«

»Captain kann sie sicher aufspüren – oder Rigel. Und wo Rigel ist, ist auch Mari.«

»Wenn der Welpe irgendwo in der Nähe dieses Platzes ist, wird Captain ihn finden«, bekräftigte Sheena.

»Sucht von dort aus im Südosten. Und ruft immer mal nach Rigel. Gebt nicht auf. Ich verspreche euch, irgendwann hört er euch.«

»Hey, Cousin, du kommst aber bald nach, oder?«

»Ich versuch's, aber wenn ich es nicht aus der Stadt heraus schaffe, müsst ihr Mari sagen ... Sagt ihr, es täte mir leid. Sagt ihr, ich hätte mir gewünscht, es wäre anders ausgegangen.«

»Gar nichts sag ich ihr. Du verbrennst gefälligst nicht, verstanden? Wenn du diesen Brand nicht löschen kannst, dann flieh so schnell wie möglich. Wenn du da drin stirbst, ist nicht nur Mari sauer auf dich.«

Nik umarmte seinen Cousin kurz. »Ich bemühe mich, Kleiner.«

»Falls du meine Eltern siehst –«, begann O'Bryan, brach aber ab und presste die Handballen auf die Augen.

»Wenn ich sie sehe, tue ich alles, um sie rauszuholen«, sagte Nik.

O'Bryan schluckte mühsam. »Danke.«

»Okay, ruht euch noch kurz aus und haut dann ab. Hier zu bleiben ist zu gefährlich. Bis dann, Leute.«

Ehe Nik loseilen konnte, berührte ihn Sheena noch einmal an der Schulter. »Möge die Sonne dich segnen, stärken und beschützen«, sagte sie feierlich.

»Dich auch, Sheena.« Nik winkte Laru. »Na komm!«

# 3

Mari verließ den Pfad, der zu Niks Stadt führte, und schlug sich zwischen die Bäume, doch schon nach einem kurzen Marsch durchs Unterholz biss sie sich verwirrt auf die Lippe. Hier war der Rauch zwar nicht mehr so dicht wie zu Anfang ihrer Flucht, aber noch immer dicht genug, um den Himmel zu verdecken und ihr die Orientierung zu rauben. Indem sie sich einmal langsam um sich selbst drehte, versuchte sie zu erraten, wie sie am besten so schnell wie möglich am Gebiet des Stammes vorbei nach Südosten in den feuchteren Wald der Erdwanderer kommen würde. Auf der ersten Route, die sie einschlug, versperrte ihr bald ein so dichtes Brombeergebüsch den Weg, dass sie gezwungen war, vorsichtig denselben Weg zurückzugehen. Zunehmend frustriert suchte Mari nach irgendeinem Anhaltspunkt, wie sie endlich nach Hause finden könnte.

Da erstarrte Rigel wenige Schritte vor ihr. Mit erhobenem Kopf und gespitzten Ohren schnupperte er in den Wind. Tief in seiner Brust ertönte ein Grollen zur Warnung, dass sie nicht mehr allein waren. Mari wich bereits zurück und hielt gerade verzweifelt nach einem umgestürzten Baum oder einem Dickicht Ausschau, wo sie sich verstecken konnte, als eine junge Erdwanderin aus dem Unterholz brach, die sie sofort erkannte – Isabel, eine der soeben befreiten Gefangenen.

»Mari, da bist du ja! Ich hätte nie gedacht, dass ich dich

finde!« Isabel rannte auf Mari zu – und hielt abrupt an, als sie Rigel bemerkte, der schützend neben Mari stand und noch immer warnend grollte. »Mari?«, flüsterte das Mädchen steif. Alles Blut war ihm aus dem Gesicht gewichen. »Hilf mir! Bitte lass ihn mich nicht töten!«

»Alles gut, Rigel. Isabel ist eine Freundin.« Mari tätschelte ihrem Hund den Kopf, obwohl er sich bereits entspannte und aufgehört hatte zu knurren. »Keine Angst. Er tut dir nichts, darauf hast du mein Wort«, sagte sie zu Isabel.

Mit vor Furcht geweiteten Augen beäugte diese Rigel. »Wieso hast du einen Schäferhund des Stammes dabei?«

»Das ist Rigel. Ich bin seine Gefährtin«, sagte Mari so beiläufig wie möglich. »Hast du ihn denn auf dem Steg noch nicht bemerkt?«

»Ich dachte, er gehörte zu dem jüngeren Gefährten. Dem, der gestern Jenna geholt hat. Nik heißt er, glaube ich – genau weiß ich's nicht. Heute, nachdem du uns gereinigt hattest, konnte ich zum ersten Mal, seit ich gefangen wurde, wieder klar denken.«

»Ja, er heißt Nik. Sein Gefährte heißt Laru. Rigel hier ist Larus Sohn. Er gehört zu mir und ich zu ihm.«

Isabel sah zwischen dem Hund und Mari hin und her. »Aber das ist unmöglich, du bist doch keine –« Es war deutlich zu sehen, wie Schrecken Isabel durchzuckte, als sie Mari genau musterte. »Deine Haare – dein Gesicht«, sagte sie langsam. »Du siehst aus wie du und doch nicht wie du. Fast wie eine von ihnen.«

Mari straffte die Schultern. »Mein Vater war ein Gefährte aus dem Stamm des Lichts. Mama und ich haben das all die Jahre vor dem Clan verheimlicht. Aber jetzt ist Mama tot, und es hat sich einiges geändert. Ich habe nicht mehr vor, meine Herkunft zu verbergen.«

Isabel fixierte sie, während sie die Hände zu Fäusten ballte. »Gehörst du jetzt zu ihnen? Zum Stamm des Lichts?«

Mari schnaubte. »Sah das etwa so aus, als die auf mich schossen?«

»Nein. Aber dieser junge Typ. Nik. Und der Sonnenpriester. Du kamst doch mit ihnen zusammen!«

»Ja.« Mari schüttelte traurig den Kopf. »Jetzt ist es nur noch Nik. Der Sonnenpriester war sein Vater. Sol. Er starb auf dem Steg, weil er mich beschützte.«

»Ich kapier's immer noch nicht.« Isabel deutete von Mari zu Rigel.

»Ich erzähle dir gern alles, aber lieber nicht mitten in einem brennenden Wald.«

»Okay, schon gut. Überhaupt müssen wir wieder zu den anderen.«

»Den anderen?«

»Auf einer Lichtung in der Nähe warten ein paar Clansfrauen«, erklärte Isabel. »Ich wollte kundschaften und rauskriegen, wo wir eigentlich sind. Dieser blöde Rauch. Wir haben keine Ahnung, wo es nach Hause geht. So komisch es klingt, Dank sei der Erdmutter, dass du seine Gefährtin bist.« Sie nickte in Richtung Rigel, ohne ihn anzusehen. »Er kennt doch sicher den Weg nach Hause, oder?«

Mit Mühe hielt Mari sich davon ab, sich die Hand auf die Stirn zu klatschen und sich kreuzdämlich zu schimpfen. »Rigel? Aber natürlich.« *Wie blöd bin ich eigentlich? Selbst Isabel weiß, dass Rigel den Weg nach Hause finden kann. Auf die Idee hätte ich schon längst kommen können!* Da echote in ihr die lange vertraute Ermahnung ihrer Mama, nett zu sich zu sein, keine Zeit damit zu verlieren, sich zu tadeln, sondern zu handeln. Sie schritt auf Isabel zu. »Führ mich zu den anderen. Dann bitte ich Rigel, uns nach Hause zu bringen.«

»Hier lang. Ich habe die Bäume markiert, damit ich den Weg zurück finde.« Isabel achtete darauf, dass Mari zwischen ihr und Rigel blieb, während sie losging und mit einem spitzen Feuerstein auf den Kratzer wies, den sie damit in die Rinde des nächsten Baums geritzt hatte.

»Gute Idee.« Mari bemerkte, wie der Blick des jüngeren Mädchens immer wieder nervös zu Rigel zuckte. »Du musst wirklich keine Angst vor ihm haben. Er würde dir nur etwas tun, wenn du mich angreifen würdest.«

»Das würde mir nicht im Traum einfallen! Irgendwie bist du ja jetzt trotzdem unsere Mondfrau!«

Mari lächelte matt. »Offensichtlich ja. Und, Isabel, du bist mir gar nicht so unähnlich. Auch deine Augen verraten, dass in dir Mondfrauenblut fließt.«

»Schon, allerdings kann ich nicht den Mond herabrufen.«

»Da wäre ich mir nicht so sicher. Aber was ich damit sagen will, ist, dass wir viel gemeinsam haben. Kann dir das helfen, über unsere, na ja«, sie wies versöhnlich auf Rigel, »unleugbaren Unterschiede hinwegzusehen?«

Isabel lächelte zögernd. »Du klingst fast wie deine Mutter.«

»Danke – was Schöneres hättest du mir nicht sagen können. Bist du also einverstanden?«

Isabels Lächeln wurde breiter. »Niemand, der bei klarem Verstand ist, könnte anderer Meinung sein als Leda.«

»Das nehme ich als Ja«, sagte Mari und dachte: *Die nächste Clansfrau, die mich akzeptiert. Wie viele fehlen noch?*

Schweigend folgten sie den Kratzern in den Bäumen, die in der trüben, rauchverhangenen Luft förmlich zu glühen schienen. Mari wartete ab, bis Isabel Rigel nicht mehr so misstrauisch beäugte und sich etwas zu entspannen schien, ehe sie fragte: »Wie viele Frauen sind denn bei dir?«

»Zwanzig. Das waren alle, die ich finden konnte. Ich – ich weiß nicht, wie viele es sonst durch den Kanal geschafft haben. Die Strömung war so stark. Und mit dem Rauch und all den Gefährten ringsum glaube ich, dass sie das Ufer nicht finden konnten. Sie sind ertrunken. Viele sind ertrunken.« Isabel schluckte mühsam und rieb sich die Augen. »Ich habe Leichen gefunden. Zu viele.« Beim letzten Wort brach ihre Stimme, und sie schluchzte auf.

Mari biss sich auf die Lippe und kämpfte gegen die anflutende Schuld an. »Große Göttin! Ich habe nicht nachgedacht. Ich hätte das besser planen müssen. Ich wollte doch nur helfen.« Sie verstummte und wischte sich bittere Tränen aus den Augen.

Isabel hielt an und nahm ihre Hand. »Mari, du bist doch nicht schuld daran. Wirklich nicht.«

Mari blinzelte die Tränen weg. »Ich hatte das gar nicht vor – jedenfalls nicht so. Ich hatte gerade Sols Neffen von der Fäule geheilt, und Sol sagte, ich könne ihn um einen Gefallen bitten – egal was. Da habe ich gesagt, ich würde gern die Gefangenen vom Nachtfieber reinigen. Danach wollte ich Sol und die anderen Gefährten davon überzeugen, euch alle zu befreien, im Austausch dagegen, dass ich ihre Kranken von der Fäule heile. Das war mein Plan.«

Isabel nahm ihre Hand zwischen ihre beiden. »Ich verstehe.«

»Aber alles passierte so schnell! Eigentlich hatten nur Sol und Nik gewusst, dass ich überhaupt dort war. Keine Ahnung, wie der Stamm uns gefunden hat. Und dann haben sie ja kein bisschen auf vernünftige Argumente gehört – nicht mal, als ihr Sonnenpriester sie vortrug. Ich hätte warten sollen. Ich hätte nicht anfangen sollen, irgendwen zu heilen, bis alle frei und in Sicherheit gewesen wären. Es tut mir leid. Es tut mir so leid.«

»Hör zu, Mari. Das war schon richtig so. Indem du uns gereinigt hast, hast du auch denen geholfen, die ertrunken sind. Heute haben manche von uns zum ersten Mal seit Jahren Hoffnung und Freude verspürt. Für ein solches Geschenk ist selbst der Tod kein zu hoher Preis. Das würde, glaube ich, jede von uns sagen.«

Mari nickte und schob die Schuld und die Reue beiseite, die sie zu überwältigen drohten. Ihre Gefühle würde sie später ordnen. Jetzt gab es Dringenderes. »Dann lass uns die Überreste unseres Clans sammeln und sicher nach Hause bringen. Ein für alle Mal.«

Schließlich erreichten die beiden jungen Frauen und der Schäferhund eine kleine Lichtung an einem ausgetrockneten Bachbett, auf der sich ein Häuflein durchnässter, verängstigter Erdwanderinnen drängte, die Jüngsten noch kaum auf der Schwelle zur Frau. Als sie Mari sahen, erhoben sich freudige Willkommensrufe – aber bei Rigels Anblick erstarben diese und machten erschrockenem Gemurmel und verwirrten Blicken Platz.

Mari hob das Kinn und legte die Hand auf den Kopf ihres Schäferhunds. So musterte sie eine nach der anderen, bis alle verstummt waren. Dann sagte sie laut und deutlich, in einem Ton, der keinen Widerspruch duldete: »Das hier ist Rigel. Ja, er ist ein Schäferhund, und er gehört zu mir. Er wird euch nichts tun. Wie ihr wisst, bin ich Ledas Tochter. Ich bin allerdings auch die Tochter eines Gefährten. Ich weiß, es ist schwer, aber wenn ihr mich akzeptieren wollt, müsst ihr ihn ebenfalls akzeptieren. Wenn ihr das könnt, dann kommt mit mir. Rigel wird uns nach Hause führen.« Sie holte tief Luft und fügte hinzu: »Wenn nicht – wenn ihr das nicht akzeptieren könnt –, werden Rigel und ich euch trotzdem nach Hause führen. Dort könnt ihr euch ausruhen und Reisevorbereitungen treffen und dann weggehen, um euch einem anderen Clan anzuschließen. Ich werde euch dabei helfen. Ich werde für euch tun, was ich kann, außer weiterhin zu verheimlichen, was ich bin. Das will ich nie wieder tun.«

Es folgte eine so lange Stille, dass sich in Mari ein hohles, flaues Gefühl auszubreiten begann. Dann stand eine ältere Frau auf, deren Gesicht ihr bekannt vorkam, an deren Namen sie sich aber nicht erinnerte. »Wo ist denn dieser Gefährte, der dein Vater ist?«

»Er starb, als ich ein Baby war.«

»Und dieses nach Hause, wohin dein Hund uns führen soll – ist das eine Erdwanderersiedlung oder eine andere Stadt in den Bäumen, wo man uns wieder versklavt?«

»Nach Hause bedeutet: auf Clansgebiet zu unseren eigenen Bauen«, erwiderte Mari, wobei sie sich Mühe gab, jeden Ärger aus ihrer Stimme herauszuhalten. »Ich würde euch niemals zurück in die Sklaverei führen.«

Die ältere Frau sah sie unverwandt an. Mari zwang sich, offen zurückzublicken. »Ist es wahr, dass Leda tot ist?«

»Ja«, sagte Mari.

»Und du bist nun an ihrer Stelle Mondfrau?«

»Ja. Mit Sora zusammen.«

Dem Satz folgte ein entsetztes Keuchen aus vielen Kehlen.

»Zwei Mondfrauen für einen Clan? Das gab es noch nie«, sagte die ältere Frau.

»Verzeih mir, Mutter«, gab Mari zurück, indem sie die formelle Anrede für eine erwachsene Frau des Clans wählte. »Ich erinnere mich zwar an dein Gesicht, aber nicht an deinen Namen.«

»Ich heiße Serena. Deine Mutter war mir ebenso Freundin wie Mondfrau.«

Endlich erinnerte sich Mari, warum das Gesicht ihr bekannt vorkam. »Du warst Hebamme im Geburtsbau.«

Serena nickte. »So ist es.«

Maris Ton wurde wärmer. »Dann weißt du, wie wichtig Zusammenarbeit ist. Das hast du ja täglich im Geburtsbau erlebt. Sora und ich haben beschlossen zusammenzuarbeiten. Seit dem Tod meiner Mutter hat sich viel verändert. Der Clan hat sich verändert. Da ist es gut, wenn die Mondfrau sich nicht nur auf den Mond, sondern auch auf eine Gleichrangige verlassen kann«, erklärte sie schlicht.

»Mit dem Ding neben dir fällt es schwer, etwas von dem zu glauben, was du sagst«, rief jemand aus der Mitte der Gruppe.

Mari konterte scharf: »Rigel wird immer an meiner Seite sein, also gewöhnt euch besser schon einmal daran.«

»Hunde sind die Tiere unserer Feinde!«, rief eine weitere Stimme.

»Sie hat uns gereinigt!«, übertönte Isabel das zustimmende Gemurmel, was dieses verstummen ließ. »Da war der Hund schon dabei. Er stand neben ihr auf dem Steg. Was ist los mit euch? Nur dank Mari warten wir nicht mehr in schwimmenden Käfigen darauf, am Nachtfieber zu sterben. Sie hat den Mond herabgerufen, und das heißt, sie ist unsere Mondfrau. Wir sind nicht mehr versklavt. Wir gehen nach Hause! Und alles dank Mari. Das ist es, was für mich zählt. Für euch etwa nicht?«

Flüchtig warf Mari Isabel ein dankbares Lächeln zu, dann erkämpfte sie sich mit einem tiefen Atemzug etwas Geduld zurück. »Ich weiß, wie unerwartet das kommt. Manche von euch kennen mich noch als Ledas kränkliche Tochter. Aber das war ich nie. Ich war nur anders, und Mama hielt es für das Beste, wenn wir dieses Anderssein verbargen. Jetzt ist Mama nicht mehr da, und ich habe keine Lust mehr, mich zu verbergen. Ihr könnt mich akzeptieren oder nicht. Aber lasst uns damit nun bitte keine Zeit mehr verlieren. Oder wollt ihr heute Abend nach Sonnenuntergang noch in diesem brennenden Wald herumirren?«

»Ich nicht«, sagte Isabel mit fester Stimme. »Ich will nach Hause. Ich folge Mari und ihrem Rigel.« Sie sah Mari an und verneigte sich respektvoll vor ihr. Dann richtete sie sich auf und durchbohrte die Frauen mit scharfem Blick. »Wer kommt mit?«

Eine nach der anderen, die Mienen voller Skepsis und Hoffnung in unterschiedlichem Maße, standen die Frauen auf und verneigten sich vor Mari – zuletzt auch Serena, die sie und Rigel unverändert argwöhnisch betrachtete.

# 4

Im Laufschritt tauchten Nik und Laru in den Teil des Waldes ein, der die Stadt in den Bäumen beherbergte. Allen Flüchtlingen, denen sie begegneten, rief Nik zu, sie sollten sich nach Süden wenden und mit O'Bryan und Sheena dem Grenzflüsschen zum Gebiet der Dreckwühler bis zu deren verlassenem Versammlungsplatz folgen. Mehr konnte er nicht für sie tun, sosehr er es sich auch gewünscht hätte. Gern hätte er sie eigenhändig dorthingeführt, um nicht zu riskieren, dass sie doch die versperrte Route zum Kanal einschlugen. Aber es hatte wenig Sinn, ein paar Leute zu retten, wenn dafür der gesamte Wald in Flammen aufginge. Wenn der Brand weiterwütete, war das Risiko groß, dass genau das passierte. Womöglich würde das Feuer dann sogar das Gebiet der Erdwanderer erreichen.

Also eilten Nik und Laru weiter.

Anfangs befürchtete er, man würde ihn aufhalten und ihm Fragen stellen. Doch das Grauen vor den Flammen überschattete alles andere. Diejenigen, die ihn ansprachen, waren lediglich erleichtert zu sehen, dass Laru bei ihm war und er dem Brandherd entgegeneilte.

»Die denken, wir wären auf dem Weg zu Vater und dass Vater sie retten wird«, erklärte er Laru, der durch Farn und Unterholz, über umgestürzte Baumstämme und Gräben hinweg immer an seiner Seite blieb. Von den majestätischen Kiefern ringsum schien es verwirrte, verängstigte Menschen und Hunde zu regnen, die alle ein Wunder von ihrem Sonnenpriester erwarteten.

Sie flitzten an den sechs Mutterbäumen vorbei. Darunter standen mehrere Frauen und nahmen Bündel entgegen, die in beinah panischer Eile zu ihnen abgeseilt wurden. Nik legte den Kopf in den Nacken und konnte weit oben fieberhafte Aktivität ausmachen – der Stamm löste die kostbaren Mutterfarne von den Zweigen, wickelte sie in angefeuchtete Tücher und lud sie auf Tragen, die sodann schnell herabgelassen wurden.

»Nik! Laru!«

Nik spürte Laru zögern. Der Schäferhund hatte die Stimme der Frau erkannt – wie er selbst auch. Es war Maeve, die Geliebte seines Vaters und Gefährtin von Fortina, dem kräftigsten weiblichen Welpen des Wurfs, dem auch Rigel angehörte.

*Ich kann ihr nicht von Vater erzählen. Nicht hier und jetzt.*

»Maeve«, brüllte er im Weiterrennen über die Schulter, »versucht, nach Süden zu gelangen! Folgt dem Grenzflüsschen ins Dreckwühlergebiet.«

»Nein!«, schrie sie zurück. »Wir müssen zum Kanal und auf den Inselhof, da ist es sicher.«

Widerwillig hielt Nik an. »Der Brand hat sich über den Westhang ausgebreitet. Der Weg zum Kanal ist abgeschnitten.«

»Dann gehen wir nach Osten. Ich bringe die Mutterfarne nicht in Dreckwühlergebiet! Egal, wie nett manche von denen zu sein scheinen.« Ihr Blick bohrte sich in ihn. Nik musterte sie. Maeve hatte Mari kennengelernt. Sie wusste, dass Mari O'Bryan geheilt hatte. Und vermutlich auch, dass Mari Captain geheilt hatte. Dennoch machten ihr Ton und ihre ganze Haltung deutlich, dass sie den Dreckwühlern nicht traute.

»Tu, was dir am besten erscheint«, sagte er unverbindlich, während Fortina ihren Erzeuger glücklich begrüßte und ihm die Schnauze leckte. »Laru und ich müssen zur Brandschneise.«

»Richte deinem Vater aus, ich liebe ihn – und passt auf euch auf, alle drei!«, rief Maeve ihm nach, als er davonstob.

Laru neben ihm bellte unglücklich.

»Ich weiß, ich weiß, aber um ihr das mit Vater zu sagen, war keine Zeit. Und sie wäre am Boden zerstört gewesen, dabei hat sie doch die Verantwortung dafür, die Mutterfarne zu retten! Wenn sie nun alles stehen und liegen gelassen hätte? Himmel, Laru, sie muss sich ja schon durch den brennenden Wald kämpfen, weil sie es ablehnt, sich in die Nähe von Dreckwühlergebiet zu wagen«, schüttete Nik seinem Gefährten sein Herz aus. Das Reden half ihm, den wieder aufgeflammten Schmerz in seinem Bein und seinem Rücken zu ignorieren, und auch jenes schrecklich hohle Gefühl der Leere und Verlassenheit. Unter Aufbietung seiner letzten Kraftreserven, die nur dem Adrenalin und der Gefahr zu verdanken waren, zwang er sich, mit Laru Schritt zu halten.

Bald schien die Luft etwas kühler und sogar klarer zu werden. Sie mussten kurz vor dem Dachsbach sein. Nik verlangsamte, um zu Atem zu kommen, und auch Laru fiel in Schritt. Auf einer Anhöhe hielten sie an und spähten auf die Gefährten und Hunde unten am Bach hinunter. An dieser Stelle schienen es vor allem Jäger zu sein, denn er entdeckte nur Terrier. Alle, Menschen wie Hunde, waren fieberhaft dabei, auf der dem Feuer zugewandten Seite des Baches einen langen, breiten Graben auszuheben und beidseits davon über mehrere Meter allen Bewuchs zu entfernen. In der Ferne waren Grüppchen von Kriegern mit Schäferhunden damit beschäftigt, in aller Eile die dicken Kiefern am Bach zu fällen, um zu verhindern, dass das Feuer über das Wasser hinweg übersprang.

Aber all das würde nichts nützen – nicht ohne eine Front aus Sonnenfeuer, die der Lohe Einhalt gebieten und sie endlich löschen konnte. Das wusste Nik. Und auch der Stamm wusste es, das sah er den grimmigen Gesichtern der Männer und Frauen dort unten an und spürte es in dem verbissenen Schweigen, das sie umgab.

Er beugte sich zu seinem Gefährten hinunter und sah ihm in die klugen, bernsteinfarbenen Augen. »Keine Ahnung, was jetzt passiert. Vielleicht werden sie mich gefangen nehmen wollen. Wenn ja, hau ab, Laru. Lauf zu Rigel und Mari. Ich komme schon irgendwie frei und folge dir – aber lass du dich nicht schnappen, egal was sie mit mir machen.«

Laru hörte aufmerksam zu. Als Nik endete, wandte der große Schäferhund sehr betont den Kopf und blickte zu den Stammesleuten hinüber. Er hob die Lefzen, zeigte seine blitzenden Zähne und grollte tief in der Brust. Alles an ihm strahlte eine ruhige, majestätische Selbstsicherheit aus, die Nik an seinen Vater, den Sonnenpriester, erinnerte.

Grimmig lächelte er seinen Gefährten an. »Ich verstehe. Wenn sie mich wollen, müssen sie an dir vorbei. Na dann. Versuchen wir also beide, das Ganze zu überleben.«

Er suchte mit den Augen die Arbeitstrupps ab. In einem entfernteren fand er, wen er gesucht hatte: Wilkes, den Anführer der Krieger, einen Mann, den er von jeher schätzte und respektierte. Auf alles vorbereitet trat er mit Laru auf den gerodeten Uferstreifen hinaus und marschierte so direkt wie möglich auf Wilkes zu. In den Gruppen der Jäger sah er einige, die bei dem Angriff auf den Inselhof dabei gewesen waren. Im Vorbeigehen fühlte Nik ihre Blicke auf sich und hörte, wie sich Raunen erhob. Er ignorierte es und ging stur weiter, Wilkes und seinem Gefährten Odin entgegen.

Da ertönte die Stimme seines Freundes Davis, Gefährte des kecken Terriers Cameron: »Nik! Ich weiß ja nicht, ob es so klug war hierherzukommen.«

Nik sah zu ihm hinüber. »Klug oder nicht, mir blieb nichts anderes übrig. Ich habe eine Idee, wie wir das Feuer vielleicht aufhalten können.«

Aus einer Gruppe, die damit beschäftigt war, eine der herrlichen Kiefern zu fällen, trat Thaddeus hervor. »Uns reicht's mit deinen Ideen, verfluchter Verräter!«, knurrte er. »Jäger, ergreift ihn! Fesselt ihn! Um ihn und seine Dreckwühlerhure kümmern wir uns später.«

Und ehe Nik sichs versah, fand er sich von einer Schar finster dreinblickender rußgeschwärzter Jäger umgeben, die sich um ihn und Laru schlossen, der mit gesträubtem Rückenfell grollend neben ihm stand.

»Wohin führst du uns denn?«, wollte Isabel wissen, die zu Mari aufgeschlossen hatte. Rigel eilte ihnen voraus, nur um in regelmäßigen Abständen umzukehren und ungeduldig zu winseln, wenn die Frauen ihm zu langsam vorankamen.

Während sie neben Isabel durch den Wald wanderte, hatte Mari sich genau diese Frage gestellt. Zu ihrem eigenen Bau konnte sie die Frauen nicht führen. Wo dieser sich befand, wussten schon viel zu viele Leute. Wenn das sich herumspräche – wenn auch nur eine der Frauen es auch nur einem Clansmann verriete –, wären Mari, Rigel, Sora und selbst Jenna und

Danita nicht mehr sicher. Aber von den verlassenen Bauen war unmöglich zu sagen, welche eine sichere Zuflucht boten und welche von vagabundierenden Clansmännern im Nachtfieber genutzt oder zumindest gelegentlich besucht wurden. Daher beschloss sie, einen Bau anzusteuern, den die Clansmänner verwüstet und dann aufgegeben hatten, der allen zwanzig Frauen Platz bot und nahe genug an ihrem eigenen lag, um diese problemlos medizinisch zu versorgen.

»Also, momentan führe nicht ich euch«, gab sie zurück. »Erst mal bringt uns Rigel auf Clansgebiet. Wenn wir dort sind, schaffen wir es bestimmt noch bei Tageslicht zum Geburtsbau.«

»Der Geburtsbau! Gute Idee. Der ist groß genug, und die Vorratskammer und der Garten sind gut bestückt.«

»Ganz so ideal ist er im Moment nicht. Seit du gefangen wurdest, hat sich manches verändert, und nicht alles zum Guten. Aber er ist jedenfalls ein guter Ausgangspunkt, um zu überlegen, wie wir den Clan wiederaufbauen.«

»Egal wie er im Moment ist, ich glaube, fürs Erste ist er ideal.« Isabel verstummte und platzte dann heraus: »Mari, ich will nicht unverschämt sein, aber glaubst du, du könntest uns heute Abend noch mal reinigen? Ich weiß, es ist noch nicht Drittnacht, für viele der Frauen ist es allerdings so lange her, dass sie eine Mondfrau hatten. Es wäre wunderschön, wenn du es tätest.«

»Ich denke schon. Oder Sora kann es tun, während ich die Verwundeten versorge.« Unruhig schaute sie sich um; wieder hatte der launenhafte Wind sich gedreht und blies fast lebendig scheinende Rauchwolken an ihnen vorüber.

»Tut mir leid, dass ich dich damit belästige. Ich will dir nicht noch mehr Umstände machen.«

Rasch schüttelte Mari den Kopf. »Kein Problem. Mir tut's leid, dass ich so abgelenkt bin. Dieser Wind ist so seltsam. So unberechenbar. Wer weiß, wo er diesen schrecklichen Brand noch hintreibt.«

»Na ja, Hauptsache, nicht auf Clansgebiet, oder?«

Mari bedachte Isabel mit einem scharfen Blick. Deren Miene war offen und unschuldig. *Es kümmert sie wirklich nicht, ob ein ganzer Stamm von Menschen ausradiert wird!* Dann wurde Mari klar, dass sie noch vor wenigen Wochen vermutlich auch nicht anders gedacht hätte. Aber jetzt kannte sie Nik und Laru, Sheena und Captain, Maeve und Fortina und den süßen, witzigen O'Bryan. *Jetzt sind sie echte Menschen für mich – echte Menschen und Hunde. Und sich vorzustellen, dass sie verbrennen könnten, ist grauenhaft. Vor allem bei Nik … ach, Nik …*

Isabel sah sie besorgt an. »Mari, habe ich was Falsches gesagt? Tut mir leid.«

»Ich weiß nicht, ob das der richtige Ausdruck ist, weil ich verstehen kann, wie du den Stamm siehst. Weil er dich gefangen und versklavt hatte. Das ist unverzeihlich. Es ist nur – ich habe ein paar Leute aus dem Stamm kennengelernt – Leute, die keine Unmenschen sind. Und ich habe erkannt, dass sie sich gar nicht so sehr von uns unterscheiden.«

Langsam nickte Isabel. Sie öffnete den Mund, um das Gespräch fortzusetzen, doch Serenas schrille Stimme schnitt ihr das Wort ab. »Isabel, der Clan braucht eine Pause. Viele von uns können einfach nicht mehr.«

Isabel und Mari drehten sich um. Serena hatte angehalten und bedeutete der Schar der Frauen, das ebenfalls zu tun. Manche aus dem zerlumpten, müden Häuflein sanken bereits schweratmend zu Boden.

»Serena, wenn du eine Pause willst, musst du Mari darum bitten. Sie ist unsere Mondfrau«, gab Isabel so laut zurück, dass alle es hören konnten.

Widerwillig richtete die ältere Frau den Blick auf Mari. »Bei allem Respekt, ich bin es nicht gewohnt, dass meine Mondfrau einen Hund hat.«

Mari hielt ihr Temperament eisern im Zaum und zwang ihre Lippen, sich zu einem kühlen Lächeln zu verziehen. »Ich verstehe, Serena. Aber ich bin hier momentan die einzige Mondfrau, und mir gebührt angemessener Respekt.«

Serena zögerte, dann neigte sie in nur angedeuteter Entschuldigung den Kopf. »Verzeih, Mondfrau. Der Clan braucht eine Pause.«

»Dann machen wir eine«, sagte Mari. »Aber nur kurz. Dieser Wind ist mir zu unstet. Er kann das Feuer weiß der Himmel wohin treiben. Wir müssen so viel Abstand zwischen es und uns bringen wie möglich.« Rigel winselte und lehnte die Schulter an ihr Bein. Sie ging in die Hocke und tätschelte ihn. »Ich weiß. Die haben leider nicht deine unerschöpfliche Energie, mein Süßer. Aber wir bringen sie schon noch heim, und wenn ich nach ihren Fersen schnappen muss.«

Isabel neben ihr gab ein Geräusch von sich, das ein schlecht getarntes Lachen war. Mari sah zu ihr auf. Sie begann, das Mädchen immer mehr zu mögen.

»Oh, ich habe mir nur vorgestellt, wie du nach ihren Fersen schnappst«, raunte Isabel halblaut. »Und Serena hat jetzt schon ein Problem damit, dich Mondfrau zu nennen – was würde sie da erst machen!«

Mari lachte leise auf. Da spürte sie, wie Rigel sich unter ihrer Hand versteifte. Im nächsten Augenblick fuhr der halbwüchsige Welpe herum und witterte in den böigen Wind. Seine Ohren und sein Schwanz waren aufgestellt, aber er grollte nicht, und Mari merkte ihm keine Angst an.

»Was ist denn?« Sie versuchte, in den Rauch zu spähen. Der Pfad, dem sie folgten, hatte eine Biegung gemacht, man sah nur wenige Meter weit nach hinten. Ehe sie von Rigel ein gedankliches Bild dessen erhaschte, was er bemerkt hatte, begann er, mit dem Schwanz zu wedeln – in genau dem Moment, als die Clansfrauen am Schluss des Zuges anfingen zu schreien.

Der große Schäferhund, der hinter der Biegung hervorgetrabt kam, ignorierte die panischen Frauen und flitzte auf Rigel zu, der ihn überschwänglich begrüßte. Mari starrte ihn verwirrt an, aber schon wurde auch sie von dem Hund begrüßt, den sie nun erkannte. »Captain! Was machst du denn hier?« Sie bückte sich, tätschelte ihn und tastete ihn nach Wunden ab. »Wo ist Sheena? Ist sie auch da?«

Indessen schrie Serena: »Lauft! Sie haben uns gefunden!« Andere Frauen begannen ebenfalls zu schreien, und alle flüchteten hysterisch nach allen Richtungen in den rauchgeschwängerten Wald.

»Halt!«, brüllte Mari – und war erstaunt, als die Frauen tatsächlich innehielten. »Ich kenne diesen Hund und auch seine Gefährtin. Sie wollen uns bestimmt nichts Böses!«

»Ist ja klar, dass du das sagst!«, brüllte Serena.

»Weil es stimmt!«, rief Mari zurück. »Warum sollte ich lügen und euch ins offene Messer laufen lassen?«

»Weil du zur Hälfte Gefährtin bist!«

Da kochte Maris Wut über. »Halt den Mund, Serena! Du klingst genau wie die Leute im Stamm, die absolut nicht einsehen wollen, dass wir mehr sind als Dreckwühler. Nicht alle Gefährten sind böse, genau wie nicht alle von uns gut sind.«

Von hinten ertönte wieder Gezeter. »Große Göttin! Gefährten! Lauft!«

An der Biegung wurde eine Gestalt sichtbar: der ziemlich versengt wirkende O'Bryan, der verwirrt anhielt, als links und rechts von ihm Erdwanderinnen ins Gebüsch sprangen. Einen Augenblick später kamen Sheena, drei weitere Frauen und ein kleiner schwarzer Terrier hinzu. Auch sie erstarrten vor den panisch durcheinanderlaufenden Clansfrauen.

»Hey, keine Angst! Nicht abhauen, wir tun euch nichts!«, rief O'Bryan über die Angstschreie hinweg, während die abgekämpft aussehenden Gefährtinnen hinter ihm mit offenem Mund die allgemeine Hysterie betrachteten.

Mari räusperte sich. Während sie auf die Gefährten zumarschierte, rief sie in Ledas entschiedenstem Ton über die Schreie und das fröhliche Begrüßungsgebell der Hunde hinweg: »Clansfrauen, seid still und sammelt euch hinter mir! Rigel, bei Fuß!« Sofort verstummte das Geschrei, und die Frauen suchten hastig hinter Mari Schutz, deren Welpe wachsam an ihre Seite kam.

O'Bryans feuergerötetes Gesicht verzog sich zu einem Grinsen, und er umarmte sie kurz. »Mari! Schön, dass ich dich gefunden hab!«

Sheena trat neben ihn und rief Captain scharf zu sich. Angespannt nickte sie Mari zu und sah die Frauen hinter dieser mit einer Mischung aus Wachsamkeit und Neugier an.

»O'Bryan, ist noch jemand bei euch außer diesen Frauen?«, fragte Mari scharf.

»Nein. Nicht, dass ich wüsste.«

»*Nicht, dass ich wüsste* reicht mir nicht. Sei ehrlich. Los«, befahl sie mit fester Stimme. Sie wusste nicht, was sie tun würde, wenn O'Bryan ein ganzer Schwarm Gefährten folgte. Verstohlen warf sie einen Blick zum Himmel. Da war die Sonne – irgendwo über dem Rauch und den Wolken. Sie hatte schon einmal Sonnenfeuer herabgerufen. Bestimmt würde ihr das wieder gelingen, um den Clan zu beschützen. Oder?

O'Bryan runzelte verwirrt die Stirn, dann begriff er. »Oh! Nein, natürlich nicht. Keine Sorge, Mari. Uns folgen keine Jäger oder Krieger. Die versuchen alle, den Brand zu löschen.«

»Und Nik? Wo ist er?«

»Noch dort.«

O'Bryan war viel zu leicht anzumerken, was das bedeutete. Maris Magen verkrampfte sich in übler Vorahnung. »Dort? Um noch mehr Verwundete rauszuholen?« Sie weigerte sich zu glauben, was ihr Bauchgefühl ihr bereits sagte.

O'Bryan schüttelte leicht den Kopf. »Nicht ganz. Er wollte in die Stadt reingehen und helfen, das Feuer aufzuhalten.«

Mari wurde ganz kalt. »Er ist in Gefahr, oder?«

»Ja. Da drin ist es die Hölle, vor allem, weil der Wind ständig dreht. Mari, unsere Stadt wird gerade vernichtet.« Tiefer Schmerz überschattete sein versengtes Gesicht. »Und nachdem er mir das mit Thaddeus und Sol erzählt hatte –« Den Rest brachte er nicht über die Lippen. Nervös sah er zu Sheena und den drei verwundeten Frauen hinüber.

»Thaddeus? Was ist mit ihm?«, fragte eine von ihnen und kam näher, begleitet von dem kleinen schwarzen Terrier. Staunend bemerkte Mari, dass sie in ihrer zusammengerafften Tunika einen ganzen Haufen winziger Welpen transportierte!

Mari öffnete den Mund, um zu antworten, aber O'Bryan

räusperte sich und warf ihr einen warnenden Blick zu. Mari nickte ihm unauffällig zu und sagte: »Lasst uns erst mal einen sicheren Ort finden, die Verwundeten versorgen und uns um Nahrung und Wasser kümmern. Dann können wir reden.«

»Nik hat gesagt, wir sollen uns zu diesem Flüsschen durchschlagen. Weißt du, das, an dem deine Mutter –« Verlegen verstummte O'Bryan.

»Du meinst das Krebsflüsschen und unseren alten Versammlungsplatz«, beendete Mari den Satz für ihn.

»Ja. Nik meinte, dort müsste es einigermaßen geschützt sein. Und du könntest uns leicht finden.«

»Will er euch dort treffen?«

»Ja. Wenn er's schafft«, fügte O'Bryan widerstrebend hinzu.

»Ich weiß was Besseres. Aber gehen wir zuerst zu dem Versammlungsplatz.«

Serena hatte sich von den übrigen Clansfrauen gelöst und war zu Mari getreten. Ihr Gesicht sah aus wie eine Sturmwolke. »Willst du die da etwa mitnehmen? Gefährten, von denen wir bis heute Morgen als Sklaven gehalten wurden?«

Mari stellte sich so, dass sie zwischen den Clansfrauen und dem Häuflein Gefährten hin- und herschauen konnte, und schöpfte Kraft aus der Wut, die in ihr brodelte – die dort ihr ganzes Leben lang gebrodelt hatte. »Es reicht, Serena. Ein für alle Mal. Diese Leute sind genauso erschöpft und verwundet wie ihr. Sie haben Welpen dabei – winzige neugeborene Kinder! Sie sind nicht die geringste Bedrohung für uns. Ich bin eure Mondfrau und Heilerin, und ich werde mich um sie kümmern. Genau wie ich mich um Nik gekümmert habe, als ich ihn schwerverletzt fand. Nur weil ich das tat, statt ihn sterben zu lassen, seid ihr nun frei. Wenn ihr damit nicht klarkommt –

wenn ihr euren Hass nicht überwinden könnt –, dann kehrt in eure eigenen Baue zurück und schließt euch so schnell wie möglich einem anderen Clan an.« Sie sah O'Bryan und dessen Begleiterinnen an. »Und wer von euch Gefährten darauf besteht, uns Dreckwühler zu nennen und zu versklaven, kehrt bitte jetzt auf der Stelle um. Wir werden ihn nicht verfolgen. Wir werden ihm nichts tun. Aber wir werden ihm auch nicht helfen.«

»Ich habe kein Problem mit euch, Mari. Nik hat mir so einiges von euch erzählt. Außerdem habe ich dir mein Leben zu verdanken«, sagte O'Bryan.

»Captain und ich haben dir auch unser Leben zu verdanken«, schloss sich Sheena an. »Auch wenn ich noch nicht ganz kapiere, was eigentlich los ist und wer genau du bist, Mari, du hast meinen Hund und mich gerettet. Ich bin bereit, mit dir zu kommen.«

»Danke euch beiden.« Fragend richtete Mari den Blick auf die Gefährtin mit dem Terrier.

»Ich bin Rose. Das sind meine Gefährtin Fala und ihr Wurf. Ich kenne dich nicht, Mari, aber ich kenne Sheena, Nik und O'Bryan. Wenn sie dir und diesen … diesen Frauen vertrauen, tue ich das auch.«

Die beiden Mädchen, die schwerer verletzt wirkten als die übrigen Gefährten, hatten sich erschöpft auf einem bemoosten Baumstamm niedergelassen. Diejenige mit den schlimmen Verbrennungen über ihre ganze linke Seite sah auf. »Ich bin Lydia, und das ist meine Schwester Sarah. Wenn du uns hilfst, sind wir dir einfach nur dankbar und kommen mit, egal mit wem und wohin.«

Mari lächelte. »Vielen Dank. Ich werde zusehen, dass ich deine Verbrennungen und den Knöchel deiner Schwester so schnell wie möglich behandle.« Wieder drehte sie sich zu den Clansfrauen um. »Und was sagt ihr?«

Aus der Mitte der Gruppe rief Isabel: »Du bist meine Mondfrau. Ich werde dir immer vertrauen und gehorchen.« Einige der anderen nickten zustimmend.

Mari sah Serena an. »Du hast die Gefährten gehört. Sie fliehen vor einer schrecklichen Tragödie. Sie haben ihre Heimat und vielleicht auch Angehörige und Freunde verloren. Egal was andere Gefährten getan haben oder noch tun werden, diese fünf wollen uns nichts Böses.«

»Im Moment nicht. Im Moment brauchen sie unsere Hilfe. Aber was ist, nachdem wir ihnen geholfen haben?«

»Weiß ich nicht. Aber irgendwo muss das Vertrauen anfangen. Ich bin für hier und jetzt.« Mari ließ ihren Ton weicher werden. »Ich verstehe, wie schwer es sein kann, Vertrauen zu fassen. Ich selbst habe jahrelang niemandem vertraut. Das habe ich beschlossen zu ändern. Aber jedem von uns steht die Entscheidung frei. Wenn du lieber an unseren alten Sitten festhalten willst, als auf die Gefährten zuzugehen, wünsche ich dir alles erdenklich Gute, wohin du auch gehst.«

»Egal wie ich mich entscheide: Wenn sie mitkommen, ist die Heimat, die ich kenne, verloren.«

Mari schüttelte den Kopf. »Denk nicht so, Serena. Es wird eine neue Heimat sein – eine bessere als zuvor.«

»Ich will nichts Besseres. Ich will das, was ich früher hatte. Was wir alle hatten. Deine Mutter hätte das hier niemals zugelassen.«

Maris Stimme wurde ausdruckslos. »Meine Mutter liebte einen Gefährten. Du hast keine Ahnung, wie sie wirklich war. Was sie wirklich wollte. Leda wäre überglücklich über die

Chance gewesen, dass Clan und Gefährten sich einander in Frieden annähern können.«

»Nicht die Leda, die ich kenne. Die Leda, die ich kenne, war meine Mondfrau und hatte nur das Wohlergehen des Clans im Sinn. Diese Leda hätte nie Gefährten bei uns geduldet. Nein.« Zornig deutete Serena auf die Gefährten. »Ich werde diesen Leuten nicht vertrauen. Nie und nimmer. Sie haben uns versklavt! Sie töten unsere Männer! Seit Urzeiten sehen sie zu, wie wir in Gefangenschaft sterben! Sie haben sattsam bewiesen, dass man ihnen nicht trauen kann. Leb wohl, Mari. Deine Mutter würde sich für dich schämen.« Ohne ein weiteres Wort verließ Serena den Pfad und verschwand im raucherfüllten Wald. Drei der Frauen folgten ihr stumm. Keine von ihnen würdigte Mari auch nur noch eines Blickes.

Mari schob den Schmerz beiseite, den Serenas Worte in ihr ausgelöst hatten, und sah die übrigen Clansfrauen durchdringend an. »Noch jemand?«

Isabel verneigte sich tief vor ihr, die Hände mit den Handflächen nach oben – die althergebrachte Geste des Respekts vor einer Mondfrau. »Wir sind dein Clan. Wir folgen dir.« Die restlichen Frauen schlossen sich ihrer Verneigung an.

»Gut. Ich glaube, der Versammlungsplatz und damit die Grenze zum Clansgebiet sind jetzt nicht mehr weit.« Mari rief Rigel zu sich und ließ im Geist das Bild der vertrauten Stelle an dem kleinen Flüsschen erstehen. Von dort aus würde sie leicht zum Geburtsbau finden. Sie kniete sich vor ihren Gefährten, nahm sein pelziges Gesicht zwischen die Hände und küsste ihn zärtlich auf die Nase. Dann konzentrierte sie sich und sandte ihm das Bild. »Geh, Rigel! Führ uns dorthin!«

Mit freudigem Bellen schoss Rigel voraus, den schmalen

Wildwechsel entlang, auf dem sie seit der letzten Bachüberquerung mehr oder weniger geblieben waren. Vor der nächsten Biegung hielt er an, blickte zurück auf die zögernde Gruppe aus Gefährten und Clansfrauen und bellte auffordernd. Sheena seufzte. »Ich habe schon fast vergessen, wie viel Energie junge Hunde haben.« Sie tätschelte Captain den Kopf und nickte ihm zu. »Na los, geh mit Rigel.« Mit aufgeregtem Gebell wie ein Welpe sprang der ältere Schäferhund dem jungen nach.

Mari bedeutete den Clansfrauen, Rigel und Captain zu folgen. »Hier lang. Bald sind wir für die Nacht in Sicherheit. – Isabel, könntest du dich mal an die Spitze setzen und schauen, dass alle Rigel folgen können? Ich würde gern kurz mit O'Bryan reden.«

»Natürlich.« Isabel eilte den Hunden nach.

Die Gefährten ließen sich mehr Zeit mit dem Aufbruch als die Erdwanderinnen, darauf bedacht, großen Abstand zu diesen zu wahren. Mari trat zu den beiden am schwersten verwundeten Mädchen und half ihnen auf die Füße.

»Du – du siehst gar nicht aus wie eine Dreckwühlerin«, sagte Sarah, die Jüngere der beiden, deren Knöchel gebrochen schien und die sich schwer auf Lydia stützte.

»Du bist Sarah, nicht wahr? Darf ich mir deinen Knöchel mal ansehen?«

»Sarah, genau. Bist du wirklich eine Heilerin?«

»Ja. Und wir selbst nennen uns nicht Dreckwühler. Wir sind Erdwanderer.«

»Sie ist unglaublich«, warf O'Bryan ein. »Sie hat mich von der Fäule geheilt.«

Sarah und ihre Schwester tauschten ungläubige Blicke. Dann sagte das jüngere Mädchen: »Gut, schau dir meinen Fuß an.«

Rasch betastete Mari das Fußgelenk des Mädchens und stellte fest, dass es nicht gebrochen, sondern nur schwer verstaucht war. Automatisch begann sie, sich Streifen aus dem Saum ihrer Tunika zu reißen, und sagte zu dem jungen Mann, der jede ihrer Bewegungen gespannt verfolgte: »Weißt du, wie Vogelmiere aussieht?«

»Nö, tut mir leid. Mit Pflanzen habe ich's nicht so.«

»Ich weiß es. Ich habe eine Zeitlang auf dem Inselhof gearbeitet«, schaltete sich Sheena ein.

Mari nickte ihr dankbar zu. »Hinter der letzten Biegung etwas abseits des Weges habe ich, glaube ich, eine Menge davon gesehen. Könntest du mir ein Büschel holen?«

»Sicher doch!« Sheena joggte den Pfad zurück.

Während Mari die Tuchstreifen fest um Sarahs Knöchel band, sagte sie zu Lydia: »Gut, dass du deine Kleidung nass gemacht hast, um die Verbrennungen zu kühlen. Aber es tut sicher trotzdem noch fürchterlich weh.«

Sie nickte mit schmerzverkrampften Lippen.

»Ich tue jetzt für dich, was ich kann, und wenn wir an unser Ziel kommen, gebe ich dir sofort etwas gegen die Schmerzen.«

Da fand Lydia doch ihre Stimme. »Du wirkst kein bisschen wie die Dreckwühlerinnen – entschuldige, die Erdwanderinnen, die ich kenne.«

»Hast du denn je eine Erdwanderin wirklich gekannt?« Obwohl Mari lächelte, um ihrer Frage die Schärfe zu nehmen, mied das Mädchen ihren Blick und schüttelte den Kopf. »Nein. Ich war nur ein-, zweimal mit meiner Mutter auf dem Hof.« Dann presste sie wieder die Lippen zusammen und blinzelte, sichtlich, um die Tränen zurückzuhalten.

»Sie ist tot«, sagte Sarah heiser. Sie verbarg ihre Tränen nicht.

»Und unser Vater und die Hunde auch. Sie – sie haben uns aus dem Nest gescheucht und waren eigentlich dicht hinter uns. Aber es passierte so schnell. In einem Moment schrien sie uns noch zu, wir sollten rennen – im nächsten stand der ganze Baum in Flammen, und –« Unfähig weiterzusprechen verstummte sie.

»Das tut mir leid.« Nacheinander sah Mari die Schwestern an. »Meine Mama ist auch erst vor kurzem gestorben.«

Lydia schluchzte. »Es ist so schrecklich.«

Beide Mädchen – unter dem Ruß, Dreck, Schweiß und Blut sah man, dass sie kaum so alt sein mochten wie Jenna – senkten die Köpfe und klammerten sich aneinander. Mari stand auf und entfernte sich ein wenig, um ihnen Raum für ihre Trauer zu geben.

»Mari, Roses Rücken ist ziemlich verbrannt«, sagte O'Bryan leise zu ihr.

Mari trat zu der zierlichen blonden Frau, die mitten auf dem Pfad neben ihrer Hündin saß, an deren Zitzen hingebungsvoll die Welpen saugten. »Darf ich mir deinen Rücken ansehen, Rose?«

Sie zuckte mit den Achseln. »Sicher. Aber ich kann laufen – ich muss ja.«

Mari trat hinter sie, hob vorsichtig ihr verbranntes Hemd an und betrachtete mit gerunzelter Stirn die Blasen, die schon zu nässen begannen. Da kam Sheena herangeeilt und drückte ihr ein großes Bündel saftiger Ranken mit winzigen weißen Blüten in die Hand. »Hier, ich habe einfach alles abgeerntet.«

»Danke, Sheena. Könntest du jetzt Captain zu dir rufen? Damit er uns zu den Clansfrauen und Rigel führen kann, wenn wir hier fertig sind?«

Sheena nickte, legte die Finger an die Lippen und pfiff schrill.

Derweil drückte Mari Sarah die Hälfte der Vogelmiere in die Hand. »Hier, kau das gut durch. Dann spuck es in die Hände und schmiere es auf Lydias schlimmste Verbrennungen. Ich mache bei Rose dasselbe. Wenn das erledigt ist, gehen wir weiter.«

»Was? Ich soll das kauen und auf Lydia spucken?«

»Na ja, mehr oder weniger. Du sollst es in die Hand spucken und dann auf Lydias Verbrennungen streichen. Und wenn du was davon schluckst, ist es nicht schlimm. Es hilft auch gegen den geschwollenen Fuß.« Mari steckte sich selbst eine große Handvoll des bitteren Krauts in den Mund, begann zu kauen und trat wieder zu Rose.

O'Bryan hielt ihr die Hand hin. »Ich kann auch helfen.«

Mari reichte ihm einen Teil der Vogelmiere. »Wie geht's deinem Bein?«, fragte sie mit vollem Mund.

»Das hält schon durch, bis wir am Ziel sind. Du hast mich wieder perfekt hingekriegt!« Er grinste und stopfte sich das Kraut in den Mund. Bald kaute und spuckte er mit Mari um die Wette.

Nicht lange und die drei verletzten Frauen humpelten unter Captains Führung den Clansfrauen nach, auch wenn sie erschöpfter wirkten, als Mari lieb war. Sie schaute sich nach O'Bryan um. Sheena und er hatten die Welpen unter sich aufgeteilt und begleiteten Rose, deren Kräfte so geschwunden waren, dass sie sich nur noch auf Sheena gestützt dahinschleppen konnte. Mari räusperte sich. O'Bryan sah auf. Sie warf ihm einen vielsagenden Blick zu und fragte: »Sheena, könntest du O'Bryan die Welpen einen Moment abnehmen? Ich will kurz einen Blick auf seine Wunde werfen; ich finde, er hinkt ziemlich.«

»Sicher.« Sheena nahm ihm die zappelnden Hündchen ab. »Sollen wir vielleicht noch einen Moment länger rasten?«

»Nein«, antwortete Mari schnell. »Wir sind zwar fast schon auf Erdwanderergebiet, aber wenn wir es vor Nachteinbruch bis zu dem Bau schaffen wollen, den ich im Sinn habe, müssen wir uns beeilen. Geht ihr vier weiter. Wir kommen gleich nach und holen euch bestimmt schnell ein.«

Dann bedeutete sie O'Bryan, sich auf einen am Weg liegenden Baumstamm zu setzen. Zuerst schaute sie sich seine Verbrennungen an und gab ihm den Rest der Vogelmiere. »Kau das und schmiere es dir auf Gesicht und Arme. Schlimm sind die Wunden nicht, aber weh tut's vermutlich schon.«

»Stimmt. Danke.« Rasch kaute O'Bryan die Ranken und begann mit einem erleichterten Seufzer, den Brei auf der verbrannten Haut zu verteilen.

Mari beugte sich über sein Bein. Die Wunde war etwas strapaziert und hätte einen neuen Verband gebraucht, zeigte jedoch keine Anzeichen für eine Entzündung oder gar die Fäule. Kaum waren die Gefährtinnen außer Hörweite, fragte sie leise: »Nik hat dir das mit Sol und Thaddeus also erzählt?«

»Ja. Sheena weiß es auch. Die anderen nicht. Das würde sie völlig fertigmachen. Es ist schon schlimm genug, dass ein Mann aus dem Stamm unseren Sonnenpriester getötet hat – aber Mari, Sol war der Einzige, der Sonnenfeuer herabrufen konnte, mit dem er den Brand hätte aufhalten können.«

»Und wie schlimm ist das?«

»Könnte kaum schlimmer sein«, sagte er düster. »Wenn das Feuer nicht gestoppt wird, ist die Stadt verloren. Und wahrscheinlich der größte Teil des Stammes. Und ich habe keine Ahnung, wie viel von diesem Wald es überleben wird – wenn überhaupt.«

»Warum ist Nik dann nicht mit euch gekommen?«

»Er ist genau wie sein Vater, Mari. Er will versuchen, das Feuer um jeden Preis aufzuhalten, selbst –«

»Selbst wenn er dabei sterben muss, meinst du?«

O'Bryan nickte hoffnungslos.

In Mari breitete sich eine schreckliche Leere aus. »Ich habe ihn gerade erst gefunden. Ich kann ihn nicht schon wieder verlieren.«

Sie bemerkte gar nicht, dass sie laut gesprochen hatte, bis O'Bryan ihr die Hand auf die Schulter legte und kurz drückte. »Er hat gesagt, ich soll dir sagen, es tut ihm leid. Dass er wollte, es hätte anders geendet.«

»Es wird anders enden. Ich habe zusehen müssen, wie meine Mutter starb. Ich habe zusehen müssen, wie sein Vater starb. Doch ich werde nicht tatenlos zusehen, wie Nik stirbt.« Sie stand auf und half ihm auf die Füße.

»Er ist nicht hier. Wir müssen ihm nicht dabei zusehen«, sagte O'Bryan bitter.

Mari sah ihm in die Augen. »Oh, ich werde zusehen. Aber nicht, wie er stirbt. Das schwöre ich dir.«

# 5

Mari wusste, was sie zu tun hatte. Wie, das war eine andere Frage – aber sie musste Nik retten. Und wenn sie dafür auch den Stamm und die Stadt in den Bäumen retten musste, nun, dann sei's drum.

Sie stob an dem Häuflein Gefährten und den müden Erdwanderinnen vorbei zu Isabel, die nicht weit hinter Rigel die Spitze bildete. Der Welpe rannte bellend auf sie zu, damit sie ihn flüchtig umarmen konnte, und trabte wieder nach vorn. Mari fiel neben Isabel in Schritt. »Du machst das toll. Danke, dass du keine Angst vor Rigel hast.«

Isabel lächelte tapfer. »Dass ich keine Angst habe, würde ich nicht sagen, immerhin gewöhne ich mich aber langsam daran, ihm zu folgen.«

»Du kannst wirklich ganz unbesorgt sein. Darauf gebe ich dir mein Wort.« Mari schlug ein so schnelles Tempo an, wie sie es wagte. »Wir sollten uns beeilen. In dem Rauch ist schwer zu schätzen, wie spät es ist, aber es fühlt sich an, als marschierten wir schon den ganzen Tag.«

»Ich habe das Gefühl, ich laufe schon ein ganzes Jahr.«

»Ich weiß genau, was du meinst. Hör mal, Isabel. Wenn wir am Versammlungsplatz sind, will ich schauen, dass alle so schnell wie möglich ein Plätzchen finden, um sich auszuruhen, und dann muss ich dir die Verantwortung überlassen, während ich Sora hole.« *Und wenn ich Sora alles erzählt habe und sie sich aufmacht, um den Leuten hier zu helfen, verschwinde ich und rette Nik*, schwor sie sich.

Rigel bellte ein paarmal scharf – und Mari erkannte ein Stück voraus erleichtert einen vertrauten Kirschbaumhain.

»Na endlich, der Versammlungsplatz«, seufzte sie. Erleichtert hob sie die Hände als Trichter an den Mund und rief nach hinten: »Wir müssen nur noch durch diesen Hain. Dann könnt ihr euch ausruhen, während ich –« Plötzlich wurde Rigels Gebell fröhlich, und er sprintete in welpenhaftem Übermut durch den Hain davon. Binnen Augenblicken sah Mari ihn nicht mehr, hörte aber einen erschrockenen Aufschrei, gefolgt von halbhysterischem Gekicher. »Was zum –« Auch sie rannte los, während die Gruppe vorsichtig zurückblieb – und stieß nach wenigen Schritten auf Sora, die von Rigel umgeworfen worden war und sich sichtlich halbherzig gegen ihn wehrte.

»Mari!«, prustete sie, während sie sich mit der einen Hand Hundesabber vom Gesicht wischte und mit der anderen Rigel an sich zog. »Große Göttin, bin ich froh, dass du da bist. Ich habe schon alles Mögliche befürchtet! Jenna und Danita habe ich befohlen, beim Bau zu bleiben, aber ich wollte sehen, was los ist. Dieser Rauch! Was passiert da bei den Gefährten, und –« Sie brach ab und starrte in den Rauch hinter Mari, wo Isabel aufgetaucht war. »Isabel? Bist das wirklich du?«

Das Mädchen lächelte. »Ja! Und nicht nur ich.« Sie trat beiseite, damit Sora das Häufchen müder Clansfrauen hinter ihr sehen konnte.

Sofort sprang Sora auf, eilte den Erdwanderinnen entgegen, begrüßte viele von ihnen mit Namen, umarmte und tröstete sie. Mari sah ihr zu und verspürte Stolz auf ihre Freundin und

Schülerin – Sora hatte definitiv das Zeug zu einer hervorragenden Mondfrau. Schon ließ sie den großen Wasserschlauch, den sie dabeihatte, herumgehen und wühlte in ihrem Rucksack nach Arzneien. Ein wenig ließ die quälende Spannung in Maris Schultern nach.

Dann kamen die Gefährten in Sicht, und alle Clansfrauen verfielen in Schweigen.

Mari trat zu Sora. »Sora, das ist Niks Cousin O'Bryan.«

Mit undeutbarem Gesichtsausdruck musterte Sora den jungen Burschen. Schließlich nickte sie langsam. »Hallo, O'Bryan. Nik hat nur Gutes von dir erzählt.«

Er lächelte zögernd. »Von dir auch, Sora.«

»Ach was? Hat er nicht erwähnt, dass ich ihn sterben lassen wollte?«

O'Bryans Lächeln wurde entspannter. »O doch, aber er sagte auch, du hättest deine Meinung geändert.«

Sora schnaubte. »Die hat er mir geändert, nicht ich.« Sie spähte zu den Frauen hinter O'Bryan. »Und wer sind deine Freundinnen?«

O'Bryan wirkte erleichtert. Schnell stellte er die anderen vor. Als er fertig war, musterte Sora Mari abschätzend. »Und, Mondfrau, was machen wir mit ihnen?«

»Nicht wir, du. Ich hoffe, du hast etwas Aloengel gegen Verbrennungen dabei.«

Sora nickte. »Habe ich mitgenommen. Außerdem habe ich Jenna und Danita gebeten, so viel Aloe zu sammeln, wie sie finden können, und daraus noch mehr Gel und Salbe herzustellen. Ich dachte, das könntest du vielleicht gebrauchen.«

»Richtig geraten. Und klasse Idee, gleich mehr Aloe zu sammeln.«

»Danke.« Sora grinste. »Und dann?«

»Versorge die Verbrennungen – am schlimmsten hat es Rose und Lydia getroffen. Aber lass dir nicht zu viel Zeit für einzelne Patienten. Wir sollten sie bald in Sicherheit bringen.«

»Und wohin? Das sind, hm, etwa fünfundzwanzig Leute, davon mindestens die Hälfte verletzt?«

Während ihres Gesprächs zog Mari Sora etwas abseits, um freier sprechen zu können. Sora kam bereitwillig mit, die Augen weiter scharf auf die Flüchtlinge gerichtet, von denen sich die meisten erschöpft zu Boden sinken ließen. Im Gehen begann sie zu husten – ein hässlich rasselndes Keuchen. Schnell wandte sie sich ab und bemühte sich sichtlich, es zu unterdrücken; Mari sah, welche Mühe sie das kostete.

Als Sora sich ihr wieder zuwandte und sich den Mund abwischte, betrachtete Mari sie intensiv.

»Was ist?«, wollte Sora wissen.

»Du bist krank«, sagte Mari leise. Sie streckte die Hand aus, um Sora zu untersuchen, aber die junge Mondfrau wich zurück und schüttelte den Kopf. »Nein, nein. Alles okay.«

»Du bist krank«, wiederholte Mari. »Du bist blass und deine Wangen ungesund rot. Hast du Fieber?«

Sora packte sie am Handgelenk und zog sie noch weiter von den anderen weg. »Mir geht's gut. Oder sagen wir mal, so gut wie es einem gehen kann, wenn man gestern von Clansmännern, die man eigentlich für Freunde oder sogar mehr hielt, angegriffen, misshandelt und fast vergewaltigt wurde.«

»Davon solltest du nicht krank werden«, widersprach Mari ihr.

»Nicht? Das sehe ich anders. Und deine Mama auch – ich habe in ihrem Buch nachgeschlagen. Mein Immunsystem ist zweifellos in Mitleidenschaft gezogen worden. Deshalb geht's mir mies. Aber ich kann mir jetzt nicht den Luxus leisten, mich im Bau zusammenzurollen und eine Woche lang Tee zu trinken und deinem Vieh beizubringen, mir Sachen zu bringen.«

»Rigel beibringen, dir Sachen zu bringen? Bist du sicher, dass du nicht delirierst?«

Sora runzelte die Stirn. »Du weißt doch, was für abgefahrenes Zeug er kann. Zum Beispiel deine Gedanken lesen. Also dachte ich mir, wenn ich krank bin, kann er mir bestimmt Sachen bringen. Ich weiß noch nicht genau wie, aber sobald all das vorbei ist und ich mal wieder ein bisschen Ruhe habe, will ich ihn so dressieren, dass er mir die meiste Arbeit abnimmt. Du schwärmst doch ständig davon, wie klug er ist – inzwischen stimme ich dir zu. Absolut.« Sie bückte sich und tätschelte Rigel. Er grinste sein Hundegrinsen und leckte ihr die Hand, woraufhin sie das Gesicht verzog. »Ich frag mich nur, warum er so sabbern muss.«

»Er ist ein Schäferhund. Scheint, als würden die sowohl haaren als auch sabbern.« Mari lächelte auf Rigel hinab. »Na schön. Dann tue ich jetzt mal so, als ginge es dir gut – wenn du dich an Mamas Anweisungen hältst, wie eine Mondfrau sich verhalten muss, wenn sie krank ist.«

Sora seufzte. »Hab's schon gelesen. Keine Sorge, ich werde mir die Hände waschen, so oft es geht. Und wenn der Husten schlimmer wird, binde ich mir ein Tuch um Nase und Mund, damit niemand anders krank wird.«

»Und denk daran, pfleg dich selbst genauso gut wie deine Patienten.«

»Ja, ja. Sobald ich die Zeit dafür habe. Also, zurück zu deinen Flüchtlingen. Fünfundzwanzig sind es, ja?«

Mari nickte. Es stimmte leider; Sora hatte wirklich keine Zeit, um ihre ungelegen gekommene Erkältung auszukurieren. »Ja, in etwa. Meine Idee war, dass du sie zum Geburtsbau bringst. Sorg dafür, dass alle es bequem haben. Versorge ihre Wunden. Gib ihnen zu essen. Isabel hilft dir garantiert – und Jenna auch, falls sie Danita allein lassen kann. Ach was, vielleicht tut es Danita ja gut, sich um andere kümmern zu müssen, also bring sie am besten gleich mit zum Geburtsbau.«

Nachdenklich nagte Sora an ihrer Unterlippe, nickte langsam, schob sich das Haar aus der Stirn und unterdrückte wieder ein Husten. »Kein schlechter Plan. Zumindest ist der Geburtsbau groß genug für alle, und wenn mir jemand hilft, können wir sicher die Tür reparieren, damit wir sie nachts verrammeln können.« Dann krauste sie die Nase, als fiele ihr erst jetzt auf, was Maris Worte noch implizierten. »Sag mal, was hast denn du vor, während ich all das tue?«

»Nik retten.«

Mari rannte. Sie verbat sich, sich Sorgen um Sora zu machen, um die verängstigten Clansfrauen oder die verletzten Gefährten, die sie in der Obhut von Fremden, ja Feinden zurückgelassen hatte. Sie konzentrierte sich ganz darauf, mit Rigel Schritt zu halten, und auf Nik.

*Ich lasse ihn nicht sterben. Ich lasse ihn nicht sterben*, kreisten ihre Gedanken, während sie Steigungen hinaufeilte, Felsen überkletterte und über herumliegende Äste sprang. Nur einmal machte sie an einem Bach halt, rief Rigel zu sich, ließ ihn sich im Wasser wälzen, bis sein dichtes Fell bis auf die Haut durchnässt war, und spritzte sich selbst nass, bis die Kleider ihr am Leib klebten. Dann sah sie ihrem Gefährten in die klugen, bernsteinfarbenen Augen. »Rigel, such Nik!«, wiederholte sie den Befehl, den sie ihm schon zu Anfang ihres Wegs zurück zur Stadt gegeben hatte.

Der Schäferhund verließ das Wasser und trabte in den dicker werdenden Rauch hinein. Mari riss einen Streifen vom Ärmel ihrer klatschnassen Tunika und band ihn sich um Nase und Mund. Dann eilte sie ihrem Gefährten nach und sandte ihm derweil gedankliche Bilder, dass er jede Begegnung mit Menschen vermeiden sollte – außer mit Nik.

Sie wusste, dass er sie verstand. Ihm blind vertrauend folgte sie ihm zwischen Bäumen und Gebüsch hindurch und hielt an, wenn er abrupt stoppte, um die zunehmenden Ströme der Flüchtlinge zu vermeiden.

Je näher sie der brennenden Stadt in den Bäumen kamen, desto surrealer wurde der Tag – wenn man es noch Tag nennen konnte. Alles war von Rauch erfüllt, der die Sonne verdunkelte, ihr die Tränen in die Augen trieb und Nase und Mund mit seiner Schärfe beizte. Sie fragte sich, ob sie den Geruch je wieder loswerden würde – er schien sich unauslöschlich in Haar, Haut und Rachen zu fressen. Und immer, wirklich immer war da der heulende Wind, der mal aus dieser, mal aus jener Richtung am Wald zerrte, als könnte er sich nicht so recht entscheiden, und jenes ferne, höhnische Donnergrollen mit sich brachte.

Die Stammesleute zu meiden war leichter, als sie befürchtet hatte. Diejenigen, die im rauchverhangenen Wald an ihr vorbeistolperten, sahen aus, als reichte ihre Kraft gerade noch aus, um einen Fuß vor den anderen zu setzen. Mari taten sie unendlich leid. Ein großer Teil von ihr – der Teil, der sich ihrer Mutter und ihrem Clan zugehörig fühlte – sehnte sich danach, ihnen Heilerin zu sein, sie um sich zu sammeln und sich um ihre Wunden zu kümmern. Aber das konnte sie nicht. Sie musste weiter. Sie musste Nik finden.

Ihr schenkte niemand Aufmerksamkeit. Mit ihrem mit dem Tuch verhüllten Gesicht und dem Schäferhund neben ihr sah sie aus wie ein Mitglied des Stammes auf dem Weg ins Herz der Stadt, wo der unstillbare Brand am wildesten wütete.

Geführt von Rigel erreichte sie einen breiteren Bach, in den sie dankbar wateten und in tiefen Schlucken das kalte Wasser tranken. Diesmal musste sie Rigel nicht ermutigen, sein Fell zu tränken. Er trabte mitten hinein, legte sich hin und schlabberte gierig. Mari klatschte sich Wasser ins Gesicht, tauchte einmal komplett unter und band sich dann den Tuchstreifen wieder um. Als sie fertig war, stand Rigel auf, verließ den Bach aber nicht. Gemeinsam wateten sie mit der Strömung weiter, dem Herzen der Stadt entgegen.

Sie hörte und spürte das Feuer, ehe sie es sah. Mit wildem, fast lebendig wirkendem Brüllen fraß sich das Inferno durch den uralten Kiefernwald und die darin erbaute Stadt, und die Hitze, die davon ausging, wurde immer größer. In Strömen rann Mari Schweiß, gemischt mit Ruß und Wasser, über den Körper.

Vor einer sanften Biegung des Baches hielt Rigel plötzlich an, bewegte sich rückwärts, bis er gegen Mari stieß, und grollte leise. Sofort stieg Mari ans Ufer. Langsam und vorsichtig schlich sie weiter, auf die zornigen Stimmen zu, die mit dem Rauch wie Rachegeister zu ihr trieben. Im Schutz einer mächtigen Kiefer spähte sie zu der Szene hinüber, die sich ihr bot. Mit dem Ärmel rieb sie sich die Augen, um besser sehen zu können – und ihr Magen zog sich zusammen.

Jenseits des schnell fließenden Bachs stand Nik vor einem frisch gefällten Baum. Vor ihm hatte sich Laru platziert und fixierte mit drohend gefletschten Zähnen die Gefährten, von denen die beiden umstellt waren. Selbst über das Prasseln der Flammen und die aggressiven Stimmen hinweg hörte sie, wie er die finster dreinblickenden Männer und Frauen angrollte, an deren Spitze bösartig grinsend Thaddeus stand.

Intensiv musterte Mari die Gruppe, um ihre Stimmung abzuschätzen. Thaddeus schien förmlich vor Zorn und Hass zu platzen. Die Jäger hinter ihm – dass es solche waren, schloss sie aus den Terriern bei ihnen – wirkten eher unbehaglich. Mari glaubte, den jungen Gefährten wiederzuerkennen, den Nik Davis genannt hatte: Soeben zogen er und sein kleiner heller Terrier sich aus dem Kreis zurück und verschwanden im Rauch.

Nicht weit entfernt waren andere Stammesmitglieder ohne Hunde an ihrer Seite verbissen damit beschäftigt, Bäume zu fällen und Unterholz aus dem Weg zu räumen; immer wieder warfen sie verstohlene Blicke auf den Auflauf um Nik.

»Verhaftet den verdammten Verräter endlich«, hörte sie mühelos über das kleine Gewässer hinweg Thaddeus' Stimme. »Er und seine Dreckwühlerhure sind an allem schuld!«

Die Worte trafen Mari wie eine Ohrfeige. Doch statt in die Knie zu gehen, ließ sie die Wut in sich einschlagen und dort anfangen zu brodeln.

Durch den Hass von Menschen wie Thaddeus war ihr Vater gestorben.

Thaddeus selbst mit seinem bigotten Tunnelblick hatte ihre Mama und Niks Vater getötet.

Mari würde nicht zulassen, dass dieses Gift auch Nik tötete.

Einen Moment lang wünschte sie, sie hätte ihre Schleuder

und einen Beutel Steine dabei. Sie suchte sogar mit den Augen den Boden ab und fand einen makellos runden Stein, der sich perfekt in ihre Handfläche schmiegte. Mari schloss die Faust darum, aber ihr war klar, dass etwas so Banales wie ein Stein oder selbst die Schleuder nicht ausreichen würden, um Nik aus der Klemme zu befreien. Dazu musste sie mehr tun, und zwar schnell.

Mari sah Rigel an. Der junge Schäferhund erwiderte ihren Blick. Sie sandte ihm ihre Absicht, vollkommen und rein wie eine sich öffnende Blütenknospe: *Wir retten Nik.*

Und dann trat Mari hinter der dicken Kiefer hervor und schritt auf die kleine Menschenansammlung zu, Rigel so dicht an ihrer Seite, dass seine kräftige Schulter ihr Bein streifte.

Die anderen Hunde bemerkten sie vor den Gefährten. Sie witterten in den Rauch und wandten den Kopf in ihre Richtung. Auch Thaddeus' bösartigen Terrier sah Mari aus den Augenwinkeln aufmerksam werden. Sein warnendes Knurren war für einen so kleinen Hund erstaunlich bedrohlich.

»Da ist sie! Die Dreckwühlerhure!«

Nik fuhr herum. Als er Mari sah, weiteten sich seine Pupillen vor Unglauben.

Alle Aufmerksamkeit war nun auf sie gerichtet. »Fangt sie!«, befahl Thaddeus. Einige Jäger begannen, auf Mari zuzugehen.

Im nächsten Moment stand Rigel zwischen ihr und den näher kommenden Gefährten, die Ohren aufgestellt, den Schwanz hochaufgerichtet und Nacken- und Rückenfell gesträubt. Grollend fletschte er die Zähne – ein tiefes, wildes Grollen, das von Laru in derselben Weise erwidert wurde.

»Er ist nur ein Welpe! Packt ihn und nehmt sie gefangen!«, rief Thaddeus speichelsprühend.

Mari ignorierte ihn. Unbeirrt stürmte sie los, auf Nik zu. Rigel folgte ihr, jetzt unter scharfem Gebell, das seine Jugend Lügen strafte. Die Terrier zwischen Mari und Nik wichen mit eingezogenen Schwänzen und zurückgelegten Ohren beiseite – und plötzlich war sie bei Nik! Er breitete die Arme aus, und sie warf sich hinein und schöpfte einen Herzschlag lang Kraft aus seiner ruhigen Zuneigung.

»Ich sag doch, sie ist seine Hure«, knurrte Thaddeus.

Mari stellte sich neben Nik. Vor ihnen bildeten Laru und Rigel einen Wall aus gefletschten Zähnen. »So langsam kann ich das nicht mehr hören«, sagte sie zu Nik, als existiere der Mob wütender Männer, Frauen und Hunde um sie herum nicht.

»Ja, leider ist Thaddeus nicht gerade für sein soziales Geschick berühmt«, gab er zurück.

»Mund halten! Jetzt fangt endlich das Miststück und den Verräter!«, brüllte Thaddeus.

»Halt!«, ertönte eine Stimme vom Rand der Schneise. Sie gehörte einem hochgewachsenen Mann, dem ein großer dunkler Schäferhund voraneilte. Hinter ihm tauchten der junge Jäger Davis und sein Terrier auf, außerdem weitere Gefährten mit Schäferhunden. Sie alle waren erschöpft, versengt und schweiß- und rußverklebt und husteten hinter feuchten Tüchern, die sie sich um Mund und Nase gewickelt hatten. Aber die Stimme des großen Mannes war kräftig und voller Autorität. »Thaddeus, du hast kein Recht, Nikolas oder diese Frau gefangen zu nehmen.«

Thaddeus' Gesicht wurde noch röter vor Zorn. »Machst du Witze, Wilkes?«, spuckte er dem Krieger entgegen. »Du warst doch auf dem Kanal dabei, als dieses Weib die Dreckwühlerinnen flüchten ließ und den Brand legte.«

Mari glaubte, Abscheu in Wilkes' Miene zu sehen; sein Ton war stählern. »Ich war dabei, aber ganz so, wie du es darstellst, war es nicht. Und da ist noch die Sache mit dem Tod unseres Sonnenpriesters – durch deine Hand. Der Brand ist der einzige Grund, warum du noch nicht verhaftet bist, Thaddeus.«

Mari beobachtete die Jägerinnen und Jäger. Ihre Mienen waren teils betroffen und traurig, teils zornig. Wilkes machte Anstalten, zwischen ihnen hindurch zu Nik und Mari zu treten. Laru und Rigel reagierten sofort und völlig synchron: Seite an Seite sträubten sie das Rückenfell und grollten warnend.

Die Reaktion von Wilkes' schwarzem Schäferhund ließ nicht auf sich warten – und ihr schlossen sich sämtliche anwesenden Hunde an, Terrier wie Schäferhunde. Sie senkten die Köpfe, zogen die Schwänze ein und verharrten reglos in absoluter Anerkennung von Larus Vorherrschaft.

»Nikolas, hat Laru dich etwa als Gefährten erwählt?«, fragte Wilkes.

»Ja. Er hat sich entschlossen, mit mir weiterzuleben statt mit meinem Vater zu sterben.« Nik tastete nach dem Kopf seines Gefährten und streichelte ihn respektvoll. »Dafür werde ich ihm mein Leben lang dankbar sein – vielleicht sogar darüber hinaus.«

Laru wedelte andeutungsweise mit dem Schwanz, ohne die wachsamen, bernsteinfarbenen Augen von der Menge zu wenden.

Wilkes suchte den Blick seines Gefährten. Mari glaubte, die Verbindung zwischen den beiden förmlich sehen zu können. Dann nickte der hochgewachsene Krieger, ebenso an seinen Hund gerichtet wie an sich selbst. »Unsere Gefährten sind sich einig. Sie erkennen Laru weiterhin als Leitrüden und Anführer an, wie es nach der Tradition unseres Stammes ihr unumstößliches Recht ist. Ich schlage vor, wir halten erst einmal gemeinsam den Brand auf. Sobald die Gefahr gebannt ist, können wir den Rat zusammenrufen und überlegen, wie wir wegen des Todes unseres Sonnenpriesters verfahren wollen, genau wie in der Angelegenheit um Nikolas und seine Dreckwühlerin.«

»Erdwanderin«, warf Mari laut und klar ein. »Der Name meines Volkes ist Erdwanderer. Mich Dreckwühlerin zu nennen bedeutet, mich zu beleidigen. Und ich sollte hinzufügen, dass ich nur zur Hälfte Erdwanderin bin. Mein Vater kam aus eurem Stamm. Er war ein Gefährte namens Galen.«

Über Wilkes' Züge huschte Überraschung, ebenso wie über die aller anderen, vor allem derjenigen, die in mittleren Jahren oder älter zu sein schienen.

»Die will doch nicht im Ernst behaupten, sie sei eine von uns«, höhnte Thaddeus.

»Das muss sie nicht behaupten, und du brauchst es auch nicht zu glauben«, gab Nik zurück. »Allein die Tatsache, dass ein Hoher Hund sie erwählt hat, macht sie zu einer von uns.«

»Das ist wahr«, pflichtete Wilkes ihm bei. »Nicht das Blut macht einen zum Gefährten, sondern das Herz, die Seele und die Liebe eines Hundes.«

Nik lächelte Mari stolz an. »Und das hat Mari.« Dann ließ er den Blick über die Umstehenden wandern und sagte laut, damit auch jeder seine Worte verstehen würde: »Außerdem kann sie die Fäule heilen!«

»Das ist eine Lüge!«, rief Thaddeus.

»O nein!«, konterte Nik. »Ich hatte die Fäule. Sie hat mich geheilt. Und wie ihr wisst, hatte auch O'Bryan sie, und auch ihn hat sie geheilt.«

»Ach ja? Wo ist O'Bryan denn? Hat ihn vielleicht jemand gesehen, seit das Feuer ausbrach?«

»Ja. Ich.«

Alle Augen richteten sich auf den jungen Jäger namens Davis, der nervös von einem Fuß auf den anderen trat, was der kleine Terrier neben ihm prompt nachahmte. »Ich habe gesehen, wie er mit Rose zusammen versuchte, Falas Wurf zu retten«, fuhr er fort. »Ich weiß nicht, ob er's geschafft hat – das Feuer hat mich von ihnen abgeschnitten –, aber ich habe ihn definitiv gesehen, und er war nicht mehr krank.«

»Er hat es geschafft«, informierte Nik ihn. »Ich habe ihn danach getroffen. Er hatte Falas Welpen gerettet und war dabei, sie und Rose in Sicherheit zu bringen.«

»Ach, und deshalb ist all das plötzlich gut und richtig!«, geiferte Thaddeus.

Mari war es satt zu schweigen. Angewidert schüttelte sie den Kopf. »Du mieser verlogener Heuchler. Deinetwegen ist meine Mutter gestorben. Du und dieser alte Mann seid schuld daran, dass die Erdwanderinnen am Kanal in Panik gerieten und das Feuer ausbrach. Du hast Niks Vater, euren Sonnenpriester, erschossen. Und wenn wir gleich alle verbrennen, dann deswegen, weil dir dein Hass wichtiger ist als unser aller Leben.« Sie sah den übrigen Gefährten in die Augen. »Ist euch Hass auch wichtiger als Leben?«

»Wage es nicht, so mit mir zu reden, Dreckwühlerhure!« Scheinbar unfähig, sich zu beherrschen, wollte Thaddeus sich auf sie stürzen, die Hände nach ihrem Hals ausgestreckt.

Mit wildem Knurren flog Rigel auf ihn zu, brachte ihn zu Fall und stellte sich über ihn, die gefletschten Zähne an seiner Kehle. Zugleich warf Laru sich auf Thaddeus' tückischen kleinen Terrier und zwang ihn, sich auf den Rücken zu rollen und Bauch und Kehle zu entblößen.

Wie auf Kommando wichen die anderen Hunde noch weiter zurück, nach wie vor mit gesenkten Köpfen und eingezogenen Schwänzen.

»Nik, Mari, ruft eure Gefährten zu euch«, bat Wilkes. »Thaddeus, jetzt ist wirklich Wichtigeres zu tun. Später wird der ganze Stamm entscheiden, was in all diesen Dingen geschehen soll – falls es den Stamm dann noch gibt. Bis dahin lass die Hände von Mari und Nik.«

Laru und Rigel trabten zurück neben ihre Gefährten. Thaddeus und sein Terrier rappelten sich langsam auf. Wieder einmal grollte Donner in der Ferne, und der Wind peitschte plötzlich aus genau entgegengesetzter Richtung als zuvor. Die Böe brachte Rauch, Funken und das wütende Prasseln des nahenden Infernos mit sich.

»Es kommt! Jetzt können wir nur noch hoffen, dass die Schneise auch ohne Sonnenfeuer …«, stieß Wilkes angespannt aus. Alle wandten sich ihm zu – außer Mari, die weiter Thaddeus beobachtete. Sie konnte kaum fassen, wie ein einzelner hasserfüllter Mann ihr Leben so drastisch beeinflusst haben konnte. Da sah sie seine Hand nach der kleinen Scheide an seinem Gürtel tasten. Mit einem finsteren Blick auf Rigel klappte er sie auf und zog geübt den Wurfdolch hervor, der darin steckte.

Maris Furcht schäumte über. »Nicht Rigel!«, schrie sie – und ließ der Wut, die in ihr schwelte, seit er sie zum ersten Mal Hure genannt hatte, freien Lauf. Aus ihren ausgestreckten Händen schoss eine Feuerkugel, landete zu Thaddeus' Füßen und sprang auf dessen Hose über. Thaddeus ließ den Dolch fallen – und dieser bohrte sich mit der Klinge voran in die Flanke seines Terriers. Beide, Mann und Hund, schrien vor Schmerz auf. Thaddeus hechtete sofort in den nahen Bach, während der Hund winselnd versuchte, mit den Zähnen den Dolchgriff herauszuziehen.

»Helft ihm! Helft Odysseus!«, rief Thaddeus aus dem Bach. Zwei seiner Jäger eilten zu dem Terrier, zogen ihm die Klinge aus der Flanke und drückten ein Druckpolster auf die blutende Wunde.

Entsetzt starrte Mari den verletzten Hund an, hin und her gerissen zwischen dem instinktiven Drang, ihm zu helfen, und dem Wissen, dass Thaddeus ihr dies sicher nie erlauben würde. Sie musste unwillkürlich einen Schritt auf Odysseus zugegangen sein, denn plötzlich schloss sich Niks Hand um ihr Handgelenk. »An dieser Verletzung ist ganz allein Thaddeus schuld. Nicht du. Nichts überstürzen, Mari. Du hast gerade Sonnenfeuer herabgerufen. Du hast eindeutig bewiesen, dass in dir Gefährtenblut fließt«, zischte er.

Jeder Mann und jede Frau auf der Lichtung starrte Mari an. Sie riss den Blick von dem verwundeten Terrier los, schob das Kinn vor und nahm die Versammelten in Augenschein. »Zweifelt ihr immer noch daran, dass mein Vater einer der euren war?«

Aus dem Bach wankte Thaddeus auf Odysseus zu, wobei er die beiden Jäger, die sich um diesen gekümmert hatten, grob beiseitestieß. Er kniete sich neben den jämmerlich winselnden kleinen Hund, die grünen Augen hasserfüllt auf Mari gerichtet. »Verfluchtes Miststück! Dafür wirst du büßen!«

Nik wollte etwas erwidern, aber diesmal war es Mari, deren Hand ihn zum Verstummen brachte. Kopfschüttelnd fragte sie

Thaddeus: »Übernimmst du eigentlich je die Verantwortung für das, was du tust? Jeder hier hat gesehen, was passiert ist. Du hast meinen Hund bedroht. Ich habe Sonnenfeuer herabgerufen, um dich aufzuhalten. Du hast den Dolch fallen lassen, mit dem du Rigel töten wolltest, und er ist auf Odysseus gefallen. Es war ganz allein deine Schuld!«

»Es wäre nie passiert, wärst du nicht hier eingedrungen. Genau wie der Brand und Sols Tod – all das wäre nie passiert.«

Ohne auf Thaddeus zu achten, sagte Nik zu den Stammesleuten: »Hört zu. Es ist ganz einfach: Wollt ihr euch wie Thaddeus in eurem Hass suhlen und weiter zusehen, wie alles immer schlimmer wird, oder reißt ihr euch zusammen und lasst zu, dass sich etwas ändert – ziemlich sicher zum Besseren?«

In das gespannte Schweigen hinein rief eine neue, körperlose Stimme: »Es ist sogar noch einfacher. Wollt ihr die einzige Person hier vernichten, die Sonnenfeuer herabrufen und euch retten kann?«

Maris Pupillen weiteten sich, als sie des Mannes ansichtig wurde, den der Rauch freigab. Er eilte schnurstracks zum Bach und klatschte sich das kalte, klare Wasser über den ganzen Körper. Aber was Mari weit mehr faszinierte, war das Wesen an seiner Seite.

»Ein Luchs«, sagte Nik leise. »Sie sind Gefährten der Söldner.«

Egal in welcher Gefahr sie schwebten, Mari konnte nicht anders, als die Katze neugierig zu mustern. Sie war deutlich größer als ein Terrier. Selbst rußgeschwärzt und versengt sah ihr Fell dicht und weich aus. Sie hatte enorme Pfoten, die auf merkwürdige Weise an die von Hasen erinnerten. Die Spitzen ihrer Ohren wurden von fedrigen dunklen Fellpinseln gekrönt, und als sie den Blick auf Mari richtete, staunte diese, wie ihre gelben Augen zu glühen schienen.

»Da hat Antreas recht«, sagte Wilkes.

Der Mann sah auf, und Mari erschrak beinahe, denn seine Augen hatten genau dieselbe Farbe wie die seiner Katze. Er wischte sich das Gesicht mit dem Ärmel trocken und sagte: »Nur für den Fall, dass euch das noch nicht überzeugt: Das Feuer folgt Bast und mir auf den Fersen, und dahinter wimmelt es von Schaben, die alles verschlingen, was es übrig lässt.«

»Schaben?«, wiederholte Wilkes ungläubig. »Bei Tageslicht?«

»Wenn man das Tageslicht nennen kann.« Antreas deutete auf den rauchverhangenen Himmel, in dem keine Spur Sonne zu sehen war. »Ihr habt keine Zeit mehr. Wenn ihr das Feuer aufhalten wollt, dann jetzt. Wenn nicht, dürft ihr gern mit Bast und mir kommen. Der Wind hat uns vom Kanal abgeschnitten, aber wir haben vor, um Hafenstadt herum zum Willum zu gelangen.«

Von dort, woher er gekommen war, krachte und prasselte es lauter denn je im Wald. Mari bemerkte, dass der Mann erst einen Blick auf seinen Luchs warf, ehe er reagierte. Dann nickte er und stieg aus dem Bach. »Ihr könnt natürlich auch hierbleiben und euch weiter zanken wie Hunde. Mir egal.«

»Wie Hunde?«, fuhr Thaddeus den Luchsmann an. »Du beleidigst uns im Herzen unseres Stammesgebiets?«

Antreas, der sich schon abwenden wollte, hielt vor Thaddeus und Odysseus an und sah auf den deutlich kleineren Jäger hinab. »Stamm? Ich sehe keinen Stamm, nur ein paar streitende Kinder.«

»Du Scheiß-Katzenficker –«, setzte Thaddeus an.

Wie der Blitz sprang der Luchs zwischen Antreas und ihn, machte einen Buckel und fauchte mit gefährlich funkelnden Augen.

Thaddeus stolperte zurück. Antreas lächelte. »Klug von dir. Bast hält sich nämlich nicht an eure Regeln. Wenn sie dich angreift, dann nicht, um dich zu unterwerfen, sondern um dir die Eingeweide herauszureißen. Komm nur, Hundemann, dann freut sie sich.«

»Hör endlich auf, Thaddeus!«, befahl Wilkes. Er nickte Antreas zu. »Dein Weg ist deine Sache. Du gehörst nicht zum Stamm, dieses Feuer geht dich nichts an. Ich bitte dich nur um eines: Markiere den Weg, den du nimmst, damit der Stamm dir folgen kann, falls es nötig werden sollte.«

»Mach ich.« Antreas nickte Wilkes höflich zu, und er und sein Luchs verschwanden im Wald.

Wilkes wandte sich an Mari. »Unser Gast hat recht. Wirst du uns helfen?«

Ohne zu überlegen, sagte Mari klar und deutlich: »Nur wenn ihr mir freies Geleit für Rigel und mich, Nik und Laru und jeden anderen versprecht, der mit uns euren Stamm verlassen will, sobald das Feuer gelöscht ist.«

Wilkes starrte Nik entgeistert an. »Du willst uns verlassen? Mit dem Leitrüden des Stammes und der Frau, die deinen Worten nach die Fäule heilen kann?«

Auch Nik überlegte nicht lange. »Ich gehe mit Mari.«

Den Umstehenden war anzusehen, in welchem Zwiespalt sie steckten. Mari konnte es ihnen nachfühlen. Ihre Stadt brannte lichterloh, ihre Freunde und Familien waren in Gefahr, und plötzlich tauchte sie selbst auf, eine Fremde, ein Eindringling – und ihre einzige Hoffnung auf Rettung.

Ja, Mari fühlte mit ihnen, aber sie war keine Närrin. Sie erhob die Stimme, damit diese über dem Heulen des Windes und dem Knacken der sich immer näher fressenden Flammen zu hören war. »Ich werde Sonnenfeuer herabrufen und euch retten. Und ich gebe euch mein Wort, dass ich wiederkommen und euren Verletzten mit Hilfe meiner Mondfrauenkenntnisse helfen werde, aber nur, wenn euer Rat beschließt, nie wieder auch nur eine einzige Erdwanderin zu versklaven.«

»Glaubt ihr kein Wort«, knurrte Thaddeus, während er Stoff vom Ärmel seiner Tunika riss und seinen Hund damit verband. »Wenn ihr sie gehen lasst, werdet ihr sie nur wiederfinden, indem ihr sie aufspürt und fangt und fesselt wie ein Wildschwein.«

Mari sah ihm in die hasserfüllten Augen. »Halt endlich den Mund, oder ich sorge dafür, dass du es ein für alle Mal tust.«

»Drohst du mir etwa, Dreckwühlerhure?!«

Wild knurrend machte Rigel zwei Schritte auf Thaddeus zu. Mari spürte seinen Zorn. Sie schöpfte Kraft daraus. Sie ließ sich davon erfüllen, bis ihre Lippen sich hoben und ihre gebleckten Zähne freigaben. Der Zorn ihres Gefährten wandelte sich in ihr, wurde siedend heiß, ein gelbes Glühen, das sie ganz und gar zu erfüllen und zu umgeben schien.

Nik ließ ihre Hand los, als hätte er sich verbrannt, lächelte ihr aber begeistert zu. »Das ist es! Du machst es schon wieder. Du rufst Sonnenfeuer!«

»Alle zurück«, befahl Wilkes indessen. »Über den Bach!« Während die Stammesleute davonstoben, trat er zu Nik und Mari. »So nahe am unversehrten Ufer solltest du kein Sonnenfeuer herabrufen – nicht in den Mengen, die nötig sind, um den Brand aufzuhalten. Nik, lass uns die Böschung raufgehen.«

Nik nickte, und alle drei eilten mit ihren Hunden die Uferböschung hinauf.

»Und jetzt?«, flüsterte Mari Nik zu.

Schnell und leise sagte er: »Die Macht über das Sonnenfeuer liegt dir im Blut. Es ist dein Erbe, genau wie die Sache mit dem Mond. Nimm's einfach an und lass zu, dass es dich durchströmt, Mari. Und dann gib's frei.«

Mari war ein bisschen übel vor Nervosität, aber sie nickte und wandte sich in die Richtung, aus der das Feuer gierig und zerstörerisch näher rückte.

Mit geschlossenen Augen atmete sie mehrmals tief durch, versenkte sich in die Atemzüge statt in die Hitze, den Rauch, die Angst und den Hass rundum. Sie stellte sich vor, dass das Grau über ihr sich verzog und die große runde Sonne von einem makellos blauen Himmel strahlte.

Sie spürte deren Wärme und Macht – ja, da war definitiv Macht. Sie hob die Arme, höher und höher. Das goldene Farnmuster unter ihrer Haut erwachte und ließ mehr von der einzigartigen gleißenden Energie in sie einströmen.

Aber diese formte sich nicht zu etwas. Dehnte sich nicht aus, drängte nicht danach zu explodieren.

Mari öffnete die Augen und senkte die Arme. »Es geht nicht. Es funktioniert einfach nicht.«

»Doch, es geht!« Nik packte sie an den Schultern und zwang sie, ihn anzusehen. »Ich weiß es. Du hast es jetzt zweimal geschafft – gerade eben und an dem Tag, als deine Mutter starb.«

»Da habe ich nicht nachgedacht. Es ist einfach passiert. Es baut sich in mir auf, wird immer heißer, bis es überkocht, aber ich weiß nicht, wie man anfängt, es zum Siedepunkt zu bringen.«

»Ist es vielleicht ähnlich, wie den Mond herabzurufen? Es muss doch fast dasselbe sein.«

»Nein! Den Mond kenne ich, und er kennt mich. Ich habe ihn mein ganzes Leben lang gerufen.«

Wilkes, der einige Schritte abseits geblieben war, um Mari und Nik etwas Privatsphäre zu geben, kam stirnrunzelnd hinzu. »Was ist denn los?«

Nik wollte etwas sagen, aber Mari legte ihm die Hand auf den Arm. »Ich weiß eigentlich gar nicht, wie man Sonnenfeuer herabruft. Ich hab's erst zweimal in meinem Leben getan, und beide Male war es, als würden einfach Wut und Trauer in mir überfließen.«

»Soll das heißen, dein Angriff auf Thaddeus war gar keine Absicht?«

Sie nickte.

»Und das erste Mal ist es passiert, als ihre Mutter starb«, ergänzte Nik. »Ich wollte eigentlich Sol bitten, sie darin zu schulen, aber –« Seine Stimme erstarb.

Wilkes schloss einen Moment die Augen. Als er sie wieder öffnete, sah er Mari an und sagte: »Bitte vergib mir.«

Mari fragte sich, was er meinte. Sie sah, wie Wilkes sich den gewobenen Hanfgürtel von der Taille band. Und dann, so schnell, dass ihr Blick seinen Bewegungen nicht folgen konnte, wirbelte er zu Rigel herum und schlang diesem den Gürtel, der plötzlich zu einer Schlinge geworden war, um den Hals und zog ihn so kräftig zu, dass der junge Schäferhund hochgerissen wurde und zappelnd und würgend halb in der Luft hing.

»Lass ihn los!« Mari stürzte auf Wilkes zu, die Hände wie Krallen erhoben.

Da bemerkte sie das Messer, das er Rigel an den Hals presste.

Sie und ihr Schäferhund erstarrten genau gleichzeitig. »Nein! Tu ihm nichts! Bitte tu ihm nichts!«

»Wenn du kein Sonnenfeuer herabrufst, schlitze ich ihm die Kehle auf.«

Mari würde nie vergessen, wie gleichgültig Wilkes das sagte. Sie sah ihm in die Augen und wusste: Er würde es tun. Ja, er würde ihren Rigel töten.

Zorn, Angst und Verzweiflung überwältigten sie. Sie spürte, wie Rigel langsam erstickte, spürte, wie er mit dem Messer am Hals dabei war, das Bewusstsein zu verlieren. Schon drang die Messerspitze durch seine Haut, und scharlachrote Tropfen fielen auf den Farn zu Wilkes' Füßen.

Maris Atem wurde tiefer. Sie folgte ihrem mystischen Band zu Rigel, ließ dessen Angst, Wut und Schmerz in sich einströmen.

In ihr baute sich Hitze auf. Sie ließ sich davon erfüllen – von der Angst, der Wut, dem Schmerz und der Macht, die zunächst nur von ihrem Schäferhund ausging, dann allmählich von überallher, insbesondere von oben, bis sie das Gefühl hatte, ganz davon eingehüllt zu sein. Da hob Mari die Hände und gab mit einem Schrei die einströmende gleißende Hitze frei, schleuderte sie über Wilkes' Kopf und die gerodete Schneise hinweg, und wie Lava sprudelte flüssiges Feuer aus dem Vulkan ihres Zorns.

Seine Macht war mit nichts vergleichbar, was Mari sich je hätte träumen lassen. Auf keinen Fall mit der kühlen silbernen Kraft des Mondes. Diese Macht hier, diese flüssige Hitze, war herrlich und schrecklich zugleich. Hilflos spürte Mari sie durch sich hindurchströmen, immer stärker, ohne dass sie es hätte verhindern können. Da erblickte sie den ersten Ausläufer des Waldbrandes. Wie eine Motte schien er von dem herabflutenden Sonnenfeuer angezogen zu werden. Als die beiden aufeinandertrafen, konnte Mari auch den Waldbrand spüren. Gierig, unersättlich, vom absoluten Willen beherrscht, sich ihr Sonnenfeuer einzuverleiben, um sich dann weiterfressen zu können.

»Nein!«, schrie Mari. Sie wusste, sie brauchte mehr von der Sonne – mehr Macht, mehr Hitze. Sie schloss die Augen, öffnete sich den spärlichen Strahlen, denen es gelang, den Rauch zu durchdringen, und nahm sie in sich auf, sobald sie mit einer ihr völlig fremden Bereitwilligkeit in sie einströmten. Die Hitze, die aus ihren Handflächen floss, wurde größer. Als Antwort brüllte das tödliche Inferno auf.

»Du machst es genau richtig!«, schrie Nik ihr aufgeregt und stolz ins Ohr. »Wenn ich stopp sage, musst du aufhören. Das Sonnenfeuer ist genauso tödlich wie der Waldbrand.« Er verstummte, doch schon nach wenigen Augenblicken rief er: »Jetzt stopp, Mari!«

Mari riss die Augen auf, die sofort anfingen zu tränen, als sie versuchte, in die gleißende Hitze zu starren, die ihren Handflächen entsprang. Sie begann zu zittern, mit jeder Sekunde heftiger, ihre Knie fühlten sich an, als würden sie gleich nachgeben. Sie versuchte, die Hände zu schließen, den Strom des Feuers zu kappen, aber es ging nicht. Sie hatte das Sonnenfeuer entfesselt und nun keine Ahnung, wie sie es wieder abstellen sollte.

»I-ich kann nicht. Es h-hört nicht auf«, keuchte sie mit klappernden Zähnen.

Niks Arme schlossen sich um sie. Seine Hände glitten an den Außenseiten ihrer Arme entlang, über ihre Handgelenke bis zu den Handrücken. Sanft legte er seine kühlen Hände über ihre heißen und sagte ihr ins Ohr: »Schau nach rechts, Mari.«

Sie riss den Blick von dem Feuerstrom aus ihren Händen

los und sah, dass Wilkes Rigel nicht mehr festhielt. Der junge Schäferhund schmiegte sich an ihr rechtes Bein, sah zu ihr auf und winselte drängend.

»Rigel ist in Sicherheit«, fuhr Nik fort. »Du bist in Sicherheit. Laru und ich sind in Sicherheit. Du brauchst keine Angst mehr zu haben oder wütend zu sein. Atme durch. Entspann dich. Lass das Sonnenfeuer nach oben entweichen – gib es der Sonne zurück, wo es hingehört.«

Mari hielt den Blick auf Rigel gerichtet und konzentrierte sich auf die Liebe, die er ihr sandte. Sie holte tief Atem, ließ ihn ausströmen und mit ihm all ihre Angst und Wut, stellte sich vor, wie mit ihm auch der Strom geschmolzenen Feuers hinauf in den Himmel entwich.

Das Sonnenfeuer erstarb, so schnell es gekommen war. Mari wankte und wäre zu Boden gesunken, hätten nicht Niks starke Arme sie festgehalten.

»Du hast es geschafft!« Sie spürte seine Wärme, seinen Halt um sich. »Du hast es geschafft! Das Feuer ist aus!«

Mari wischte sich das Gesicht ab und drehte sich zu ihm um. Da sah sie, dass er seine Hände seltsam hielt – irgendwie steif und von ihr weg. »Nik, was ist mit deinen –« Sie brach ab, als sie seine Hand in ihre nahm und sah, dass seine Handfläche – seine beide Handflächen – verbrannt und blutig waren. Wieder begann sie zu zittern. »Das war ich! Das habe ich dir angetan!«

Nik strich ihr mit dem Handrücken über die Wange. »Mari, wenn ich zwischen verbrannten Händen und einem Waldbrand wählen darf, der meinen Stamm vernichtet, wähle ich gern die verbrannten Hände.« Er lachte. »Du bist unglaublich!«

»Aber du hast dich verbrannt! Nur weil du mich berührt hast.« Ihr war schwindelig und ein bisschen übel. Rasch packte sie den Saum von Niks Tunika, riss Streifen davon ab und wickelte sie notdürftig um seine Wunden.

Nik grinste, als wäre gerade sein größter Herzenswunsch wahr geworden. »Sieht aus, als müsstest du mich mal wieder zusammenflicken, Mondfrau.«

Ehe Mari etwas erwidern konnte, begann mit einem Mal die Luft zu vibrieren. Entsetzt wirbelten Nik und sie zu dem geschwärzten, rauchenden Chaos hinter ihnen herum. In der Ferne schien die Erde zu wabern und zu zittern – aus der Asche des verbrannten Waldes erhoben sich die Schaben, die ihre geheimen, finsteren Verstecke verlassen hatten und unerbittlich auf die Stadt zukrabbelten.

# 6

Flieht! Klettert auf Bäume! Bringt euch in Sicherheit! Der Schwarm kommt«, brüllte Wilkes. Der Ruf rüttelte die Stammesleute auf, und alle ergriffen die Flucht.

Nik zerrte Mari in Richtung Stadt. »Los, wir müssen irgendwo hochklettern!«, brüllte er ihr über das Durcheinander der panischen Rufe hinweg zu.

Sie rieb sich das besorgniserregend bleiche Gesicht. »Klettern? Nein, wir müssen uns in die Erde graben!«

Niks Magen zog sich zusammen, als er sie rasch musterte. Nachdem sie diese Unmenge an Sonnenfeuer herabgerufen hatte, sollte sie sich ausruhen. Sie sollte sich den Bauch vollschlagen, kübelweise Kräutertee trinken und dann einen ganzen Tag lang schlafen – oder noch länger. Sie konnte ja vor Müdigkeit nicht mehr klar denken, das merkte man ihr an. Aber Mari hatte nicht den Luxus, den sich ein Sonnenpriester gewöhnlich erlauben konnte. Mari musste fliehen, oder sie würde sterben – und Rigel mit ihr. Im nächsten Moment wurde Nik schlagartig klar: nicht nur Rigel. Auch er selbst würde sie nicht allein lassen. Und Laru nicht ihn. Er ignorierte den Schmerz in seinen verbrannten Händen, packte sie an den Schultern und schüttelte sie kräftig. »Mari, hör zu. Wir müssen auf die Bäume. In die Stadt. Nur so können wir den Schwarm überleben.«

Kaum fähig, sich auf den Beinen zu halten, schüttelte Mari

den Kopf. »Rigel kann nicht klettern. Und das heißt, ich auch nicht.«

Nik verschwendete nicht noch mehr Zeit damit, mit ihr zu diskutieren. Er sah Laru an. »Bring uns heim! Rauf zu Vaters Nest! Schnell, Laru!«

Der große Rüde bellte auf und hetzte davon. Rigel stob ihm nach.

»Ich halte dich, Mari. Stütz dich auf mich. Alles wird gut.« Nik legte Mari den Arm um die Taille und schleifte sie den beiden Hunden hinterher, während andere Stammesmitglieder sie überholten, ebenfalls auf dem Weg in die Sicherheit der hohen Kiefern.

Bald holte Nik die Hunde ein. Sie warteten vor einem der Hauptlifte der Stadt. Der hübsch geschnitzte Holzkäfig war bereits zum Bersten voll, aber Nik schob Mari auf die Kabine zu, um wenigstens sie noch hineinzuquetschen, ehe die Tür geschlossen wurde.

»Zurück!«, brüllte da jemand von schräg oben. Es war Thaddeus, der auf die Kabine geklettert war und dort hockte, die Armbrust auf Maris Herz gerichtet. »Nimm deine Hure und verschwinde zu den Dreckwühlern – da geht bestimmt nicht mal der Schwarm gern hin!«, versetzte er beißend.

Nik sah Thaddeus nicht einmal an. Stattdessen versuchte er, nacheinander jedem Menschen im Lift in die Augen zu sehen. »Sie hat euch gerettet. Sie hat euch alle gerettet. Sie hat Sonnenfeuer herabgerufen und den Brand aufgehalten.«

»Sie hat den verdammten Brand überhaupt erst verursacht! Und meinen Gefährten verwundet«, zischte Thaddeus. Speichel sprühte ihm von den Lippen. Odysseus lag jämmerlich zitternd in einer Ecke des Lifts.

Nik platzte der Kragen. »Du hast doch den Dolch fallen lassen und Odysseus verwundet! Du hast unsere Leute aufgestachelt, und deshalb ist das Feuer ausgebrochen! Kreuz-Käferklöten! All das ist deine Schuld, verdammt nochmal!«

Die Menschen im Lift blickten nervös von ihm zu Thaddeus.

Mari nahm ihn am Arm und zog ihn mit erstaunlicher Kraft weg. »Lass es. Du kannst sie nicht zwingen, mich zu akzeptieren, und lieber nehme ich es mit dem Schwarm auf, als noch länger diesen Thaddeus und seinen Hass ertragen zu müssen.«

Nik brummte nur ein schnelles Einverständnis und sah wieder Laru an. »Einen anderen Weg, Laru! Schnell!«

Die Schäferhunde jagten weiter; Nik zog Mari mit sich. Ringsum herrschte das Summen des Schwarms. Ein schreckliches endloses Summen, gespickt von den Schreien der Lebewesen, die er sich auf seinem Weg einverleibte.

Und dann brach Mari in die Knie und sah mit verschwitztem, tränennassem Gesicht zu ihm auf. »Ich kann nicht mehr. Keine Ahnung, was mit mir los ist, aber ich kann einfach nicht mehr. Tut mir leid, Nik. Nimm Rigel mit. Lass sie ihn nicht auch kriegen.«

»Der dreimal verfluchte Schwarm kriegt keinen von euch«, ertönte eine Stimme aus den Zweigen der Kiefer, gegen die Mari gesunken war. Nik spähte hinauf. Auf einem dicken Ast hockte Antreas, sein Luchs neben ihm, dessen gelben Augen nichts entging. Er streckte Nik und Mari eine Hand entgegen. »Ganz einfache Luchslogik. Mari hat das Feuer gelöscht – was Bast und mich zumindest vor einer Gefahr gerettet hat. Also retten Bast und ich jetzt Mari und dich.«

»Laru und Rigel auch!«, bat Mari.

»Natürlich«, stimmte der Luchsmann ihr zu.

Nik dankte ihm mit einem kurzen Nicken – und befahl Rigel und Laru: »Da rauf!« Mari runzelte die Stirn und schüttelte den Kopf, aber er beachtete sie nicht. Er wusste, Laru und sein Sohn würden tun, was man ihnen immer wieder für den Notfall beigebracht hatte. Nik beugte sich vor, bis sein Kopf am Stamm ruhte, und legte die Arme wie die Holme einer improvisierten Leiter fest darüber. »Laru, rauf!«

Zielstrebig trabte der große Schäferhund ein paar Schritte zurück, flitzte auf Nik zu, machte einen Satz auf dessen Rücken und katapultierte sich mit Hilfe des Schwungs und schierer Muskelkraft so hoch, dass Antreas ihn um den massigen Leib packen und auf eine recht niedrige Plattform hieven konnte, die nichtsdestotrotz hoch über den Gefahren des Waldbodens lag.

»Jetzt Rigel! Rauf!«, rief Nik.

Wie sein Vater benutzte Rigel Nik als Sprungbrett, um in Antreas' Reichweite zu kommen, der ihn am Nackenfell packte und zu Laru auf die Plattform warf. »Beeilt euch!«, rief er mit einem raschen Blick hinter Nik und Mari. »Der Schwarm ist fast da.«

»Klettere auf meinen Rücken, Mari, genau wie Laru und Rigel. Los!«, befahl Nik.

Mit einem Stöhnen stand Mari auf, wankte zu ihm und versuchte, auf seinen Rücken zu klettern, doch ihre Arme und Beine zitterten derart, dass sie immer wieder abrutschte. Schließlich brach sie quer über seinem Rücken zusammen. »Ich kann nicht.« Ihre Stimme war so schwach, dass sie kaum zu hören war. »Tut mir leid, Nik. Tut mir leid, Rigel.«

»Das hilft uns jetzt auch nichts. Schau nach oben!«

Nik schielte aufwärts. Nie würde er den Anblick vergessen. Antreas hing nur eine Armeslänge über ihnen. Eine Hand streckte er nach Mari aus – und mit der anderen klammerte er sich mit Hilfe seiner Krallen in der Baumrinde fest. Seine Augen glommen ebenso gelb wie die seiner Katze, und Nik war sich sicher, dass da auch andere Veränderungen waren, die sein Haar und seine Ohren betrafen, aber er schob jeden überflüssigen Gedanken weg und knurrte: »Mari, rauf mit dir! Nimm seine Hand! Jetzt mach schon!«

Seine Worte wirkten auf Mari wie ein Peitschenschlag. Sie hievte sich auf Niks Rücken, hielt sich am Baumstamm fest und zog sich hoch.

»Nimm endlich meine Hand!«, rief Antreas.

Nik spürte, wie sie zögerte, und hörte Antreas halblaut murmeln: »Oh, klar, ich ziehe die Krallen ein. Jetzt mach!«

Maris Gewicht wich von Niks Schultern, und dann stand er allein auf dem Waldboden, während das Summen des nahenden Schwarms sich mit jeder Sekunde verstärkte.

»Jetzt du! Nimm meine Hand und klettere an mir hoch, wie Mari an dir hochgeklettert ist.«

Nik blendete den stechenden Schmerz in seinen Händen aus und tat wie geheißen. Es war ihm gleich, ob die Krallen des Luchsmannes aus- oder eingefahren waren oder ob dieser sich häutete wie die Hautdiebe, solange Nik den Waldboden und den tödlichen Schwarm hinter sich ließ, der sich unerbittlich um den Baum zusammenzog.

»Nik! Hilfe!«

Mit seinem kleinen hellen Terrier Cameron kam Davis auf den Baum zugerannt. Nik sah Antreas an. Der Luchsmann zuckte mit den Schultern. Da legte Nik die Hände um den Mund und rief Davis zu: »Cammy zuerst, dann du!«

Davis verlor keine Worte. Wie Nik zuvor stellte er sich als

menschliche Leiter an den massiven Stamm. Der Terrier wusste genau, was er zu tun hatte. Er nahm Anlauf, sprang Davis auf den Rücken und so weit am Stamm hinauf, dass Nik, der kopfüber von einem Ast hing, um den er die Beine geschlungen hatte, ihn auffangen und an Antreas weiterreichen konnte. Dann zog er mit Antreas' Hilfe auch Davis herauf. Zu dritt gelang es ihnen, Mari auf die Plattform zu den Schäferhunden zu schieben, wo sie alle keuchend wieder zu Atem kamen.

Nik kroch zu Mari hinüber. Sie hatte die Arme um Rigel gelegt und das Gesicht in seinem Fell vergraben. »Hey, es ist ganz normal, dass man erschöpft ist, wenn man Sonnenfeuer herabgerufen hat. Sobald du was gegessen und dich ausgeruht hast, bist du wieder fit.«

Sie sah zu ihm auf, die grauen Augen matt und hoffnungslos. »Wir werden uns nicht ausruhen können. Die Schaben werden uns töten.«

Nik schüttelte den Kopf. »Nein, jetzt sind wir sicher.« Er zeigte nach oben. »In der Stadt verteilt lagern Fässer mit einer Flüssigkeit, die wir auf sie kippen werden. Sie besteht aus Zypressenöl, Pfefferminzöl, Laugenseife und Salzwasser. Davon bekommen sie Atemnot, und wenn sie nicht atmen können, können sie auch nicht hier raufklettern. Wir sind in Sicherheit«, wiederholte er und legte den Arm um sie. »Schau einfach zu. Sobald der Schwarm nahe genug ist, wird der Stamm ihn mit dem Zeug begießen.«

Er spürte die Spannung in Mari ein wenig nachlassen, da ließ sich jemand an einem Seil zu ihnen herab und landete mit einem dumpfen Aufprall auf der Plattform. Während sie sich ihren Schäferhund vom Rücken schnallte, nickte die junge Frau Nik grimmig zu.

»Claudia! Schön, dass es dir und Mariah gutgeht.«

Claudia drückte ihm eine Armbrust und einen Köcher mit Pfeilen in die Hand. »Leider sind heute nicht mehr genug vom Stamm übrig, um irgendwas auf irgendwen zu gießen – zumindest nicht in diesem Baum hier. Aber gut, dass du da bist. Wenn ich schon auf einer Plattform mitten in einem Schabenschwarm festsitze, ist es ganz praktisch, wenn der beste Schütze des Stammes dabei ist.« Sie wandte sich Davis zu, der seine eigene Armbrust bei sich hatte. »Brauchst du noch Munition, Davis?«

»Wenn du welche übrig hast?«

Sie reichte ihm eine Handvoll Pfeile mit scharfen Spitzen. Dann sah sie Antreas prüfend an, während ihre Schäferhündin den Luchs neben diesem betont ignorierte. »Kannst du mit einer Armbrust umgehen?«

»Wenn die Alternative ist, sich vom Schwarm fressen zu lassen, dann ja.«

Claudia gab einen missmutigen Ton von sich, schnallte sich eine weitere Armbrust von der Schulter und vertraute sie ihm mit einigen Pfeilen an. »Verschwende sie nicht.«

In diesem Moment drehte der Luchs den Kopf so weit, dass Nik an eine Eule denken musste. Das Rückenfell der großen Katze sträubte sich, und sie fauchte warnend.

»Sie sind da«, sagte Antreas.

Mari begann zu zittern. »Ich kann versuchen, noch mehr Sonnenfeuer herabzurufen«, murmelte sie Nik leise zu.

Er schüttelte den Kopf. »Nein. Wenn man nicht die Kraft hat, es zu kontrollieren, kann das tödlich sein. Wir schaffen das schon, das verspreche ich. Setz dich einfach in die Mitte der Plattform. Rigel, du bleibst bei Mari! Wir anderen halten den Schwarm ab.«

Auf Rigel gestützt kroch Mari in die Mitte der kleinen Plattform. Claudia nahm den Platz neben Nik ein. Laru schmiegte sich mit aufgestellten Ohren und erhobenem Schwanz an seine andere Seite, bereit, die scharfen Reißzähne in jede Schabe zu schlagen, die sich in seine Nähe wagte.

Nik sah Davis an. »Vielleicht sollte Cammy zu Mari und Rigel gehen. Die verdammten Schaben sind fast größer als er – ehe wir uns versehen, schleifen sie ihn noch weg.«

»Mist, hast recht«, brummte Davis. Er kraulte dem Terrier den drahtigen Kopf und küsste ihn flüchtig auf die Nase. »Bleib bei Mari. Hilf Rigel, sie zu beschützen.«

Cammy leckte ihm das Gesicht, tappte zu Mari und nahm auf ihrer anderen Seite Platz.

Mit einem kleinen Beil aus ihrem Gürtel hackte Claudia einen dicken Zweig über ihnen ab, kürzte ihn auf Armeslänge und warf die improvisierte Keule Mari zu. »Falls eine von denen an uns vorbeikommt.«

Nik hätte Mari gern etwas Ermutigendes gesagt. Sie sah kreuzelend aus – bleich, verängstigt, das genaue Gegenteil der machtvollen Göttin, als die sie ihm erschienen war, als sie das verzehrende Sonnenfeuer herabgerufen hatte. Aber er bekam nicht mehr die Chance. Ein viel zu vertrautes Surren lederartiger Flügel kündigte die terriergroßen Schaben an, die, angezogen vom Geruch nach Blut, vom Waldboden zu ihnen emporschwirren wollten.

Nik zwang sich, seine Angst um Mari, Rigel und Laru ebenso beiseitezuschieben wie den allmählich überhandnehmenden Schmerz in seinen Handflächen. Er zog die Tuchstreifen um seine Hände fester. Dann zielte er und feuerte seinen ersten Pfeil einer Schabe mitten in die Brust, während Laru ein Insekt im

Flug fing, es schüttelte, bis sein Chitinpanzer zerbrach, und es auf den wimmelnden Waldboden unter ihnen fallen ließ.

Die Zeit um Nik schien stillzustehen. Ohne zu denken, bewegte er sich, zielte und schoss und tauschte immer wieder anfeuernde Rufe mit Davis, Claudia und Antreas, während ihre Hunde und der Luchs stumm an ihrer Seite fochten.

Viel schneller, als er erwartet hätte, war es vorüber. Die Schaben waren nicht völlig geistlos. Sie neigten durchaus dazu, Dinge zu meiden, die ihnen gefährlich werden konnten; aus diesem Grund griffen sie fast nie in der Nähe der Stadt des Lichts an. Und selbst die teils zerstörte, halbleere Stadt bot ihnen mehr Widerstand als die verwundeten Menschen und Hunde am Boden, die nicht in der Lage waren, in Sicherheit zu klettern. Binnen Minuten war keine Schabe mehr unter dem Baum zu sehen – sogar die toten und verletzten Tiere waren von ihren Brüdern verschlungen worden. Nichts auf dem Waldboden verriet mehr, welche Verheerung über ihn hinweggegangen war.

»Alle wohlauf?«, fragte Nik, während er Laru betastete, um sicherzugehen, dass kein Insekt die messerscharfen Mandibeln in ihn geschlagen hatte. Laru schien unversehrt, also eilte er zu Mari, wobei er eine tote Schabe, die im Weg lag, von der Plattform kickte. »Hat sie dich gebissen? Lass mich nachsehen. Ihre Beißwerkzeuge enthalten alles mögliche Gift.«

Sanft nahm Mari seine Hände. »Alles in Ordnung. Ich bin nur todmüde. Die einzige Schabe, die an euch vorbeikam, haben Rigel und Cammy erledigt.« Sie lächelte dem Terrier zu, der sich eifrig schwanzwedelnd an sie drängte, und kraulte ihn unter dem bärtigen Kinn.

»Gut gemacht, Cammy!« Davis breitete die Arme aus, und

sein Gefährte sprang an ihm hoch und leckte ihm ausgiebig das Gesicht. »Hast Rigel und Mari heldenhaft verteidigt!«

Mari und Nik tauschten heimlich ein Lächeln, und ein Wuff und ein Niesen von Rigel deuteten an, dass er Davis' Einschätzung der Kampfkünste seines Hundes nicht so ganz teilte.

»So, und jetzt?«

Nik sah auf. Die Hände in die Hüften gestemmt, blickte der Luchsmann auf ihn und Mari herab. Seine Katze saß neben ihm, so gleichmütig, dass sie fast aussah wie nicht von dieser Welt.

»Tja, was jetzt?« Nik zuckte mit den Schultern. »Mari und ich verschwinden hier.«

»Du gehst weg?«, fragten Davis und Claudia im Chor.

Der Luchsmann schnaubte sarkastisch. »Natürlich geht er weg. Euer Stamm hat kollektiv den Verstand verloren. Euer Sonnenpriester ist tot, und wenn ich das richtig verstanden habe, hat dieser cholerische kleine Jäger Thaddeus ihn umgebracht und will auch Nik und Mari umbringen. Und da die beiden offenbar nicht blöd sind, gehen sie also weg.«

»Sol ist tot?« Claudia wurde bleich und glitt am Stamm hinunter ins Sitzen. Ihre Schäferhündin winselte.

»Ja«, sagte Nik.

»Und Thaddeus hat ihn getötet? Warum wurde er dann nicht gefesselt und dem Schwarm zum Fraß vorgeworfen?«, zischte sie mit Tränen der Wut in den Augen.

»Er wollte eigentlich nicht ihn töten, wobei ich glaube, dass er darüber nicht unglücklich ist«, erklärte Mari. »Er wollte mich treffen. Sol hat sich vor mich geworfen und mir das Leben gerettet.«

Claudia musterte sie skeptisch. »Du bist Mari – die Dreckwühlerheilerin, von der Nik vorgestern erzählt hat? Was machst du hier eigentlich?«

Nik seufzte. »O'Bryan vor der Fäule retten.«

Noch während Claudia große Augen bekam, fügte Davis mit einem ehrerbietigen Blick auf Mari hinzu: »Aber inzwischen hat sie uns alle gerettet. Sie hat das Sonnenfeuer herabgerufen, das den Waldbrand gelöscht hat.«

»Und trotzdem wollte dieser kleine Mistkerl sie und Nik ausschalten«, fuhr Antreas fort. »Deshalb müssen die beiden schleunigst fort von hier. Bevor Thaddeus auftaucht und der nächste Unfall mit seiner Armbrust passiert.«

»Der Katzenmann hat recht«, sagte Davis – und warf Antreas rasch einen entschuldigenden Blick zu. »Tut mir leid, das ist mir so rausgerutscht.«

Antreas grinste. »Kein Ding. Darfst mich gern Katzenmann nennen, wenn ich dich Hundemann nennen darf.«

Davis runzelte die Stirn, aber er beherrschte sich. »Also, der Luchsmann hat recht. Thaddeus hat Nik und Mari definitiv auf dem Kieker, und solange der Rat in alle Winde zerstreut ist, womöglich teils sogar tot, und die Krieger ebenso, wird er sich alles Mögliche leisten können.«

»Wie meinen Vater zu töten«, ergänzte Nik grimmig.

»Das wird er büßen müssen«, widersprach Claudia. »Das lässt ihm der Stamm niemals durchgehen.«

»Von eurem Stamm ist nicht viel übrig«, sagte Antreas. Als Davis und Claudia protestieren wollten, hob er abwehrend die Hände. »Halt, halt, ich will euch nicht beleidigen. Seht euch doch um! Über die Hälfte eurer Stadt liegt in Schutt und Asche. Und nach dem, was ich gesehen habe, ist mindestens die Hälfte eures Stammes entweder tot oder schwer verletzt – und das war, ehe der Schwarm auftauchte. So groß und mächtig der Stamm des Lichts bis gestern war, heute sieht das anders aus. Ich würde sagen, ihr habt einen schweren Schlag erlitten, und in so einer Lage haben es Typen wie Thaddeus besonders leicht, den Überlebenden ihre Denkweise aufzudrücken. Ich habe schon Ähnliches erlebt. Das kann sehr hässlich werden.«

»Ich dachte, die Luchsleute leben nicht in Gruppen«, sagte Nik.

»Wir nicht. Wir sind Einzelgänger, das ist wahr. Aber wir kommen viel herum – schließlich kennen nur wir alle Pässe durch die Berge. Ich habe schon für einige sehr unterschiedliche Stämme und Völker gearbeitet. Tragödien wie diese hier können die besten und die schlimmsten Seiten einer Gesellschaft zum Vorschein bringen, und ich fürchte, im Moment ist bei euch eine sehr lautstarke schlimme Seite am Werk.«

Unvermittelt kämpfte sich Mari auf die Füße. »Nik, bring mich nach Hause.«

Da ertönte von oben ein Ruf. »Nik, da bist du ja!« Nik sah nach oben. Gerade ließ sich Wilkes an einem Seil zu ihnen herab. Leichtfüßig landete er vor Nik, blickte jedoch an ihm vorbei zu Mari und neigte tief den Kopf vor ihr. »Ich bitte dich noch einmal um Vergebung. Es tut mir unendlich leid, was ich Rigel antun musste. Aber mir ist sonst keine Möglichkeit eingefallen, dich so wütend zu machen, dass du vielleicht das Sonnenfeuer herabrufen könntest.«

Mari musterte ihn skeptisch. »Du hättest Rigel getötet.«

»Nein«, sagte der Krieger mit fester Stimme. »Hätte ich nicht. Ich musste dich allerdings davon überzeugen, dass ich es tun würde – und Rigel auch. Hättest du kein Sonnenfeuer herabgerufen, dann wären wir alle gestorben. Dennoch bedaure ich meine Tat. Im Stamm ist jegliche Gewalt gegen Hunde verpönt.«

»Jemand sollte mal Thaddeus sagen, was im Stamm verpönt ist und was nicht. Er scheint die Regeln nicht so recht zu kennen«, gab sie zurück.

»Oh, er kennt sie«, warf Davis ein. »Er glaubt nur, er wäre darüber erhaben.«

»Da irrt er sich«, sagte Wilkes. »Sobald diese Misere vorbei ist, wird er das zu spüren bekommen.«

»Wie kannst du dir da so sicher sein?«, wollte Mari wissen.

»Ich bin Anführer der Krieger. Und so wahr ich dieses Amt bekleide, gebe ich dir mein Wort, dass ich Thaddeus vor den Rat bringen werde.«

Mari stieß einen erschöpften Atemzug aus. »Ich vergebe dir. Und ich nehme dich beim Wort.«

»Gern.«

»Ich auch«, fügte Nik hinzu. »Gut, dass du den Schwarm überlebt hast.«

»Das Gleiche gilt für euch.« Wilkes nickte den anderen zu. »Nik, darf ich dich bitten, mit mir zu kommen? Und Mari auch.« Wieder neigte der Krieger respektvoll den Kopf vor ihr. »Der Stamm braucht dringend Heiler – für manche zählt jede Sekunde. Und das Problem mit Thaddeus muss ebenfalls so schnell wie möglich geklärt werden, und dabei könntet ihr eine große Hilfe sein. Der Stamm würde sich garantiert erkenntlich zeigen.«

»Nein«, sagte Mari.

»Nein«, echote Nik.

Mari trat neben ihn und schlang ihm demonstrativ den Arm um die Taille. Rigel stellte sich neben sie und Laru neben Nik.

»Zuerst gehe ich zu meinem eigenen Clan. Er braucht mich noch mehr, und er ist meine oberste Priorität. Und ich habe schon erklärt, unter welcher Bedingung ich zu euch zurückkehren und meine Heilkräfte für euch einsetzen würde. Euer Rat muss mir sein Wort geben, dass der Stamm niemals wieder eine Erdwanderin versklaven wird.«

»Und ich gehe mit Mari. Aber ich komme gern später vor den Rat, um Zeugnis wegen Thaddeus abzulegen und mich zu vergewissern, dass er für seine Taten zur Rechenschaft gezogen wird«, sagte Nik.

Widerstrebend sagte Wilkes schließlich: »Ich glaube, ich kann dich nicht gehen lassen, Nik.«

»Du hast keine Wahl«, sagte Mari. Sie hob eine Hand, die Handfläche nach vorn. »Vorhin musstest du noch Rigel bedrohen, damit ich Sonnenfeuer herabrufen konnte. Aber jetzt weiß ich, wie es geht, und ich schwöre bei der Erdmutter: Wenn du jemals wieder Rigel, Laru, Nik, mich oder irgendjemanden unter meinem Schutz bedrohst, dann rufe ich es herab, egal, was es mit dem Wald und deinem verdammten Volk macht!«

Den Blick wachsam auf Maris Hand gerichtet, trat Wilkes mehrere Schritte zurück. »Ich habe doch schon erklärt, dass ich das tun musste, um dem Stamm zu helfen. Du brauchst kein Feuer mehr zu rufen, Mari. Lass uns ganz ruhig darüber reden.«

Zu Niks Erstaunen stellte sich Antreas neben Laru. »Du gibst also zu, dass diese junge Frau deinen gesamten Stamm gerettet hast?«, fragte er Wilkes scharf.

»Natürlich. Dafür sind wir ihr unendlich dankbar.«

»Und dieser Dank besteht darin, dass du sie und ihren Geliebten gefangen nehmen willst?«

»Das kannst du nicht machen«, bekräftigte Davis und gesellte sich mit Cammy zu Rigel und Mari.

»O nein.« Auch Claudia schloss sich ihnen an.

Der Anführer der Krieger schüttelte ungläubig den Kopf. »Wollt ihr etwa alle mit Mari gehen?«

Eine lange Stille folgte. Antreas brach sie, nachdem er einen Blick mit seinem Luchs getauscht hatte. »Ich gehe mit Bast. Und Bast will hier weg – endlich. Offenbar will sie sich Mari anschließen.«

Mari starrte die große, undurchschaubare Katze erstaunt an. Diese erwiderte unverwandt ihren Blick. »Wirklich?«

Antreas hob die Schultern. »Wirklich. Was dagegen, wenn wir mitkommen?«

»Ich nicht.« Mari verstummte. Dann sah sie Davis und Claudia an. »Ich hätte auch nichts dagegen, wenn einer von euch oder ihr beide mit euren Hunden mitkämt. Ich kann euch keine Stadt in den Bäumen bieten, aber eine warme, sichere Zuflucht – wenn ihr mir versprechen könnt, dass ihr bereit seid, in Frieden mit den Erdwanderern zu leben.«

Davis antwortete zuerst. »Also, ich habe Thaddeus satt. Mir reicht's mit seinem Hass und seinen Schikanen. Er wird immer schlimmer, und das wirkt sich auf alle Jäger aus. Die verändern sich irgendwie auch auf ungute Weise. Deshalb gehe ich mit Nik.« Scheu lächelte der junge Mann Mari an. »Und seiner Erdwanderin, die Sonnenfeuer herabrufen kann.«

»Davis, lass dir doch ein bisschen Zeit –«, begann Wilkes, doch Mari fiel ihm ins Wort. »Darf er das nicht selbst entscheiden? Respektierst du ihn nicht als eigenständige Person?«

»Schon. Aber er ist jung, und diese Entscheidung wirkt ein bisschen überhastet.«

»Nik, könntest du Wilkes sagen, wie lange ich mich schon über Thaddeus beklage?«, bat Davis.

»Mal überlegen. Solange er dein Mentor ist?«

»Schau«, sagte Davis zu Wilkes, »also nicht ganz so überhastet. Ich bitte dich, meine Wahl zu respektieren.«

Wilkes nickte resigniert. Dann wandte er sich an Claudia. »Was ist mit dir?«

»Ich brauche erst noch ein bisschen mehr Überblick. Also bleibe ich erst mal beim Stamm.«

»Das ist nur vernünftig«, sagte Nik. »Wenn du deine Meinung allerdings je ändern solltest …«

Claudia lächelte. »Ich weiß zwar nicht, wo ich euch finden kann. Aber du hast ja versprochen, dass du bald noch mal herkommst.«

»Das werde ich«, sagte Nik, wobei er Wilkes unverwandt in die Augen sah.

Wilkes gab nach. »Na gut. Dann werde ich das so dem Rat berichten. Aber, Nik, bedenke eines: Du bist der beste Schütze im Stamm.«

Nik hob die Schultern. »Ich weiß. Das weiß ich, seit ich sechzehn bin. Was gibt's da zu bedenken?«

»Dass du jetzt nicht mehr nur das bist, sondern auch Gefährte des Leitrüden des Stammes. Dass Laru dich erwählt hat, ändert deine ganze Situation.«

Nik holte tief Luft. »Weißt du, das ist das größte Problem, das ich mit dem Stamm habe. Bevor Laru mich erwählt hatte, war ich auch schon der beste Schütze – ich bin nach wie vor dieselbe Person wie seit dreiundzwanzig Jahren. Doch erst jetzt, da Laru sich mir angeschlossen hat, wird mir plötzlich eine Führungsposition zugetraut?« Er schüttelte den Kopf. »Vater meinte, wenn ich je zum Gefährten würde, würde ich die Sache anders sehen. Tja, nun bin ich Gefährte. Aber ich sehe es trotzdem nicht anders. Nein. Ich gehe mit Mari.«

Mit einem Nicken gestand Wilkes seine Niederlage ein. Als der Krieger wieder aufblickte, sah er so abgrundtief traurig aus, wie Nik ihn noch nie gesehen hatte. Er packte das Seil und zog sich wieder in die Zweige hoch. In diesem Moment öffnete der Himmel seine Schleusen, und der Regen, der sich bereits den ganzen Tag angekündigt hatte, prasselte wie aus Kübeln auf sie nieder.

# 7

»Was ist das denn?« Sora beäugte die fiepende, zappelnde Masse kleiner Wesen, die O'Bryan sicher wieder in seiner Tunika zu verstauen versuchte.

Er hob den Kopf und grinste. »Terrierwelpen!«

»O Göttin! Noch mehr Hunde?«

»Hast du etwa noch nie Welpen gesehen, Sora?« Er schaute sie an, als habe sie zugegeben, noch nie Sonnenlicht gesehen zu haben.

Sie runzelte die Stirn. »Hat dir der Brand den Kopf vernebelt, oder warst du schon immer so blöd? Wo soll ich schon mal Welpen gesehen haben? Also, außer Rigel, und der ist eher ein Vieh als ein Welpe.« Sie runzelte die Stirn noch etwas mehr und wies mit dem Kinn auf Captain, der neben Sheena saß. »Werden die auch so groß wie dieses Rigel-in-groß-Vieh da hinten?«

O'Bryan lachte aus ganzem Herzen auf. »Nein! Rigel und Captain sind Hohe Hunde, also Schäferhunde. Die Kleinen hier sind Terrier – Getreue Hunde. Sie werden nur etwa so groß wie Fala.«

»Der kleine schwarze Hund bei Rose?« Sora wandte sich ab, weil sie husten musste. Als der Anfall vorüber war, sah sie, wie sein Blick intensiv auf ihr ruhte. »Was ist?« Sie gab sich keine Mühe, ihre Genervtheit zu verbergen.

»Geht's dir gut? Dein Husten hört sich ziemlich übel an, und du wirkst irgendwie blass bis auf diese blauen Flecken. Hat dich jemand geschlagen?«

Sora wollte ihm eine scharfe Antwort geben, von wegen es gehe einen Gefährten nichts an, was mit ihr oder irgendeiner Erdwanderin los sei, doch O'Bryan sah ehrlich besorgt aus. Sie seufzte, was wieder in einen Hustenanfall mündete, und unterdrückte das Bedürfnis, sich zu kratzen, weil ihre Haut seltsam spannte, vor allem in den Ellenbeugen und an den Handgelenken. »Ich wurde gestern überfallen, ja. Aber sonst geht's mir gut.«

»Wirklich?«

»Wenn ich ausfiele, würdest dann du all diese Leute behandeln?«

»Ich bin mir ziemlich sicher, dass du oder Mari das deutlich besser könnt als ich.«

»Na also. Sobald alle medizinisch versorgt, satt und gut untergebracht sind, ruhe ich mich aus. Aber du wolltest mich über diese Hundebabys aufklären.« Sie wies mit dem Kinn auf das Gewimmel in seiner Tunika. »Also werden sie nicht aussehen wie Rigel, sondern wie das kleine Vieh bei Rose?«

O'Bryan nickte. »Ja. Fala ist ihre Mutter. Hier, nimm mal eines. Sie sind ganz lieb.« Er hob einen Welpen am Nackenfell hoch und hielt ihn Sora hin.

Automatisch nahm sie ihn entgegen – und stand dann etwas verunsichert da, während das kleine Ding zwischen ihren Fingern mit allen vieren zappelte und sich winselnd beklagte.

»Es mag mich nicht.« Sie wollte es O'Bryan zurückgeben.

»*Sie* weiß nicht, ob sie dich mögen soll oder nicht. Lass sie nicht so herumbaumeln. Wenn sie jung sind, kann man sie zwar am Nackenfell packen, aber sehr gemütlich finden sie das nicht. Welpen brauchen Geborgenheit. Nimm sie in den Arm. Schau, so.« Er zeigte es ihr, indem er einen anderen Welpen aus seiner Tunika zog und sich wie ein menschliches Baby in den Arm legte.

Sora sah ihn säuerlich an. Am liebsten hätte sie ihm den Welpen wieder in die Tunika geworfen.

»Mach's doch, Sora. Nimm sie in den Arm. Ich will sehen, was passiert.« Isabel war hinter Sora getreten und spähte ihr über die Schulter.

Mit einem Seufzer und einem unterdrückten Husten nahm Sora das zappelnde Ding in die Hände und ließ es sich in ihre Arme schmiegen wie ein Baby. Sofort beruhigte sich der Welpe – und dann hob er die winzige Schnauze und schnupperte neugierig an Sora.

Woraufhin Sora auch an ihm schnupperte. Überrascht sah sie O'Bryan an. »Es riecht ja gar nicht so schlecht.«

»Nein, tut *sie* nicht«, sagte O'Bryan.

»Hat sie einen Namen?«, wollte Isabel wissen.

»Noch nicht. Oder sagen wir mal, wahrscheinlich weiß sie ihren Namen schon, aber wir werden ihn erst erfahren, wenn sie ihren Gefährten erwählt. Dann wird der- oder diejenige dem Stamm ihren Namen verkünden.«

»Und wann wählen die Dinger?« Sora war entschlossen, ihm den Welpen auf der Stelle zurückzugeben, falls er sagte, dass das jeden Augenblick passieren konnte. Das Letzte, was sie jetzt brauchte, war ein Babyhund, um den sie sich auch noch kümmern musste!

»Frühestens, wenn sie entwöhnt werden.« Als er die fragenden Mienen der beiden Mädchen sah, erklärte O'Bryan: »Mit etwa acht Wochen. Aber die wenigsten wählen so früh. Manche tun es sogar erst mit sechs Monaten.«

»Und wie alt ist *sie*?« Vorsichtig strich Sora dem winzigen Hund über den Rücken.

»Noch keine zwei Wochen. Ihre Augen haben sich gerade erst geöffnet.«

»Was, Welpen haben anfangs geschlossene Augen?«, fragte Isabel.

»Ja.«

»Und dieses kleine Ding wird wirklich einer Person seinen Namen sagen?« Eher neugierig als abgestoßen kraulte Isabel dem Welpen mit dem Finger den Kopf.

»Ja, auf jeden Fall.«

»Also – sie wird sprechen?« Beim letzten Wort verfiel sie in ungläubiges Flüstern.

»Na ja, nicht laut. Wenn sie ihren Gefährten erwählt, wird sie mit ihm eine Verbindung eingehen, die tiefer reicht als Worte.«

Sora hob die Augenbrauen. »Kommt mir bekannt vor. Rigel erzählt Mari alle möglichen wilden Sachen. Zum Beispiel fährt das Vieh völlig auf Lederbälle ab. Mari hat angefangen, ihm welche zu basteln, weil es ihm solchen Spaß macht, sie zu fangen. Ich habe sie gefragt, woher sie wusste, dass er sie mögen würde, und da sagte sie: *Er hat es mir gesagt*. Also ist das normal?«

O'Bryan lächelte offen und warmherzig. »Absolut normal.«

Er war zwar furchtbar groß und blond, dachte Sora, aber für einen Gefährten sah er eigentlich ganz okay aus. Komisch, durch Nik hatte sie sich anscheinend ein wenig an die seltsame Erscheinung der Gefährten gewöhnt.

»Darf ich auch einen halten?«, fragte Isabel vorsichtig.

»Aber klar!« O'Bryan zog einen weiteren Welpen aus seinem Hemd.

Da kam Rose mit Fala auf sie zu. »Stimmt etwas mit den Welpen nicht?« Besorgt begutachtete sie die Hündchen in O'Bryans Tunika und warf einen kritischen Blick auf denjenigen, den Sora ungeschickt im Arm hielt. Isabel zog den Kopf ein und wollte sich zurückziehen.

»Nein, alles bestens«, versicherte O'Bryan ihr schnell. »Isabel, warte.« Das Mädchen hielt inne. »Geh nicht weg. Rose hat bestimmt nichts dagegen, wenn du auch einen auf den Arm nimmst.« Er warf Rose einen langen Blick zu.

Diese atmete bedächtig aus. Dann nickte sie und sagte zu Isabel: »Du darfst gern mal einen von Falas Welpen im Arm halten.«

Zögernd kam Isabel zurück und lächelte Rose nervös zu. »Danke. Ich bin auch ganz vorsichtig. Bisher kannte ich keine Welpen.«

Rose nahm O'Bryan den Welpen ab und reichte ihn Isabel. »Halt ihn nicht zu fest oder zu locker. Behandle ihn wie ein menschliches Baby. Gib ihm ein Gefühl der Sicherheit.«

Isabel nickte. »Ich verstehe.« Behutsam nahm sie das Hündchen entgegen und ließ es sich in ihren Arm kuscheln. Sora beobachtete, wie sie es ansah und der Welpe sie. Dann stemmte dieser sich in die Höhe, stützte sich mit den kleinen Pfoten an ihrer Brust ab, schnupperte an ihrem Kinn und begann, es zu lecken. Isabel kicherte.

Sora sah sich um. Aller Augen waren auf Isabel gerichtet. Auf den Gesichtern einiger Erdwanderinnen glaubte sie Abscheu zu sehen, doch die Mehrzahl blickte neugierig, manche fast sehnsüchtig. Sie zuckte innerlich mit den Schultern. *Klar, es sind Tierbabys. Und Babys kann man schwer widerstehen.*

Sie gab ihren Welpen O'Bryan zurück, strich zuvor aber noch einmal über sein seidenweiches schwarzes Fell und sah ihm in die wachen, fröhlich wirkenden Augen. Dann fragte sie Rose: »Hat das Aloengel gegen deine Verbrennungen geholfen?« Im Heilen fühlte sie sich definitiv souveräner als im Welpenhalten.

Rose nickte. »Ja. Danke.«

»Gut. Also geht's hoffentlich auch Lydia besser.« Laut rief sie: »Lasst uns wieder aufbrechen! Bis zum Geburtsbau ist es nicht mehr weit. Da machen wir halt für die Nacht.«

»Darf ich den Welpen noch ein bisschen tragen?«, fragte Isabel Rose. »Ich laufe auch mit O'Bryan und dir.«

Rose nickte. »Na gut. Aber zeig ihn zuerst Fala, damit sie weiß, dass er bei dir gut aufgehoben ist.«

»Natürlich.« Isabel ging in die Hocke, den Welpen sorgsam im Arm. Schüchtern sagte sie: »Hallo, Mutter. Ich würde gern dein Baby tragen und verspreche dir, dass ich ganz vorsichtig bin.« Sie hielt der schwarzen Hündin den Welpen hin. Fala beschnupperte ihn sofort. Zu Soras Überraschung beschnupperte sie dann auch Isabel. Diese hielt ganz still – sie schien nicht einmal zu atmen. Schließlich leckte die Hündin ihr die Hand, gab ein leises Kläffen von sich und trabte wieder an Rose' Seite.

»Habe ich's richtig gemacht?«, fragte Isabel.

Zum ersten Mal lächelte Rose sie an. »Hast du. Fala vertraut dir, dass der Welpe bei dir sicher ist.«

»Ist er! Das verspreche ich!«

»Ich gehe Lydia und Sarah aufhelfen«, sagte Sora. Sie wandte sich an eine ältere Erdwanderin, von der sie wusste, dass sie den

Weg zum Geburtsbau kannte. »Jancita, könntest du die Führung übernehmen?«

Jancita verneigte sich respektvoll vor Sora. Sie bewegte sich steif – wie viele der Frauen. Manche von ihnen husteten immer wieder. Sora wünschte zum etwa tausendsten Mal, Mari wäre geblieben. Mari wüsste sicher, ob das Husten daher kam, dass sie sich wegen ihres geschwächten Immunsystems eine Erkältung eingefangen hatten wie Sora selbst, ob der Rauch ihnen die Lungen verätzt hatte oder ob sie beim Schwimmen im Kanal zu viel Wasser geschluckt hatten und jetzt in Gefahr waren, eine Lungenentzündung zu bekommen.

Sie versuchte, sich ihre Unsicherheit nicht anmerken zu lassen, während sie den beiden Schwestern auf die Füße half. Beiden ging es nicht besser als vor der Rast, eher schlechter. Lydias Verbrennungen waren deutlich schwerer als die von Rose. Sora hatte ihr das Gel sehr großzügig auf die nässenden Blasen geschmiert, aber mehr konnte sie im Augenblick nicht für das Mädchen tun. Die andere Schwester, Sarah, würde für ihren Knöchel eine Schiene, ein Schmerzmittel und viel Ruhe brauchen.

*Viel Ruhe und Erholung brauchen wir alle*, dachte Sora, während sie sich mal wieder abwenden, husten und am Ellbogen kratzen musste. Nachdem sie sich den Mund abgewischt hatte, ließ sie den Blick über das abgerissene Häuflein wandern. Die beiden übrigen Gefährten, Sheena und O'Bryan, waren nur leicht verletzt. Doch sie waren Gefährten. Und bald würden sie genau wissen, wo sich der Geburtsbau des Clans befand. *Was hast du dir nur dabei gedacht, als du sie mitkommen ließest, Mari?* Sora seufzte. Sie wusste es genau. Mari war Heilerin, wie ihre Mutter es gewesen war. Anderen zu helfen lag ihr im Blut.

Sie berührte Jancita am Arm. »Ich kann jetzt die Führung übernehmen.« Jancita fiel zurück zu den anderen. Sora blickte über die Schulter, räusperte sich und erhob die Stimme, damit alle sie hören konnten. »Ich gehe nun schneller. Ich weiß, manche werden Mühe haben mitzuhalten, aber bald geht die Sonne unter, und dann dürfen wir nicht mehr im Wald unterwegs sein.«

Grimmig beschleunigten Erdwanderer und Gefährten ihren Schritt. Humpelnd und stolpernd gelang es allen, das Tempo zu halten. Soras Gedanken kreisten nur noch darum voranzukommen und darum, wie schlecht sie sich fühlte. Ihre Augen brannten. Ihr Magen schmerzte. Und das Schlimmste war, wie ihre Haut spannte und juckte. Göttin, sie hasste es, krank zu sein!

»Du siehst so wütend aus«, ertönte plötzlich O'Bryans Stimme dicht neben ihr. Sora fuhr zusammen.

»Tut mir leid«, fügte er schnell hinzu. »Ich wollte dich nicht erschrecken.«

»Habe nur nicht bemerkt, dass du so dicht neben mir warst. Hätte eigentlich gedacht, bei all diesen kleinen Viechern, die du trägst, sollte man dich früher bemerken.« Sie legte den Kopf schief. »Bist du so was wie eine Hunde-Hebamme?«

O'Bryans Lachanfall erschreckte die Welpen in seiner Tunika so, dass er sie erst beruhigen musste, ehe er Sora antwortete. »Nein, überhaupt nicht. Ich bin ein ganz gewöhnliches Mitglied des Stammes, aber Hunde, vor allem wenn sie so jung und verletzlich sind, sind uns allen wichtig.«

»Ah. Mhm. Hört sich vernünftig an.« Nach einer Pause fügte Sora hinzu: »Ich bin nicht wütend. Ich bin krank, und das nervt mich tierisch. Und ich mache mir Sorgen.« Sora fragte sich, warum in aller Welt sie das diesem Gefährten erzählte.

»Sorgen worüber?«, fragte er.

Sie schnaubte. »Also.« An einer Hand zählte sie ab. »Der Wald brennt. Ich habe die Verantwortung für einen ganzen Haufen Leute, einige davon schwer verwundet. Ich habe keine Ahnung, wann oder ob Mari zurückkommen wird. Ich weiß, dass es im Geburtsbau nicht genug Vorräte gibt und auch nicht die Ausrüstung, die wir bräuchten. Und ich führe unsere Feinde geradewegs ins Herz unseres Gebiets. Das sind die Hauptsorgen – der Rest ist nicht ganz so wichtig.«

»Würdest du gern einen Welpen tragen?«

Sora musterte ihn eingehend und fragte sich zum zweiten Mal, ob er vielleicht nicht der Hellste war. »Warum sollte ich einen Welpen tragen wollen?«

Er grinste sehr jungenhaft. »Warum nicht?« Und ehe sie protestieren konnte, hob er einen aus seiner Tunika und reichte ihn ihr.

Als sie den Welpen nahm und dieser mit glänzenden Augen zu ihr aufsah, erkannte sie, dass es sich um dasselbe kleine Hundemädchen handelte, das sie schon zuvor gehalten hatte. »Da bist du ja schon wieder«, sagte sie. Der kleine Terrier öffnete das Mäulchen, gab ein fröhliches Kläffen von sich, wälzte sich mit einer drolligen Bewegung auf den Rücken und entblößte seinen dicken Bauch. Mit fragend erhobenen Brauen sah Sora O'Bryan an.

»Welpen mögen es, wenn man sie am Bauch krault.«

»Ah. Ach so. Okay ...« Sora betrachtete den Welpen, der erwartungsvoll alle viere von sich streckte. Zögernd kraulte sie ihm mit dem Zeigefinger sanft den weichen Bauch.

Der Welpe begann so aufgeregt mit dem Schwanz zu wedeln, dass der Rest seines kleinen Körpers mitwackelte, und stieß fröhliche tierische Laute aus. Sora konnte nicht anders als zu grinsen. Sie ließ den Finger an der kleinen Brust des Welpen hinaufwandern, genoss es, wie warm und weich sein schwarzes Fell war. »Hey, schau mal. Ich dachte, sie wäre ganz schwarz, aber auf der Brust hat sie einen kleinen hellen Tupfen. Sieht genauso aus wie eine Mondsichel.« Sora fuhr die helle Stelle mit dem Finger nach.

O'Bryan sah ihr über die Schulter, und auf seinem netten Gesicht breitete sich ein begeistertes Lächeln aus. »Das hatte ich auch noch nicht gesehen! Ich dachte, alle Welpen wären pechschwarz, aber die Kleine hier ist ja was ganz Besonderes!«

»Besonderes?«

Er nickte. »Wenn ein dunkler Welpe einen einzigen hellen Fleck hat, heißt es, er oder sie sei von der Sonne gesegnet. Wir nennen es ein Sonnenküsschen. Solche Hunde sind zu Großem berufen.« Er kraulte die Kleine unter dem Kinn. »Auf das Mädchen hier wartet ein spannendes Leben.«

»Sonnenküsschen? Netter Name.«

»Das ist nicht ihr Name. Den werden wir erst erfahren, wenn sie sich einen Gefährten wählt und ihn ihm sagt.«

»Na, ich nenne sie ab jetzt Sonnenküsschen.«

Der Welpe gähnte ausgiebig, schmiegte sich tiefer in ihre Armbeuge, vergrub das Gesicht unter ihrer Achsel und schlief sofort ein.

»Sie schläft. Schon wieder. Stimmt irgendwas nicht mit ihr?«, flüsterte Sora, um Rose nicht aufmerksam zu machen.

»Nein, alles gut. Welpen schlafen sehr viel. Ist auch gut so – wenn sie wach sind, muss man sie ständig davon abhalten, Unsinn anzustellen.«

»Als wenn ich das nicht wüsste! Ich kenne ja Maris Vieh. Wenn man den lässt, frisst er Zweige und kaut Steine.«

»Ja, siehst du, das ist einer der Gründe, warum es gut ist, dass Welpen viel Schlaf brauchen.«

»Und wenn man kein Auge auf ihn hat, verschlingt er sofort mein frisch gebackenes Brot. Er ist verdammt gut darin geworden, sich heimlich anzuschleichen, wenn er glaubt, ich schaue nicht hin.«

»Vergiss nicht, sie sind genauso schlau wie wir – nur auf andere Art und Weise.«

»Tatsächlich?« Sora betrachtete das warme weiche Bündel, das sich so vertrauensvoll an sie schmiegte. »So schlau?«

»Tatsächlich. In mancherlei Hinsicht sind sie sogar klüger als wir Menschen. Sie können tausendmal mehr Gerüche wahrnehmen und sie sogar voneinander unterscheiden, selbst wenn sie sich überlagern.«

»Heißt das etwa, Rigel könnte zum Beispiel alle Inhaltsstoffe einer Salbe herausriechen?«

»Garantiert«, versicherte O'Bryan ihr.

»Huch. Interessant. Ich muss wirklich mit Mari reden, dass wir ihm nützliche Sachen beibringen, wenn sie zurück ist. Ich meine, wenn er herausriechen kann, was in einer Salbe drin ist, könnte er die Zutaten doch auch im Wald aufspüren, oder?« Abwesend streichelte Sora die kleine Hündin.

»Könnte er, aber darin wäre ein Terrier wohl noch besser. Die sind Jagdhunde und verlassen sich noch stärker auf ihre Nasen als Schäferhunde.«

»Was ich nicht verstehe, ist, wie diese riesigen Schäferhunde mit euch auf den Bäumen leben konnen. Captain zum Beispiel.« Sie wies mit dem Kinn auf den Hund neben Sheena, die Lydia und Sarah begleitete. »Er ist gigantisch. Wie soll er auf einen Baum klettern?«

O'Bryans Augen funkelten vor unterdrückter Belustigung. Trotzdem ging er auf die Frage ein, als freute es ihn, ihr etwas über seinen Stamm erzählen zu können. »Die Hunde müssen nicht klettern. Und wir auch nicht. Überall in unserer Stadt sind Lifte verteilt. Und Seile und Flaschenzüge. Es ist viel leichter, sich mit einem auf den Rücken geschnallten Hund abzuseilen, als du vielleicht denkst – selbst mit einem erwachsenen Schäferhund.«

»Flaschenzug? Was soll denn das sein?«

»Eine schnelle und bequeme Methode, sich abzuseilen oder hochzuziehen. Ich kann's schlecht erklären, ohne dass du es siehst. Wenn du willst, zeige ich dir mal einen.«

Sora sah ihm in die Augen. »Ich gehe nicht in eure Stadt. Nie im Leben.«

O'Bryans beständiges Lächeln schwand aus seinem Gesicht, wie Wachs, das in der Flamme schmilzt. »Ich kann's dir auch woanders zeigen. Ich brauche dazu nur ein Stück gutes, langes Seil und mindestens eine runde Scheibe. Dann kann ich einen bauen. Keinen so ausgefeilten wie in der Stadt, aber das Prinzip würdest du verstehen.«

Sora ärgerte sich, dass sie ihm das Lächeln ausgetrieben hatte – und dann ärgerte sie sich, dass es sie überhaupt kümmerte, ob er lächelte oder nicht.

»Ich bezweifle, dass du lange genug bei uns sein wirst, um mir irgendwas zu zeigen. Hier, nimm sie zurück. Ich muss mich mal wieder um die anderen kümmern.« Sie hätte den Welpen eigentlich gern noch behalten, zwang sich aber, ihn O'Bryan zu geben, auch wenn die Kleine winselte und sich noch kurz gegen seine Hand wehrte, als wollte sie zurück zu Sora.

»Ich hoffe, sie hat dich wenigstens ein bisschen aufgeheitert.«

Das Lächeln schlich sich in seine Mundwinkel zurück. »Bei uns heißt es, Welpen seien gut für die Seele.«

In der Ferne grollte Donner, und dann öffnete der Himmel seine Schleusen, und Regen stürzte auf sie herab.

»Dank der Sonne!«, seufzte O'Bryan ehrfürchtig.

»Gegen das Feuer ist dieses Wetter vielleicht gut. Für unsere Verwundeten eher nicht.«

»Siehst du in allem eigentlich nur das Negative?«

»Ich bin realistisch.« Sora wollte hinzufügen, dass sie im Vergleich zu Mari eine strahlende Optimistin war – doch da knackte und raschelte es im Gebüsch. Und direkt vor ihnen stolperte ein Erdwanderer auf den Weg.

Bei seinem Anblick sog Sora scharf die Luft ein. Er starrte vor Dreck und getrocknetem Blut und war über und über mit seltsam aussehenden Wunden bedeckt. Mit gepeinigtem Blick sah er sie an und fiel flehentlich auf die Knie. »Mondfrau, hilf mir!«

Ohne einen Moment zu zögern, drückte O'Bryan Sora alle Welpen in die Arme, schob sie hinter sich und zog ein langes Messer aus dem Gürtel. »Verschwinde, oder ich töte dich!«

Sora hätte nicht sagen können, was sie mehr schockierte: dass der niedliche, lächelnde O'Bryan sich vor ihren Augen in einen Killer verwandelte oder dass der Erdwanderer, der hier um Hilfe bettelte, Jaxom war – derselbe junge Mann, der sie am Vortag zu vergewaltigen versucht hatte.

Sie legte O'Bryan die Hand auf den Arm. »Ich kenne ihn. Tu ihm nichts. Oder sagen wir, noch nicht.«

Hinter ihr entstand Bewegung. Sheena mit dem knurrenden Captain trat neben sie, ebenso wie Rose mit der ebenfalls knurrenden kleinen Fala. Auch die beiden Frauen hielten Messer in der Hand.

Sora fackelte nicht lange. »Hier, nimm!« Sie reichte die Welpen an Rose weiter und sagte zu Sheena und O'Bryan: »Bleibt dicht bei mir. Er ist krank, deshalb ist er vielleicht gefährlich, aber eigentlich ist er ein alter Freund.«

Und sie ging auf Jaxom zu.

Der Kopf war dem jungen Mann auf die Brust gesunken. Er atmete schwer, und Sora sah, dass er am ganzen Leib zitterte.

»Erkennst du mich, Jaxom?«

Langsam hob er den Kopf und blinzelte sich Schweiß und Tränen aus den Augen. »Sora.« Seine Stimme klang wie Scheuersand. »Mondfrau, hilf mir!«

Sora sah ihm genau in die Augen. Da waren Schmerz, Verwirrung, jedoch keine Spur des Wahnsinns, den sie darin gesehen hatte, als er sie mit den beiden anderen zusammen angegriffen hatte. Er sah nicht aus wie der Jaxom, den sie sich einst beinahe als Treuverbundenen erwählt hätte, aber wie ein Monster sah er auch nicht aus.

»Kannst du laufen?«, fragte sie ihn.

»Vielleicht.«

»Ein bisschen mehr als vielleicht solltest du es können, aber es ist nicht weit.« Sie öffnete eine Außentasche ihres Beutels und zog ein stabiles Hanfseil daraus hervor. Dann sah sie ihn wieder fest an. »Ich werde dir helfen, aber erst mal fessle ich dir die Hände, und dieser Gefährte wird das Ende des Seils nehmen. Wenn du gewalttätig wirst, werde ich ihm erlauben, dich zu töten, Jaxom.«

»Ich verste-«, fing Jaxom an, doch mitten im Wort durchlief ihn ein heftiger Schauder, seine Augen verdrehten sich, bis nur noch das Weiße zu sehen war, und er verlor das Bewusstsein.

Sora seufzte, kniete sich hin und fühlte ihm den Puls. Er war vorhanden, wenn er auch viel zu schnell jagte.

»Ist es klug, ihn mitzunehmen?«, wollte Sheena wissen. »Eure Männer sind doch so gewalttätig.«

»Nein, sind sie nicht.« Sora nahm Jaxoms Handgelenke und begann, sie aneinanderzufesseln. »Nur in der Nacht, und dann nur sich selbst gegenüber, außer man versucht, sie umzubringen oder jemanden aus ihrer Familie als Sklaven zu rauben.« Sie vollendete ihr Vorhaben und sah die drei skeptisch blickenden Gefährten an. »Er heißt Jaxom. Er ist verwundet und krank und braucht dringend Heilung. Ich werde ihm helfen. Wir werden ihm helfen.«

»Aber er ist bewusstlos. Wie soll er mitkommen?«, fragte O'Bryan.

Sora hob die Augenbrauen. »Du hast doch vorhin gesagt, es sei viel leichter, einen Schäferhund auf den Rücken zu nehmen und sich an euren Seilen rauf- und runterzulassen, als man denken sollte. Jaxom kann nicht viel mehr wiegen als Captain.«

»Schon, aber –«

»Du bist nicht stark genug?« Soras Mundwinkel zuckten.

»Doch, natürlich«, versicherte er ihr schnell.

»Na dann.« Sie warf O'Bryan das Ende des Seils zu und rief der kleinen Schar hinter ihnen zu: »Wir haben's fast geschafft. Lasst uns schauen, dass wir aus diesem Regen rauskommen!«

# 8

Seit Täubchen ihn gleich nach Sonnenaufgang geweckt hatte, war Fahlauge auf der Galerie der Göttin auf- und abgegangen. Täubchen war es gewesen, die eine Spur von Rauch gewittert und gespürt hatte, dass Veränderung in der Luft lag. Wie stets war er ihre Augen gewesen. Und wie stets hatte sie recht gehabt. Etwas lag in der Luft.

Die Welt war dabei, sich unwiderruflich zu verändern. Die Stadt in den Bäumen, Heim des Stammes des Lichts, stand in Flammen.

Fahlauge hätte am liebsten die jüngsten, gesündesten Schinder zusammengerufen und sie mit ihrer Hilfe für sein Volk erstürmt.

Ein ahnungsvoller Schauer überlief ihn. Fahlauge drehte sich um und blickte nach oben.

Über ihm ragte die monumentale Kupferstatue der Schnitterin auf, die von seinem Volk als Göttin verehrt wurde. Hätte sie aufrecht gestanden, so hätte sie aus einer Höhe von beinah zwanzig Schritten herabgeblickt. Doch sie kniete auf der Galerie, eine Hand abwärts ihrem Volk entgegengestreckt; in der anderen hielt sie erhoben ihr Häutmesser, den dreigespitzten Dreizahn.

Sie schien alles zu sein, was eine Gottheit ausmachte: machtvoll, furchterregend und in der Lage, entschlossen, ohne Rücksicht auf Verluste, durchzugreifen.

Fahlauge sah ihr in die leblosen Augen, und das merkwürdige Gefühl der Vorahnung verging.

»Eines Tages werden sie die Wahrheit erfahren – dass du keine Göttin bist, sondern nichts als eine Statue, erschaffen von Menschen, die seit Jahrhunderten zu Staub zerfallen sind. Dass du so tot bist wie sie, so tot wie diese Stadt.« Er wandte ihr den Rücken zu und spähte wieder zu dem fernen Bergrücken und den ominösen Wolken hinüber, die aus dem Wald aufstiegen, als tanzten sie zum Takt unheilvoller Trommeln.

Den ganzen Tag blieb er auf der Galerie und sah der Vernichtung der fernen Stadt zu, die in ihm Sehnsucht weckte, seit er sich erinnern konnte. Lauschte auf den immer näher rückenden Donner und schmiedete Pläne ... Pläne für seine Zukunft, Täubchens Zukunft, die Zukunft des Volkes. So abergläubisch dieses der Statue auch verbunden war, Täubchen und er würden es aus dieser verdorbenen, vergifteten Stadt hinaus in die Sicherheit und Schönheit des unberührten Waldes führen.

Doch zuerst mussten sie die Anderen loswerden.

Wenige Stunden vor Sonnenuntergang begann es, heftig zu regnen. Während die Tropfen gegen das tote Metall der Statue trommelten, spürte er seine Geduld schwinden. Als könnte sie seine Gedanken lesen, ertönte in ebendiesem Moment, als er seinen Entschluss fasste, ihre Stimme aus der Halle der Göttin, umspülte ihn ebenso willkommen und reinigend wie der Regen.

»Liebster, die Göttin hat zu mir gesprochen. Sie befiehlt mir, ihre Worte mit ihrem Streiter zu teilen, auf dass du sie dem Volk mitteilen mögest.«

Fahlauge wandte sich dem Eingang der Kammer der Göttin zu und genoss den lieblichen Anblick, der sich ihm bot.

Mitten darin stand Täubchen, umringt von den jungen

Frauen, die sie Zofen nannte, jenen gesunden Mädchen, die sie sich als Begleiterinnen erwählt hatte anstelle der einstigen Wächterinnen – kranker, selbstsüchtiger alter Weiber, die über Generationen hinweg den Tempel entweiht und vorgegeben hatten, für die Göttin zu sprechen.

Fahlauge hatte den Tempel von den Wächterinnen gereinigt und nur Täubchen verschont, die die sechzehn Jahre ihres Lebens damit verbracht hatte, sich als Orakel der Göttin auszugeben. Nach der Reinigung waren Täubchen und er die Einzigen, die noch die Wahrheit kannten: dass das Schicksal des Volkes in dessen eigenen Händen lag, weil die Göttin ebenso tot war wie die Greisinnen, die er von deren Galerie gestoßen hatte.

Nun stand Täubchen inmitten ihrer Zofen und war herrlich anzuschauen. Wie sie hatte sie sich auf traditionelle Weise gekleidet: die jungen, prallen Brüste bloß, die Haut mit reichen Mustern verziert, immer in Dreiergruppen zu Ehren des göttlichen Dreizahns. Die Bemalung war zugleich hübsch und einschüchternd, genau wie Täubchen es wünschte. Dazu trug sie einen langen Rock, gesäumt von Menschenhaar von geopferten Anderen. Mit Freude bemerkte er, dass Täubchens Rock zusätzlich mit kleinen Glitzerdingen bestickt war, wodurch sie sich von den anderen abhob, die schlichtere Röcke trugen.

*Sie hat es verdient, solch rituellen Zierrat zu tragen, doch auch ohne ihn würde sie die anderen überstrahlen*, dachte er voller Stolz auf den Anblick seiner Geliebten.

»Liebster, was ist?«, fragte sie, ihre glatte Stirn besorgt gerunzelt.

»Alles bestens, mein Orakel«, versicherte er ihr und erlöste mit einer ungeduldigen Geste die Zofen aus der tiefen Reverenz, in die sie bei seinem Erscheinen gesunken waren. »Ich möchte dich nur bitten, einige deiner Zofen nach unseren besten und stärksten Jägern und Schindern zu schicken: Stahlfaust, Flüsterfuß, Donner, Adlerauge, Alter Hase, Rebell, Eisenherz, Knochen, Glückspilz und Mitternacht«, zählte Fahlauge die Namen auf, die er während der schlaflosen Nacht und des Beobachtungstages ausgewählt hatte.

»Lilie, nimm dir eine Helferin und tu, was dein Streiter befiehlt«, bat Täubchen diejenige Zofe, die am eifrigsten wirkte. »Such diese Männer und sag ihnen, sie sollen zum Tempel kommen.« Sie klatschte zweimal in die Hände, und all ihre Zofen beeilten sich, den Raum zu verlassen.

Fahlauge trat zu ihr, nahm sie am Ellbogen und führte sie durch die riesige höhlenähnliche Kammer in die Ecke, die sie beide sich reserviert und mit Hilfe von Ranken, Feuerschalen und aufgespannten Häuten vom Rest des Tempels abgetrennt hatten, um etwas heißersehnte Abgeschiedenheit zu haben. Weitere Zofen, an denen sie vorüberkamen, sanken ehrfürchtig nieder, um Täubchen und ihm den Respekt zu erweisen, den sie als Orakel der Göttin und deren Streiter verdienten. Doch rasch erhoben sie sich wieder und fuhren damit fort, der Kammer der Göttin wieder zu ihrem einstigen Glanz zu verhelfen.

Fahlauge schenkte den Frauen nur ein leichtes Nicken. Sie besaßen keine Bedeutung für ihn, außer dass sie Täubchen das Leben leichter machten –, und alles, was Täubchen diente, erfreute auch ihn. Aber heute hatte er selbst für das, was Täubchen Freude bereitete, nur wenig Sinn.

Kaum hatten sie ihre kleine Zuflucht betreten, drehte Täubchen sich ihm zu und hob ihm ihr wunderschönes Gesicht entgegen. »Du wirst in den Wald zu der Stadt in den Bäumen gehen, nicht wahr?«

Fahlauge antwortete nicht sofort. Zunächst sog er ihre Schönheit in sich auf. Das offene kastanienbraune Haar fiel ihr als weicher, schimmernder Schleier bis über die schmale Taille, ohne die hohen, prallen Brüste zu verdecken. Täubchens Haut war wundersam glatt, frei von Pusteln, Rissen oder Schuppen. Ihre vollen Lippen waren zu dem vertrauten Lächeln geschwungen, nach dem Fahlauge inzwischen ebenso gierte wie nach der Berührung dieser Lippen. Täubchens einziger Makel bestand darin, dass sie nun mal keine Augen hatte. An ihrer Stelle befanden sich lediglich zwei leere, dunkle Höhlen.

Fahlauge lächelte, obwohl sie ihn natürlich nicht sehen konnte. Es gab nichts an Täubchen, was er nicht anziehend fand, einschließlich ihres augenlosen Gesichts. Diesem Geburtsfehler hatte sie es zu verdanken, dass die alten Wächterinnen sie bei sich im Tempel aufgenommen und zum Orakel ihrer Schnittergöttin erzogen hatten. Als Fahlauge sich zum Streiter der Göttin erklärt hatte, war es nur logisch gewesen, dass er auch Täubchen für sich beansprucht hatte.

Und dafür war sie ihm mit Leib und Seele verbunden.

»Liebster, ist etwas?«

Er zog sie in die Arme und drückte ihren zierlichen, weichen Körper fest an sich. »Nein, alles in bester Ordnung.«

»Hat der Regen den Brand gelöscht?«, fragte sie eifrig.

»Ob er ganz gelöscht ist, weiß ich nicht genau, aber der Rauch ist jedenfalls weniger geworden.«

»Und jetzt wirst du in den Wald zur Stadt der Anderen gehen.«

Diesmal war es keine Frage, doch Fahlauge antwortete ihr. »Ja, aber lass uns aufhören, sie so zu nennen. Ich glaube, bald wird es unsere Stadt sein, mein Kleinod.«

»Aus diesem Grund wollte ich mit dir sprechen. Wir müssen klug darin vorgehen, dies dem Volk zu eröffnen. Sie werden davor zurückschrecken, zu einem Ort zu gehen, wohin ihre Göttin ihnen nicht folgen kann.«

Fahlauge schnaubte. »Wenn sie nur die Wahrheit wüssten.«

»Geduld, Streiter. Kommt Zeit, kommt Rat.«

»Aber du hast recht. Sie werden zögern, diese Stadt zu verlassen, egal ob sie vergiftet ist und uns seit Generationen zum Leiden und Sterben verdammt.« Fahlauge streichelte ihr Haar, wie immer fasziniert davon, wie weich es war.

»Das heißt, wir sollten sie zuerst von dem Gift befreien, um sie für die Wahrheit zu öffnen«, sagte Täubchen.

Da beugte er sich vor und küsste sie. »Natürlich, du hast recht! Ich werde meinen Männern nicht sagen, dass ich sie in den Wald führe, um mit unserer rechtmäßigen Eroberung zu beginnen.«

»Was dann, Liebster?«

»Dass wir jagen gehen. Und dann werde ich die Jagd zur Ernte machen, auf dass unser Volk beginnen kann zu heilen.«

»Und wenn das Volk geheilt ist, wird es dir aus der Stadt in den Wald folgen«, fuhr Täubchen fort.

»Und wir werden in den Bäumen leben und die Anderen zwingen, uns zu dienen, fern von diesem vergifteten, tödlichen Ort«, sagte Fahlauge. »Dort werden wir beide wahrhaft wie Götter leben!«

»So sei es.« Täubchen ließ ihre Hände seine starken Arme bis an seine Schultern hinaufgleiten und neigte den Kopf in einer nachdenklichen Pose, die Fahlauge entzückend fand. »Liebster, etwas an deinem Körper hat sich verändert.«

»Ja. Ich habe es bemerkt. Ich fragte mich schon, wann du es ansprechen würdest.«

Sie strich über seinen Rücken. »Deine Schultern sind breiter geworden. Und deine Arme dicker.«

»Nicht nur das.« Er bückte sich und führte ihre Hand in seinen Nacken.

Sie schnappte nach Luft und strich über das Fell, das dort absonderlicherweise begonnen hatte zu wachsen, dick und weich wie das eines Hirschs. »Was ist das?«

»Taste an meinem Rückgrat entlang.«

Sie gehorchte. »Es breitet sich über deinen Rücken aus! Was ist das?«, wiederholte sie.

Fahlauge war froh, dass die Veränderungen an ihm sie eher zu erregen als abzustoßen schienen. Sollte Täubchen sich je von ihm abwenden – nein! –, diesen Gedanken war er nicht fähig weiterzudenken.

»Das kommt vom Geist des Hirschs, dessen Haut ich mit meinem Körper vereinigt habe. Er lebt in mir weiter, gibt mir Kraft, heilt mich vom Gift dieser Stadt und verändert mich. Erschrick nicht davor. Bitte erschrick niemals vor etwas an mir.« Intensiv sah er ihr ins augenlose Gesicht, versuchte, jede Nuance ihrer Gefühle zu erfassen.

»O mein Streiter! Nichts an dir könnte mich je erschrecken!«

»Dann akzeptierst du den Hirsch?«

»Ich akzeptiere, was auch immer mit dir vorgeht. Du bist mein Schicksal – mein Streiter –, du wirst immer mein Held sein. Was auch aus dir wird, ich werde es akzeptieren, weil es du bist.«

Vor Erleichterung wurden Fahlauges Knie weich. Er sank vor ihr nieder, schlang die Arme um sie und vergrub das Gesicht in ihrem Schoß. Sie streichelte seinen Rücken, seine Schultern, das dichte blonde Haar, das er mit einer Lederschnur zurückgebunden hatte.

Plötzlich erstarrte sie in der Bewegung.

Fahlauge hielt den Atem an – er wusste, was sie bemerkt hatte.

»Hörner?«, flüsterte sie.

Er nickte in ihre Taille hinein. »Ja – oder man sollte wohl eher sagen: ein Geweih.«

Sie zögerte keinen Moment. Zweimal drückte sie ihm die Lippen auf den Kopf – einmal auf jede der kleinen Geweihspitzen, die über seinen Ohren aus seinem Schädel sprossen.

Fahlauge stieß langsam den angehaltenen Atem aus. *Sie nimmt mich immer noch an!*

»Mein Streiter! Erfüllt mit menschlicher Weisheit und der Kraft des Hirschs wirst du ein Anführer ohnegleichen sein. Wohin du auch gehst, das Volk wird dir folgen«, sagte sie, während sie ihn weiterstreichelte. »Wohin du auch gehst, ich werde dir folgen.«

Mit der Kraft und Behändigkeit eines Hirschs hob Fahlauge sie hoch und trug sie zu dem dicken Strohlager. »Wahrlich, heute beginnt es! Aber zuerst brauche ich deinen Segen, Orakel.«

Täubchens sanfte, kundige Hände wanderten weiter an seinem Körper hinab. »Den gebe ich dir mit Freuden, ebenso wie mich selbst. Die Göttin ist tot, aber die Zukunft unseres Volkes lebt in dir weiter, mein Streiter.«

Fahlauge wollte ihr sagen, wie unsäglich wunderschön sie war – wie sehr sie ihm Atem und Lebenskraft war –, dass er sich allein ihretwegen ein wahrer Streiter für sein Volk zu sein wünschte –, doch sie drückte begierig ihren Mund auf seinen, raubte ihm so die Worte und ließ sein Blut derart wild pulsen, dass er vor Verlangen aufstöhnte und das Einzige, was ihm noch über die Lippen kam, ihr Name war, immer und immer wieder.

Es regnete nach wie vor, als Fahlauge zehn der stärksten und tapfersten Männer seines Volkes an den äußersten Rand der Stadtgrenzen führte.

Der kleine Trupp zögerte und warf nervöse Blicke in das üppige Grün vor sich. Schließlich ergriff der Jäger namens Flüsterfuß das Wort. »Streiter, wollen wir wirklich während eines Waldbrandes in den Wald gehen? Nicht, dass ich deine Führung in Frage stellen will«, er verneigte sich tief, die Handflächen bis auf den Boden, wie um Fahlauge größten Respekt zu erweisen, doch diesem entging nicht, dass Flüsterfuß' Blick ihm beim Aufrichten nervös auswich, »ich würde nur gern wissen, auf was für eine Art Jagd du uns führst. Sollen wir Andere jagen, die vor dem Feuer fliehen?«

Fahlauge wartete einige Augenblicke, bis er Flüsterfuß erlaubte, sich zu erheben. Die anderen, bemerkte er, waren vorsichtiger – stumm warteten sie darauf, was Fahlauge sagen würde.

Sicher, Fahlauge verstand Flüsterfuß' Angst vor dem Wald. Das angestammte Terrain der Jäger und Schinder war ihre Stadt. Hier kannten sie jeden Zoll der Ruinenlandschaft, über der Erde ebenso wie innerhalb der bröckelnden Gebäude und seltsamen Metallkonstruktionen. Doch zwischen der ruhigen, respektvollen Haltung der meisten Mitglieder seines Trupps und Flüsterfuß' Frage bestand ein deutlicher Unterschied. *Etwas, was ich mir für die Zukunft merken muss.*

»Nein, wir jagen keine Anderen«, erklärte er knapp. »Wir jagen Opfertiere. Mit den Anderen habe ich andere Pläne. Große Pläne. Aber nicht heute. Heute gehen wir in den Wald und ersteigen die Hügel.«

Ohne abzuwarten, ob Flüsterfuß weitere Fragen hatte, trabte Fahlauge davon in Richtung der Parkhöhen, wie das Volk den höchsten Teil des Hügellands nordwestlich der Stadt getauft hatte. Während er nach Norden auf den höchsten Teil der Parkhöhen und die Schlucht zueilte, die ihr Gebiet von der Hügelkette mit der Stadt in den Bäumen trennte, jubelte er innerlich über seine neue Kraft und Ausdauer. Er ermüdete nicht. Statt im Weg liegende Baumstämme und vom Regen angeschwollene Gräben mühsam zu übersteigen, sprang er leichtfüßig darüber hinweg. Bei jedem Hindernis spornte er sich an, um zu sehen, ob er noch schneller rennen und höher springen konnte.

Er konnte es.

Fahlauge begriff, dass er erst kaum die Oberfläche seiner neugewonnenen Fähigkeiten ergründet hatte.

Lange vor seinen Männern erreichte er den Grat. Tief, aber gleichmäßig atmend stand er am Rand der Abbruchkante und blickte über die gezackte Schlucht hinweg, jenseits der die Hügelstadt der Anderen lag.

Der Brand war erloschen, doch der Schaden, den die Stadt in den Bäumen genommen hatte, war immens. Von seinem höher gelegenen Beobachtungsposten aus sah er, dass noch viele Stellen schwelten. Es sah aus, als hätte ein Riese, vielleicht auch ein Gott, eine brennende Fackel genommen, durch den Wald gezogen und eine Schneise geschwärzten Holzes und eingestürzter Bauwerke hinterlassen.

»Über die Hälfte«, murmelte er. »Über die Hälfte der Stadt

liegt in Trümmern. Wer weiß, vielleicht ist auch der halbe Stamm umgekommen.« Er bleckte die Zähne. »Das würde unsere Chancen deutlich verbessern.«

Der Erste, der bei ihm anlangte, war der Schinder Stahlfaust. Mühsam überstieg er den Rand des Grats und wischte sich den Schweiß vom Gesicht, während er sich zu Fahlauge gesellte und vor ihm in eine tiefe Verneigung sank.

»Ich erkenne den mächtigen Hirsch in dir, Streiter!«, keuchte er aufgeregt, das Gesicht dicht über der Erde.

»Du darfst dich erheben«, sagte Fahlauge, während sich auch der Rest des Trupps einfand. »Stahlfaust, sag mir doch genau, was du in mir zu sehen meinst.«

»Ich sehe, dass deine Haut nicht rissig ist. Ich sehe, dass du von Tag zu Tag stärker wirst. Du hast beinah selbst etwas Gottgleiches an dir!«

Fahlauge musste lächeln. Da schleppte sich Flüsterfuß an den anderen vorbei. Er hielt sich die Seite und rang nach Luft. »Weder der Streiter noch irgendjemand außer der Schnitterin sollte göttlich genannt werden, Stahlfaust! Das wäre Blasphemie!«

»Aber es ist doch offensichtlich, dass er von der Schnitterin berührt wurde«, wandte Stahlfaust ein. »Seine Haut ist geheilt, und er ist mächtig geworden wie ein starker Waldhirsch.«

»Trotzdem verehrt unser Volk nur die Göttin, niemanden sonst«, widersprach Flüsterfuß ihm.

»Aber sie hat ihm doch ihre Gunst erwiesen. Sie hat ihn geheilt, zu ihrem Streiter ernannt und ihm unser Orakel zur Gefährtin gegeben«, mischte sich ein weiterer Schinder namens Donner ein.

»Unser Volk verehrt trotzdem sie allein«, beharrte Flüsterfuß hartnäckig. Fahlauge beobachtete mit Interesse, dass er immer wieder verstohlene Blicke auf ihn selbst warf und zu den anderen sprach, fast als sei er nicht anwesend.

»Aber das Orakel hat verkündet, dass sich etwas ändern wird«, sagte ein Jäger, Adlerauge, mit einer respektvollen Verneigung vor Fahlauge. »Die alten Wächterinnen wurden durch junge, hübsche Zofen ersetzt, genau wie die rissige, entzündete Haut unseres Streiters erneuert und geheilt ist.«

»Genau!«, bekräftigte der Jäger Natter. »Er hat die Gunst der Göttin. Da ist es mir egal, was unser Volk normalerweise macht.«

»Richtig!« – »Sehe ich auch so!«, murmelten die übrigen Männer mit nervösen Blicken auf Flüsterfuß, ehe sie sich demonstrativ vor ihrem Streiter verneigten. Dann verfiel der Trupp in erwartungsvolles Schweigen, was dieser dazu sagen würde.

Fahlauge beschloss, Taten statt Worte zu wählen – sie würden lauter tönen und viel länger nachhallen.

Mit der Flinkheit eines Waldtiers senkte er den Kopf und stürmte auf Flüsterfuß zu. Schneller als das menschliche Auge folgen konnte, zog er das dreigezähnte Messer aus dem Gürtel und stieß es Flüsterfuß mit solcher Kraft in den weichsten Teil des Bauchs, dass seine Hand sich mit hineinbohrte und ein faustgroßes Loch in die Bauchdecke des Jägers riss. Während Flüsterfuß sein Entsetzen und seine Qual hinausschrie, trieb Fahlauges Schwung ihn rückwärts über den Rand der Schlucht hinweg. Im letzten Augenblick, als Flüsterfuß über dem Abgrund zu schweben schien, zerrte Fahlauge mit einem ekelhaft saugenden Laut seine Hand aus dessen Gedärmen. Von diesem Halt befreit, sackte Flüsterfuß nach unten und fiel weit, weit in den felsigen Tod.

Fahlauge wischte sich die blutige Hand an der bloßen Brust ab und hinterließ einen scharlachroten Streifen auf den kühnen dreigezähnten Motiven, mit denen Täubchens Zofen ihn verziert hatten. Bedächtig drehte er sich zu seinen Männern um.

Wie auf Kommando fielen alle neun vor ihm auf die Knie und drückten die Gesichter in die Erde.

»Will noch jemand meine Anführerschaft in Frage stellen?«, knurrte er. Das Blut des Hirschs pulste ihm heiß und wild in den Adern.

Stahlfaust hob den Kopf. »Niemals, Streiter! Ich folge dir wie der Schnitterin selbst, sollte sie je von ihrer Galerie steigen und unter uns wandeln.«

»Und der Rest?«

Langsam hoben die acht Männer die Köpfe, doch ihre Antwort kam ohne Zögern. »Stahlfaust spricht auch für mich«, sagte Natter. »Ich folge dir, wie ich der Göttin selbst folgen würde.«

»Ich auch! So ist es!«, riefen die übrigen im Chor.

»Seht ihr alle das Göttliche in mir?«

Stahlfaust ließ den Blick über die anderen wandern, sah jedem von ihnen in die Augen, ehe er seinem Streiter antwortete. »Ja. Befiehl deinen Schindern und Jägern, was immer du willst. Wir werden gehorchen. Wir werden dir auf immer gehorchen.«

Fast hätte Fahlauge Stahlfaust zurechtgewiesen. Er hatte es wirklich vor. Es war nicht seine Absicht, als Gott verehrt zu werden. Ihm war mehr als bewusst, was es bedeutete, einem falschen Gott zu huldigen. Er wollte seinem sterbenden Volk nur Gesundheit und ein besseres Leben bieten. Doch als er den Mund öffnete, um zu sprechen – um Stahlfaust zu sagen, dass er nichts Göttliches in sich trug, sondern lediglich der Streiter des Volkes war –, wollten die Worte nicht kommen. Sosehr Fahlauge sich auch bemühte, er stellte fest: Er konnte sie nicht aussprechen. Stattdessen regte sich etwas in ihm und begann zu erwachen. Er sah auf Stahlfaust und die anderen hinab, die auf den Knien verharrten und auf seinen Befehl warteten. Ihre Demut gefiel Fahlauge ebensosehr, wie ihm Flüsterfuß' Tod gefallen hatte.

Ungreifbar wie Nebel trieb ein Gedanke durch seinen Geist: *Nimm dir das Deine.*

»Schinder und Jäger, was ich euch heute befehle, ist, das Geschenk anzunehmen, das ich euch machen werde, und mir dafür eure Treue zu schenken. Kommt, erhebt euch und jagt mit mir.«

Im Aufstehen sagte Stahlfaust: »Aber nur die Jäger verstehen zu jagen, und viele von uns sind Schinder.«

Fahlauge spürte neue Kraft in seine Brust strömen. »Habt keine Angst«, sprach er. »Weder davor, unkundig zu sein, noch vor dem Wald. Ihr wart einmal Schinder und Jäger. Ich aber sage euch, am Ende dieses Tages werdet ihr alle Schnitter eures Gottes sein, der unter euch wandelt!«

Mit Mühe zügelte Fahlauge seinen Schritt, um seine Männer nicht weit hinter sich zu lassen, während sie in die Schlucht hinabstiegen. Da der heutige Regen der erste seit Wochen war, führte der Bach in ihrem Grund recht wenig Wasser, wodurch es leicht war, ihn zu überqueren.

Wie Fahlauge geahnt hatte, dauerte es nicht lange, bis sie Tiere beobachten konnten, die auf der Suche nach Zuflucht vor den Flammen zum Bach gekommen waren. Die meisten waren klein – Ratten und Kaninchen, Eichhörnchen und Mäuse, die eilig davonhuschten, nachdem sie ihren Durst gestillt hatten. Kein Wunder, große Waldtiere waren rar, vor allem so nahe an ihrer Stadt.

Hinter einer provisorischen Tarnwand, die er mit seinen Männern rasch errichtet hatte, saß er reglos und wartete auf ein Zeichen.

Es kam schneller, als er gedacht hätte.

Es war ein Keiler, ein rotes Monstrum mit einer riesigen faltigen Schnauze, aus der zwei Paar Hauer ragten: die oberen kürzer und gebogen, die unteren lang und scharf. Seine Brust war so breit und dick bemuskelt, dass es aussah, als trüge er eine Rüstung. Er watete mit den Vorderläufen in den Bach und tauchte grunzend vor Vergnügen den mächtigen Kopf ins Wasser. Fahlauge war ihm so nahe, dass er den scharfen Moschusgeruch riechen konnte. Der Keiler schnaubte und schüttelte sich, wobei Wassertropfen um ihn sprühten, als faltete sich ein Mantel auf. Dann watete er zwischen Felsbrocken und Treibgut durch den Bach hindurch. Wenn er seinen Kurs beibehielt, würde er so nahe an dem Versteck vorbeikommen, in dem Fahlauge mit seinen Schnittern wartete, dass sie ihn berühren konnten.

Kaum am Ufer, hielt der Keiler inne und hob den massigen Kopf. Seine goldenen Augen richteten sich geradewegs auf Fahlauge. Reglos stand er da, die Pupillen so geweitet, dass Fahlauge darin sein Spiegelbild sah. Dann senkte der Keiler langsam, kaum merklich, den Kopf, bis die Schnauze die Erde berührte.

»Bleibt hier, bis ich euch rufe«, flüsterte Fahlauge seinen Männern zu.

Er verließ die Deckung.

Sofort versteifte der Keiler sich. Die Borsten auf seinem Rücken stellten sich so hoch auf, dass sie aussahen wie Stacheln. Er begann, den mächtigen Kopf hin- und herzuschwingen und die unteren Hauer gegen die kleineren, messerscharfen oberen Vorderzähne zu reiben, bis ihm Schaum vor den Mund trat. Seine intelligenten kleinen Augen glommen vor Bosheit.

Fahlauge kannte die Anzeichen. Gleich würde der Keiler zum Angriff übergehen. Doch statt seinen tödlichen Dreizahn zu ziehen, nahm er das zusammengerollte Seil von seiner Schulter und schüttelte es aus, bis die Schlinge am Ende sich träge öffnete.

Mit einem tiefen Schnauben griff der Keiler an.

Fahlauge hatte vorgehabt, die Stellung bis zum letzten Moment zu halten, ihm, sobald er vorbeigaloppierte, die Schlinge überzuwerfen, ihn von den Beinen zu reißen und nach Art der Jäger so zu fesseln, dass er bewegungsunfähig war.

Aber der Anblick des anstürmenden Tiers weckte den Hirsch in ihm. *Kämpfe! Besiege es! Töte es!*, hallte ihm durch den Kopf, und wieder begann sein Blut wild zu pulsen.

Mit einem tiefen Bellen beantwortete der Hirsch in ihm die Herausforderung des Keilers. Fahlauge senkte den Kopf und stürmte seinerseits los, so ungestüm, dass seine Füße Moospolster vom Ufer aufwirbelten.

Alles geschah so schnell, dass er später froh über die Lieder war, in denen das Volk seinen Kampf mit dem Keiler besang; nur so war es ihm möglich, das Ereignis auszukosten, immer und immer wieder.

Er handelte rein instinktiv, ganz von der übermenschlichen Kraft und Schnelligkeit des Hirschs erfüllt. Als der Keiler ihn fast erreicht hatte, sprang Fahlauge ab. Ehe er auf dem Rücken der rasenden Bestie landete, schlang er ihr einen Arm um den gewaltigen Nacken. Dann stemmte er die Füße in den bemoosten Boden, während der Keiler sich mit wütendem Grunzen und Quieken aufbäumte und den Kopf zur Seite warf im Versuch, die Hauer in Fahlauges Waden zu schlagen. Doch die vereinte Kraft von Mensch und Tier übertraf die des Keilers. Fahlauge gelang es, dessen Kopf immer weiter zurückzubiegen, bis sein Rücken nachgab und der Keiler besiegt zur Seite kippte.

»Stahlfaust, komm her!«

Dieser gehorchte ohne Zögern, obwohl er den Keiler voller Furcht fixierte, eine Furcht, die auch auf den Mienen der übrigen acht Männer lag.

»Nimm das Seil! Fessle seine Läufe aneinander! Ich halte ihm den Kopf zurück.«

Wieder gehorchte Stahlfaust erfreulich schnell. Nicht lange und der Keiler war gefesselt.

»Nun erntet jeder von euch drei Streifen Haut von seinem Bauch. Lange, dünne Streifen. So schnell wie möglich«, wies Fahlauge den Trupp an. Auch diesmal gehorchte Stahlfaust als Erster. Der frischgebackene Schnitter zog seinen Dreizahn und führte ihn an den Bauch des Tiers.

Fahlauge sah dem Keiler in die Augen. Wie immer bei der Ernte erwartete er, dass dieser vor Schmerz aufschreien und sich aufbäumen würde. Aber nein. Das einzige äußere Anzeichen von Schmerz war, dass der Atem des Keilers sich beschleunigte und das Weiße in seinen Augen sichtbar wurde. Doch er blieb reglos, während die dreigezähnten Dolche der neun Schnitter ihm nacheinander Streifen um Streifen seiner Haut ablösten. Sein Blick verließ Fahlauge nicht, nicht einmal, als erkennbar wurde, wie der Blutverlust ihn zunehmend schwächte. In seinem trübe werdenden Blick wurde Fahlauge offenbar, was er tun musste.

Den Hirsch hatte er am Leben gelassen, nachdem er ihn mit der Krankheit geschlagen hatte, und auf das Gebiet der Anderen geschickt. Diesmal, so erkannte er, war Gnade angebracht. Das Leid des Hirschs war nötig gewesen; es hatte dem Zweck gedient, den Stamm des Lichts mit dem Gift zu infizieren. Auf ewig würde Fahlauge das Opfer des Hirschs in Ehren halten. Doch die Saat des Gifts war gesät, der Stamm – ob er es ahnte oder nicht – bereits dabei, Fahlauges List zu erliegen.

Mit dem Keiler war es also anders.

»Genug, ihr Schnitter«, sprach Fahlauge seine Männer formell an. »Ich werde nur den Gnadenstoß ausführen.«

Stahlfaust und die anderen verneigten sich und zogen sich mit den blutigen Hautstreifen einige Schritte zurück. Ohne den Blick vom Auge des Keilers zu lösen, zog Fahlauge mit der freien Hand den Dreizahn aus der Gürtelscheide. Er bog den Kopf des Tiers weiter zurück, um die Kehle ganz zu überstrecken. Ehe er diese von Ohr zu Ohr aufschlitzte, sprach Fahlauge aus, was aus den Tiefen seines Inneren aufzusteigen schien, so tief, dass er seine Stimme selbst nicht erkannte, und einen Moment lang war es, als handle das, was sich in ihm regte, getrennt von ihm, eigenständig, und er sei lediglich ein Beobachter.

*»Der Tod hat dich gerufen. Ich danke dir für dein Opfer, deine Kraft und deinen Geist. Sieh, der Tod ist gnädig!«*

Und er zog dem Keiler den Dolch durch die Kehle. Dann lockerte er seinen Griff, so dass dessen Nacken nicht mehr überstreckt war, wandte den Blick aber nicht ab, während das Leben als roter Fluss aus dem Tier entwich.

Als es vorbei war, bettete Fahlauge den Kopf des Keilers sanft aufs Moos und schloss dessen blicklose Augen. Mit gesenktem Kopf stand er noch einige Herzschläge lang da, um ihm zu danken, während es in ihm toste wie ein Wirbelsturm. Da waren Triumph und das Gefühl, mächtiger zu sein als je zuvor in seinem Leben. Es war der Tod des Tiers, der beides in ihm ausgelöst hatte. Welch ein herrlicher Tod.

*Herrlich? Warum sollte es herrlich sein, einem Keiler die Kehle aufzuschlitzen?*, stieg der vage unbehagliche Gedanke in ihm auf und schoss ihm kurz ins Bewusstsein, doch als er versuchte, ihn festzuhalten, zu überdenken, sich damit auseinanderzusetzen, scheute sein Geist davor zurück und kehrte stattdessen zur Herrlichkeit des Todes jenes Keilers zurück. *Ist der Tod nicht ein Teil des Lebens – vielleicht sogar der wichtigste?*

»Streiter, möchtest du, dass wir dich mit der Haut des Keilers salben?«, rief Stahlfausts Stimme ihn aus seiner Gedankenverlorenheit zurück. Er wandte sich ihm und den anderen Männern zu. Eigentlich hatte er diese Expedition auch dazu nutzen wollen, zur Stadt in den Bäumen zu gehen und festzustellen, wie groß die Zerstörung war, um besser planen zu können, wie das Volk seine Zukunft in Besitz nehmen sollte. Doch Flüsterfuß' Rebellion und das Opfer des Keilers hatten ihn davon abgebracht. Fahlauge wusste, einst würde die Stadt in den Bäumen ihm gehören – das war unausweichlich. Zunächst aber war von größter Wichtigkeit, sein Volk auf das neue Leben, die neue Umgebung und den neuen Gott vorzubereiten.

»Nein. Euer Streiter wird euch alle mit der Haut des Keilers salben, und dann werden wir sein Fleisch zu unserem Volk bringen und ein Festmahl halten.«

Demütig fielen die Männer vor ihm auf die Knie und neigten

die Köpfe. »Danke, Streiter«, sprach Stahlfaust. »Wie gnädig und großzügig du bist.«

Der Reihe nach trat Fahlauge zu seinen Schnittern, nahm ihnen die noch warmen Hautstreifen ab, schnitt sie zurecht und fügte sie in die schrecklichen eitrigen Risse ein, die sich über ihre Haut zogen.

»Darf ich dir eine Frage stellen, Streiter?«, meldete sich Stahlfaust.

»Natürlich«, gab Fahlauge zurück, ohne die Arbeit zu unterbrechen. »Ihr habt mir die Treue geschworen. Und solange ihr mir diese haltet, dürft ihr mir ohne Furcht Fragen stellen.«

»Du sagtest, wir werden ein Festmahl halten. Was werden wir feiern?«

»Ein Erwachen.« Die Worte kamen, ohne dass er überlegen musste, als entsprängen sie einem Ort so tief in ihm, dass er nicht mehr zu ihm gehörte. Doch statt vor dieser fremden Macht zu erschrecken, gab Fahlauge sich ihr von ganzem Herzen hin und stellte fest, dass er sich wünschte, noch stärker mit ihr zu verschmelzen.

Mit den Stücken des ausgenommenen, zerteilten Keilers bepackt kehrten Fahlauge und seine Schnitter unter dem Jubel des Volkes zum Tempel zurück. Auf dem Rückweg hatte Fahlauge bemerkt, dass die Haut des Keilers sich bereits mit der seiner Männer verband und ihr Schritt zügiger wurde, ohne dass einer unter seinem Anteil des gewaltigen Wildschweinleibes stöhnte.

Im Hof ließ Fahlauge sein Stück Fleisch achtlos fallen. Seine Aufmerksamkeit galt nicht mehr seinen Männern und auch nicht seinem begeisterten Volk, das ihn umringte, willkommen hieß und ihm huldigte. Er sah zur Galerie empor auf der Suche nach Täubchen.

Mit einem Mal erschienen all ihre Zofen an der Brüstung. Als das Volk ihrer ansichtig wurde, wandten sich alle Blicke nach oben.

Durch die Zofen ging Bewegung wie sanfte Wellen über einen Teich. Sie teilten sich, und da stand Täubchen, umgeben von den lodernden Feuertöpfen. Die orangefarbenen und gelben Flammen malten seltsame wogende Schatten auf ihren halbnackten Körper, als lösten sich die dunklen Höhlen ihrer Augen von ihrem Gesicht und wanderten über sie hinweg.

»Kehrt unser Streiter zurück?«, fragte sie mit ihrer lieblichen, sanften Stimme, der es irgendwie gelang, die Welt um sie ganz zu erfüllen.

»Ich bin zurück, mein Orakel!«, rief Fahlauge. »Und mit mir bringe ich eine neugeborene Armee. Von heute an sind diese Männer nicht mehr Jäger oder Schinder, sondern sie alle sind Schnitter der Göttin, mächtig und schrecklich anzusehen!«

Täubchen hob die Arme und rief beglückt: »Dann lasst uns feiern! Komm zu deiner Göttin und zu mir!«

Ihr Ruf ließ seinen ganzen Körper vibrieren. Er widersetzte sich ihm nicht und erkannte zugleich, dass er das unmöglich hätte tun können. Das Volk wich beiseite, um einen Weg zum Tempel zu öffnen. Fahlauge schritt kühn zwischen ihnen hindurch. Er platzte beinahe vor Kraft und Verlangen, das größer wurde, je näher er Täubchen kam. Statt den Tempel durch das Hauptportal zu betreten und die bröckelnde Treppe zu ersteigen, holte er Schwung, sprang in die Ranken hinauf, von denen das Gebäude überwuchert war, und kletterte an ihnen und der vom Alter unebenen Wand empor, immer höher, bis er die Galerie erreichte und Täubchen in die Arme schließen konnte. Unter dem frohen Beifall des Volkes küsste er sie leidenschaftlich. Ganz im Bann des Kusses bemerkte er kaum, dass hinter ihm etwas mit dem Arm der Schnitterin vorging, den sie lockend nach dem Volk ausstreckte. Unmerklich, so dass man es für die Schatten der Flammen aus den Feuertöpfen auf ihrer kupfernen Haut halten konnte, zog die massive Statue Fahlauge und Täubchen enger in ihre Umarmung.

Täubchens heiße Lippen an seinem Mund schnappten nach Luft.

»Spürst du es auch, mein Kleinod?«, flüsterte er. »Die Göttin regt sich!«

Ihre begierigen Lippen küssten sich an seinem Hals entlang zu seinem Ohr, und dann flüsterte sie Worte, die ihnen beiden bewusst machten, dass nichts mehr war wie zuvor. »Ich spüre es, aber nicht das lässt mir den Atem stocken. Was ich noch deutlicher spüre, ist, wie sich das Göttliche in dir regt.«

Fahlauge lehnte sich zurück in den Arm der Schnitterin und zog Täubchen mit sich. Er hob das Gesicht zum Himmel und röhrte wie ein Hirsch, wild und genüsslich und voller Macht.

# 9

Mari war völlig durchnässt, todmüde und fühlte sich so elend wie noch nie zuvor. Als sie den leblosen Körper ihrer Mutter vom Krebsflüsschen nach Hause getragen hatte, um ihn oberhalb ihres Baus vor dem Bildnis der Erdmutter zu begraben, war sie erschöpft und voller Trauer gewesen, aber doch sie selbst. Eine traurige, verzweifelte Version ihrer selbst, sicher, aber trotz allem Mari.

Doch nicht an diesem Tag. Nicht, nachdem sie Sonnenfeuer herabgerufen hatte, so viel, dass es einen ganzen Waldbrand aufgehalten hatte. An diesem Tag war Mari sich nicht so recht sicher, wer oder was sie war.

Rigel neben ihr winselte und sah so besorgt zu ihr auf, dass Mari auch ohne ihre geistige Verbindung zu ihm gewusst hätte, was den jungen Hund bedrückte.

»Das wird schon wieder«, versuchte sie, ihn zu trösten, während sie weiterstolperte, einen Fuß nach dem anderen, und all ihre verbliebene Energie darauf konzentrierte, in Bewegung zu bleiben. Aber ihre Stimme klang ebenso fremd und schwach, wie sie sich fühlte. Rigel bellte alarmiert, was Nik, der vor ihnen ging, an ihre Seite eilen ließ.

»Sollen wir anhalten?« Seine Miene war nicht weniger besorgt als Rigels.

Mari schüttelte den Kopf und legte ihm die Hand auf den

Arm. »Wenn ich anhalte, kann ich vielleicht nie wieder weitergehen.« Es hatte ein kleiner Scherz sein sollen, doch während sie es aussprach, wurde ihr klar, dass es stimmte. Wenn sie sich jetzt hinsetzte, glaubte sie wahrhaftig nicht, dass sie in der Lage wäre, wieder aufzustehen.

»Tut mir leid, dass wir diesen Umweg machen. Ich weiß, wie kaputt du bist.« Nik hakte sie unter. Auch Laru kam zu ihr, schnüffelte an ihr und leckte ihr ermutigend die Hand.

»Schon gut. Wir waren uns alle einig, dass wir lieber an der Schlucht entlanggehen, obwohl es weiter ist, weil so nah am Gebiet der Hautdiebe hoffentlich niemand vom Stamm unterwegs ist«, sagte Mari. Es fiel ihr schwer zu sprechen und zu sagen, was sie dachte, aber während sie sprach, merkte sie, dass es besser war, sich zu unterhalten, als vor sich hin zu brüten, auch wenn es sie Energie kostete, die sie lieber aufgespart hätte.

»Wenigstens das scheint zu klappen wie geplant – bis jetzt sind uns nur Tiere begegnet, die vor dem Brand fliehen«, sagte Davis, der hinter Mari den Schluss gebildet hatte, um nach hinten zu sichern und zu jagen. Momentan war der Weg breit genug, dass er sich neben Nik und sie gesellen konnte. Sein Terrier Cammy trabte zu Rigel und bellte fröhlich, als der junge Schäferhund ihn ausgiebig beschnüffelte und kurz leckte. Dann schüttelten sich beide Hunde heftig, was nicht viel gegen den strömenden Regen nützte, der die kleine Gruppe schon völlig durchweicht hatte. »Hat Vorteile fürs Abendessen!« Davis hielt das halbe Dutzend Kaninchen in die Höhe, das Cammy und er während des Marschs hatten fangen und töten können.

»Sora wird sich freuen.« Mari versuchte zu lächeln, vermutete aber, dass ihre Grimasse nicht sehr danach aussah.

»Vielleicht sollten wir uns doch einen Moment ausruhen. Mari, du siehst –«

»Nik, Mari, ihr solltet euch da was ansehen.« Aus dem Wald vor ihnen tauchte Antreas auf, der gekundschaftet hatte – er und Bast schienen einen übernatürlichen Orientierungssinn zu besitzen.

»Was denn?«, begann Nik, aber Antreas bedeutete ihm mit einer schnellen Geste zu schweigen. Dann winkte er ihnen mitzukommen – und zwar leise.

Mari musste all ihren Willen aufwenden, um den anderen zu folgen. Der Luchsmann führte sie zum Rand der Schlucht, an der sie sich entlangbewegt hatten. Seinem Beispiel folgend duckten sie sich hinter eine kleine, mit hohen Farnen durchsetzte Felsgruppe. Antreas deutete auf den Grund der Schlucht, wo ein kleiner Bach floss. Er hätte es sich sparen können. Es war unmöglich, nicht zu bemerken, dass unter ihnen ein Kampf stattfand – wild, unglaublich, verstörend und laut. Extrem laut.

Zuerst traute Mari ihren Augen kaum. Dort unten war ein riesiger bemalter Mann in einen Ringkampf gegen einen ebenso riesigen Keiler verstrickt. Der Keiler schnaubte und quiekte, und der Mann gab seltsam bellende Laute von sich, die an einen brünftigen Hirsch erinnerten. In Mari zog sich alles zusammen, weil sie sicher war, gleich den Tod des Mannes mitansehen zu müssen, der von dem wütenden Tier auf die Hauer genommen werden würde. Doch sehr schnell begriff sie, dass sie falschlag. Der Mann war dabei, den Keiler zu besiegen, und zwar mit Leichtigkeit!

Nicht lange, und der Kampf war zu Ende. Der Mann rief etwas, und aus einem Versteck schwärmten mehrere andere Männer zu ihm und begannen, den Keiler zu fesseln.

»Große Göttin, was machen die bloß mit dem armen Tier?«, wisperte Mari.

»Das sind Hautdiebe.« Auch wenn Nik leise sprach, hörte sie den Hauch Verachtung darin. »Keine Ahnung. Ich an ihrer Stelle würde den Keiler töten, ausnehmen und nach Hafenstadt bringen, aber bei denen weiß man nie.«

»Hautdiebe«, raunte Antreas. »Ich habe von ihnen gehört, allerdings noch nie welche gesehen. Großer Sturmjäger! Häuten die den Keiler etwa bei lebendigem Leibe?«

»Ja«, flüsterte Davis neben ihm. »Wir dachten, das würden sie nur mit Menschen machen, aber als Thaddeus vor ein paar Wochen von ihnen gefangen wurde, sagte er, sie hätten es auch bei seinem Terrier Odysseus getan.«

»Hat er nicht behauptet, deshalb sei er ihnen entkommen?«, fragte Nik.

Davis nickte. »Thaddeus behauptete, als sie anfingen, Odysseus die Haut abzuziehen, sei der so wild geworden, dass er sich unbemerkt befreien konnte.«

»Und wundersamerweise konnte sich auch Odysseus befreien und entkam fast unversehrt«, fuhr Nik mit unverhohlenem Sarkasmus fort.

Antreas sah ihn an. »Du glaubst diese Geschichte nicht?«

»Ich glaube kein Wort von dem, was Thaddeus sagt. Er hat immer nur eins im Sinn: seinen eigenen Vorteil. Schau doch da runter. Dieser riesige Hautdieb und seine Leute haben keinerlei Mühe, einen Keiler zu bändigen, der gute drei Zentner wiegen muss. Warum sollte ein knapp zwanzig Pfund schwerer verängstigter Terrier ein Problem für sie sein?«

»Das ergibt tatsächlich keinen Sinn«, stimmte Antreas ihm zu. »Aber was die da machen ebenso wenig.«

»Sie glauben, wenn sie jemandem bei lebendigem Leib die Haut abziehen und sich über ihre eigene legen, könnten sie dessen Essenz in sich aufnehmen«, erklärte Davis. »Was auch nicht viel Sinn ergibt.«

»Aber das da ist nicht mal ein Mensch.« Mari war übel, doch sie konnte den Blick nicht von der grausigen Szene abwenden. Der riesige Mann stand über dem Keiler und bog ihm den Kopf zurück. Jetzt schlitzte er ihm die Kehle von Ohr zu Ohr auf, und ein scharlachroter Regen ergoss sich rund um das sterbende Tier. »Sondern ein Wildschwein.«

»Sehr merkwürdig«, sagte Davis.

»Vielleicht häuten sie auch Tiere, bevor sie sie essen?«, rätselte Antreas.

»Schaut«, zischte Mari, »der Große legt den anderen die Haut des Keilers auf!« Sie beugte sich vor, um besser sehen zu können – für den Moment besiegte die Neugier der Heilerin ihre Abscheu. »Ich kann's nicht genau sehen, aber ich glaube, die Männer haben offene Wunden. Der Anführer anscheinend nicht.« Sie verzog angeekelt das Gesicht. »Puh, nein! Er drückt ihnen die Wildschweinhaut in die Wunden wie einen Umschlag oder eine Salbe!« Sie erschauerte. »Wie scheußlich.«

»Mehr als scheußlich.« Auch Nik schüttelte sich und sah weg.

»Aber warum?«, fragte Mari eher sich selbst als die anderen. »Aus welchem Grund sollte man offene Wunden mit fremder Haut bedecken? Es ist nur Haut. Er hat nicht mal Heilkräuter oder eine Arznei darunter getan.«

»Die brauchen keinen Grund«, sagte Davis. »Es sind Hautdiebe – das heißt, sie sind vollkommen wahnsinnig.«

»Vielleicht«, sagte Mari. »Aber schaut ihm zu. Er macht es

so sorgfältig. Und dann legt er Moos darüber und bindet das Ganze mit Ranken fest. Es hat schon Ähnlichkeit mit einem Wundverband, wie ich ihn dir gemacht habe, Nik.«

»Aber du hast Salben und Kräuter genommen. Nicht die Haut eines toten Tiers.«

»Ich habe genommen, wovon ich wusste, dass es heilsam wirkt. Vielleicht weiß dieser Hautdieb etwas über Heilung, was wir nicht wissen.«

»Vielleicht ist er auch einfach so verrückt, wie Nik und Davis behaupten«, wandte Antreas ein.

»Gehen wir weiter«, drängte Nik. »Wir müssen uns heute nicht auch noch mit Hautdieben herumschlagen.«

»Gern«, sagten Davis und Antreas im Chor. Der Luchsmann fügte hinzu: »Ich gehe wieder kundschaften. Es sollte jetzt nicht mehr lange dauern, bis wir das Tiefland erreichen.« Bast und er verschwanden lautlos im Wald.

Mari, Nik und Davis zogen sich vorsichtig vom Rand der Schlucht zurück, und Mari protestierte nicht, als Nik ihr den Arm um die Taille legte und sie mehr trug als stützte. Sie biss die Zähne zusammen und zwang sich weiterzugehen, einen Schritt nach dem anderen. Heimwärts.

»Tiefland voraus!«, rief Antreas ihnen durch zum Rohr geformte Hände zu.

Mari wäre vor Erleichterung fast auf die Knie gefallen. »Wir sind auf Clansgebiet. Jetzt ist es nicht mehr weit bis zu unserem Nachtlager.«

»Ähm, also, worin besteht das eigentlich genau?«, wollte Davis wissen, der bei dem Ruf von hinten herangeeilt war.

Sie sah ihn an und blinzelte – nicht, weil sie verschwommen sah, sondern weil sie kaum noch denken konnte. »Na, aus meinem Zuhause.«

»Deinem Bau?«, fragte Nik. »Ich dachte, du hättest etwas von Geburtsbau gesagt. Wollte Sora die Erdwanderinnen und Gefährten nicht dorthin führen?«

»Doch.« Mari kämpfte um jeden klaren Gedanken in ihrem wie mit Watte gefüllten Hirn. »Aber zum Geburtsbau ist es weiter als zu meinem eigenen Bau, ich glaube nicht, dass wir's heute noch dorthin schaffen würden. Also gehen wir besser zu meinem Bau.«

Nik zwang sie anzuhalten. »Mari, bei dir bin nicht nur ich. Sondern auch Davis und Antreas. Bist du dir sicher, dass du sie zu deinem Bau führen willst?«

Mari runzelte die Stirn, um sich besser konzentrieren zu können. Natürlich wollte sie zu ihrem Bau. Das musste sie sogar. Dort würde sie Ruhe finden – sich selbst wiederfinden. Unwillig sah sie ihn an. »Ich will heim, Nik.«

»Ich weiß.« Sanft berührte er ihre Wange. »Und ich bringe dich gern hin, aber Mari, wir haben Davis und Antreas dabei. Ist das für dich in Ordnung? Und für deinen Clan?«

Endlich durchdrangen Niks Worte den Nebel der Betäubung, und eine Welle der Panik stieg in ihr auf. »Große Göttin, das hatte ich ganz vergessen!«

»Was denn?«, fragte Davis.

Mari sah ihn nicht an. Sie schaute Nik in die mitfühlenden grünen Augen. »Ich hatte vergessen, dass sie nicht wissen dürfen, wo ich wohne. Nik, was ist los mit mir?«

Nik zog sie fest in die Arme. »Das, was mit Sonnenpriestern passiert, nachdem sie Sonnenfeuer herabgerufen haben. Ich staune, dass du überhaupt noch laufen und sprechen kannst. Aber das ist nicht schlimm! Bald geht's dir wieder gut.«

»Warte mal, heißt das, wir dürfen nicht wissen, wo sie wohnt?«, hakte Davis nach.

Ohne Mari loszulassen, drehte Nik sich zu ihm und Antreas um, der mit Bast herbeigejoggt kam. »Wir können es uns nicht leisten, noch mal Pause zu machen«, mahnte Antreas. »Die Sonne geht unter, und dann wird nicht nur der Schwarm auf Futtersuche unterwegs sein.«

»Ich glaube, wir müssen uns erst darüber klarwerden, wohin genau wir gehen.« Betont sah Davis von Mari zu Nik.

»Ich dachte, zu einem Geburtsbau«, warf Antreas ein.

»Der ist zu weit entfernt«, erklärte Nik. »Das schafft Mari heute nicht mehr. Sie muss sich erst ausruhen und was essen.«

»Aber sie will uns nicht verraten, wo sie wohnt«, ergänzte Davis.

Sein Ton traf Mari unerwartet. Selbst in ihrer Erschöpfung hörte sie, wie verletzt und enttäuscht er war. Sie sah dem jungen Gefährten in das offene, ehrliche Gesicht. »Es ist nicht, wie du denkst. Ich will nicht lediglich dir und Antreas nicht verraten, wo mein Bau ist. Nach unserem Gesetz darf niemand wissen, wo der Bau einer Mondfrau ist – nicht mal andere Erdwanderer.«

»Zum Schutz«, fügte Nik hinzu. »Weil sie nicht nur die Heilerin ihres Clans ist.« Er zögerte und sah Mari an. »Aber das sollte sie euch selbst genauer erklären.«

»Ah, ich verstehe. Eine Sicherheitsvorkehrung«, sagte Antreas. »Auch wir halten unsere Lager meist geheim. Würde es dir helfen, wenn ich dir meinen Eid der Zuflucht geben würde, dass ich niemandem weitersagen werde, wo dein Heim liegt?«

Mari musterte den Luchsgefährten. Sie wusste fast nichts über dessen Volk und hatte keine Ahnung, wie vertrauenswürdig er war. »Eid der Zuflucht?«

»Das ist der stärkste Eid, den ich schwören kann. Unsere Lager sind unsere geheiligten Zufluchtsstätten. Den Ort dafür auszusuchen und sie zu bauen hat sehr viel mit dem Band zu tun, das uns mit unseren Luchsen verbindet. Den Eid der Zuflucht zu brechen hieße, meiner Bast das Herz zu brechen – und das würde ich niemals tun.«

Mari nickte langsam. Sein Blick wirkte aufrichtig. Dann sah sie Davis an. »Und du? Wie sicher kann ich sein, dass du niemandem verraten wirst, wo ich lebe?«

Davis lächelte etwas traurig. »Ich werde niemandem verraten, wo du lebst, wenn mein Sonnenpriester es mir befiehlt.«

»Dein Sonnenpriester ist tot«, sagte Nik.

»Nein. Mein Sonnenpriester steht vor mir.«

»Damit meint er nicht mich, oder?«, sagte Mari.

»Nein.« Nik schüttelte den Kopf. »Nein, Davis. Ich bin nicht dein Sonnenpriester! Der muss gewählt werden. Und vom Rat bestätigt. Und die Sonne muss um Zustimmung gebeten werden. Vom ganzen Stamm!«

»Laru hat dich erwählt«, widersprach Davis ihm. »Du bist Sols Sohn. Der ganze Stamm weiß, dass er dich gern als Nachfolger gehabt hätte. Er wartete nur darauf, dass dich ein Hoher Hund erwählt, dann hätte er es offiziell gemacht. Das ist jetzt passiert, also steht dem nichts mehr im Weg.«

»Aber ich kann kein Sonnenfeuer herabrufen, Davis! Und der Sonnenpriester muss auch –«

Mari legte ihm die Hand auf den Arm. »Nik, hast du es denn je versucht? Sonnenfeuer herabzurufen?«

»Natürlich! Alle jungen Leute versuchen das. Ich bin nicht gut darin. War ich noch nie.«

»Hast du es schon versucht, seit Laru dich erwählt hat?«, fragte Davis.

»Irgendwie hatte ich bisher anderes zu tun«, gab Nik sarkastisch zurück.

»Du hast mir geholfen, das Sonnenfeuer zu kontrollieren, das ich herabgerufen habe.« Mari berührte seine bandagierten Hände.

»Ja, schon, aber das heißt nicht, dass ich es auch selbst herabrufen könnte.«

»Also war das alles nur Gerede?«, entfuhr es Davis.

Nik sah ihn irritiert an. »Gerede?«

»Ja – all das, was du gesagt hast von wegen, es müsse sich etwas ändern. Dass der Stamm moderner und aufgeschlossener werden müsse?«

Mari spürte Nik zögern. Langsam schüttelte er den Kopf. »Nein. Das war kein Gerede. Viele der Stammesgesetze stören mich. Ich finde schon, dass es Zeit für ein paar Neuerungen wäre.«

»Ich auch«, bekräftigte Davis.

»Aber das heißt trotzdem nicht, dass ich dein Sonnenpriester bin.«

»Was würde denn dein Vater sagen?«, fragte Antreas.

Alle drehten sich zu dem Luchsmann um. »Wie meinst du das?«, wollte Nik wissen.

Antreas zuckte mit den Schultern. »Ich kannte Sol nicht gut. Habe ihn ja erst vor ein paar Tagen kennengelernt, aber auf mich wirkte er klug und vertrauenswürdig. Wie ein wahrer Anführer. Euer Stamm hat ihn sichtlich verehrt und respektiert. Du bist sein Sohn, also kanntest du ihn sicherlich besser.«

Nik dachte an die Geheimnisse, die Sol ihm anvertraut hatte, und nickte nachdenklich. »Ja, ich denke, abgesehen von meiner Mutter, die schon lange tot ist, kannte ich ihn wohl am besten.«

»Na, dann solltest du die Frage beantworten können. Was würde dein Vater dazu sagen, wenn du Sonnenpriester eines neuen Stammes werden würdest?«

»Eines neuen Stammes?«

Davis nickte. »Ja. Der alte Stamm des Lichts ist bei diesem Brand gestorben, Nik. Wenn wir uns dort noch daheim gefühlt hätten – wenn er so gewesen wäre, dass wir mit ihm hätten weiterleben wollen –, dann wären wohl weder du noch ich heute weggegangen. Also sind wir ein neuer Stamm. Ein kleiner, aber immerhin. Willst du jetzt mein Sonnenpriester sein oder nicht?«

Mari sah, welche Gefühle über Niks Züge huschten. Er war überwältigt, vielleicht hatte er sogar Angst, aber da war noch etwas – etwas Stärkeres, das die beiden Emotionen zunehmend überstrahlte. Sie erkannte es als Hoffnung und war unendlich froh, diese auf seinem hübschen Gesicht aufleuchten zu sehen.

Fragend sah Nik sie an.

»Ich kannte Sol auch kaum«, sagte sie, »aber ich bin mir ziemlich sicher, was er sagen würde.«

»Mari, der Sonnenpriester eines Stammes zu sein ist mehr als ein Titel. Es ist eine Lebensaufgabe – eine Bestimmung.«

Sie nickte finster. »Das musst du der Mondfrau des Weberclans nicht erklären. Ich weiß genau, wie es ist, nicht so recht glücklich mit seiner Bestimmung zu sein, aber manchmal muss man nun mal ins kalte Wasser springen und das Beste daraus machen.«

»Meine Güte, Nik, irgendjemand muss es machen, oder?«, sagte Antreas.

»Das stimmt. Und anscheinend ist dieser Jemand ich.« Nik sah Davis in die Augen. »Du weißt, was das bedeutet, oder? Was wir tun müssen, wenn wir wirklich einen Stamm gründen wollen.«

Davis nickte langsam. »Wir müssen wenigstens einen holen.«

»Nicht wir«, sagte Nik mit fester Stimme. »Nur ich. Davis, du musst mir schwören, dass du mir nicht folgen wirst. Dass du nicht versuchen wirst, mir zu helfen. Wenn es mir nicht gelingt –«

»Es wird dir gelingen!«

»Ich verstehe nicht«, schaltete sich Mari ein. »Was musst du holen, Nik?«

»Einen Mutterfarn. Ohne ihn können wir keinen neuen Stamm gründen, nicht, wenn wir wollen, dass unsere Kinder stark und gesund und mit Sonnenfeuer erfüllt werden.« Mari wollte etwas sagen, aber er ließ sie nicht zu Wort kommen. »Nein, Mari, das ist etwas, worin ich keine Kompromisse eingehen will und werde.«

Mari hatte keine Ahnung, warum der Mutterfarn ihm so wichtig war, aber sie wusste, dass auch ihr eigener Vater Blätter von dieser magischen Pflanze gestohlen hatte, und ihre Mutter hatte ihr erzählt, dass sie darin gewickelt worden war. »Wir Erdwanderer haben Ahnung von Farnen. Wenn du einen holst, wird er sicher gedeihen, egal wo wir ihn einpflanzen.«

»Danke, Mari.« Er zog sie an sich, dann ließ er sie los und trat an eine breite Stelle des Weges, die fast eine Mini-Lichtung war. »Laru, zu mir!« Laru, der sich mit Rigel auf ein Moosbett nicht weit von dem Pfad niedergelassen hatte, kam sofort an seine Seite.

»Cammy, hier!«

Auch der kleine helle Terrier, der in einer Farnwurzel gewühlt hatte, sprang zu Davis. Davis kniete sich neben ihn, nahm sein Gesicht zwischen die Hände, sah dem Hündchen in die klugen Augen und schien sich stumm mit ihm auszutauschen. Seite an Seite traten die beiden vor Nik, der aufrecht und reglos mit Laru neben sich wartete.

Davis stellte sich genau vor Nik. Cameron stellte sich genau vor Laru.

»Ich schwöre dir die Treue, Nikolas, Sohn des Sol, Sonnenpriester des Stammes.« Unschlüssig verstummte Davis.

»Nicht des Stammes«, überlegte Nik. »Wenn schon, dann gründen wir was komplett Neues. Wenn Mari nichts dagegen hat – wie wär's mit Rudel?«

»Rudel? Gern! Hört sich gut an«, sagte Mari.

»Dann also Rudel.«

»Na dann.« Davis setzte neu an. »Ich schwöre dir die Treue, Nikolas, Sohn des Sol, Sonnenpriester seines Rudels. Von nun an bis zu dem Tag, an dem schwindende Kraft oder Wille es dir unmöglich machen, diesen Titel zu halten, wirst du mein Leitrüde sein.« Er beugte sich vor und bot Nik den Nacken dar.

Cameron beobachtete seinen Gefährten und legte sich dann vor Laru auf den Rücken, den Hals und den verwundbaren Bauch entblößt. Laru schnüffelte an ihm und leckte dem kleinen Terrier die Schnauze. Dieser wedelte mit dem Schwanz und bellte freudig.

»Ich nehme deinen Eid an, Davis. Und ich werde dich mit

meinem Leben beschützen.« Sanft legte Nik seinem Freund die Hand auf den Nacken und neigte dann selbst den Kopf vor ihm.

»Gut. Fertig?«, fragte Antreas. »Es wird immer dunkler.«

Nik sah Mari an und wandte sich an Davis. »Davis, als dein Sonnenpriester bitte ich dich zu schwören, dass du niemandem je verraten wirst, wo Maris Bau liegt.«

»Du hast mein Wort, Sonnenpriester.«

»Mari?«, fragte Nik.

»Ist in Ordnung. Rigel, führ uns nach Hause!«

# 10

»Jäger! Sucht mit euren Terriern nach Überlebenden und löscht dabei alle noch schwelenden Stellen, denen ihr begegnet. Nehmt jeder eine Schaufel mit und wickelt die Pfoten eurer Hunde in das dicke Leder, das ich von der Gerberplattform gerettet habe. Auch wenn der Regen die Flammen weitgehend erstickt hat, der Boden ist an vielen Stellen immer noch zu heiß für nackte Pfoten.« Wilkes wandte sich den Kriegern zu, die sich gemeinsam mit den Jägern um ihn versammelt hatten. »Krieger! Während die Jäger die Überlebenden im Stadtgebiet einsammeln, bitte ich die Hälfte von euch, die alte Meditationsplattform als Krankenstation einzurichten. Sucht alle Heiler zusammen, die ihr finden könnt, und schaut, was es im Heilernest noch an Vorräten gibt.«

»Das Heilernest ist komplett verbrannt«, sagte ein junger Krieger namens Renard. Er war der Erste, den ein Welpe aus Larus letztem Wurf zum Gefährten erwählt hatte. Sein Blick wirkte noch etwas schockstarr, und sein junger Schäferhund Wolf schien geradezu an seiner Seite zu kleben, aber die beiden hatten an diesem schrecklichen Tag gute Arbeit geleistet, und Wilkes war zuversichtlich, dass sie das auch weiterhin tun würden.

»Bist du sicher?«, fragte er.

»Ganz sicher. Ich hab's gesehen. Es –« Renard verstummte

und musste sich räuspern und sich die Augen reiben, ehe er fortfuhr. »Es waren noch Leute drin, als die Bäume und die Plattform Feuer fingen. Es war so grauenhaft.«

Wilkes strich sich müde übers Gesicht. »Ich verstehe. Dann versucht eben, Heilmittel und Verbände aufzutreiben, wo immer es geht. Und es können nicht alle Heiler umgekommen sein. Findet sie. Vielleicht haben sie außerhalb der Stadt Schutz gesucht. Die andere Hälfte der Krieger bitte ich zu prüfen, welche Nester heute Abend als Nachtlager brauchbar sind. Wenn man Planen darüberspannt, können auch stabile Plattformen zum Schlafen genutzt werden. Sucht so viele Zimmerleute wie möglich. Sie sollen sofort anfangen, Notunterkünfte zu bauen, vor allem solche, in denen man kochen kann. Noch Fragen?« Als niemand sich meldete, schloss er: »Gut. Fangen wir an. Bis Sonnenuntergang ist es noch eine Stunde.«

Und Wilkes eilte mit den Kriegern und ihren Hunden davon. Thaddeus sah ihm mit unverhohlener Abneigung nach, beherrscht von dem einen Gedanken, der ihm unablässig durch den Kopf hallte: *Warum darf er die Befehle geben, nur weil er einen Schäferhund zum Gefährten hat? Ich bin klüger und stärker, ich sollte hier der Anführer sein, nicht nur irgendein Jäger!*

In seine Grübelei hinein ertönte Odysseus' jämmerliches Winseln. Thaddeus kniete sich neben seinen Hund und knotete den blutigen Verband um dessen Flanke wieder ordentlich fest. »Ich weiß, es tut weh. Warum hat mich das verfluchte Miststück auch dazu gebracht, das Messer fallen zu lassen! Bald kannst du dich ausruhen, mein Junge. Nur noch ein Weilchen.«

»Thaddeus, wo ist Latrell?«

Thaddeus drehte sich um. Aus dem rauchenden Wald kam ein junger Jäger namens Sean auf ihn zu. Er sah mitgenommen aus – alles an ihm, was nicht rußverschmiert war, war rot und versengt. Seinen Terrier Kitto, dessen Pfoten anscheinend verletzt waren, trug er auf dem Arm.

Thaddeus stand auf. »Habe ihn seit Stunden nicht gesehen.« Im Stillen fügte er hinzu: *Und ich hoffe, ich muss diese Nervensäge auch nie wiedersehen.* »Was ist denn? Wozu brauchst du ihn?«

»Ich war mit ihm am westlichen Rand der Stadt, als Kitto sich die Pfoten verbrannt hat. Latrell sagte, ich solle mich mit dem Kleinen zum Kanal durchschlagen, also habe ich das versucht. Aber dann hat sich das Feuer verlagert und mir den Weg abgeschnitten.«

»Ja, das hat sich ständig verlagert. Geh zur alten Meditationsplattform. Da wird eine Krankenstation eingerichtet, und du kannst Kitto versorgen lassen.«

»Gut, aber ich suche Latrell nicht nur deshalb.« Sean kam näher und senkte die Stimme, offenbar damit niemand sonst ihn hörte. »Sondern wegen des Rats. Ich – ich glaube, die sind alle tot.«

Eine Welle der Erregung ging durch Thaddeus, die er nach außen hin hinter Besorgnis verbarg. Am Ellbogen zog er Sean von den anderen Jägern weg. »Schnell, erzähl. Warum glaubst du das? Aber leise.«

»Cyril und der Rat wollten sich gerade daranmachen, den Stamm komplett zum Kanal runter zu evakuieren. Ich war nicht weit hinter ihnen, als das Feuer die Richtung wechselte. Thaddeus, es sind ganze Bäume explodiert. Einer nach dem anderen. In Sekundenschnelle brannte alles. Der breite, freie Weg zum Kanal, der da eben noch gewesen war, war mit einem Mal eine Feuerwand. Dadurch wurde ich von ihnen abgeschnitten.

Ich konnte nichts mehr tun außer wegzurennen – und hinter mir hörte ich sie schreien.« Sean senkte den Kopf und barg das Gesicht am weichen Hals seines Terriers. Dieser winselte mitfühlend, während sein Gefährte anfing zu schluchzen.

Thaddeus zog den weinenden Mann noch weiter abseits. »Bist du sicher, dass der gesamte Rat eingeschlossen wurde?«

»Sie waren alle dort – alle zwölf mitsamt ihren Hunden.« Sean schüttelte den Kopf. »Alle Ältesten und all ihre Schäferhunde. Es – ich kann's einfach nicht glauben.«

»Wo war das? Auf welchem Weg?«

»Dem westlichen. Dem breiteren von denen, die über den kleinen Bach führen. Höchstens zehn Minuten von der Stadt entfernt.«

»Gut, dass du's mir gesagt hast. Geh jetzt zur alten Meditationsplattform und sieh zu, dass man sich um Kitto kümmert. Ich gehe nachsehen. Sag niemandem sonst etwas davon, bevor ich nicht herausgefunden habe, was mit dem Rat passiert ist. Wir sollten nicht noch mehr Panik schüren.«

»Ich bete zur Sonne, dass sie überlebt haben, aber, Thaddeus, ich wüsste nicht, wie es jemand aus dieser Feuersbrunst hätte herausschaffen können.«

Thaddeus gab keine Antwort. Er nickte nur besorgt und deutete in Richtung alter Meditationsplattform. Leise schluchzend stolperte Sean davon, den Terrier auf den Armen.

Thaddeus sah auf Odysseus hinab. Trotz seiner Schmerzen beobachtete der Terrier ihn aufmerksam. »Ganz richtig, wir gehen jetzt ein bisschen jagen, wir zwei. Komm, Junge.« Odysseus hinkte zu ihm, und Thaddeus nahm ihn auf den Arm und verschwand mit ihm im Wald.

Es dauerte nicht lange, bis er die Ratsmitglieder fand – oder besser: was von ihnen übrig war. Der Weg war durch einen umgestürzten Baum versperrt worden, was Sean vermutlich das Leben gerettet hatte: So war er vom Rat getrennt worden, während der Brand sich zu diesem hin ausgebreitet hatte.

Es war unmöglich, die Leichen zu identifizieren. Sie lagen alle auf einem Haufen, Menschen und Hunde gleichermaßen. Hier war der Wald trotz des Regens noch zu heiß, um sich hineinzuwagen, und niemals hätte er Odysseus allein hineingeschickt, um die Leichen zu zählen, nicht einmal, wenn der Terrier gesund gewesen wäre. Stattdessen suchte Thaddeus die Umgebung mit den Augen ab, ob die Möglichkeit bestand, dass jemand einen Weg aus den Flammen gefunden haben und entkommen sein könnte.

Dann setzte er seinen Gefährten sanft neben sich ab und kraulte ihn hinter den Ohren. »Sieht aus, als wären sie alle hin, Odysseus. Ich würde sagen, das hinterlässt eine ganz schöne Lücke im Rat – beziehungsweise eine Lücke statt des Rats. Da ist wohl ein neuer Rat fällig – wie ich's schon die ganze Zeit fordere. Einer, der nicht von Führenden und ihren Schäferhunden dominiert wird.«

Odysseus wedelte so heftig mit dem Schwanz, dass sein Hinterteil mitwackelte, was ihn wiederum vor Schmerz aufjaulen ließ. Thaddeus lachte. »Hey, vorsichtig. Sonst fängst du wieder an zu bluten. Komm, Junge. Ich trage dich zurück und schaue mal, ob ich uns irgendwo etwas Kanincheneintopf besorgen kann.«

Er wollte gerade den Rückweg einschlagen, als eine schwache Stimme an seine Ohren drang.

»Hilfe! Hilf mir! Ich bin hier. Ich bin am Leben!«

Thaddeus blickte sich suchend um. »Wer? Wo?«

»Cyril! Hier!«

»Wo? Ich sehe dich nicht!«

Odysseus begann, sich in seinen Armen zu winden. Thaddeus setzte den Terrier ab. Dieser hinkte nach rechts, blieb auf drei Beinen vor einer steilen Böschung stehen, die einen mit Regenwasser und verkohltem Holz gefüllten Graben säumte, und bellte.

Thaddeus eilte zu ihm – und hielt erschrocken inne, als etwas dort unten, was er für einen verbrannten dicken Ast gehalten hatte, sich bewegte, sich zu ihm herumwälzte und die Augen aufschlug.

»Glut und Hitze, da bist du!« Ohne nachzudenken, sprang Thaddeus die Böschung hinunter, leicht und flink wie ein Terrier – übermenschlich leicht und flink. Neben dem alten Mann kauerte er sich hin. »Wo ist Argos?«

»Habe ihn nach Hilfe geschickt. Wie – wie bist du so schnell hier runtergekommen? Es ist doch so steil.« Cyril blinzelte und starrte Thaddeus mit seltsamem Gesichtsausdruck an.

Dieser zuckte mit den Schultern. »Jäger sind geübt darin, sich in unwegsamem Gelände zu bewegen, denke ich. Dein Glück. Wie schwer bist du verletzt?«

»Weiß nicht. In mir stimmt etwas nicht. Ich hatte Schmerzen in Brust und Arm – deshalb konnte ich nicht mit den anderen Schritt halten und habe mit Argos Pause gemacht. Die anderen sind weitergegangen. Die – die anderen – sie haben geschrien. Ich kann sie immer noch schreien hören. Warum bin ich am Leben? Ich hätte mit ihnen sterben sollen.«

»Du hast noch Schmerzen – sie nicht.« Nach einer Pause fügte Thaddeus hinzu: »War das der gesamte Rat?«

Cyril nickte schwach.

»Irgendeine Chance, dass noch jemand von ihnen entkommen ist, so wie du?«

Ein Schauder überlief den alten Mann. Er schloss die Augen. »Nein. Das kann niemand überlebt haben.«

»Okay. Ich bring dich zurück. Du musst einen neuen Rat einberufen. Ohne dich würde nur noch mehr Mist passieren, wie etwa, dass Wilkes Nik und seine Dreckwühlerhure einfach ziehen lässt, wo sie doch an allem schuld sind. Wir müssen dafür sorgen, dass die zwei nicht ungestraft davonkommen.«

Der alte Mann öffnete die Augen und schüttelte matt den Kopf. »Nein, Thaddeus. Daran sind nicht Nik und das Mädchen schuld. Sondern wir. Während ich hier lag, habe ich viel nachgedacht. Vor allem über heute Morgen. Ich hatte unrecht. Wir hatten unrecht. Was auf dem Inselhof passiert ist, müssen wir uns selbst zuschreiben. Unseretwegen ist unser Sonnenpriester tot, ein integrer und aufrechter Mann. Und der Rat ist tot.« Wieder schloss er die Augen, als wögen die Lider zu schwer, um sie offen zu halten. Tränen liefen ihm über die faltigen Wangen. »Ich hätte dabei sein sollen. Ich hätte mit ihnen sterben sollen.«

»Langsam, langsam. Du kannst nicht klar denken. Wenn du dich ausgeruht hast, sieht alles wieder anders aus.«

»Ich denke klar – vielleicht zum ersten Mal seit Jahren. Ich erkenne, dass ich mich geirrt habe, und bin bereit, das dem Stamm gegenüber einzugestehen. Das Erste, was ich beichten muss, ist, dass das Mädchen Mari die Tochter eines Gefährten ist, eines der besten Krieger, die wir je hatten.«

»Was redest du da? Hast du dir den Kopf angeschlagen?« Thaddeus wollte den Kopf des alten Mannes inspizieren, aber Cyril schob seine Hände schwach beiseite. »Meinem Kopf geht es gut. Ich sagte doch, ich denke endlich wieder klar. Maris Vater war Galen. Das weiß ich genau. Ich selbst gab den Befehl, Galen zu töten, nachdem er Mutterfarnwedel für sie gestohlen hatte, als sie ein Baby war. Sol war es, der die Strafe vollstreckte.«

Thaddeus' Augenbrauen schossen in die Höhe. »Der hochanständige Sol hat mal einen Gefährten getötet, und dieser Gefährte war der Vater der Dreckwühlerhure? Na, wenn sie das wüsste, würde sie ihren kostbaren Nik bestimmt mit anderen Augen sehen.«

Cyril sah ihn an. Seine grünen Augen schienen sich in Thaddeus' Seele zu bohren. Thaddeus wollte wegschauen, aber dann rief er sich ins Gedächtnis, dass es keinen verdammten Grund gab, warum er Cyrils Blick ausweichen sollte. Was war der schon? Nur ein schwacher, kranker, alter Mann.

»Du hast dich verändert«, sagte Cyril.

Thaddeus wurde ganz still. »Wie meinst du das?«

Statt zu antworten, stellte Cyril eine Frage. »Was ist bei den Hautdieben wirklich mit dir geschehen?«

»Habe ich doch schon erzählt.«

Mit schmerzverzerrtem Gesicht kämpfte Cyril sich ins Sitzen, die linke Hand auf die Brust gepresst. »Nein. Ich glaube nicht, dass du alles erzählt hast. Seit deiner Rückkehr bist du verändert.«

»Ich habe keine Ahnung, was du meinst.«

»O doch.« Mit zitternder Hand wischte sich Cyril Regen, Schweiß und Tränen vom Gesicht und setzte sich gerader auf, als sei ihm von irgendwoher neue Energie zugeflossen. »Ich bin kein seniler Narr, sondern der führende Ratsälteste. Ich beobachte alles und jeden. Ich habe auch dich beobachtet. Vor allem nach deiner Entführung. Und was ich sehe, beunruhigt mich.«

Thaddeus sah, wie fest Cyrils Blick war – und fasste einen Entschluss. »Ja, ich habe mich verändert. Ich bin stärker und schneller geworden – und klüger.«

»Was haben sie mit dir gemacht?«

Thaddeus lächelte, froh, dass er sein Geheimnis endlich mit jemandem teilen konnte. »Sie haben mir Stücke von Odysseus' Haut eingesetzt.«

Die Pupillen des alten Mannes weiteten sich vor Entsetzen. »Aber das tun sie doch nur bei ihresgleichen – und nur mit menschlicher Haut – und nur, weil sie alle mit dieser schrecklichen Hautkrankheit geschlagen sind!«

»Die Sache ist die.« Thaddeus kniete sich neben Cyril. »Vor der Fouragierexpedition hatte meine Haut angefangen, einzureißen und sich zu schälen.« Er hob die Achseln. »Ich weiß nicht genau, aber ich glaube, es hatte etwas mit dem halb gehäuteten Hirsch zu tun, den wir gefunden hatten.«

»Den ihr verbrannt habt und dessen Blut dir ins Gesicht gespritzt ist?«

Thaddeus ignorierte Cyrils angewiderten Ton. »Ja genau! Ich glaube, so habe ich mich mit der Krankheit infiziert, und das war die Voraussetzung, dass Odysseus' Haut bei mir anwuchs.«

»Glut und Hitze, du bist mit der Krankheit der Hautdiebe verseucht! Du musst zu den Heilern, Thaddeus! Vielleicht kennen sie ein Mittel dagegen.«

Thaddeus lachte. »Ein Mittel dagegen? Nicht nötig.« Er hob die Arme und spannte die Muskeln an. »Odysseus' Haut hat mich geheilt – ja, mehr als geheilt! Sie hat mich stärker gemacht.«

»Die Seuche und Odysseus' Haut haben dich krank gemacht. Kein Wunder, dass du so wütend und aggressiv bist. Du brauchst Hilfe, Thaddeus.«

Thaddeus legte den Kopf schief und betrachtete den alten Mann nachdenklich. »Sagtest du nicht eben, du wärst lieber mit den restlichen Ratsmitgliedern gestorben?«

Cyril schwieg, aber Thaddeus sah das Mitleid in seinen Augen. »Nun, vielleicht bist du es ja.«

Cyril runzelte die Stirn. »Nein. Ich habe dir doch erzählt, was passiert ist. Ich war nicht bei ihnen. Ich bin hier.«

»Stimmt. Du bist hier. Ich glaube, du bist vor dem Feuer geflohen, in diesen Graben gefallen und hast dir den Schädel gebrochen. Daran bist du gestorben.«

»Aber ich bin doch nicht tot.«

Thaddeus ignorierte ihn. Er sah sich im Graben um, bis er fand, was er brauchte. Mit einer schnellen, gut kalkulierten Bewegung hob er den Stein auf und ließ ihn auf Cyrils Schädel niedersausen, während dieser ihn noch in plötzlichem Begreifen anstarrte.

»Jetzt bist du tot.«

Blut sprudelte aus der Kopfwunde, und Cyrils Körper zuckte krampfhaft, ohne dass dieser auch nur einen Laut von sich gab. Thaddeus fühlte Cyrils Puls. Als dieser langsamer wurde und schließlich zum Stillstand kam, hob er den alten, klapprigen Leichnam auf und warf ihn achtlos die steile Böschung hinauf. Es entlockte ihm ein Lächeln, wie wenig Mühe ihn das kostete. Dann kletterte er selbst aus dem Graben, wo Odysseus oberhalb der Böschung auf ihn wartete. Er wuchtete sich Cyril über die Schulter, hob auch Odysseus auf und nahm diesen bequem in die Armbeuge. So machte er sich auf den Rückweg.

»Weißt du, Cyril, ich habe auch nachgedacht. Und mein Fazit ist Folgendes: Es wird Zeit, dass im Stamm ein frischer Wind aufkommt. Das mit Odysseus' Haut ist alles andere als eine Krankheit. Dank ihr teile ich alles mit ihm – seine Kraft, seine Instinkte, seine Sinne. Das ist nicht eklig, das ist ein Wunder.«

Odysseus in seinem Arm bellte zustimmend, und Thaddeus lachte vor Vergnügen.

»Zwei Heilerlehrlinge? Das können doch nicht alle Überlebenden sein!« Wilkes' Blick wanderte über den Teil der alten Meditationsplattform, von wo aus versucht wurde, die Hilfsmaßnahmen zu koordinieren. Die Schreie der Verwundeten und Sterbenden ringsum waren grauenhaft – aber noch mehr entsetzte ihn der Mangel an medizinisch ausgebildeten Helfern.

»Nicht so laut. Die Sache ist schon schlimm genug, ohne dass die Verletzten mitbekommen, dass wir Übrigen genauso viel Angst haben wie sie.« Ralina, die allseits verehrte Geschichtenerzählerin des Stammes, nahm ihn an der Hand und zog ihn in eine einigermaßen ruhige Ecke der überfüllten Plattform. Mit dem Ärmel ihrer blutbespritzten Tunika wischte sie sich das verschwitzte Gesicht ab und atmete tief durch. »Die Heiler wollten die Kranken im Heilernest nicht im Stich lassen. Zu viele waren nicht transportfähig. Sie sind bei ihnen geblieben in der Hoffnung, dass das Feuer eingedämmt würde, bevor es sie erreichte.« Müde schüttelte sie den Kopf. »Sie sind alle verbrannt, Wilkes. Die Heiler, die Kranken, die Alten, die neugeborenen Kinder und ihre Mütter. Alle.« Sie verstummte und atmete noch ein paarmal tief durch. Als sie sich wieder unter Kontrolle hatte, fuhr sie fort: »Dank der Sonne, dass Kathleen ihre beiden Lehrlinge weggeschickt hatte, um einige Vorräte und Instrumente vor dem Feuer in Sicherheit zu bringen.«

»Kathleen war eine kluge Frau. Sie wird uns sehr fehlen.« Wilkes bemühte sich, trotz der Fülle von Hiobsbotschaften, die auf ihn einprasselten, einen klaren Kopf zu bewahren – doch mit jedem Schlag wurde ihm das Ausmaß der Tragödie deutlicher bewusst. Er lehnte sich gegen die reichverzierte Brüstung, bückte sich und streichelte Odin beruhigend, der wie immer überscharf spürte, dass Wilkes verzweifelt war – und momentan war er verzweifelter denn je in seinem Leben. »Schon gut, mein Großer. Wir schaffen das. Alles wird wieder gut.«

Auch Ralinas Schäferhund Bär winselte unruhig, und sie legte ihm die Hand auf den dicken Kopf, während er sich trostsuchend an sie schmiegte. »Aber wie?«, fragte sie leise. »Wie soll alles wieder gut werden? So viele von uns sind tot oder liegen im Sterben. Und stetig kommen mehr Verwundete, und wir haben keinen einzigen richtigen Heiler.«

»Wir überleben das, Ralina. Der Stamm ist zäh.«

»Wo ist denn Sol? Warum ist er noch nicht hier, nachdem er den Brand aufgehalten hat?«

Es widerstrebte Wilkes zutiefst, es ihr zu sagen, doch es war sinnlos, das Unvermeidliche hinauszuzögern, nun, da das Feuer gelöscht war und ein Neubeginn in Angriff genommen werden musste.

»Ralina, Sol ist tot.«

»Glut und Hitze, nein!« Ralina sackte schwer an der Brüstung abwärts ins Sitzen, schlang einen Arm um Bär und zog ihn an sich. Tränen sammelten sich in ihren Augen. »War es zu viel für ihn? Musste er so viel Sonnenfeuer herabrufen, dass es ihn verzehrt hat?«

Wilkes holte tief Luft und erzählte es ihr. »Nein. Sol wurde auf dem Inselhof getötet, als der Brand ausbrach. Es war ein Unfall. Thaddeus wollte Mari erschießen, und Sol hat sich vor sie geworfen.«

»Halt. Was redest du da? Wer ist Mari, und wie wurde der Brand gelöscht, wenn Sol schon tot war?«

»Das ist eine lange, seltsame Geschichte, und alles weiß ich auch nicht. Nur, dass Mari eine Dreckwühlerin ist, oder Erdwanderin, wie sie sich selbst nennen.«

»Erdwanderin?«

»Das war, was Mari sagte. Sie sagte auch, ihr Vater sei ein Gefährte gewesen. Einer von uns.«

»Wie bitte? Das kann nicht sein.«

»Anscheinend doch. Sie sieht auch eher wie eine von uns aus als eine Dreckwühlerin. Und Larus letzter Welpe – der kräftige Rüde, nach dem Nik wochenlang gesucht hat – hat sie erwählt. Und sie hat das Sonnenfeuer herabgerufen, um den Brand zu löschen.«

Die Geschichtenerzählerin schüttelte den Kopf. »Das – das kann ich mir nicht vorstellen.«

»Glaub mir. Ich habe es mitangesehen. Nik hat ihr geholfen, das Sonnenfeuer zu kontrollieren, aber herabgerufen hat sie es ganz allein.«

»Nik! O Götter! Wenn Sol und Laru tot sind, hat er jetzt niemanden mehr auf der Welt.« Sie wischte sich die Augen aus und wies mit dem Kinn auf eine Plane, die ein Stück von der alten Meditationsplattform entfernt eilig über dem Waldboden aufgespannt worden war. Darunter lag etwas, was Wilkes zunächst für einen Haufen verdreckter Kleider hielt. Dann durchfuhr ihn die schreckliche Erkenntnis, dass es Leichen waren – viele, viele Leichen. »Da liegen seine Tante Sherry und sein Onkel Lindy mit ihren Schäferhunden. Ihren Sohn O'Bryan habe ich nicht gesehen, aber er lag ja mit der Fäule im Heilernest. Und das heißt, Nik ist jetzt ganz allein.« Gequält schüttelte sie den Kopf. »Ich weiß nicht, warum er immer noch nicht von einem Schäferhund erwählt wurde. Ich glaube immer noch, dass das irgendwann passieren muss. So viele von uns sind überzeugt, dass er dazu bestimmt ist, unser nächster Sonnenpriester zu werden!«

»Laru hat sich entschieden weiterzuleben. Er hat Nik erwählt.«

Ralinas Pupillen weiteten sich. Flüchtig huschte Freude über ihre Züge. »Wie gut – für beide! Laru ist noch so jung, wie schön, dass er nicht Sol in den Tod gefolgt ist.« Sie sah sich suchend um. »Aber wo ist Nik? Wenn man ihn mit Laru sehen würde, gäbe das dem Stamm vielleicht wenigstens etwas Hoffnung und Sicherheit.«

Wilkes' Kiefermuskeln verhärteten sich. »Nik ist weggegangen. Mit Mari. Und Davis und Cameron und diesem verdammten Luchsmann Antreas.«

»Wie bitte? Inwiefern weggegangen? Wohin?«

»Zu den Dreckwühlern.«

Starr vor Unglauben begann Ralina, mechanisch den Kopf zu schütteln. Da wurden Rufe laut. Wilkes drehte sich um – genau in dem Moment, als Argos, der greise Schäferhund des Ratsoberhaupts, auf die Lichtung unter der Plattform getrabt kam.

Wie auf Kommando begannen Odin und Bär zu winseln. Ralina sprang auf, wechselte einen Blick mit Wilkes, und beide eilten zu Argos hinab, ihre Hunde hinterdrein.

Wilkes erreichte ihn zuerst. »Geht's dir gut, Junge?« Er fiel neben dem grauschnäuzigen Schäferhund auf die Knie und untersuchte ihn. Dabei ging ihm der besorgniserregende Gedanke durch den Kopf, dass er nun zweiundvierzig Winter erlebt hatte und sich nicht erinnern konnte, Argos jemals nicht an Cyrils Seite gesehen zu haben. Er war der älteste Schäferhund des Stammes und genoss bei jedem höchsten Respekt. »Nichts gebrochen. Das Fell ist ein bisschen versengt, das ist alles«, informierte er Ralina, während Odin und Bär besorgt an ihrem Artgenossen schnupperten.

Plötzlich bellte Argos scharf, drehte sich um und trabte zurück in Richtung Wald. Dort hielt er an, sah Wilkes an und bellte noch einmal drängend.

»Irgendwas ist mit Cyril«, sagte Ralina. »Er kann sicher nicht selbst herkommen und hat deshalb Argos geschickt. Ich hole ein paar Arzneien und Verbände und gehe mit ihm.«

»Ich komme mit. Vielleicht muss Cyril hierhergetragen werden.«

Ralina nickte und eilte mit Bär zurück auf die Plattform. Während Odin Argos tröstend mit der Nase anstupste und leckte, redete Wilkes diesem zu: »Wir haben verstanden, Argos. Wir kommen gleich! Nur noch einen Augenblick, Junge.« Ungeduldig ging er vor dem Aufgang zur Plattform auf und ab und versuchte, positiv zu denken. *Cyril muss noch am Leben sein, sonst hätte Argos ihn nie allein gelassen.*

Eben kam Ralina wieder herabgestürmt, da wurden weitere Rufe laut. Zuerst waren keine Worte auszumachen, nur bodenloser Schrecken und Verzweiflung. Doch die Quelle des Aufruhrs kam näher, und nun waren die Aufschreie zu verstehen.

»Oh, Glut und Hitze! Nein!«

»Gnädige Sonne!«

»Nein, bitte nicht!«

Wilkes' Magen verkrampfte sich ahnungsvoll – da ging mit Argos eine Veränderung vor. Der alte Rüde begann, zu winseln und gleich darauf zu jaulen, ein erstickter, langgezogener Klagelaut, bei dem es Wilkes eiskalt den Rücken hinunterlief. Und dann trat Thaddeus aus dem Unterholz, auf den Armen einen Leichnam wie ein schlafendes Kind.

Argos spannte sich an, stürzte auf Thaddeus zu – und blieb wie zu Stein erstarrt vor ihm stehen.

Thaddeus sank auf die Knie und bettete Cyril unendlich sanft auf die bemooste Erde. Aus dem Wald ringsum und von der Plattform herab strömten Gefährten und bildeten einen entsetzten Kreis um den alten Hund und den Leichnam ihres Ersten Ältesten.

Langsam und steif legte sich Argos neben seinen Gefährten und drückte die graue Schnauze in dessen Halsbeuge. Er schmiegte sich an Cyril, so dicht es nur ging – und entspannte sich dann vollkommen. Der alte Schäferhund schloss die Augen, holte zum letzten Mal tief Atem, stieß einen langen Seufzer aus und ließ zu, dass der Tod ihn mit seinem geliebten Gefährten vereinigte.

Und jeder einzelne Hund auf der Lichtung hob die Schnauze zum Himmel und heulte seine Trauer zur Sonne hinauf, und der Stamm des Lichts weinte bitterlich.

# 11

Rigels aufgeregtes Gebell weckte Mari – oder brachte sie vielmehr ganz zu Bewusstsein. »Was ist? Rigel? Wo ist Rigel?« Sie hatte einen scheußlichen pelzigen Geschmack im Mund. Ihr Kopf schmerzte, und ihr war, als hätte sie seit Tagen nichts mehr gegessen.

»Hier, Mari. Alles ist gut. Er will dir nur sagen, dass du gleich zu Hause bist.« Nik lockerte seinen Griff um Mari – da erst bemerkte sie, dass er sie getragen hatte.

Sie rieb sich das Gesicht und blinzelte, um klarer sehen zu können, was nicht viel half, weil es ihr vorkam, als bestünde ihr Gehirn aus Rauch. »Wie lange war ich bewusstlos?«

Nik wischte sich den Schweiß vom Gesicht. »Seit wir im Tiefland sind, warst du mal mehr, mal weniger weggetreten.«

Mari strich ihm über die feuchte Wange. »O Nik, es tut mir so leid! Es kann nicht gut für deinen Rücken sein, wenn du mich trägst – deine Wunde ist doch noch gar nicht verheilt. Lass sie mich anschauen. Und deine Hände! Du blutest durch die Verbände hindurch!« Sie wollte seine Hände anheben, um sie zu untersuchen, aber ein Schwindelanfall erfasste sie, und sie wäre zu Boden gesunken, hätten Niks starke Arme sie nicht gestützt.

»Gehen wir doch erst mal in deinen Bau, und du sagst mir, welchen von Soras scheußlichen Tees du jetzt brauchst.«

Mari versuchte, ihn aufmunternd anzulächeln, weil er so

schrecklich besorgt aussah. »Also, für scheußliche Tees bin ich zuständig. Sora braut nur leckere Tees.«

Nik beugte sich vor und küsste sie sanft.

»Ähm, ich störe ja nur ungern, aber warum hat sich der Welpe vor dieses immense Nesseldickicht gesetzt? Ist er vielleicht auch erschöpft?«, wollte Antreas wissen.

Nik grinste ihm zu. »Nö, das ist schon richtig so. Schau nur genau zu, Katzenmann, dann kannst du was lernen.«

»Nennt er mich etwa Katzenmann, oder was?«, brummelte Antreas in Basts Richtung. Die große Raubkatze, die dabei war, sich zu lecken, sah mit einem so leidgeprüften Blick auf, dass Mari in Lachen ausgebrochen wäre, hätte sie die Energie dazu aufgebracht.

So aber sagte sie nur zu Rigel: »Bring mir meinen Wanderstecken, mein Süßer!« Wie immer gehorchte Rigel sofort und zerrte den langen, dicken Stecken zu ihr. »Danke. Und vielen Dank, dass du uns hergeführt hast, Rigel!« Mühsam kniete sie sich vor ihn, küsste ihn auf die Nase und tätschelte ihm das dicke weiche Nackenfell, während der junge Schäferhund vor Erleichterung, dass sie wieder munter war, mit dem Schwanz wedelte. Mari sah Nik an. »Wo Rigel den Stecken herausgeholt hat, sollte noch einer liegen. Nimm ihn und hilf mir, die Dornen von Davis und Antreas abzuhalten.«

»Alles klar. Ich habe ja gesehen, wie du und Sora das macht, bestimmt kriege ich das auch hin.« Nik tastete unter den nadelscharfen Dornen herum und fand im Nu den zweiten Stecken. »Bereit.«

Mari nahm alle Kraft zusammen. *Wir sind fast zu Hause – gleich kann ich mich ausruhen.* Sie trat zu dem verborgenen Eingang. »Okay. Antreas, bleib mit Bast dicht hinter mir. Dann

Davis und Cammy. Nik, du übernimmst mit Laru die Nachhut.«

»Mache ich«, sagte Nik. Antreas trat zu Mari. Nur Davis zögerte. »Äh, Sekunde mal.«

Sie drehten sich zu ihm um. Er stand mit Cammy ein paar Schritte hinter ihnen; sowohl er als auch sein Terrier beäugten das Dickicht skeptisch.

»Ja?«, fragte Nik.

»Wir gehen aber nicht in dieses Gewirr rein, oder?«

»Oh, tut mir leid«, sagte Mari. »Ich hätte es erklären sollen, doch ich kann einfach nicht mehr klar denken. Ja, wir gehen da rein. Dieses Gewirr wächst hier als Schutz und Tarnung für meinen Bau – also mein Zuhause. Wenn man den Weg kennt, kommt man problemlos durch. Ihr müsst nur ganz nah bei mir bleiben.«

Bast hatte ihre Säuberung beendet, tappte zu Mari herüber, schnupperte ausgiebig an dem Gebüsch vor dieser und gab dann eine Art Niesen oder Hüsteln von sich, das Mari für ein so anmutiges Geschöpf irgendwie unpassend fand.

»Also, Bast findet, dein Lager macht einen gutverborgenen und sicheren Eindruck. Ich hoffe, es ist auch trocken«, bemerkte Antreas.

»Natürlich!« Mari gab sich Mühe, nicht zu empört zu klingen. »Egal was der Großteil des Stammes des Lichts denkt, Erdwandererbaue sind gemütlich und schön.«

»Da ich nicht zum Stamm des Lichts gehöre, habe ich keine Vorurteile gegen eure Lager, oder Baue, wie ihr sie nennt. Ich bin nur neugierig.«

»Maris Zuhause ist wunderschön und sehr gemütlich«, sagte Nik.

»Danke.« Mari lächelte ihn müde an. »Also, ich gehe jetzt rein. Antreas, Bast, ihr folgt mir – wie gesagt, so dicht wie möglich. Und mach dich schmal, Antreas, diese Dornen können echt fies sein. Davis, wenn Cammy genauso nervös ist wie du, solltest du ihn wohl besser tragen.«

»Ich könnte auch hierbleiben. Mir einen Reisekokon in einem Baum bauen. Gleich da hinten habe ich eine große Zeder gesehen, die sich wunderbar eignen würde. Und Nik könnte uns, äh, vielleicht was zum Abendessen rausbringen, wenn's nicht zu viele Umstände macht?«

Mari starrte ihn an und wünschte, sie könnte sich besser konzentrieren. Den ganzen Weg hatte Davis keine Sekunde gezögert – jetzt war er plötzlich bleich und klang angespannt und gepresst. »Kokon? Was meinst du damit?«

»Den Grund, warum wir Jäger immer Reisemäntel tragen und ein Stück Seil dabeihaben. Wenn wir fern von der Stadt von der Dunkelheit überrascht werden, können wir uns und unseren Hund darin einwickeln und uns an einen Ast eines hohen Baums binden. Das sieht ein bisschen aus wie ein Kokon, deshalb nennen wir's so. Darin sind wir sicher.«

»In meinem Bau wärt ihr auch sicher. Und trocken. Und warm ist es auch.«

»Also – ich bin auch mit einem Baum zufrieden«, sagte Davis nervös. »Und ein bisschen nass macht uns nichts aus, wir zerfließen schon nicht.«

»Davis, sag endlich, was los ist«, mischte sich Nik ein.

Davis rieb sich das schweißfeuchte Gesicht. »Die Sache ist, ich habe Angst vor engen Räumen.«

Mari runzelte die Stirn. »Mein Bau ist nicht eng, davor musst du keine Angst haben.«

»Junge, so ein Lager ist tausendmal besser, als sich bei Gewitter in einen Baum zu hängen«, stimmte Antreas ihr zu und sah zum Himmel über der dichten Dornenhecke auf. »Vielleicht können wir ein Feuer machen und uns was Warmes zu Abend kochen. Bisher sehe ich keinen Rauch von einem Herdfeuer.« Er schnupperte, was ihn merkwürdig luchsartig wirken ließ. »Und ich rieche auch keines, aber vielleicht ist meine Nase noch von dem Waldbrand verdorben – ich hätte schwören können, dass es vor einer Sekunde nach Brot roch.«

Mari sah ihn an, zunächst verwirrt. Dann kapierte sie schlagartig, was er meinte. »Oh! Nein, selbst ohne den Waldbrand würde man mein Herdfeuer von hier aus nicht sehen können, nach Brot könnte es allerdings riechen, ja – das wäre herrlich.« Allein beim Gedanken an Soras frisch gebackenes Brot lief ihr das Wasser im Mund zusammen.

»Müsst ihr etwa außerhalb des Baus kochen?« Antreas schüttelte den Kopf. »Nein, oder? Es regnet doch in Strömen. Ich kann euch zeigen, wie man den perfekten Rauchabzug für ein Lager baut – sofern es nicht zu felsig ist.«

»Oh, ich habe Rauchabzüge. Mehrere. So viele, dass sich der Rauch von meinem Herdfeuer über die ganze Umgebung verteilt. Einen Erdwandererbau findet man nicht, indem man seinen Abzug findet. Wenn man aufmerksam ist, sieht man ab und zu ein bisschen Rauch wie Nebel durch die Senken ziehen, und gelegentlich riecht es nach Brot oder Pilzeintopf – aber ich garantiere dir, den dazugehörigen Bau findet man nie.«

»Huch. Hört sich gut an. Ihr seid offenbar Tarnspezialisten. Bei Gelegenheit musst du mir zeigen, wie ihr das macht.«

Mari hob die Augenbrauen. »Dazu muss erst unsere Erdmutter einwilligen.«

»Dann sollte ich wohl zusehen, dass sie mir gewogen ist.« Antreas kraulte Bast unter dem Kinn, die sich träge streckte.

»Also, gehe ich da recht in der Annahme – dein Herdfeuer ist in deinem Bau unter der Erde?«, vergewisserte sich Davis, der noch bleicher geworden war.

»Ja, genau. Natürlich.«

»Es – es tut mir leid, Mari. Das ist wirklich nichts gegen dich, aber ich glaube, ich kann da nicht reingehen.«

»Davis«, begann Nik mit einem entnervten Seufzer.

Mari legte ihm die Hand auf den Arm. »Ich glaube, ich kann nachvollziehen, wie's dir geht, Davis. Als Nik mich in eure Stadt in den Bäumen mitnahm, hatte ich zuerst fürchterliche Angst, weil wir so hoch oben waren. Ich wollte nichts lieber als wieder unten auf festem Boden zu stehen. Als ich dann sah, wie schön alles war und wie stabil, wurde es besser. Doch vor allem vertraute ich Nik, der mir versicherte, dass mir nichts passieren könne. Davis, dir versichere ich auch: Dir wird nichts geschehen. In meinem Bau bist du absolut sicher. Darauf hast du mein Wort. Vertraust du mir? Komm erst mal mit, und wenn du es trotz allem nicht dort aushältst, verspreche ich dir, ich bringe dich wieder hierher, damit du dir deinen Kokon bauen kannst, und sorge dafür, dass du was Warmes zu essen bekommst.«

Davis wechselte einen langen Blick mit seinem kleinen Terrier. Schließlich seufzte er. »Na gut. In Ordnung. Nik vertraut dir, also vertraue ich dir auch.«

»Sehr gut!« Mari kraulte Cammy den lockigen blonden Kopf. »Dann ändern wir doch die Reihenfolge: Davis, du und Cammy folgt direkt mir, und Antreas und Bast folgen euch. Nik, du übernimmst wie gehabt die Nachhut.«

»Alles klar.« Nik stellte sich hinter die anderen.

»Bereit?«, fragte Mari.

Alle außer Davis nickten.

Mari lächelte dem jungen Jäger ermutigend zu, packte ihren Wanderstecken fester und bog die ersten Dornzweige beiseite, damit sie und Rigel, Davis und Cammy das enorme Dickicht sorgsam gehegter Dornsträucher betreten konnten.

Eine Weile versank Mari dankbar in der vertrauten Routine, den verschlungenen Pfaden rund um ihren Bau zu folgen, die dicken Zweige zur Seite zu schieben und ihre Begleiter ins Herz ihres Heims zu führen. Sie versuchte, nicht daran zu denken, dass sie das Clansgesetz brach. Dass es einer Mondfrau nicht erlaubt war, jemandem außer ihrer eigenen Tochter den Weg zu ihrem Bau zu zeigen – und dass Gefährten niemals Zugang zu einem Clansbau bekommen sollten, geschweige denn zu demjenigen einer Mondfrau. Dieses Wissen lastete schwer auf Mari, am schwersten die Frage, was der Clan zu ihrem Tun sagen würde. Da kam ihr ein neuer Gedanke: *Und was würde Mama davon halten?*

Mari wusste, was Leda dächte. Sie würde sich freuen, dass Clan und Stamm endlich in gegenseitiger Unterstützung und Vertrauen miteinander interagierten. Leda würde sagen, endlich sei die Zeit für den Wandel gekommen, nach dem sie sich gesehnt hatte, seit sie mit kaum achtzehn Wintern ihre große Liebe getroffen hatte – Maris Vater, den Gefährten Galen.

Während sie sich um einen dicken Dornbusch herumlavierte, sah Mari sich nach Davis um. »Kommt ihr klar?«

Davis war noch immer bleich, hatte Schweißperlen auf der Stirn und drückte seinen kleinen Terrier fest an sich, aber er grinste tapfer. »Alles okay. Ich glaub nur nicht, dass ich hier jemals wieder rausfinden würde.«

»Oh, rauszufinden ist viel leichter als rein.«

»Das ist der Hammer«, rief Antreas von weiter hinten. »Wenn unsereins mal auf den Gedanken gekommen wäre, Dornen und Nesseln so einzusetzen, müssten wir unsere Lager nicht in Felswände hineinbauen.«

Es folgten einige seltsam vogelartige Laute, die von Bast stammen mussten, obwohl Mari sich nicht vorstellen konnte, wie die große Katze sie erzeugte. Antreas lachte. »Schon gut, schon gut! Ich nehm's zurück, ich mag unser Lager auch.«

»Was war das?«, rief Nik von ganz hinten.

»Nichts!«, rief Antreas, noch immer grinsend. »Bast hat mir nur mal wieder klargemacht, dass sie recht hat.«

Mari hätte Antreas tausend Fragen über seine Katze, die Lager seines Volkes und vieles andere stellen mögen, aber in diesem Moment bog sie um die letzte Kehre und betrat die kleine, von Dornen freie Fläche vor dem rundbogigen Eingang, der geradewegs in den Hügel hineinführte.

Davis setzte Cammy ab. »Was für eine schöne Bildhauerarbeit.« Er näherte sich der Tür mit dem fein gearbeiteten Relief, das eine von Maris Ahninnen in den Türrahmen gehauen hatte: Es zeigte die Erdmutter, die ihre Mondfrau einzuladen schien, ihr sicheres, gesegnetes Heim zu betreten. Davis betrachtete es einen Moment, dann drehte er sich halb zu Mari um. »Darf ich es berühren?«

»Natürlich, gern.«

Davis fuhr behutsam den Arm der Göttin mit dem Finger nach. »Das ist also die Göttin eures Volkes?«

Da wurde Mari klar: Während ihr Volk dem Stamm des Lichts als Sklaven dienen musste, hatte er sich nie die Mühe gemacht, etwas über dessen Sitten, Bräuche und Religion zu erfahren.

»Ja. Die Erdmutter.«

»Sie ist wunderschön. Ich hatte ja keine Ahnung.«

»Es waren Bildnisse von ihr, die eure Leute bei dem Angriff auf den Versammlungsplatz am Kirschbaumhain entweihten«, konnte Mari sich nicht verkneifen zu sagen.

Davis wandte sich ihr zu. »Die Statuen aus Stein? Die aussahen, als stiegen sie aus dem Boden? Das war eure Göttin?«

»Ja.«

Er schloss die Augen und senkte den Kopf. »Tut mir leid. Das wusste ich nicht.«

Mari berührte ihn am Arm, bis er wieder aufsah. »Jetzt weißt du's.«

»So was werde ich nie wieder tun.«

Seine schlichten, ernsten Worte fanden den Weg bis tief in Maris Herz. »Ich glaube dir.«

Davis betrachtete das anmutige Relief. »Meinst du, sie glaubt mir auch?«

Fast hätte Mari ihm eine achtlose Antwort gegeben – dass die Göttin noch nie mit ihr gesprochen hatte, woher also sollte sie es wissen? Aber etwas im Blick des jungen Jägers ließ sie innehalten. Einen Moment lang war es, als stünde vor ihr ein Clansmann, der sehnlich um Bestätigung bat, dass seine Erdmutter nicht zornig auf ihn war.

Mari drückte ihm die Hand. »Ja. Ich glaube, die Göttin hört allen zu, die aufrichtig zu ihr sprechen. Nur ob sie antwortet, kann selbst eine Mondfrau unmöglich vorhersagen.«

Da tat Davis, Jäger aus dem Stamm des Lichts, Gefährte des Terriers Cameron, etwas, was Mari vollkommen die Sprache verschlug. Er drehte sich wieder um, legte beide Hände vorsichtig über die Füße des Reliefs und neigte den Kopf. »Es tut mir leid, dass ich dabei war, als deine Abbilder zerstört wurden«, sagte er. »Ich schwöre dir, so etwas werde ich nie wieder tun.« Cammy neben ihm bellte und wedelte mit dem Schwanz.

Als Davis zurücktrat, schenkte er Mari ein echtes, entspanntes Lächeln. »Jetzt bin ich bereit reinzugehen.« Sein Blick glitt wieder zur Göttin, als sei sie eine Lichtquelle und Davis eine Motte, unfähig, sich von ihr zu lösen. »Wenn sie dein Heim bewacht, kann's darin nicht so schlimm sein.«

Mari durchströmte eine seltsame Erregung. Wurde sie etwa Zeuge, wie zum ersten Mal ein Gefährte die Erdmutter annahm? Noch dazu ein Mann? Dann gab sie sich einen Ruck. Vielleicht war sie auch nur erschöpft und bildete sich Dinge ein.

Antreas trat zu ihnen. »Sehr hübsch, wirklich. Hast du dieses Talent?«, fragte er Mari.

Sie holte tief Luft und versuchte gerade, ihr müdes Gehirn dazu zu bringen zu formulieren, dass sie zwar zeichnen konnte, allerdings noch nie mit festeren Materialien gearbeitet hatte, als Nik sich einmischte: »Mari hat viele Talente, aber momentan muss sie endlich da reingehen und sich ausruhen.«

»Hast recht«, sagte Antreas. »Nach dir, Mondfrau.«

Müde schlurfte Mari zur Tür und öffnete sie. Tief atmete sie die vertrauten, vollen Düfte ihres Heims ein – die vorherrschenden waren frisch gebackenes Brot und Kanincheneintopf. Sie sah, dass das Herdfeuer brannte und ein dampfender Kessel darüberhing.

»Mari, du bist es! Dank sei der Erdmutter – du bist zu Hause!« Danita war schon halb durchs Zimmer gerannt, die Arme zur Begrüßung ausgebreitet, da spähte Davis über Maris

Schulter. Danita schnappte nach Luft, schrie auf und hielt stolpernd an, das Gesicht totenbleich.

Mari verfluchte sich, nicht daran gedacht zu haben, dass Danita vermutlich im Bau und noch traumatisiert von ihrem schrecklichen Erlebnis wenige Tage zuvor war. Sie eilte zu dem Mädchen, legte den Arm um es und zog es an sich. Rigel kam schwanzwedelnd hinzu. Mari seufzte erleichtert, als Danita nicht schreiend versuchte, sich vor dem Hund in Sicherheit zu bringen.

»Rigel kennst du ja noch, oder?«, sagte sie.

Danita nickte unsicher. »Sein Fell ist weich.« Sie warf Rigel einen Blick zu, der ihr sofort die Hand leckte. Danita tätschelte ihm zögernd den Kopf.

»Er hat ein weiches Fell, und er mag dich«, sagte Mari. »Darf ich dir meine neuen Freunde vorstellen? Sie haben auch Tiere als Gefährten, und du hast nichts von ihnen zu befürchten – darauf gebe ich dir mein Wort als deine Mondfrau. An Nik erinnerst du dich, oder?«

Danita nickte, starrte aber weiter Davis an, der in der Tür stehen geblieben war. Cammy saß still neben ihm.

»Das ist Davis, ein Freund von Nik und –«

»Hey, das Lager ist hübsch«, sagte in diesem Moment Antreas und trat um Davis herum.

Danita entfuhr ein weiterer Schrei, und Mari spürte, wie das Mädchen zu zittern begann.

Dann drängten sich hinter Antreas und Bast auch noch Nik und Laru herein – und Danita verlor endgültig die Fassung. Hysterisch kreischend befreite sie sich aus Maris Griff und wich zurück, bis ihre Beine das Lager berührten, das in die gebogene Seitenwand eingepasst war. Blindlings kletterte sie darauf, drückte sich an die Wand, zog die Knie an die Brust, um sich so klein wie möglich zu machen, und ergab sich hilflosem Schluchzen.

»Danita, alles ist gut! Niemand will dir etwas tun!«, versuchte Mari, sie zu beschwichtigen, doch ihre Worte gingen im Schluchzen des Mädchens unter – und in Niks und Davis' Versuchen, diesem ebenfalls beruhigend zuzureden. Aber Danita war keinen Argumenten mehr zugänglich. Das einzige Ergebnis war, dass der Bau in Stimmengewirr und Chaos versank.

Mari wollte zu Danita gehen und sie, wenn nötig, ganz handfest aus ihrer Hysterie herausschütteln, doch ehe sie sie erreichte, stolzierte Bast selbstsicher an ihr vorbei. Zielstrebig sprang der Luchs auf das Schlaflager und bannte Danitas Blick mit seinem.

Mari beschleunigte. Sie hatte keine Ahnung, was sie tun würde – ihr spontaner Impuls war, Danita zu beschützen. Doch schon war Antreas neben ihr und legte ihr die Hand auf den Arm.

»Antreas, bitte, Bast soll ihr nicht –«, begann Mari.

Leise unterbrach Antreas sie. »Lass sie nur machen. Bast weiß, was sie tut, und sie würde dem Mädchen niemals weh tun.«

Die große Katze setzte sich vor Danita und legte den Kopf schief. Danitas hysterisches Wimmern verstummte. Mit großen Augen fixierte sie den Luchs.

Auch Nik verstummte, genau wie Davis und das Orchester der bellenden Hunde. Alle beobachteten gespannt, was zwischen dem Mädchen und der Katze vorging.

Was Bast nun tat, verblüffte Mari völlig. Die Katze begann weiche, zarte, zirpende Laute von sich zu geben, als spräche sie mit Danita. Das Mädchen hörte auf zu schluchzen; seine gesamte Aufmerksamkeit war auf den Luchs gerichtet. Bast rückte näher an Danita heran. In ihr Zirpen mischte sich ein tiefes Schnurren. Sie senkte den Kopf und schnupperte behutsam an dem Mädchen. Danita wurde förmlich zu Stein. Mari sah sie nicht einmal atmen. Bast schnupperte an Danitas Hand, ihrer Brust, ihrer Wange. Und dann rieb sie sacht den Kopf an Danita – fast mütterlich, als wollte sie sie trösten.

Und Danita lachte!

Es war nur ein ganz leises Lachen, kaum hörbar. Und obwohl es nur einen Moment währte, brachte es die Wende.

Danitas Blick suchte Mari. »W-was ist sie?«, fragte sie gedämpft, als hätte sie Angst, dass Bast verschwinden würde, wenn sie zu laut sprach.

»Sie ist ein Luchs«, antwortete Antreas an Maris Stelle. »Ihr Name ist Bast, und sie ist meine Gefährtin. Ich bin Antreas.« Er verneigte sich mit einer kleinen eleganten Geste.

Hastig wandte Danita den Blick von ihm ab und wieder der schnurrenden Katze neben sich zu. »Darf ich sie anfassen?«, fragte sie so leise, dass Mari es kaum verstand.

»Natürlich«, sagte Antreas. »Sie hat es besonders gern, wenn man sie unter dem Kinn krault.«

Langsam hob Danita die Hand und streichelte die Katze. Diese reckte den Hals und hob das Kinn, um es ihr leichter zu machen.

»Glaubst du, Bast würde mit Danita in die hintere Kammer gehen?«, flüsterte Mari Antreas zu. »Sie wurde erst vor wenigen Tagen von Männern angegriffen. Deshalb fühlt sie sich in der Gesellschaft von Männern noch nicht wohl.«

»Natürlich«, gab er ruhig zurück.

Dann ging er einen Schritt auf Danitas Lager zu, hielt aber inne, als das Mädchen zurückzuckte. Sofort war Bast auf den Beinen, stellte sich schützend über Danita, machte einen Buckel und fauchte ihren Gefährten drohend an!

Mari starrte Antreas verdattert an – und sah, wie Luchs und Gefährte einen Blick wechselten. Basts funkelnde gelbe Augen fixierten sie. Antreas schien überrascht, ja schockiert, und Mari sah, wie er kaum merklich den Kopf schüttelte.

Die Luchsin gab ein tiefes Grollen zurück, und ihr kurzer Schwanz mit der schwarzen Spitze zuckte.

Antreas hob die Schultern. »Okay, hab's kapiert, aber einverstanden bin ich nicht.« Er wandte sich an Mari und die anderen. »Scheint, als hätte Bast beschlossen, Beschützerin dieses Mädchens zu werden.«

»Beschützerin?«, fragte Davis. »Ist das normal?«

Antreas lachte bellend auf. »Bei Bast gibt's nicht wirklich ein normal. Aber wenn sie sich was in den Kopf gesetzt hat, ist sie nicht davon abzubringen.« Er grinste Davis an. »Geh mal auf sie zu.«

Davis schielte zu Mari herüber. Diese hob die Schultern und nickte, unfähig, ihre Neugier zu bezähmen.

Davis trat einen Schritt auf Danita und Bast zu. Danita wich zurück – und Bast verwandelte sich in einen Dämon. Die schwarzbepinselten Ohren flach an den Kopf gelegt, den Rücken zum Buckel gekrümmt, fletschte sie die scharfen weißen Zähne und fauchte eine lange tiefe Warnung, gefolgt von einem Gänsehaut verursachenden Jaulen.

Hastig stolperten Davis und der winselnde Cammy zurück. »Kreuz-Käferklöten! Ich hätte ihr doch gar nichts getan.«

Bast gähnte und machte es sich quer über Danitas Schoß

bequem. Das Mädchen fuhr fort, sie zu streicheln, und musterte Davis nachdenklich – und, wie Mari auffiel, ohne jegliche Angst im Blick.

Das war eine deutliche Verbesserung, fand sie. Nun, da Danita ihre Hysterie anscheinend überwunden hatte, konnte man ihr vielleicht etwas zu tun geben. »Danita, meinst du, du könntest in die Vorratskammer gehen und ein paar getrocknete Tomaten, Kartoffeln, Zwiebeln, Pilze und sonstige Sachen holen, mit denen man den Eintopf strecken kann? Wir haben einen langen Marsch hinter uns und brauchen was zu essen und Erholung.«

»Natürlich, Mondfrau«, sagte Danita automatisch. Mit einem Blick auf Antreas fragte sie: »Wird – wird sie mitkommen?«

»Das entscheidet sie selbst, aber ich bin mir ziemlich sicher«, sagte Antreas. Die große Luchsin gab ein Gurren von sich. Ihr Gefährte schmunzelte. »Sie hält es für ihre Idee, dass ihr geht. Es riecht dort nach Kaninchen.«

»Komm, Bast«, sagte Danita leise, stand auf und ging zum Durchgang in die hintere Kammer. Die Katze begleitete sie, die Schulter ans Bein des Mädchens geschmiegt.

»Lass sie aber nicht die lebenden Kaninchen essen«, bat Mari. »Die sollen sich vermehren.«

»Sie isst nur, was sie selbst erjagt hat oder was du ihr ausdrücklich gibst«, versicherte Antreas ihr. »Außerdem ist sie momentan nur auf das verängstigte Kind konzentriert.«

Danita, die schon halb im Durchgang war, blieb stehen und sah ihn an. »Ich bin kein Kind.« Und mit der Hand auf Basts Kopf verschwand sie hinter dem gewobenen Trennvorhang.

Mari ließ einen langen Atemzug entweichen. »Tut mir leid,

ich hätte daran denken müssen, dass Danita noch hier sein könnte. Das habe ich nicht gerade geschickt gehandhabt.«

»Hey, schon okay. Bast ist ja eingesprungen.« Mit unverhohlener Neugier sah Antreas sich im Bau um.

»Ja – warum hat sie das eigentlich getan?«, fragte Davis, während Cammy Rigel und Laru zum Wassernapf folgte und durstig das frische Wasser zu schlabbern begann. »Das war ziemlich verrückt. Sie hat ja sogar dich angefaucht!«

Antreas schmunzelte. »Ach, sie täte mir nie im Leben was – dir übrigens auch nicht, außer du würdest mich angreifen.«

»Was mir niemals einfallen würde«, beeilte sich Davis zu sagen.

»Natürlich nicht«, fügte Nik hinzu. »Wir ziehen hier alle an einem Strang.«

»Ist klar«, sagte Antreas. »Ich wollte damit nur sagen: Bast ist nicht bösartig. Sie hat nur dem Kind zuliebe eine Show abgezogen. Dem Mädchen«, verbesserte er sich mit einem Blick auf den geschlossenen Vorhang. »Damit es sich auch in einem Lager voller furchterregender Männer sicher fühlen kann.«

»Aber das war nicht alles«, sagte Mari. »Bast hat sofort kapiert, dass Danita Hilfe brauchte. Sie hat sie getröstet – sie hat ihr tatsächlich aus ihrer Hysterie herausgeholfen.«

Antreas zuckte mit den Schultern. »Man weiß nie vorher, an wem Bast einen Narren fressen wird.«

»Cammy hätte sich auch von ihr streicheln lassen«, sagte Davis verteidigend. »Er ist auch nicht bösartig.«

»Natürlich nicht, aber er ist nicht so feinfühlig wie Bast – zumindest, was Fremde angeht.«

»Was soll denn das heißen? Mein Hund ist ganz bestimmt nicht weniger feinfühlig als deine Katze!« Davis schien sich förmlich aufzuplustern, stellte sich breitbeinig hin und sah aus, als hätte er größte Lust, dem Luchsmann die Selbstzufriedenheit aus dem Gesicht zu wischen.

Antreas ballte die Hände zu Fäusten. »Nenn Bast nicht Katze.«

»Halt!« Mari trat zwischen die beiden jungen Männer – einen Moment lang überlagerte ihr Unmut ihre Erschöpfung. »In meinem Bau wird nicht gestritten. Verstanden?«

Aus Antreas und Davis wich die Luft. Beide warfen ihr betretene Blicke zu.

»Verstanden«, sagte Davis. »Tut mir leid, Antreas. Ich bin zu weit gegangen.«

»Ich hab's auch verstanden. Ich wollte Cammy nicht beleidigen«, sagte Antreas. »Er ist ein guter kleiner Hund.«

Cammy nieste ihn an. Davis grinste.

»Wir sind alle müde und hungrig«, sagte Nik. »Lasst uns was essen, und dann beraten wir. Mari, das Brot, das auf dem Sims über dem Herd liegt – hat das Sora gebacken?« Sie hatte noch nicht geantwortet, da rührte Nik schon im Kessel, schnupperte glücklich und sagte: »Und den Eintopf hat auch sie gemacht – oder? Sag bitte ja.«

»Riecht nach ja und ja.« Mari wollte zu den zweckmäßig um den Herd herum angeordneten Regalen gehen und ein paar Schalen herausholen, aber ihre Beine gehorchten ihr nicht mehr. Sie stolperte und wäre hingefallen, hätte nicht Rigel so neben ihr gestanden, dass sie sich auf ihn stützen konnte. »Göttin! Ich kann nicht mehr laufen, ohne umzufallen. Ich komme mir vor wie ein hilfloses Baby.«

»Wie gesagt, das vergeht wieder. Setz dich doch hin und lass mal zur Abwechslung uns für dich sorgen, ja?« Nik half ihr zu dem Lager, das vor kurzem noch Danita in Beschlag genommen hatte. »Ich glaube, ich weiß, wo die Teller sind, und Davis ist kein allzu schlechter Koch.«

»Eintopf kann ich!« Davis grinste, und Cammy japste fröhlich. »Als Jäger muss man alles verarbeiten können, was einem vor die Armbrust kommt. Und Cammy ist ein Ass im Karnickelaufscheuchen, also kann mein Kanincheneintopf sich durchaus sehen lassen.« Er tauchte einen Kochlöffel hinein, blies darauf und kostete. Seine Pupillen weiteten sich vor Begeisterung. »Aber an den hier kommt er nicht ran. Wow, das ist mal ein Eintopf!«

»Wenn du Soras Eintopf gut findest, warte nur ab, bis du ihr Brot kostest«, sagte Mari. »Als sie mir gegenüber behauptet hat, es wäre innen so leicht wie Wolken, habe ich ihr zuerst nicht geglaubt. Aber da lag ich falsch.« Schläfrig rieb sie sich die Augen.

»Was ist diese Sora denn für eine?« Antreas wollte nach dem Löffel greifen, aber Davis schnappte ihn sich flink, tauchte ihn wieder in den Kessel und begann zu rühren.

Nik tauschte einen Blick mit Mari. »Ich glaube, am besten lernt ihr sie kennen. Sie zu beschreiben ist etwas schwierig.«

»Bin gespannt, was sie zu Bast sagt«, überlegte Mari. »Rigel nennt sie immer noch Vieh.«

»Ist sie verrückt?«, erkundigte sich Antreas.

»Nein«, sagte Mari.

»Ziemlich«, sagte Nik im selben Moment.

Da teilte sich der Vorhang zwischen den beiden Räumen des Baus, und Danita kam hervor, einen Korb mit Kartoffeln, Pilzen und verschiedenen getrockneten Gemüsen am Arm. Sofort blieb sie stehen. Bast verließ sie und schritt auf Davis zu.

Schweigen senkte sich über das Zimmer – alle warteten gespannt ab, was die Katze vorhatte. Davis rührte keinen Muskel. Cammy huschte eilig zu Rigel und Laru, die sich beide vor der Eingangstür zusammengerollt hatten.

Bast stellte sich zwischen Davis und Danita. Dann gab sie ein Gurren von sich, als riefe sie das Mädchen. Danita nickte. Ohne Davis anzusehen, ging sie auf ihn zu und reichte ihm über den Rücken der großen Katze hinweg den Korb mit den Vorräten. »Das sollte reichen, hoffe ich.«

Behutsam nahm Davis den Korb entgegen. »Danke.«

Noch einmal gurrte Bast Danita an, trottete zu dem Lager hinüber und sprang neben Mari darauf. Dann funkelte sie betont Nik an, der auf Maris anderer Seite saß, und fauchte.

»Schon gut, schon gut«, sagte Nik. »Ich helf ja schon mit dem Abendessen.«

Kaum hatte Nik das Lager verlassen, da eilte Danita heran und schmiegte sich zwischen die Katze und die Mondfrau.

»Du ziehst wirklich alle Register, was?«, bemerkte Antreas zu seinem Luchs. Bast gab eine Art Hüsteln zur Antwort, und ihr Gefährte schüttelte den Kopf, aber Mari kam es nicht vor, als sei er richtig wütend auf sie.

»Ist der Waldbrand vorbei?«, fragte Danita sie.

»Ja. Aber er hat furchtbar gewütet. So viele Leute sind gestorben.« Sie schloss den Mund. Sie hatte keine Ahnung, ob Davis' Familie den Flammen entkommen war. Rasch wechselte sie das Thema. »Wo ist denn Jenna?«

»Bevor Sora dich suchen ging, hat sie Jenna losgeschickt, um so viel Aloe wie möglich zu sammeln. Einen großen Korb voll hat Jenna schon hier abgeliefert, aber dann ist sie losgegangen, um noch mehr zu holen. Ich mach mir langsam Sorgen um sie.

Es ist fast dunkel, oder? Ich spüre, dass die Sonne untergeht.« Geistesabwesend rieb Danita sich die Arme, auf denen noch nicht der graue Schimmer lag, den der Sonnenuntergang bringen würde.

»Keine Sorge. Jenna ist klug. Sie kommt bestimmt jeden Moment zurück, und dann reinige ich euch beide.« *Falls ich kann*, fügte Mari im Stillen hinzu. *So kaputt und ausgebrannt wie ich mich fühle.*

»Musst du nicht, Mari. Sora hat uns vorige Nacht gereinigt. Uns geht's gut. Und, also, du siehst ziemlich erledigt aus.«

Mari strich sich eine herunterhängende blonde Strähne aus dem Gesicht und seufzte. »Ich bin nur müde.«

»Hier, das wird dir helfen.« Nik reichte ihr eine Schale mit dampfendem Eintopf und ein großes Stück von Soras Brot. Mari nahm sich kaum die Zeit, ihm zu danken, bevor sie sich über das Essen hermachte.

»Möchtest du auch etwas Eintopf, Danita?«, fragte Antreas.

Mari spürte, wie diese zusammenzuckte und zu zittern begann. Sofort schmiegte Bast sich an das Mädchen und begann, laut zu schnurren. In einer fast schon automatischen Reaktion streichelte Danita die Katze. Dann antwortete sie Antreas – klar und mit nur minimal zitternder Stimme: »Nein danke. Ich kann warten. Esst zuerst ihr und eure Tiere.«

Genau damit waren alle beschäftigt, als sich die Tür öffnete und eine kühle Abendbrise hereinwehte, in der ein Hauch kalter Asche lag – und mit ihr betrat Jenna den Bau und fiel fast über Laru, der am nächsten zur Tür lag.

»Rigel! Wie schön, dann ist auch Mari –«, fing Jenna an, während sie den Korb voller Aloe absetzte, ehe ihr auffiel, dass der Hund viel größer war als Rigel. »Oh – Mari?« Ihr Blick flitzte durch den Raum, registrierte die Männer, die Hunde, den Luchs und schließlich Mari, die bereits eilig zur Tür kam.

»Jenna!« Sie zog die Freundin in die Arme. »Alles ist gut. Das sind Freunde von mir«, flüsterte sie und spürte, wie die Anspannung aus Jennas Gliedern schwand.

»Hi, Jenna«, sagte Nik, der auf Maris Lieblingsplatz am Schreibtisch saß, den Mund halbvoll mit in Eintopf getunktem Brot.

»Nik, gut, dass du es aus dem Brand herausgeschafft hast.« Dann musterte Jenna mit erhobenen Augenbrauen die anderen Männer und den Luchs.

»Das sind Davis und sein Gefährte Cameron«, begann Mari mit der Vorstellung.

»Hallo, Jenna. Er wird meistens Cammy genannt. Also, außer er hat was angestellt.« Davis grinste seinem Terrier zu, der nur flüchtig von seiner Portion Eintopf aufsah.

»Und das ist Antreas. Seine Gefährtin ist Bast, der Luchs, der beschlossen hat, Danita zu beschützen.«

Jenna nickte Antreas zu, ihre Aufmerksamkeit lag jedoch auf Bast. »Ich habe noch nie einen Luchs gesehen. Sie ist wunderschön.«

»Danke«, gab Antreas zurück.

»Gerüchteweise hatte ich gehört, dass es Luchsgefährten gibt, aber ich dachte, das hätten sich die Erzähler nur ausgedacht, um uns Kindern was zu bieten.« Sie ging vorsichtig auf Bast zu, die ihren Blick unverwandt erwiderte. »Aber sie ist definitiv echt.« Lächelnd sah sie Antreas an. »Vielleicht sind ja dann auch die Geschichten von den Windreitern hinter den Bergen im Osten wahr und die von den Walsängern im Meer im Westen!«

»Zu den Walsängern kann ich nichts sagen, weil ich noch nie einen getroffen habe, aber die Windreiter gibt es.«

Nik hob mit einem Ruck den Kopf. »Wirklich? Du hast schon Windreiter getroffen?«

»Ja, einige. Ich habe mal ein paar Heiler von einem Stamm im Norden durch die Berge in die Ebenen geführt, wo diese leben. Die Heiler wollten Salben und Tinkturen gegen Kristalle eintauschen – du hast sicher gehört, dass die Steine und Kristalle der Windreiter magische Eigenschaften haben?«

»Ja, ja, natürlich.« Nik bedeutete Antreas fortzufahren.

»Nun, das war's eigentlich schon. Ich habe die Heiler auf Windreitergebiet geführt und bin nach dem nächsten Vollmond an dieselbe Stelle zurückgekehrt, um sie wieder mit zurückzunehmen. Aber es tauchte keiner der Heiler auf. Bast und ich haben zwei Tage gewartet, dann sind wir gegangen.«

»Hast du dich nicht bei den Windreitern erkundigt, was mit den Heilern passiert war?«, fragte Mari, weniger, weil es sie interessierte, sondern weil Nik so gebannt lauschte.

»Windreiter findet man nur, wenn sie gefunden werden wollen. Offenbar wollten sie nicht mehr gefunden werden.«

»Die Windreiter sind vor allem Frauen, oder?«, erkundigte sich Davis.

Antreas nickte. »Ich habe nur Frauen getroffen. Und ihre Pferde – wunderschöne, aber gefährliche Tiere. So was Großes war mir vorher noch nie begegnet! Sie sind größer als der größte Hirsch. Und sie tragen ihre Gefährten auf dem Rücken und rennen so schnell wie der Wind – sogar schneller als ein Luchs, würde ich schätzen.« Er sah neckisch zu Bast hinüber.

»So wundervoll wie Bast können diese Pferde trotzdem nicht sein«, protestierte Danita, die noch immer die Katze streichelte.

»Außerdem sind sie unendlich weit weg hinter den Bergen, und sie ist hier.«

Jenna wandte ihre Aufmerksamkeit wieder dem Luchs zu. »Ihr Fell sieht wahnsinnig weich aus.«

Lebhafter als sie in all der Zeit gewirkt hatte, seit Mari und Sora sie gefunden hatten, fragte Danita die Katze: »Bast, darf Jenna dich anfassen? Sie ist eine Freundin von mir.«

Die Luchsin lauschte mit schief gelegtem Kopf, dann gurrte sie und rieb den Kopf an Danitas Hand.

»Das heißt ja«, sagte Antreas.

»Ich weiß«, sagte Danita, ohne ihn anzusehen.

»Ich würde sie liebend gern streicheln«, sagte Jenna. Dann schien ihr etwas einzufallen. Sie deutete auf Laru, der sich wieder vor die Tür gelegt hatte. »Oh, wer ist eigentlich der große Schäferhund da? Er sieht aus wie eine Monsterversion von Rigel.«

»Das ist Laru. Er ist Rigels Vater – und mein Gefährte«, sagte Nik.

Jenna hielt inne. »Laru? So hieß doch der Gefährte des Sonnenpriesters.«

»Er war der Gefährte des Sonnenpriesters«, sagte Nik leise und starrte in seinen Eintopf.

»Aber ist der Sonnenpriester nicht dein Vater?«

Nik sah nicht auf, obwohl er den Löffel zur Seite gelegt hatte. »Er war mein Vater. Er ist heute Morgen gestorben.«

»Oh. Das tut mir leid«, sagte Jenna.

Mari winkte ihr, mit auf das inzwischen recht enge Lager zu kommen, und rückte etwas beiseite. »Niks Vater starb, weil er mir das Leben rettete.«

»Nik«, sagte Jenna ernst, worauf Nik endlich mit Tränen in

den Augen aufsah, »ich werde zur Erdmutter für ihn beten und einen Rosmarinzweig in seinem Andenken verbrennen.«

»Warum denn das?«, entfuhr es Danita. »Er war Anführer des Volkes, das deinen Vater umgebracht und dich versklavt hat!«

»Er hat Nik aber geholfen, mich rauszuschmuggeln, und du hast gehört, was Mari gerade sagte – er ist gestorben, weil er unsere Mondfrau rettete! Danita, ich vermisse meinen Vater wie verrückt. Wahrscheinlich werde ich das bis an mein Lebensende tun. Aber manchmal muss man zur Vergebung bereit sein, oder der Hass verschlingt einen.« Sie ließ den Blick über Mari, Davis, Antreas und Nik wandern. »Das habe ich in der Sklaverei beim Stamm des Lichts gelernt.«

Danita biss sich auf die Lippe und schmiegte das Gesicht in Basts Fell. »Ich glaube, ich wäre nicht so nett, Jenna. Ich weiß nicht, ob ich an deiner Stelle dem Stamm vergeben könnte. Ich – ich weiß nicht mal, ob ich ihnen vergeben kann, dass Leda gestorben ist, was ja der Grund war, warum unsere Männer durchgedreht sind und mich angegriffen haben.« Flüchtig sah sie Nik und Davis an. »Tut mir leid.«

»Danita, den Stamm des Lichts gibt es nicht mehr«, sagte Nik mit fester Stimme. Davis wollte auch etwas sagen, aber Nik brachte ihn mit erhobener Hand zum Schweigen. »Wenn ich mein Rudel aufgebaut habe – und das werde ich –, wird darin ein anderer Geist herrschen. Solange ich Sonnenpriester meines Rudels bin, wird niemand daraus einen Erdwanderer gefangen halten.«

»Genau deshalb habe ich geschworen, dir als Sonnenpriester zu folgen«, sagte Davis ernst. »Jenna hat recht. Es gab zwischen uns viel zu viel Hass. Seit dem Brand ist damit für mich

Schluss. Ich will ein anderes Leben – eins, das nicht auf Kosten der Freiheit anderer geht.«

»Übrigens gibt es auch den Weberclan nicht mehr«, sagte Mari. Alle Aufmerksamkeit richtete sich auf sie. »Der Weberclan hat sich aufgelöst, als meine Mutter starb. Ich habe ein ähnliches Gefühl wie Davis: Ich will nicht einfach wieder einen Clan aufbauen wie den, vor dem ich mein wahres Ich verstecken musste. Ich will einen Clan, in dem sich jeder als er selbst wohlfühlen kann.«

»Dann lass uns gemeinsam einen Neuanfang wagen«, sagte Nik. »Du und ich, Mari – als Mondfrau und ich als Sonnenpriester. Verwirklichen wir doch unsere Träume, für uns und alle, die dasselbe wollen wie wir.«

In Mari stieg bei seinen Worten Wärme auf. »Ja, Nik. O ja. Lass uns gemeinsam neu anfangen.«

»Und es besser machen«, sagte Jenna.

»Fröhlicher und sicherer«, sagte Danita, die Arme um Bast geschlungen.

»Und schräger«, bemerkte Antreas lachend.

»Besser, fröhlicher, sicherer und schräger – Cammy und ich sind dabei!«, rief Davis, während die Hunde zustimmend bellten und Basts Schnurren wie ein Frühlingsdonner durch den gemütlichen Bau rollte.

# 12

*Ich kann das … ich kann das … ich kann das …*

»Alles ist bereit!«, durchbrach Isabels helle Stimme Soras Mantra.

Sie holte tief Luft und trat aus der Vorratskammer in den Hauptraum des Geburtshaus.

»O Sora, wie wunderschön du bist!«, entfuhr es Isabel.

Kritisch betastete Sora noch einmal ihre Frisur. »Findest du?«

»Natürlich!«

»Aber ich will nicht nur wunderschön aussehen. Ich will selbstbewusst und stark aussehen, majestätisch. Wie eine echte Mondfrau. Als ich losgezogen bin, habe ich mich nur alltagstauglich angezogen. Ich konnte ja nicht ahnen, dass ich die Überreste des Clans würde reinigen müssen – ganz allein, ohne Mari, und praktisch ohne Vorwarnung, dass ich den Mond herabrufen muss. Zum ersten Mal für den ganzen Clan. Ganz allein, habe ich das schon erwähnt?«

»Hey, du wirst das perfekt machen. Du hast doch auch alles andere perfekt gemacht. Überleg mal, was du schon ganz allein hinbekommen hast: Du hast alle Verletzten versorgt, die des Clans und die der geflohenen Gefährten. Warst du darauf etwa vorbereitet?« Isabel hob die Brauen. »Aber du hast es trotzdem geschafft.«

»Die meisten Verletzungen waren eher schmerzhaft als ernst. Ich musste es ihnen nur bequem machen, Sarahs Knöchel schienen und Rose und Lydia mit massenhaft Aloensalbe einschmieren. O'Bryans Verband war leicht zu wechseln. Die Wunde ist schon fast verheilt, und das ist Mari zu verdanken.« Sie verstummte und fügte versonnen hinzu: »Also, für einen Gefährten sieht O'Bryan ja echt okay aus. Aber richtig hübsch nicht, dazu ist er einfach zu blond und zu groß.«

»Ich find seine Welpen süß.«

»Es sind nicht seine Welpen. Sondern die von Roses Hund Fala. Aber O'Bryan hat sie aus dem Feuer gerettet. Das war sehr mutig von ihm.«

»So komisch es klingt, ich bin froh, dass er sie gerettet hat. Es sind ja nur Babys – und so süß!«

»Sie sind weniger hässlich, als ich es von Hundebabys vermutet hätte«, gab Sora zu. »Definitiv süßer als Rigel. Der besteht nur aus haarigem Fell und Pfoten und hat immer Appetit, und wenn ich daran denke, wie groß er noch wird!« Sie schloss die Augen und schüttelte sich. »Nein. Genug an andere Sachen gedacht. Jetzt konzentriere ich mich darauf, den Mond herabzurufen.« Sie riss die Augen auf. »Göttin! Und wenn es nicht klappt? Wenn ich es nicht hinbekomme?«

»Du kannst das. Ich weiß, dass du das kannst. Du hast schon alles andere hinbekommen, was eine Mondfrau können muss. Du hast die Wunden verbunden und in letzter Minute eine Beltaneversammlung organisiert.« Isabel warf ihr einen kecken Blick zu. »Du wusstest sogar, wo der Frühlingsmet vergraben ist.«

»Das war nicht schwer – ich war dabei, als er vergraben wurde.«

»Und du hast genug Eintopf gekocht, um alle satt zu kriegen.«

»Das war auch nicht schwer. Die Wurzelgemüse sind ja gerade erntereif. Ich habe lediglich dafür gesorgt, dass die Köchinnen alles hatten, was sie brauchten – ich habe nicht mal selbst gekocht!«

»Ja, weil du gleichzeitig noch Wunden verbunden und die Lagerfeuer arrangiert und Lavendelöl versprüht und den Met ausgegraben und frisches Wasser geholt und sogar mitgeholfen hast, wieder Schlaflager aus diesem, na ja«, Isabel sah sich im sauber aufgeräumten Geburtsbau um, »Desaster zu basteln. Sora, mach dir keine Gedanken darum, ob du aussiehst wie eine richtige Mondfrau oder ob du's schaffst, den Mond herabzurufen. Du bist eine richtige Mondfrau. Denk daran, und alles wird gut.«

»Was ist mit Jaxom? Ich habe Angst, dass ...« Der Rest ihres Satzes ging in rasselndem Husten unter.

Isabels Miene verfinsterte sich. »Alles okay? Du hustest immer wieder, und irgendwie siehst du fiebrig aus.«

»Alles okay. Nur eine Erkältung.«

»Pass auf dich auf. Wir brauchen dich gesund. Was soll mit Jaxom sein? Alles, was du tun kannst, ist, ihn zu reinigen. Der Rest liegt an ihm.«

»Wenn ich dir jetzt was sage, versprichst du mir, es niemandem weiterzuerzählen?«

»Mondfrau, ich schwöre dir, dass ich deine Geheimnisse nicht ausplaudern werde.«

»Ich habe zwar ein fürchterlich schlechtes Gewissen, aber ich hoffe, dass kein anderer Clansmann uns heute Abend findet. Jaxom ist schon schlimm genug. Ich – ich weiß nicht, was passieren würde, wenn eine Gruppe Clansmänner im Nachtfieber, schlimmer als alles, was wir je kannten, in die Versammlung gestürmt käme. Isabel, ich habe Angst vor ihnen.«

Isabel nahm ihre Hand. »Kein Wunder! Ich habe gehört, was sie dir und Danita angetan haben. Aber, Sora, mach dir keine Sorgen. Wenn ja, wirst du tun, was jede Mondfrau tun würde: ihnen befehlen, sich hinzuknien, und sie reinigen.«

»Ja.« Sora hoffte, es zu behaupten würde es wahr werden lassen.

»Weißt du was, du solltest Jaxom als Ersten reinigen. Wenn uns dann andere Männer finden, kann er dabei helfen, sie im Zaum zu halten. Ich weiß, du hast Sheena und O'Bryan gebeten, am Rand Wache zu halten, aber –« Sie verstummte und biss sich auf die Unterlippe.

»Aber die beiden würden unsere Männer töten.«

Langsam, mit besorgtem Blick, nickte Isabel. »Und das will ich nicht.«

»Das passiert schon nicht. Das lasse ich nicht zu. Falls sie kommen, reinige ich sie. Ich bin ihre Mondfrau, das ist meine Aufgabe. Danke, dass du mich daran erinnert hast. Und jetzt lass uns gehen.«

»Gewährst du mir die Ehre, dich zu deinem Clan zu geleiten, Mondfrau?«

»Immer doch.«

Sora verbannte alle Zweifel aus ihrem Kopf und folgte Isabel den gepflasterten Pfad entlang, der vom Geburtsbau zu einer Lichtung mit einem klaren, trägen Bach hinabführte. Noch ehe man hinter einer Biegung die Stelle erreichte, von wo aus man den provisorischen Versammlungsplatz überblickte, hörte sie rhythmisches Trommeln und darüber den hohen, reinen Klang einer Flöte. Im Wind, der ihr übers Gesicht strich, roch sie die Lagerfeuer und den vertrauten Duft von Lavendel und Salz, die stets vor einer Versammlung ausgebracht wurden, um die Jagdmeuten der Wolfsspinnen abzuhalten.

Isabel langte vor ihr an dem Aussichtspunkt an und drehte sich nach ihr um. Sora nickte. »Okay.«

Isabel wandte sich dem Clan zu und rief mit ihrer kräftigen, jungen Stimme, die mit Leichtigkeit die fröhliche Musik übertönte, die traditionelle Ankündigung: »Unsere Mondfrau ist da! Entzündet die Fackeln! Macht euch bereit!« Dann sprang sie die Steinstufen hinab und gesellte sich zu den anderen.

Sora trat an ihre Stelle und blickte auf den Clan hinab. O'Bryan und Sheena hatten die Pflicht übernommen, die Fackeln zu entzünden, und postierten sich dann an gegenüberliegenden Seiten des von Lagerfeuern gesäumten Kreises aus Lavendelöl und Salz. In der Mitte brannte das Hauptfeuer, und nicht weit davon stand das Bildnis der Erdmutter. Dieses hier mochte Sora besonders gern. Die Erdmutter saß mit gekreuzten Beinen da, die Hände auf den runden, hochschwangeren Bauch gelegt. Ihre Haut bestand aus weichem Moos, ihr Haar aus zartem Efeu, das ihr bis auf die üppige Taille fiel. Ihr Gesicht war kunstvoll aus einem großen Opal von der Farbe des Inneren einer Austernschale gehauen. *Leite mich, Erdmutter*, dachte sie. *Hilf mir, eine richtige Mondfrau zu sein.*

Die verletzten Gefährtinnen hatten sich an einem der Feuer rechts der Statue niedergelassen. Sie beobachteten genau, was vorging, aber eher schläfrig als nervös oder skeptisch. *Kein Wunder bei der Menge an Mohntee und Frühlingsmet, den sie intus haben.*

Die Clansfrauen standen im Innern des Kreises verteilt und

sahen alle erwartungsvoll zu ihr auf. Etwas an ihren Mienen erinnerte Sora plötzlich an ein Nest voller Küken, und sie musste ein sehr unpassendes Kichern unterdrücken.

Aber dann erfasste ihr Blick den einzigen anwesenden Clansmann, und der Drang zu kichern verpuffte sofort. Jaxom saß mit dem Rücken an einem dicken Ast gelehnt, an den O'Bryan ihn gefesselt hatte. Er war wieder bei Bewusstsein – soweit man das sagen konnte. Sein Gesicht war ihr zugewandt, doch alles, was darin zu erkennen war, war das rote Funkeln des Nachtfiebers in seinen Augen. Natürlich hatte sie ihn mit Mohntee abgefüllt, sobald er wach genug gewesen war, dass man ihm diesen einflößen konnte. Sie erinnerte sich noch genau an seinen hoffnungslosen Gesichtsausdruck, als sie ihn untersucht hatte – schweigend und möglichst schnell. Und an die seltsamen Geschwüre in den Beugen seiner Ellbogen, Handgelenke und Knie, und wie er immer wieder versucht hatte, sich zu kratzen, obwohl seine Hände straff gefesselt waren. *Dass das Nachtfieber sich auf die Haut auswirkt, habe ich noch nie gesehen. Ich muss Mari danach fragen, vielleicht auch Ledas Aufzeichnungen durchforsten, und …*

»Mondfrau! Unsere Mondfrau ist da!« Der Jubelruf des Clans wischte das Gedankenchaos aus ihrem Geist. Sie riss sich zusammen und stieg die Treppe hinunter. Die Stufen waren kühl unter ihren nackten Füßen, und die leichte nächtliche Brise umfächelte ihre Beine. Sie hätte gern etwas Angemessenes getragen – etwas so Schönes wie beispielsweise Ledas Mantel. Aber dazu war keine Zeit gewesen. Also hatte sie sich für eine mit Blumen und Efeu bestickte Tunika entschieden, die sie in dem verwüsteten Geburtsbau gefunden hatte, und die Beine bloß gelassen. Außerdem hatte sie zusätzlich zu den Muscheln und Federn, mit denen sie ihr Haar immer verzierte, auch Schleierkraut, Lavendel und Efeu hineingeflochten.

Zunächst schritt sie zu dem Bildnis der Erdmutter und verneigte sich tief davor. »Ich grüße dich, Erdmutter, wie der Clan mich begrüßt hat – als deine Mondfau, deine Dienerin, in Liebe, Dankbarkeit und Ehrfurcht.« Dann straffte sie den Rücken und wandte sich dem wartenden Clan zu. Eigentlich hätten nun die Clansmänner vortreten müssen, die stets zuerst gereinigt wurden, um ihre Pein zu lindern und die Bedrohung auszuräumen, die von ihnen ausging.

Sora unterdrückte ihre Angst und trat zu Jaxom. Seine Augen loderten irre, Schweiß tropfte ihm vom Gesicht, und er bäumte sich gegen die Fesseln auf, die ihn hielten. Abgesehen davon, dass er völlig verdreckt war, roch er ekelhaft – sein schneller Atem stank geradezu nach Verwesung. Einen Moment lang überkam sie Panik. *Wenn er sich nun befreien kann?* Jeder Zoll ihres Körpers, der erst am Vortag von Jaxom und den beiden anderen misshandelt, gebissen und geschlagen worden war, tat weh. Und beim Gedanken, was sie ihr angetan hätten, wäre nicht Nik eingeschritten, drehte sich ihr der Magen um. *Sie wollten mich vergewaltigen. Jaxom wollte mich vergewaltigen.* Wenn er könnte, würde er sie auch jetzt angreifen – das sah Sora in seinem hassverzerrten Gesicht und dem grauen Schimmer, der nun am Abend auf seiner rissigen Haut lag.

Da schob sich eine Fackel in ihr Blickfeld, und mit grimmiger Miene stellte O'Bryan sich neben Jaxom, aufrecht und stark, das Messer angriffsbereit in der Hand.

Auch die Clansfrauen zogen sich um sie zusammen. Manche hielten Fackeln in der Hand. All ihre Gesichter waren entschlossen. Nein, Jaxom würde ihr nicht noch einmal etwas antun könnten – nicht im Beisein des Clans.

Sora hob die Arme und konzentrierte sich darauf, den Mond zu finden, der so kurz nach Sonnenuntergang noch nicht am Himmel zu sehen war. Aber Sora war eine Mondfrau, daher konnte sie den Mond immer finden – und rufen –, sobald die Sonne den Himmel verlassen hatte.

Von ihren Fingerspitzen her breitete sich eine angenehme, lindernde Kühle ihre Arme entlang aus und vertrieb die fiebrige graue Färbung, die sich bei Sonnenuntergang über ihre Haut legte und Schwere über ihren Geist brachte.

»Mann des Weberclans, tritt vor mich!«, befahl Sora.

Als hätten ihre Worte elementare Gewalt über ihn, kämpfte sich Jaxom auf die Knie, die gefesselten Arme nach hinten überstreckt, und neigte den Kopf.

Soras Atem wurde tiefer und rhythmisch – vier Schläge lang einatmen, Pause, vier Schläge lang ausatmen. Dies wiederholte sie dreimal, während sie der Göttin ihr kurzes, schlichtes Gebet sandte: *Erdmutter, lass mich deiner würdig sein.*

Dann sprach sie die Worte, die sie in den vergangenen Wochen immer und immer wieder geübt hatte. Ironischerweise war sie es, die Ledas alte Beschwörungsformel übernommen hatte, und nicht Mari. Eigentlich hatte sie erwartet, dass Mari sich die Worte ihrer geliebten Mutter zu eigen machen würde, aber diese hatte verneint: Sie müsse ihre eigene Formel finden, weil sie eine ganz eigene Art Mondfrau sei, eine Mischung aus Clan und Stamm. Doch Leda werde sich sicher darüber freuen, wenn Sora ihre Worte weitertragen würde.

Und Sora wollte Ledas Worte sehr gern weitertragen.

*»Als Mondfrau, die dir folgt und an dich glaubt,*
*senke ich vor dir mein bares Haupt.*
*Mutter, von der meine Gaben sind,*
*gib Kraft heut zu Beltane deinem Kind.*
*Dein Silberlicht erfülle mich mit Leben*
*und heile, die in meine Hut gegeben.«*

Während sie sprach, richtete Sora all ihr Denken auf die Erdmutter, auf die Verbindung zu dieser, die sie schon als kleines Mädchen gespürt hatte. Durch diese geheiligte Verbindung hindurch suchte sie den im Zwielicht noch unsichtbaren Mond – und da war er! Sie konnte ihn spüren! Ein silbernes Leuchten, das nichts mit dem kränklichen grauen Hauch gemein hatte, der abends das Nachtfieber über die Erdwanderer brachte. Dieses Silberlicht war hehr und rein, eine kühle, lindernde Macht, die in der Lage war, zu heilen und den Clan von Freudlosigkeit und Finsternis zu reinigen.

Erfüllt mit der Kraft der Mondmagie vollendete Sora die Beschwörung.

*»Gewähre mir, was seit Geburt mein Erbe,*
*mein Reichtum und mein Schicksal, bis ich sterbe!«*

Während dieser Worte hob Jaxom den Kopf und funkelte sie aus bösartigen rotgeäderten Augen an. Ohne zu zögern, senkte Sora die Arme und legte die Hände um sein fieberheißes Gesicht. »Ich wasche dich rein von aller Qual und allem Wahnsinn des Nachtfiebers und schenke dir die Liebe unserer Erdmutter.«

Mondlicht durchfloss sie und strömte in Jaxom ein. Er bäumte sich auf, und ein helles silbernes Strahlen erfasste seinen Körper. Es schien sehr lange zu dauern. Mit zusammengebissenen Zähnen musste Sora den Drang unterdrücken, ihre Hände wegzuziehen, die vor Kälte zunehmend taub wurden. Doch dann blinzelte Jaxom ein paarmal, und sein Blick fand sie. Seine Augen waren wieder braun, klar und freundlich.

Matt lächelte Jaxom sie an. In seiner eigenen, gewohnten Stimme – der Stimme, mit der er stets über ihre Witze gelacht und ihr gesagt hatte, wie wunderschön und unvergleichlich sie sei – sagte er: »Die Göttin segne dich, meine Mondfrau!« Und mit einem unendlich erleichterten Seufzer sank er gegen den Ast zurück, Tränen der Dankbarkeit auf den Wangen.

Von diesem Sieg ermutigt begann Sora, sich im Kreis durch die Reihen der Clansfrauen zu bewegen. Vor ihr sank jede auf die Knie und hob den Blick. Sora legte einer nach der anderen die Hand auf die Stirn und murmelte die traditionellen Segensworte: »Ich wasche dich rein von aller Traurigkeit des Nachtfiebers und schenke dir die Liebe unserer Erdmutter.«

Und während sie das tat, durchströmte sie eine unermessliche Liebe für diese Menschen. Mochte sie auch erst achtzehn Winter erlebt haben, Sora wurde von mütterlichen Gefühlen überwältigt, immer stärker, und mit ihnen begann ihre Haut, in dem silbernen Glanz zu erstrahlen, der auch Leda in jeder Drittnacht geradezu verzaubert hatte.

Die Frauen, die gereinigt worden waren, kehrten an die Trommeln und Flöten zurück, und diesmal gesellte sich zu ihrer Musik ein Chor lieblicher Stimmen, der sich zu einem wortlosen Festgesang verwob. Manche Frauen begannen sogar zu tanzen – mit ausgebreiteten Armen, die Augen zum dunkelnden Himmel erhoben, als erwarteten sie voller Vorfreude den ersten Strahl des Mondes.

Nachdem Sora Isabel gereinigt hatte, zog sie diese kurz beiseite. »Bitte bring Jaxom in den Geburtsbau. Vorher soll er sich aber waschen. Dann gib ihm einen großen Becher Mohntee und eine Schale Eintopf, und er soll sich auf das erste Lager neben dem Feuer legen. Jetzt, wo er wieder er selbst ist, will ich mir seine Wunden noch mal anschauen, außerdem braucht er Ruhe und Erholung. So viel wie möglich.«

»Wie du wünschst, Mondfrau.« Isabel verneigte sich vor ihr und eilte davon, um Jaxom loszubinden.

Sora fuhr fort, die Frauen zu reinigen, erfüllt von Mondmagie und dem Hochgefühl, das damit einherging. Vergessen waren die latente Erkältung, die fiebrige Genervtheit, der ärgerliche Husten. Vergessen war ihre Furcht, dass Clansmänner auf die Versammlung aufmerksam werden, sie stürmen und ruinieren könnten. Erfüllt von Liebe zu ihrem Clan und Ehrfurcht vor ihrer Göttin, wandelte Sora unter den Ihren, geborgen im Wissen, dass diese sie brauchten, sie verehrten und sie nie, niemals verlassen würden.

# 13

Hältst du das wirklich für eine gute Idee?«

Mari wechselte den Korb mit Salben, Tinkturen und jedem Kraut, das irgendwie von Nutzen sein könnte, auf die andere Seite, damit sie Niks Hand drücken konnte. »Hör auf, dir Sorgen zu machen. Ich habe dir doch schon gesagt, seit dem Essen geht's mir wieder blendend. Fast fühle ich mich wie neugeboren!« Es war herrlich, mit untergehaktem Arm neben Nik herzuschlendern, selbst wenn er sie besorgt und finster musterte. Da sprang Rigel an ihnen vorbei, der Cammy nachjagte, welcher wiederum hinter einem Eichhörnchen her war.

»Hey, hierbleiben, ihr zwei!«, rief sie. »Nicht bei Dunkelheit abhauen!«

Laru neben Nik nieste und gab so etwas wie ein Brummen von sich. Nik tätschelte dem älteren Schäferhund den Kopf. »Ich weiß, Welpen können fürchterlich nerven.« Dann hob er die Fackel, die er trug, und spähte nach allen Seiten. »Es gefällt mir nicht, bei Dunkelheit im Wald rumzulaufen.«

Mari fand, er klang genauso brummig wie Laru. »Das haben wir doch schon geklärt. Der Geburtsbau ist total nahe, und die Schaben und anderen Krabbelviecher werden aller Wahrscheinlichkeit nach zu der Verwüstung nach dem Waldbrand gelockt werden.« Durch ihre untergehakten Arme spürte sie ihn erschauern. »Tut mir leid«, schob sie schnell nach. »Das sollte nicht skrupellos klingen. Ich weiß, dass viele Leute, die du gut kanntest, ums Leben gekommen sind. Aber wir leben noch, Nik. Und ein einziges Mal ist der Wald nach Nachteinbruch nicht ganz so gefährlich wie sonst.«

»Unheimlich ist es aber trotzdem«, bemerkte Davis und sah zum Himmel auf, der hier anders als in der Stadt des Lichts nicht von den Kronen hoher Kiefern verdeckt wurde. »Hätte nie gedacht, dass ich das je sagen würde, doch ich wäre lieber zurück in Maris Bau.«

»Einer ist bekehrt – bleibt nur noch der restliche Stamm«, flüsterte Nik ihr zu. Sie tarnte ihr Lachen mit einem Husten.

Dann sah sie sich nach Danita um, die hinter ihnen ging, flankiert von dem Luchs und Antreas. Mari war überrascht gewesen, dass sie darauf bestanden hatte, mit zum Geburtsbau zu kommen. Soweit sie wusste, hatte Danita seit ihrem dortigen schrecklichen Erlebnis Maris Bau nur verlassen, um sich zu erleichtern und zu waschen, aber der Schutz der Luchsin schien dem Mädchen neuen Mut eingehaucht zu haben. Sora und Mari war recht schnell klar gewesen, dass Danita sich körperlich wieder von der Vergewaltigung und Misshandlung erholen würde, doch der Zustand ihres Geistes hatte ihnen Sorgen gemacht. Nun sah es so aus, als wäre dank Bast auch Danitas Seele auf dem Weg der Heilung.

»Alles okay bei dir?«, rief Mari.

»Ja, danke«, gab Danita zurück. Wie Mari und Jenna trug sie einen Korb voller Nahrungsmittel und Arzneien, aber mit der freien Hand strich sie immer wieder Bast über den Kopf, wie um sich zu vergewissern, dass die Katze noch neben ihr war. Sie hätte sich keine Sorgen zu machen brauchen – es sah nicht aus, als wollte die Luchsin sich von ihr entfernen. »Ein bisschen, hm, steif und wund ist es noch, aber irgendwie tut's gut, draußen zu sein, selbst jetzt in der Nacht.« Danita warf einen skeptischen Blick in den Wald, und Mari sah sie erschauern.

»Hey, keine Sorge«, sagte Antreas. »Alles, was da draußen rumläuft, müsste zuerst an Bast vorbei, und das soll es mal versuchen!«

Bast gab die Mischung aus Bellen und Husten von sich, von der Mari beschlossen hatte, dass sie das Äquivalent zu Rigels zustimmendem Wuff darstellte.

»Na gut, Mari, aber übertreib's nicht«, seufzte Nik. »Beim Geburtsbau solltest du dich wieder ausruhen. Und von dem Tee, den Sora sicherlich für die Frauen gebraut hat, trinkst du auch einen großen Becher.«

»Ich sehe zu, dass sie auf sich aufpasst«, sagte Jenna. Davis und sie bildeten hinter Danita den Schluss. Beide hielten Fackeln in der Hand, die zuckende Schatten über die Gruppe warfen. In ihrem Licht sah Mari, wie Antreas bekräftigend nickte.

»Danke, Jenna«, sagte sie. Nun, da der deftige Eintopf und Soras herrliches Brot den schrecklichen Nebel der Erschöpfung von ihr gehoben hatten, hätte sie Antreas am liebsten tausend Fragen über Bast und das Leben der Luchsgefährten insgesamt gestellt. Nik hatte ihr gesagt, dass Antreas auf der Suche nach einer Partnerin zum Stamm des Lichts gekommen war. Mari warf wieder einen Blick auf Danita – sah sie wirklich an – und erkannte mit einem kleinen Ruck: Danita mochte jung sein – kaum über sechzehn Winter –, aber sie war keinesfalls zu jung, um sich mit jemandem zu verbinden.

Maris Blick glitt zu der anmutigen Katze, die auf ihren riesigen Pfoten lautlos und geschmeidig neben Danita herging. Die

Luchsin hob den Kopf und sah ihr geradewegs in die Augen. In ihrem lichtfunkelnden Blick lagen Intelligenz, Selbstvertrauen und Güte.

»Was ist?«, fragte Nik.

»Ach, ich habe nur so eine Ahnung, dass das Leben gerade komplizierter werden könnte – und spannender.«

»Da kann ich nur zustimmen«, murmelte Antreas.

Der Pfad machte eine scharfe Biegung nach rechts. Mari hob die Hand. »So, der Geburtsbau liegt gleich hinter dieser Biegung. Eine Treppe führt zum Eingang hinauf.« Sie sog tief die Nachtluft ein und bemerkte mit immenser Erleichterung einen Hauch Lavendel darin. »Riecht ihr den Lavendel?« Die Männer nickten. »Das bedeutet, Sora hat einen Platz mit Lavendel und Salz umfriedet. Das hält die Wolfsspinnen ab. Sicher hat sie auch Lagerfeuer und Fackeln organisiert.«

»Das heißt, sie reinigt tatsächlich die Männer!«, rief Jenna erleichtert.

»Männer? Nein.« Danita machte sich klein und klammerte sich an Bast. »Die sollen nicht hier sein, bitte!«

»Bast und ich passen auf dich auf«, sagte Antreas.

»Niemand wird dir etwas tun, Danita«, redete auch Mari ihr gut zu. »Aber bleib besser im Bau, bis alle gereinigt sind.«

»Ich verstehe nicht so ganz, was es mit diesem Reinigen auf sich hat«, bemerkte Antreas.

»Eigentlich ist es ganz einfach«, sagte Jenna. »Jede dritte Nacht müssen alle Erdwanderer von einer Mondfrau vom Nachtfieber gereinigt werden.« Sie streckte den Arm aus, der schon den silbergrauen Schimmer angenommen hatte. »Das hier ist ein Symptom des Nachtfiebers. Bei Danita und mir ist es nicht so schlimm, weil Sora uns gestern Abend gereinigt hat.«

»Ja, und selbst wenn nicht, wären wir nicht gefährlich, sondern nur tieftraurig«, fügte Danita hinzu.

»Wie die Dreckwüh… – Verzeihung, Erdwanderinnen auf dem Inselhof?«, fragte Davis. »Die wirkten nur deshalb immer so kindisch und lebensuntüchtig, weil sie keine Mondfrau hatten, die sie reinigte, und waren daher total depressiv?«

»Genau«, bestätigte Mari.

Davis schüttelte den Kopf. »Ich wünschte, das hätten wir gewusst. Ich wünschte, die Frauen hätten es uns gesagt.«

»Hast du schon mal versucht, vernünftig mit jemandem zu reden, der dich geraubt und in Gefangenschaft geworfen hat und zwingt, Sklavenarbeit für ihn zu verrichten?«, fragte Jenna spitz.

»Nein, hast ja recht. Ich weiß, es kommt ein bisschen spät, aber ich habe geschworen, mich nie wieder daran zu beteiligen, Erdwanderinnen zu fangen, und diesen Schwur werde ich halten. Ihr alle seid so anders, als ich mir vorgestellt habe, und dieses Wissen kann ich nicht mehr einfach ablegen – selbst wenn ich es wollte. Aber noch mal ganz deutlich: Ich will es gar nicht.«

»Ich glaube dir«, sagte Jenna.

»Ich auch«, sagte Mari. »Okay, wie es den Frauen geht, die nicht vom Nachtfieber gereinigt werden, wisst ihr jetzt. Bei den Männern ist es anders. Sie werden vom Nachtfieber nicht traurig – sondern wütend. Richtig wild. Ein Clansmann, der nicht gereinigt wurde, kann gefährlich sein, aber üblicherweise nur für sich selbst.«

»Wenn sie sich reinigen lassen, ist aber alles okay. Wie bei meinem Vater. Er war –« Jenna brach ab, in den Augen ungeweinte Tränen, ihr Blick voller Sehnsucht. »Er war der beste Vater der Welt. Stimmt's, Mari?«

»Absolut.«

»Verstehe ich das richtig: Ihr meint, dass das Feuer und der Lavendelgeruch die Clansmänner anlocken könnten und sie gereinigt werden wollen, ja?«, hakte Davis nach. »Und sie wären gefährlich, aber nur so lange, bis ihr euer Ritual abgehalten habt – sagt ihr so? Ritual?«

»Ja, man kann auch sagen ›den Mond herabrufen‹. Aber die Frage ist, ob überhaupt Männer in der Nähe sind und die Versammlung bemerken. Eigentlich halten wir am Geburtsbau nämlich nie Versammlungen ab. Dieser ist allein den Frauen vorenthalten, damit sie in Ruhe gebären, sich um ihre Babys kümmern und den älteren Kindern Unterricht geben können.« Mari verstummte und fügte hinzu: »Außerdem weiß keiner von uns, was mit Männern passiert, wenn sie so lange nicht vom Nachtfieber gereinigt wurden. In unserem Clan starb noch nie eine Mondfrau, bevor sie einen ausgebildeten Lehrling hatte, der ihre Stelle einnehmen konnte.«

»Also sind sie seit dem Tod deiner Mutter nicht gereinigt worden?«, vergewisserte sich Davis.

»Ja, genau.«

»Ich dachte, du wärst auch eine Mondfrau«, sagte Antreas.

Mari seufzte. »Zwangsläufig. Aber ich bin noch nicht fertig ausgebildet – und Sora, Mamas anderer Lehrling, auch nicht. Aber ja, es ist meine Schuld. Ich habe nach Mamas Tod nicht sofort ihre Pflichten weitergeführt. Weil ich Rigel hatte und der Clan nichts von ihm wissen durfte oder überhaupt, dass mein Vater ein Gefährte war. Mama und ich hatten das geheim gehalten, weil sie Angst hatte, sie und ich könnten verbannt werden, wenn der Clan es herausfände.« Mari hob das Kinn und gestand: »Und überhaupt wollte ich nicht Mondfrau werden. Nach Mamas Tod wollte ich einfach nur, dass alle mich in Ruhe lassen.«

»Aber Sora hat dich nicht in Ruhe gelassen«, sagte Nik.

Mari warf ihm einen sarkastischen Blick zu. »Du aber auch nicht. Sora, Nik und Rigel haben dafür gesorgt, dass ich wieder auf die Beine kam und endlich anfing, meine Pflichten wahrzunehmen. Doch der Schaden ist schon angerichtet. Die Männer sind wahnsinnig vor Nachtfieber, und ich kann nur hoffen, dass das Reinigen ausreicht, um sie davon zu befreien und wieder zu sich kommen zu lassen.«

»Wenn sie zu sich kommen, wie werden sie dann damit leben können, was sie angestellt haben?«, wollte Danita wissen.

Mari nickte traurig. »Tja, das ist die Frage.«

»Wahrscheinlich haben die Männer uns deshalb bei dem Hirschkadaver angegriffen«, sagte Davis zu Nik. »Weiß Mari eigentlich davon?«

»Nein, das konnte ich ihr noch nicht erzählen.«

»Was denn?«, fragte Mari.

»Das war, als O'Bryan verwundet wurde und die Fäule bekam. Direkt bevor ich auf die Fouragiermission nach Hafenstadt ging – also, bei der uns die Hautdiebe überfielen und du mich verletzt fandest. Davis, O'Bryan und ich waren auf der Suche nach Rigel. Dabei fanden wir eine tote Hirschkuh, die einfach von einem Baum hing und verrottete, ohne dass jemand sie verwertet hätte.«

»Ein ganzer Kadaver?«, fragte Mari ungläubig. »Also, jemand hatte einfach einen Hirsch getötet und sich dann nicht mehr darum gekümmert?«

»Ja, und noch verrückter war, dass dort Erdwanderermänner warteten, als hätten sie uns eine Falle stellen wollen.«

»Das kann eigentlich nicht sein! Unsere Männer haben noch nie Gefährten eine Falle gestellt, und einen Hirsch würden sie nie einfach verrotten lassen«, wunderte sich Jenna.

»Aber genau so war's«, sagte Nik.

»Ja, es war echt krass«, fügte Davis hinzu.

»Seid ihr sicher, dass es Erdwanderer waren und keine Hautdiebe?«, fragte Mari.

»Absolut sicher«, sagte Nik.

»O ja«, bekräftigte Davis. »Ich war dabei. Zuerst sah es gar nicht gut aus für uns, als sie uns angriffen.«

»Warum machen unsere Männer bloß solche Sachen, die sie noch nie gemacht haben?«, fragte Danita leise und verängstigt.

»Ja, warum?«, überlegte Jenna. »Selbst in einer Drittnacht kann man sie normalerweise mit Vernunft erreichen – zumindest so weit, dass sie sich reinigen lassen.«

»So darf das nicht weitergehen«, sagte Danita.

»Wird es nicht«, sagte Mari. »Wir werden sie aufhalten.« *Entweder indem wir sie reinigen – oder indem sie sterben müssen*, fügte sie im Stillen hinzu.

»Das heißt, wir sollten wohl eure Versammlung bewachen? Und ich nehme an, falls Männer einzudringen versuchen, sollten wir sie nicht töten, sondern durchlassen, damit du sie reinigen kannst«, vermutete Nik.

»Genau. Aber, Nik, haltet trotzdem eure Waffen bereit. Ihr alle. Ich werde versuchen, die Männer zu reinigen, falls es allerdings nichts bringt – oder falls man sie nicht bändigen kann, um sie zu reinigen –, müsst ihr sie erschießen. Ich will nicht, dass sie noch irgendjemandem etwas tun.«

»Verstanden«, sagte Nik. Antreas und Davis nickten grimmig.

Mari wandte sich an Danita und Jenna. »Tut mir leid. Ich weiß, das ist meine Schuld. Ich hätte die Männer sofort aufsuchen sollen, nachdem Mama tot war. Der Clan hätte mir wichtiger sein müssen als meine Trauer.«

Die beiden Mädchen wechselten einen langen Blick, dann sagte Jenna: »Leda war dein Ein und Alles, Mari. Natürlich musstest du trauern – du trauerst ja immer noch. Und der Clan wusste so vieles nicht, und gerade nachtfieberkranken Männern wäre all das unmöglich zu erklären gewesen. Jetzt, wo wir wissen, was du vor uns verborgen hast und warum, ist alles anders.«

Danita nickte. »Nun bist du unsere Mondfrau. Und wir werden dir folgen. Für immer.«

Ihr Vertrauen legte sich schwer um ihr Herz. Warm, aber auch beängstigend. *Und wenn ich Mist baue? Wenn ich eine falsche Entscheidung treffe und dem Clan noch mehr schade, als ich es schon getan habe?*

Da trieb ihnen über den gewundenen Pfad der zarte, fröhliche Klang singender Frauenstimmen entgegen.

»Oh! Sie singen!« Vor Freude klatschte Jenna in die Hände. »Sora muss sie schon gereinigt haben.«

Danita neigte den Kopf und lauschte. Dann trat ein begeistertes Lächeln auf ihr Gesicht. »Das ist ein Beltanelied!«

»Beltane? Ist schon Beltane? Große Göttin, ich habe die Zeit total vergessen«, sagte Mari.

»Aber Sora nicht!« Danita sprang auf die Füße, sichtlich voller Lust darauf, zu tanzen und zu springen. Doch sie hielt inne und sah Mari an. »Kann ich vielleicht doch mit zum Clan kommen, statt im Geburtsbau zu bleiben?«

»Wenn du dich gut genug fühlst, natürlich. Da die Frauen

schon gereinigt sind, sollte es kein Problem sein, mit Männern fertigzuwerden, die eventuell auftauchen. Aber, Danita – denk daran, dass vielleicht schon Männer dabei sind.«

Sofort zog Danita den Kopf ein. »Diejenigen, die mich angegriffen haben?«

»Vielleicht.«

Danita atmete durch und sah wieder auf. »Ich darf mir von denen nicht den Rest meines Lebens vermiesen lassen. Ich will mitfeiern. Genau wie ich vorher hätte mitfeiern wollen.« Sie streichelte Bast und sprach die Luchsin direkt an. »Bast, kommst du zu mir zurück, nachdem Mari dich und Antreas dem Clan vorgestellt hat?«

Bast gab ihr seltsames hustendes Bellen von sich und rieb sich schnurrend wie ein Bienenstock an Danitas Beinen.

»Das heißt ja«, sagte Antreas.

Danita bedachte ihn mit einem genervten Blick. »Ich weiß. Du bist nicht der Einzige, der sie versteht.«

»Was ist denn das für ein Fest?«, erkundigte sich Nik.

Die Schwere, die sich um Maris Herz gelegt hatte, hob sich ein bisschen. »Der Clan feiert Beltane. Und Danita und Jenna wollen natürlich mitfeiern.«

»Was ist Beltane?«, fragte Antreas.

»Ein Riesenspaß!«, rief Danita ihm über die Schulter zu – Jenna und sie hatten sich an die Spitze gesetzt, drauf und dran loszurennen.

»Eines unserer Jahresfeste«, erklärte Mari, während sie hinter einer Biegung die breite Steintreppe erreichten, die hier vor Generationen als Zugang zum Geburtsbau angelegt worden war. »Es ist ein Fruchtbarkeitsfest – wir bitten um eine reiche Ernte und um Fruchtbarkeit für den Clan. Im Februar und März des nächsten Jahres kommen dann immer massenhaft Kinder auf die Welt, die an Beltane empfangen wurden.« Mari fühlte Niks Blick auf sich – und in ihrem Magen flatterte es wie zuvor, als er ihre Hand gehalten hatte. »Es liegt in der Mitte zwischen Frühlingstagundnachtgleiche und Sommersonnenwende. Bei uns im Weberclan halten wir immer zuerst eine Reinigung ab, dann gibt's was Leckeres zu essen, und wir tanzen und singen die ganze Nacht.«

»Und Frühlingsmet! Den gibt's auch«, rief Jenna.

»Ja, natürlich. Wenn Sora welchen ausgegraben hat.« Beim Gedanken an den Met, der den ganzen Winter lang in Eichenfässern unter der Erde gärte und im Frühling aromatisch, süß und stark wieder ausgegraben wurde, lief Mari das Wasser im Mund zusammen.

»Hoffentlich!« Jenna hüpfte in Vorfreude auf und ab. »Komm schon, Mari!«

»Geht ihr beide doch voraus. Aber Bast muss hierbleiben, ich muss unsere Gäste erst vorstellen. Oh, die Körbe stellt ihr am besten vor den Geburtsbau.«

Während Jenna und Danita davonstoben und ohne Rücksicht auf Verluste durch den Bach am Fuß des Hügels platschten, sagte Mari zu den drei Männern: »Also, seid ab jetzt wachsam wegen der Clansmänner.«

»Schon klar«, sagte Nik. »Wobei es vielleicht nicht gerade dazu dient, uns beim Clan beliebt zu machen, wenn wir als Erstes gleich ihre Männer zusammenschlagen müssen.«

»Ihr macht euch beliebter, als wenn ihr zuschaut, wie eine Bande im Nachtfieberwahn über die Frauen herfällt.«

»Stimmt auch wieder«, sagte Davis. »Und das mit dem Met hört sich gut an.«

»Hoffen wir, dass es welchen gibt«, sagte Mari.

»Nach dir, Mondfrau.« Antreas gab ihr den Weg frei, während seine Luchsin mit einem jämmerlichen Maunzen Danita nachstarrte.

»Hey, Katzenmann«, neckte Davis ihn scherzhaft, »hast du keine Angst, dass Bast dir untreu wird und zu Danita überläuft?«

»Nicht, dass sie mir untreu wird«, murmelte Antreas so leise, dass Mari sich ziemlich sicher war, außer ihr habe es niemand mitbekommen.

# 14

Dicht gefolgt von Nik, Davis, Antreas und ihren Gefährten erstieg Mari die breite Steintreppe zum Geburtsbau. Erfreut sah sie, dass die Tür repariert worden war. Davor standen Danitas und Jennas Körbe voller Aloe, Salben und anderen sorgsam ausgewählten Vorräten. Mari stellte ihren Korb dazu und folgte dann dem vertrauten Weg, der um den großen Bau herum zu der Lichtung führte, wo der Bach breiter wurde und den üppigen Kräuter- und Gemüsegarten wässerte, der an ihm entlang angelegt war. Vor dem Abstieg zur Lichtung hielt sie an und wartete, bis die Männer und ihre Gefährten zu ihr aufgeschlossen hatten.

Als der Blick auf die spontane Versammlung frei wurde, überkam sie eine Woge der Sehnsucht nach ihrer Mama.

*Wäre Mama doch nur hier. Könnte doch nur sie dieses Beltanefest leiten und diejenige sein, die den Clan wiederaufbaut.*

Aber ihre Mama war tot, und es war an Mari und Sora, die Scherben des Clans aufzusammeln und neu zusammenzusetzen.

*Und vielleicht schaffen wir es ja wirklich, die Scherben zu einem ganz anderen, besseren, glücklicheren Clan zu formen – einem Clan, der sich Rudel nennt!*

Auf der Lichtung waren die Überreste des Clans versammelt sowie erstaunlicherweise auch die Handvoll Flüchtlinge aus dem Stamm des Lichts. Während die Clansfrauen zur Begleitung von Flöten und Trommeln ihre lieblichen vielstimmigen Weisen sangen – noch ohne Worte, nur als zauberhaft verwobener Teppich aus Melodie und Harmonie –, ruhten sich die beiden verwundeten Mädchen, Sarah und Lydia, auf Strohlagern aus. Rose saß neben ihnen. Nicht weit von ihr schlummerten Fala und ihre Welpen. Rasch suchte Mari nach O'Bryan und Sheena. Letztere fand sie schnell – der imposante Captain neben ihr war kaum zu übersehen. Sheena hielt eine Fackel in der einen und ein langes, scharf aussehendes Messer in der anderen Hand und schritt bedächtig den Rand der Lichtung ab, den Blick wachsam in den dunklen, schweigenden Wald gerichtet. Dann bemerkte Mari auch O'Bryan, der auf der gegenüberliegenden Seite das Gleiche tat – ohne einen Gefährten natürlich, aber ebenfalls mit einer Fackel und einem gefährlich aussehenden Messer ausgestattet, auf dem das Fackellicht funkelte.

»Wow, da scheint ja richtig Stimmung zu sein«, sagte Nik.

»Die trinken was«, bemerkte Davis. »Glaubst du, das ist Met?«

Ehe Mari sagen konnte, dass sie das auch hoffte, änderte der wortlose Gesang den Charakter, wurde rhythmischer, vertrauter. Mari stockte der Atem. Denn nun trat Sora in den Kreis aus Frauen um das Hauptfeuer. Mari fand, sie sah ganz genau so aus, wie eine Mondfrau aussehen musste. Mit ihrer Haut, die noch silbrig glitzerte als Nachwirkung ihrer Reinigung des Clans, hätte sie eine zum Leben erwachte Fee aus Ledas uralten Geschichten sein können. Ihr dichtes dunkles Haar wallte ihr lose um die üppigen Hüften, nur einige Strähnen waren zu Zöpfen geflochten und mit Blumen, Federn, Ranken, Muscheln und Perlen verziert. Die Tunika, die sie trug, war schlicht bis auf einige kleine Blumenstickereien – und sonst trug sie nichts.

Ihre nackten Beine und Füße bezauberten allein durch ihre Schönheit und ihre anmutigen Bewegungen.

Sora hob die Arme, wie um die Nacht zu umarmen. Die Musik verstummte. Sobald es still war, rief sie mit klarer, kräftiger Stimme: »Vielleicht sind manche der Meinung, dass wir eigentlich nicht viel zu feiern haben, aber da widerspreche ich. Wir feiern eure Rückkehr, Clansfrauen, von denen manche seit Jahren keinen Atemzug mehr in Freiheit getan haben. Und wir feiern unsere neuen Freunde, die wir in unsere Baue und in unseren Clan eingeladen haben, um ihnen zu helfen. Manche Clansfrauen – diejenigen, die beschlossen haben, uns zu verlassen und nach unseren alten Regeln weiterzuleben – waren dafür, die Gefährten zurückzulassen und sich nicht darum zu kümmern, ob sie leben oder sterben. Auch ich dachte einmal so, bevor eure andere Mondfrau Mari mir einen anderen Weg zeigte. Den Weg des Mitgefühls und Verständnisses, das unsere Erdmutter auszeichnet. Sind wir nicht alle irgendwann in unserem Leben Flüchtlinge? Sei es, dass wir unsere Familien verlassen, die einen anderen Weg für uns vorsehen als wir selbst, oder einen Geliebten, der uns enttäuscht hat, oder sogar den Clan unserer Geburt, wenn wir dank der Kunst, die wir ausüben, in den Bauen eines anderen Aufnahme finden?«

Die Clansfrauen murmelten zustimmend; manche nickten.

»Und nun halten zwei Gefährten am Rand unserer Versammlung Wacht und beschützen uns.«

Wieder gab es ein gemurmeltes Echo. Mari freute sich, dass inzwischen alle Frauen diese Ansicht zu teilen schienen.

Neben ihr fragte Antreas: »Wer ist diese Frau?«

»Sora, die zweite Mondfrau, die wir immer wieder erwähnt haben«, erklärte Nik.

»Wow«, sagte Antreas.

Mari warf ihm einen prüfenden Blick zu. Aus den Augenwinkeln erhaschte sie eine Bewegung und sah, dass auch Bast ihn ansah. Dann wurde Maris Aufmerksamkeit wieder auf die Lichtung gelenkt, auf der nun Jenna und Danita zu den Frauen stießen. Sie eilten geradewegs auf Sora zu und verneigten sich respektvoll vor ihr. Nach dieser Begrüßung sagten sie etwas zu ihr und deuteten auf die Stelle, wo Mari mit den drei Gefährtenpaaren stand.

Mari hielt den Atem an, als der Clan sich wie auf Kommando umdrehte und alle Blicke sich auf sie richteten.

Ihr erster Impuls war, in Deckung zu gehen. Die lebenslange Gewohnheit, ihre Identität zu verbergen, ließ sich nicht so leicht unterdrücken, auch wenn die Frauen dort unten ihr Geheimnis ja schon alle kannten. Aber die Blicke kamen ihr hart und kritisch vor, als sei Mari nicht nur der äußeren Verkleidung ledig, mittels der sie ihre Erscheinung stets verschleiert hatte – ihr glanzlos dunkel gefärbtes Haar, ihre mit Lehm eingeriebene Haut, ihre gröber geschminkten Züge –, sondern auch all der Schutzmauern um ihr Inneres. Als stehe sie allein und splitternackt vor ihnen.

Da schmiegte sich Rigels warmer Körper an sie. Er sah mit seinem Hundegrinsen zu ihr auf und wedelte mit dem Schwanz, so voller Liebe und Stolz auf sie, dass die Panik, aus der diese Gedanken erwuchsen, wieder abflaute.

»Mari! Mondfrau! Komm zu uns herunter!«, rief Sora fröhlich.

»Da ist Mari! Mari ist wieder da!«, hörte Mari Isabels Stimme, und einige andere nahmen den Ruf auf.

»Dein Volk verlangt nach dir, Mondfrau. Geh vor, wir folgen dir«, sagte Nik und verneigte sich tief und respektvoll vor ihr – in voller Sicht des Clans. Davis und Antreas taten es ihm nach, und halb verblüfft, halb belustigt sah Mari, wie auch Rigel, Laru und selbst Bast vor ihr die Köpfe senkten und die Vorderbeine einknickten.

Mari hob das Kinn und sandte ein kurzes stummes Gebet an ihre Mutter: *Mama, hilf mir, die Mondfrau zu sein, die du schon immer in mir sahst.* Und dann schritt sie, Rigel stolz an ihrer Seite, umgeben von Nik und Laru, Davis und Cammy, Antreas und Bast der ersten Versammlung entgegen, die sie als ihr wahres Ich besuchte.

Vor Sora blieb sie stehen, um sie auf die traditionelle Art als Mondfrau zu begrüßen – mit gesenktem Kopf, die Arme mit den Handflächen offen nach vorn ausgebreitet –, aber Sora zog sie unzeremoniell an sich. »Wie gut, dass du wieder da bist! Ich hatte mir solche Sorgen gemacht, als die Sonne unterging. Göttin, ich will gar nicht daran denken, was da heute Nacht alles rumkriechen könnte.«

Mari erwiderte die Umarmung und musste um Fassung ringen. Alles an Sora drückte aufrichtige Sorge und Erleichterung aus – da war keine Spur von Eifersucht oder sonstiger Ressentiments. *Wie sehr wir uns verändert haben*, dachte sie. *Noch vor wenigen Wochen habe ich Sora für eine egoistische Zicke gehalten und sie mich für ein kränkliches nichtsnutziges Ding. Und heute kann ich mir ein Leben ohne sie als Freundin gar nicht mehr vorstellen.*

Mari schloss die Arme noch einmal fest um Sora, dann löste sie sich von ihr und sah Nik, die Gefährten und den Clan an.

»Gesegnetes Beltane euch allen!«, sagte sie in einem Ton, in dem sie ihre Mutter wiedererkannte.

»Auch dir ein gesegnetes Beltane, Mondfrau!«, rief der Kreis der Frauen.

»Ich möchte euch einige Freunde von mir vorstellen. Das sind Nik und sein Gefährte Laru, der Vater meines Rigel.« Nik neigte den Kopf, und Laru musterte die Frauen mit einer Mischung aus Würde und Neugier. »Das sind Davis und sein Gefährte, der Terrier Cameron.« Auch Davis nickte dem Clan zu, doch Cameron sprang Mari kläffend gegen das Bein, woraufhin sie lachen musste. »Okay, er heißt zwar Cameron, aber alle nennen ihn Cammy.«

»Außer er macht Ärger – dann heißt er Ca-me-ron!«, fügte Davis so betont hinzu, dass ein paar Clansfrauen lachen mussten – und sich daraufhin die Hände vor den Mund schlugen, als sei es ein Schock für sie, dass ein Gefährte Witze machen konnte.

»Und das ist Antreas. Er gehört nicht zum Stamm des Lichts, sondern kommt aus den Bergen weit im Osten. Seine Gefährtin ist diese Luchsin namens Bast.«

Antreas winkte lässig. Bast tappte die wenigen Schritte zu Danita, setzte sich neben sie und begann, sich zu putzen.

Antreas stieß einen übertriebenen Seufzer aus. »Scheint, als wäre meine Bast schon zu einer von euch Clansfrauen übergelaufen. Bin ich damit so was wie ein Ehrenmitglied?« Er warf Mari einen scherzhaften Blick zu.

Sie lachte. »Den Titel müssen wir noch einführen, aber warum nicht?« Danita indessen war schon wieder ganz darin versunken, die Katze neben ihr zu streicheln.

»Mari, was gibt's vom Stamm des Lichts zu berichten?«

Mari suchte mit dem Blick nach der Fragerin. »Isabel, schön, dich wiederzusehen.«

»Dich auch, Mondfrau. Du warst doch in der Stadt in den Bäumen, oder? Brennt sie noch?«

Mari fiel auf, dass Isabel bei Rose, Fala und den Welpen saß. Kurz musterte sie den Haufen winziger Hunde und sandte ein stummes Dankgebet an die Erdmutter. *Wenn du das eingefädelt hast, dann war es der perfekte Trick. Nichts berührt das Herz einer Clansfrau mehr als ein Baby – egal ob Erdwanderer oder Tier.* Sie bemerkte auch, dass Sheena, Captain und O'Bryan näher gekommen waren und genau wie Rose, Lydia und Sarah gespannt auf ihre Antwort warteten.

»Ich war in der Stadt in den Bäumen, ja. Der Brand ist aufgehalten.«

Sheena, O'Bryan und die drei Stammesfrauen stießen erleichterte Laute aus. Der Clan blieb sehr still.

»Aber ich denke, weitere Fragen über den Stamm sollte der neue Sonnenpriester beantworten.« Mari wies mit dem Kinn auf Nik und winkte ihm, sich neben sie zu stellen.

Mit ernster Miene wandte Nik sich an die kleine Gruppe Gefährten. »Zuerst muss ich euch sagen, dass mein Vater tot ist.«

Mari beobachtete die Gefährten genau. O'Bryan und Sheena wussten es ja schon, die anderen nicht. Sarah und Lydia brachen in stumme Tränen aus und klammerten sich trostsuchend aneinander. Fala kroch Rose auf den Schoß und stupste sie tröstend an – aber diese war zu entgeistert, um ihre Gefährtin zu streicheln.

»Deshalb ist Laru bei dir«, sagte sie langsam. »Er ist nicht nur mitgekommen, um dich zu beschützen oder zu führen. Er und du, ihr beide seid miteinander verbunden.«

Nik nickte. »Ja. Er hat sich entschieden, am Leben zu bleiben und mich als Gefährten zu wählen, statt mit meinem Vater zu sterben. Dafür werde ich auf ewig dankbar sein.«

»Halt mal. Wie bist du zum Sonnenpriester geworden? Es gab doch sicher noch keine Wahl und auch keine rituelle Anrufung der Sonne.« Sheena klang nicht, als wolle sie protestieren, nur verwirrt.

»Das ist wahr, Sheena. Nichts hiervon hat stattgefunden, aber ich erhebe auch nicht den Anspruch, Sonnenpriester des Stammes des Lichts zu werden. Ich will Sonnenpriester einer neuen Gemeinschaft sein, die wir Rudel nennen wollen.«

Rose schluchzte auf. »Glut und Hitze – sind sie etwa alle tot? All unsere Familien und Freunde?«

»Nein, nein«, versicherte Nik ihr hastig. »Aber die Lage ist bitter, und ich weiß nicht, wie viele überlebt haben. Tut mir leid, Rose, ich habe keine Ahnung, ob deine Eltern und deine Schwester noch unter uns weilen.« Er wandte sich an seinen Cousin. »Von Tante Sherry und Onkel Lindy weiß ich auch nichts.«

O'Bryan biss sich auf die Lippe. »Sie waren auf dem Weg zum Kanal, als der Wind sich drehte. Ich fürchte –« Ihm versagte die Stimme, und er wandte das Gesicht ab.

»Also ist der Stamm schwer dezimiert worden«, sagte Sheena.

»Ja«, bestätigte Nik.

»Und du willst nicht zurückgehen und dem Rest beim Wiederaufbau helfen?«

»Nein«, sagte er entschieden. »Ich kann die Sitten und Bräuche des alten Stammes einfach nicht gutheißen.« Er ließ den Blick über die Versammlung wandern. »Mein Rudel wird niemals Sklaven halten. Das schwöre ich auf das Andenken meines Vaters.«

»Das bedeutet aber, im alten Stamm wird sich nichts ändern«, merkte Sora an.

»Gut möglich. Dazu kann ich nichts sagen. Ich weiß nicht, wie viele Ratsältesten überlebt haben.«

»Wie würdest du sie denn einschätzen, Gefährte?«, fragte jemand von der gegenüberliegenden Seite des Kreises. Mari erkannte die Frau als Gwyneth, eine talentierte Weberin, die mit ihrer Mutter befreundet gewesen und vor über drei Wintern entführt worden war.

Nik überlegte kurz, dann sagte er aufrichtig: »Ich fürchte, sie werden sich nicht ändern. Ich nehme an, sobald sie sich wieder eingerichtet haben, werden sie eine Jagd nach neuen Sklaven organisieren.«

Unter den Clansfrauen entstand Unruhe. Mari hob die Hand, und sie verstummten. »Wir haben Zeit. Sheena hat recht, der Stamm des Lichts ist schwer dezimiert worden. Es wird eine Weile dauern, bis die Stadt wieder so weit aufgebaut ist. Und nicht nur die Stadt ist beschädigt – die schwimmenden Käfige des Inselhofs sind komplett zerstört, das heißt, es müssen erst neue gebaut werden, bevor sie anfangen können zu jagen. Und ich gebe euch meinen Eid als eure Mondfrau, dass wir uns bis dahin etwas ausdenken werden, damit sie uns nicht kriegen. Niemanden von uns.«

Gwyneth trat vor und fragte Mari direkt: »Sora und du, werdet ihr euch das Mondfrauenamt wirklich teilen? Aber wer von euch ist dann die eigentliche Mondfrau?«

»Na, wir beide«, schaltete Sora sich ein. »Mari und ich sind uns einig, dass wir absolut gleichberechtigt für euch da sein wollen. Das Gesetz, dass es pro Clan nur eine Mondfrau geben darf, ist einfach unsinnig.«

»Aber so war es immer schon!«, rief eine andere Clansfrau, die Mari nicht genau sehen konnte.

Mari stemmte die Hände in die Hüften und sah die tuschelnden Frauen an. »Habt ihr eigentlich eine Ahnung, wie anstrengend es ist, ganz allein für einen ganzen Clan Heilerin, Chronistin, Ratgeberin und Reinigerin in einem zu sein?«

»O ja!«, rief Sora und fügte hinzu: »Und dabei war es erst ein halber Tag, und noch nicht mal für einen ganzen Clan. Aber es ist anstrengend und nervenzermürbend, und ich kapiere nicht, warum das all die Zeit einer einzigen Frau zugemutet wurde, die auch noch abseits leben musste. Ihr habt doch alle mitbekommen, was mit den Männern passiert ist, nachdem Leda starb und weder Mari noch ich in der Lage waren, sie zu reinigen!« Sie zog ihre Tunika etwas beiseite, so dass ein Teil der blutunterlaufenen und entzündeten Bisswunden sichtbar wurde, von denen sie bedeckt war. »Das hier passiert, wenn es nur eine Mondfrau im Clan gibt und sie überraschend stirbt. Was mich angeht, ich habe vor zu verhindern, dass das je einer von euch zustoßen wird.«

»Ich kann Sora nur voll zustimmen«, sagte Mari. »Außerdem verkünde ich hiermit, dass jedes Mädchen mit grauen Augen, das sich wünscht, zur Mondfrau ausgebildet zu werden, sich jederzeit bei uns melden kann – wir nehmen euch gern.«

»Genau«, bekräftigte Sora. »Selbst wenn vielleicht nicht alle es lernen, den Mond herabzurufen und den Clan zu reinigen, eine begabte Heilerin können wir immer gebrauchen.«

»Oder eine Chronistin. Oder Ratgeberin. Wir alle sollten unsere Stärken zum Besten aller vereinen. Wir alle.« Mit einer Geste beschrieb sie Clan und Gefährten. Sie hätte am liebsten weitergesprochen, dem Clan klargemacht, dass dieser stärker, besser, überlebensfähiger werden würde, wenn Nik und seine Freunde darin aufgenommen würden oder wenn er zumindest deren Rudel als ständige Verbündete akzeptieren würde – doch sie spürte, dass ihr Volk für einen Tag genug durchgemacht hatte, und befürchtete, es mit zu vielen Neuerungen zu überfordern. »Aber um das zu vertiefen und zu überlegen, wie es mit dem Clan weitergehen soll, ist später noch Zeit. Heute Abend sehe ich, dass eure Mondfrau – also, eine davon – euch schon gereinigt hat.« Sie grinste Sora zu, die zur Antwort ihr dichtes Haar zurückwarf und ihre Grübchen spielen ließ.

»Genau, Mondfrau. Also gibt's für dich heute nur noch eines zu tun: den Webetanz anzuführen«, sagte sie.

Mari durchzuckten Erregung und Nervosität. Der Webetanz! Sie kannte ihn natürlich, schon seit frühester Kindheit. Leda hatte ihn mit ihr geübt. Immer zu Beltane, nachdem ihre Mutter von der Versammlung zurückgekehrt war, waren sie um das Erdmutterbildnis über ihrem Bau herumgetanzt. Aber nur einmal hatte sie ihn mit dem Clan getanzt, mit gerade mal sechs Wintern – bevor das feine Farnmuster unter ihrer Haut erschienen war, das zweifelsfrei die Herkunft ihres Vaters verriet und sie zwang, dieses Geheimnis vor dem Clan zu verbergen.

Nun stand Mari in ihrer wahren Gestalt vor dem, was vom Clan ihrer Mama geblieben war, und ihr war, als sei ihr Körper zu klein für das immense Gefühl der Freiheit, sich nicht mehr verbergen zu müssen.

»Mari, wir warten darauf, dass du anfängst«, flüsterte Sora ihr zu.

»Oh, natürlich«, flüsterte sie zurück. Dann warf sie Nik und den Gefährten einen Blick zu. »Zieht euch vielleicht ein bisschen zurück – wenn wir anfangen, wird's im Kreis ziemlich eng.«

Etwas verwirrt nahm Nik seine beiden Begleiter mit zu dem Lagerfeuer am Rand, das Sheena, O'Bryan und die verletzten Gefährtinnen in Beschlag genommen hatten.

Rigel indessen blieb grinsend mit heraushängender Zunge neben Mari stehen. Mari war drauf und dran, ihm zu sagen, er solle mit Laru gehen – da wurde ihr plötzlich klar, dass es an ihr lag, einen Präzedenzfall zu setzen. Wenn sie Rigel wegschickte, und sei es nur an den Rand des Kreises, würde das sein, als stellte sie einen Teil ihrer Seele beiseite, drängte sie in die Zuschauerrolle, statt ihr aktiven Anteil am Clansleben einzuräumen.

*Nein. Das tue ich dir nicht an. Niemals.*

»Bleib dicht bei mir, mein Süßer – wir tanzen jetzt!«, sagte sie zu ihm.

Dann trat sie vor und hob die Arme hoch über den Kopf, wie um nach dem Mond zu greifen. Rigel stand dicht neben ihr, die warme Schulter an ihr Bein gelehnt. Sie holte tief Luft, schloss die Augen, um die Zuschauermenge auszublenden, und dachte nur daran, wie glücklich ihre Mama wäre, wenn sie sehen könnte, dass ihr Traum in Erfüllung gegangen war: Ihre Tochter führte eine Feier des Clans an.

Mit klarer, kräftiger Stimme begann Mari zu singen, zunächst nur sie allein, wie die Tradition es wollte.

*Weberclan, Mondfrau, wir tanzen heut Nacht!*
*Frohgemut, rein von Wut sind wir gemacht;*
*singt alle, springt alle vieltausendfach!*

Als der Clan mit Trommeln, Flöten und Harmoniegesang einsetzte, tat sie die ersten komplizierten Schritte des Tanzes, und alle Frauen, die nicht zu verletzt oder müde waren, schlossen sich ihr an. Rigel blieb an ihrer Seite – er bewegte sich mit ihr, als hätten sie die Tanzschritte gemeinsam einstudiert. Der Tanz hatte keinen verbindlichen Ablauf, allerdings waren viele der Schritte genau definiert. Im Kreis entstand ein verschlungenes Muster aus Frauen, deren schlichte, anmutige Bewegungen an das Plätschern von Wasser über Bachkiesel erinnerten. Getragen von der fließenden Tanzformation vergaß Mari ihre Nervosität. Und auch alles andere – alles außer Nik. Sein Blick wich ebenso wenig von ihr wie Rigels Wärme, während sie inmitten der anderen Clansfrauen durch den Kreis wirbelte. Und zum ersten Mal in ihrem Leben hatte Mari das Gefühl, schön zu sein.

*Durch Quelle und Bach, durch Wiese und Hain,*
*bis im Frühlicht die Auen erglänzen.*
*Folgt unserm Lachen, seid niemals allein*
*in süßesten fließenden Tänzen!*

Als der Refrain zum zweiten Mal angestimmt wurde, fiel in den Chor der Clansfrauen auch Niks klarer Bariton ein, und Mari durchrieselte solche Freude, dass ihre Füße kaum noch den Boden zu berühren schienen.

*Hei, Weberclan, Mondfrau, wir tanzen heut Nacht!*
*Frohgemut, rein von Wut sind wir gemacht;*
*singt alle, springt alle vieltausendfach!*

*Im Mondschein wir säen, im Mondschein wir hegen,*
*im Mondschein die Früchte wir schneiden.*
*Die Nacht bringt uns Fülle und Freude und Segen,*
*Erlösung von Tränen und Leiden.*

Beim dritten Refrain sangen auch Davis, O'Bryan, Sheena und Rose, ja sogar Antreas mit. Mari wirbelte und wiegte sich mit den Clansfrauen, eingehüllt in überschäumende Fröhlichkeit. Mitgerissen vom Wunder des Beltanegefühls fielen, wenn auch nur für kurze Zeit, alle Ängste, Sorgen und Zweifel um ihre Zukunft von ihr ab.

*Hei, Weberclan, Mondfrau, wir tanzen heut Nacht!*
*Frohgemut, rein von Wut sind wir gemacht;*
*singt alle, springt alle vieltausendfach!*

Immer weiter tanzten sie, bis Schweiß zwischen Maris Brüsten herablief und sie nicht mehr genau wusste, wo oben und unten war. Dezent änderte sie die Richtung und wand sich zwischen den Tänzerinnen hindurch zum Rand des Kreises, wo Nik an einen Baumstamm gelehnt saß, Laru neben sich, und grinsend den Rhythmus der Trommeln mitklatschte. Außer Atem sank sie neben ihn, und auch Rigel ließ sich hechelnd auf den Boden fallen.

»Mondfrau! Hier, für dich.« Das war Isabel, die ihr einen Becher duftenden Frühlingsmet hinhielt – und zu ihrer Überraschung auch eine Holzschale mit Wasser für Rigel.

Mari dankte ihr lächelnd und nahm einen tiefen Schluck. Auch Rigel begann gierig zu schlabbern, während Isabel sich wieder in den Tanz einreihte.

Dann wischte Mari sich den Schweiß vom Gesicht und versuchte ohne viel Erfolg, ihre kurzen Locken zu bändigen. »Ich glaube, ich werde alt«, murmelte sie.

Nik lachte. »Alt? Ich wüsste nicht, dass schon jemals jemand, der Sonnenfeuer herabgerufen hatte, danach noch die Nacht durchgetanzt hätte. Ich weiß nicht, wie du's geschafft hast, so lange durchzuhalten – allen Erwartungen nach müsstest du tief und fest schlafen.« Er legte den Arm um sie. Mari lehnte sich dankbar an ihn. »Du bist unglaublich. Du hast wieder wie eine Mondgöttin ausgesehen«, flüsterte er ihr ins Ohr.

»Wieder?«

»Ach, als du O'Bryan geheilt hast, fand ich, du sahst aus wie eine zur Erde herabgestiegene Mondgöttin.«

Wären ihre Wangen nicht schon vom Tanz gerötet gewesen, Mari war sich sicher, sie wäre knallrot geworden. »Keine Mondgöttin, Nik. Hallo, ich bin noch kaum eine richtige Mondfrau!«

»Hey, Mari – ich bin noch kaum ein Sonnenpriester, der noch kaum ein Rudel hat. Sind wir nicht ein tolles Team?«

Mari ließ den Blick über den Kreis der tanzenden Erdwanderinnen schweifen, dann über die Gefährten und Gefährtinnen und Antreas, die im Takt mitklatschten, an ihrem Frühlingsmet nippten und ab und zu Blicke auf Nik und Mari warfen. »Noch vor ein paar Wochen hätte ich mir das hier nicht im Traum vorstellen können – einfach sein zu können, wie ich bin, noch dazu mit Rigel an meiner Seite.« Sie strich dem Welpen über den Kopf und küsste ihn auf die Nase. »Aber sieh dich um. Vielleicht ist es nur ein flüchtiger Augenblick, doch wir haben es geschafft, Gefährten und Erdwanderer zusammenzubringen, ohne dass eine Seite die andere umbringt oder versklavt.«

»Ja. Weil wir beide unschlagbar sind.« Nik legte ihr den

Finger an die Wange und drehte ihr Gesicht seinem zu. »Gemeinsam sind wir etwas Vollständiges. Etwas Vollkommenes. Weißt du, ich frage mich, ob wir beide gemeinsam nicht alles fertigbringen könnten, was wir wollen.«

Mari schmiegte sich an Nik, genoss es, seinen warmen, festen Körper neben sich zu spüren. Seine Lippen fanden ihre, und unter dem Rhythmus der Trommeln versanken sie immer tiefer in den Kuss. Der fröhliche Gesang der vereinten Stimmen durchpulste Mari, und ihr Blut sang mit ihnen. Eine Hitze, die nichts mit dem Tanz zu tun hatte, stieg in ihr auf, sie fühlte sich schwach und unbändig stark, lodernd und fließend zugleich. Ihre Arme schlangen sich um Niks breite Schultern, und Verlangen erschauerte in ihr, als er dicht an ihren Lippen ihren Namen stöhnte und sie mit sich auf den weichen Boden zog.

»Mari, da bist du ja!« Keuchend, mit rotem Gesicht, rannte Sora auf sie zu. Kaum angelangt, hustete sie einige Male so tief und rasselnd, dass Mari sie skeptisch musterte. »Könntest du mitkommen?« Mit erhobenen Augenbrauen sah sie Nik an. »Tut mir leid, ich unterbreche euch ungern. Diesmal.«

Widerstrebend befreite Mari sich aus Niks Armen und zog ihre Tunika zurecht. »Was ist denn?«

Sora hustete wieder und kratzte sich mechanisch in der Ellenbeuge. Dann senkte sie die Stimme. »Ich zeig's dir besser. Hier will ich nicht unbedingt darüber reden.«

Mari hob die Schultern. »Okay, aber ich hoffe, es ist nicht weit weg. Ich glaub nicht, dass ich heute noch viel Kraft habe.«

»Nein, überhaupt nicht. Nur im Geburtsbau.«

»Gut. Du solltest dir einen Tee kochen – Rotklee und Honig sind gut gegen so einen Husten.«

Sora winkte unwirsch ab. »Später. Mir geht's gut.«

Nik stand auf und half Mari auf die Füße. Auf Soras scharfen Blick hin sagte er: »Ich komme mit. Außer, Mari hat was dagegen.«

»Nein, überhaupt nicht!«, versicherte ihm diese.

Sora zuckte mit den Schultern. »Na gut, von mir aus.«

Mit Rigel und Laru an der Seite stiegen sie zum Geburtsbau hinauf. Sora bedachte den großen Hund mit einem finsteren Blick. »Ein Riesen-Rigel. Unglaublich.« Dann sah sie Nik an. »Tut mir leid, das mit deinem Vater.«

»Danke.«

»Mari, wird dein Vieh wirklich so groß wie das hier?«

»Vater glaubte, Rigel könnte sogar noch größer werden«, antwortete Nik.

Mari grinste. »Das hoffe ich doch!« Sie reckte sich an Nik vorbei und kraulte Laru hinter den Ohren. »Ich habe beschlossen, große Hunde zu mögen.«

»In dem Fall brauchen wir definitiv einen größeren Bau«, sagte Sora so sarkastisch, dass Nik und Mari lachen mussten.

Sie folgten Sora die breiten Steinstufen hinauf. Mit wachsender Besorgnis hörte Mari, wie sie noch weitere Hustenanfälle erfolglos zu unterdrücken versuchte. »Sora, du bist wirklich krank.«

»Kein Problem. Ich hab nur zu viel getanzt. Aber im Bau ist jemand krank – und zwar sehr komisch krank.«

»Na ja, manche der Frauen haben im Kanal viel Wasser geschluckt. Davon kann man leicht krank werden, so schlammig wie es ist. Wenn man es nicht abkocht, bevor man es trinkt, kann es …«

»Das weiß ich«, unterbrach Sora in leicht genervtem Ton. »Es ist keine von unseren Frauen.«

»Wer dann?«

Die Hand schon am Türrahmen, drehte Sora sich zu ihr um. »Jaxom.«

# 15

Jaxom lag auf dem Lager gleich neben der Feuerstelle. Als sie die große Haupthöhle betraten, schien er zu schlafen, doch als Sora sich über ihn beugte, öffnete er die Augen. Mari spannte sich an, bereit, hinter Nik Schutz zu suchen, der schussbereit einen Pfeil auf die Armbrust gelegt hatte. Doch sie hätte sich keine Sorgen zu machen brauchen. Jaxom hatte nur Augen für Sora, und kein roter Schleier des Zorns lag über ihnen, lediglich bittere Reue.

»Es tut mir so leid, Sora. Auf der Lichtung – mit Bradon und Joshua –, das war nicht ich.«

»Doch, das warst du. Ich hab's gesehen. Und der Beweis ist diese Pfeilwunde in deiner Schulter«, sagte Nik.

Da erst schien Jaxom Nik zu bemerken. »Was macht der Gefährte hier?«

»Er gehört zu mir«, sagte Mari.

Jaxom blinzelte, als hätte er Mühe, scharf zu sehen. »Mari? Wie siehst du denn aus? Wo ist Leda? Wieso lasst ihr Gefährten hier rein?«

»Du solltest dich eher mal fragen, warum du hier reingelassen wurdest«, sagte Nik. »Ich habe noch nie eine Mondfrau angegriffen. Du hättest eine vergewaltigt, wenn ich dich nicht aufgehalten hätte.«

Ohne ihn zu beachten, wandte Jaxom sich wieder Sora zu.

»Nein! Das war nicht ich. Nicht mein wahres Ich. Bitte! Ich verdiene deine Vergebung nicht, aber bitte glaub mir, dass ich – ich selbst – dir niemals etwas getan hätte.«

Ehe Sora etwas sagen konnte, erklärte Mari: »Leda ist tot. Und ich sehe anders aus, weil ich meine Identität nicht mehr verbergen will. Ich bin zur Hälfte Gefährtin.« Mit dem Kinn deutete sie auf Rigel. »Dieser junge Schäferhund gehört zu mir und ich zu ihm.« Sie sah Sora an. »Wolltest du mir das zeigen? Dass er normal wirkt, nachdem du ihn gereinigt hast?«

»Auch. Jaxom, ich würde Mari gern deine Arme zeigen.«

Jaxom hob die Arme. Sora wickelte die Verbände um seine Handgelenke und Ellbogen los. »Sieht schon viel besser aus. Wie fühlst du dich?«, fragte sie ihn, während sie beiseitetrat, um Mari einen genaueren Blick darauf zu gewähren.

»So gut wie seit Wochen nicht mehr.«

Mari beugte sich über Jaxom, nahm seinen Arm sanft in die Hand und untersuchte die rissigen Hautstellen, die nicht mehr rot und entzündet waren, sondern rosig zu heilen begannen, und die Krusten auf ehemals dicken Eiterpusteln. »Was ist denn das?«

»Keine Ahnung«, sagte Sora. »Ich habe so was noch nie gesehen. Bevor ich ihn gereinigt hatte, war es noch viel schlimmer, obwohl ich ihn da schon verbunden und mit Goldsiegelsalbe eingeschmiert hatte. Diese Blasen waren riesig und voller Eiter, und drumherum schälte sich seine Haut.«

»Die Blasen bekamen alle von uns, die von dem Hirsch gegessen hatten«, sagte Jaxom. »Ich glaube, er war krank, deshalb wurden wir es auch.«

»Was, ihr habt einen kranken Hirsch gegessen?«, fragte Nik.

Jaxom nickte. »Ja. Vor ein paar Wochen. Da plagte uns schon das Nachtfieber, aber wir waren noch zurechnungsfähig. Tagsüber zumindest – nachts war es schlimm, nachdem so viele Drittnächte vergangen waren, ohne dass unsere Mondfrau gekommen war.« Er verstummte, den Blick voll erinnerter Qual. »Dann fanden wir die Hirschkuh. Und da fing's an.«

»Was?«, fragte Mari, die einen weiteren Verband losgewickelt hatte und während Jaxoms Erzählung ihre Untersuchung fortsetzte.

»Wir wurden aufmerksam, weil wir die Brunftschreie hörten. Als wir dem Lärm nachgingen, sahen wir einen Hirsch, der eine Hirschkuh verfolgte. Er war riesig – der größte, den ich je gesehen habe. Irgendwas stimmte nicht mit ihm. Er sah teilweise gehäutet aus – ganz regelmäßige Streifen. Und er stank fürchterlich, als verrottete er von innen heraus. Aber krank oder nicht, er war viel stärker als gewöhnlich. Er bestieg die Hirschkuh, obwohl die sich verzweifelt wehrte. Er biss sich regelrecht an ihr fest, bevor er von ihr abließ und im Wald verschwand. Sie war so schwer verwundet, dass wir sie leicht verfolgen und töten konnten.«

»Und dann habt ihr davon gegessen?«, fragte Nik.

»Ja. Obwohl sie schon komisch schmeckte, ähnlich wie der große Hirsch gerochen hatte. Danach wurden wir krank – wir alle. Zuerst hatte es was von einer Erkältung – wir husteten und uns tat alles weh. Dann fing unsere Haut an zu eitern. In den Beugen, wie hier und hier.« Er deutete auf seine Handgelenke und Ellbogen. »Und dann fingen wir auch von innen an zu verrotten.« Jaxom schnappte nach Luft, weil Mari bei der Pfeilwunde in seiner Schulter angelangt war.

»Die sieht nicht gut aus«, bemerkte sie.

»Ja, ich habe sie zwar so gut wie möglich desinfiziert und auch mit Goldsiegelsalbe behandelt, aber mir ist klar, dass sie noch mehr Pflege braucht«, sagte Sora.

»Das ist nichts gegen das, was ich eigentlich verdient hätte, dafür, was ich angestellt habe.« Jaxom blickte an ihnen vorbei in die Flammen im Kamin.

»Erzähl weiter von dem Hirsch, der so krank war«, drängte Nik.

Jaxom zuckte mit den Schultern. »Mehr kann ich dazu nicht sagen. Stücke seiner Haut fehlten, und sein Blut stank. Und er war wild, wie tollwütig.«

»Wenn sie brünftig sind, sind alle Hirsche wild«, warf Nik ein.

»Nicht wie der. Das weiß ich, weil wir's ja auch alle bekamen.«

»Hallo, was bitte? Du redest in Rätseln«, sagte Sora.

Jaxoms sanfte braune Augen flehten sie um Verständnis an. »Mit der Krankheit wurden wir auch wild. Nicht nur in der Nacht. Und nicht nur uns selbst gegenüber. Ständig. Und unkontrollierbar – viel, viel schlimmer als im Nachtfieber. Es war, als wäre nichts mehr in mir außer Wut und Schmerz. Meine Haut fühlte sich an, als kochte sie. Permanent.«

»Hast du schon jemals von so was gehört?«, wollte Sora von Mari wissen.

»Nein.«

»Aber ich.« Sie alle fuhren herum. Im Türrahmen stand Rose. »Tut mir leid. Ich wollte nicht lauschen. Sarah und Lydia hätten gern noch etwas Mohntee. Isabel wollte ihnen welchen holen, aber ich sagte, sie solle doch bleiben und weitertanzen, ich würde mich darum kümmern.«

Sora winkte ihr. »Komm rein. Natürlich kriegst du mehr Tee. Was meinst du damit, dass du Jaxoms Symptome kennst?«

Zögernd kam Rose näher, bis sie einen Blick auf Jaxoms seltsame Wunden werfen konnte. Sie nickte und stieß den Atem aus. »Thaddeus hatte genau solche Wunden, bevor er von den Hautdieben entführt wurde, und er war auch so wütend. Also, ich glaube, Thaddeus ist das auch passiert.«

Mari warf Nik einen alarmierten Blick zu. »Bist du etwa mit Thaddeus befreundet?«, fragte sie Rose.

»Nein! Na ja, kurze Zeit waren wir uns relativ nahe. Nachdem sein Odysseus meine Fala begattet hatte, war da was zwischen uns.« Sie hob die Schultern. »Du weißt ja, wie es ist, Nik, wenn dein Gefährte sich paart und du selber niemanden hast.«

»Hm, nicht direkt, aber ich kann's verstehen.«

»Ich nicht«, bemerkte Sora.

»Ich auch nicht«, schloss Mari sich an.

»Was ein Hund fühlt, fühlt auch dessen Gefährte und umgekehrt«, erklärte Nik.

»Ja, das weiß ich«, sagte Mari.

Sora schnaubte. »O ja. Als Maris Vieh mir zum ersten Mal begegnete, hätte es mich fast aufgefressen.«

Mari verdrehte die Augen. »Ich hatte dir gesagt, du solltest mir nicht folgen, und du weißt genau, dass Rigel dich nicht gefressen hätte.«

»Jetzt ja. Damals nicht. Aber ich will damit nur sagen, ich habe mitgekriegt, dass Rigel Maris Gefühle teilt.«

»Dann nimm das, was du mitbekommen hast, mal drei«, sagte Nik. »Während der Paarungszeit können die Gefühle von Hunden verdammt intensiv werden. Es kommt öfter vor, dass die Gefährten zweier Hunde, die sich paaren, eine Zeitlang das Lager teilen, und manchmal wird daraus was Festes.«

»Ich glaube, Thaddeus hätte sich das bei uns gewünscht«, gestand Rose. »Aber ich hatte nur Lust auf ein bisschen Spaß. Schon vor dem Hirsch war Thaddeus nicht unbedingt das, was ich mir als Partner gewünscht hätte.«

»Dem Hirsch?«, fragte Jaxom. »Was weißt du von dem Hirsch?«

»Nur, was Thaddeus erzählt hat. Er hatte mit ein paar anderen Jägern einen kranken Hirsch gefunden. Sie haben ihn von seinem Leid erlöst und den Kadaver verbrannt, weil er einfach nur eklig war und sie ihn nicht mit in die Stadt bringen wollten.«

»Und dabei bekam Thaddeus Blut von dem Hirsch in Mund und Nase«, ergänzte Nik.

»Woher weißt du das?«

»Von Davis. Er war dabei. Aber mehr weiß ich nicht – nur das, was du schon sagtest.«

»Ich weiß nur mehr, weil ich gemerkt habe, was danach mit Thaddeus passierte. Er wurde gemein und cholerisch.«

»Thaddeus war schon immer gemein und cholerisch«, sagte Nik.

»Nein. Vor dem Hirsch war er nicht immer so. Okay, er ging oft in die Luft und nahm kein Blatt vor den Mund, selbst bei Dingen, die er besser für sich behalten hätte, aber er war wirklich anständig zu mir, deshalb habe ich mich ja auf ihn eingelassen, als unsere Hunde Spaß hatten. Schon ein, zwei Tage nach dieser Jagd fing er allerdings an, sich zu verändern. Er war ständig stinkwütend. Ich fing an, ihn zu meiden. Nur aus diesem Grund kam es dazu, dass er mir sagte, etwas wäre passiert –, weil ich mich, als ich ihn einmal zu unserem Nest kommen sah, mit Fala in der Baumkrone darüber verbarg. Da beobachtete ich, wie er gar nicht aufhören konnte, sich an den Armen zu kratzen. Später passte er mich doch ab und wollte wissen, was los war, ob ich ihm absichtlich aus dem Weg ging und warum. Ich gestand, dass ich ihn in der Tat mied. Dann konfrontierte ich ihn damit, dass ich gesehen hatte, wie er sich kratzte, hustete und Blut ausspuckte.«

Mari schielte zu Sora hinüber, die wie gebannt Roses Worten folgte und dabei wieder ein Husten unterdrückte. Eine schreckliche Ahnung befiel sie.

»Er gab zu, dass er krank war, und zeigte mir sogar eine Art Hautausschlag, den er bekommen hatte. Er sagte, er mache sich keine Sorgen, weil es ja definitiv nicht die Fäule sei, aber das Jucken mache ihn wahnsinnig, deshalb sei er schlecht drauf. Ich sagte, dass ich das verstand, aber ich ging ihm weiter aus dem Weg – wie gesagt, Thaddeus war nicht wirklich mein Fall, und nachdem Fala nicht mehr läufig war, verschwand mein Interesse, insbesondere nachdem er krank und reizbar geworden war.«

»Und da ist er dir einfach vom Leib geblieben?« Der Thaddeus, den Mari kennengelernt hatte, kam ihr nicht wie jemand vor, der eine Frau so schnell aufgegeben hätte, wenn er der Meinung gewesen wäre, sie solle ihm gehören.

»Na ja, ich bin ihm vom Leib geblieben. Und dann kam die Fouragierexpedition, und er veränderte sich schon wieder.«

»Inwiefern?«, fragte Nik.

»Ich war danach nur noch einmal mit ihm allein. Gleich nachdem Odysseus und er zurück in die Stadt gekommen waren. Du weißt, dass die Hautdiebe Odysseus etwas Haut abgenommen hatten?«

»Ich hab's nicht gesehen, aber ich habe gehört, dass sie anfangen wollten, ihm die Haut abzuziehen, und er solchen Radau machte, dass Thaddeus fliehen konnte.«

»Ich weiß nicht, was in Wirklichkeit passiert ist, doch es muss etwas viel Seltsameres gewesen sein – so seltsam, dass Thaddeus es niemandem erzählt hat. Bei seiner Rückkehr war sein Ausschlag dabei zu verheilen. Er war davon so begeistert, dass er es mir zeigte. Es war – es war scheußlich.« Rose schüttelte sich. »An den Stellen, die entzündet gewesen waren, waren lange dünne Stücke anderer Haut eingesetzt.«

»Kreuz-Käferklöten! Die Hautdiebe haben ihm Odysseus' Haut über die Wunden gelegt!«, stieß Nik aus.

»O Göttin! Genau so, wie wir es gesehen haben!« Mari wurde schlecht, als sie an die Szene dachte, die sie am Nachmittag beobachtet hatten. »Ist dir noch was aufgefallen, Rose? Denk nach – hatte sich an Thaddeus noch was verändert, außer dass seine Haut heilte?«

»Er war immer noch voller Zorn, aber irgendwie kälter, berechnender. Beispielsweise drohte er damit, Fala etwas anzutun, wenn ich jemandem verraten würde, was mit ihm los war, und ich spürte, dass er es ernst meinte. Er war plötzlich so stark und schnell – ich wusste, es würde ihm gelingen, ihr etwas zu tun, ohne dass jemand es mitbekam. Also ging ich ihm wieder aus dem Weg, aber das war nicht schwer, weil er mich völlig ignorierte. Übrigens veränderte Odysseus sich auch.«

»Odysseus? Wie?«

»Also, er war schon immer ziemlich aggressiv gewesen, aber früher war er zu diszipliniert, um es rauszulassen.«

»Manche Terrier können ganz schön giftig sein«, erklärte Nik Mari und Sora. »Man sollte meinen, Schäferhunde müssten schwieriger sein – sie sind ja viel größer und haben die kräftigeren Kiefer –, aber Schäferhunde sind kaum jemals von Natur aus aggressiv.«

Rose nickte. »Giftig, ja, so kann man Odysseus ganz gut beschreiben. Davis kann das sicher bestätigen. Alle Jäger wissen, dass junge Terrier, die von Odysseus ausgebildet werden, oft Bisse haben, die zu tief sind, um einfach nur kleine Zurechtweisungen zu sein. Nachdem die beiden von den Hautdieben zurück waren, wurde Odysseus einfach nur unberechenbar. Fala ließ ihn nicht in die Nähe ihrer Welpen.« Sie sah Nik an. »Tut mir leid, ich hätte wohl zu Sol oder Cyril gehen sollen oder so, aber ich wollte Thaddeus einfach nur meiden und die ganze hässliche Sache vergessen. Nik, stimmt es, dass Thaddeus Sol umgebracht hat?«

»Ja. Er wollte eigentlich Mari töten, aber Vater warf sich vor sie.«

»Also ist es meine Schuld. Ich hätte es jemandem sagen sollen. Ich hätte es bekannt machen sollen.«

Nik legte ihr die Hand auf die Schulter. »Du konntest ja nicht wissen, wie es ausgehen würde. Es ist okay. Thaddeus ist schuld, niemand sonst.«

Sora drückte Rose einen kleinen, fein gewobenen Beutel mit getrockneten Mohnsamen in die Hand. »Hier ist mehr Mohn für Sarah und Lydia. Und für dich auch. Trink einen großen Becher davon. Bald fangen deine Verbrennungen wieder an, weh zu tun. Besser, du beugst vor.«

Rose rieb sich das Gesicht. »Danke. Ihr seid viel zu nett. Netter als ich es verdiene.« Den Beutel an die Brust gedrückt, verließ sie eilig den Bau.

»Also, das ist die wildeste Geschichte, die ich je gehört habe, und das will was heißen, weil in letzter Zeit so einiges Wildes passiert ist«, sagte Sora.

Mari sah sie nur an.

»Wie geht's dir eigentlich?«, fragte Nik in gespanntem Ton.

Sora verzog genervt das Gesicht. »Wie ich gerade sagte – es geht mir gut.« Sie hustete und kratzte sich am Arm.

»Du wirkst gereizt«, sagte Mari.

»Natürlich bin ich gereizt«, knurrte Sora. »Wärst du auch, wenn du den ganzen Abend verletzte Fremde hättest versorgen müssen, die bis vor kurzem – ach was, bis gestern – noch Feinde waren, und einen Haufen Clansfrauen, die genauso verletzt, verängstigt und verwirrt sind.« Finster rieb sie ihre Handgelenke.

Mari packte eine Hand ihrer Freundin, so dass sie damit aufhören musste. »Sora, sieh mich an. Hör mir zu. Der Hirsch war mit irgendwas infiziert. Damit hat er Thaddeus und ein paar unserer Clansmänner angesteckt – Jaxom auf jeden Fall.«

»Das weiß ich. Wir verschwenden nur unsere Zeit.« Sie versuchte, Mari ihre Hand zu entziehen. »Ich nehme an, du hast in diesen Körben noch mehr Heilmittel als nur Aloensalbe. Jaxom braucht was Starkes für seine Wunde am Rücken.«

Mari hielt diese fester. »Sora, du hörst mir nicht zu. Der Hirsch hat Jaxom infiziert. Und Jaxom hat dich gebissen. Tief. So dass es blutete.«

»Na und? Das weiß ich auch. Was soll das bitte? Wir haben genug zu tun, wir ...«

»Jaxom hat dich infiziert«, unterbrach Nik sie.

Sora starrte ihn an, dann Mari.

Diese nickte und ließ locker – Soras Arm war plötzlich völlig kraftlos. »Du hast genau die Symptome, die Jaxom und Rose beschrieben haben. Wie fühlst du dich wirklich? Krank, fiebrig und ungewöhnlich wütend?«

»Das ist doch lächerlich. Ich habe nur eine kleine Erkältung. Lass meine Hände los!« Sora klang immer schriller, riss ihre Hände aus Maris Griff und fletschte bedrohlich die Zähne.

»Sora, das bist nicht du – das ist die Krankheit! Denk doch mal nach, Mondfrau!«

Sora öffnete den Mund, um Mari weiterzubeschimpfen, aber nüchtern kam ihr Jaxom zuvor. »Es stimmt. Denk nach. Lass dich nicht von Schmerz und Wut verwirren.«

Da sah Sora an sich hinab. Überrascht schien sie zu bemerken, dass ihre Hände schon wieder an ihren Handgelenken waren und ihre Fingernägel blutige Furchen in die entzündete Haut gruben, die unter dem Saum ihrer Ärmel hervorschaute. »O Göttin, nein! Ich bin angesteckt!« Sie fiel förmlich in sich zusammen, schlug die Hände vors Gesicht und begann zu schluchzen.

Mari zog ihr sanft die Hände weg und führte sie zu einem Stuhl am Kamin. »Hör auf. Das wird schon wieder gut. Hast du hier noch Mohntee?«

»D-davon will ich nichts. Der macht mich nur müde, und wir haben doch so viele Verletzte!« Sie hustete jämmerlich. Als sie sich den Mund abwischte, blieb auf ihrem Ärmel ein roter Streifen zurück. Sie starrte darauf. »Das ist nicht gut. Das ist gar nicht gut.« Sie hob den Blick zu Mari. »Bitte hilf mir!«

Mari kniete sich neben sie. »Werde ich, aber du musst tun, was ich sage.«

Sora nickte bebend und kratzte sich in der Ellenbeuge. »Alles, solange ich nicht wahnsinnig werde!«

»Zuerst musst du Mohntee trinken.«

»In dem großen Korb neben dem Wassereimer ist noch Mohn. Und am Kamin stehen der Kessel und Becher.«

Mari nickte Nik zu. Er eilte zum Korb und holte einen ähnlichen kleinen Beutel heraus wie den, den Sora Rose gegeben hatte. Dann stellte er den Kessel aufs Feuer, goss Wasser hinein und ließ unter Rühren die getrockneten Samen hineinrieseln. Erleichtert wandte Mari sich wieder Sora zu. »Lass mich deine Arme anschauen.«

Sora zögerte, aber nur einen Augenblick lang. Schließlich hielt sie Mari ihre Arme hin und ließ zu, dass diese ihr die Ärmel hochschob. In den Gelenkbeugen war die sonst makellose Haut ihrer Freundin voller Blasen und geröteter Quaddeln.

Sora wandte weinend das Gesicht ab.

Mari drehte sich zu Jaxom um. »Lass mich noch mal deine Arme anschauen.«

Er streckte die nicht mehr verbundenen Arme aus – und Mari erkannte, dass auch gar keine Verbände mehr nötig waren. Die Wunden waren bereits weitgehend verheilt. »Sag mir genau, wie es dir geht.«

»Viel, viel besser. Die Wunde in der Schulter tut noch ziemlich weh, aber meine Handgelenke, Ellbogen und Knie fühlen sich fast wieder normal an.«

»Und deine Gefühle?«

»Außer dass ich nicht weiß, wie ich damit leben soll, was ich getan hab? Alles in Ordnung. Ich bin klar im Kopf. Keine Wut mehr. Einfach nur ich selbst.«

Mari eilte zu Sora zurück. »Als du die Frauen gereinigt hast, ging es dir kurzzeitig besser, oder?«

Sora zog die Nase hoch und nickte. »Ja. Deshalb dachte ich ja, ich hätte nur eine kleine Erkältung. Ich dachte, so schlimm kann's nicht sein, wenn ich's noch schaffe, den Mond herabzurufen. Wie konnte ich mich nur so irren! Mari, du musst in Ledas Aufzeichnungen schauen. Ob da steht, wie man das behandeln kann – was auch immer es ist.«

»Ich glaube, das muss ich gar nicht.«

»Doch! Mari, du musst mir helfen!«

»Pst, nicht wütend werden! Natürlich helfe ich dir. Aber ich weiß schon, wie, ich muss nicht in Mamas Aufzeichnungen schauen. Wobei es mich interessieren würde, ob ihr je so was untergekommen ist.«

Sora sah sie finster an. »Mari, bitte, du darfst nicht herumraten. Wenn's sein muss, geh ich selbst zurück zum Bau und hole …«

Mari seufzte ungeduldig. »Mondfrau, du musst nur gereinigt werden – wie Jaxom. Ihn hat das auch geheilt. Ist der Tee fertig?«

»Er zieht noch«, rief Nik.

»Der soll mal schneller ziehen. Und, Sora, bitte versuch jetzt einfach, gar nichts mehr zu sagen.«

»Gereinigt?«, flüsterte Sora.

»Gereinigt«, bekräftigte Mari. »Aber zuerst brauchst du ein Beruhigungsmittel.«

Sora starrte sie an. Mari war sich sicher, dass in ihren dunklen Pupillen ein blutroter Schimmer zu glimmen begann.

»Wo ist die Goldsiegelsalbe?«, fragte sie.

Sora deutete auf einen der hölzernen Tiegel auf einem Regal neben dem Kamin.

»Ich hole sie«, sagte Nik.

»Könntest du auch die Körbe reinbringen, die noch vor der Tür stehen? Ich brauche die sauberen Verbände und etwas von der Salbe, von der du meintest, sie rieche nach frischem Heu.«

»Ist gut.«

»Labkrautsalbe?«, fragte Sora.

»Schön, du weißt es noch! Weißt du auch noch, wozu man sie anwendet?«

»Gegen Blutungen und Hautausschläge?«

»Ich glaube, du bist als Schülerin viel besser als ich als Lehrerin.«

Soras Schnauben endete in einem Hustenanfall. Als sie wieder sprechen konnte, sagte sie: »Meinst du wirklich, Labkrautsalbe reicht? Hilft das nicht nur bei kleineren Hautproblemen?«

»Schon, aber genau die wirst du haben, nachdem du von der Krankheit gereinigt bist.«

Nik brachte ihr die Körbe. Mari durchsuchte sie und fand rasch, was sie brauchte. Während Sora den bitteren, starken Mohntee trank, reinigte und verband Mari deren Wunden mit so neutraler Miene wie möglich, selbst als sie sah, dass manche Pusteln so entzündet und geschwollen waren, dass ihre Freundin die Luft einsog, wenn sie sie berührte. Der Tee tat seine Wirkung, und bald konnte Sora den Kopf kaum mehr gerade halten und hatte sichtlich Mühe, den Blick auf Mari zu richten.

»Hassu eigendlich die Welpen gesehen?«, wollte sie wissen.

Mari verschnürte den letzten Verband um Soras Handgelenk. »Ja.«

»Sonnenküsschen. Eine davon hattn Sonnenküsschen.«

Nik horchte auf. »Wirklich? Einen sonnenfarbenen Fleck?«

»Mhm. Hat sie. Sie. Issn Mädchen. Und der Fleck sieht aus wie 'ne Mondsichel.«

»Tatsächlich? Wie schön!« Als Nik Maris verwirrte Miene

sah, erklärte er: »Es ist ein gutes Omen, wenn ein dunkler Hund mit einem sonnenfarbenen Fleck geboren wird. Wir nennen das einen Sonnenkuss – es verheißt Glück.«

»Bist du sicher?«, fragte Mari. »In letzter Zeit hatte der Stamm nicht gerade viel Glück.«

»Nich der Stamm. Seiner! Der neue. Das Rudel.« Reichlich unkoordiniert hob Sora den Arm und zeigte auf Nik – dann ließ sie ihn schlaff in den Schoß fallen und war im nächsten Moment eingeschlafen.

»Wow, der Tee war stark«, sagte Mari.

»Was du nicht sagst. Wie lange hattet ihr mich damals damit zugedröhnt gehalten?«

»Du warst verletzt und halbtot.«

»Also, jedenfalls ist er verdammt stark. Okay, soll ich sie auf die Lichtung tragen, damit du sie reinigen kannst?«

»Hm. Ich wollte es lieber hier oben erledigen.«

»Nein«, ertönte Jaxoms Stimme. »Tu's vor aller Augen und erzähl ihnen, was los ist. Besser, sie wissen Bescheid.« Er klang immer mehr wie der junge Mann, den Mari bisher gekannt hatte. Unbehaglich hob er die Schultern. »Ich weiß, ich habe da eigentlich nichts mitzureden. Ich weiß, es ist meine Schuld. Aber der Clan sollte erfahren, dass die Männer sich mit was angesteckt haben, was noch viel schlimmer ist als das Nachtfieber. Es muss bekannt werden, wie gefährlich sie sind.«

»Und wie gefährlich sind sie?«, fragte Mari.

Jaxom schluckte schwer und sah ihr offen in die Augen. »Hätte Nik nicht auf mich geschossen, dann hätte ich Sora vergewaltigt und getötet. Und es hätte mir Spaß gemacht.«

# 16

Flankiert von Jaxom und Laru trug Nik Sora auf die Lichtung hinab. Mari ging mit Rigel voraus. Jaxom hatte beteuert, es ginge ihm gut genug, um mitzukommen; zuerst war Mari dagegen gewesen, aber so, wie er sprach und sich bewegte, wurde ihr zunehmend klar, dass er wirklich wieder er selbst war – ein besonnener junger Clansmann, der seit langem eine Schwäche für Sora hatte.

Knapp außerhalb des festlich erleuchteten Bereichs blieben sie stehen. Mari berührte Nik an der Schulter. »Ich gehe voraus und sage, was los ist. Bring mir dann Sora in die Mitte des Kreises.«

»Darf ich das tun, Mondfrau?«, fragte Jaxom.

Mari wechselte einen raschen Blick mit Nik. »Bist du denn schon wieder stark genug?«

»Es sind doch nur ein paar Schritte. Bitte. Dann käme ich mir nicht ganz so überflüssig und hilflos vor.« Traurig fügte er hinzu: »Außerdem glaube ich nicht, dass sie mir jemals wieder erlauben wird, sie zu berühren. So könnte ich ihr sozusagen Lebewohl sagen.«

»Okay.« Mari wandte sich dem Kreis zu, doch dann zögerte sie und drehte sich noch einmal um. »Jaxom, was mit dir los war, war nicht deine Schuld. Du bist nicht verantwortlich für diese Seuche – oder was auch immer es ist.«

»Aber ich bin verantwortlich für das, was ich während der Seuche tat.«

»Verantwortung zu übernehmen ist eine Sache. Sich die Schuld zu geben eine andere«, bemerkte Nik.

»Und dich trifft keine Schuld«, wiederholte Mari.

»Nicht daran, dass ich mich angesteckt habe. Aber ich bin für meine Taten verantwortlich und habe vor, das mein restliches Leben lang wiedergutzumachen.« Er wollte noch mehr hinzufügen, Danitas helle, fröhliche Stimme unterbrach ihn allerdings. »Mari, komm doch und tanz mit uns weiter! Wir wollen noch mal das Beltanelied singen, weil so viele von uns schon so lange kein ...« Sie brach ab. Jaxom hatte sich ihr zugewandt, und das Licht der Feuer erhellte sein Gesicht. »Nein!«, gellte sie. So laut, dass es die perlenden Flöten und lockeren Trommeln zum Verstummen brachte. Die Welt wurde so totenstill wie Danita, die bleich und mit riesigen Augen scheinbar bewegungsunfähig dastand.

Sofort bedeutete Mari Nik und Jaxom zurückzubleiben, eilte zu Danita und drehte sie an den Schultern so, dass Jaxoms Anblick durch sie selbst verdeckt wurde. »Alles in Ordnung. Jaxom ist nicht gefährlich. Er ist gereinigt.«

»Er war dabei! Er war einer von ihnen!« Danitas Stimme war klar, obwohl Tränen ihr die Wangen hinunterliefen.

»Er war krank. Sehr krank. Nicht nur vom Nachtfieber. Aber jetzt ist er wieder gesund.« Mit den Augen suchte Mari den Kreis nach Antreas und Bast ab, doch die große Katze war schon zur Stelle. Fauchend, mit zurückgezogenen Lefzen, baute sie sich Jaxom gegenüber neben Danita auf. »Schau, Bast ist bei dir.«

»Bast?« Danitas Erstarrung löste sich. Eilig tastete sie nach dem Kopf der Luchsin und streichelte ihn mechanisch. »An Bast kommt er nicht vorbei.«

Diese grollte tief in der Brust, legte die bepinselten Ohren flach an den Kopf und fauchte Jaxom noch einmal an. Aus den Augenwinkeln sah Mari den Clansmann einen Schritt zurücktreten. »Es tut mir leid, Danita«, sagte er. »Göttin, es tut mir so leid!«

Mit dem gezogenen Messer in der plötzlich mit langen scharfen Krallen gespickten Hand stellte sich auch Antreas neben Danita. »Was ist denn los?«

»Bleib bei ihr«, sagte Mari leise zu ihm. »Jaxom ist keine Gefahr mehr, aber ich fürchte, das wird den Schaden, den er schon angerichtet hat, nicht ungeschehen machen.«

Es war Antreas hoch anzurechnen, dass er weder Fragen stellte, noch zögerte. Mit einem raschen Nicken rückte er dicht an Danita heran, kreuzte die Arme und machte durch seine ganze Körpersprache deutlich, dass jeder, der sich Danita nähern wollte, erst einmal an ihm und seinem Luchs vorbeimusste.

»Bast und Antreas passen auf dich auf«, versicherte Mari ihr.

»J-ja.« Sie klang zwar unsicher, blieb aber stehen, als Mari sie losließ und sich der Menge zuwandte, die sich bereits enger um sie zusammenzog.

Sie sah, dass Sheena, O'Bryan und Davis sich zu Nik an den Rand des Kreises gesellt hatten. Nicht weniger wachsam als Bast durchbohrte Captain Jaxom mit den klugen, bernsteinfarbenen Augen. Selbst der kleine Terrier Cameron hatte seine welpenhafte Verspieltheit abgelegt. Mit aufgerichteten Ohren und erhobenem Schwanz stand er neben Davis – kriegerisch und bereit, bis zum Letzten an der Seite seines Gefährten zu kämpfen.

»Was ist denn mit Sora los? Ist sie tot?!«, rief Isabel da – und sofort verlagerte sich die Aufmerksamkeit des Clans auf die bewusstlose Mondfrau, die Nik noch immer in den Armen hielt.

»Sie haben die Mondfrau getötet!«, rief jemand. Im ganzen Clan erhob sich Gezeter: »Göttin! Sora wurde umgebracht! Rettet Mari! Rettet unsere letzte Mondfrau!« Wie auf Kommando packten die Frauen wahllos brennende Fackeln oder hielten Äste ins Feuer, bis sie brannten, und bewegten sich auf Nik und Jaxom zu.

»Nein! Sora ist nicht tot, sie schläft! Sie hat Mohntee getrunken!«, versuchte Mari, das hysterische Tohuwabohu zu übertönen, aber ihre Worte gingen in Furcht und Hass unter. Entsetzt sah sie, wie erst eine, dann noch eine Clansfrau einen Stein aufhob und prüfend in der Hand wog.

Zum Nachdenken war keine Zeit – nur zum Handeln. Und Mari handelte. Instinktiv rannte sie zu Nik und Jaxom. Dabei riss sie die Arme hoch, wie um nach dem Mond zu greifen, der inzwischen über den Bäumen sichtbar geworden war. Sie streckte die Fingerspitzen aus, immer höher, und stellte sich innerlich vor, wie die silberne Mondmacht sich auf und in sie ergoss und sie mit Licht und Kraft erfüllte – vor allem ihre Stimme, damit der Clan ihr zuhören musste.

»Halt!«

Nik spürte, wie die Stimmung des Clans in dem Moment kippte, als jemand schrie, die Mondfrau sei getötet worden. Er fluchte leise, als ihm einfiel, dass er seine Armbrust im Bau gelassen hatte. *Mein Messer – das habe ich noch. Ich muss Sora hinlegen und mich wehren. Aber ich will Maris Clansgenossinnen doch nichts tun!*

Jaxom war einen Schritt zurückgetreten, als Bast ihn angefaucht hatte. Da stand er immer noch, hinter Nik, mit verloren wirkendem Gesichtsausdruck, als wäre er noch ein Kind. Nik hätte ihm gern gesagt, dass er ihn in gewisser Weise verstehen konnte – dass er wusste, wie es war, wenn Menschen, denen man vertraute, sich gegen einen wandten. Aber da hob Mari die Arme und begann von innen heraus zu glühen.

»Halt!«

Dieses einzige Wort schlug in den Clan ein wie ein Pfeil in eine Zielscheibe aus Stroh. Umgehend erstarrten die Frauen vor Schock, zögerten und lösten sich schließlich wieder aus ihrer Erstarrung – diesmal stumm, den Blick auf Mari geheftet.

Mit weiter erhobenen Armen funkelte diese ihren Clan an. Das Grau ihrer Augen war zu Silber geworden, auch ihr Haar war nicht mehr blond, sondern erstrahlte in mondlichtgetränktem reinem Weiß. Auf ihrer Haut lag nicht nur ein silberner Schimmer wie kurz zuvor auf Soras, als diese den Clan gereinigt und Mari eingeladen hatte, sich dem Beltanetanz anzuschließen. Mari gleißte in einem grellen silbernen Licht, von dem Nik Punkte vor den Augen tanzten, wenn er zu lange hinsah.

Und er konnte nicht anders, als hinzusehen. Der Anblick war atemberaubend. Er sah die Göttin in Mari, und demütig sank er vor ihrer Göttlichkeit nieder und bettete Sora sanft vor sich auf den Boden. Neben ihm fiel Davis auf die Knie, und nach nur kurzem Zögern schlossen sich Jaxom, Sheena und O'Bryan an.

*»Weberclan, hört mir zu! Hört mir genau zu.«* Es war Maris Stimme und doch nicht nur. Nik erkannte die Wortwahl, den Tonfall, aber in jeder Silbe schwang volltönend und ehrfurcht-

gebietend die Magie des Mondlichts mit. »*Sora ist am Leben – sie leidet nur an derselben Krankheit, die Jaxom befallen hatte und ihn schreckliche Dinge tun ließ.*«

»Die Krankheit kommt vom Stamm! Sie ist ein Zeichen der Erdmutter, dass wir uns nicht mit Gefährten einlassen sollen!«, rief eine Clansfrau aus den Schatten ganz hinten im Kreis.

»*Wie kannst du es wagen, Hass zu verbreiten und zu behaupten, du sprächest für die Göttin! Die Erdmutter ist nicht gehässig oder grausam und wendet sich von niemandem ab, der in Not ist.*« Vor rechtschaffener Empörung schien Mari größer zu werden. »*Wie schnell ihr dabei seid, die Gefährten zu beschuldigen – fast so schnell wie der Stamm mir die Schuld an seinen Problemen gab.*« Angewidert schüttelte sie den Kopf. »*Schaut die Gefährten doch an, gegen die ihr euch am liebsten wenden würdet – die ihr drauf und dran seid, zu Tode zu steinigen –, schaut, sie knien in Respekt vor eurer Mondfrau!*«

»Weil sie wissen, dass wir sie problemlos töten und für die Schaben liegen lassen könnten«, rief dieselbe harte Stimme wie zuvor.

Das Licht, das von Mari ausging, wurde so gleißend, dass diejenigen, die ihr am nächsten waren, die Augen abschirmen mussten. »*Dazu müsstet ihr aber erst an mir vorbei!*«

Selbst Nik erschrak vor ihrer Heftigkeit. Ihm war klar: Auch wenn ein Kampf gegen ein paar Frauen mit improvisierten Waffen und ohne Hunde keine echte Bedrohung für ihn und seine Freunde darstellte – falls sie sich verteidigten, und mochten sie noch so sehr versuchen, sanft und unblutig vorzugehen, würde es Verletzte unter den Clansfrauen geben, sehr wahrscheinlich sogar Tote. Und das wäre ein denkbar finsterer Anfang ihrer Beziehungen.

»Belehre uns, Mondfrau, dein Clan wird dich anhören«, rief das junge Mädchen, das Mari Isabel genannt hatte, und fiel vor dieser auf die Knie.

»Ja, Mondfrau. Sprich.« Eine ältere Clansfrau schloss sich Isabel an.

Mit einem Kopfnicken nahm Mari die Respektsbekundung der beiden Frauen an. Dann ließ sie den Blick über den Kreis wandern, funkelnd wie ein zur Erde herabgestiegener Stern.

Wie sich Wasser kräuselt, wenn ein Kiesel hineinfällt, sanken auch die anderen Frauen auf die Knie. Nachdem alle still geworden waren und erwartungsvoll lauschten, ergriff Mari wieder das Wort, noch immer mit hallender, von der Macht des Mondes erfüllter Stimme.

*»Ich glaube, dass für die Krankheit, die sich unter den Tieren des Waldes ausbreitet und die auch unseren Clan und sogar die Gefährten erfasst hat, die Hautdiebe verantwortlich sind. Bisher wissen wir nicht viel darüber. Wir wissen nur, dass sie durch verseuchtes Blut oder Fleisch übertragen wird – oder indem man von jemandem gebissen wird, der damit infiziert ist. Wir kennen die Symptome: Husten, Gliederschmerzen, Übelkeit, Hautausschläge; aber am beunruhigendsten ist, dass sich die Persönlichkeit des Betroffenen verändert. Er wird von einer Wut erfüllt, die schwer oder gar unmöglich zu beherrschen ist. So erging es Jaxom.«* Mari sah Danita an und sprach direkt zu dieser. *»Danita, Jaxom und die anderen Männer, die dich angegriffen haben, waren alle erkrankt. Das ist keine Entschuldigung; es macht das, was sie dir angetan haben, nicht weniger schlimm. Es ist nur eine Erklärung.«*

»Bin – bin ich jetzt auch krank?«, fragte Danita mit bebender Stimme.

*»Ich glaube, als Sora und ich dich fanden, warst du infiziert. Aber seither wurdest du behandelt und gereinigt.«* Maris überirdisch silberner Blick wanderte über den Clan. *»Wir alle müssen sehr wachsam sein, insbesondere bis Sora und ich mehr über diese Krankheit herausfinden. Clansfrauen, seid vorsichtig jedem Clansmann gegenüber. Geht nirgendwo allein und unbewaffnet hin. Wir werden das durchstehen – gemeinsam. Wir werden einander nicht bekämpfen oder beschuldigen, weder innerhalb des Clans noch Nik und seine Freunde, die auch unsere Freunde sind. Zu unserem Glück kennt die Göttin ein Mittel gegen diese schreckliche Krankheit.«* Ihr Blick richtete sich auf Jaxom. *»Clansmann, bring die Mondfrau Sora zu mir.«*

Nik legte dem Jungen die bewusstlose Sora auf die Arme. Vorsichtig und respektvoll trug dieser sie nach vorn und blieb vor Mari stehen. Als er sich näherte, begann Danita zu zittern, und Nik sah, dass ihr Tränen übers Gesicht rollten. Bast schmiegte sich an sie, und Antreas legte ihr sogar den Arm um die Schultern.

Ohne dass Mari ihn anwies, kniete Jaxom sich vor sie hin und bettete Sora unendlich sanft auf den moosigen Boden zwischen ihnen. Dann aber tat er etwas, was Nik völlig überraschte. Statt neben Sora zu bleiben, in die er sichtlich verliebt war, stand Jaxom auf und verneigte sich formell vor Mari. Seine Stimme war durch den ganzen Kreis zu hören.

»Ich muss gehen, Mondfrau.«

Einige Augenblicke lang sagte Mari nichts. Dann sprach sie ein einziges Wort, das über die Lichtung hallte.

*»Warum?«*

»Ich muss Wiedergutmachung leisten für das, was ich getan habe.«

Nik hätte erwartet, dass Mari ihn fragen würde, wie er das zu tun gedachte, oder ihn gar bitten würde zu bleiben – nach allem, was sie wussten, war Jaxom der einzige verbliebene Mann des Clans, der noch am Leben und bei geistiger Gesundheit war. Doch sie neigte nur kurz den Kopf. *»Dann geh mit meinem Segen. Ich hoffe, dich in drei Nächten zur Reinigung wiederzusehen.«*

Noch einmal verneigte sich Jaxom tief vor ihr, bevor er sich dem Clan zuwandte. »Ich hoffe, eines Tages könnt ihr mir vergeben.« Damit drehte er sich um und verließ den Kreis aus Licht, Sicherheit und Wärme und verschwand im dunklen, schweigenden Wald.

Als er fort war, kehrte alle Aufmerksamkeit zu Mari zurück. Sie kniete sich neben ihre Freundin, die zusammengerollt wie ein niedliches kleines Mädchen tief schlafend dalag. Mari reckte einen Arm in die Höhe, die Handfläche nach oben gekehrt, als wolle sie den Mond darin auffangen. Ihre andere Hand legte sie sacht auf Soras Kopf.

*»Komm, Silberlicht, erfülle mich mit Leben*
*und heile sie, die mir anheimgegeben.«*

Vom Himmel ergoss sich silbernes Licht über sie, reiner und herrlicher als das schönste Glas oder der perfekteste Spiegel, der je aus Hafenstadt erbeutet worden war. Sie war wie ein menschliches Leuchtfeuer, ein Halt und Trost in der Finsternis.

*»Lass deinen Segen sammeln mich und spenden.*
*Mein Schicksal, Mutter, liegt in deinen Händen!«*

Nach diesen letzten Worten der Beschwörung wurde der Glanz, der von ihr ausging, kurz heller, und dann war buchstäblich zu sehen, wie das Leuchten von ihr in Sora hineinfloss. Beinahe sofort begannen sich Soras Augen unter den geschlossenen Lidern zu bewegen. Ihr Körper spannte sich an, als hätte etwas sie gestochen, und dann war es, als verflüssigten sich ihre Knochen. Sie erschlaffte, und auf ihren Lippen erschien ein erleichtertes Lächeln. Ihre Augen öffneten sich. Glückselig blickte sie Mari lange an.

»Ooooooh«, sagte sie, »du siehst aus wie ein Riesenglühwürmchen.«

Wenige Schritte von Nik entfernt bemühte Antreas sich krampfhaft, das Lachen zu unterdrücken – und versagte kläglich.

Mari verdrehte die Augen und senkte den Arm. Als bliese jemand eine Kerze aus, erlosch das blendende Licht, in dem sie erstrahlt war. »Einfach danke hätte auch genügt«, sagte sie angelegentlich, aber Nik sah, dass ihre Augen belustigt funkelten. »Wie geht's dir?«

»Mir ist ziemlich schwummrig von dem Mohntee.« Sora kicherte. Dann setzte sie sich auf und begutachtete verwirrt und leicht beschwipst die kniende Menge. »Ich scheine was verpasst zu haben.«

»Oh, alles okay. Denk nicht drüber nach.« Mari wollte den Clansfrauen bedeuten aufzustehen, doch plötzlich schwankte sie, stolperte und wäre hingefallen, hätte nicht Rigel sie gestützt.

Mehr war nicht nötig. Sofort war Nik mit Laru an ihrer Seite. »Okay, jetzt hast du für einen Tag definitiv zu viel getan. Ich bringe dich nach Hause.«

Mari sah mit vagem Blick zu ihm auf. »Was?«

»Du hast O'Bryan und Captain das Leben gerettet. Du hast all diesen Frauen ihren Lebensmut und ihre Freiheit zurückgegeben. Du hast Sonnenfeuer herabgerufen und einen Waldbrand aufgehalten. Du hast die halbe Nacht getanzt. Du hast Mondlicht herabgerufen, deinem Clan eine Standpauke gehalten und deine Freundin von einer schrecklichen Krankheit geheilt. Jemand sollte mal dringend dafür sorgen, dass du mal an dich selbst denkst.«

»Und dieser Jemand bist du?« Mari bemühte sich um einen scherzhaften Ton, aber ihre Blässe und die dunklen Ringe unter den Augen, die fast schon wie Blutergüsse aussahen, sprachen für sich.

»Ganz richtig«, bemerkte Sora und streckte aufs Geratewohl die Hand in die Luft, als hoffte sie, irgendjemand würde ihr schon aufhelfen. Tatsächlich tauchte im nächsten Moment O'Bryan auf, nahm die Hand der jungen Mondfrau und zog sie sanft auf die Füße. »Danke, O'Bryan«, sagte sie und wandte sich wieder Mari zu. »Diese Reinigung war der helle Wahn. Ich bin schon wieder fast nüchtern. Kann mich nicht erinnern, wann ich mich zuletzt so gut gefühlt habe. Geh ruhig zurück in unseren Bau, Mari, ich bleibe hier und kümmere mich darum, dass alle einen Platz finden, wo sie sich in Ruhe ausschlafen können.«

»Aber du warst doch gerade noch –«

»Ich wurde gerade von einer sehr talentierten Mondfrau geheilt. Mir geht's super. Also, abgesehen davon, dass mein Magen mir in den Kniekehlen hängt. Es ist noch Eintopf da, oder? Und ich brauche einen großen Becher Met.« Sora warf einen Blick in Richtung des zentralen Lagerfeuers – und bemerkte, dass die Clansfrauen noch immer auf den Knien verharrten. »Haben die ein Problem?«, raunte sie Mari zu.

Auch Mari antwortete mit gesenkter Stimme. »Eigentlich nicht. Also, nicht mehr. Wir mussten nur gerade ein Missverständnis klären.«

»Das merke ich mir für die nächste Drittnacht. Sieht gut aus, wie sie da alle knien. So komme ich mir größer vor.«

Mari sah sie warnend an und schüttelte den Kopf, aber Sora lachte und flüsterte: »Hey, das war ein Witz. Mehr oder weniger.« Dann rief sie mit lauter Stimme: »Kommt, aufstehen! Lasst uns weiteressen und trinken und tanzen.«

Langsam kam der Clan der Aufforderung nach, doch die Ausgelassenheit war dahin. Die Flöten begannen, eine Melodie zu trällern, und zögernd fielen die Trommeln ein, aber niemand tanzte. Stattdessen scharten die Frauen sich um das Hauptfeuer, schöpften sich Eintopf in die geschnitzten Holzschalen und zogen sich in kleinen Gruppen zum Essen und Plaudern zurück.

O'Bryan beobachtete, wie Sora sich eine Schale Eintopf nahm. »Und was sollen wir machen?«

»Wenn du Hunger hast, iss. Wenn du Durst hast, trink«, sagte Nik.

»Ja, schon klar, aber ich meinte: Wo übernachten wir?«

Ehe Nik antworten konnte, schaltete sich Mari ein. »Wo würdest du denn gern übernachten?«

O'Bryan zuckte mit den Achseln – übertrieben beiläufig, fand Nik, vor allem, da sein Blick beständig zu Sora wanderte. »Ich denke, zumindest Davis, Antreas, Sheena und ich sollten vorerst hierbleiben. Falls diese infizierten Männer auftauchen. Und Rose, Sarah und Lydia sollten wohl auch ein paar Nächte hierbleiben, um sich zu erholen. Ich glaub nicht, dass sie es zurück in die Stadt schaffen würden, vorausgesetzt, sie wollen überhaupt zurück.«

»Bast und ich bleiben«, sagte Antreas. »Falls Mari und Sora einverstanden sind.«

»Wenn Bast hierbleibt, bleibe ich auch«, fügte Danita rasch hinzu.

»Meinst du nicht, in Maris Bau hättest du mehr Ruhe?«, fragte Antreas – nicht unfreundlich, aber bestimmt.

Danita sah ihn mit zusammengekniffenen Augen an. Ihre Hand legte sich wieder auf Basts Kopf. »Wenn Bast hierbleibt, bleibe ich auch«, wiederholte sie langsam und deutlich.

Basts leuchtend gelber Blick hob sich zu ihrem Gefährten, und sie begann, so laut zu schnurren, dass Antreas' leidgeprüfter Seufzer darüber kaum zu hören war.

»Für mich ist das völlig okay«, sagte Mari. »Übrigens, Nik, wir sollten heute Nacht vielleicht auch hierbleiben. Falls Sora Hilfe bei …«

»Ich brauch keine Hilfe«, fiel ihr Sora mit vollem Mund ins Wort, die sich soeben wieder zu ihnen gesellte. »Wenn dann können Isabel, Danita und O'Bryan mir helfen, alles zu arrangieren. Du ruhst dich jetzt aus, sonst muss ich mich am Ende auch noch um dich kümmern!«

Maris Schnauben klang ziemlich sora-ähnlich. »Jetzt übertreib mal nicht.«

»Vor ein paar Minuten wärst du fast umgekippt. Geh in unseren Bau. Koch dir etwas von dem Lavendel-Kamillen-Tee, den ich für dich gemischt habe, er ist in dem Korb –«

Mari seufzte. »Ich weiß, in welchem Korb er ist. Ich habe einfach das Gefühl, es gibt noch so viel zu tun.«

Aus Soras Miene wich alle Scherzhaftigkeit. »Du hast unsere Frauen befreit. Du hast den Stamm des Lichts gerettet. Du hast mich gerettet. Mari, selbst Leda hätte nicht noch mehr tun können.«

»Meinst du?«

»Meine ich. Definitiv.«

Mari drehte sich zu Nik um und ließ sich von ihm in die Arme schließen. »Würdest du mich nach Hause bringen, Nik?«

»Es wäre mir eine Ehre, Mondfrau«, sagte Nik, und Laru und Rigel bellten zustimmend, während Cammy glücklich um sie herumtanzte.

# 17

Mari dachte, der Heimweg würde eine mühselige, quälende Angelegenheit werden, aber sie hätte sich nicht mehr irren können. Der Mond stand inzwischen hoch am Himmel und tauchte die flüsternden Schwarzpappeln und majestätischen Zedern in sanftes silbernes Licht, so hell, dass Nik und sie gemütlich nebeneinander gehen konnten – Hand in Hand, die seine dank der Mondmagie von den Verbrennungen befreit. Rigel gelang es, Laru zu einem Stock-Tauziehen zu überreden, und es war einfach herrlich anzusehen, wie der Welpe, dessen Pfoten und Ohren noch immer viel zu groß für seinen Körper waren, die Geduld des älteren gesetzteren Hundes auf die Probe stellte.

»Laru ist auch ein total süßer Bursche«, sagte Mari, während Rigel ohne Erfolg versuchte, diesem den Stock abzujagen, und schließlich beide in wilder Jagd durchs wirbelnde Laub davonstoben.

»Er wird mich immer an Vater erinnern.«

Mari betrachtete ihn eingehend. »Tut es weh, die ganze Zeit an ihn erinnert zu werden?«

Nik sah sie überrascht an. »Nein. Kein bisschen. Im Gegenteil, es ist tröstlich. Was erinnert dich an deine Mutter?«

Mari dachte nach. »Hm, ziemlich viele Dinge. Frauenhaarfarn, weil sie damit so gern das Haar ihrer liebsten Erdmutterstatuen gestaltete. Vergissmeinnicht, weil das ihre Lieblingsblumen waren. Und Rosmarin und Rosenwasser, weil sie sich damit wusch – deshalb denke ich jetzt jedes Mal an sie, wenn ich mit Rosmarin koche oder Rosen rieche. Und der Mond natürlich.« Sie hob den Blick zum Himmel auf. »Der Mond wird mich immer an Mama erinnern. Du hast recht. Es ist tröstlich. Als wäre ein Teil von ihr noch da.«

»Das ist ja auch so. Du bist ein Teil von ihr, Mari. Solange du dich an sie erinnerst – und deine Kinder, ja selbst die Kinder deiner Kinder –, wird deine Mutter da sein.«

*Deine Kinder.* Die beiden Worte schienen in der Nachtluft zu schweben und mischten sich mit dem Licht des Mondes, das dem Wald einen bläulichen Glanz verlieh, in dem Mari war, als sei sie mit Nik, Rigel und Laru durch einen Schleier in ein magisches Land getreten, in dem niemand außer ihnen vieren existierte. *Deine Kinder …*

Sie warf verstohlen einen Blick auf ihn. So beiläufig wie möglich fragte sie: »Hättest du gern Kinder?«

Als er nicht antwortete, spürte sie, wie sie rot anlief. War das eine dumme Frage gewesen? Vor Nik war sie noch nie überhaupt auf diese Art an einem Jungen interessiert gewesen. Sie kam sich ziemlich dämlich vor. Sie hatte gedacht, er fühle ebenso wie sie. Ja, sie hätte geschworen, dass er auch so fühlte, aber sein Schweigen schien etwas anderes zu implizieren.

»Ich – ich meine, irgendwann. Nicht jetzt. Oder in naher Zukunft. Und nicht mit mir. Ich war nur neugierig, das ist alles.« Sie erkannte, dass sie Unsinn redete, und presste die Lippen zusammen, damit sie nichts Peinliches mehr sagen konnte. Als er noch immer schwieg, wollte sie ihre Hand aus seiner lösen, weil sie sich so schrecklich ungeschickt vorkam und sich fragte, wie viel mehr Erfahrung als sie er wohl mit Beziehungen und Sex und alledem hatte. Im Prinzip hatte jeder mehr Erfahrung als sie. Konnte es sein, dass er, egal wie gern er sie mochte, keine Kinder mit ihr zusammen haben wollte? Es wären Kinder mit einem Teil Erdwandererblut. Wollte Nik vielleicht keine Kinder, die zum Teil Dreckwühler waren?

Doch Niks Griff war so fest, dass sie ihre Hand nicht befreien konnte. Er hob diese an die Lippen und küsste sanft den Handrücken. Dann sagte er: »Tut mir leid, ich wollte nicht so lange mit der Antwort zögern, Mari. Aber es ist kompliziert.«

»Ja, ich verstehe. Ich gehöre nicht zu deinem Stamm, und das ...«

»Hey!« Er hielt an und drehte sie so, dass sie ihn ansehen musste. »Das hat überhaupt nichts damit zu tun. Mari, ist dir eigentlich klar, was du für mich getan hast?«

»Ich habe dein ganzes Leben völlig durcheinandergebracht«, sagte sie ehrlich.

»Ja, schon, aber das meine ich nicht. Als ich dich fand, oder besser, als du mich fandest, fühlte ich mich endlich verstanden. Du bist jemand, der weiß, wie es ist, nicht dazuzugehören. Der genau wie ich zuschauen musste, wie alle um ihn herum so und so waren, nur er selbst war anders. Mari, du bist zauberhaft, stark und wunderschön, und ich wünsche mir so sehr, dich zu berühren, dass es mich teilweise richtig ablenkt. Himmel, du bist eine Göttin für mich! Aber was ich an dir am meisten schätze, ist, dass ich bei dir ich selbst sein kann. Mari – ich liebe dich.«

Sie starrte ihn an. Ihr Magen machte seltsame Kapriolen. »Ich liebe dich auch, Nik«, hörte sie sich sagen.

»Das ist gut. Das ist verdammt gut.« Und er beugte sich vor

und küsste sie. Der Kuss war voller Intensität und der Aussicht auf viel, viel mehr, doch Nik löste sich wieder daraus und lehnte sich zurück, um sie ansehen zu können, ließ sie aber nicht los. »Ich will Kinder. Haufenweise Kinder. Und auch haufenweise Hunde. Schäferhunde, Terrier, ganz egal. Ich will eine Menge davon. Und mir ist egal, ob meine Kinder sich später mit einem Hund verbinden oder nicht, ob sie Gefährten werden oder was anderes oder gar eine Mondfrau wie du – also gut, das wäre absolut phantastisch. Ich werde sie alle für das schätzen, was sie sind, nicht dafür, ob sie irgendeine Art von Status haben. Warum ich so lange mit der Antwort gezögert habe, liegt daran, dass ich das alles zwar will, aber nur in einer Welt, in der unsere Kinder nicht wegen ihrer gemischten Herkunft Vorurteilen ausgesetzt sind.«

»Das will ich auch«, sagte Mari. »Wobei ich hoffe, dass all meine« – sie brach ab, grinste scheu und verbesserte sich: »unsere Kinder, meine ich. Ich hoffe, dass all unsere Kinder von Hunden erwählt werden. Mit einem Gefährten ist das Leben einfach viel schöner.«

Beide Hunde schossen an ihnen vorbei, Rigel noch immer auf Larus Fersen, der sich den Stock partout nicht abjagen ließ. In seinem Ungestüm rannte der Welpe sie beide fast um.

»Hey, passt auf, wo ihr hinrennt«, rief Nik.

Sofort schlug Laru einen Bogen und trabte mit dem Stock im Maul auf Nik zu, hechelnd, aber sehr zufrieden mit sich. Rigel sprang mit bittenden Lauten, halb Winseln, halb Kläffen, um seinen Erzeuger herum.

»Tu nicht so herzzerreißend«, sagte Mari zu ihm. »Du hast einen ganzen Wald voller Stöcke um dich rum, such dir einen eigenen!«

Winselnd trottete der junge Schäferhund in den Wald, schnüffelte kurz herum und kam nach wenigen Augenblicken mit einem Ast wieder, der so lang und dick war wie Niks Bein. Mari verdrehte die Augen und musste kichern.

»Ich muss sagen, sein Ehrgeiz gefällt mir«, sagte Nik ebenfalls grinsend. Laru nieste unverkennbar verächtlich, worauf sie beide laut auflachen mussten. Dann nahm Nik Maris Gesicht zwischen die Hände. »Würdest du das wirklich tun? Mit mir zusammen diese neue Welt aufbauen, in der unsere Kinder, unser Volk, unser Rudel nicht aufgrund der Farbe ihrer Haut oder ihrer Augen beurteilt werden, sondern aufgrund ihrer Stärken und ihres Charakters?«

Über Mari kam eine seltsame Stille. Als hätte sie ihr ganzes Leben lang darauf gewartet, diese Frage gestellt zu bekommen, von jemandem, der ihr tatsächlich helfen konnte, eine neue Welt zu gestalten.

»Nik, genau das war mein Traum, seit ich erkannt hatte, dass ich anders war und mein Anderssein im Clan nicht akzeptiert werden würde. Ja! Ja, ja und nochmals ja!« Sie trat näher zu ihm, damit er sie in die Arme schließen konnte, und es war, als sei sie endlich angekommen.

Der Bau war sauber, warm und roch nach frisch gebackenem Brot, Kaninchen und der Glut des Herdfeuers. Als sie die dicke Holztür hinter sich geschlossen und vor der Außenwelt verrammelt hatte, spürte Mari, wie auch der letzte Rest Spannung von ihr abfiel.

»Hast du Hunger? Eines von Soras Broten habe ich hiergelassen. Wir könnten uns Honig darauf streichen«, sagte sie, während Laru und Rigel es sich gemeinsam vor der Tür bequem machten und sofort einschliefen – jetzt wirkten sie eher wie Zwillinge denn wie Vater und Sohn.

»Klingt super. Und ich schüre das Feuer und koche diesen Tee, von dem Sora meinte, du solltest ihn trinken.« Nik kramte in dem Korb mit den Teemischungen, bis er den Beutel mit Lavendel und Kamille fand.

Bald saßen sie beide mit gekreuzten Beinen vor dem Herdfeuer, kauten Honigbrot und schlürften den duftenden Tee.

»Ist eigentlich gut gelaufen heute Abend, nicht wahr?«, überlegte Nik. »Ich meine, es gab keine Toten. Nicht mal Verletzte. Und jetzt werden die Clansfrauen von Gefährten beschützt und Gefährten von Clansfrauen versorgt. Ich würde das einen Erfolg nennen. Obwohl es etwas erschütternd war, wie schnell die Frauen sich gegen uns wandten, als sie dachten, wir hätten Sora etwas getan.«

Mari wollte ihm zustimmen, aber als sie wieder an die hasserfüllte Stimme dachte, die die Frauen fast zum Aufruhr angestachelt hätte, klickte plötzlich etwas in ihrer Erinnerung. »Das war Serena!«

»Serena? Wer soll das sein?«

»Eine Clansfrau, die uns andere eigentlich heute Mittag verlassen hatte, nachdem ich O'Bryan und die anderen Gefährten eingeladen hatte, uns zu begleiten. Damit kam sie nicht klar. Eigentlich reagierte sie ziemlich genau so, wie ich dachte, dass der ganze Clan reagieren würde, wenn er das mit Rigel und mir herausfände. Ich sagte zu ihr, wenn sie die Gefährten und mich nicht akzeptieren könne, dann müsse sie eben gehen. Das tat sie, und ein paar der älteren Frauen gingen mit. Ich dachte, sie würden versuchen, zum Fischerclan an der Küste zu gelangen oder zu einem der Clans im Süden.« Verärgert schüttelte sie den Kopf. »Stattdessen sind sie zurückgekommen, wahrscheinlich, weil sie gern noch mal gereinigt werden wollten. Und anscheinend auch, weil Serena einen Keil zwischen Clan und Gefährten treiben wollte. Gesehen habe ich sie auf der Lichtung nicht – weder davor noch hinterher –, aber ich muss Sora vor ihr warnen.«

»Dass jemand Zwietracht zwischen uns sät, ist das Letzte, was wir brauchen können«, sagte Nik. »Oh, apropos Zwietracht, mir ist was zu dieser Krankheit der Hautdiebe eingefallen, was ich mit dir besprechen wollte, sobald wir allein sind.«

»Okay, wir sind jetzt allein.«

»Sind wir. Zum ersten Mal seit einer gefühlten Ewigkeit.« Nik streckte die Hand aus, wischte mit dem Finger einen kleinen Tropfen Honig von Maris Unterlippe und leckte ihn ab. »Mhmm, so süß wie du.«

In Mari stieg Hitze auf. Seine grünen Augen funkelten wissend. Ihr war schon entfallen, was er zuvor gesagt hatte. »Hmh?«, murmelte sie – ihr Kopf fühlte sich ebenso komisch an wie ihr Magen.

»Ich habe gesagt: Du bist so süß wie Honig.«

»Nein. Das heißt, danke. Aber was hast du davor gesagt, über die Hautdiebe?«

»Ach ja. Ich habe darüber nachgedacht, was wir heute gesehen haben – das mit dem Keiler. Weißt du noch, was Rose sagte? Dass Thaddeus sich noch mehr verändert hätte, nachdem er von ihnen gefangen worden war?«

»Ja. Dass sie glaubt, sie hätten Odysseus etwas Haut abgezogen und sie Thaddeus eingesetzt.«

»Und wenn das wirklich eine Möglichkeit ist, die Krankheit

zu heilen? Nur eben eine, die noch weitere Veränderungen im Patienten bewirkt? Und vielleicht sogar in dem Tier, von dem die Haut genommen wird? Rose sagt ja, Odysseus ist in letzter Zeit ein noch schlimmerer Giftzwerg als je zuvor. Und Thaddeus war wirklich schon immer cholerisch, aber so richtig gemeingefährlich ist er erst seit kurzem. Ja, die Krankheit scheint was in ihm verändert zu haben – und die Behandlung noch mehr. In beiden.«

»Das hört sich immer noch einfach verrückt an.«

»Ich weiß, aber hör mir weiter zu. Wir sind uns schon ziemlich sicher, dass die Hautdiebe für diese Krankheit verantwortlich sind.«

»Über die weißt du mehr als ich. Die Erdwanderer haben kaum jemals mit ihnen zu tun. Hafenstadt und Umgebung sind für uns tabu, schon seit Generationen.«

»Warum das?«

»Warum?« Mari zuckte mit den Schultern. »Darum. *Meide der Städte Mauern, weil dort die Hautdiebe lauern*«, zitierte sie den kleinen Reim, den alle Erdwandererkinder beigebracht bekamen, sobald sie sprechen konnten. »Städte sind gefährlich, so ist es überliefert. Nicht nur Hafenstadt, sondern alle Städte – oder zumindest alle Städte der Alten.«

»Vielleicht wussten deine Ahnen, dass sie nicht nur gefährlich sind, sondern verseucht?«

»Vielleicht. Darüber hat Mama nie viel gesagt, aber es gab ja auch keinen Grund dazu. Wie gesagt, der Clan hält sich von Städten fern. Immer. Ich könnte mal in den alten Aufzeichnungen stöbern – denen meiner Großmutter und ihrer Mutter und Großmutter. Vielleicht steht darin ja etwas, was uns mit unseren Fragen weiterhilft.«

»Ich glaube, eine Antwort weiß ich schon, und zwar eine beunruhigende. Ich denke, dass die Hautdiebe diese Seuche mit Absicht in den Wald getragen haben.«

»Aber warum?«

»Du kennst die Stadt nicht. Ich schon. Sie ist ein einziger Albtraum. Da wimmelt's von Ungeziefer und ekligen mutierten Pflanzen und Tieren. Überall sind Löcher im Boden, und unter den Trümmern und Schlingpflanzen lauern unzählige Gefahren. Schlimmer als die zerstörten Brücken und die dadurch bedingten Reißströme.« Nik erschauerte. »Wenn die Hautdiebe nicht so eklig wären, könnten sie einem geradezu leidtun. Mich würde nichts dazu bringen, an so einem grausigen Ort zu leben.«

»O Göttin, Nik! Glaubst du etwa, sie vergiften den Wald – also uns – absichtlich, damit alles so wird wie in ihrer scheußlichen Stadt?«

»Nein. Ich glaube, sie vergiften uns, damit sie den Wald übernehmen und uns daraus vertreiben können. Überleg mal – sie haben Thaddeus gefangen und wieder freigelassen, so dass er zum Stamm zurückkehren konnte. Und was ist? Er hat unseren Sonnenpriester ermordet und den Brand verursacht, der über die Hälfte unserer Stadt vernichtet und viele unseres Volkes getötet hat. Ein einziger Mann und schau, wie viel Schaden er angerichtet hat. Wie sehr er den Stamm geschwächt hat!«

»Nik, wie leicht wäre es jetzt für die Hautdiebe, eure Stadt zu erobern?«

»Viel zu leicht.«

Sie wuschen sich und machten sich bereit fürs Bett. Mari versuchte, sich ganz normal zu verhalten. Versuchte zu verbergen, wie nervös und ungeschickt sie sich fühlte – aber vergebens. Als ihr beim Aufräumen des Geschirrs bewusst wurde, dass sie an ihren Fingernägeln herumzupfte und immer wieder verstohlene Blicke auf Nik warf, gab sie auf und beschloss, ihm die Wahrheit zu sagen.

»Also, ich bin noch Jungfrau!«

Nik, der dabei war, den letzten Becher abzutrocknen, erstarrte in der Bewegung. »Das überrascht mich nicht.«

Beschämt senkte Mari den Blick.

Er stellte den Becher ab und eilte zu ihr. »Nein, so habe ich das nicht gemeint. Ich wollte damit Folgendes sagen: Es überrascht mich nicht, weil du doch dein wahres Aussehen vor dem Clan verbergen musstest. So wäre es dir ja nicht leichtgefallen, eine Beziehung aufzubauen. Ich staune schon, dass du es geschafft hast, dich mit Jenna und Sora anzufreunden.«

»Ach, mit Sora war ich gar nicht befreundet, bis ich nach Mamas Tod beschlossen habe, endlich ich selber zu sein. Und selbst da musste sie mich noch erpressen, damit ich sie näher an mich ranließ. Und Jenna glaubte, was der ganze Clan glaubte – dass ich kränklich wäre. Sie war offen für Ungewöhnliches, weil ihre Mutter gestorben war, als sie klein war, ihr Vater sie aber nicht wie üblich von den Clansfrauen aufziehen ließ, sondern darauf bestand, ihr tatsächlich ein Vater zu sein. Deshalb war es ziemlich einfach, mit Jenna befreundet zu sein, obwohl ich an sonnigen Tagen wirklich immer absagen musste, wenn wir was geplant hatten.«

»Also keine Jungsgeschichten.«

»Nein. Nie.« Sie hob die Schultern. »Ich habe Sora immer beneidet, weil alle Männer sie toll fanden. Sie ist so hübsch und selbstsicher und hatte ständig Männer um sich rum, vor allem Jaxom, bei dem ich dachte, sie würde ihn zum Treuverbundenen wählen. Er dachte das auch, glaube ich. Ich frage mich, was er jetzt machen wird.«

»Das ist ein anderes Thema, das mich momentan weniger interessiert. Vielleicht später. Aber sag mal, wie funktioniert das mit der Partnerwahl eigentlich bei den Erdwanderern?« Nik setzte sich auf das Strohlager, das derzeit Sora als Bett diente, und klopfte auf den Platz neben sich.

Mari ließ sich dort nieder. »Bei uns sind es immer die Frauen, die sich die Partner auswählen. Die Clansmänner umwerben uns – also, die anderen Clansfrauen. Mich hat nie jemand umworben.« Sie kniff die Augen zusammen, weil Nik amüsiert wirkte. »Lachst du etwa über mich?«

»Nein! Nicht über dich. Ich musste nur daran denken, wie du aussahst, als ich dich unter dieser Weide zum ersten Mal sah. Deine Verkleidung war echt unappetitlich.«

»Aber sie erfüllte ihren Zweck. Niemand hätte je vermutet, dass ich unter all dem Dreck und der Farbe zum Teil Gefährtin war. Stimmt schon, sie war ziemlich eklig. Und gestunken hat sie auch.« Sie schüttelte sich. »Ich bin so froh, dass dieser Teil meines Lebens vorbei ist.«

»Ich auch. Also, die Clansmänner umwerben die Frauen? Wie machen sie das?«

»Oft fertigen sie Geschenke für ihre Auserwählte an – es gibt einige gute Weber bei uns, auch bei den Männern, schließlich sind wir der Weberclan. Oder sie schenken ihr etwas, was sie gefunden oder erbeutet haben.« Mari zeigte auf das kostbare runde Spiegelstück auf ihrem Schreibtisch neben ihren Zeichensachen. »Diesen Spiegel hat der liebste Liebhaber meiner Großmutter ihr geschenkt.«

»Der liebste?«

»Ja. Wenn sich eine Clansfrau einen Mann ausgesucht hat, entscheidet sie auch, ob und wann sie die Beziehung beenden will. Gerade Mondfrauen haben oft mehrere Liebhaber, aber keine ständige Beziehung.« Sie hob wieder die Schultern. »Wahrscheinlich, weil wir uns auf den Clan als solchen konzentrieren müssen und darauf, unsere Töchter als Nachfolgerinnen zu erziehen. Da bleibt nicht viel Zeit für was Festes.«

»Ich dachte, deine Mutter hätte deinen Vater über alles geliebt?«

»Ja! Meine Mutter hat nur meinen Vater geliebt. Sie hatte danach nie wieder einen anderen Mann. Aber Mama war eine Ausnahme.«

»Ich hoffe, ihre Tochter ist auch eine Ausnahme.«

Diesmal schoss Mari das Blut nicht nur in die Wangen, sondern in den ganzen Körper. »Wie ist es denn bei euch?«

»Im Stamm verbindet man sich im gegenseitigen Einverständnis, und man einigt sich auch gemeinsam darauf, ob man die Beziehung beenden will. Wobei die meisten das ganze Leben zusammenbleiben.«

»Oh, bei uns sind sich normalerweise auch beide Partner einig – nur das letzte Wort haben die Frauen.«

»Aber wenn nun der Mann die Beziehung gern beenden würde – oder sich wünschen würde, dass sie nicht endet? Was kann er da machen?«

»Nichts. Im Treueschwur schwört er unter anderem, dass er die Frau nicht verlassen wird, außer sie schickt ihn weg – dann muss er das akzeptieren und darin einwilligen, die Beziehung zu beenden.« Nachdenklich verstummte sie. »Weißt du, ich habe das nie in Frage gestellt. So war es eben immer. Aber es ist komisch, oder? Dass der Mann sich der Frau völlig ergeben muss und es für ihn keine Möglichkeit gibt, von sich aus die Beziehung zu beenden. Huch, total krass.«

»Wahre Liebe.«

»Meinst du?«, fragte sie überrascht.

»Ich glaube, auf so was lässt man sich, egal ob als Mann oder Frau, nur aus wahrer Liebe ein.«

»Und ich glaube, Mama hätte dich einen hoffnungslosen Romantiker genannt.« Seltsamerweise wurde ihr bei diesem Gedanken ganz froh zumute.

»Ich wollte, ich hätte deine Mama kennenlernen können. Ich habe das Gefühl, ich hätte sie gemocht.«

»Dich hätte sie jedenfalls ins Herz geschlossen. Und du hast sie kennengelernt, Nik. Dein Gesicht war das Letzte, was sie sah, bevor sie starb.« Sie kniff die Augen zusammen, um nicht weinen zu müssen. »Sie hat dich für meinen Vater gehalten. Sie ist im Glauben gestorben, der Mann, den sie liebte, sei zu ihr zurückgekommen. D-danke.« Sie wischte sich die Wangen ab.

»Ich hoffe, ich habe ihr das Ende etwas leichter gemacht.«

»Da bin ich mir ganz sicher.« Mari trocknete ihre Tränen, entschlossen, das Gespräch nicht in Trauer und Reue über verpasste Gelegenheiten enden zu lassen. »Also, ich wurde von einer Frau aufgezogen, die schon in jungen Jahren die Liebe ihres Lebens verloren hatte und nie auch nur annähernd an einem anderen Mann interessiert wirkte. Und ich selbst konnte natürlich keinen Mann so nahe an mich ranlassen, dass er entdeckt hätte, dass ich zur Hälfte Gefährtin bin. Wir waren schon ein spezielles Gespann, Mama und ich. Gut, dass wir nicht auch für die Fortpflanzung des Clans verantwortlich waren.«

»Hattest du dir nie gewünscht, es wäre anders?«

»Doch, natürlich. Ich hätte mir gewünscht, Jaxom würde mich so anschauen wie Sora. Aber nur, weil ich gern gewusst hätte, wie es ist, begehrt zu werden.«

Nik sah ihr in die Augen und hielt ihren Blick fest. »Ich begehre dich, Mari. Sehr sogar.«

Mari spürte ihre Wangen glutrot werden, aber sie zwang sich, nicht wegzuschauen. »Bist du auch noch Jungfrau?«

»Nein.«

Ihr Blick senkte sich auf ihren Schoß. »Oh.« Erst jetzt kam ihr der Gedanke, dass sie ihn vielleicht hätte fragen sollen, ob es beim Stamm ein Mädchen gab, an dem er interessiert war. Bisher hatte sie einfach angenommen –

»Hey, hör nun bitte nicht auf, mit mir zu reden. Wir sitzen doch in einem Boot – das hoffe ich wenigstens. Es tut mir leid, Mari. Ich habe keine Ahnung davon, was dein Clan von Sex hält.«

Sie sah ihn wieder an. »Der Clan hält Sex für natürlich und gut. Aber die Wahl liegt immer bei der Frau.«

»Eigentlich verständlich, angesichts dessen, was im Nachtfieber mit euren Männern passiert.«

Mari nickte. »Alle großen Entscheidungen werden bei uns von den Frauen gefällt. Unsere Männer sind unsere Beschützer, Jäger und Baumeister, aber sie leben fast nie gemeinsam mit einer Frau in einem Bau. Die Frauen leben in Gruppen zusammen, ziehen zusammen die Kinder auf, pflanzen und ernten, weben und treiben Handel mit anderen Clans. Die Männer leben eher einzelgängerisch. Es gibt übrigens Männer, die sich gegenseitig die Treue schwören, und Frauen, die eine Frau als Partner wählen. Das ist auch okay.«

»Klingt traurig.«

»Dass manche Männer mit Männern zusammen sind und Frauen mit Frauen?«

Er musste leise lachen. »Nein. Das gibt's auch bei uns – so ist eben die Liebe. Ich meinte, dass eure Männer so einsam leben. Das klingt traurig und bitter.«

»Ich gestehe, bisher habe ich das nie so gesehen. Ich fand es eher gut, dass unsere Frauen ihre Liebhaber oder auch Treuverbundenen nicht bei sich wohnen lassen.«

Nik nahm ihre Hand, drehte sie um und begann, sanft Kreise in ihre Handfläche zu zeichnen. »Und jetzt?«

»Jetzt finde ich es auch traurig. Etwas hat sich verändert. Du hast mich verändert.«

»Wie denn? Erzähl.«

»Zuerst erzählst du mir, wie du entjungfert wurdest.«

»Darf ich es einfach so zusammenfassen: Es war peinlich und nicht besonders toll?«

»Nein, ich glaub nicht.«

Er seufzte. »Okay. Bringen wir's hinter uns. Was willst du wissen?«

»War es nur einmal?«

»Nein. Es waren mehrere Male. Und ja, es wurde zunehmend besser und weniger peinlich.«

Mari biss sich von innen auf die Wange und versuchte, ihre Eifersucht zu bezähmen. Ihr war klar, es war unfair und unlogisch, auf etwas eifersüchtig zu sein, was Nik getan hatte, bevor er sie gekannt hatte. Sie starrte seinen Finger an, der weiter Kreise auf ihre Haut malte, was Wellen der Hitze von ihrer Hand durch den Arm in ihren restlichen Körper sandte. »Mit nur einer Frau oder mehreren?«

»Mit mehreren.«

»Gleichzeitig!«

»Nein! Hm, aber keine schlechte Idee.« Als Mari ihn mit riesigen Augen ansah, rempelte er sie mit der Schulter an. »Hey, das war ein Witz. Größtenteils. Mari, beim Stamm ist es üblich, dass man mit verschiedenen Partnern experimentiert, vor allem, wenn man jung ist. Wie soll man sonst den oder die Richtige finden? Außerdem ist es einfach ein Bedürfnis, das auch von unseren Gefährten ausgeht. Ich selbst habe das noch nicht erlebt, aber ich habe mitbekommen, was mit Hunden und ihren menschlichen Gefährten passiert, wenn Hündinnen heiß werden. Das kann ziemlich spannend werden, weil es bei Hunden, die so eng zusammenleben, oft zur gleichen Zeit passiert.«

»Aber du hattest keine feste Beziehung?«

»Mari! Natürlich nicht. Sonst wäre ich jetzt nicht hier.«

»Und fast?«

Sein Finger begann, sich ihren weichen Unterarm entlangzuarbeiten. »Na ja, ich hätte gern eine Beziehung. Also, ich hoffe, dass es klappt. Aber ich habe gerade erfahren, dass das komplett von dir abhängt.«

Ihr Blick flog zu ihm. »Von mir?«

»Ja. Von dir und niemandem sonst, Mari.« Er beugte sich vor, zog sie sanft in die Arme und eroberte ihre Lippen mit den seinen.

Mari erwiderte den Kuss – zuerst nervös und unsicher, aber in der Hitze, die in ihr aufstieg, lösten sich alle Zweifel und Bedenken auf. Mit jedem Atemzug wurde der Kuss intensiver. Niks geschickte Hände, die ihren Körper erkundeten, lösten einen Sturm von Empfindungen in ihr aus. Ohne so recht zu wissen wie, fand sie sich unter ihm wieder, sein harter Körper rieb sich gegen ihren. Aber als seine Hand unter ihre Tunika glitt und ihre Brust zu streicheln begann, erstarrte sie.

Nik schien das sofort zu spüren. Er stemmte sich leicht hoch und sah sie an. »Alles okay?«

»Ja. Nein. Ich bin nervös«, gab sie zu.

Er legte sich neben sie und strich ihr das Haar aus dem Gesicht. »Ich auch.«

»Wirklich?«

»Und wie. Ich will, dass es schön für dich ist – so richtig schön. Und ich weiß, dass das stark davon abhängt, wie gut ich im Bett bin.« Er wackelte mit den Augenbrauen, und sie musste lachen. »Das ist ein ziemlicher Druck, und das macht mich nervös. Weißt du was, sollen wir ausmachen, dass du mir sofort sagst, wenn du zu nervös wirst? Und dann breche ich ab, was ich gerade mache?«

»Aber wenn ich die ganze Zeit nervös bin?«

Nik lachte kurz auf. »Tja, dann habe ich wohl nicht gut genug um dich geworben und muss Sora fragen, ob sie ein paar Tipps für mich hat.«

Mari musste so heftig kichern, dass sie durch die Nase schnaubte. »Das wäre nach ihrem Geschmack. Ich kann mir genau vorstellen, wie sie dir absichtlich einen Haufen dubioser Ratschläge gibt, nur damit sie sich vor Lachen kringeln kann, wenn ich ihr alles erzähle.«

»Kreuz-Käferklöten, willst du Sora etwa alles erzählen?«

»Möglicherweise.«

»Komm her. Vielleicht schmusen wir heute Nacht einfach nur ein bisschen und machen uns morgen Gedanken über Sex und wie wir die Welt ändern.«

»Müssen wir uns denn Gedanken über Sex machen?«

»Nein. Also, zumindest du nicht. Überlass das mir.«

»Heißt das, ich soll mir die Gedanken über das Die-Welt-Ändern machen?«

»Hört sich gut an.«

»Ich weiß ja nicht, wer von uns da den besseren Handel abschließt.«

»Ich verspreche dir, ich werde mir eine Menge Gedanken machen.«

# 18

Fahlauge stellte fest, dass er immer weniger Schlaf benötigte. Nachdem Täubchen und er sich geliebt und dann mit dem Volk gefeiert hatten, zogen sie sich in ihren Teil der Kammer der Göttin zurück. Täubchen schlief sofort in seinen Armen ein, den nackten Leib vertrauensvoll an ihn geschmiegt. Auch er hatte damit gerechnet, bald tief und fest zu schlummern. Doch er war nach wie vor wach, und schließlich machte er sich sanft von Täubchen los und begab sich auf die Galerie der Göttin.

»Kann ich dir etwas bringen, Streiter?«, fragte die junge Zofe, deren Aufgabe es war, das Feuer in den Feuerschalen die ganze Nacht am Brennen zu halten. Er sah sie nicht einmal an.

»Mein einziger Wunsch ist es, allein zu sein.«

Geräuschlos zog sie sich von der Galerie zurück.

Fahlauge schritt an die Brüstung und betrachtete die Szene im Hof unter sich. Die dortigen Feuertöpfe schwelten nur noch oder waren bereits ausgegangen. Noch hing der Duft des saftigen Wildschweinfleischs in der Luft, und vereinzelt lagen Angehörige des Volkes herum, die sich so den Bauch vollgeschlagen hatten, dass sie in der Nähe des Spießes, auf dem noch eine ganze Keule steckte, eingeschlafen waren.

Angewidert schüttelte er den Kopf. Eigentlich sollten sie selbst wissen, dass offen herumliegende Fleischreste nachts Insekten anlocken konnten – und Schlimmeres.

»Zofe!«, rief er leise, um Täubchen nicht zu wecken.

»Ja, Streiter?«

Da sah er sie an, mit Bedacht sehr gleichmütig, um ihr nicht zu zeigen, wie ihn ihre rissige Haut anwiderte. Oh, sie war jung und noch kaum infiziert, doch wenn sich nicht schnell etwas änderte, war abzusehen, dass sie enden würde wie die früheren Wächterinnen – als sieche alte Hexe, wegen des Gifts in ihrem Körper dem Wahnsinn verfallen.

So weit würde Fahlauge es nicht kommen lassen.

»Wie heißt du?«, fragte er.

»Mein Name ist Lilie, Streiter.«

»Lilie, wecke so viele der anderen Zofen wie nötig. Geht hinunter in den Hof und facht dort das Feuer in den Feuertöpfen wieder an. Sorgt dafür, dass es in Zukunft jede Nacht brennt, genau wie die Feuer hier und in der Kammer. Dann bringt das restliche Fleisch in den Tempel. Trocknet und räuchert es. Und weckt die Leute, die unten schlafen. Sag ihnen, dass ich ihnen befehle, euch zu helfen. Wenn sie Siechtum und Gift aus ihrem Leben verbannen wollen, müssen sie ihr Verhalten ändern.«

Sie verneigte sich tief. »Ja, Streiter.«

»Und lass Täubchen schlafen.«

»Ja, Streiter.«

Als sie zögerte, statt sofort die Galerie zu verlassen, winkte er unwirsch. »Was ist? Tu, was ich dir sage.«

»Das werde ich, Streiter. Soll ich eine andere Zofe hierherschicken, damit sie sich um diese Feuertöpfe kümmert?«

»Nein. Ich habe nicht vor zu schlafen. Ich erhalte die Feuer, bis du zurückkommst.«

»Zu Befehl, Streiter.« Lilie verneigte sich zum letzten Mal und eilte davon.

Fahlauge sah zu, wie die jungen Frauen auf den Hof schwärmten, die vollgefressenen Leute weckten und begannen, Ordnung zu schaffen. Dann schweifte sein Blick zum fernen Wald und seine Gedanken zum Stamm des Lichts.

*Wie erobere ich ihr Gebiet am besten für mein Volk?*

Das Gift, das er im Wald gesät hatte, breitete sich aus. Der Mann, den seine Leute mit seinem Hund zusammen gefangengenommen hatten, war davon befallen gewesen. Fahlauge war sich sicher, dass er das Übel weiterverbreitet hatte – wie sonst hatte der Stamm es zulassen können, dass ein Waldbrand die Stadt zu großen Teilen vernichtete?

Sein Plan schien aufzugehen – sogar hervorragend.

Er freute sich auch darüber, wie schnell die Wildschweinhaut ihre Wirkung an seinen Schnittern tat. Sie begannen, sich bereits von der Krankheit zu erholen, und wirkten kräftiger, und die neun, die noch übrig waren, nachdem er sein Exempel an Flüsterfuß statuiert hatte, schienen seine Autorität bedingungslos zu akzeptieren. Aber reichte das aus, um die Stadt in den Bäumen zu erobern?

Nein.

Fahlauge brauchte eine Armee aus Männern wie Stahlfaust und den acht anderen – Männer, die ihm treu und dank der Haut eines nicht verseuchten Lebewesens von der Krankheit frei waren. Auch Täubchens Zofen mussten geheilt werden, oder der Tempel würde wieder zu dem widerwärtigen Misthaufen verkommen, der er vor seiner Übernahme gewesen war.

»So viel ist zu tun, bevor wir die Stadt erobern können, aber haben wir die Zeit dazu? Wenn ich warte, bis ich eine Armee von Schnittern habe, gebe ich den Anderen die Chance, sich zu erholen und wieder eine stabile Verteidigung aufzubauen. Aber wenn ich nicht warte – sind wir denn schon stark genug, um einen so mächtigen Stamm zu besiegen wie den der Anderen in ihrer Himmelsstadt?«

Unruhig schritt Fahlauge hin und her. Hitze loderte in ihm auf. Was sollte er unternehmen? Wann war der beste Zeitpunkt für die Eroberung? Gut möglich, dass der Waldbrand, gepaart mit dem schleichenden Gift im Wald, den Stamm so sehr geschwächt hatte, dass das Volk ihn besiegen und versklaven konnte. Um ganz sicher zu sein, würde er wohl hingehen und sich vergewissern müssen, in welcher Verfassung der Stamm gegenwärtig war.

Andererseits: Vielleicht sollte er sich Zeit lassen. Vielleicht sollte er jeden vorhandenen Jäger und Schinder auf Herz und Nieren prüfen, die Schwankenden aussortieren wie Flüsterfuß und diejenigen, die ihm treu waren, belohnen wie Stahlfaust und die anderen frisch ernannten Schnitter, indem er einem Waldtier die Haut abzog und diese mit der ihren verband.

Frustriert raufte Fahlauge sich die Haare und zuckte überrascht zusammen, als er die Geweihsprossen über seinen Ohren berührte. Sie waren gewachsen, allein über diesen einen verheißungsvollen Tag!

Er streckte den Arm aus, spannte seinen mächtigen Bizeps an und freute sich daran, wie rein, ganz ohne Blasen und Pusteln seine Haut war – vollkommen gesund. Er war stark. Stärker als jeder andere seines Volkes. So stark wie ein Gott.

*Du bist ein Gott.*

Der Gedanke schien aus seinem tiefsten Innern aufzusteigen, füllte sein Herz, seinen Geist, seine Seele vollkommen aus.

*Dieser Gedanke kam nicht von mir.* Fahlauge wurde bang

zumute. Unwillkürlich wandte er sich der hinter ihm dräuenden enormen Metallstatue der Göttin zu.

Hatte sie sich wirklich bewegt, als er von der Jagd zurückgekehrt war und Täubchen in die Arme geschlossen hatte? Noch war keine Zeit gewesen, um mit dieser darüber zu reden. Sie hatten sich lediglich geliebt und am Festmahl teilgenommen. Erst jetzt hatte Fahlauge die Ruhe, darüber nachzudenken, was da passiert war.

»Hast du dich bewegt? Gibt es dich?«, sprach er die Göttin an.

Keine Antwort.

Er kratzte sich im Nacken und tastete nach dem weichen Hirschfell, das sich inzwischen über sein ganzes Rückgrat zog. »Oder werde ich verrückt?«

*Klettere hinauf und erkenne die Wahrheit*, brandete durch seinen Geist. Gedanke war das falsche Wort dafür – und erst recht war es nicht sein eigener. Es war, als sei in ihm eine große Macht erwacht und reckte und dehnte sich wie nach langem Schlaf.

Er starrte zum Gesicht der Göttin hinauf. »Vielleicht bin ich verrückt – aber diese Verrücktheit hat mich stärker gemacht, geheilt und mich erkennen lassen, wie ich das Volk aus dieser todgeweihten Stadt erlösen kann.«

Und Fahlauge machte sich ans Klettern.

Mit dem Geschick eines Waldtiers sprang er der Statue auf den massiven Schenkel und fand Halt in ihrem Haar, das wie alles an ihr aus jenem sonderbar perfekten Metall bestand und aussah, als blähe es sich in einem Wind, den nur sie spüren konnte. So zog er sich hoch, bis er auf ihren mächtigen Schultern stand. Von dort aus, weit über dem Boden der Galerie, blickte er auf den Wald hinaus. Der Mond stand riesig und leuchtend am Himmel – ein Jagdmond, wie er beim Volk genannt wurde, da er so hell strahlte, dass er in der Stadt tiefe, dunkle Schatten warf. Weit, weit in der Ferne glaubte Fahlauge gelbe Zünglein von Flammen zu sehen. Nicht das wilde rote Wüten des Waldbrandes, sondern zahme, gehorsame Koch- und Lagerfeuer.

»Wie viele von ihnen haben überlebt?«, murmelte er. »Wann soll ich angreifen?«

*Bereite das Volk vor*, strömte mit solcher Macht durch seinen Geist, dass er die Balance verlor. Er wankte und glitt ab. Panisch griff er um sich auf der Suche nach einem Halt – egal was, Hauptsache es rettete ihn –, da schrammte sein Handgelenk über eine Spitze des Dreizahns der Göttin. Mit gleißendem Schmerz riss der Stahl ihm die Haut auf, und er schnappte nach Luft, während seine andere Hand dankbar den Schaft der Waffe zu fassen bekam und den tödlichen Fall verhinderte.

Schweratmend gewann Fahlauge wieder festen Stand. Eigentlich wollte er sofort zurück auf die Galerie klettern und Täubchen wecken, damit sie ihm half, den blutenden Schnitt zu verbinden, doch sein Blick blieb an den scharlachroten Tropfen haften, die aus seinem verwundeten Arm rannen. Seine Hand hatte auf dem Kopf der Göttin Halt gefunden. Unmittelbar vor ihm war ihr Gesicht, so groß wie ein Mann. Gebannt sah er zu, wie das Blut aus der Wunde auf ihren glatten metallenen Wangen zu Tränen wurde.

»Bist du wirklich? Bist du am Leben?«, fragte er sie wieder.

Für die kurze Zeit eines Atemzugs – ein, dann aus – schienen sich die Augen der Göttin zu bewegen. Ihre blicklosen metallenen Augäpfel richteten sich auf Fahlauge. Er hielt den Atem an, als ihre Antwort ihn ganz erfüllte.

*Ich bin der Tod und doch am Leben. Blick in dich hinein. Nimm mich an, und wir werden für immer eins sein.*

Während sein Blut die Wangen der Göttin nässte, blickte Fahlauge in sich hinein und nahm an, was ihm versprochen wurde. Und die Welt schlug einen neuen Kurs ein.

Täubchen erwachte vom Schreien ihrer Zofe. Hastig setzte sie sich auf und tastete automatisch neben sich nach Fahlauge. Als ihre Hände nur Leere ertasteten, schnürte sich ihr Magen zusammen. Sie stand auf. »Zofen, kommt zu mir!«

»O Herrin, es ist so schrecklich! Ich weiß nicht, was ich machen soll!«

Das war Lilies Stimme. Täubchen streckte die Hände aus, und Lilie ergriff diese. Täubchen spürte das Mädchen zittern. »Ganz ruhig. Wo ist unser Streiter? Wenn etwas passiert ist, dann hole ihn sofort!«

»Aber es ist der Streiter! O Herrin, ich glaube, er ist tot!«, schluchzte Lilie.

»Hör auf! Er ist nicht tot. Das würde die Göttin nicht zulassen.« Täubchen zwang sich, ruhig und sicher zu klingen, obwohl ihr Herz wie wild raste und Angst ihr durch die Adern pulste. *Wenn mein Liebster tot ist, ist auch mein eigenes Leben zu Ende.* Doch sie verbannte den entsetzlichen Gedanken aus ihrem Geist und befahl: »Bring mich sofort zu ihm!«

Lilie führte sie auf die Galerie. »Er liegt zu Füßen der Göttin. In der Nacht hatte er mir aufgetragen, mit den anderen Zofen den Hof zu säubern und die Schlafenden unten zu wecken, damit sie uns halfen. Das tat ich – der Streiter sagte, er wolle hier oben allein sein und werde selbst das Feuer in den Töpfen erhalten. Deshalb habe ich ihn erst jetzt gefunden.« Wieder schluchzte Lilie auf. »Überall ist Blut, Herrin. Was machen wir nur ohne unseren Streiter?«

Täubchen handelte instinktiv. Mit der überirdischen Anmut, die ihre Blindheit ihr verliehen hatte, zog sie Lilie in einer einzigen Bewegung an sich und versetzte ihr einen harten Schlag über die Wange.

»Sprich nie wieder so! Ich bin das Orakel der Göttin. Meinst du nicht, ich wüsste es, wenn er tot wäre?«

»J-ja, natürlich, Herrin. Es tut mir leid! Es tut mir so leid! Es ist nur so viel Blut. Die – die Göttin ist ganz davon bedeckt, es läuft ihr wie Tränen über die Wangen und weiter herab bis zu unserem Streiter, und er liegt reglos da und ist so kalt.«

»Gut, dass ich nicht sehen kann. So kann mich der Anblick nicht täuschen, wie er dich getäuscht hat. Führ mich zu ihm!«

»Wie du wünschst, Herrin.« Am Ellbogen führte Lilie sie weiter. Noch ehe sie zu Fahlauge gelangten, wurde der Blutgeruch so stark, dass es Täubchen schien, als müsste die ganze Galerie blutüberströmt sein. Es war fast, als müssten sich in der Luft Blutströpfchen bilden und um sie niedergehen wie feiner Frühlingsregen.

»Da ist er, vor …«

»Ich finde ihn jetzt.« Täubchen schob Lilies Hand weg und folgte dem Blutgeruch und der pulsierenden Energie, die stets von ihrem Liebsten ausging. Fahlauge lag zusammengesunken auf der Seite, halb auf dem Fuß der Göttin, als wolle er sie demütig um etwas anflehen. Täubchen kniete sich neben ihn und betastete ihn über und über. Die einzige Wunde, die sie fand, war ein tiefer blutiger Schmiss, der sich der Länge nach über seinen rechten Unterarm zog. Sie fand auch seinen Puls. Er war schwach und zu schnell, aber vorhanden. Seine Haut war kühl, schweißfeucht und glitschig von dem vielen Blut, und er atmete flach und unregelmäßig. Rasch und entschlossen zog sich Täubchen die kurze Tunika, die sie zum Schlafen getragen hatte, über den Kopf, riss mit Hilfe der Zähne einen langen Streifen aus dem Saum und begann, ihn um den Arm ihres Liebsten zu knoten. Derweil fragte sie Lilie: »Wer außer dir weiß, dass er verletzt ist?«

»Niemand. Die anderen Zofen sind noch dabei, sich um die Dinge zu kümmern, die er uns auftrug. Ich kam nur herauf, um dir deinen Morgentee zu kochen und zu fragen, ob du oder er gern etwas Wildschweinfleisch zum Frühstück hättet.«

»Lass keine der anderen in die Kammer, bis ich es dir wieder erlaube. Und sag ihnen nicht, dass der Streiter verletzt ist.«

»Aber, Herrin, er –«

»Er ist nicht tot!«, zischte Täubchen heftig. »Und wir werden keine Panik unter dem Volk schüren!«

»J-ja, Herrin.«

»Ich brauche deine Hilfe, Lilie. Kann ich darauf zählen?«

»Aber natürlich, Herrin!«

»Sehr gut. Denn wenn er erwacht – und er wird erwachen, darauf gebe ich dir das Wort der Göttin –, wird er all jene belohnen, die mir während seines Schlafs treu waren, und all jene bestrafen, die es nicht waren, genau wie er vor noch nicht langer Zeit die blasphemischen Wächterinnen bestraft hat.«

An Lilies raschelnden Röcken hörte Täubchen, dass diese sich tief vor ihr verneigte. »Ich verstehe. Ich werde dir treu gehorchen, Herrin.«

»Danke, Lilie. Ich weiß deine Treue zu schätzen. Nun hör gut zu. Bring mir Felle, damit wir ihn bedecken und es ihm bequem machen können. Außerdem spüre ich keine Hitze von den Feuertöpfen ausgehen. Fache sie wieder an. Unserem Streiter ist kalt. Und hol mir saubere Tuchstreifen und viel klares Wasser. Dann sage den anderen Zofen, sie sollen aus den Markknochen des Keilers eine Brühe kochen, und bring sie mir so schnell wie möglich.« Sie spürte, wie Lilie sich abwandte, um ihre Befehle auszuführen. Blitzschnell dachte sie nach und packte so schnell, wie eine Schlange zustößt, das Handgelenk des Mädchens. »Was hier geschehen ist, war der Wille der Göttin. Sie hat unseren Streiter um ein Blutopfer gebeten, und das einzige Blut, das stark genug war, um ihrer würdig zu sein, war sein eigenes.«

»Und hat sie sein Opfer angenommen?«, wollte Lilie mit bebender Stimme wissen.

Täubchen zwang sich, zu lächeln und selbstsicher zu nicken. »O ja! Unser Streiter lebt, und wenn er erwacht, wird er mit der Stimme der Göttin sprechen. Doch bis dahin würde sein Opfer unser Volk nur ängstigen – genau wie dich.«

»Ich verstehe, Herrin. Ich werde tun, was du sagst.«

Täubchen ließ sie los. Lilie eilte davon und kam bald mit mehreren Fellen wieder.

»Bereite ihm ein Lager außerhalb der Blutlache, näher bei den Feuertöpfen.«

Lilie tat wie befohlen. »Das Lager ist fertig, Herrin.«

»Hilf mir, ihn daraufzulegen – vorsichtig.«

Gemeinsam zogen und schoben die beiden jungen Frauen den massigen Fahlauge auf das bereitstehende Lager.

»Nun hol mir Wasser und Verbände.« Fieberhaft überlegte Täubchen, ob es etwas gab, was ihrem Liebsten noch helfen konnte. Schließlich erinnerte sie sich, dass die alten Wächterinnen nach Knoblauch gestunken hatten, weil sie beharrlich geglaubt hatten, wenn sie diesen zerdrückt und mit Honig gemischt auf ihre rissige Haut schmierten, lindere er die Wunden und wirke sogar ein wenig heilend. »Und bring auch Knoblauchknollen und Honig.«

»Ja, Herrin!«

Lilie brachte ihr das Wasser und die Verbände und machte sich auf die Suche nach Knoblauch und Honig. Endlich allein mit ihrem Liebsten begann Täubchen ihm das getrocknete Blut abzuwaschen und träufelte ihm Wasser zwischen die schlaffen Lippen. »Geliebter, du musst wieder erwachen. Ich kann das Volk nicht allein aus dieser vergifteten Stadt in den Wald führen – das kannst nur du. Nur du kannst ihm Erlöser und Gott sein. Wach auf, Liebster, und sprich mit deinem Täubchen.«

Fahlauge rührte sich nicht.

Schweratmend kam Lilie wieder herbeigeeilt. »Knoblauch und Honig, Herrin.« Als sie Täubchen das Erbetene in die Hände legte, nutzte diese die Gelegenheit, der jungen Zofe sanft den Arm zu drücken und ihr ermutigend zuzureden. »Du machst deine Sache gut, Lilie. Du bist mir eine große Hilfe. Wenn unser Streiter erwacht, wird er dich reich belohnen.«

»Hat er schon zu dir gesprochen?«

»Noch kommuniziert er mit der Göttin«, sagte Täubchen. »Bitte besorge jetzt die Brühe. Unser Streiter wird sie bald brauchen.«

Während das Mädchen wieder davoneilte, zerdrückte Täubchen die Knoblauchzehen und gab sie in den Holztiegel mit dem Honig. Als das getan war, wickelte sie den Verband von Fahlauges Arm ab. Da er wieder zu bluten begann, kaum dass der Druck des Verbands wegfiel, schmierte sie so schnell wie möglich die klebrige Mischung in und um den hässlichen Riss, drückte die gezackten Ränder der Wunde zusammen und wickelte mit der anderen Hand eine frische Binde darum, die sie sehr fest verknotete.

Dann wusch sie jede Spur von Blut von Gesicht und Hals ihres Liebsten ab und setzte sich zu ihm, den verwundeten Arm in ihrem Schoß, um Druck auf die Wunde ausüben zu können. Sanft wiegte sie sich hin und her und sprach mit ihm – unablässig.

»Wach auf, mein Streiter. Du musst mit mir sprechen. Ich kann mir die Welt ohne deine tiefe, kluge Stimme nicht mehr vorstellen. Ich brauche dich, Liebster. Bitte kehre zu mir zurück.«

Doch er sprach nicht zu ihr und regte keinen Muskel. Immerhin bemerkte Täubchen erleichtert, dass seine Atemzüge tiefer wurden. Und es gelang ihr, ihm einige Becher Wasser einzuflößen, obwohl er eher aufgrund eines automatischen Reflexes zu schlucken schien als mit Absicht. Die Feuertöpfe taten ihren Dienst, auf der Galerie wurde es wärmer. Nicht lange nachdem Fahlauge aufgehört hatte zu zittern, kehrte Lilie zurück, umgeben von einer satten Duftwolke nach Markbrühe. »Die Brühe, Herrin!«

»Danke, Lilie. Du kannst uns wieder allein lassen.«

»Aber – aber wann dürfen die Zofen zurück in die Kammer kommen? Sie fragen immer wieder, was passiert ist. Was soll ich ihnen sagen?«

»Sag ihnen, dass die Göttin mit unserem Streiter spricht. Wenn ihnen diese Antwort nicht reicht, können sie unseren Streiter und die Göttin gern direkt fragen, sobald sie wieder in den Tempel hineindürfen. Ich bedaure jeden Mann und jede Frau des Volkes, die glauben, sie könnten an der Göttin zweifeln.«

»Ich verstehe, Herrin.«

»Wenn die Zeit gekommen ist, werden Fahlauge und ich die Zofen hierher auf die Galerie rufen. Wartet bis dahin im Hof. Kümmert euch um die Feuertöpfe. Räuchert das Fleisch. Erledigt alle Aufgaben, die euch euer Streiter aufgetragen hat. Ich verlasse mich darauf, dass du das Volk ruhig hältst, Lilie.«

»Ich werde dich nicht enttäuschen, Herrin.«

Täubchen streckte ihre blutbeschmierte Hand aus, und Lilie nahm sie. »Danke, Lilie. Deine Treue in dieser schwierigen Stunde bedeutet mir mehr, als ich es in Worte fassen kann.«

Als das Mädchen weg war, setzte Täubchen sich so, dass sie Fahlauges Kopf auf den Schoß nehmen konnte. Mit einiger Mühe hob sie seinen Oberkörper an und schlang liebevoll den Arm um ihn. In kleinen Schlucken löffelte sie ihm warme, duftende Brühe in den Mund. Immer wieder schluckte er krampfhaft. Täubchen verlor jedes Gefühl dafür, wie lange sie so dasaß, ihren Liebsten im Arm hielt und zum Trinken zwang. Dabei sprach sie mit ihm, als könnte er sie hören – als werde er jeden Moment erwachen und sie an sich ziehen, über ihre Angst lachen und sie daran erinnern, dass er so stark war wie ein Hirsch, dass mehr nötig war, um ihn zu töten, als ein verletzter Arm und ein Sturz.

Die steigende Sonne begann, Täubchen zu wärmen. Sie hob ihr augenloses Gesicht zum Himmel. »Liebster, die Sonne steigt immer höher. Du musst aufwachen. Die Anderen werden schon ächzend und schlurfend darangehen, ihre Stadt wieder in Ordnung zu bringen. Du musst dem zuvorkommen. Du hast mir ein Leben in den Wolken an deiner Seite versprochen, und dieses Versprechen musst du halten.«

Im nächsten Moment ging eine Veränderung mit ihm vor. Er holte tief Luft, seine mächtige Brust dehnte sich aus.

»Liebster?« Fahrig tastete sie nach seinem Gesicht und spürte seine Lider flattern. »Liebster, du erwachst!«

Er sprach kein Wort, sondern setzte sich auf und machte sich aus ihren Armen los. Sie wusste, dass er sie ansah – sie spürte seinen Blick auf sich ruhen. Unsicher lächelte sie und streckte die Hand nach ihm aus. »Geht es dir gut, mein Streiter?«

»Täubchen. Wie schön, dich zu sehen.«

Sie hörte es sofort. In der Spanne, in der er ihren Namen sprach, wusste Täubchen, dass der Mann vor ihr nicht Fahlauge war. Nicht ihr Streiter und Liebster. Niemand, der nicht wie sie von jeher darauf angewiesen war, ganz genau auf die Stimmen um sich herum zu lauschen, hätte die Veränderung herausgehört. Doch Täubchen war anders als die meisten. Sie bemerkte vieles, was für das Auge unsichtbar war. Und so wusste sie ohne jeden Zweifel, dass das, was in der Nacht geschehen war, ihren Liebsten unwiderruflich verändert hatte.

Ihr war, als zerspränge ihr das Herz. Sie hätte schreien mögen vor Verzweiflung und Einsamkeit. Doch ihr ganzes kurzes Leben lang hatte sie besonnen sein müssen, um zu überleben, und die Gewohnheit, erst abzuwarten, um die Lage einschätzen zu können, war stark, stärker sogar als ihr gebrochenes Herz.

Sie zwang ihre Lippen zu lächeln. »Mein Streiter! Ich wusste, dass du zurückkehren würdest!« Ihm zugewandt breitete sie die Arme aus. Auch ohne Augen spürte sie ihn zögern, doch sie blieb, wie sie war – lächelnd, zur Begrüßung bereit –, als hätte sich nichts zwischen ihnen geändert.

Da nahm er sie schließlich in die Arme und zog sie an sich. »Ich hatte vergessen, wie weich sich ein lebender Frauenkörper anfühlt. Wie angenehm.«

»Liebster? Ich – ich verstehe nicht?« Sie zwang sich, geschmeidig zu bleiben, obwohl seine Liebkosungen zunehmend rauer wurden. »Wir haben uns schon so viele Male geliebt. Warum erscheint es dir neu? Bist – bist du irgendwie neu geboren worden?«

Da durchlief ihn ein Schauder, und plötzlich klang seine Stimme wieder nach ihm selbst, und seine Berührungen wurden sanft und vertraut. »Mein Kleinod, sorge dich nicht und verzweifle nicht! Heute Nacht ist ein Wunder geschehen, das unser Dasein völlig verändern wird!«

Eine Woge der Erleichterung durchflutete Täubchen, und sie klammerte sich an ihn. »Liebster, du bist also doch zu mir zurückgekehrt. Ich hatte solche Angst! Es schien, als wärst du fort, obwohl dein Körper lebte.«

Wieder erschauerte Fahlauge. Er nahm ihr Gesicht zwischen die Hände. Als er wieder sprach, war seine Stimme voller Macht und Begehren – und ganz klar nicht die Stimme ihres Liebsten.

»Täubchen, der Entschlossenheit deines Fahlauge habe ich es zu verdanken, dass ich endlich erwacht bin. Bald wirst du erkennen, dass dein Geliebter sich wahrhaftig sehr verändert hat.«

»Vergib mir, ich verstehe nicht.«

»O doch, ich glaube schon.« Sie konnte an seinem Ton erkennen, dass er lächelte, doch ohne jeglichen Humor. Arroganz lag darin und noch etwas anderes, etwas Finsteres, Gefährliches. »Meine Gefährtin und ich waren lange damit zufrieden zu schlafen. Äonenlang haben wir geruht, haben zugesehen, wie die Erde sich drehte, sich veränderte, sich immer und immer wieder vernichtete und neu erstand. Wir begnügten uns damit, unsere Träume durch die Welt schweifen zu lassen – in Gestalt von Alter, Krankheit und Unglück, oder auch eines üppigen Waldes, reifender Früchte oder des Übergangs von Winter zu Frühling. Doch mein Schlaf ist vorbei. Durch Krankheit und Lust, Blutopfer und Glauben habt dein Fahlauge und du mich erweckt, und nun sind er und ich für alle Zeiten vereint – so wie bald auch du und meine Gefährtin vereint sein werden.«

Täubchen konnte nicht verhindern, dass sie am ganzen Leib zu zittern begann. »Wer – wer bist du?«

»Erkennst du mich nicht? Jahrelang hast du dich als mein Orakel ausgegeben.«

»Die Schnittergöttin?«, flüsterte Täubchen. »Du lebst?«

Sein Gelächter jagte ihr eine Gänsehaut über den Rücken. »Ich war immer am Leben! Ich habe nur geschlafen und auf die Zeit gewartet, da ich erwachen würde. Doch diesen Namen, den euer Volk mir gab, kann ich nicht ausstehen. Ich ziehe den Namen vor, den ich seit Anbeginn der Welt trage.«

»U-und welcher ist das?«, fragte sie mit gefühllosen Lippen.

»Tod. Doch du, mein süßer kleiner Vogel, darfst mich Gebieter nennen.«

Und dann fiel Tod in Gestalt ihres Liebsten, ihres Ein und Alles auf dem harten, blutbeschmierten Boden der Galerie über sie her, während die Göttin auf sie herabsah und blutige Tränen weinte. Täubchen zwang sich, ihm zu Willen zu sein, nachgiebig und untertänig, doch tief drinnen in ihr schrie sie, schrie und schrie in völliger Verzweiflung.

# 19

Morgens herrschten um Sora Chaos und Katzenjammer. Sofort wünschte sie, sie hätte nicht darauf bestanden, dass Mari nach Hause ging, denn sie hatte definitiv nicht alles unter Kontrolle. Was sie hatte, war ein Haufen Leute, die verletzt, müde und traurig waren – oder im Gegenteil gesund, tatendurstig und gelangweilt.

Sie setzte sich ans Herdfeuer, in einer Hand einen Stößel, mit dem sie Honig mit Lavendel und Mohnsamen mischte, in der anderen den Suppenlöffel, um die nahrhafte Gersten-Pilz-Suppe umzurühren. »Jenna!«, versuchte sie, sich über die plaudernden Frauen und das erstaunlich laute Babygefiepe der sehr wachen und äußerst nervenaufreibenden Welpen Gehör zu verschaffen.

Aus der hinteren Kammer kam Jenna geeilt, Danita im Schlepptau. »Hier bin ich! Kann ich was für dich tun?«

»Ja. Du kannst mir noch Pilze bringen. Ich muss die Suppe strecken.« Sie unterbrach sich, weil Cammy hundelachend auf sie zugejagt kam; zwei von Falas Welpen sprangen ihm um die Hinterbeine. »Macht das gefälligst draußen!«, herrschte sie den kleinen hellen Terrier an – und hatte sofort ein schlechtes Gewissen, als er Ohren und Schwanz hängen ließ und sie jämmerlich winselnd von unten herauf aus großen Hundeaugen ansah.

Davis kam hinzu und packte ihn am Nackenfell. »Das ist nur Theater. Cammy weiß genau, dass er in einem Nest nicht herumtollen darf. Äh, einem Bau. Tut mir leid, Sora. Ich bringe ihn und die Kleinen raus.«

»Auf der Lichtung, wo wir letzte Nacht waren, gibt's eine nette Stelle für sie.« O'Bryan kraulte Cammy am Kopf und schnappte sich die beiden ungestümen Hundekinder. »Ich helfe dir. Sheena ist auch schon dort – sie hofft, dass sie ein paar Fische für den Eintopf fangen kann.«

»Hört sich gut an. Könntet ihr euch auch nach Pilzen umschauen? Der Eintopf muss noch –« Sie brach ab, weil sich etwas Warmes, Weiches auf ihren Füßen breitmachte. Sie blickte hinunter – und natürlich, da lag der sonnengeküsste Welpe und sah unschuldig zu ihr auf.

»Wo ist denn das zweite Weibchen?«, hörte sie in diesem Moment Rose fragen, die dabei war, durch den großen Bau zu humpeln und jeden Strohballen und Korb umzudrehen.

Sora seufzte. »Hier.«

»Ich nehme sie«, sagte O'Bryan. »Entschuldige, dass die Hunde dir ständig im Weg sind.« Er wollte das Hundemädchen von Soras Füßen nehmen, aber sie legte ihm die Hand auf den Arm. »Ist schon gut. So bleiben meine Füße warm.«

O'Bryans Augen funkelten, als wüsste er um ein Geheimnis, das Sora eigentlich nicht teilen wollte, doch er zuckte nur mit den Schultern. »Okay. Wenn sie dich nervt, wir sind beim Bach.«

»Nehmt Rose, Sarah und Lydia mit. Geht langsam und sucht ihnen ein Plätzchen im Schatten. Die frische Luft wird ihnen guttun. Sobald der Eintopf fertig ist, bringe ich euch welchen und auch mehr Mohntee und frische Verbände.« Sie verschob leicht den Fuß, um es dem Welpen bequemer zu machen.

»Ich weiß nicht, ob Lydia und ich bis dort unten laufen können«, mischte sich Rose ein. Sie streichelte Fala, deren Blick, wie Sora fand, immer wieder sehr misstrauisch zu dem sonnengeküssten Welpen wanderte, der nun an ihren Fuß gekuschelt tief und fest schlief. »Unsere Wunden fühlen sich so steif an, dass wir uns kaum bewegen können.«

»Also, nach dem, was ich aus den Mondfrauenaufzeichnungen über Verbrennungen weiß«, sagte Sora nüchtern, »soll man natürlich drinnen bleiben und sich möglichst nicht bewegen, wenn sie so schlimm sind, dass man das abgestorbene Gewebe entfernen und die Wunde dann mit sauberen Tüchern bedecken muss, die in einer Honig-Knoblauch-Mischung getränkt sind. Aber so schlimm ist es bei euch beiden nicht, Rose. Klar sind die Stellen steif und tun weh, aber wenn ihr hierbleibt und euch nicht bewegt, wird das nicht besser werden, und eure Narben werden auch steif, unbequem und außerdem hässlich werden.« Das mit dem »hässlich« tat ihr fast leid, weil sie das einfach dazuerfunden hatte. Aber Rose und Lydia waren junge Frauen, und wenn sie sie nicht bei ihrem Genesungswillen packen konnte, dann vielleicht bei ihrer Eitelkeit. *Und der Stamm ist verdammt eitel, so blond und langgliedrig wie sie alle sind und wie sie im Sonnenlicht leuchten.* »Ist eure Entscheidung«, schloss sie, hob eine Schulter und wandte sich wieder der Teemischung zu.

»Dann versuche ich's«, sagte Rose. »Und Sarah und Lydia werde ich auch überreden.« Sie fügte hinzu: »Oh, wenn dir der Welpe lästig wird, ruf einfach nach Fala. Die hört das schon und gibt mir Bescheid, dass wir die Kleine holen müssen.«

»Okay. Noch mal an alle: Bleibt in der Nähe des Baus und geht nirgendwo allein hin. Wenn ihr einen männlichen Erdwanderer seht, versucht nicht, vernünftig mit ihm zu reden, sondern holt sofort mich. Ich kümmere mich darum.« Nicht dass ihr selbst so recht klar war, was sie mit einem verseuchten, gefährlichen Mann anfangen sollte. Der vielversprechendste Plan schien ihr zu sein, ihm eins überzubraten, ihn zu fesseln, ihm Mohntee einzuflößen und zu warten, bis der Mond aufging und sie ihn reinigen konnte.

»Verstanden«, sagte O'Bryan; Davis, Rose und Jenna nickten zustimmend.

»Und, Jenna, Danita soll aufhören, hinten in der Kammer zu arbeiten. Nimm sie mit an den Bach zum Pilzesuchen. Und währenddessen – aber denkt daran, bleibt in der Nähe des Baus! – übt ihr, mit den Schleudern zu schießen, die wir aus Maris Bau mitgebracht haben. Wir sollten bis auf weiteres nicht unbewaffnet draußen herumlaufen.«

»Gute Idee. Ich hole sie.« Jenna verschwand in der hinteren Kammer, die in mehrere ausgedehnte Vorratsnischen unterteilt war.

»Kannst du denn mit einer Schleuder umgehen?«

Sora sah auf. O'Bryan musterte sie, die wachen Augen wie üblich funkelnd vor guter Laune.

»Nö. Also, zumindest nicht gut. Mari hat's mir ein bisschen gezeigt, aber ich krieg's einfach nicht richtig hin.« Sie warf das dichte dunkle Haar zurück und seufzte. »Meistens habe ich mich selber getroffen.«

»Hast du's schon mal mit einer Armbrust versucht?«

Sora sah ihm in die Augen. »Erdwanderer besitzen keine Armbrüste.«

»Aber Gefährten. Und ich bin ein Gefährte.«

»Du meinst, du würdest es mir zeigen?« In Sora regte sich Interesse. Seit die Männer sie angegriffen hatten, kam sie sich verletzlich vor und ärgerte sich, dass sie so wehrlos war. Mit Staunen dachte sie daran zurück, wie noch vor ein paar Wochen ihre größte Sorge darin bestanden hatte, welche Tunika ihr am besten stand und wann sie offiziell verkünden sollte, dass sie sich Jaxom als Treuverbundenen ausgesucht hatte. Heute hingegen … heute konnte sie in Jaxom nur noch ein Ungeheuer sehen, und hier saß sie und plauderte mit einem der Erzfeinde ihres Volkes darüber, wie sie lernen könnte, sich zu verteidigen – auf deren Art und Weise.

»Klar doch, gern!« O'Bryan grinste. »Sag mir Bescheid, wenn du Zeit hast.« Er holte die letzten beiden Welpen zwischen Davis' Beinen hervor und musste lachen, als sie an seiner Brust hochkrabbelten, um ihm das Gesicht zu lecken. »Okay, ihr zwei! Schnappen wir ein bisschen frische Luft und lassen Sora erst mal in Ruhe.«

In einem Wirbel aus Hundegeruch, Welpengekläff und dem Ächzen wandermüder, steifer Frauen drängten sich Mensch und Tier aus dem Bau. Sora blieb allein zurück – bis auf einen einzigen sehr warmen, sehr schläfrigen Welpen.

Sie stieß einen erleichterten Seufzer aus und stellte sich vor, wie schön es wäre, jetzt einen großen Becher Mohntee zu trinken und sich mit dem sonnengeküssten Welpen hinten in der Vorratskammer zu einem kleinen Nickerchen zusammenzurollen.

»Nur wäre es wohl nicht nur ein kleines Nickerchen«, erklärte sie dem Welpen, der ein Knopfauge öffnete, sie schläfrig ansah, es wieder schloss und sich noch enger an ihren Fuß schmiegte. »Und wenn ich nicht noch viel mehr von diesem Tee koche, werde ich heute Nacht überhaupt keine Ruhe finden. Also, schlaf ein bisschen für mich mit, ich mische weiter Kräuter. Erinnere mich daran, Mari zu sagen, dass sie mir einiges schuldet, wenn Nik und sie sich endlich aus dem Bett bequemen und hier auftauchen.«

»Redest du immer mit dir selbst?«

Sora fuhr zusammen – hinter ihr schienen sich Antreas und sein Luchs materialisiert zu haben. »Große Göttin! Macht ihr beiden denn nie Geräusche?«

»Na, ganz geräuschlos bewegen wir uns nicht, aber im Vergleich zu Hunden, Gefährten und Erdwanderern wirkt es wahrscheinlich so – das soll keine Beleidigung sein.« Antreas lehnte sich an die gewölbte Wand des Baus und sah zu, wie sie die Kräuter mit dem Honig vermengte.

»Kein Ding, ich nehm's nicht krumm. Ich dachte nur gerade, wie schön es war, dass ich endlich Ruhe hatte.«

»Oh, dann entschuldige, wenn ich dich schon wieder unterbreche.« Während seiner Worte kam Bast auf Sora zu, setzte sich auf die Hinterbeine und betrachtete die Mondfrau ebenso eingehend wie Antreas. »Bast und ich lassen dich besser allein.«

»Nein, schon gut, ihr müsst nicht abhauen. Und ich bin ja gar nicht allein.« Sie deutete auf das kleine schlafende Fellknäuel zu ihren Füßen. »Sie hält es für ihren Job, mir die Füße zu wärmen.«

»Ach, der Welpe. Sie mag dich. Sei vorsichtig, Mondfrau – wenn sie dir ihren Namen verrät, hast du sie für immer am Hals.«

Soras Pupillen weiteten sich vor Entsetzen. »Nein, nein, nein! Das geht doch sowieso nicht.«

»Wer weiß.«

Sie schüttelte vehement den Kopf. »Nein. Ich bin eine Erdwanderin. Ich kann keine Gefährtin werden.«

Antreas hob die Schultern. »Mari ist auch eine Erdwanderin, und Rigel hat sie erwählt.«

»Mari ist zur Hälfte Gefährtin. Ich nicht. Dieser Welpe will nur gemütlich am Feuer liegen. Offenbar hat sie mehr Verstand als der Rest der Bande und ist von dem Lärm genauso genervt wie ich.« Sora schielte auf das schlafende Hündchen nieder. »Hattest du vor denen da schon jemals Welpen gesehen?«

»Sicher. Ich war schon bei einigen Stämmen und habe oft Schäferhund- und Terrierwelpen gesehen.«

»Warst du auch erstaunt, dass sie gar nicht so hässlich sind?«

Antreas wirkte unverkennbar belustigt. »Sie sind nicht so hübsch wie kleine Luchse, aber man kann sie lassen.«

»Jedenfalls riechen sie viel besser, als ich dachte.« Sora verstummte und musterte Bast. »Aber Bast ist richtig schön. Wozu hat sie diese langen Puschel an den Ohren?«

»Die verstärken ihr Gehör. Auch ihre Sehkraft ist extrem gut – vergleichbar mit der Nase eines Hundes. Selbst in einer fast mondlosen Nacht kann Bast eine Feldmaus auf fast siebzig Schritt sehen.«

»Wow. Beeindruckend. Darf ich sie anfassen?«

»Frag sie. Bast trifft ihre Entscheidungen selbst.« Antreas lachte leise. »Und meine meistens gleich mit.«

Langsam streckte Sora dem Luchs die Hand entgegen. Bast reckte den Kopf und schnupperte sacht daran. Nach einem Augenblick begann die große Katze zu schnurren und rieb das Gesicht an Soras Handgelenk.

»Sie mag es, wenn man sie um die Ohren und am Wangenfell krault«, bemerkte Antreas.

»Wie weich sie ist.« Sanft kraulte Sora den Luchs und tippte auch die schwarzen Fellbüschel an dessen Ohren an. »Also, wenn man dich Katzenmann nennt, ist das dann eine Beleidigung?«

»Kommt darauf an, wer mich so nennt.«

»Sagen wir, O'Bryan?«

Antreas lachte. »Eher nicht. Diese Hundeleute haben komische Maßstäbe, was Beleidigungen angeht. Wäre jetzt zum Beispiel Nik hier und hätte gehört, wie ich ›Hundeleute‹ sage, wäre er definitiv beleidigt. Aber mich nennt er bedenkenlos Katzenmann. Du siehst, es gibt da gewisse unterschiedliche Standards.«

»Ich verstehe.«

»Ja, so einen Hundestamm zu besuchen ist immer spannend«, sagte er.

»Warum bist du überhaupt hier?«

»Ich dachte, weil du nichts gegen meine Gesellschaft hast?«

»Nein.« Sora schob den Welpen mal wieder in eine bequemere Position. »Ich meine nicht hier im Bau. Ich meine: Warum hängst du mit einem Stamm rum, mit dem dich eigentlich nichts verbindet, und das auch noch während massiver Umwälzungen? Hättest du nicht während des Waldbrands einfach abhauen können? Zurück zu deinem, äh, Bau?«

»Meinem Lager. Ja, hätte ich. Aber Bast war dagegen.«

Sora lenkte den Blick auf den Luchs, der sich jetzt hingebungsvoll putzte. »Ist sie so herrisch?«

»Schlimmer als du dir vorstellen kannst. Aber so ist es nun mal.« Antreas machte ein übertrieben leidgeprüftes Gesicht. »Die Sache ist: Bei Hunden haben die Menschen die Oberhand. Immer – ob sie nun verbunden sind oder nicht. Aber Luchse? Die sind immer der Boss.«

»Und was heißt das?«

»Das heißt, sobald dich ein Luchs erwählt, bestimmt er dein

Leben.« Antreas richtete den Blick auf Bast, die sich noch immer putzte. So genervt, ja fast überdrüssig er klang, Sora sah die Liebe in seinen Augen, die das tiefe Band ahnen ließ, das er mit der Katze teilte.

»Ist das schlimm?«

Er schüttelte den Kopf. »Nein. Überhaupt nicht. Die Sache ist, Bast weiß, was das Richtige für mich ist – für uns. Sie hat sich noch nie geirrt.«

»Okay. Warum warst du nun ursprünglich beim Stamm? Du bist Söldner, nicht wahr? Wir Erdwanderer haben nicht viel mit der Außenwelt zu tun, aber ich habe ein, zwei Geschichten von Clans gehört, die einen Luchsgefährten angeheuert haben, weil sie sich ein neues Gebiet suchen mussten.«

»Stimmt. Ich bin Waldläufer und Wildnisführer. Und Krieger.«

Sora hob die Brauen. »Assassine?«

Bast gab einige Laute von sich, die keinen Zweifel daran ließen, wie sehr Soras Frage ihr missfiel.

Diese wandte sich direkt an die Katze. »Hey, tut mir leid. Ich bin neugierig, und ich weiß nicht genug über deinen Gefährten und dich, um zu wissen, ob ich euch beleidige oder nicht.«

Basts gelbe Augen begegneten ihrem grauen Blick. Sie wirkten unwahrscheinlich intelligent – und einfühlsam. Erstaunlich einfühlsam. Aus der Kehle der großen Katze kam ein rollendes Miau; dann wandte sie sich wieder ihrer Körperpflege zu, und ihr lautes Schnurren erfüllte den Bau.

»Nur falls du's nicht kapiert hast – sie hat dir verziehen«, sagte Antreas.

Sora grinste. »Hab's kapiert. Heißt das, ich darf weiter nervende und unabsichtlich beleidigende Fragen stellen?«

»Immer doch, wenn ich dich im Gegenzug bitten darf, mir zu zeigen, wie du dir diese Federn und Perlen ins Haar flichtst.«

Sora war ehrlich überrascht. »Für dich selbst?«

»Warum nicht? Meine Haare sind lang genug, oder?«

»Schon, aber so was ist eigentlich Frauensache. Sich Sachen ins Haar zu flechten.«

»Wer hat das festgelegt?«

Sora zögerte. *Ja, wer?* Sie hob die Schultern. »Weiß nicht.«

»Also ist es eine Regel, die wir brechen können?«

»Ich glaub schon.«

»Na dann. Frag weiter.«

»Okay. Bist du Auftragskiller?«

»Im Moment nicht. Aber sagen wir mal, ich wurde in der Vergangenheit schon angeheuert, um das eine oder andere Problem mit meinem Grips und meiner Klinge zu lösen. Nächste Frage.«

»Warst du deshalb beim Stamm? Weil sie dich anheuern wollten?«

»Großer Sturmjäger, nein! Götter, mir wäre nie die Idee gekommen, dass jemand das denken könnte.« Er fuhr sich durch das dichte kastanienbraune Haar, das ihm bis auf die Schultern fiel. »Bast und ich waren auf Partnersuche.«

»Partnersuche? Gibt's hier in der Gegend noch mehr Luchse?«

»Nicht für sie. Für mich.«

Sora setzte sich gerader hin. Jetzt wurde es wirklich interessant! »Für dich? Aber gibt es in deinem –«, sie zögerte, »Stamm? Rudel? Clan? – keine Frauen?«

»Ring. Luchse sind Einzelgänger, aber wenn wir zusammenkommen, nennen wir uns Ring. Nein. Bast war der Meinung, dass keine der Frauen meines Rings gut genug für mich wäre.

Also tat ich, was wir Luchsgefährten tun, wenn unsere Gefährten nicht zufrieden mit den verfügbaren Kandidaten sind. Ich machte mich auf die Suche. Und vor kurzem führte mein Weg mich zum Stamm des Lichts.«

»Halt, halt!« Das Gespräch fesselte Sora nun völlig. »Soll das heißen, deine Katze sucht dir deine Freundin aus?«

Bast grollte tief in der Kehle und funkelte Sora gelbglühend an.

»Tut mir leid«, bat diese. »Dein Luchs, meinte ich. Sie sucht dir die Partnerin aus?«

Antreas seufzte. »Ja.«

Sora musste ein Lächeln unterdrücken. »Und ist das schlimm?«

»Nein!«, rief er, während Bast wieder leise grollte und fauchte. »Oder na ja, ein bisschen schon. Anfangs. Es ist kompliziert.«

»Hey, ich mische gerade eine Riesenladung Mohntee, um einen ganzen Haufen Leute unter Drogen zu setzen – teils, um ihre Schmerzen zu lindern, teils, um sie ruhigzustellen, damit sie schlafen können. Ich habe Zeit. Erklär.«

»Na gut. Also, in Bezug auf seinen Gefährten irrt ein Luchs sich nie.«

»Wirklich nicht?«

»Wirklich nicht. Was andere Sachen angeht, kann er sich schon mal irren.« Bast hüstelte, und Antreas fügte hinzu: »Ich soll dir sagen, dass Bast sich auch bei anderen Sachen höchst selten irrt.«

»Ein bisschen von sich überzeugt ist sie ja schon.«

»Das kann man wohl sagen. Aber Bast und ich haben ein zusätzliches Problem. Es kommt fast nie vor, dass ein weiblicher Luchs sich einen männlichen Gefährten sucht. Also, so selten, dass es in meinem Ring noch nie vorgekommen ist. Vor Bast und mir, meine ich.«

»Komisch. Warum hat sie dich denn ausgesucht?«

»Keine Ahnung. Die einzige Antwort, die ich bisher von ihr bekam, ist, dass ich zu ihr gehöre.« Er zuckte mit den Schultern. »Mir reicht das. Aber wegen dieser Besonderheit ist meine Partnersuche ungewöhnlich.«

»Inwiefern?«

»Na ja, manchmal habe ich das Gefühl, dass sie und ich unterschiedliche Kriterien aufstellen. In der Nacht, als der Waldbrand ausbrach, war ich beispielsweise gerade im Begriff, mit einem echt niedlichen Stammesmädchen ins Bett zu steigen. Bast hat uns unterbrochen – sie fand, das Mädchen wäre nichts für mich. Dann beschloss sie, wir sollten im Wald herumtollen gehen. Obwohl ich ziemlich wütend auf sie war, folgte ich ihr. Und das hat mich vor dem Tod in den Flammen gerettet.«

»Sie hatte es vorausgesehen?«

»Sie sieht alles voraus. Glaub mir – wir Luchsgefährten lügen nicht. In dem Eid, den wir schwören, wenn wir erwählt werden, ist enthalten, dass wir immer die Wahrheit sagen werden. Deshalb behaupte ich jetzt auch nicht, ich wäre so heroisch gewesen, dass ich dann zurückkam, um den Verwundeten zu helfen. Ich wollte abhauen – ich wollte zurück in unser gemütliches, sicheres Lager in den Bergen im Osten.«

»Kann ich verstehen. Hätte ich auch gewollt.«

»Ja. Aber Bast weigerte sich. Genau wie sie sich geweigert hatte, mich nachts meinen Spaß haben zu lassen, woraufhin ich verbrannt wäre. Weißt du, auch wenn ich manchmal nicht verstehe, warum sie will, dass ich dies oder jenes tue oder lasse – es gibt immer einen Grund. Und dieser Grund ist immer zu meinem Besten, selbst wenn ich das im ersten Moment nicht so sehen kann.«

»Huch. Also seid ihr hier, weil sie immer noch Ausschau nach einer Partnerin für dich hält?«

»Sagt sie, ja.«

»Aber sollte sie nicht nach jemandem suchen, der einen männlichen Luchs zum Gefährten haben kann?«

»Großer Sturmjäger, nein! Anders als Hunde leben Luchse nicht mit anderen Luchsen zusammen. Es ist eher wie bei eurem Clan. Die Luchsmännchen sind Einzelgänger. Und die jungen Kätzchen bleiben in dem Lager ihrer Mutter, bis sie etwa ein Jahr alt sind, dann suchen sie sich Gefährten und eigene Lager, üblicherweise weit entfernt vom Territorium der Mutter, damit es keinen Streit um die Jagdbeute gibt. Und Luchse haben keine festen Partner. Luchsgefährten hingegen schon.«

»Das ergibt irgendwie keinen Sinn«, sagte Sora.

»Doch. Es bewahrt uns Menschen vor der Einsamkeit. Luchse sind gern allein – Menschen nicht. Wobei es da verschiedene Ausprägungen gibt. Wenn es nach mir ginge, würde ich nicht zulassen, dass auch nur eines von Basts Kätzchen je unser Lager verlässt – oder ich würde sie zumindest in der Nähe haben wollen.« Er zuckte mit den Schultern. »Soweit ich weiß, bin ich der einzige männliche Luchsgefährte, der so denkt. Wahrscheinlich bin ich deshalb mit Bast verbunden. Weil ich nicht normal bin.«

Sora schnaubte. »Dann bist du hier genau richtig.« Sie deutete auf das kleine schlafende Fellknäuel zu ihren Füßen. »Das hier ist definitiv nicht normal für eine Erdwanderin.«

»Was wieder einmal beweist, dass Bast sich immer richtig entscheidet.«

»So langsam verstehe ich. Bast wird sicher die perfekte Partnerin für dich finden – jemanden, mit dem du dein Leben lang glücklich sein wirst.« Inzwischen genoss Sora das Gespräch vollkommen.

»Genau.«

»Bast, da bist du ja! Ich habe dich schon überall gesucht!« Wie ein Wirbelwind stürmte Danita in den Bau – und schrak zusammen, als sie sah, dass Antreas auch da war und sich mit ihrer Mondfrau unterhielt. Respektvoll verneigte sie sich vor Sora. »Entschuldige. Ich wollte nicht stören. Ich dachte nur, Bast könnte mir vielleicht helfen, im Bach Krebse zu fangen. Weil du doch gesagt hattest, du könntest welche für den Eintopf gebrauchen.«

Kaum tauchte Danita auf, fiel alle Distanziertheit von Bast ab. Wie ein Kätzchen sprang sie auf diese zu, schnurrte und rieb sich an ihr, während Danita kichernd Basts Ohrpinsel streichelte.

Sora setzte sich noch gerader auf und sah zwischen Danitas leuchtender junger Miene und Antreas' finsterem Gesicht hin und her. *Oho, spannend.* »Nein, du hast uns nicht unterbrochen. Und Flusskrebse zum Eintopf wären klasse, aber vielleicht willst du noch kurz bleiben? Antreas hat mir gerade erzählt, warum Bast und er den Stamm des Lichts besucht hatten.«

Danita, die Bast am Hals gekrault hatte, sah auf. »Ja?«

»Ja«, sagte Sora betont.

»Nein«, sagte Antreas.

»Nein? Du hast es Sora doch nicht erzählt?« Danita sah vage verwirrt und nicht sonderlich interessiert aus.

»Doch. Nein. Es ist nur nichts, was ich überall herumposaune«, stotterte Antreas.

Bast hustete.

Sora biss sich von innen auf die Wange, um nicht loszulachen. Als sie sich sicher war, dass sie wieder ernst blicken konnte, sagte sie: »Nicht? Wusste der Stamm nicht, dass Bast dir eine Partnerin suchen will?«

»Partnerin?«, fragte Danita.

»Äh …«, machte Antreas.

Bast hustete wieder, rieb sich an Danitas Beinen, strich um die junge Frau herum und schnurrte laut.

Mit einem Mal überraschte Danita Sora vollkommen. Statt Antreas etwas zu fragen, ging sie in die Knie, nahm Basts Gesicht zwischen die Hände und fragte diese mit Nachdruck: »Bist du wirklich auf der Suche nach einer Partnerin für Antreas?«

Basts Schnurren wurde um einige Dezibel lauter, und sie rieb das Gesicht an Danitas Händen.

Danita schüttelte traurig den Kopf. »Nein«, sagte sie so leise, dass Sora sich anstrengen musste, um es zu hören. »Nicht mich, Bast. Ich kann nicht.«

»Halt mal, niemand hat gesagt, dass sie dich als meine –«

Danita stand auf und wirbelte zu ihm herum. »Kein Wort mehr! Ich weiß, du hältst mich für ein Kind, aber behandle mich nicht, als wäre ich blöd. Dein Luchs mag mich. Sehr. Das ist nicht zu übersehen. Aber weißt du was, ich bin absolut nicht interessiert daran, deine Partnerin zu werden. Du bist nicht mal nett. Und außerdem will ich überhaupt nie einen Mann.«

»Aber du kannst nicht ablehnen, wenn –«, begann Antreas sichtlich empört. Danita hielt die Hand hoch und schnitt ihm das Wort ab. »Ich kann sehr wohl ablehnen. Du bist nicht meine Mondfrau. Du bist nicht mal ein Clansmann. Versuch bloß nicht, mir zu sagen, was ich tun kann oder nicht!« Bast miaute kläglich. Danita ging wieder in die Knie und schlang die Arme um die große Katze. »Sei bitte nicht traurig! Du bist so wundervoll! Bitte sag, dass wir trotzdem Freunde sein können. Aber ich als Partnerin für deinen Gefährten? Nein, Bast. Ich will noch weniger was von ihm als er von mir. Hast du Lust, mit mir Krebse fangen zu gehen?«

Der Luchs hustete zustimmend, und als Danita zur Tür des Baus marschierte, folgte Bast ihr –, wobei sie sich noch einmal umdrehte und Antreas mit einem finsteren gelben Blick bedachte.

»Ich glaube, du hast ein Problem«, sagte Sora zu ihm.

»Du sagst es.«

# 20

Können Luchse sich noch mal umentscheiden, wenn sie sich auf einen Partner festgelegt haben?«, fragte Sora, nachdem Danita und Bast den Bau verlassen hatten.

»Nein.«

»Tja, schlecht für dich.«

Antreas warf den Kopf zurück und lachte. »Warum kann Bast nicht von jemandem wie dir besessen sein?«

Das ernüchterte Sora sofort. »Schlechter Scherz.«

»Warum? Ich finde dich wunderschön. Und witzig. Und du kannst verdammt gut kochen.«

Angewidert schüttelte Sora den Kopf. »Und ich hielt dich für einen netten Typen, der sich mit einer herrischen Katze herumschlagen muss. Wunderschön und witzig, und kochen kann ich auch, ja? Hältst du das für alles, was ich bin? Antreas, Gefährte der Bast, ich bin eine Mondfrau, von der Erdmutter dazu ausersehen, Mondmagie wirken zu können und für das Wohlergehen eines ganzen Clans verantwortlich zu sein. Wir Erdwanderinnen sind gesellig. Und wir lassen niemanden den Partner für uns aussuchen. Hier bei uns bestimmt die Frau ganz allein, mit wem sie zusammen sein will. Ausnahmslos. Und damit das klar ist: Ich würde mich niemals mit einem herumstreifenden Einzelgänger wie dir verbinden, und wenn tausend Katzen das von mir wollten. Wenn du bei Danita oder sonst einer Erdwanderin, von der dein Luchs begeistert ist, irgendeine Chance haben willst, dann nimm dich selbst nicht so wichtig und verhalte dich anders.« Mit einem Schnauben hob sie den schlafenden Welpen auf und drückte Antreas den Rührlöffel in die Hand. »Hier, rühr du weiter. Ich brauch frische Luft.«

Er nahm den Löffel, doch dabei berührte er sanft ihre Hand. »Es tut mir leid.«

Sie blieb stehen. »Was?«

»Mein blödes Verhalten. Dass ich dich gekränkt habe. Und Danita. Sogar Bast habe ich gekränkt.« Er raufte sich wieder das Haar und sah dabei sehr jungenhaft und kläglich aus. »Anscheinend kann ich momentan nichts richtig machen.«

Sora seufzte. »Pass auf, setz dich da hin. Du rührst im Eintopf und gibt diese Pilze dazu. Ich mische weiter den Mohn und den Honig.«

»Können wir uns weiter unterhalten?«

»Ja.«

»Danke.« Antreas ließ sich neben dem Herd nieder und begann, die Pilze in den duftenden Eintopf zu werfen.

Sora setzte sich mit gekreuzten Beinen ihm gegenüber, den schlafenden Welpen an ihren Schenkel gekuschelt, nahm ein paar dicke Mohnsamenkapseln, ließ die schwarzen Körner in den Honig rieseln und nahm den Stößel wieder auf, um sie zu zermahlen. »Keine Ursache. Wenn wir wirklich diesen Clan-/Stamm-/Ring-Mix durchziehen wollen, müssen wir alle lernen, Geduld miteinander zu haben. Du hast mich gerade gekränkt.« Er setzte dazu an, etwas zu sagen, aber sie ließ ihn nicht zu Wort kommen. »Ich weiß, das war keine Absicht. Du konntest nicht wissen, dass Erdwanderinnen sich ihre Partner selbst aussuchen. Genau wie ich keine Ahnung hatte, dass das bei dir dein Luchs macht. Wir alle müssen uns darin üben, einander zuzuhören und nicht zu schnell gekränkt zu sein.«

»Also bist du nicht nur wunderschön, witzig und eine gute Köchin, sondern auch extrem klug und magisch begabt. Kein Wunder, dass ich mir wünschte, Bast würde dich auswählen.«

Sora neigte leicht den Kopf und lächelte. »Diesmal nehme ich das als Kompliment. Vielen Dank.«

»Gut, dass wir uns jetzt richtig verstehen – es war nämlich ein Kompliment.«

»Ja, das ist eine deutliche Verbesserung. Also sag, Katzenmann, was machst du, wenn Bast Danita für dich auswählt? Oder hat sie sie schon ausgewählt, und du befindest dich in einem ziemlich weit fortgeschrittenen Stadium der Verleugnung?«

Er lachte. »Nein, Bast hat Danita noch nicht ausgewählt. Noch nicht.«

»Woran merkst du das?«

»Dass sie sie noch nicht gebissen hat.«

»Was? Gebissen?!«

»Ganz genau. Keine Sorge, daran ist nichts Böses oder Gefährliches. Wenn ein Luchs den Partner für seinen Gefährten aussucht, markiert er ihn durch seinen Biss. Zu dessen Schutz. So riechen andere Luchse, dass die Person zu einem Ring gehört und unter dem Schutz aller Luchse steht – überall. Wir mögen nicht in Stämmen oder Clans zusammenleben, aber wir sind unserem Ring unbeirrbar treu – und alle Ringe sind untereinander verbunden.«

Antreas verstummte. Sora spürte, dass er schwankte, ob er weitersprechen sollte. Schließlich hob er die Schultern. »Ach, egal, ich kann dir genauso gut alles erzählen. Du bist eine Mondfrau, du bist Magie gewohnt.«

»Jetzt wird's spannend. Red weiter, ich bin ganz Ohr.«

Statt zu sprechen, schob Antreas seinen rechten Ärmel hoch. Darunter kamen zwei runde, erhabene Narben zum Vorschein, umgeben von einem verschlungenen wunderschönen Muster aus Ranken und Blumen, das tief in seine Haut gestochen war. Beides war sichtlich länger her und gut verheilt, aber der Biss musste heftig gewesen sein – tief und schmerzhaft – und auch das Stechen des aufwendigen Musters war garantiert mit Schmerz verbunden gewesen.

»Große Göttin! Das war Bast? Und was für einen Sinn hat dieses Muster? Das geht nicht mehr weg, oder?«

Er grinste schief. »Nein, das bleibt für immer, und ja, der Biss, das war Bast. Es war der schönste Moment meines Lebens.«

»Okay, das musst du mir erklären.«

»Mit diesem Biss hat sie mich erwählt –, nachdem ich uns erfolgreich unser Lager gebaut hatte. Die Verzierung durch den Ring kam später.«

»Das kapiere ich nicht ganz. Als Rigel Mari erwählte, musste sie gar nichts tun. Glaube ich jedenfalls – sie hat nie so was erwähnt. Aber gebissen hat er sie nicht, das weiß ich hundertprozentig. Und Ranken und Blumen hat sie auch keine auf der Haut.«

»Wenn ein junger Luchs sich jemanden als Gefährten ausguckt, ist das nur der erste Schritt zu ihrer Verbindung. Der Gefährte muss sich seiner erst als wert erweisen. Er muss dem Luchs ein Lager bauen – eine Zuflucht, den Ort, wo er sich ganz entspannen kann im Wissen, dass er in Sicherheit ist. Nur wenn der Luchs zufrieden mit dem Lager ist, geht die Verbindung in die nächste Phase.«

»Und wenn er nicht zufrieden ist?«

»Dann ist der Biss tödlich, und der Kandidat stirbt.«

Sora starrte ihn entsetzt an. »Was – soll das heißen, der Luchs tötet seinen Gefährten?«

»Na ja, genau genommen ist die Person nicht sein Gefährte, ehe er das Lager nicht annimmt. Und der Biss ist immer etwa so.« Er hielt ihr wieder den Arm hin.

»Der sieht nicht aus, als könnte er jemanden töten. Heftig, ja, aber nicht tödlich. Ich bin immer noch verwirrt.«

Zu ihrer Überraschung fragte Antreas: »Hast du je Geschichten über mein Volk gehört?«

»Nicht viele. Ich weiß, dass ihr Wildnisführer und Söldner seid, sonst nichts.«

»Durch den Biss unseres Luchses verändern wir uns. Also, körperlich.«

Sie wartete ab. Als er nicht weitersprach, drängte sie: »Okay, ihr verändert euch. Wie?«

»Wenn ich's dir zeige, verrätst du es bitte nicht Danita? Es wäre mir unangenehm, wenn sie noch mehr von mir abgestoßen wäre, als sie es ohnehin schon ist.«

»Ich sag nichts. Das ist deine Sache. Aber mach dir nicht zu viele Hoffnungen, dass sie ihre Meinung noch ändert.«

»Ich versuche lieber, Basts Meinung zu ändern als ihre«, gab er sardonisch zurück.

»Hört sich gut an. Also, zeig's mir.«

»Gut.« Antreas legte den Rührlöffel weg und streckte die Hände aus. Dann machte er eine kleine Bewegung aus den Handgelenken – und mit großen Augen sah Sora, was mit seinen Fingern geschah. Wo zuvor noch normale menschliche Fingernägel gewesen waren, wuchsen ihm blitzschnell lange, scharfe Krallen.

»Göttin! Das ist – das ist – ich weiß gar nicht, wie ich's ausdrücken soll.« Sie starrte die Krallen an, unsicher, ob sie nach draußen flüchten oder sie untersuchen wollte wie eine seltsame Wunde.

»Ekeln sie dich an?«

Sie hob den Blick und sah ihm in die warmen goldenen Augen. »Nein«, sagte sie – und stellte beim Sprechen fest, dass es die Wahrheit war und sie nicht nur sagte, was er sichtlich hören wollte. »Nein«, wiederholte sie bekräftigend. »Sie sind total unerwartet – ein Schock –, aber eklig finde ich sie nicht. Die wuchsen dir, nachdem Bast dich gebissen hatte?«

»Ja. Das passiert, wenn der Luchs mit dem Lager zufrieden ist. Wenn nicht, hätte der Biss mich stattdessen tödlich vergiftet.«

»Hat sich durch ihn sonst noch was an dir verändert?«

Er nickte. »Ja. Ich bin schneller geworden. Und ich sehe und höre besser als normale Menschen, wenn auch nicht so gut wie Bast. Und, äh, mir ist ein bisschen Fell gewachsen.«

Soras Brauen schossen in die Höhe. »Fell? Wo? – O Göttin, entschuldige«, fügte sie hastig hinzu. »War das eine unhöfliche Frage? Das war keine Absicht.«

Antreas' Augen funkelten belustigt. »Nein, nur ziemlich persönlich, aber das ist okay. Wir sind schließlich allein hier. Unhöflich wär's gewesen, wenn du es mich vor allen anderen gefragt hättest.« Er warf sein langes Haar beiseite und beugte sich vor, so dass Sora seinen Nacken und ein bisschen von seinem Rücken sehen konnte. Tatsächlich ging sein Haaransatz in weiches braungraues Fell über, wie Bast es besaß, das sich seinen ganzen Rücken hinunter zu erstrecken schien. Sie bemerkte auch, dass seine Ohren seltsam spitz waren.

»Wow. Einfach nur wow«, sagte sie.

»Wirklich nicht eklig?«

Sie schüttelte den Kopf. »Überhaupt nicht. Ich mag Basts Fell. Und an dir sieht es gut aus. Weich und hübsch. Und vermutlich hält es schön warm.«

Er grinste. »Das ist vermutlich der Sinn des Ganzen. Und wohl auch, mich als Luchsgefährten zu kennzeichnen.« Er zögerte und fragte dann: »Was meinst du, wie die anderen Erdwanderer auf all das reagieren würden?« Er hob die Krallen, und das Licht des Herdfeuers spielte kurz darauf, ehe er sie einzog.

Sora wog ihre Antwort genau ab. Fast hätte sie gesagt, sie könne nicht für die anderen Erdwanderer sprechen, aber das stimmte nicht. Mondfrauen sprachen stets für ihren Clan, und sie wusste genau, dass sie die Meinung der anderen dahingehend beeinflussen konnte, diesen seltsam sympathischen Katzenmann zu mögen – oder abzulehnen. Also gab sie ihm eine ehrliche Antwort, obwohl diese vielleicht nicht das war, was er gern gehört hätte.

»Wie die Erdwanderer auf dich reagieren, wird ganz davon abhängen, wie du bist. Wenn du ehrlich, anständig und umgänglich bist, haben sie bestimmt kein Problem mit dir.«

»Und wenn ich mich unverschämt über alle Clanssitten hinwegsetze und versuche, ein Mädchen durch Zwang zu erobern?«

Sora schnaubte. »Viel Spaß. Du wirst schon merken, dass Erdwanderinnen sich zu nichts zwingen lassen. Wir haben ein

Matriarchat, Antreas. Wenn du dich damit anfreunden kannst, kannst du möglicherweise wirklich mit einer Erdwanderin glücklich werden.« Sie zögerte und beschloss dann, dass sie ihm auch den Rest sagen konnte. »Eines musst du aber wissen. Wir sind keine Einzelgänger. Ich weiß nicht, ob es irgendeiner Clansfrau gefallen würde, in einem einsamen Lager zu wohnen.«

Langsam ließ Antreas den Atem entweichen. »Das dachte ich mir. Großer Sturmjäger, dieser Luchs liegt doch immer richtig!«

»Also, jetzt bin ich wirklich verwirrt. Wie kann Bast damit richtigliegen, dir eine Partnerin aus einem Volk auszuwählen, das nicht gern allein ist?«

Er sah ihr in die Augen, in seinem offenen Blick funkelte Humor. »Tatsache ist, ich bin auch nicht gern allein. Ich hasse es. In der Hinsicht habe ich mich schon immer von den anderen im Ring unterschieden.«

»Soll das heißen, du hast gar nicht vor, zu eurem alten Leben zurückzukehren?«

»Bisher hatte ich darüber noch gar nicht nachgedacht, aber ich glaube, genau so ist es, und genau deshalb hat Bast mich hergeführt.«

»Um ein neues Leben und eine neue Art Ring zu finden?«

»Ja.«

Sora grinste. »Na, dann erkläre ich dir besser genau, wie man einer Clansfrau den Hof macht. Und glaub mir, da bist du bei mir genau richtig. Auch wenn ich keine Kandidatin für dich bin – als Ratgeberin bin ich die perfekte Wahl.«

»Warum macht mir das plötzlich solche Angst?«

»Weil du ein kluger kleiner Katzenmann bist. Also, hör zu …«

# 21

»Täubchen, mein Kleinod, wach auf, bitte.«

Sie erwachte sofort. Mehr instinktiv als bewusst erkannte sie, dass es Fahlauge war, der da neben ihr lag, nicht der Gott. Sie hatte mit dem Rücken zu ihm geschlafen, eng zusammengerollt wie im Mutterleib, doch auf seinen Ruf hin drehte sie sich eilig um und breitete die Arme aus. »Liebster, du bist da!« Unendlich erleichtert klammerte sie sich an ihn.

Er strich ihr übers Haar und legte beschützend den Arm um sie. Sie schmiegte den Kopf an seine breite Brust.

»Wir haben nicht viel Zeit, mein Kleinod. Der Gott schläft, doch er wird bald zurückkehren.«

Täubchen konnte einen Schauder nicht unterdrücken. »Mein Streiter, mein Liebster, kannst du nicht gegen ihn ankämpfen? Kannst du nicht du selbst bleiben?«

Sofort spürte sie, wie seine Stimmung umschlug. Er versteifte sich, und die Hand, mit der er sie liebkost hatte, sank herab. »Täubchen, ich will nicht ich selbst bleiben. Ich habe den Gott angenommen. Bald werden er und ich gänzlich vereint sein.«

Ein leichtes Keuchen entfuhr ihr. Sie schmiegte sich noch enger an ihn. »Nein! Ich ertrage es nicht, dich zu verlieren.«

Da zog er sie an sich. »Du wirst mich niemals verlieren! Kleinod, der Gott und ich sind eines. Auch wenn ich bald nur noch mit der Stimme des Gottes sprechen werde, ich werde hier sein, in diesem Körper, der stetig stärker wird und somit geeigneter, unser Volk zu führen.«

»Aber er hat mir weh getan.« Täubchen war nicht in der Lage zu weinen – ihre fehlenden Augen machten es ihr unmöglich, Tränen zu vergießen –, doch in ihrer Verzweiflung bebte sie am ganzen Körper.

»Wehre dich nicht gegen ihn, mein Kleinod. Denk daran, dass er und ich fortan eines sind.«

»Er sagte mir, sein Name sei Tod.«

Sie spürte Fahlauge nicken. »Ja. Er ist der Gott des Todes. Und offenbar lagen wir beide falsch – er war nicht tot, er schlief nur.«

»Liebster, mir ist nicht so recht klar, was das alles bedeutet«, gestand sie.

»Ganz einfach. Unsere Ziele haben sich nicht geändert. Wir werden das Volk aus dieser verseuchten Stadt hinausführen und die Stadt in den Bäumen erobern. Aber es ist nicht mehr nötig, dass wir uns eine Armee heranziehen. Nun, da das Volk vom Todesgott persönlich angeführt wird, ist uns der Sieg sicher.«

Täubchen blieb stumm. Ihr war, als würde ihr auf einen Schlag alles geraubt – ihr Geliebter, ihr Volk, ihre Welt.

»Kleinod?«

»Ich kann das nicht – die Geliebte des Todes sein!«, entfuhr es ihr. Sofort bedauerte sie die viel zu offenen Worte. Sie presste die Lippen aufeinander und wappnete sich dafür, dass der Tod zurückkehren und ihr zürnen würde.

Stattdessen umschlang Fahlauge sie noch fester und streichelte ihr sanft den Rücken, liebevoll und zärtlich wie schon so oft. Sie begann, sich gerade zu entspannen, da zerschlug er mit seinen Worten ihre kurze Illusion von Sicherheit. »Das weiß ich, mein Kleinod. Und darum musst du mit der Erdmutter verschmelzen, der Göttin des Lebens. Sie allein ist dem Tod eine würdige Gefährtin.«

Sie wollte nichts mehr hören. Sie hätte sich am liebsten die Ohren zugehalten, sich wieder zu einer kleinen Kugel zusammengerollt und sich vorgestellt, ihr Streiter gehöre noch ihr und nicht einem finsteren, gefährlichen Gott.

Doch sie musste es erfahren. Sie musste die Pläne kennen, die der Tod mit ihr hatte. In ihrem kurzen, schweren Leben hatte sie eine wichtige Erkenntnis gewonnen: Wissen war eine Waffe, schärfer als ein Dreizahn und gefährlicher als eine Armee von Unwissenden.

»Wie soll ich das anstellen, mein Streiter?«, fragte sie in täuschend ruhigem Ton.

»So wie ich.« Seine Finger begannen, über ihre makellose Haut zu wandern, hielten immer wieder inne, um die zarten Stellen in ihren Ellenbeugen, Kniebeugen, an Handgelenken und Taille zu liebkosen. »Du musst dich mit der Hautkrankheit anstecken. Sobald deine Haut Blasen bekommt und sich schält, werden der Gott und ich eine Hindin opfern – ein herrliches, schönes und gesundes Tier, eine wahre Königin des Waldes. Wir werden sie lebendig häuten und ihre Haut mit deiner verbinden, genau wie ich mich mit dem mächtigen Hirsch verbunden habe. Wenn die Hindin in dir erwacht, wird mit ihr auch die Göttin erwachen. Denk nur, mein Kleinod! Du und ich werden unsterblich sein, Gefährten bis in Ewigkeit! Als Leben und Tod werden wir über den Wald herrschen, in unserem Heim in den Wolken wohnen und all jene versklaven, die uns Widerstand leisten.«

Zuerst war Täubchen unfähig zu sprechen. Sie vergrub das

Gesicht an der Brust ihres Liebsten und versuchte, die Panik niederzukämpfen, die in ihr aufstieg. Als sie wieder in der Lage war, Worte und nicht nur Schreie zu formen, sagte sie: »Aber, Fahlauge, mein Streiter, wenn ich nun keine Göttin werden will? Kann ich nicht bleiben, wer ich bin – deine Geliebte? Kann ich nicht endlich in Wahrheit zu dem werden, was ich von jeher zu sein behaupte – Orakel des Gottes?«

Fahlauge nahm ihr Gesicht zwischen die Hände und sagte bedächtig: »Hör mir gut zu. Sprich nie wieder so wie eben. Du bist mir lieb und teuer, und das weiß und akzeptiert der Gott. Doch keine Menschenfrau kann Gefährtin eines Gottes werden, und ein lebendiger Gott braucht kein Orakel. Du musst dich entscheiden. Wenn du an meiner Seite bleiben willst, musst du zum Gefäß für die Göttin des Lebens werden. Wenn nicht, wird er sich eine andere wählen, die williger ist.«

Täubchen durchlief ein Schauder der Angst. »Das würdest du zulassen?«

»Ich hätte keine Wahl«, sagte Fahlauge ohne jede Regung – ohne jedes Leben.

»Wann muss ich zum Gefäß für die Göttin werden?«, flüsterte sie.

Er lachte auf und schloss sie in die Arme. »Ach, Kleinod! Das klingt, als sollte mit dir etwas Schreckliches geschehen, nicht ein Wunder! Du wirst sehen – du wirst schon sehen. Wenn die Göttin sich in dir zu regen beginnt, wirst du es verstehen.«

»Vergib mir. Ich bin nur ein Mädchen. Ich – ich kann mir nicht vorstellen, zur Göttin zu werden.«

»Fang an, es dir vorzustellen! Denn dazu bist du bestimmt. Mit keiner anderen würde ich die Ewigkeit verbringen wollen – nur mit dir.«

»Wann also?«, stellte sie ihre Frage noch einmal, kaum weniger zaghaft als zuvor.

»Der Gott wird seine Gefährtin nicht hier an diesem verpesteten Ort erwecken. Er wird warten, bis wir die Stadt in den Bäumen eingenommen haben. Dann werde ich dich mit der Krankheit infizieren und beginnen, nach der Königin des Waldes zu suchen. Hoch über dem Waldboden wirst du dann zur Göttin werden, zur Gefährtin des Gottes auf immer und ewig!«, schloss er freudestrahlend, beugte sich vor und küsste sie.

Täubchen erwiderte den Kuss. Sie würde niemals aufhören, auf Fahlauges Berührung zu reagieren. Sie wusste, sie würde ihn lieben, solange sie lebte. Doch ihr Streiter würde nicht mehr lange existieren. Sie hatte bereits miterlebt, wie der Todesgott ihn besessen hatte. Egal was jener behaupten mochte –, wenn er in Fahlauge fuhr, war ihr Liebster nicht mehr da. Und sie wusste, sehr bald würde ihr Streiter ganz verschwinden, und an seiner Stelle wäre da nur noch der schreckliche Gott des Todes.

Täubchen hasste den Tod. Ihr ganzes kurzes Leben lang hatte sie gegen diesen angekämpft – hatte darum gekämpft zu überleben, trotz fehlender Augen, trotz einer von Gefahr und Krankheit beherrschten Umgebung. Sich dem Tod zu ergeben, ja zu dessen Gefährtin zu werden, widersprach dem innersten Kern ihres Wesens.

Sie würde niemals zulassen, dass jemand oder etwas sie als Gefäß missbrauchte – ob Gott oder Göttin, Tod oder Leben. *Meine Liebe habe ich schon verloren. Aber niemals werde ich mich selbst verlieren.*

»Hast du kein Wort der Dankbarkeit für das, was der Gott dir anbietet?«, fragte Fahlauge. Obwohl es seine Stimme war, schwang darin etwas mit, was ihr neu war – unter der Oberfläche lauerte kaum verhohlene Verärgerung. Sie erkannte, dass sie sehr, sehr vorsichtig sein musste.

»Entschuldige, Liebster. Ich bin überwältigt. Ich – ich finde keine Worte.«

Da entspannte er sich wieder, und in seiner Brust grollte sein tiefes leises Lachen. »Ich vergesse, dass du noch nicht weißt, welche Macht und welchen Glanz die Berührung eines Gottes mit sich bringt. Habe keine Angst, Kleinod. Bald wirst du alles verstehen.«

»Bald? Ich dachte, die Göttin würde erst erweckt werden, wenn wir die Stadt in den Bäumen erobert haben. Und auch wenn der Gott des Todes uns anführen wird und der Stamm durch den Brand geschwächt ist, brauchen wir doch sicherlich eine Armee – mehr als die Schinder und Jäger, die wir gegenwärtig haben.« Sie sprach langsam und besonnen, hielt sich an logischen Dingen fest und verbannte jede Furcht und Panik aus ihrer Stimme.

»Es wird keine Schinder und Jäger mehr geben. Nur noch Schnitter, vom Gott selbst erwählt, die seinen Willen ausführen.«

»Aber auch das wird doch Zeit brauchen. Bisher gibt es nur neun Schnitter. Niemals werden sie die Stadt voller Anderer erobern können.«

»Sie konnten es nicht. Bisher. Doch mit einem Gott an ihrer Spitze? Welche Chance hat eine angeschlagene Stadt gegen einen Gott in Person, noch dazu eine, die selbst für den Brand verantwortlich ist, dank dessen nun der Tod in ihr wandelt?«

»Keine«, hörte Täubchen sich sagen, während sie einen angewiderten Schauder unterdrückte. »Nicht die geringste.«

»Du verstehst also, mein Kleinod!« Er beugte sich vor und küsste sie. Diesmal ließen seine Lippen die ihren nicht los, der Kuss wurde inniger.

Täubchen begann, sich ihm hinzugeben. Noch war er ihr Streiter, ihr Befreier, ihr Held – die einzige Person, die sie je geliebt hatte. Sie klammerte sich an ihn und wünschte sich stumm, er möge bei ihr bleiben – er möge sich dagegen wehren, von dem Gott besessen zu werden.

Doch als seine Liebkosungen drängender und leidenschaftlicher wurden, spürte Täubchen, wie er sich veränderte. Kaum merklich – ganz ähnlich wie wenn man vom Wachen in Schlaf hinübergleitet. Und dann war Fahlauge verschwunden. Sie spürte es, noch ehe er sprach. Spürte es daran, wie er sie berührte, ja schon allein an seiner Präsenz. Selbst sein Geruch wandelte sich von Fahlauges vertrautem Duft nach Erde, Kiefern und natürlichem Schweiß zu etwas Dunklerem, stechender und roher.

»Ah, kleiner Vogel, was für eine hübsche Sterbliche du bist. Wahrlich, ich schätze Fahlauges Geschmack. Du wirst ein reizendes Gefäß für meine Göttin abgeben«, murmelte er mit den Lippen dicht an ihrem Ohr, während er in sie eindrang.

Sie blieb stumm. Sie tat nichts, außer sich ganz still zu verhalten und hinzunehmen, was er mit ihr anstellte.

»Du bist so weich … so jung … und so lebendig«, stöhnte er mit jedem harten Stoß.

Sie schwieg, was ihm zu gefallen schien. Nicht lange, und er entleerte sich mit einem Aufbrüllen.

Täubchen war froh, dass er danach nicht bei ihr blieb, wie Fahlauge es immer getan hatte – sie hatten sich im Arm gehalten und über die Zukunft gesprochen. Der Gott indes stand auf und schien sich ausgiebig zu strecken, dann zog er sich seine Hose über. »Ah, wie gut es ist, erwacht zu sein! Lass den Rest des Wildschweinfleischs zubereiten. Wenn ich wiederkehre, werden wir uns daran gütlich tun wollen. Die Schnitter werden vor Gier fast vergehen!« Er griff ihr an die Brüste und drückte sie schmerzhaft. »Nicht nur danach, sich den Bauch zu füllen. Aber eines nach dem anderen.«

Ganz bewusst schrak Täubchen nicht vor ihm zurück und achtete darauf, dass ihre Stimme keine Spur von Abscheu enthielt. »Mein Gebieter, darf ich fragen, wohin du gehen willst?«

»In die Stadt in den Bäumen natürlich.«

Täubchen faltete die Hände, damit er nicht sah, wie sie zitterten. »Hast du vor, sie heute zu erobern, Gebieter?«

»Schön, dass du so darauf brennst, göttlich zu werden. Das gefällt mir, kleiner Vogel. Die Stadt in den Bäumen wurde in dem Augenblick erobert, da ich erwachte, auch wenn sie davon noch nichts weiß. Nein, noch gibt es einige kleine Dinge, die ich erledigen muss, ehe ich die Stadt einnehmen und mir untertan machen kann. Doch sei nicht ungeduldig, es wird bald geschehen – sehr bald.«

Ohne ein weiteres Wort verließ er ihr Lager. Während seine mächtigen Schritte durch die Kammer hallten, rief er nach Täubchens Zofen, sie sollten etwas zu essen und zu trinken auf die Galerie bringen und auch Stahlfaust suchen und dorthin schicken.

Unbeachtet machte Täubchen sich auf den Weg in die gegenüberliegende Ecke der Kammer, wo stets Bottiche mit frischem Wasser zum Trinken und Baden bereitstanden. Sie wusch sich von oben bis unten, bis jede Spur der widerlichen Berührungen des Gottes getilgt war.

»Herrin, kann ich dir helfen?«, hörte sie Lilies Stimme – und spürte, wie sich die Aufmerksamkeit des Gottes in ihre Richtung verlagerte. Sie schüttelte den Kopf und machte eine abwehrende Handbewegung. »Nein, nicht nötig. Aber dein Streiter bedarf deiner Dienste. Hat er nicht eben um Essen und Wasser gebeten?«

»Ja, Herrin.« Lilie klang zerknirscht.

Es widerstrebte Täubchen, das Mädchen so streng zu behandeln. Lilie war jung und gutmütig und hatte nur den Wunsch, ihr zu dienen. Doch sie riss sich zusammen. Für Schwäche und Sentimentalität war nun keine Zeit mehr. Dafür hatte der Gott des Todes persönlich gesorgt. »Dann tu, was er befiehlt.«

»Ja, Herrin!«

Kaum eilte Lilie davon, spürte Täubchen die Aufmerksamkeit des Gottes wieder abschweifen.

Nur Augenblicke, nachdem Essen und Getränke auf die Galerie gebracht worden waren, hörte sie Stahlfaust in die Kammer stürzen und geradewegs auf die Galerie hasten, wo der Tod auf ihn wartete. Dezent und lautlos, wie sie schon zu Zeiten der scheußlichen alten Wächterinnen deren Aufmerksamkeit vermieden hatte, nahm sich Täubchen einen Korb aus Hanfschnur, der zu einem Fischernetz umgearbeitet werden musste, und setzte sich damit in eine Nische so nahe an der Galerie, dass ihre scharfen Ohren jedes Wort dort hörten, ohne dass man sie bemerkte. Während ihre Hände arbeiteten, lauschte sie mit steigendem Grauen.

»Was siehst du, wenn du mich anschaust, Stahlfaust?«, wollte Tod von seinem Schnitter wissen.

Ohne Zögern sprach dieser: »Meinen Anführer. Meinen Streiter. Meinen Gott.«

Täubchens Hände erstarrten in der Bewegung. Sie hatte geglaubt, Tod werde sich weiter als Fahlauge, Streiter des Gottes, maskieren. Doch dann wurde ihr klar, dass sie nicht hätte überrascht sein müssen. Die unverkennbaren körperlichen Veränderungen gepaart mit der Arroganz des Gottes hätten sie darauf vorbereiten sollen. Ausnahmsweise einmal war Täubchen dankbar dafür, augenlos geboren worden zu sein. Hätte sie Augen besessen, sie wäre nicht in der Lage gewesen, die Tränen zurückzuhalten – und Tränen hätte der Gott unweigerlich bemerkt. So aber verbarg sie ihre Qual tief in sich. Später würde Zeit sein, sich dieser hinzugeben und darüber zu trauern, dass sie Fahlauge verloren hatte. Zunächst jedoch musste sie den Klauen des Todes entkommen.

»Welcher der Jäger und Schinder, die ich noch nicht in Schnitter verwandelt habe, ist am kränksten?«

Die seltsame Frage durchbrach Täubchens desolate Stimmung. Sie riss sich zusammen und lauschte wieder intensiv.

»Echse, denke ich. Seine Haut ist schlimm dran«, sagte Stahlfaust.

»Ist er noch stark genug, um mit uns auf eine sehr wichtige Mission in die Nähe der Stadt in den Bäumen zu ziehen?«

»Er hat noch nicht alle Kraft verloren, doch er sieht abstoßend aus. Seine Haut ist voller Risse und eitriger Blasen und schält sich überall.«

»Hervorragend! Hol ihn her. Hierher, in meine Kammer. Wir werden Tarnbemalung anlegen, und dann brecht ihr beide mit eurem Gott zu einer äußerst wichtigen Mission auf. Wenn du ihn hergeschickt hast, befiehl dem gesamten Volk, sich unten auf dem Hof einzufinden. Ich will Echse eine Frage stellen.«

»Ja, Gebieter.« Stahlfaust war anzuhören, wie tief er seinen

Anführer verehrte. Ehe er in die Kammer trat, huschte Täubchen mit ihrer Handarbeit lautlos aus ihrer Nische zu einem warm strahlenden Feuertopf, ließ sich dort nieder und tat, als sei sie zutiefst aufs Knüpfen konzentriert, während sie innerlich bangte, welche Schrecken wohl als Nächstes auf sie warteten.

»Täubchen, komm zu mir!«

Sie setzte die freundlich aufmerksame Miene auf, die ihr geholfen hatte, die sechzehn Winter zu überleben, bevor Fahlauge sie aus der Sklaverei bei den Wächterinnen befreit hatte, und machte sich auf den vertrauten Weg auf die Galerie.

»Hier bin ich, mein Gebieter.«

»Sehr gut. Sag deinen Zofen, sie sollen die Körperbemalung bereitstellen. Aber kein Weiß. Ich brauche Waldfarben: Grün-, Braun- und Schwarztöne. Und sie sollen sich beeilen!«

»Ja, Gebieter. Wohin sollen sie die Farben bringen?«

»Hierher auf die Galerie. Gleich werden Stahlfaust und Echse kommen, und unten wird sich das Volk versammeln. Ich wünsche zu diesem zu sprechen, und dann werde ich mit Stahlfaust und Echse in den Wald aufbrechen.«

»Wie du befiehlst, Gebieter.« Sie verneigte sich tief und zog sich in die Kammer zurück. »Lilie, dein Streiter hat einen Auftrag an euch!«

Sofort war das Mädchen zur Stelle. »Ja, Herrin?«

»Mischt Körperfarben für drei Männer. Dein Streiter wünscht ausschließlich Waldfarben. Beeilt euch! Das Volk wird kommen und zusehen.«

»Ja, Herrin!« Mit zierlichem Getrappel ihrer bloßen Füße eilte sie davon.

Während ihre Zofen den Befehl des Gottes ausführten, begab sich Täubchen in den privaten Bereich, den sie mit Fahlauge geteilt hatte. Mit aller Sorgfalt kleidete sie sich an. Was der Gott auch vorhatte, sie war sich sicher, dass er auch sie irgendwie einbeziehen würde, und ihr Überleben hing davon ab, ob ihm ihre Erscheinung und ihr Verhalten gefielen. Sie hatte soeben ihren prächtigsten Rock angelegt und sich das Haar makellos glattgebürstet, da kehrte Stahlfaust in den Tempel zurück, begleitet vom schwerkranken Echse; sie roch dessen faulendes Fleisch und hörte sein ächzendes Atmen, das verriet, dass das Ende nicht mehr fern war – dass er bald an seinem eigenen Blut und Eiter ersticken würde, erlöst vom Leid seines verseuchten Körpers.

»Ihr dürft gern auf die Galerie herauskommen«, rief der Gott des Todes, als Stahlfaust und Echse zögernd vor der Schwelle stehen blieben, hinter der die massive Statue aufragte, die vom größten Teil des Volks noch immer als Schnittergöttin verehrt wurde. »Täubchen, wenn deine Zofen mit der Körperfarbe kommen, bringe sie zu uns!«

»Ja, Gebieter!«, rief Täubchen.

Selbst drinnen in der Kammer hörte sie das Summen der Menge, die sich allmählich auf dem Hof versammelte. Das Wildaroma des Eintopfs aus den Resten des Keilerfleischs trieb zu ihr herauf. Sie wusste: Der Duft nach Essen und die Hoffnung auf einen vollen Magen würden selbst jene herlocken, die es eigentlich nicht eilig hatten, den Befehlen eines Streiters zu folgen, von dem sie nicht sicher waren, ob sie ihn überhaupt brauchten.

*Er ist listig, dieser Todesgott*, gestand sie sich im Stillen ein. *Das darf ich nie vergessen.*

»Herrin, die Körperfarben sind bereit«, meldete sich Lilie.

»Sehr gut. Folgt mir auf die Galerie des Gottes.«

Innerhalb des Tempels kannte Täubchen jeden Schritt Boden, daher bewegte sie sich mühelos ohne jede Führung. Mit erhobenem Kinn schritt sie anmutig einher, stolz, wie es ihrem nun unnötig gewordenen Amt als Orakel gebührte. Auch wo der Todesgott sich befand, musste ihr niemand sagen. Sie spürte ihn, genau wie sie Fahlauge gespürt hatte. Nur war es bei Fahlauge Liebe gewesen, der sie gefolgt war. Bei Tod war es Abscheu.

Ohne Zögern ging sie auf die Hülle des Mannes zu, den sie so sehr geliebt hatte. »Mein Gebieter, die Zofen haben getan, was du befahlst.«

»Sehr gut, kleiner Vogel.« Liebkosend strich er ihr über die Wange. Täubchen zwang sich, nicht zurückzuzucken. Dann wandte er sich ihren Zofen zu. »Ihr Frauen, ich wünsche, dass ihr meinen Schinder Stahlfaust und meinen Jäger Echse am ganzen Körper mit Tarnmustern bemalt.« Zu den beiden Männern sagte er: »Stellt euch an die Brüstung, damit das Volk euch dabei zusehen kann, wie ihr für unsere Mission gesalbt werdet.«

Daraufhin wandte Tod sich zu Täubchens Überraschung von den Menschen ab und ihr zu. Mit machterfüllter, gebieterischer Stimme rief er: »Mein Volk, ihr werdet nun Zeuge eines Wunders werden und dann eine Frage beantworten! Das eine ist nicht weniger wichtig als das andere. Doch zunächst muss ich wie meine Männer gesalbt werden. Täubchen, komm und salbe mich!«

Täubchen konnte sich nicht vorstellen, was er vorhatte. Sie wusste nur, dass sie in seinem Tagtraum gefangen war und ihre Rolle spielen musste, oder sie würde zugrunde gehen. Lilie drückte ihr drei Töpfe mit klebriger Farbe in die Hände. Da sie sich nicht erlauben durfte zu zögern, schritt sie gespielt selbstsicher auf ihn zu, bis sie ihn mit der ausgestreckten Hand berührte. Er stand ihr zugewandt an der Brüstung. Sie wusste, dass so für die Zuschauer auf dem Hof nur ein Teil seines Körpers sichtbar war, nicht alles. Wenn Fahlauge sich ans Volk gewandt hatte, dann stets von der Brüstung aus, wo er ganz zu sehen war. Täubchen hatte keine Ahnung, warum der Gott sich nicht zur Gänze zeigte. Es war ihr auch egal. Unnütze Grübeleien würden sie nur verlangsamen, und je schneller sie arbeitete, desto schneller konnte sie von ihm ablassen. Mit den Fingern schöpfte sie die lehmige Farbe aus den Töpfen und begann den enormen Leib des Gottes damit zu bestreichen. *Wie riesig er geworden ist!* Der Gedanke half ihr, das Ding, das ihr gegenüberstand, noch etwas weiter von dem Mann zu trennen, den sie von ganzem Herzen geliebt hatte.

Sie arbeitete, so zügig sie konnte. Bis auf den Hirschledermantel, der ihm von den Schultern hing, und die Hose war er nackt. Unter ihren Händen spürte sie, wie sein Körper sich verändert hatte. Fahlauge war groß und stark gewesen, muskulös und kräftig, doch in der kurzen Zeit, seit der Gott Besitz von ihm ergriffen hatte, war er weitergewachsen. Seine Schultern waren breiter geworden. Seine Muskeln dicker. Unzweifelhaft hatte er auch an Körpergröße gewonnen. Als sie um ihn herumgreifen wollte, um ihn am Rücken einzuschmieren, streifte Tod ihre Hände ab, sie spürte allerdings noch, dass das Hirschfell sich über seinen gesamten Rücken ausgebreitet hatte.

»Nur vorn, mein kleiner Vogel.«

Nicht ihre Hände, wohl aber ihr Geist bebten. Sie konzentrierte sich ganz darauf, ihn so rasch und effizient wie möglich zu bemalen. Auch sein Haar ließ er sie nicht berühren, doch sie bemalte sein Gesicht, wobei sie bemerkte, dass er sich eine

Kapuze für den Mantel angefertigt hatte, die er tief in die Stirn gezogen trug.

*Er verbirgt das Geweih*, dachte sie. Was wiederum dazu führte, dass sie sich fragte, wie sehr dieses gewachsen war.

»Ich bin fertig, Gebieter«, sagte sie schließlich und trat einen kleinen Schritt zurück.

»Hervorragend.« Und schon wandte er sich von ihr ab.

Zuerst sprach er zu seinen beiden Männern: »Hört gut zu! Was nun folgt, wird unser Volk auf immer verändern.«

Täubchen hörte, wie er herumwirbelte, wobei sein Mantel um ihn schlug wie Vogelflügel. Sie erriet, dass er sich den Menschen unten auf dem Hof zugewandt hatte. Sie trat noch etwas weiter zurück, wobei sie die Hand ausstreckte und tastete, bis sie Lilies Handgelenk fand. Sie zog das Mädchen mit sich und flüsterte: »Beschreib mir, was ich nicht sehen kann, aber leise, damit wir ihn nicht erzürnen.«

»Ja, Herrin«, sagte Lilie so leise, dass nur Täubchen es hörte. »Dein Fahlauge tritt ganz vorn an die Brüstung.«

Sie krampfte die Hand um Lilies Handgelenk. »Nenne ihn nie wieder mein Fahlauge.«

»J-ja, Herrin. Wie soll ich ihn nennen?«

»Gebieter, oder so, wie er von euch genannt werden will. Nur nicht mehr mein Fahlauge. Nie wieder. Was tut er jetzt?«

»Er ist auf die Brüstung gesprungen.«

»Mein Volk, heute ist der erste Tag eures neuen Lebens!«, erschallte machtvoll die Stimme des Gottes. Zwischen seinen Worten hörte Täubchen die aufbrandende Erregung der versammelten Menge, die nun an den Lippen des Mannes hing, den sie einst als Fahlauge und dann als Streiter gekannt hatte.

»Trägt er die Kapuze noch?«, flüsterte Täubchen.

»Ja, Herrin.« Dann fügte Lilie verblüfft hinzu: »Herrin, er dreht sich um. Er wendet dem Volk den Rücken zu.«

»*Seht her! Euer Gott ist erwacht!*«, sprach der Tod, und dann erfüllte ein mächtiges Röhren die Welt, viel gewaltiger als das eines Hirschs – bedrohlicher als eine ganze Armee von Menschen. Es war das Röhren eines Gottes, der nach Äonen des Schlafs erwacht war.

»Oh! Oh, Herrin! Er hat den Mantel abgeworfen, und – und – wie hat er sich verändert!« Täubchen spürte Lilie zittern – diese umklammerte Täubchens Hand wie einen Rettungsanker.

»Ich weiß, Lilie. Schnell, sprich weiter! Beschreibe ihn mir.«

Doch als Lilie ihr mit bebender Stimme alles schilderte, erkannte Täubchen, dass es ihr nicht neu war. Ihre Hände hatten ihr bereits verraten, was der Rest des Volkes erst jetzt erblickte.

Sie wusste, was unter dem Mantel verborgen gewesen war. Sie hörte das entsetzte Gemurmel, als die Menge sah, wie das Hirschfell mit dem Menschen verschmolzen war. Als er wieder jenes unmenschliche Röhren ausstieß, hörte Täubchen, wie das Gemurmel zu entsetztem Keuchen wurde. Lilie musste es ihr gar nicht beschreiben; sie wusste, dass er sich der Menge zugewandt hatte und dieser das Geweih präsentierte, das ihm aus der dichten Mähne wuchs, die das Haar ihres Liebsten ersetzt hatte.

»O Herrin, jetzt kann das Volk ihn ganz sehen! Sein Kopf – an seinem Kopf wachsen Hörner! Und – und sein Haar hat sich auch verändert. Es … es –« Ein verängstigter Schluchzer brach sich aus Lilies Kehle Bahn.

Täubchen drückte ihrer Zofe die Hand. »Pst, ich weiß. Nimm dich zusammen, sonst wird er auf dich aufmerksam.« Sie spürte Lilie nicken, und deren andere Hand hob sich, um die panischen Schluchzer zu ersticken, die sie nicht unterdrücken konnte.

Dann erhob der Gott wieder die Stimme, weithin tönend, geschwängert von einer unheilvollen Macht. »Mein Volk, merkt euch meine Worte, denn ich werde sie nicht wiederholen! Ihr habt mich einst in einer meiner Formen als Schnittergottheit verehrt. So fromm wart ihr und so treu, dass ich erwacht bin und den Körper meines Streiters zu meinem erkoren habe. Nun seht ihr mich in meiner wahren Gestalt! Ich bin der Gott des Todes, aus dem Reich der Träume in die Welt der Sterblichen gekommen, um euch, mein erwähltes Volk, aus dieser üblen, verpesteten Stadt in neue Gefilde, ein neues Leben, eine neue Ära zu führen! Wer von euch will mir treu sein? Wer will mir sein Leben verschreiben?«

Eine schreckliche Stille entstand, dehnte sich aus. Täubchen spürte, sie durfte nicht länger warten. Auf so gefühllosen Beinen, dass sie befürchtete, sie brächen unter ihr zusammen, trieb ihr Überlebensinstinkt sie vorwärts. An der Brüstung angekommen, reckte sie den Arm, bis sie den Gott berührte. Klar und laut verkündete sie: »Ich will dir treu sein, mein Gebieter!« Und sie verneigte sich tief vor ihm, während die Menschen im Hof zu raunen und summen begannen wie aufgescheuchte Bienen.

Mit einer sanften Berührung am Kinn bedeutete er ihr, sich wieder aufzurichten. Reglos blieb sie stehen, das augenlose Gesicht zu ihm erhoben, stolz und aufrecht, ihre Miene so offen und unschuldig wie zu jener Zeit, als sie sich immer wieder Visionen ausgedacht hatte, um die alten Wächterinnen zu besänftigen, in deren Hand ihr Leben lag.

»Ah, mein treues Täubchen. Das freut mich, kleiner Vogel. Ich verspreche dir: Wenn meine Gefährtin in dir erwacht, wirst du in der Lage sein, mich durch die Augen der Göttin in meiner Pracht zu sehen. Würde dich das glücklich machen?«

»Ja, mein Gebieter«, log sie.

»Und ich wiederum werde dir treu sein bis in Ewigkeit.« Doch statt sie zu sich auf die Brüstung zu holen, wie Fahlauge es getan hätte, wandte der Todesgott sich wieder an sein Volk. »Täubchen ist die Erste, die mir huldigt. Wer noch?«

Jemand stieß Täubchen aus dem Weg – Stahlfaust, der rasch ihren Platz einnahm. Sie stolperte und wäre hingefallen, hätte nicht Lilie sie am Ellbogen gepackt, aufgerichtet und zur Seite gezogen. Derweil rief der Schnitter: »Ich huldige dir und werde dich immer verehren, mein Gebieter! Bis in Ewigkeit!«

»Ich danke dir, Stahlfaust, und ernenne dich zur Klinge des Gottes. Höre, mein Volk: Von nun an wird die Klinge mit der Stimme des Gottes sprechen.«

»Dank sei dir, mein Gebieter!«

Täubchen wusste, wer als Nächster zu dem Gott trat, um ihm die Treue zu schwören – sie roch die Wolke der Verwesung, die dem armen Echse anhaftete.

»Ich werde dich stets verehren und dir treu sein, mein Gebieter!«, rief er laut, und trotz seiner heiseren, von Schmerz geprägten Stimme schallten seine Worte mit Leichtigkeit über den Hof und die gebannte Menge hinweg.

»Echse, ich danke dir und verspreche dir, dass du bald frei von deinem Leid sein wirst.«

Täubchen drückte schmerzhaft Lilies Hand und flüsterte drängend: »Schwör ihm die Treue! Schnell! Und bedeute den anderen Zofen, es dir nachzutun!«

»Aber, Herrin, ich –«

»Willst du am Leben bleiben?«, zischte Täubchen.

»Ja, Herrin.«

»Dann tu's! Schnell!« Mit einem kleinen Stoß in Richtung des Gottes ließ sie ihre Zofe los.

Da rief Lilie: »Kommt, ihr Zofen, lasst uns dem Gott die Treue schwören!« Täubchen hörte das Tappen vieler bloßer Füße, als sie sich Lilie anschlossen. Ihre Röcke raschelten wie Herbstblätter im Wind, und Täubchen wusste, dass sie sich verneigten.

»Hervorragend! Ich danke euch mit Freuden, ihr Zofen. Bleibt stets bei eurer Herrin und bereitet euch darauf vor, dass ihr sehr bald einer Göttin dienen werdet!«

»Ja, mein Gebieter«, sprachen die jungen Frauen Lilie nach.

»Und nun? Was ist mit dem Rest meines Volkes?«, donnerte der Gott auf den Hof hinab.

Täubchen spürte Lilie wieder an ihre Seite kommen. Drängend flüsterte sie: »Bedeute den Zofen, in die Kammer zurückzukehren.«

Ohne zu zögern, führte das Mädchen einige kleine, rasche Gesten aus, und Täubchen hörte das Fußgetrappel der Zofen an sich vorüber in die relative Sicherheit der Kammer eilen.

Drunten erhoben sich Rufe: »Ich huldige dir!« – »Ich folge dir!« – »Ich werde für dich kämpfen!« Zugleich begann Lilie, ihr wieder zu beschreiben, was geschah. »Die Männer, die er zu Schnittern gemacht hat, treten alle vor und fallen auf die Knie.«

Zu den Stimmen der Schnitter gesellten sich weitere: »Ich auch!« – »Und ich auch!« Täubchen bemühte sich, die Sprecher zu identifizieren, doch es waren zu viele, und aus den einzelnen Treueschwüren wurde ein wildes Durcheinander.

»Nehmen alle ihn an?«, fragte sie Lilie.

»Nicht alle, aber die meisten. Ein paar Jäger halten sich abseits und haben noch nichts gesagt.«

»Genug!«, donnerte der Gott, und die Menge verstummte. »Ich freue mich, dass so viele meines Volkes mir treu sind.«

In das Schweigen ertönte von unten eine klare, feste Stimme. Täubchen erkannte sie; sie gehörte einem älteren Jäger namens Pranke. »Aber du siehst nicht aus wie unsere Schnittergöttin. Sie ist eine Frau. Du magst zwar mächtig und unverkennbar ein Gott sein, doch du bist ein Mann. Daher frage ich dich: Bist du *unser* Gott, oder bist du einfach nur *irgendein* Gott?«

»Dies kann ich leicht beantworten. Aber zuerst sagt mir: Gibt es noch andere, die das gern von mir wüssten?«

Täubchen durchlief ein Zittern. Der Gott klang freundlich, als begrüße er die Frage und sei noch weiteren Fragen aus seinem Volk nicht abgeneigt. Täubchen wusste es besser. Eines wusste sie mit absoluter Sicherheit: Den Tod stellt man nicht in Frage.

»Ja, Streiter«, erklang eine weitere Stimme. »Ich bin Fluss. Ich stelle dieselbe Frage wie Pranke.«

»Und ich bin Würger. Die Frage ist auch meine.«

»Sehr gut! Ich werde sie euch beantworten. Tretet vor, Pranke, Fluss und Würger, damit ich sehen kann, mit wem ich spreche.«

Täubchen hörte Unruhe durch die Menge gehen. »Was geschieht?«, fragte sie Lilie.

»Die drei Jäger sind vorgetreten. Sie stehen nun vor dem großen Feuer, auf dem der Keiler gebraten wurde.«

Täubchen senkte den Kopf.

»Meine Antwort ist folgende: Ihr hattet euch geirrt. Diese Statue ist kein Gott. Sie ist ein Ding aus totem Metall. Es spielt keine Rolle, ob sie eine Frau oder einen Mann darstellt, weil sie niemals ein Gott war. Ich bin der Tod, und ich bin euer

Gott. Nicht dieser Statue wegen. Aus keinem anderen Grund, als dass ich euch erwählt habe. Und ich danke euch dreien, dass ihr mir die Gelegenheit gebt, denjenigen meines Volkes, die mir wahrlich treu sind, meine göttliche Macht zu demonstrieren.«

Ein entsetzlich grelles, ohrenbetäubendes Quietschen von Metall gegen Metall ertönte, in das sich die hysterischen Schreie des Volkes mischten, und dann krachte etwas Schweres in den Hof nieder.

Lilie schnappte fassungslos nach Luft, verbarg ihr Gesicht an Täubchens Schulter und begann zu schluchzen.

Täubchen schüttelte das Mädchen. »Was ist? Was geschieht?«

»E-er hat der Statue der Göttin den Dreizahn aus der Hand gerissen und hinuntergeschleudert. Er hat sie alle drei getötet – Pranke, Fluss und Würger!«

*»NIEMAND STELLT DEN TOD IN FRAGE!«*, donnerte der Gott.

»Flieht das Volk?«, fragte Täubchen.

»Nein, Herrin. Alle fallen auf die Knie und neigen den Kopf vor ihm.« Ein Schluchzer unterbrach ihre Rede, dann gelang es ihr zu flüstern: »Was sollen wir nur tun?«

»Überleben.« Täubchen legte den Arm um ihre Zofe und ließ zu, dass diese sich an ihrer Schulter ausweinte, während ihr reger, listiger Geist bereits Pläne zu schmieden begann.

# 22

In der Morgendämmerung war es wolkig und kühl. Schwer lag der Geschmack von Rauch in der Luft – und in Wilkes' Kehle. Seine Augen fühlten sich an, als hätte er sie mit Sand eingerieben, und während er sich streckte und Odin und sich aus der kokonartigen Hängematte befreite, die er spät am vergangenen Abend in den Ästen einer großen, vom Feuer unberührten Kiefer aufgehängt hatte, wurde sein Husten von den Kriegern um ihn herum aufgenommen.

»Wilkes? Bist du da oben?«

Er spähte hinab. Unter dem Baum stand Claudia mit ihrem Schäferhund Mariah. Mit aschfahlem, grimmigem Gesicht sah sie zu ihm auf.

Er räusperte sich mit trockener Kehle und bereitete sich innerlich auf schlechte Neuigkeiten vor. »Ja. Sekunde noch. Odin und ich kommen gleich runter.«

Sie nickte, setzte sich matt neben ihren Schäferhund und legte ihren schlanken, rußfleckigen Arm um diesen. Indessen knüpfte Wilkes aus seinem Reisemantel rasch eine Schlinge und seilte Odin darin auf den Boden ab, ehe er selbst langsamer an dem dicken Stamm hinunterkletterte.

Claudia hielt ihm einen Becher heißen Tee mit Honig hin. »Hier. Für dich.«

Dankbar nickte er, blies darauf, nahm einen großen Schluck

und genoss es, wie wohl die Kräuter seiner vom Rauch rauen Kehle taten. Dann sah er Claudia an. »Los, sag's mir schon.«

»Wir haben Ethan gefunden.«

Wilkes' Magen zog sich zusammen. Seit dem Vortag war sein Freund vermisst gewesen. Am Kanal war er nie angekommen, so viel hatte Wilkes schon gewusst, doch er hatte gehofft, Ethan würde unter den vielen Verwundeten sein, die sich im Rauch verirrt hatten und, nachdem der Brand gelöscht war, nach und nach wieder in die Stadt fanden.

»Wo ist er? Wie geht es ihm?«

Claudia stand auf und legte ihm die Hand auf die Schulter. »Es tut mir leid. Ethan ist tot. Er lag in der Nähe der Stelle, wo der Rat getötet wurde.«

Wilkes senkte den Kopf und ergab sich der Trauer. Ethan und er waren seit zehn Jahren ein Paar gewesen. Wilkes hatte gern darüber gescherzt, wie sehr Ethan ihn nervte, doch in Wirklichkeit hatte er sich immer darauf verlassen können, dass sein Freund ihm Halt gab. Aber nun … nun gab es Ethan nicht mehr. Es war, als sei ihm jegliche Orientierung geraubt worden.

»Und Ginger? War sie bei ihm?«

Claudia seufzte. »Ja. Man hat sie zusammen gefunden.«

»Wo sind sie? Ich will sie sehen.«

Claudias Hand packte seine Schulter fester. »Nein. Besser nicht. Sie liegen beim Rat, deren Hunden und den anderen, die auf dem Weg zum Kanal gestorben sind. Gerade wird ein Scheiterhaufen für sie gebaut. Bis Sonnenuntergang wird alles vorbei sein.«

Wilkes wischte sich mit dem Handrücken die Tränen vom Gesicht. Odin winselte und schmiegte sich an sein Bein. »Hast du ihn gesehen?«

Sie nickte matt. »Ja.«

»Glaubst du, er hat leiden müssen?«

»Ich glaube, es ging schnell. Und er war nicht allein. Er hatte die Arme um Ginger geschlungen, und um sie herum lagen andere Leute. Ich hoffe, das ist ein gewisser Trost für dich.«

Bitter nickte Wilkes und legte seinem Schäferhund die Hand auf den Kopf. Es war tröstlich, seinen Gefährten neben sich zu wissen. *Ich darf jetzt nicht in Trauer über Ethan und Ginger versinken. Ich darf nicht über sie nachdenken. Es gibt zu viel zu tun. Zu viele Leben können noch gerettet werden.* Er räusperte sich noch einmal und hob den Kopf. »Hat man welche von den Heilern lebend gefunden?«

»Nein. Wir haben Emma und Liam, die beiden Lehrlinge, die Kathleen mit den Vorräten weggeschickt hatte, bevor das Heilernest in Flammen aufging. Gestern Abend schaffte es ein dritter Lehrling, Olivia, zur alten Meditationsplattform. Sie sagte, sie sei dem Feuer gerade noch entronnen. Drei Mitlehrlinge, die ihr gefolgt seien, hätten es nicht geschafft.«

»Also haben wir drei halbausgebildete Heiler. Na gut – besser als nichts. Aber wir müssen ihnen Helfer zur Seite stellen.« Er formte die Hände zum Trichter um den Mund und rief in die Zweige der nächststehenden Bäume hinauf: »Krieger, zu mir!«

Sofort begannen die Zweige zu wanken, als Menschen und Hunde aus ihrem dringend benötigten Schlummer erwachten. »Kannst du hierbleiben, bis die Krieger unten sind, und sie zur alten Meditationsplattform bringen? Und hast du Latrell gesehen? Er soll die Jäger versammeln.«

»Latrell ist tot. Thaddeus hat sich vorläufig zum Ersten Jäger aufgeschwungen.« An Claudias Stirnrunzeln war klar zu erkennen, was sie von dieser Entwicklung hielt.

Wilkes fuhr sich durch das schmutzstarrende Haar. »Auch nicht die erfreulichste Nachricht.«

»Tja, es gab keinen, der ihm das Amt streitig gemacht hätte. Aber man kann ihnen keinen Vorwurf machen. Wenn Thaddeus sich durchsetzen will, wird er bissig. Fast so schlimm wie sein Terrier.«

»Ich dachte, nachdem Odysseus verletzt wurde, würde Thaddeus sich vielleicht erst mal nur um ihn kümmern.«

»Schön wär's, aber die Verletzung scheint nur Odysseus zu behindern – Thaddeus definitiv nicht.«

»Hoffentlich haben wir bald einen neuen Rat, der jemand Passenderen als Ersten Jäger auswählt.« Wilkes schüttelte den Kopf. »Thaddeus hat die ganze Misere zu verantworten, verdammt.«

»Schon wenn ich an ihn denke, wird mir total übel«, knurrte Claudia. »Ich weiß nicht, warum er noch in Freiheit ist – geschweige denn Erster Jäger. Wie er herumläuft, als wäre er der rechtschaffenste –«

Wilkes machte eine scharfe Handbewegung. »Lass es. Ich habe mich gehen lassen. Schuldzuweisungen oder Was-wäre-Wenns helfen uns jetzt auch nicht weiter. Ich mache mich auf den Weg zur alten Meditationsplattform.«

Claudia gab sich einen Ruck. »Hast recht. Thaddeus kann warten. Ich komme mit den Kriegern nach.«

Wilkes versuchte, ihr dankbar zuzulächeln, doch sein Gesicht fühlte sich hart und taub an. Er fragte sich, ob er jemals wieder in der Lage sein würde zu lächeln. Also nickte er nur und ging durch das Unterholz unter den Kiefern davon, die wegen ihres hohen Alters nicht mehr bewohnt, aber noch zu stabil waren, um sie abzuholzen und eine Neupflanzung anzulegen.

Dieser Teil des Waldes lag Hafenstadt am nächsten. Wilkes war er immer unheimlich gewesen. Als die Ahnen des Stammes herausgefunden hatten, dass sie dank des Mutterfarns im Wald überleben konnten, war es ihnen wohl sinnvoll erschienen, ihre neue Stadt gleich neben der alten zu erbauen, doch über die Generationen hatte der Stamm sich mit zunehmendem Wachstum immer weiter von der Ruinenstadt weg nach Norden und Westen ausgebreitet und schließlich das Stadtzentrum auf jüngere, starke, gerade erst tragfähig gewordene Kiefern verlagert. Die Meditationsplattform war das älteste noch nutzbare Bauwerk, und kaum jemals drang der Stamm weiter vor als zu ihr. Unbehaglich sah Wilkes sich um. Ihm war, als beobachteten ihn die Geister jener ersten Stammesleute ... kritisch, prüfend ...

Auf manchen der stummen, verlassenen uralten Baumriesen ahnte man noch Reste von Nestern und Liftsystemen, deren verwertbare Teile längst von dem stetig wachsenden Stamm geplündert worden waren. *Tja, das Wachstum hat vorerst ein Ende*, dachte Wilkes düster. *Bis auf weiteres geht es nur ums Überleben.*

Seine Beine fühlten sich schwer an. Er zwang sich, den starken Tee auszutrinken in der Hoffnung, der Honig darin werde ihm etwas Energie verleihen. Zu seiner Überraschung begann sein Magen zu grollen. Ehe er und die anderen Krieger, die mit ihm noch bis spätabends unterwegs gewesen waren, sich in ihre Mäntel gewickelt hatten, um wenigstens ein paar Stündchen Schlaf zu erhaschen, war er zu beschäftigt gewesen, um an Essen zu denken. Auch Odin winselte. Wilkes tätschelte ihm den Kopf. »Schon gut. Bald gibt's was in den Magen.« Ihm fiel ein, dass nachgesehen werden musste, ob welche von den Kaninchengehegen intakt geblieben waren. *Hoffentlich ja. Keine*

*Ahnung, wie wir die hungrigen Hunde ohne Kaninchen satt bekommen sollen.* Seine Schultern sanken nach vorn. Es war einfach so viel zu erledigen! Glut und Hitze! Wie sehr er sich wünschte, Sol wäre noch am Leben – oder zumindest Nik und diese Heilerin wären geblieben. Niks Anwesenheit hätte dem Stamm vielleicht etwas Mut verliehen, insbesondere da Laru ihn erwählt hatte. Und Mari? Wilkes war es völlig egal, was Idioten wie Thaddeus von ihr hielten. Das Mädchen war offensichtlich eine begabte Heilerin, die noch dazu Sonnenfeuer herabrufen konnte. Sie gehörte eindeutig zum Stamm!

»Nik wird wiederkommen«, sagte Wilkes zu Odin. »Und dann werde ich es geschickter anstellen, ihn zum Bleiben zu überreden.«

So wanderte er auf das provisorische Heilernest auf der alten Meditationsplattform zu, die die Grenze zwischen dem alten, unbewohnten Teil des Waldes und den Ausläufern dessen markierte, was von der Stadt in den Bäumen übrig war. Noch ehe er die Lichtung um den alten Baum erreichte, hörte er das Stöhnen der Verwundeten. Er versuchte, sich so gut wie möglich zu wappnen, doch als er aus dem Unterholz trat und das Heer der Kranken sah, das sich wie ein Rad von dem Baum aus bis an die Ränder der Lichtung, ja sogar darüber hinaus erstreckte, erkannte er, dass nichts auf der Welt ihn darauf hätte vorbereiten können, welchen Schlag der Stamm erlitten hatte.

Aus Richtung der noch immer schwelenden Überreste der Stadt wankten Krieger und Jäger herbei, die zur Frühschicht eingeteilt gewesen waren. Ihre Aufgabe hatte darin bestanden, die geschwärzten Kadaver der gewaltigen Kiefern und die Trümmer einst wunderhübscher, altehrwürdiger Nester und Plattformen nach Überlebenden zu durchkämmen und alle noch glimmenden Herde zu löschen, aus denen womöglich wieder Brände entstehen konnten. Ein Blick auf sie genügte ihm, um zu wissen, dass sie keine Überlebenden gefunden hatten.

»Hier, iss. Du siehst schrecklich aus.«

Wilkes zuckte zusammen und wandte sich der Sprecherin zu. Es war die Geschichtenerzählerin Ralina, die es sich anscheinend zur Aufgabe gemacht hatte, hier bei den Verwundeten auszuharren. Sie drückte ihm eine Holzschale mit Haferbrei in die Hand, der ebenfalls mit Honig sowie mit Mandelmilch verfeinert war.

»Danke«, krächzte er mit dieser heiseren Stimme. »Odin muss auch was essen.«

Ralina nickte. »Dort drüben auf der alten Eiche ist eine provisorische Plattform eingerichtet, auf der Futter für die Hunde zubereitet und ausgegeben wird. Von den Kaninchengehegen haben es zwei überstanden.«

»Nur zwei?« Wilkes schüttelte den Kopf. Bis zum Vortag hatte der Stamm in zwölf großen Gehegen Kaninchen gezüchtet, die ihm Felle und Fleisch für die Hunde lieferten.

»Nur zwei. Und auch das nur knapp. Aber die Jäger sind schon dabei, Fallen aufzustellen, um wieder Zuchttiere zu fangen. Vielleicht stöbern sie auch ein Reh oder gar ein Wildschwein auf.« Die Geschichtenerzählerin sah Wilkes an. In ihren Augen klafften Abgründe der Pein.

»Tut mir leid. Zwei Gehege sind besser als gar keines. Und die Kaninchen lassen sich leicht ersetzen. Sollen wir uns kurz auf diesen Baumstamm setzen und du erzählst mir, was es sonst noch Neues gibt?«

»Ja. Gut.« Zu zweit wandten sie sich dem angesengten Baumstamm zu. Nach wenigen Schritten verlor Ralina das

Gleichgewicht und wäre beinahe hingefallen. Wilkes stützte sie rasch am Arm und half ihr, sich neben ihn zu setzen. Ihm fiel auf, wie blass sie war und dass sie Augenringe hatte.

»Hast du diese Nacht überhaupt geschlafen?«

Sie schüttelte den Kopf.

»Dann musst du das bald nachholen«, sagte er sanft.

»Ich hab's versucht. Aber sobald ich die Augen schließe, sehe ich nur Feuer und Tod vor mir. Ich – ich weiß nicht, ob ich je wieder werde schlafen können.« Ihr Kopf und ihre Schultern sackten nach vorn, und sie begann, lautlos zu weinen.

Wilkes legte den Arm um sie. »Hey. Das wird schon wieder. Denk an die Geschichte von Ende und Anfang. Unsere Ahnen hatte es noch schlimmer getroffen, und sie haben trotzdem überlebt, ja, sie haben sogar zu neuer Blüte gefunden. Das schaffen wir auch.«

»Ich wünsche mir, dass du recht hast. Mehr als alles andere.« Während Ralina sich mit dem Ärmel das Gesicht rieb, kam ihr Schäferhund Bär mit besorgtem Winseln auf sie zu. »Schon gut, Bär, alles in Ordnung«, murmelte sie, als er sie abzulecken begann, und glitt vom Baumstamm auf den Boden neben ihm. Nach einer Weile schlug sie die Beine unter, lehnte sich zurück und sah zu Wilkes auf. »Geht schon wieder. Was willst du wissen?«

»Was ist mit den Mutterfarnen?«

»Die sind gut versorgt. Genau kann man es noch nicht sagen, aber Maeve ist zuversichtlich, dass die meisten durchkommen werden. Sie hat sie vorerst in die Zweige über der alten Meditationsplattform verpflanzt, doch sie sollten so schnell wie möglich wieder auf eine neue Gruppe von Mutterbäumen gesetzt werden.«

Erleichtert schloss Wilkes kurz die Augen. »Das heißt, Maeve hat es auch geschafft. Was ist mit ihrer neuen Gefährtin? Fortina heißt sie, oder? Geht es ihr gut?«

»Beide sind wohlauf. Und Maeves Helferinnen sind ebenfalls alle am Leben. Maeve hatte sie mit den Mutterfarnen in Sicherheit geschickt, sobald das Feuer ausbrach.«

»Das war klug von ihr.« Er schob sich ein paar Löffel Haferbrei in den Mund. »Gibt es schon Schätzungen, wie viele Todesopfer es gab?«

»Ja. Mindestens zweitausend. Aber das ist wahrscheinlich noch niedrig geschätzt.«

»Glut und Hitze! Über zweitausend Tote? Das ist ja fast der halbe Stamm!«

Ralina nickte. »Und über fünfhundert Verletzte. Viele so schwer, dass auch sie kaum Überlebenschancen haben – und dazu kommen all diejenigen, die noch der Fäule zum Opfer fallen werden.« Ihr Blick richtete sich auf ihre Unterarme. Wilkes folgte ihm und bemerkte zahlreiche Kratzer und Schrammen, die ihm bisher nicht aufgefallen waren, weil Ralina ganz von einem Film aus Ruß und Schweiß überzogen war. Beim Anblick der blutigen Wunden entstand in seinem Magen eine schreckliche Leere, die kein Haferbrei je zu füllen in der Lage sein würde. So harmlos die Kratzer schienen – die Fäule konnte sich in jeder auch noch so kleinen Hautabschürfung einnisten, und die Überlebensrate lag bei weniger als der Hälfte derer, die daran erkrankten. Hastig nahm er sich selbst in Augenschein. Er war voller blauer Flecken und wunder Stellen, glaubte aber, keine blutende Wunde zu haben. *Ralina hat recht. Wie viele von uns, die jetzt noch kerngesund scheinen und erleichtert sind, dass sie den schrecklichen Brand überstanden haben, wer-*

*den langsam an der Fäule dahinsiechen, weil sie sich winzige Kratzer eingefangen haben?*

»Wir schaffen das«, wiederholte er. »Einen Schritt nach dem anderen. Eines Tages wirst du diese Geschichte hier einer Bande großäugiger Kinder erzählen, während wir Alten dir gutgelaunt mit zu viel Winterbier zuprosten werden.«

Auf ihr graues Gesicht legte sich beinahe so etwas wie ein Lächeln – da ertönte aus dem unbewohnten Wald hinter ihnen ausgelassenes Lachen und Reden. Wilkes dachte schon, er bilde sich Dinge ein. Hatten das Grauen und der Stress der vergangenen Tage ihn in den Wahnsinn getrieben? *Wer in aller Welt würde in einer Situation wie dieser lachen und scherzen?*

Aus dem Unterholz brach eine kleine Gruppe Jäger, angeführt von Thaddeus. Sie alle trugen prall gefüllte große Ledertaschen, wie sie Schäferhunden auf langen Fouragiermissionen auf den Rücken geschnallt wurden. Und sie lachten und amüsierten sich offenbar prächtig.

Sie amüsierten sich.

Wie Ralina stand Wilkes auf und drehte sich langsam zu ihnen um, bemüht, seinen zunehmenden Ärger im Zaum zu halten.

»Ha, Wilkes! Da bist du ja. Schau mal, was wir hier haben – medizinische Hilfsmittel! In rauen Mengen! Was für ein verdammtes Glück.« Schon warf ihm Thaddeus eine der Taschen zu. Wilkes fing sie auf, spähte kurz hinein und reichte sie an Ralina weiter.

»Verbände und Salben«, sagte sie.

»Genau! In den übrigen Taschen ist noch mehr, auch Kräuter und Tinkturen. Seht ihr? So ein Fund! Oder, Ralina? Wäre das nicht eine tolle Geschichte wert?« Thaddeus' Leute nickten zustimmend, allerdings keiner so blendend gelaunt wie ihr Anführer, wie Wilkes bemerkte.

»Ich weiß nicht«, sagte Ralina in hartem, kaltem Ton. »Zu einer guten Geschichte gehören auch Heldentum und ein großes Herz.«

»Oh, damit können wir dienen, kein Problem!« Thaddeus benahm sich, als stehe er auf einer Bühne und gebe für seine Leute eine Vorstellung.

Ohne ihn einer Antwort zu würdigen, wandte Ralina sich angewidert ab.

»Okay, ein paar Sachen fehlen. Mit denen habe ich Odysseus verarztet. Damit er bald so gut wie neu ist. Nicht, Junge?« Er bückte sich, um seinem Terrier den Kopf zu tätscheln, aber der war gar nicht an seiner Seite – was Thaddeus erst jetzt zu bemerken schien. Er richtete sich auf und pfiff durchdringend. Aus dem Dickicht hinter den Jägern kam ein Kläffen. »Odysseus! Na komm schon, beeil dich!«

Der kleine Terrier hinkte auf die Lichtung, schleppte sich zu seinem Gefährten und legte sich an dessen Seite hin.

»Hast du Odysseus schon von einem der Heilerlehrlinge anschauen lassen?«, fragte Ralina. »Er hinkt ziemlich stark.«

»Ach, der kommt schon wieder in Ordnung – ich habe ihn jetzt ja gut versorgt.«

»Wo habt ihr die Arzneien denn gefunden? Ich dachte, das Heilernest wäre verbrannt«, fragte Wilkes.

»Ist es auch. Aber die Heiler haben ihren Hunden so viel wie möglich auf den Rücken geladen und sie weggeschickt. Wir haben sie ganz in der Nähe gefunden.«

Wilkes spähte in den Wald hinter die Gruppe, doch da regte sich nichts. Auch Odin oder Bär witterten oder hörten sichtlich keine anderen Schäferhunde. Ihm wurde übel. Er sah Thaddeus an: »Und wo sind die Hunde jetzt?«

»Noch da, wo wir sie gefunden haben. Ich wollte erst die Sachen zur alten Meditationsplattform bringen und dann dich suchen, damit du dir überlegen kannst, was du mit ihnen machen willst.«

»Ich verstehe nicht. Warum sind sie nicht bei euch?«, fragte Ralina.

»Weil sie alle tot sind«, gab Wilkes die Antwort.

Thaddeus nickte. »Du hast es erfasst. Sah total krass aus. Sie lagen alle dicht aneinandergedrängt. Zuerst dachte ich, sie schlafen. Doch sie waren schon steif. Müssen spätestens gestern Abend gestorben sein, aber verbrannt sind sie nicht, und ich habe auch keine anderen Wunden bemerkt.«

Wilkes zwang sich, seinen Zorn zu unterdrücken. Langsam trat er über den Baumstamm hinweg auf Thaddeus zu. An seiner Seite spürte er Odin, und er spürte den Zorn, der in seinem Gefährten ebenso tobte wie in ihm selbst. Eine Handspanne vor dem Jäger hielt Wilkes an. Ehe er das Wort ergriff, bemerkte er noch, dass die anderen Jäger zurückgewichen waren und ihn wachsam beobachteten.

»Wie könnt ihr es wagen, hier lachend und witzelnd aufzutauchen! Diese tapferen, heldenhaften Schäferhunde haben den Freitod gewählt, weil sie das schreckliche Sterben ihrer Gefährten nicht ertragen konnten. Sie alle haben gespürt, wie ihre Gefährten grausam im Feuer umkamen! Kannst du dir überhaupt vorstellen, wie unfassbar qualvoll das sein muss, Thaddeus? Dennoch haben sie uns die Arzneien gebracht – selbst in ihrem unsäglichen Schmerz und unfassbaren Leid haben sie noch an den Stamm gedacht. Was ist nur los mit dir, Thaddeus?«

»Und mit euch allen?«, schleuderte Ralina den anderen entgegen. Ihre Augen waren gerötet. »*Das* sind wahre Helden! Nicht ihr! Ein solches Opfer ist es wert, zu einer ergreifenden Geschichte, ja zur Legende zu werden. Und ihr kommt hier an und lacht und scherzt, nachdem ihr gerade ihre Leichen gefunden habt!«

Die Jäger hinter Thaddeus senkten den Blick. Auf Thaddeus selbst hingegen hatten ihre Worte keine Wirkung. Er blies sich auf und ballte die Hände zu Fäusten. »Hey, wir haben Arzneien gefunden. Sachen, die dem Stamm helfen werden. Darüber haben wir uns gefreut. Ich wusste nicht, dass zum Sich-Freuen die Erlaubnis der Geschichtenerzählerin oder des Ersten Kriegers nötig ist.«

Wilkes sah ihn angewidert an. »Du kapierst es einfach nicht, oder? Glut und Hitze! Der Tod dieser Hunde hat dich nicht im Geringsten berührt.«

»Sie sind tot. Nichts und niemand kann sie wieder zurückbringen. Ich kümmere mich lieber um die Lebenden, und meine Jäger auch.«

»Das ist aber nicht die Art des Stammes«, sagte Ralina. »Das ist nur deine Art, Thaddeus.«

»Und die ist abstoßend«, fügte Wilkes hinzu.

Thaddeus grinste böse. »Die Zeiten wandeln sich. Vielleicht musst du dich ja auf was Neues einstellen, Krieger.« Er setzte sich in Bewegung, so dicht an Wilkes vorbei, dass er ihn mit der Schulter rammte, zweifellos um ihn aus dem Gleichgewicht zu bringen. Und plötzlich hielt er ein Messer in der Hand und hielt es Wilkes vor die Brust.

»Er hat ein Messer!«, rief Ralina.

Wilkes reagierte mit der Routine des erfahrenen Kriegers.

Binnen eines Augenblicks hatte er Thaddeus den Arm auf den Rücken gedreht und bog ihn durch, bis das Messer harmlos zu Boden fiel. Mit einem raschen Tritt stieß er dem Jäger die Beine unter dem Leib weg, und dieser stürzte bäuchlings zu Boden.

Während die anderen Jäger entsetzt nach Luft schnappten, schoss Odysseus wild knurrend auf Wilkes zu. Doch schneller als das Auge folgen konnte, rammte Odin ihn so hart von der Seite, dass der Terrier sich überschlug, und stellte sich mit hochgezogenen Lefzen über ihn, bereit, ihm die Zähne in den freiliegenden Bauch zu schlagen.

»Ergib dich!«, knurrte Wilkes in ähnlich gefährlichem Ton wie sein Schäferhund. »Oder ich befehle Odin, Odysseus umzubringen.«

Wuterfüllt warf Thaddeus einen Blick auf seinen zappelnden Terrier. Einen Moment lang dachte Wilkes tatsächlich, der Jäger werde sich weigern und den Tod seines Gefährten in Kauf nehmen – und mit dieser Erkenntnis wurde ihm erst so richtig klar, wie unberechenbar Thaddeus geworden war und wie dringend er aus dem Stamm entfernt werden musste.

»Ergib dich!«, wiederholte er.

»Tu's schon«, knurrte Thaddeus seinem Terrier zu. »Unterwirf dich.«

Noch einen Moment wand Odysseus sich, doch dann gab er auf, bog den Hals zurück und bot Odin zum rituellen Zeichen der Unterwerfung die Kehle dar. Odin schnupperte am Hals des kleineren Hundes, dann hob er das Bein und erleichterte sich auf dem Bauch des Terriers, ehe er ihm erlaubte aufzustehen.

Ralina hob Thaddeus' fallengelassenes Messer auf, steckte es sich in den Gürtel und bedachte den Jäger mit einem eisigen Blick. »Wer die Klinge gegen einen Stammesbruder erhebt, kann nicht erwarten, sie zurückzubekommen. Sei froh, dass wir derzeit keinen amtierenden Rat haben, sonst würdest du für diese Tat mindestens verbannt werden, wenn nicht mehr.«

Wilkes ließ Thaddeus los. »Rat oder nicht, die Stammesgesetze gelten nach wie vor. Und da kein Gefährte die Waffe gegen einen anderen erheben darf, können wir dich trotzdem verbannen – wenn du Glück hast. Ich bin schon der dritte Gefährte, den du tätlich angegriffen hast.«

Thaddeus klopfte sich Erde und Moos von den Kleidern und funkelte Wilkes finster an. »Sei dir da nicht so sicher. Für den Fall, dass du so in der Vergangenheit verhaftet bist, dass du's noch nicht gemerkt hast: Den alten Stamm gibt es nicht mehr. Ich habe so eine Ahnung, dass es in Zukunft ganz anders laufen wird – schon in sehr naher Zukunft. Pass nur auf, Krieger. Ja, ich habe die Waffe gegen zwei Stammesleute erhoben – beides Verräter. Denk daran, wie das ausging: Der eine ist tot und der andere auf der Flucht.« Resolut winkte er seinen Männern. »Kommt, bringen wir die Arzneien zu den Verwundeten. Vielleicht wissen die sie ja zu schätzen.« Er wandte sich von Wilkes und Ralina ab und stapfte mit dem hinkenden Odysseus neben sich davon, gefolgt von den Jägern, die Wilkes mit Blicken bedachten, in denen teils schlechtes Gewissen, teils aber auch Feindseligkeit zu lesen war.

»Irgendwie ist das alles seltsam«, sagte Ralina, als der Wald die Männer verschluckt hatte. »Mit dem stimmt doch etwas nicht. Obwohl ich den kleinen bissigen Odysseus nicht sonderlich mag, wundert es mich total, dass es Thaddeus überhaupt nichts auszumachen scheint, dass sein Gefährte verwundet ist.«

»Durch seine eigene Hand«, fügte Wilkes hinzu. »Aber Thaddeus kann sich einfach nicht eingestehen, wenn er an etwas schuld ist, oder es gar wiedergutmachen.«

»Genau.« Sie verstummte und sagte dann: »Er meinte Sol und Nik, oder? Hat er gerade wirklich damit geprahlt, dass er unseren Sonnenpriester getötet und seinen Sohn in die Flucht geschlagen hat?«

»Genau das hat er getan.« Wilkes blickte den Jägern nach. »Und ich fürchte, es ist sogar noch schlimmer. Ich fürchte, Thaddeus' Hass erfasst langsam auch seine Leute.«

»Und von ihnen könnte er auf den Rest des Stammes übergehen«, beendete Ralina den Gedanken. »Das darf nicht passieren.«

»Ich fürchte, es hat schon angefangen. Komm. Wir müssen die Krieger zusammenrufen und sehen, was wir für die Verwundeten tun können. Sie sind momentan wichtiger als Thaddeus' Hass. Vielleicht hört er ja auf, das Maul so weit aufzureißen, wenn wir ihn nicht beachten.«

»Ich kann mir nicht vorstellen, dass sich ihm wirklich jemand anschließt. So gemein, boshaft und eigennützig wie er ist. Das erkennt unser Volk doch sicherlich.«

»Ich hoff's, Ralina«, sagte Wilkes traurig.

Langsam wanderten die beiden zur alten Meditationsplattform zurück. Keiner von ihnen bemerkte die beiden Männer, deren nackte Oberkörper mit Waldfarben getarnt waren, die sich aus der Deckung eines Haufens toter Äste und Blätter erhoben und sich geräuschlos in den Schutz der uralten Bäume zurückzogen.

Tod vermochte seinen Triumph kaum zu bezähmen. Alles entwickelte sich genau nach Plan! Dank seines Zugriffs auf Fahlauges Erinnerungen wusste er, dass der Mann, den die Anderen Thaddeus nannten, derjenige war, der sich mit der Hautkrankheit infiziert hatte. Und seit ihm die Haut seines Hundes aufgelegt worden war, war er offenbar unzufriedener, launischer und dominanter geworden. Anscheinend war er sogar für den Tod eines der Stammesführer verantwortlich – und für die Feuersbrunst, die den Stamm so tief getroffen hatte. Und der Hund des Jägers war verletzt. Tod kicherte tief in der Kehle. »Oh, wie perfekt mein Plan aufgeht«, sagte er eher zu sich selbst als zu Stahlfaust, der neben ihm herjoggte.

»Wie das, mein Gebieter?«

»Ich habe die Anderen entzweit. Dieser Zwist wird ihr Untergang sein.« Der Gott unterbrach sich und kicherte noch einmal. »Also, mit etwas Unterstützung des Todes.«

»Werden wir nun, da sie schwach und verwundbar sind, unsere Männer zusammenrufen und sie angreifen?«

Tod zwang sich zur Geduld – Stahlfaust war nur ein Mensch, zudem kein sonderlich kluger. »Nein. Du bist meine Klinge. Du musst lernen, über deine niederen Instinkte hinauszudenken. Hast du nicht gehört, wie diese Frau sagte, wie viele der Anderen tot sind?«

»O ja, mein Gebieter! Über zweitausend. Deshalb dachte ich –«

»Nein!« Das kurze Wort brachte die Klinge des Gottes zum Verstummen. »Hast du auch den Rest gehört?«

»Dass weitere fünfhundert verwundet sind?«

Tod unterdrückte einen Seufzer. »Ja, das auch. Aber nach den Worten des Kriegers zu schließen, gibt es etwa zweitausend

Überlebende, viele davon Krieger und Jäger. Das bedeutet, sie sind uns gegenüber noch immer stark in der Überzahl.«

»Oh. Ich verstehe. Was machen wir also?«

»Wir?« Tod lachte wieder auf. »Zunächst werde ich in die Bresche schlagen, die der kleine Hund mir bietet, und Thaddeus noch stärker an mich binden.«

»Mein Gebieter, vergib mir, aber das verstehe ich nicht.«

Da es Tod Spaß machte, seinen Plan laut darzulegen, beschloss er, seine Klinge aufzuklären. »Ganz einfach. Thaddeus ist bereits von mir berührt und daher empfänglich für meine Einflüsterungen. Stell dir vor, er würde sich mit mir verbinden – sogar anstelle seines Gefährtenhunds. Stell dir vor, welches Chaos das im Stamm anrichten würde.«

»Willst du ihn bitten, sich uns anzuschließen? Als Schnitter?«

»Nicht so offensichtlich, aber im Grunde ja. Ich werde ihn vor eine Entscheidung stellen.«

»Soll ich ihm folgen? Ich könnte ihn wieder gefangen nehmen – und seinen Hund auch, wenn du willst – und ihn zu dir bringen, Gebieter.«

»Nein. Bei Thaddeus gibt es einen besseren Weg. Sein verwundeter Hund ist der Schlüssel.«

»Ich verstehe immer noch nicht.«

Tod stieß langsam den Atem aus. Er wünschte, sein Gesprächspartner wäre kein solcher Vollidiot. »Der Hund – sein Gefährte – ist verwundet. So schwer, dass ich ihn berühren kann, selbst aus der Entfernung. Und ihn zu berühren bedeutet, auch seinen Gefährten zu berühren. Schau nur zu, was ich mache, meine Klinge. Es gibt viel zu tun.«

»Gib mir eine Aufgabe, mein Gebieter!«

»Die nächste Aufgabe kannst nicht du erledigen. Das muss Echse tun – alles daran.«

Zufrieden nahm der Gott zur Kenntnis, dass Stahlfaust keine Frage mehr stellte. Er beschleunigte seinen Schritt, damit dieser Mühe hatte, mit ihm mitzuhalten. Bald erreichten sie die Stelle, wo sie Echse zurückgelassen hatten, weit von der Stadt entfernt, wo die scharfnasigen Hunde dessen Verwesungsgeruch nicht bemerken würden.

Als der Gott und seine Klinge sich näherten, fiel Echse auf die Knie. »Mein Gebieter! Wie sieht es bei den Anderen aus?«

»Noch besser, als ich hoffte. Der Stamm des Lichts ist nahe daran, sich selbst zu vernichten. Zur Vollendung dieses Prozesses braucht es nur noch ein kleines Geschenk des Todes.« Er trat zu dem geschwächten Mann und half ihm sanft auf die Beine. »Ich habe eine Aufgabe für dich, Echse.«

»Immer, mein Gebieter!«, sagte dieser eifrig.

»Auch wenn sie unangenehm ist?«

»Auch dann.«

Der Gott legte ihm die Hände auf die Schultern. »Deine Treue macht mich sehr froh, Echse.« Zu Stahlfaust sagte er: »Geh und spüre ein Wildschwein auf. Die Stelle, wo der Keiler den Bach überquerte, ist nicht weit von hier. Bestimmt gibt es dort noch mehr Tiere. Ich warte mit Echse hier.«

Stahlfaust sah verwirrt drein, verneigte sich jedoch und eilte davon.

Der Gott deutete neben sich. »Setz dich, Echse. Sicher braucht er nicht lange. Der Waldbrand hat das Wild aufgestört.«

»Und Stahlfaust ist unser bester Jäger«, fügte Echse hinzu und ließ sich stöhnend neben dem Gott nieder.

Tod musterte ihn. »Hast du große Schmerzen?«

»Das muss dich nicht bekümmern, mein Gebieter«, beeilte Echse sich zu sagen.

»Aber es bekümmert mich. Beantworte meine Frage aufrichtig.«

Echses Blick senkte sich auf den Waldboden. »Ich habe große Schmerzen.«

»Bist du ihrer überdrüssig?«

Der Mann sah zu ihm auf. »Natürlich.«

»Das verstehe ich. Dein Leid wird bald vorüber sein.«

Echses bleiches Gesicht färbte sich mit Hoffnung. »Danke, mein Gebieter!«

»Ruh dich nun aus. Für deine Aufgabe wirst du all deine Kraft brauchen.«

Echse tat wie geheißen. Er schloss die Augen und sank mit einem matten Seufzer zur Seite. Während er in unruhigen Schlaf fiel, wanderten Tods Gedanken bereits zu anderen Dingen. Er versenkte sich, fiel in meditative Trance und machte sich auf die Suche.

Ohne große Mühe fand er die armselige kleine Verbindung zu dem verwundeten Terrier namens Odysseus. Dank des übernatürlichen sechsten Sinnes, der ihn seit Anbeginn mit der Menschheit und der Welt der Sterblichen verband, folgte er der feinen Spur aus Schmerz. Nicht, dass er das Tier vor sich sah. Er spürte es nur – den Schmerz, die Anspannung und die Hitze in dem kleinen Körper, der gegen eine Infektion ankämpfte.

*Höre mich, Kleiner*, flüsterte Tod dem verwundeten Hündchen zu.

Sofort verlagerte sich die Aufmerksamkeit des Terriers nach innen, und Tod spürte, wie er die Verbindung fand.

*Ja! Genau so. Höre mich, Kleiner. Öffne dich mir! Deine Wunde hat uns einander nahegebracht. Lass uns noch enger zusammenrücken.*

Angstvoll scheute das Bewusstsein des Hundes vor ihm zurück und floh zu Thaddeus, um bei seinem Gefährten Trost zu suchen.

In diesem Moment schlug der Gott zu.

Er folgte der tiefen, mystischen Verbindung des Hundes zu seinem Gefährten bis in Thaddeus' Geist hinein. Dort angekommen, tastete Tod sich behutsam weiter vor – und wurde sofort mit der Erkenntnis belohnt, dass es vor allem eines war, wonach der Sterbliche gierte: Macht. Und das bedeutete, Thaddeus war reif für die Ernte.

*Du kannst mehr bekommen*, flüsterte Tod dem Jäger zu. *Du verdienst mehr. Du brauchst dazu nur Macht.* *»Wir brauchen mehr Macht!«, wehte Thaddeus' scharfe Stimme ihn an, der mit den Männern sprach, die sich um ihn versammelt hatten. »Wenn wir den Stamm nach unseren Vorstellungen verändern wollen, brauchen wir mehr Macht.«*

*»Was für Macht meinst du, Thaddeus?«, fragte einer von ihnen.*

*»Die einzige, die zählt: eine Machtposition im Stamm.«*

*»Aber die hast du doch schon«, wandte ein anderer ein. »Du bist Anführer der Jäger.«*

*»Ich meine nicht nur die Jäger«, versetzte Thaddeus. »Ich meine den ganzen Stamm.«*

*»Klingt gut, aber das schaffst du nie«, sagte der erste Mann. »Nicht, solange unsere Gefährten Terrier und keine Schäferhunde sind.«*

Tod spürte, wie eine Woge der Wut Thaddeus durchströmte. *Ja, zürne nur*, ermutigte ihn der Gott. *Nimm die Wut an! Mach sie dir zu eigen und nutze sie! Und lass dir nicht erzählen, du könntest dies oder jenes nicht.*

*»Hör auf, mir zu sagen, was ich schaffen kann und was nicht!«, explodierte Thaddeus.*

*In das unbehagliche Schweigen sprach ein weiterer Jäger: »Übrigens, Thaddeus, ich habe einige von uns sagen hören, dass der Stamm dringend tun muss, was dieses Dreckwühlermädchen will: schwören, dass wir keine ihres Volkes mehr fangen werden, und ihr sicheres Geleit garantieren, damit sie kommt und unsere Verwundeten versorgt.«*

*»Dieses Miststück ist schuld an dem Brand und an Odysseus' Verwundung. Wenn sie wieder herkommt, dann nur, indem wir sie an einem Strick herschleifen«, fauchte Thaddeus ihn an.*

*Genau*, murmelte Tod.

*»Aber sie kann Sonnenfeuer herabrufen. Wie sollen wir sie zu etwas zwingen?«*

*Mit mehr Macht könntest du sie zwingen*, wisperte Tod.

*»Überlass das mir. Dazu ist ein Anführer da«, sagte Thaddeus.* *Richtig*, stimmte Tod zu. *Du brauchst nur mehr Macht.* *»Sonnenfeuer oder nicht, sie ist eine Dreckwühlerin. Und eine Frau. Die kriege ich schon klein.«*

*O ja*, schmeichelte Tod. *Genauuuuu …*

Bald begann der Gott sich zu langweilen, da Thaddeus sich immer weiter in seinen Hasstiraden erging. Seine Aufmerksamkeit wandte sich wieder nach innen … machte sich auf die Suche …

Auf die Suche nach seiner schlafenden Gefährtin, wie so oft.

Er war überrascht, wie schnell er sie fand. Da war sie, ganz am Rande seines Bewusstseins – die Erdmutter und Lebensspenderin, seine ewige Geliebte. Sie ruhte auf der Seite mitten auf einer bemoosten Lichtung. Ihre nackte Haut hatte die Farbe von Mondlicht. Ihr dunkles Haar war wie ein glänzender Strom aus Seide, der sich über ihre glatten Schultern bis über ihre Taille ergoss. Ihre Brüste waren voll, einfach makellos. Ihre Augen waren geschlossen und ihre Lippen zu einem leichten Lächeln verzogen, als sei sie in einen süßen Traum versunken.

*Gefährtin, ich habe dich so vermisst!*, sprach er.

*Ah, mein Geliebter. Deine Stimme ertönt jenseits meines Geistes, und ich finde dich nicht mehr in meinen Träumen. Du schläfst nicht mehr?*

*Nein. Ich habe den Körper eines menschlichen Kriegers übernommen. Und, Geliebte, auch für dich habe ich einen Körper gefunden. Bald werde ich dich bitten zu erwachen, um an meiner Seite fleischlich zu werden, damit wir gemeinsam über die Welt der Sterblichen herrschen können und uns wieder Verehrung zuteilwird wie vor so unendlich langer Zeit!*

Von den vollen, wunderschönen Lippen der schlafenden Göttin wich das Lächeln. Ihre Stirn runzelte sich bekümmert. *Das ist unmöglich, Geliebter. Weißt du nicht mehr, was geschah, als du zum letzten Mal erwachtest? Die Welt brannte und wäre fast gänzlich vernichtet worden.*

*Das geschah nur, weil du dich weigertest, ebenfalls zu erwachen. Mit dem Leben selbst an meiner Seite wird alles anders werden.*

*Nein, mein Geliebter, nein. Nur in unseren Träumen können Tod und Leben ein gemeinsames Dasein führen. Das weißt du so gut wie ich*. Die Göttin regte sich im Schlaf und breitete träge die Arme aus. *Verlasse den Körper dieses Kriegers. Falle wieder in Schlaf, auf dass wir uns auf ewig im Arm halten können.*

Instinktiv reagierte Tod auf die Einladung des Lebens. Er begehrte sie – er würde sie auf ewig begehren. Sie war alles, was er nicht war. Er musste sie haben. Er musste sie besitzen!

Er streckte die Hand nach ihr aus, doch die Bewegung riss ihn aus seiner Trance, und frustriert und trauervoll schrie er auf, als seine sinnliche Geliebte sich in Nebel auflöste und er zurück in die Welt der Sterblichen katapultiert wurde.

»Mein Gebieter! Ich habe Wildschwei-«

Schneller als das menschliche Auge folgen konnte, packte Tod Stahlfaust mit seiner riesigen Hand um die Kehle und hob ihn in die Höhe. »Wecke mich niemals aus dem Schlaf!«

Stahlfaust würgte und versuchte zu sprechen, doch schon verdrehten sich seine Augen, und er erschlaffte. Angewidert davon, wie schwach die Menschen waren, ließ Tod ihn fallen. »Du bist meine Klinge«, grollte er. »Ich erlaube dir nicht zu sterben!«

Stahlfausts Herz begann von neuem zu schlagen. Er schnappte nach Luft, hustete und massierte sich mit bebender Hand die Kehle. »V-vergib mir, mein Gebieter«, krächzte er.

»Ich vergebe dir. Steh auf und berichte.«

Schwankend und nach Luft ringend kam Stahlfaust auf die Füße. »Ich habe Wildschweine gefunden. Wie du sagtest, nicht weit von dem Bach, wo du den Keiler getötet hast.«

»Sehr gut! Echse, nun bist du dran.«

Der Kranke wälzte sich herum und setzte sich auf. Sein Blick war vage, als wisse er nicht genau, wo er war. Dann fanden seine Augen den Gott. Mühsam stand er auf. »Ich bin bereit, mein Gebieter.«

»Stahlfaust, bringe uns zu den Wildschweinen. Gegen den Wind, damit sie uns nicht bemerken, insbesondere Echse.«

Bis zu der Suhle war es nicht weit. Tatsächlich lag sie nahe der seichten Stelle im Bach, wo Fahlauge am Vortag den riesigen Keiler getötet hatte. Es handelte sich um einen seichten, von dichtem Gebüsch umgebenen Teich, der sich vor einem Damm angespülten Treibguts gebildet hatte. Dort ertönte Grunzen und gelegentlich leises Quieken. Auf Händen und Knien kroch der Gott ganz dicht heran, die beiden Männer folgten seinem Beispiel.

Durch das Gebüsch sah er eine große rotbraune Sau mit zwei Frischlingen, die sich unbekümmert im Schlamm wälzten. Er drehte sich zu Echse um und sagte rasch und leise: »Genau so etwas brauchen wir. Bleib hier, aber komm sofort, wenn ich nach dir rufe. Was auch passiert, bleib dann hinter mir. Kannst du das?«

»Ja, mein Gebieter.« Echses Augen leuchteten, teils vom Fieber, teils vor Erregung. »Ich kann es kaum erwarten, dank ihrer Haut geheilt zu werden, wie du meine Brüder geheilt hast.«

Der Gott gab keine Antwort. Stattdessen befahl er Stahlfaust: »Bleib du hier. Egal was passiert, komm nicht zu der Suhle.«

»Ich verstehe, mein Gebieter.«

Dann kroch der Gott los, so flink und lautlos, wie es einem so großen Mann eigentlich nicht hätte möglich sein sollen. Bald kauerte er nur noch eine Armeslänge vor der Suhle. So verharrte er in absoluter Reglosigkeit, bis die Frischlinge ihm zufällig ganz nahe kamen.

Da schoss Tod vorwärts, so schnell, dass es ihm mühelos gelang, mit jeder Hand einen Frischling zu fangen. Schrill quiekend hingen sie an den Hinterläufen aus seinen Fäusten.

»Zu mir, Echse!«, rief der Gott, während die Sau ihm mit einem wütenden Schnauben den massigen Kopf zuwandte.

Ohne zu zögern, rannte der Kranke zu dem Gott, als hinge sein Leben davon ab, und blieb wie befohlen dicht hinter ihm stehen.

Der Gott schwang die beiden Frischlinge hin und her, was sie ohrenbetäubend schreien ließ.

Die Sau senkte den Kopf, fletschte die Zähne und donnerte auf den Gott zu. Doch ehe sie ihn erreichte, sprang Tod zur Seite.

Echse aber, zu krank, um sich schnell zu bewegen, und zudem nur ein Mensch, war lediglich in der Lage zu schreien, als die Sau ihn in vollem Lauf rammte. Er stürzte rücklings zu Boden, und unbarmherzig gruben sich die Hauer in seinen verwundbaren Bauch. Wie fette rosa Schlangen quollen seine Eingeweide heraus, während er unablässig schrie – bis der Gott endlich beschied: »Genug!« Er riss die blindwütige Sau von Echse weg und warf sie auf die andere Seite der Suhle, wo sie sich zappelnd auf die Füße kämpfte, den schweren Kopf schüttelte und sich auf den nächsten Ansturm vorzubereiten begann.

»Rette mich, Gebieter!«, schrie Echse.

Tod warf die Frischlinge ins Gebüsch hinter sich. »Stahlfaust, fang sie ein.« Dann beugte er sich über Echse und nahm dessen Gesicht zwischen die Hände. »Wisse, dass du hiermit entscheidend dazu beiträgst, dein Volk zu retten.«

»Aber ich will leben!«, stieß Echse gurgelnd mit rotem Schaum auf den Lippen hervor.

»Oh, der Tod hat dich gerufen. Ich werde deinen Opfermut und deine geistige Stärke in ewigem Gedenken halten.« Sacht gab der Gott ihm einen Kuss auf die Stirn. »Siehe, der Tod ist gnädig!« Und mit einem sauberen, schnellen Ruck drehte er Echse den Hals um.

Schließlich wandte er sich der anstürmenden Sau zu und schüttelte sich das Seil vom Leib, das er um die Taille getragen hatte. Sie schien nicht zu bemerken, dass er ihre Kinder gar nicht mehr bei sich hatte. Vor Zorn waren ihre Augen blutunterlaufen, ebenso rot wie ihre Schnauze und Hauer von Echses verseuchtem Blut. Wieder trat der Gott mühelos beiseite, als sie ihn rammen wollte. Diesmal warf er ihr die Seilschlinge um den Hals und ruckte so hart daran, dass das große Tier von den Beinen gerissen wurde. Indem er ihr das Knie auf den Hals setzte, hielt er sie am Boden fest und sah ihr in die Augen.

Und lächelte.

»Oh, ich sehe mich bereits in dir. Der Rest wird nicht lange auf sich warten lassen. Ich bedaure, dass du leiden musst, doch wisse, dies hat einen Grund.« Er hob die Stimme und rief über das panische Quieken der Frischlinge hinweg: »Hast du sie, Stahlfaust?«

»Ja, mein Gebieter!« Er trat aus dem Dickicht, die beiden zappelnden, schreienden Tiere fest umklammert.

»Komm näher, aber nur so weit, bis die Sau sieht, dass du ihre Jungen hast.«

Stahlfaust gehorchte. Der Gott drehte der Sau den Kopf, damit sie ihre quiekenden Kinder sehen konnte.

»Wenn ich sie loslasse, renn in Richtung der Stadt des Lichts. Führe die Sau zu den Anderen!«

Begreifen blitzte in Stahlfausts Augen auf. »Ja, mein Gebieter.«

»Jetzt!«, rief der Gott und ließ die Sau frei. Mit einem Satz kam sie auf die Beine. Ohne Tod weiter zu beachten, stürmte sie zornschnaubend auf Stahlfaust und ihre Jungen zu.

Dieser rannte davon – dorthin, woher sie gekommen waren.

Dorthin, wo der hungrige, verwundete Stamm des Lichts lagerte.

Zufrieden machte Tod einen Schritt über Echses Leiche hinweg, die allmählich in die blutige Suhle einsank, wusch sich am Bach die Kampfspuren vom Leib und wartete auf Stahlfausts Rückkehr und den Beginn der Zukunft seines Volkes. »Vier Tage«, sagte er zu sich selbst. »In vier Tagen wird die Seuche den ganzen Stamm erfasst haben. Und Thaddeus wird vollends mir gehören. Dann ist es Zeit zum Angriff. Dann werde ich das Volk aus der verpesteten Stadt in den Wald führen. Und dann werde ich meine Gefährtin wecken, und wir werden in alle Ewigkeit über diese Welt herrschen, ob sie nun zu erwachen wünscht oder nicht!«

# 23

Mari erwachte sanft und gemächlich. Sie hätte nicht sagen können, wie lange sie geschlafen hatte, aber an der tiefen Mulde, die auf ihrer Seite des Lagers entstanden war, erkannte sie, dass sie sich die ganze Nacht nicht gerührt hatte.

*Meine Seite des Lagers …*

Ihre Augenlider, die eben noch ganz schwer gewesen waren, flogen auf. Sie drehte den Kopf in der Erwartung, Nik neben sich zu sehen. Wenn sie sich ihre Träume in Erinnerung rief, war sie sich ziemlich sicher, dass er sie die ganze Nacht im Arm gehalten hatte. Laru hatte am Fuß des Bettes gelegen, und Rigel hatte sich an ihre andere Seite geschmiegt. Von allen Seiten von Liebe umgeben hatte sie so gut geschlafen wie noch nie seit dem Tod ihrer Mutter.

Jetzt war sie allein.

Mari setzte sich auf, rieb sich die Augen und bemühte sich, mit den Fingern ihr verwuscheltes Haar zu zähmen. »Rigel?«, rief sie leise – und noch ehe er durch den gewebten Vorhang gestürmt kam, der die Haupthöhle von der Schlafkammer und der gutbestückten Vorratskammer dahinter trennte, meinte Mari, sehr deutlich warmen Kanincheneintopf zu riechen.

Welpenhaft grinsend, mit heraushängender Zunge, sprang der junge Schäferhund auf ihr Lager und begann, ihr ausgiebig das Gesicht zu lecken.

»Halt, halt! Alles gut. Ich liebe dich auch. Guten Morgen!« Lachend umarmte Mari den halbwüchsigen Hund, küsste ihn auf die Schnauze und versuchte dabei zu vermeiden, allzu sehr besabbert zu werden.

Da steckte Laru den Kopf durch den Vorhang und gab ein leises Wuff von sich.

»Hallo, mein Schöner!« Sie breitete auffordernd die Arme aus. Mehr war nicht nötig. Zwei große Sprünge, und der große Schäferhund war zu seinem Sohn auf das Lager gesprungen, leckte sie ebenfalls ab und wedelte so wild und fröhlich mit dem Schwanz, als sei auch er noch ein Welpe.

»Aha, ich habe Konkurrenz.«

Drei Paar Augen richteten sich auf den Durchgang. Dort stand Nik mit einem Becher dampfenden Tee in der Hand und grinste auf das Durcheinander aus Hunden und Mondfrau herab.

»Guten Morgen«, sagte Mari, machte noch einen Versuch, ihr Haar zu glätten, und wischte sich die Schäferhundküsse von den Wangen.

»Morgen! Schön, dass du endlich aufgewacht bist.« Nik trat zum Bett und hielt ihr den Becher hin. »Wurde langsam schwer, Rigel davon abzuhalten, sich neben das Lager zu setzen und zu winseln wie ein verlassener Welpe.«

»Danke für den Tee und für die Mühe, Rigel von mir abzuhalten.« Sie nahm den Becher und genoss glücklich, wie Nik sich über sie beugte und sie sanft küsste, ehe er sich neben sie setzte.

»Du schmeckst nach Hundesabber«, sagte er.

»Ist das gut oder schlecht?«

»Genau richtig. Wie geht's dir?«

»Ich bin wahnsinnig hungrig. Genau genommen am Verhungern. Ist das normal? Wie lang habe ich geschlafen? O Göttin! Sag nicht, dass es mehrere Tage waren! Sora bringt mich um. Buchstäblich. Oder liegt sie etwa gefesselt und geknebelt in der Wohnhöhle? Gute Idee eigentlich – manchmal.« Endlich nahm sie sich Zeit, um Atem zu holen und einen Schluck Tee zu trinken. Über den Rand des kunstvoll verzierten Holzbechers hinweg sah sie ihn an.

»Also, eines nach dem anderen. Ja, es ist normal, dass man halbverhungert ist, wenn man Sonnenfeuer herabgerufen hat. Es ist auch normal, dass man die Auswirkungen noch ein paar Tage spürt. Du musst einfach nur mehr essen und trinken als gewöhnlich – und schlafen –, dann geht's dir schnell wieder bestens. Und du hast nur eine Nacht geschlafen, allerdings ist schon Nachmittag. Sora liegt nicht gefesselt und geknebelt nebenan, aber jetzt, wo ich weiß, dass du nichts dagegen hast, merke ich mir das als Option für das nächste Mal, wenn sie einen von uns in den Wahnsinn treibt.«

»Nachmittag!« Mari schwang die Beine aus dem Bett, um eilig aufzustehen – da wurde ihr bewusst, wie überaus nackt diese waren und wie nackt sie insgesamt war, abgesehen von einem dünnen Nachthemdchen. Sie spürte ihre Wangen heiß werden.

Nik sah sie zärtlich an. »Nicht verlegen sein. Deine Beine sind sehr schön. Und wusstest du schon, dass du sie im Schlaf gern mit meinen verknotest?«

»Nein. Ich habe ja geschlafen und nichts mitbekommen. Hast du dir das ausgedacht?«

»Kein bisschen. Frag Rigel!«

Mari warf einen Blick auf ihren Gefährten, der sie mit einem hechelnden Hundegrinsen bedachte. »Ich sehe ihm die Antwort schon an. Äh – tut mir leid?«

»Was? Dass ich in deine wunderschönen Beine gewickelt schlafen durfte? Das muss dir doch nicht leidtun!« Er beugte sich wieder vor und küsste sie auf die Wange. Irgendwie gelang es ihm, diesen unschuldigen Kuss sehr intim wirken zu lassen – ja, das sanfte, vielversprechende Verweilen seiner Lippen auf ihrer Wange war unendlich erregend.

Dann stand er auf. »Aber jetzt lasse ich dich in Ruhe anziehen. Falls du das überhaupt willst. Du könntest dich auch ausziehen, und ich jage die Hunde ins vordere Zimmer, wie wär's?« Seine moosgrünen Augen funkelten schelmisch.

»Wäre eine nette Idee, aber wenn ich nicht bald bei Sora auftauche, kommt sie demnächst mit einem gemischten Trupp Erdwanderer und Gefährten hier reinmarschiert, und das wäre –« Sie suchte nach dem richtigen Wort.

»Abtörnend?«

»Ja. Extrem abtörnend. Ähm, rieche ich da übrigens Kanincheneintopf?«

Nik grinste. »Ja. Ich habe nicht vor, einer Sonnenpriesterin im Weg zu stehen, wenn sie frühstücken will.«

Mari runzelte die Stirn. »Ich bin keine Sonnenpriesterin. Ich weiß nicht mal, was das ist.«

»Woher weißt du dann, dass du keine bist?«

»Weil ich nicht weiß, was das ist?«

»Das ist keine Antwort, sondern eine Frage. Du brauchst definitiv was zu essen. Ich schöpfe dir mal eine große Portion Eintopf. Willst du auch Brot und Honig?«

»Ja, einen ganzen Laib, bitte. Und einen ganzen Topf Honig. Ich mein's ernst. Ich werde essen, bis ich platze.«

Nik hielt vor dem Vorhang an und drehte sich zu ihr um. »Das wundert mich nicht. Ich habe schon ein ganzes Brot in Scheiben geschnitten. Oh, eine Sonnenpriesterin ist eine hochverehrte Stammesfrau, die von einem Schäferhund erwählt wurde und Sonnenfeuer herabrufen kann, wonach sie grundsätzlich einen Mordshunger hat. Seit Generationen hat es bei uns keine mehr gegeben, aber es heißt, wenn wieder eine auftauchen würde, wäre das ein gutes Omen für die Zukunft. Laru, Rigel, kommt! Lasst Mari sich in Ruhe anziehen.«

Die Hunde sprangen Nik nach. Mari blieb mit ihren Gedanken allein.

*Sonnenpriesterin? Bin ich das jetzt wirklich, einfach nur weil ich Sonnenfeuer herabrufen kann? Wie soll sich das damit vertragen, dass ich eine Mondfrau bin?* Sie zuckte innerlich mit den Schultern. *Ach, ich werde ja nie zum Stamm des Lichts gehören. Also kann ich mir die Sorge sparen, wie ich zwei Sachen auf einmal sein soll.* Sie wusch sich das Gesicht in dem Holzbottich, den Nik irgendwie aufgefüllt haben musste, während sie schlief. *Wie hat er den Weg durch das Dornendickicht gefunden?* Kaum hatte ihr Gehirn die Frage geformt, da kam ihr schon die Antwort. Rigel musste Nik hindurchgeführt haben. *Wahrscheinlich sollte es mich beunruhigen oder zumindest befremden, dass Rigel Nik hilft. Aber so ist es nicht. Im Gegenteil: Es gibt mir ein gutes Gefühl. Das Gefühl von Liebe und Geborgenheit.*

Mit einem Weidenzweig säuberte sie sich die Zähne, dann zog sie sich an und kämmte sich endlich das Haar. Es war schön, im Nebenzimmer die Geräusche von Nik und den Hunden zu hören. Auch das gab ihr das Gefühl von Liebe und Geborgenheit.

Ein bisschen staunte sie darüber, wie sehr sich ihre Welt verändert hatte. In nur wenigen Wochen war ihr einsames Dasein mit Rigel einem Wirbel aus Leuten gewichen, die in ihrem Bau ein und aus gingen – ganz zu schweigen von den Hunden und sogar einem Luchs.

Mitten im Kämmen hielt Mari inne, als sie erkannte: *Das gefällt mir. Es gefällt mir, Menschen und Tiere um mich zu haben. Es ist schön, Teil von etwas zu sein und nicht nur ich selbst.*

Nur entsprach das nicht den Sitten des Clans. Eine Mondfrau war zwar für ihren Clan da, lebte aber abseits, allein bis auf gelegentliche Liebhaber und die grauäugigen Töchter, die durch diese entstanden.

Beim Gedanken, wieder zu einem solchen Leben zurückzukehren, fühlte sich ihr Inneres ganz hohl an.

*Nik hat recht. Es wird Zeit, dass sich bei uns allen etwas ändert.*

Mari schob den Vorhang beiseite und betrat die Wohnhöhle – und blieb erst einmal stehen. Ihr Magen machte einen kleinen Hüpfer, als sie das Fell sah, das Nik auf dem Boden vor dem Herdfeuer ausgebreitet hatte und auf dem zwei dampfende Schalen Eintopf standen. Neben derjenigen, die randvoll gefüllt war, standen außerdem ein ganzer Laib geschnittenen Brotes und ein Holztiegel voller Honig. Und eine kleine geschnitzte Holzfigur. An der offenen Tür des Baus hatten sich Rigel und Laru ausgestreckt, und mit dem trüben Licht eines wolkigen Tages fächelte ein angenehm warmes Lüftchen herein.

»Mondfrau, dein Frühstück wartet.« Schwungvoll zeigte Nik auf die provisorische Picknicktafel.

»Oh, wie herrlich!« Eilig setzte Mari sich mit gekreuzten Beinen vor ihre Schale Eintopf. Als sie die kleine Figur aufhob, schnappte sie entzückt nach Luft. »Nik, das ist ja Rigel!« Sie sah zu ihm empor. »Hast du das geschnitzt?«

Er nickte und zuckte etwas verlegen mit den Schultern. Dann nahm er neben ihr auf dem Boden Platz. »Na ja, ich weiß nicht, was meine Mutter dazu gesagt hätte. Es ist nicht besonders gut geworden. Wenn ich mehr Zeit habe, mache ich dir eine bessere Version. Die hier habe ich kaum fertig bekommen, bevor du aufgewacht bist.«

»Ich finde sie wunderschön!« Mari drehte die kleine Figur in den Händen, um sie von allen Seiten zu betrachten. Es war unverkennbar Rigel mit seiner breiten, klugen Augenpartie, den übergroßen Pfoten und Ohren – ja, kein Zweifel. Dann wanderte Maris Blick durch den Bau. Nik hatte nicht nur das Frühstück gemacht. Er hatte aufgeräumt, die Hunde gefüttert (was man daran erkannte, dass sie zufrieden im Türrahmen schliefen, statt bettelnd und sabbernd um sie herumzustreifen) und ihr eine Holzfigur geschnitzt. Wieder sah sie ihn an, und diesmal lehnte sie sich an ihn, legte ihm die Hand an die Wange und zog ihn an sich. »Nik, ich bin mir sicher, deine Mutter wäre begeistert. Alles, was du hier gemacht hast, ist perfekt. Absolut perfekt.« Daraufhin küsste sie ihn lang und innig und löste sich erst von ihm, als es unmöglich wurde, den duftenden Eintopf zu ignorieren.

Mit vollem Mund sah sie auf, weil sie Niks Blick auf sich spürte.

»Nur für den Fall, dass es dir noch nicht so ganz klar ist: Mari, Tochter der Leda, ich bin dabei, dir den Hof zu machen.«

Es gelang Mari, sich nicht zu verschlucken. Schnell nahm sie einen Schluck ihres halbleeren Tees und sagte lächelnd: »Oh, das ist nicht zu übersehen.«

»Gut«, sagte Nik.

»Gut«, sagte Mari.

»Bin ich egoistisch, weil ich mir wünschte, wir könnten einfach eine Weile hierbleiben – nur wir vier – und die Außenwelt Außenwelt sein lassen?«, fragte er.

»Wenn das egoistisch ist, finde ich Egoismus gerade richtig toll. Aber das –«

»Ich weiß, das geht nicht«, fiel Nik ihr ins Wort. »Es ist nur so schön friedlich hier. Draußen geht alles drunter und drüber, aber hier drin«, er ließ den Blick durch den kleinen ordentlichen Bau schweifen, »hier drin ist alles so perfekt.«

»Nik, meinst du, es gibt eine Chance, dass wir hier bleiben können? Also, nicht nur wir vier, sondern dein neues Rudel, mein Clan und alle aus deinem Stamm, die sich uns noch anschließen wollen?«

Nachdenklich kaute Nik, schluckte und sagte in so bleiernem Ton, als sei das Gewicht der Worte kaum zu ertragen: »Ich wünschte, das ginge. Allerdings glaube ich, wir wären hier einfach nicht sicher.«

»Thaddeus.« Mari sprach den Namen aus, als schmecke er faulig.

Nik nickte. »Ja, aber nicht nur er. Bei dem Angriff auf der Insel war auch Cyril dabei, und Cyril steht dem Ältestenrat vor. Ohne Vater gibt es niemanden mehr, der vor dem Rat für uns sprechen würde.«

»Du meinst, der dafür plädieren würde, mein Volk nicht mehr zu versklaven.«

»Unser Volk. Mein Rudel und dein Clan sind jetzt verbündet. Wenn sie sich gegen dich wenden, wenden sie sich auch gegen mich.«

Mari schwieg eine Weile, um sich darüber klarzuwerden, wie sie ihren nächsten Gedanken ausdrücken sollte. Sie wollte Nik nicht weh tun, aber es musste geklärt werden. »Und wenn wir kämpfen?«

»Gegen den Stamm?«

»Ja.«

Nik atmete sehr langsam ein und wieder aus. »Du meinst, in die Offensive gehen? Sie angreifen, während sie noch verwundbar sind und sich sortieren?«

»Gäbe es keine andere Taktik?«

Er hob unschlüssig die Schultern. »Sicher, doch das wäre wahrscheinlich die erfolgversprechendste.« Er sah ihr in die Augen. »Ich glaub nicht, dass ich das könnte, Mari. Ich würde kämpfen, um dich zu beschützen, um das Rudel und den Clan zu beschützen, aber ich glaube nicht, dass ich den angeschlagenen Stamm angreifen und ihm noch mehr Schaden, noch mehr Leid zufügen könnte.«

Mari wurde fast schwindelig vor Erleichterung. »O Nik, ich bin so froh, dass du das sagst!«

»Wirklich? Nicht verärgert?«

Sie packte seine Hand. »Nein! Ich wäre entsetzt gewesen, wenn du ja gesagt hättest – wenn du bereit gewesen wärst, sie anzugreifen. Deshalb musste ich dich das fragen. Um es wirklich zu wissen. Nein«, wiederholte sie. »Das wäre, was Thaddeus tun würde. Wir sind nicht so. Nik, lass uns einander versprechen, dass wir nie so sein werden.«

»Aber du weißt, das bedeutet, dass wir diesen Wald verlassen und uns woanders ein Heim suchen müssen.«

Maris Magen zog sich zusammen, doch sie nickte. »Ich weiß. Was meinst du, wann wir verschwinden müssen?«

»Ein bisschen Zeit sollten wir noch haben. Der Brand hat dem Stamm sehr zugesetzt. Sie werden jetzt alle Hände voll damit zu tun haben, die Verwundeten zu versorgen und zu überleben. Und die schwimmenden Gefängnisse auf dem Inselhof sind zerstört. Bis sie wieder welche gebaut haben, hätten sie gar keine Möglichkeit, Gefangene unterzubringen. Wenn nicht etwas Unerwartetes passiert, haben wir ein paar Wochen, ich schätze, mindestens einen Mond.«

»Mit anderen Worten: so lange, dass wir Gefahr laufen, uns hier zu bequem einzurichten und in unserer Wachsamkeit nachzulassen.«

»Mhm.«

»Dann müssen wir früher gehen.«

»Denke ich auch.« Nik verstummte und sagte widerstrebend: »Ich muss noch mal zurück.«

»Um einen Mutterfarn zu holen?«

»Ja. Für unsere Kinder. Die Kinder des Rudels. Mari, während du schliefst, ist mir ein Gedanke gekommen. Als Baby wurdest du in Mutterfarnwedel gewickelt, nicht wahr?«

»Ja, dafür wurde Galen ja getötet. Weil er sie für mich stahl.«

»Dieses Nachtfieber, das alle Erdwanderer bekommen – alle außer dir –, meinst du, wenn wir alle Kinder in Mutterfarnwedel wickeln würden, würden sie vielleicht so werden wie du, immun gegen das Nachtfieber?«

Mari setzte sich auf. »So habe ich das noch nie gesehen! Ich dachte einfach, ich wäre deshalb immun, weil das Blut meines Vaters in mir fließt. Aber wenn auch nur die geringste Chance besteht, dass du recht hast – o Nik! Wenn wir die Erdwanderer für immer vom Nachtfieber befreien könnten, überleg mal, was das für unser Volk bedeuten würde!«

»Unser Volk. Klingt doch gleich viel besser.«

»Finde ich auch. Los, lass uns schnell aufessen. Wir müssen mit Sora reden!«

Bis zur Mittagszeit war es Sora endlich gelungen, alle satt zu bekommen und medizinisch zu versorgen. Sheena, O'Bryan und Davis hatte sie zur Wache eingeteilt – wobei eingeteilt zu offiziell klang: Sie hatte die drei einfach gebeten, die Augen offen zu halten, ob Gefahr drohte. Jetzt, wo sie auf der Lichtung saß und damit beschäftigt war, Lydia Federn und Perlen ins Haar zu flechten, konnte sie beobachten, wie Sheena einen Stock immer wieder weit wegwarf und Captain aus Gründen, die sich Sora nicht erschlossen, jedes Mal hinterherrannte und Sheena den Stock zurückbrachte. Denselben Stock. Immer wieder.

O'Bryan stand am Bach. Er hatte im Geburtsbau eine Angelschnur und einen Köder gefunden, und sie schätzte, dass er schon einen ganzen Korb voll Forellen gefangen hatte. Davis und dieses verrückte Vieh namens Cammy waren auf Truthahnjagd gegangen, und sie hatte ihnen versprochen: Sollten sie einen finden, würde sie ihn so braten, dass er auf der Zunge schmolz.

Den Clansfrauen hatte sie auch Aufgaben geben müssen, hauptsächlich um sie davon abzuhalten, sich zu sehr nach ihren alten Bauen zu sehnen und dort nach dem Rechten sehen zu wollen. Ein Teil grub an einem seichten Abschnitt des Bachs im Uferschlamm nach Pfeilkrautwurzeln, ein zweiter Teil war auf Pilzsuche, und der Rest saß friedlich in Grüppchen herum, wusch Verbände aus oder flocht Körbe, um mehr Vorräte aufbewahren zu können.

Jenna, Danita und Isabel saßen mit gekreuzten Beinen am Bach, einige Kräuter und Ingredienzen vor sich, und verarbeiteten diese nach Soras Anweisungen (die eigentlich Maris Anweisungen waren) zu Tinkturen und Salben. Bast war natürlich mal wieder damit beschäftigt, sich in Danitas unmittelbarer Nähe sorgsamst zu putzen. Wohin Antreas verschwunden war, hatte Sora keine Ahnung. Sie verkniff sich ein schadenfrohes Grinsen. Wahrscheinlich brauchte er etwas Zeit für sich, nachdem sie ihm erklärt hatte, wie das mit der Brautwerbung im Clan ablief. Als Danitas frisches Lachen über die Lichtung trieb, warf Sora einen Blick auf diese. Danita sah glücklich und abgesehen von ein paar noch erkennbaren blauen Flecken und rosa abheilenden Schnitten und Kratzern wieder gesund aus. Nun, da Sora sie genauer betrachtete, stellte sie fest: Danita sah nicht nur gesund aus. Sie war zu einer hübschen jungen Frau geworden, deren Lachen ansteckend klang und deren Herz trotz allem, was ihr angetan worden war, offen und gut war.

*Die Frage ist, wie offen und gut sie zu Antreas sein wird, wenn er sich tatsächlich dazu entschließt, ihr den Hof zu machen.* Bei dem Gedanken musste Sora ein Lachen als Husten tarnen.

»Alles in Ordnung, Sora?«, fragte Rose.

»Absolut!«, versicherte Sora ihr. »Hatte nur was im falschen Hals. Soll ich als Nächstes dein Haar machen, Rose?«

»Würdest du das tun? Dein Haar ist so wunderschön, und wie du Lydia zurechtmachst, ist einfach herrlich.«

Sora freute sich. »Immer doch! Nur habe ich bald keine Perlen mehr. In der Vorratskammer habe ich aber noch welche gesehen. Wenn du dich gut genug fühlst – würdest du sie mir holen?«

»Ich gehe gleich schauen. Fala braucht sowieso mal eine Pause von ihren Welpen. Würdet ihr ein Auge auf die Kleinen haben, während sie mit mir weg ist?«

»Kein Problem«, sagte Sora. »Sie schlafen ja sowieso.«

»Schon, aber wenn sie aufwachen, sind sie schneller weggewackelt, als man denkt. Passt einfach auf, dass keines sich von euch entfernt – wobei sie sich vermutlich sofort auf den kleinen Po setzen und nach Fala winseln würden, wenn sie merken würden, dass sie sich verlaufen haben.« Liebevoll streichelte Rose noch einmal die kleinen schlafenden Fellknäuel, ehe sie sich langsam und steif zum Geburtsbau aufmachte, die Terriermutter an ihrer Seite.

Sora hatte Rose, Fala, die Welpen, Lydia und Sarah auf eine mit dickem Moos bedeckte Stelle neben einem alten Baumstamm mitten auf der Lichtung gelotst. Die beiden Mädchen hatten morgens solche Schmerzen gehabt, dass sie nicht hatten aufstehen wollen, aber Sora wusste, die frische Luft würde ihnen guttun, und netterweise hatte Rose sie darin unterstützt, die beiden zum Herauskommen zu überreden. Nun, da die erste Tageshälfte vorbei war und Sora sich entspannen konnte, hatte sie überlegt, dass die Mädchen sich vielleicht besser fühlen würden, wenn sie hübscher zurechtgemacht waren. Also hatte sie den Bau durchsucht, bis sie einen kleinen Korb mit Haarschmuck fand, und Lydia dazu überredet, sich das Haar machen zu lassen.

Sie freute sich, wie gut die beiden auf die Haartherapie ansprachen. Zuerst hatten sie, wie Sora vermutete, nur aus Energielosigkeit eingewilligt, aber nachdem sie begonnen hatte, Lydias Haar zu kämmen und zu flechten, war Sarah munterer geworden und hatte angefangen, ihr Fragen zu ihrer kunstvollen Arbeit zu stellen. Und Sora machte die Sache großen Spaß. Lydias Haar war dicht und hatte eine wunderschöne Naturwelle. Es fiel ihr halb über den Rücken und war so unfassbar hellblond, dass es schon fast weiß wirkte. Unter Soras Fingern fühlte es sich wie Wasser an. Sie konnte es kaum erwarten, Sarahs Haar unter die Hände zu bekommen. Es war kürzer, golden wie Weizen und so völlig anders als das dunkle Haar der Erdwanderer, dass Sora allein dieses Unterschieds wegen neugierig darauf war.

Während ihre Hände die vertrauten Flechtbewegungen mit dem unvertrauten Haar ausführten, schweiften ihre Gedanken ab. Sie bemühte sich, nicht zu viel über die unsichere, ungeschützte Lage nachzugrübeln, in der sie sich befanden. Aber Niks neues – wie hatte er es genannt? – Rudel! Sein Rudel war eine ziemlich mickrige Angelegenheit. Insgesamt hatten sie momentan gerade mal drei Männer und eine weibliche Kriegerin als Beschützer. Und bei dem regen Kommen und Gehen, das hier herrschte, war sie sich sicher, dass es nicht lange dauern würde, bis die Jäger des Stammes sie aufspüren und alle miteinander gefangen nehmen würden.

*Mari und ihr langer Lulatsch von Gefährte müssen endlich aus dem Bett kommen, damit wir beraten können, was wir mit diesem Rudel machen*, dachte sie.

»Au!«, quiekte Lydia und hielt sich die Stelle, an der Sora zu fest an ihren Haaren gezogen hatte.

»Oh, tut mir leid. Ich bin ab jetzt vorsichtiger«, entschuldigte sie sich – und dann quiekte sie selbst auf, weil ein kleines schwarzes Fellknäuel unbemerkt herangewackelt war und anfing, ihr die Füße zu lecken. »Sonnenküsschen! Erschreck mich doch nicht. Bist du die einzige Ausreißerin?« Sie zählte den

Welpenhaufen durch: Ja, da lagen noch vier Stück fettes, tief schlafendes Kleinvieh.

»Sie mag dich wirklich«, sagte Lydia.

»Bin froh, dass sie nicht so nervend ist, wie ich dachte.« Sora bewegte den Fuß, um es dem Welpen bequem zu machen.

»Warum nennst du sie Sonnenküsschen?«, fragte Sarah.

»Weil sie auf der Brust einen kleinen Fleck hat, der aussieht wie ein Tupfer Sonnenlicht. O'Bryan hat mir gesagt, dass so was Sonnenkuss heißt.«

»Was? Habe ich da meinen Namen gehört?« Mit einem nach Fisch riechenden Korb gesellte sich O'Bryan zu ihnen.

»Ich habe Sarah gerade von dem sonnengeküssten Welpen erzählt«, sagte Sora. »So heißt es doch?«

»Genau so!« O'Bryan bückte sich, hob den schläfrigen Welpen auf und drehte ihn um, damit alle den Fleck sehen konnten. »Schaut, hier.«

Das Hündchen öffnete die Augen, und Sora hätte schwören können, dass es die Stirn runzelte. Dann öffnete es das Mäulchen und begann zu jaulen, als stäche O'Bryan es mit einer Nadel.

»Was machst du da? Gib sie mir!« Sora sprang auf und schnappte die Kleine dem Gefährten weg, der sie mit offenem Mund anstarrte. Sie drückte das kleine dralle Wesen an sich. Sofort verstummte das Jaulen.

»Ich habe doch gar nichts getan! Ich würde doch nie einen Welpen hart anfassen, das schwöre ich!«

»Was, quälst du etwa Welpen, O'Bryan?« Antreas trat zu ihnen und schnupperte in Richtung des Korbs neben O'Bryan. »Bast hat mir Bescheid gesagt, dass es hier bald Fisch gibt. Sehr gut! Hey, Sora, brauchst du Hilfe beim Kochen? Mit dem Braten von Fisch kenne ich mich aus.«

»Danke, Antreas. Gern«, gab sie zurück, ganz damit beschäftigt, sich wieder zu setzen und den Welpen zurück an ihre Füße zu legen. Kaum saß es dort, begann das kleine Ding, jämmerlich zu winseln. »Was ist los mit ihr?«, fragte Sora.

»Sie will, dass du sie auf den Arm nimmst«, antwortete Rose, die mit einem kleinen Holzbecher voller Perlen auf sie zugehinkt kam. »Warum hat sie geschrien? Fala hat fast einen Herzanfall bekommen, als sie es hörte.« Die Hündin war schon bei Sora, stupste ihr Junges an und leckte es, um es zu beruhigen.

»O'Bryan hat sie gefoltert«, sagte Antreas.

»Habe ich nicht!«

»Also, es klang schon ein bisschen nach Folter«, sagte Antreas.

»Du weißt, dass ich das niemals tun würde«, sagte O'Bryan flehend zu Rose, die ihn nur amüsiert angrinste.

»Halt, halt, alles gut. Hört auf zu zetern, ihr alle«, sagte Sora. »Du auch, kleine Dame.« Sie hob den Welpen auf, der sofort verstummte. Sora hielt ihn sich vors Gesicht. »So, jetzt bist du hier oben. Was willst du von mir?«

Da geschah etwas Unbegreifliches. Das Hündchen sah ihr in die Augen, und plötzlich war Sora von den atemberaubendsten Gefühlen erfüllt, die sie je verspürt hatte. Liebe, Glück, Verständnis und eine immense Sehnsucht dazuzugehören durchströmten die Mondfrau, und auf all diesen Emotionen trieb ein Name.

»Chloe!«, keuchte Sora. »Du heißt nicht Sonnenküsschen, sondern Chloe!«

»Sora! Was sagst du da?« Rose stürzte zu ihr und starrte über ihre Schulter hinweg den Welpen an.

Sora blickte Rose an und sagte erstickt unter Tränen, die

ihr unbemerkt übers Gesicht rannen: »Sie hat mir gerade ihren Namen gesagt. Sie heißt Chloe.«

»Kreuz-Käferklöten! Die Kleine hat Sora erwählt!«, stieß O'Bryan aus.

»Tatsächlich? Wie ist denn das möglich?«, fragte Antreas.

Auch Rose lächelte unter Tränen. »Keine Ahnung. Chloe ist noch viel zu jung, und Sora ist nicht mal eine Gefährtin.«

»Aber es stimmt!«, rief Sora fast hysterisch und drückte Chloe an die Brust. »Sie hat mir ihren Namen gesagt, und – und sie lässt mich alle möglichen Dinge spüren.« Sie vergrub das Gesicht im Fell des Welpen und sog den berauschenden Kleinhundeduft ein. »Bitte, ihr dürft sie mir nicht wegnehmen!«

»Hey«, O'Bryan legte ihr sacht die Hand auf die Schulter, »niemand wird dir Chloe jemals wieder wegnehmen. Darauf hast du mein Wort.«

»Und meines«, sagte Rose.

»Meines auch«, pflichteten Sarah und Lydia ihr bei.

»Auch wenn so was noch nie, nie vorgekommen ist«, sagte O'Bryan, »der Welpe hat dich erwählt, und wenn du ihn annimmst, seid ihr ab jetzt euer ganzes Leben lang verbunden.«

»Muss ich was sagen? Muss ich irgendwas tun, um einzuwilligen?«

»Na ja, es gibt einen rituellen Spruch, aber der ist nicht so wichtig«, sagte Rose. »Das Wichtigste ist, dass du sie so liebst wie sie dich.«

»Dann habe ich sie schon angenommen.« Unter Tränen lächelte Sora, als der Welpe sich eng an sie schmiegte.

O'Bryan warf den Kopf zurück und brüllte: »Der Welpe hat gewählt!« Dann sagte er in formellem Ton zu Sora: »Möge die Sonne dein Band mit Chloe segnen, Mondfrau.«

»Möge die Sonne dein Band mit Chloe segnen!«, schlossen Sarah, Lydia und Rose sich im Chor an.

»Was? Was hast du da gerade –« Mit Captain neben sich kam Sheena herbeigerannt. »Ooooh – tatsächlich. Ein Welpe hat gewählt! Wow! Sora?!!«

Sora verengte die Augen. »Ja, sie hat mich erwählt. Sie gehört jetzt zu mir und ich zu ihr.«

Sheena hob abwehrend die Hände, trat zurück und lachte leise. »Ah, man merkt definitiv, dass sie dich erwählt hat. Wie heißt sie?«

»Chloe.« Sora flüsterte es wie ein Gebet.

»Dann möge die Sonne dein Band mit Chloe segnen!«

Hinter ihnen kam noch jemand angerannt. »Hey, plötzlich hat Cammy sich total komisch benommen und wollte unbedingt, dass wir heimgehen, obwohl ich sicher noch eine fette Henne erwischt hätte. Was ist los?«, rief Davis.

Cammy trabte zu Sora, sah diese und den Welpen an, setzte sich aufs Moos, hob die Schnauze gen Himmel und begann, glücklich zu heulen. Neben Sheena fiel Captain ein, und dann ertönten die Stimmen zweier weiterer Schäferhunde – Rigel und Laru, die über die breite Steintreppe auf die Lichtung hinabgestürmt kamen, gefolgt von Nik und Mari, die sehr verwirrte Gesichter machten.

»Was ist los?«, keuchte Mari außer Atem.

»Sora! Sie ist der helle Wahn!« O'Bryan strahlte die Mondfrau an, die mit dem Welpen schmuste.

»Der helle Wahn?«, murmelte Antreas mit einem mitleidigen Blick auf O'Bryan. »Junge, wir müssen uns mal unterhalten.«

»Was?«, fragte Sora, die kaum fähig war, die Augen von Chloe zu wenden.

»Nichts«, versicherte Antreas ihr schnell.

»Jetzt sag mir endlich einer, was wirklich passiert ist!« Mari hatte Sora erreicht und wollte sie schon untersuchen, ob sie verletzt war.

Nik hielt ihre Hand fest. »Wenn ich nicht irre, hat dieser wunderhübsche kleine Terrier sich eben Sora als Gefährtin ausgesucht.«

Mari blinzelte. »Hä?!«

Mit Freudentränen in den Augen sah Sora ihre Freundin an. »Genau. Sie hat mich erwählt! Chloe hat mich erwählt. O Mari! Ich – ich hatte ja keinen Schimmer, wie das ist. Nicht den leisesten. Es ist – es ist –« Schluchzend brach sie ab, unfähig, Worte dafür zu finden.

»Es ist der Hammer«, sagte Davis und bückte sich, um Cammy zu umarmen.

»Atemberaubend«, sagte Sheena, deren Hand auf Captains breitem Kopf lag.

»Ein Wunder.« Rose hob Fala auf und küsste sie sanft auf die Schnauze.

»Einfach magisch«, bestätigte Mari, die nun ebenfalls Tränen in den Augen hatte, kniete sich nieder und zog Rigel an sich. »Gratuliere, Mondfrau. Jetzt wirst du nie wieder allein sein.«

Sora hielt Chloe ganz fest im Arm. *Sie wird mich nie verlassen, wie meine Eltern es taten. Sie wird mich lieben, solange wir leben.* Chloe hob den Kopf, sah ihrer Gefährtin in die Augen, und eine Flut von Liebe und Geborgenheit durchströmte Sora, die nicht anders konnte, als vor Glück zugleich zu lachen und zu weinen.

# 24

»Okay. Und jetzt?«

Es war Mari, die schließlich die Frage stellte, die wohl allen im Kopf herumging. Sie hatten Sarah und Lydia, die sichtlich ein Nickerchen brauchten, in den Bau gebracht und sich in der Mitte der Lichtung versammelt, wo am Vorabend das große Feuer gebrannt hatte – Nik und sein Rudel, Mari und Sora mit der kleinen Chloe.

»Was meinst du damit: Und jetzt?«, fragte Sora trotzig. »Chloe gehört zu mir und ich zu ihr. Fertig. Da gibt's kein und jetzt.«

Mari setzte sich neben ihre Freundin auf den weichen Moosboden und lehnte sich an den Baumstamm. »Sora, niemand will dir Chloe wegnehmen. Aber sie ist noch zu klein, als dass man sie von Fala trennen könnte, oder?« Fragend sah sie Rose an.

Diese nickte. »Ja. Chloe ist knapp über zwei Wochen alt. Erst mit sechs, sieben Wochen wird Fala die Welpen entwöhnen, und dann werden sie noch bei ihr bleiben, bis sie etwa zwölf Wochen alt sind. Deshalb ist es ja so eine Überraschung, dass Chloe dich erwählt hat. Ich habe noch nie gehört, dass ein so junger Welpe sich schon einen Gefährten gesucht hätte. Das passiert normalerweise erst mit vier bis sechs Monaten.«

»Ach so – ich dachte, ihr wärt alle so geschockt, weil ich eine Erdwanderin bin«, sagte Sora.

»Das ist auch erstaunlich«, sagte Nik. »Aber da die Hunde ihre Wahl absolut frei und unvoreingenommen treffen, wusste die kleine Chloe definitiv, was sie tat.«

»Ja. Ich habe so das Gefühl, als hätte sie überhaupt ihren eigenen Kopf«, fügte Davis hinzu.

»Meistens sind Hund und Gefährte sich vom Wesen her ähnlich«, murmelte Nik.

Sora verengte die Augen. »Was hast du gesagt?«

Er grinste. »Nichts, nichts! Aber Mari hat recht. Wir müssen einiges besprechen, vor allem das mit Chloes Alter.«

»Na gut. Besprechen wir«, willigte Sora ein.

Mari tauschte einen langen Blick mit Nik. Dann sagte sie: »O'Bryan, Davis, Rose, Sheena und Antreas, ihr alle wart vor dem Brand anderswo zu Hause. Nun habt ihr hier bei uns einen sicheren Ort gefunden, wo man euch aufgenommen und versorgt hat. Manche – Davis und Antreas – haben schon geschworen, Nik zu folgen, der ein neues Rudel gründen möchte, das mit unserem Clan verbündet ist. Wir heißen euch willkommen. Andere, also Rose, Sheena und O'Bryan, müssen sich dahingehend noch entscheiden – oder uns zumindest ihre Entscheidung mitteilen.«

»Was hat das mit Chloe zu tun?«, fragte Sora.

Es war Rose, die antwortete. »Na ja, Chloe muss noch etwa zehn Wochen lang bei Fala bleiben. Und das heißt: Falls ich zum Stamm des Lichts zurückkehren wollte, müsste Chloe mitkommen, bis sie alt genug ist, um allein bei Sora zu sein.«

Sora wurde kreideweiß. Sie umklammerte Chloe so fest, dass diese protestierend fiepte, woraufhin Sora ihren Griff sofort lockerte und sie mit entschuldigenden Küssen bedeckte. Als sie fähig war, damit aufzuhören, sah sie Rose an und sagte langsam und nachdrücklich: »Wenn du beschließt, zum Stamm zurückzukehren, dann lass mich bitte mitkommen. Ich bring's nicht fertig, mich von Chloe zu trennen.«

Rose seufzte erleichtert. »Das war alles, was ich hören wollte –, dass du Chloe so sehr liebst, dass du bereit wärst, um ihretwillen deine Freiheit, ja vielleicht sogar dein Leben zu riskieren. Nein, Sora. Ich habe mich schon entschieden. Nachdem ich diesen friedlichen Ort kennengelernt und gespürt habe, wie dein Volk uns annimmt, ist mir klargeworden, dass ich nicht zurück will. Ich will anders leben – ohne Sklaverei und überholte Gesetze. Und ich gestehe, dass eure Fähigkeit, die Fäule zu heilen, auch eine große Rolle für meine Entscheidung spielt. Also, wenn ihr mich wollt, werde ich dem Rudel ebenfalls die Treue schwören.«

Sora packte Roses Hand und drückte sie. »Oh, tausend Dank!«

»Natürlich wollen wir dich«, sagte Mari.

»Ja, du und Fala und die Welpen, ihr wärt eine riesige Bereicherung für unser Rudel«, sagte Nik.

»Ich will dem Rudel auch die Treue schwören«, meldete sich Sheena zu Wort. Überrascht drehten Mari und Nik sich zu ihr um. Sie hob die Schultern. »Ohne Crystal will ich nicht zurück. Captain und ich brauchen einen absoluten Neuanfang, und ich mag dieses Volk, die Erdwanderer. Ich find's gut, dass sie von Frauen regiert werden. Kommt mir gut und richtig vor.«

»Wir nehmen dich mit Freuden an«, sagte Mari.

O'Bryan sah Nik und dann Mari an. »Ich gehe, wohin Nik geht. Aber eine Frage noch: Würdet ihr noch mehr Gefährten aufnehmen, wenn die den Stamm verlassen wollen?«

Ohne zu zögern, sagte Nik: »Klar.«

»Auf jeden Fall«, pflichtete Mari ihm bei. »Uns sind alle willkommen, die sich etwas Neues wünschen und gern in Frieden zusammenleben wollen, ohne Vorurteile oder Standesgrenzen und ohne andere zu versklaven.«

»Dann will ich dem Rudel beitreten.«

Da stellte Davis eine Frage, bei der sich alle zu ihm umdrehten. »Wann gehst du zurück, Nik?«

»Was? Ich dachte, keiner geht mehr zurück«, fragte Sora verwirrt.

»Ich muss«, sagte Nik. »Ich muss einen Mutterfarn holen.«

»Was ist ein Mutterfarn? Und warum steht ihr alle um Sora herum?«, fragte Isabel, die mit Danita und Jenna herankam, die Arme voller Körbe und Tiegel mit Kräutern und den Salben und Arzneien, die sie gemischt hatten.

»Einer von Falas Welpen hat Sora als Gefährtin erwählt«, erklärte Rose.

»Echt?«, fragte Jenna verblüfft.

»Oh. Herzlichen Glückwunsch – glaube ich«, sagte Danita.

»Ich wusste gar nicht, dass das geht«, sagte Isabel. »Ich meine, bei Mari als halber Gefährtin war es passend, dass Rigel sie erwählte. Aber Sora ist hundert Prozent Erdwanderer. Sie mag Hunde nicht mal besonders – nicht wahr?«

»Also, mit Chloe ist das was anderes. Sie ist mein Hund. Und schon als ich sie zum ersten Mal sah, sagte ich, dass Welpen nicht so schrecklich sind, wie ich dachte. Außerdem – im Gegensatz zu großen sabbernden Schäferhunden haben Terrier genau die richtige Größe und sind auch sonst perfekt.« Sora drückte Chloe an sich.

»Wahrscheinlich ist das der Beweis, dass die Ähnlichkeiten zwischen uns größer sind als alle Unterschiede«, überlegte Isabel.

»Gut gesagt!«, rief Nik. »Darum geht's mir übrigens bei meinem Rudel: dass wir unterschiedlich sein dürfen. Dass es unsere Unterschiede sind, die uns stark machen. Erdwanderer haben Fähigkeiten, von denen Gefährten keine Ahnung haben, und Gefährten können Sachen wie zum Beispiel eine Stadt in Bäumen bauen, was Erdwanderer noch nie versucht haben. Gemeinsam können wir die Welt ändern.«

»Oder eine neue aufbauen«, ergänzte Mari.

»Aber zuerst muss Nik zurück zum Stamm und einen Mutterfarn holen«, brachte O'Bryan wieder das vorige Thema auf. »Und ich komme mit ihm.«

»Nein, nein, nein. Ich gehe allein. Still und leise. Ich schleiche mich rein, hole einen Mutterfarn und schleiche mich wieder raus«, sagte Nik. »Allein bin ich unauffälliger und flexibler.«

»Aber ohne jemanden, der dir den Rücken freihält, bist du auch verwundbarer«, sagte Davis. »Cammy und ich kommen mit. Wir sind Jäger. Wir können unbemerkt in einem Versteck am Rand der Stadt warten. Wenn du nicht zurückkehrst, wissen wir, dass du Hilfe brauchst. Und wenn's ganz dick kommt und die mich auch erwischen, kann wenigstens Cammy hierherfliehen.«

»Und dann rücken wir alle an und hauen euch raus«, sagte Sheena.

»Vielleicht solltest du versuchen, diese Claudia zu finden«, überlegte Antreas. »Es wirkte, als wäre sie auf eurer Seite. Und pass bloß auf, dass du nicht aus Versehen in Thaddeus hineinrennst.«

»Ja, das wäre ziemlich ungünstig«, sagte Nik.

»Warum ist dieser Mutterfarn denn so wichtig?«, fragte Isabel. »Ich dachte, wir hätten uns um alle Pflanzen des Stammes gekümmert, aber ich habe nie mit etwas zu tun gehabt, was Mutterfarn hieß. Was ist daran so besonders?«

»Nik glaubt, der Mutterfarn könnte der Grund sein, warum der Stamm kein Nachtfieber bekommt. Vielleicht hat er recht. Ich bin immun dagegen, und ich wurde als Baby in Mutterfarnwedel gewickelt«, erklärte Mari.

»Ich dachte, das läge am Blut deines Vaters«, sagte Jenna.

»Das dachte Mari auch«, sagte Nik. »Mein Bauchgefühl sagt mir allerdings, dass daran mehr ist. Wir haben mehr Gemeinsamkeiten als Unterschiede, aber dank des Mutterfarns können wir Stammesleute Sonnenlicht in uns aufnehmen, um uns zu stärken. Und wir bekommen kein Nachtfieber. Vielleicht passiert mit den Erdwanderern dasselbe, wenn sie ihre Kinder in die Wedel wickeln.«

»Wenn es auch nur die geringste Chance gibt, dass der Mutterfarn unsere Kinder vom Nachtfieber befreit, dann müssen wir es versuchen«, sagte Danita.

»Also sind wir uns einig?«, fragte Nik. »Ich kehre zum Stamm zurück und hole einen Mutterfarn. Überhaupt will ich schauen, wie es dort aussieht. Wie viel Zeit wir haben, bevor wir …« Er verstummte und sah Mari an.

»Bevor wir hier wegmüssen«, beendete sie den Satz für ihn.

O'Bryan nickte düster. »Ich dachte mir schon, dass es so kommen wird.«

»Ich mir auch«, sagte Davis. »Du hast ja nicht mal Thaddeus gestern Abend mitbekommen. Er war von Hass erfüllt, vor allem, nachdem er Odysseus verletzt hatte. Der gibt nicht auf, bis er Nik und Mari aufgespürt und umgebracht und dem Stamm wieder einen Haufen Erdwandererklavinnen verschafft hat.«

»Dorthin bringt mich nichts und niemand mehr«, sagte Jenna.

»Mich auch nicht«, bekräftigte Isabel.

»Die kriegen keine von euch jemals wieder«, sagte Mari. »Wir hauen ab, bevor der Stamm wieder anfängt, uns nachzustellen, und jeder, der sich dem Rudel anschließt, darf gern mitkommen.«

»Wartet mal«, fragte Sora. »Gehören wir jetzt alle zu einem Rudel? Oder sind wir noch der Weberclan und mit Niks Rudel verbündet?«

Nik und Mari tauschten einen langen Blick. Dann sagte er: »Ich fände es schön, wenn wir alle ein Rudel wären, aber das liegt an Mari.«

»Und Sora«, fügte Mari schnell hinzu. »Wir beide sind die Mondfrauen, also treffen wir die Entscheidungen für den Clan. Was meinst du, Sora?«

»Würden dann die Grundregeln des Clans erhalten bleiben?«, wollte diese wissen. »Dass wir Frauen den Alltag regeln und die Männer als Beschützer und Baumeister dienen?«

Mari wandte sich an Nik. »Was sagst du?«

»Also, ich find's gut, wie ihr organisiert seid«, bekannte er. »Ihr habt noch nie ein anderes Volk versklavt, oder?«

Maris Lippen zuckten. »Nö.«

»Und ihr habt es auch nicht vor?«

»Ganz bestimmt nicht«, versicherte Sora ihm.

»Ihr habt aber auch nicht vor, eure Männer zu unterdrücken?«, fragte O'Bryan.

Sora lachte. »Wie sollen wir das denn bitte machen?«

O'Bryan lächelte sie an. »Ich glaube, wenn eine Mondfrau etwas will, kriegt sie das auch hin.«

»Also, ich will definitiv niemanden unterdrücken«, sagte Sora. »Auch keine Männer.«

»Gut zu wissen. Dann bin ich dabei.«

Sora nickte Mari leicht zu.

»Wir auch«, sprach diese es aus. »Dann sind wir jetzt ein Rudel!«

»Klingt gut, finde ich«, sagte Jenna. »Aber wohin gehen wir, wenn wir von hier wegmüssen?«

Ein langes Schweigen entstand. Mari suchte fieberhaft nach einer guten Lösung. Sollte sie vorschlagen, dass sie sich wie der zerstreute Weberclan nach Süden wenden sollten oder nach Westen an die Küste? Oder gar nach Norden in die Winterlande oder dorthin, wo die Walsänger lebten? Aber was hätten sie damit gewonnen? Andere Erdwandererclans würden ihrem gemischten Rudel ebenso ablehnend begegnen wie der Stamm des Lichts. Sicher, kein Clan würde versuchen, sie zu versklaven, aber man würde sie nicht willkommen heißen und die Gefährten unter ihnen möglicherweise angreifen, sobald sie einen Fuß auf Clansgebiet setzten.

»Ich hätte da eine Idee«, sagte Antreas in die Stille hinein – und wieder nahm das Schicksal ihrer Gemeinschaft eine ganz neue Wendung. »Die Windreiterebenen.«

Nik setzte sich voller Begeisterung auf. »Die Windreiter! Stimmt, du kennst ja den Weg!«

»Schon. Ich muss euch aber vorwarnen: Die Reise ist lang und gefährlich, und wenn wir ankommen, kann ich nicht dafür garantieren, dass sie uns erlauben werden, auf ihrem Gebiet zu siedeln.«

»Aber wenn du es erwähnst, hast du doch sicher das Gefühl, dass die Chance besteht«, sagte Nik.

Bast kam herbeigetrottet, setzte sich neben Antreas, sah ihn an, und eine Mischung aus Schnurren und ihrem seltsam hustenden Miauen kam aus ihrer Kehle. »Ja. Bast ist auch dafür, und Bast hat immer recht. Ich kann uns auf die Ebenen führen, und wenn wir dort sind, liegt es an uns, den Gefährten der Pferde zu zeigen, dass wir es wert sind, auf ihrem Land zu siedeln. Dass unsere Anwesenheit auch ihnen nützt.«

»Und wenn uns das gelingt, dürfen wir bleiben?«, wollte Mari wissen.

»Soweit ich weiß, wird das bei ihnen so gehandhabt. Aber wenn wir sie nicht überzeugen können, werden sie uns zwingen, wieder zu gehen. Und wenn wir nicht gehen, töten sie uns.«

»So weit kommt es nicht«, sagte Nik.

Mari nickte. »Sie lassen uns bestimmt bleiben.«

»Was ist ein Pferd?«, fragte Danita.

»Ein Tier mit Hufen wie ein Reh, nur nicht gespalten«, erklärte Antreas. »Sie sind größer als der größte Hirsch, den du je gesehen hast, und ihre Gefährten reiten auf ihnen.«

Danita runzelte die Stirn. »Veräppelst du mich?«

»Nein, es stimmt«, versicherte Nik ihr. »Meine Mutter hat mir als Kind Geschichten über sie erzählt, und seither wollte ich schon immer eine Windreiterin treffen. Mutter hatte einmal eine gesehen und hat mir oft kleine Pferdefiguren zum Spielen geschnitzt.«

»Ich habe auch Geschichten über sie gehört«, sagte Sheena. »Crystals Großvater war vor vielen Jahren mit einem Handelszug auf die Ebenen gereist und war fasziniert von den riesigen Pferden und ihren Reiterinnen. Er sagte, sie sähen atemberaubend schön und edel aus.«

»Außerdem haben sie ein starkes Matriarchat – wie die Erdwanderer und unser neues Rudel«, bemerkte Antreas.

»Also sind wir uns einig? Ich hole einen Mutterfarn, und dann ziehen wir mit unserem Rudel auf die Ebenen zu den Windreitern?« Niks Augen glänzten enthusiastisch.

»Wir sind uns einig«, sagte Mari. »Lasst es uns heute Abend dem Rest des Clans sagen und schauen, wer sich uns anschließen will. Antreas, überleg bitte, was wir für die Reise brauchen. Und ich habe wirklich das Gefühl, dass die Zeit drängt, auch wenn der Stamm momentan noch damit beschäftigt ist, sich von dem Brand zu erholen.«

»Nicht nur wegen des Stammes«, sagte Antreas. »Wir müssen die Berge überqueren, bevor der Schnee die Pässe unpassierbar macht. Wir haben Glück, dass es noch so früh im Jahr ist und wir so überhaupt die Chance haben hinüberzukommen. Und ja, ich mache euch eine Liste, was wir alles brauchen.«

»Wann gehst du denn nun zurück, Nik?«, wandte O'Bryan sich wieder an seinen Cousin.

»Und nimmst du mich mit?«, wollte Davis wissen.

»Ja, er nimmt dich mit«, sagte Mari, ohne sich um Niks finsteres Gesicht zu kümmern. »Davis hat recht, Nik. Jemand muss dich begleiten, falls was schiefgeht. Ich würde ja selbst mitkommen, aber –«

»Nein!«, fuhr Nik auf. »Thaddeus würde alles tun, um dich zu kriegen. Na gut, Davis und Cammy können mitkommen.«

»Aber nicht heute«, sagte Mari. »Nein, darüber diskutiere ich nicht, Nik. Hallo, du bist noch verletzt! Du musst gesund sein, falls du gezwungen bist, dich mit Gewalt zu befreien oder um dein Leben zu rennen. Wie wär's: Du gehst, sobald Sora sagt, dass du gehen kannst?«

»Ich? Wieso ich? Du bist doch eine viel bessere Heilerin.«

»Was Nik angeht, bin ich aber nicht objektiv. Du schon.«

»Oh, natürlich, ich verstehe. Gut, dann schätze ich gleich mal ab, wann Niks Wunden gut genug verheilt sein könnten.«

»Und dann beginnt unsere Zukunft«, sagte Nik. »Als neues Rudel im Land der Windreiter!«

# 25

Über Soras Schulter hinweg beobachtete Mari, wie diese die Wunde in Niks Schulter untersuchte. »Und, was meinst du?«

»Dasselbe wie du: dass sie erstaunlich schnell verheilt für jemanden, der noch vor kurzer Zeit dem Tode nahe war und seinem Körper seither keine Ruhe und Erholung gegönnt hat«, sagte Sora.

»Sie sieht aber noch viel übler aus als die in seinem Bein.« Mari beugte sich vor und tippte die Ränder der hässlichen Speerwunde in Niks Rücken an. Nik sog scharf die Luft ein, gab jedoch keinen Laut von sich.

Mari und Sora wechselten einen Blick.

»Du kannst ruhig au sagen«, sagte Mari. »Indem du's dir verkneifst, täuschst du keine von uns. Uns ist klar, dass sie weh tut.«

»Und wir sehen auch, dass sie vor kurzem wieder aufgebrochen war«, fügte Sora hinzu.

»Ja, aber Mari hat sie gestern Abend frisch verbunden. Sie fühlt sich schon viel besser an.«

»Trotzdem war sie wieder aufgebrochen. Das ist nicht gut, Nik«, sagte Sora.

Er seufzte. »Wie lange dauert's, bis ihr mir erlaubt zu tun, was getan werden muss?«

»Das ist jetzt nur eine Schätzung, weil sich alles wieder ändern kann, wenn du rausgehst und was Dummes machst und dabei wieder eine der beiden Wunden aufbricht«, sagte Sora. »Aber ich würde sagen, in fünf Tagen wird's dich nicht mehr gleich umbringen, wenn du's nicht übertreibst. Wobei: Wenn du's genau wissen willst, solltest du dir eigentlich mehrere Wochen Ruhe gönnen, bevor –«

»Fünf Tage klingt sehr gut, danke«, fiel Nik ihr ins Wort.

»Und damit meine ich: fünf volle Tage absolute Ruhe!«, betonte Sora.

»Okay, das heißt also, wir brechen in sechs Tagen im Morgengrauen auf?«, schlug Nik vor.

»Ich wünschte, wir hätten mehr Zeit«, seufzte Mari. »Aber tatsächlich denke ich, wir sollten nichts riskieren. Es kann nicht mehr lange dauern, bis Thaddeus und der Stamm wieder anfangen, uns zu jagen.«

Von ihrem gemütlichen Plätzchen am Herdfeuer des Geburtsbaus, wo sie dabei war, eine Salbe zu mischen, sah Isabel zu ihnen auf. »In einer Woche sind die ersten Feldfrüchte auf dem Inselhof erntereif. Wie lange ist es her, dass der Stamm selber ernten musste?«

»Generationen und Abergenerationen«, sagte Nik.

»Also fürchte ich, egal wie lange Niks Rücken eigentlich noch Ruhe bräuchte, wir haben nur noch wenige Tage.«

»So ungern ich dir zustimme, ich fürchte, ich muss«, sagte Mari.

Nik nahm ihre Hand. »Wird schon alles glattgehen. Und wenn nicht, kenne ich da eine sehr gute Mondfrau, die mich zusammenflicken kann. Mal wieder.«

»Danke«, sagte Sora.

»Dich habe ich nicht gemeint.«

»Ich tue mal so, als hätte ich das nicht gehört.« Dann aber wurde Sora ernst. »Glaubst du, es würden sich uns noch mehr Stammesleute anschließen, Nik?«

»Keine Ahnung. Das hängt wohl davon ab, was mit dem Rat ist und was bezüglich Thaddeus beschlossen wurde. Wärst du dagegen?«

Sora hob unschlüssig die Schultern. »Jein. Theoretisch habe ich kein Problem damit. Ich bin genau wie Mari dafür, dass jeder sich uns anschließen darf, der gern einen Neuanfang wagen würde und die Änderungen akzeptiert, die wir beschlossen haben. Aber was Antreas gesagt hat, macht mir Sorgen.«

»Was davon genau?«, fragte Mari.

»Die lange, gefährliche Reise. Vielleicht sollten wir mit ihm klären, ob eine größere oder kleinere Gruppe die besseren Chancen hat durchzukommen, bevor wir weitere Leute aufnehmen.«

»Ich verstehe«, sagte Mari langsam. »Aber ich finde, wir sollten fair sein, egal ob dadurch die Reise schwieriger wird oder nicht.«

»Es ist also nicht fair, dafür zu sorgen, dass unser Rudel sein neues Land auch sicher erreicht?«, wollte Isabel wissen.

»Doch, aber hier geht's um mehr. Wenn wir anfangen, wählerisch zu sein, und nur diejenigen mitnehmen, die wir für wert befinden, worin unterscheiden wir uns dann noch vom Clan oder Stamm?«

Isabel ließ nachdenklich den Atem entweichen. »Na gut. Es gefällt mir nicht, aber ja, ich verstehe.« Sie stellte die Holzschale ab, kam auf Mari und Sora zu und verneigte sich formell vor ihnen. »Ihr Mondfrauen – Danita, Jenna und ich erbitten eine Audienz bei euch.«

Mari sah sie verwirrt an. »Isabel, ihr könnt jederzeit mit uns sprechen. Dazu musst du doch nicht so förmlich sein.«

»Halt, halt, wirf nicht vorschnell sämtliche alten Sitten über Bord«, widersprach Sora ihr. »Die drei wollen offenbar was sehr Wichtiges mit uns besprechen, und wenn sie das auf die traditionelle Art machen wollen, sollten wir das respektieren.«

Mari nickte versöhnlich. »Okay, ich verstehe. Isabel, die Audienz sei euch gewährt. Wann möchtet ihr mit uns sprechen?«

»Gern jetzt gleich, doch wir wären dazu lieber allein mit euch«, sagte Danita, die soeben aus der Vorratskammer kam, gefolgt von Bast und Jenna.

Jenna lächelte Nik entschuldigend an. »Nicht böse sein, Nik, aber es geht um Mondfrauenangelegenheiten.«

»Kein Problem«, sagte Nik. »Sobald Sora mir den Verband am Rücken erneuert hat, beherzige ich den Rat meiner Mondfrau, setze mich gemütlich an den Bach und schaue O'Bryan beim Angeln zu. Vielleicht helfe ich ihm sogar, aber nur ganz schonend.«

»Soll ich dich dort suchen, wenn ich hier fertig bin?«, wollte Mari wissen.

»Du darfst mich sogar finden.«

»Schluss mit dem Süßholzgeraspel«, sagte Sora. »Hier, der Verband ist fertig. Zieh dein Hemd über und verschwinde.«

»Deine Liebenswürdigkeit ist unerreicht – und zwar deshalb, weil kein Mensch sie finden kann.«

»Gib ihr einfach noch 'nen Kuss und mach dich vom Acker.« Sora stieß ihn in Richtung Mari.

Nik küsste diese sanft. »Hey, soll ich dir noch etwas schnitzen?«

»Ja! Ein Pferd vielleicht, damit wir alle sehen, wie die aussehen?« Maris Augen funkelten mit kindlichem Eifer.

»Okay, ein Pferd für meine Mondfrau. Ich bin am Bach, meine Damen.« Er verneigte sich anzüglich und zwinkerte Sora zu.

Diese verdrehte hinter seinem Rücken die Augen. »Ganz schön frech, der Bursche.«

»Er macht ihr den Hof«, sagte Isabel.

Sora starrte sie an. »Was? In aller Form?«

»Ja«, sagte Mari.

»Große Göttin! Habe ich's doch gewusst. Schon damals, als du mich ihn nicht hast töten lassen, habe ich gesagt, dass er in dich verschossen ist. Und, wirst du ihm die Treue schwören?«

Mari hob das Kinn, auch wenn sie spürte, dass ihre Wangen schon wieder rot anliefen. »Ich denke schon. Zu gegebener Zeit.«

»Klingt vernünftig«, sagte Sora. »Aber spann ihn zuerst noch ein bisschen auf die Folter.«

»Gute Idee«, sagte Isabel.

Mari kicherte. »Ihm die Treue zu schwören oder ihn auf die Folter zu spannen?«

»Beides!«

»Ich mag ihn«, sagte Danita. »Also, er ist zwar ein Mann, aber dafür kann er ja nichts.«

»Vielleicht sollten wir mal über dein Problem mit Männern reden, Danita«, sagte Sora. »Weißt du, sie sind nicht alle schlimm.«

»Ja? Warum hast du dann keinen?«

Sora öffnete den Mund, schloss ihn wieder und wechselte geschickt das Thema. »Worüber wolltet ihr drei denn nun mit uns reden?«

Danita und Jenna sahen betont Isabel an. Diese nickte, straffte den Rücken und sank mit nach oben geöffneten Händen vor ihren beiden Mondfrauen in eine Verneigung. Danita und Jenna taten es ihr nach.

»Wir sind hier, um eine Bitte an unsere Mondfrau zu richten«, sagte Isabel. »Äh, an unsere Mondfrauen.«

Mari unterdrückte ein Grinsen und antwortete ebenso formell: »Erhebt euch. Eure Mondfrauen werden sich eure Bitte anhören.«

»Eine davon platzt schon vor Neugier«, sagte Sora und fügte hastig hinzu: »Deswegen darf es aber trotzdem formell zugehen.«

»Wir würden gern die Künste der Mondfrauen erlernen.«

Mari war ehrlich überrascht. »Ihr alle drei?«

»Ja«, sagte Jenna. »Ich weiß, meine Augen sind nicht grau wie die einer potentiellen Mondfrau, aber, Mari, ich kann euch sicher eine Hilfe sein. Ich wollte schon immer mehr über die Heilkunst lernen, seit meine Mutter so jung starb. Ihr wisst, dass ich mich immer um Vater gekümmert habe, selbst wenn er im Nachtfieber war. Das war manchmal hart, ich habe dabei allerdings viel über den Umgang mit Kranken gelernt. Klar, ich werde nie den Mond herabrufen können, doch unterstützen kann ich euch allemal.«

»Aber wie gut kann jemand in der Heilkunst werden, ohne Mondkraft einzusetzen?«, fragte Sora, wenn auch nicht unfreundlich.

Ohne Umschweife sagte Jenna: »Mit Ausbildung auf jeden Fall besser als unerfahren.«

»Das ist wahr«, sagte Mari.

»Ich will auch die Heilkunst lernen«, sagte Isabel. »Ich weiß,

Leda wollte Sora als Lehrling und nicht mich oder Danita. Das war richtig so – keine Frage, Sora ist von der Göttin reich begabt worden. Aber das heißt nicht, dass Danita und ich – und auch Jenna – nicht auch etwas beitragen könnten.«

»Ich will keine Weberin werden!«, platzte Danita heraus. »Früher dachte ich, ich wollte es, und war sogar erleichtert, als Leda mich nicht als Lehrling wollte. Aber das hat sich geändert. Extrem. Mari, Sora, ich will den Mond herabrufen können! Vielleicht werde ich nie so gut werden, dass ich einen Clan reinigen kann – oder unser Rudel. Aber vielleicht kann ich wenigstens ein kleines bisschen Mondmagie für mich lernen, mit dem ich unseren Leuten und auch den Windreitern helfen kann, wenn wir auf die Ebenen kommen.«

»Wir wissen, dass das eine ungewöhnliche Bitte ist«, sagte Isabel. »Aber ihr habt doch gesagt, dass ihr mehr als einen Lehrling zugleich ausbilden würdet.«

»Mehr als ungewöhnlich«, sagte Mari. »Soviel ich weiß, ist so was noch nie vorgekommen.«

Isabel senkte den Kopf. »Ja, das haben wir befürchtet.«

»Aber das heißt doch nicht, dass man es nicht versuchen darf«, sagte Danita trotzig.

»Und, Mari, ihr habt alle gesagt, unser neuer Clan – unser Rudel – soll darauf gründen, dass Ungewöhnliches akzeptiert wird«, argumentierte Jenna. »Und für uns besteht das Ungewöhnliche nun mal nicht nur darin, ungewöhnliche Leute in unsere Gemeinschaft aufzunehmen.«

»Sondern auch auf ungewöhnliche Art zu leben und zu lernen«, fuhr Isabel fort.

»Und unsere Träume zu verwirklichen«, schloss Danita.

»Aber die Entscheidung trefft ihr als Mondfrauen, und wir

werden sie akzeptieren«, sagte Isabel. Die beiden anderen nickten zustimmend.

»Also, um das noch mal klarzustellen. Isabel und Jenna, ihr wollt Heilerinnen werden?«, fragte Mari.

Die beiden nickten.

»Und, Danita, du willst lernen, den Mond herabzurufen?«, fragte Sora.

»Ich will's versuchen. Sehr gern.« Bast schnurrte laut, um Danitas Worte zu unterstreichen.

Mari und Sora sahen sich an. Fast unmerklich nickte Sora.

Mari versuchte, so weise und formell zu klingen wie Leda, wenn sie zum Clan sprach. »Sora und ich müssen über diese sehr wichtige Bitte nachdenken. Beim Abendessen werden wir euch unsere Entscheidung verkünden.«

»Danke, Mondfrauen.« Wieder verneigten sich die drei Mädchen und verschwanden dann schweigend nach draußen, Bast im Gefolge.

Mari sah sich um. Auf zwei Lagern weit hinten im Bau schliefen Sarah und Lydia tief und fest. Alle anderen, sogar Rigel, waren draußen, ruhten sich aus wie Nik oder gingen verschiedenen Tätigkeiten nach. Mari setzte sich neben Sora.

»Und?«, fragte diese.

»Also, für mich ist das die leichteste Entscheidung seit langem.«

»Ja, definitiv.«

»Aber ich war total überrascht. Du nicht?«

Sora zuckte mit den Schultern. »Bei Jenna schon. Bei den beiden anderen nicht. Die haben die Gabe des Mondes – wenn auch vielleicht nicht so stark, wie es für eine normale Clans-Mondfrau nötig wäre.«

»Vielleicht doch, nur auf andere Art«, sagte Mari.

»Wird spannend, das herauszufinden.«

»Ich hätte nie gedacht, dass das Leben so verrückt werden würde, du?«

»Nö.« Sora schob Chloe auf ihrem Schoß zurecht und grinste. »Alles, was ich wollte, war, verehrt und angebetet zu werden und als fette, faule, aber trotzdem höchst attraktive Mondfrau zu enden.«

»Na, das mit dem Fettwerden kann ja noch klappen.«

»Wenigstens etwas, worauf ich mich freuen kann.« Und das Gelächter der beiden Mondfrauen hallte im ganzen Bau wider.

Das Abendessen zu kochen dauerte bei weitem nicht so lange, wie Mari befürchtet hatte – Sora stand schließlich eine Armee Clansfrauen zur Verfügung, um Davis' Truthähne und O'Bryans Forellen zu braten, Pfeilwurzeln in der Glut des Feuers zu backen und dazu ein Gemüse aus frisch geerntetem Kohl, Knoblauch und Zwiebeln zu kochen. Als das Abendrot die Wolken, die den ganzen Tag über den Himmel gezogen waren, in herrlichen Farben anstrahlte, verkündete Sora, das Essen sei fertig.

Der Kreis aus Öl und Salz, um die Raubinsekten fernzuhalten, wurde versprüht, und dann versammelte sich darin der gesamte Mix aus Clan, Stamm und Rudel und wartete gespannt auf seine Mondfrauen.

»Sehen meine Haare wirklich gut aus?«, fragte Mari Sora nervös. Mit Mühe hielt sie sich davon ab, an den blauen Eichelhäherfedern herumzuzupfen, die ihre Freundin ihr in die kurzen blonden Locken geflochten hatte.

»Ja, aber lass gefälligst die Finger davon. Meine Güte, man könnte meinen, du hättest dein Haar noch nie festlich getragen.« Sora stockte. »Äh. Das war wohl taktlos. Du hast dein Haar wirklich noch nie festlich getragen, oder?«

»Nein. Bisher habe ich immer nur versucht, mein Haar nicht auffallen zu lassen, genau wie mein Gesicht und den Rest eigentlich auch.« Mari sah auf ihre nackten Beine hinab. »Bist du sicher, dass wir nicht besser Röcke anziehen sollten?«

»Wie fandest du mich gestern Abend nur in der Tunika?«

»Ich fand dich wunderschön. Und das bist du ja auch, Sora.«

»Ja. Danke. Du aber auch. Es ist doch nicht schlimm, wenn wir dem Cla-, äh, dem Rudel unsere Schönheit zeigen. Und hey, du trägst Ledas tollen Mantel. Der bedeckt dich von Kopf bis Fuß.«

»Ich weiß nicht genau warum, aber ich bin nervös.«

»Weil du es gewohnt bist, nicht aufzufallen«, sagte Sora. »Aber tröste dich: Sobald du dich daran gewöhnt hast aufzufallen, wird die Nervosität schon vergehen.«

»Versprochen?«

»Nein. Das liegt an dir. Aber ich find's logisch. Hey, wenn du eine Zweitmeinung brauchst, schau gleich mal zu Nik rüber. Ich wette, dem werden die Zähne aus dem Mund fallen vor Entzücken, wenn er dich sieht.«

»Hört sich ziemlich eklig an.«

»Hm, eigentlich sollte es dramatisch klingen. Ach, du weißt schon. Und jetzt komm. Die Leute haben Hunger, und solange wir nicht erscheinen, werden sie nicht anfangen zu essen.«

»Schon gut. Ich bin soweit.«

Langsam machten sich die beiden Mondfrauen auf den Weg vom Geburtsbau zur Lichtung am Bach. Kurz vor der Stelle auf der breiten Treppe, wo sie für die Wartenden zu sehen sein würden, tippte Mari Sora auf die Schulter. »Weißt du, dass wir heute Abend Geschichte schreiben?«

Soras Augen funkelten. »O ja. Wir tun das Richtige, Mari. Deine Mama wäre sehr stolz – auf uns beide.«

»Danke. Das war genau der Zuspruch, den ich jetzt gebraucht habe.«

Sora schob eine von Maris Locken zurecht. »Gern geschehen. Dazu sind Freunde da – um ab und zu das zu sagen, was man gerade braucht.«

»Ich bin so froh, dass du mich gezwungen hast, deine Freundin zu werden, Mondfrau.«

»Ich auch, Mondfrau«, sagte Sora. »Und los?«

»Und los.«

Nebeneinander stiegen sie die restlichen Stufen hinunter. Auf Soras Initiative hin trugen sie nur kurze Tuniken, Arme und Beine waren nackt. Der Saum beider Tuniken war mit Süßwassermuschelschalen besetzt, deren musikalisches Klimpern jeden ihrer Schritte begleitete. Mit ihren Haaren hatte Sora sich besondere Mühe gegeben. Ihre eigene herrliche hüftlange dunkle Mähne war wie üblich mit Perlen, Muscheln und Federn verziert. In Maris viel kürzeres Haar hatte sie so viele leuchtend blaue Federn geflochten, dass es aussah, als trage Mari einen atemberaubenden Kopfputz. Aus ihrem Bau hatte Mari den Mantel ihrer Mutter mitgebracht und sich nun um die Schultern gelegt. Im flackernden Licht des Feuers schien der kunstvoll bestickte Stoff sich zu bewegen, was die Vögel, Ranken und Blumen darauf auf fast magische Weise lebendig erscheinen ließ. In diesem Moment vereinigten die beiden jungen Frauen in sich nicht nur immense Macht, sondern auch eine Schönheit und Anmut, die ihresgleichen suchte.

»Unsere Mondfrauen! Unsere Mondfrauen sind da!«, erhob sich da Isabels Stimme, gefolgt von einer Woge freudiger Begrüßungsrufe, die sich über Mari ergoss wie warmer Sommerregen. Alle Gesichter wandten sich ihnen zu, die Hunde bellten begeistert, und Rigel konnte sich nicht länger bezähmen und stürmte auf Mari zu. Sie dachte, er werde an ihr hochspringen und sie umtanzen wie ein Welpe, aber Rigel, der ihre Gefühle teilte und ihre Nervosität spürte, kam lediglich an ihre Seite und schritt würdevoll und sehr erwachsen neben ihr und Sora her.

»Das machst du toll, mein Kluger. Ich liebe dich so sehr!«, flüsterte Mari ihm zu. Rigel schlug freudig mit dem Schwanz, behielt ansonsten aber seine gezügelte erwachsene Haltung bei. Er bewegte sich, wenn auch sie sich bewegte, blieb stehen, wenn sie stehen blieb, die Schulter immer an ihre Seite geschmiegt. Und dabei strahlte er solche Liebe, Kraft und unbeirrbaren Stolz auf sie aus, dass ihre Nervosität zerstob wie Tau in der strahlenden Pracht der Sonne.

Auch Nik stand dort, Laru neben sich, inmitten der kleinen Gruppe Gefährten zwischen O'Bryan und Antreas mit Bast. Als ihr Blick ihn traf, küsste Nik seine Fingerspitzen, schnippte damit in ihre Richtung und neigte dann den Kopf.

Am Rand des Häufleins Gefährten entstand plötzlich verwirrende Bewegung – Chloe verließ das Nest ihrer Wurfgeschwister bei Fala und wackelte auf Sora zu. Diese bückte sich und hob das Hündchen auf, doch statt zu winseln und zu zappeln und sich an sie zu kuscheln, wurde der Welpe ganz ruhig, kaum dass er in Soras Armbeuge saß. Mit erhobenem Kopf blickte Chloe die versammelte Menge an und sah so ernst und feierlich aus, wie das einem pummeligen süßen kleinen Welpen nur möglich war.

»Sie ist unglaublich, was?«, flüsterte Sora Mari zu.

Mari nickte und verkniff sich das Grinsen. Bis vor sehr kurzer Zeit hätte sie nicht einmal im Traum daran gedacht, Sora mit einem Hund überhaupt in Verbindung zu bringen, aber Chloe und sie wirkten bereits so einträchtig, dass man sie kaum mehr getrennt denken konnte. Sie freute sich immens, Sora so glücklich zu sehen.

Sie näherten sich dem großen Lagerfeuer, das hoch und hell vor dem Bildnis der ruhenden Erdmutter brannte. Wie sie es im Geburtsbau noch rasch eingeübt hatten, breiteten sie die Arme aus und riefen gemeinsam: »Der Segen des Mondes leuchte euch!«

»Euch auch, Mondfrauen!«, erwiderte die Menge.

»Bevor wir essen, haben Sora und ich zwei Dinge zu verkünden, und dann müssen wir jeden von euch bitten, eine schwierige Entscheidung zu treffen«, sagte Mari.

»Danita, Isabel und Jenna, bitte tretet vor«, bat Sora.

In die Menge kam Bewegung, die drei Mädchen wurden durchgelassen. Sie wirkten nervös – Mari konnte sie nur zu gut verstehen.

»Diese drei Clansfrauen haben heute eine Bitte an uns herangetragen. Sie haben darum gebeten, dass wir sie in der Heilkunst unterweisen sowie darin, den Mond herabzurufen«, sagte Sora.

Mari wartete, bis das erregte Flüstern der Clansfrauen verstummte. Dann richtete sie sich so hoch wie möglich auf und sprach formell: »Sora und ich haben über diese Bitte nachgedacht. Hiermit verkünden wir, dass wir die drei mit Freuden als Lehrlinge annehmen.«

Die drei Mädchen strahlten vor Glück, als sie das hörten, woraufhin Mari das Herz aufging.

»Aber Jenna hat doch keine grauen Augen!«

Mari ließ den Blick durch die Menge wandern. Die Sprecherin war eine ältere Frau namens Adira.

»Das ist wahr«, sagte sie.

»Und Danita und Isabel haben zwar die grauen Augen, die eine Mondfrau auszeichnen, aber Leda hatte keine von ihnen zum Lehrling erwählt«, fügte Sora hinzu.

»Doch das war eine andere Zeit«, fuhr Mari fort. »Seit meine Mama Sora erwählte, hat sich viel verändert. Der Clan ist zerstreut. Der Stamm des Lichts ist in Unordnung. Unsere Frauen sind aus der Gefangenschaft freigekommen.«

»Und das ist nur der Anfang dessen, was sich noch ändern wird«, ergänzte Sora. »Mari und ich haben nicht vor, die Traditionen des Clans aufzugeben, aber wir wollen zusätzlich neue schaffen, Traditionen, die in die neue Ordnung passen, auf die wir hinarbeiten.«

»Clansfrauen, bis vor kurzem wusstet ihr nicht, wer ich in Wirklichkeit war. Ich musste mich vor euch verstecken, und darüber war ich sehr unglücklich. Außer Mama hatte ich keinen Menschen. Wäre nicht Rigel zu mir gekommen, ich hätte nach Mamas Tod keinerlei Lebenswillen mehr gehabt.«

»Und dann hätten wir jetzt gar keine Mondfrau mehr«, nahm Sora den Faden auf. »Die Folgen kennen wir alle. Wir wollen, dass das nie wieder passieren kann.«

»Und ich wünsche niemandem, dass er sich je so allein und verlassen fühlen muss wie ich. Daher möchten wir euch alle ermutigen zu versuchen, eure Träume und Wünsche offen zu verfolgen, selbst wenn diese so seltsam und ungewöhnlich sind, dass ihr glaubt, sie könnten niemals wahr werden«, sagte Mari. »Und daher ernennen wir Isabel, Danita und Jenna zu Mondfrauenlehrlingen.«

»Nehmt ihr eure Wahl an?«, wandte sich Sora an die drei Mädchen.

»Ja!«, riefen sie im Chor.

Während die drei freudestrahlenden Mädchen von allen Seiten beglückwünscht wurden, sahen Mari und Sora einander lange an. Sora nickte, und Mari hob die Hand. Sofort wurde es wieder still.

»Die nächste Veränderung, die wir ankündigen müssen, wird nicht so leicht anzunehmen sein –, aber leider ist sie noch viel dringender. Wie ihr wisst, herrscht momentan Chaos im Stamm des Lichts. Leider glauben wir nicht, dass das ihn auf Dauer davon abhalten wird, uns zu jagen und zu versklaven.« Sora ließ das aufkommende Gemurmel abebben und fuhr dann fort. »Es gibt im Stamm gute Menschen. Einige von ihnen seht ihr hier vor euch. Aber es gibt auch gefährliche, unzufriedene Menschen, die sich gegen jede Veränderung sträuben. Diese Leute werden uns nicht in Frieden lassen.«

»Vor allem nicht Nik und mich«, sagte Mari. »Also haben wir beide beschlossen, dass wir weggehen und uns weit weg von hier ein neues Heim schaffen müssen.«

»Und ich finde diese Idee gut und werde mich ihnen anschließen«, sagte Sora.

Die Clansfrauen brachen in entsetztes Protestgeschrei aus. Mit erhobenen Händen brachten Sora und Mari sie mühsam wieder zur Ruhe.

In das Schweigen rief eine angespannte Stimme: »Und was sollen wir ohne unsere Mondfrauen machen?«

»Mit uns kommen«, antwortete Mari. »Schließt euch uns an, dann sind euch eure beiden Mondfrauen sicher.«

»Kommen die Gefährten auch mit?«, rief eine andere Clansfrau.

»Einige davon auf jeden Fall.«

»Was sind wir denn dann? Ein Clan oder ein Stamm?«

»Keines von beiden«, sagte Mari.

»Wir werden eine neue Form der Gemeinschaft bilden«, erklärte Sora.

»Und zwar ein Rudel«, sagte Mari und nickte Nik zu.

Dieser trat vor. »Ich habe bereits angekündigt, dass ich ein Rudel gründen will«, rief er laut und deutlich. »Und O'Bryan, Sheena, Rose, Davis und Antreas werden sich mir anschließen. Ich habe mich bereit erklärt, es zum Matriarchat zu machen, wie es bei den Erdwanderern Brauch ist.« Sein Blick wanderte über die Menge zu Sarah und Lydia. »Auch ihr dürft euch diesem Rudel gern anschließen«, sagte er. »Aber wenn ihr lieber zum Stamm zurückkehren wollt, werde ich dafür sorgen, dass ihr sicher dorthin kommt, sobald wir uns auf den Weg in unsere neue Heimat machen.«

Die beiden Mädchen nahmen einander an der Hand und steckten die Köpfe zusammen. Als Sarah aufsah, wandte sie sich zu Maris Überraschung nicht an Nik, sondern an sie. »Wenn wir uns dem Rudel anschließen, heißt das, dass du uns heilen wirst, wenn wir die Fäule bekommen?«

»Ja.«

»Dann schließen wir uns an«, sagte Sarah bestimmt. »Unsere beste Freundin ist an der Fäule gestorben, und wir mussten zusehen. Das war so schrecklich. Wir haben Angst vor der Fäule, seit wir denken können. Das wollen wir nicht mehr.«

»Und unsere Eltern sind bei dem Brand umgekommen. Wir haben keine Familie oder Freunde mehr beim Stamm«, ergänzte Lydia. »Wenn ihr damit einverstanden seid, wäre es schön, wenn wir Teil eurer neuen Familie werden könnten.«

»Unser Rudel nimmt euch gern auf«, sagte Mari. Dann ließ sie den Blick über das Häuflein Clansfrauen schweifen. »Auch ihr habt die Wahl. Schließt euch unserem Rudel an und kommt mit uns in eine neue Heimat und ein neues Leben. Wenn nicht, werden Sora und ich euch helfen, genug Reiseproviant zu sammeln, dass ihr euch zu einem Clan eurer Wahl durchschlagen könnt.«

Ein langes, bedeutungsschweres Schweigen entstand. Dann trat Adira vor. »Wir sollen also unsere Baue aufgeben, in denen wir seit Generationen gelebt, geliebt und unsere Kinder aufgezogen haben? Diesen Wald hier, den wir so gut kennen wie unseren eigenen Körper?«

»Zu eurer Sicherheit, ja.«

»Mari, versteh das nicht falsch, aber eigentlich hat es der Stamm vor allem auf dich und Nik abgesehen, nicht wahr?«

»Ja. Das ist richtig.«

»Für uns hingegen wird es so sein wie zuvor – der Stamm wird uns jagen, manche von uns fangen und den Rest in Frieden lassen.«

Adira hatte es nicht als Frage formuliert, doch Nik sagte: »Kann sein. Kann allerdings auch sein, dass sie die Jagd verschärfen werden.«

»Aber das weißt du nicht mit absoluter Sicherheit.«

»Nein.«

Adira sah Sora an. »Warum bleibst du nicht hier und wirst unsere Mondfrau? Dass Mari hier weg muss, verstehe ich. Und dass die Gefährten mit ihr kommen, ist auch klar. Doch du bist eine ganze Erdwanderin. Warum bleibst du nicht, wohin du gehörst – bei deinem Volk?«

Ohne zu zögern, sagte Sora: »Weil ich mir eine andere Weltordnung wünsche, eine, in der niemand nach seiner Herkunft beurteilt wird. In der jeder frei sein kann zu sein, wie er ist. Genau das, was Mari und Nik verwirklichen wollen. Adira, den größten Teil meines Lebens war es mein größter Wunsch, die Mondfrau des Weberclans zu werden. Aber inzwischen will ich mehr.«

Flehend sah Adira Isabel und Danita an. »Würde eine von euch bleiben? Will eine von euch unsere Mondfrau werden?«

Danitas Pupillen weiteten sich vor Entsetzen, und sie begann, den Kopf zu schütteln. Isabel sagte: »Nein. Wir wollen auch mehr, Adira.«

Adiras Schultern sanken nach vorn. »Und wohin wollt ihr gehen?«

Mari suchte Antreas' Blick und nickte ihm zu. Da verkündete er mit lauter Stimme: »Ich werde das Rudel über die Berge in die Ebenen der Windreiter führen – dort werden wir uns unsere neue Welt aufbauen!«

# 26

Es war nicht Drittnacht, doch Mari und Sora waren übereingekommen, dass den Clansfrauen eine Extraportion Energie guttun würde, insbesondere nach der Nachricht, dass sie die Heimat, in die sie gerade erst zurückgekehrt waren, schon wieder verlassen mussten. Außerdem erhielt so Danita eine erste Kostprobe ihrer Mondfrauenlehre – noch dazu öffentlich, so dass jeder Zweifel ausgeräumt würde, wie ernst es ihnen mit diesem Vorhaben war. Nachdem das aufgeregte Raunen abgeebbt war, das Antreas' Ankündigung gefolgt war, rief Mari: »Danita, komm zu Sora und mir. Wir werden nun den Clan reinigen.«

Danita hatte ganz in der Nähe von Antreas und Bast gestanden – der Luchs schien die junge Erdwanderin kaum jemals aus den Augen zu lassen. Danitas Pupillen weiteten sich vor Überraschung, und sie lief knallrot an. Doch eilig kam sie zu Mari und Sora, die ihr in ihrer Mitte Platz machten.

»Nimm unsere Hände«, sagte Mari. »Wir werden jetzt auf die einfachste, gewöhnlichste Weise den Mond herabrufen. Du musst nur mit uns gemeinsam den letzten Teil der Anrufung sprechen, wenn wir dir die Hand drücken. *Gewähre mir, was seit Geburt mein Erbe, mein Reichtum und mein Schicksal, bis ich sterbe.* Meinst du, das kannst du dir merken?«

»Ja.«

»Gut. Danach wirst du mit uns durch den Clan gehen. Dabei musst du dich nur auf eines konzentrieren: die Kraft des Mondes durch dich hindurchströmen zu lassen.«

»Sei darauf gefasst – die Mondmacht ist sehr kalt«, sagte Sora. »Versuch nicht, sie bei dir zu behalten, sondern sag dir, dass du ein Kanal bist, durch den hindurch der Clan gereinigt wird.«

»Vielleicht hilft es dir, wenn du dir vorstellst, du seist ein Flusslauf oder ein Pfad, durch den die Mondmagie mühelos hindurchströmt«, riet Mari.

»Wenn dir schwindelig oder gar übel wird, ist das ganz normal«, versicherte Sora ihr.

»Das Wichtigste ist, konzentriert zu bleiben«, sagte Mari. »Du wirst das gut machen, das weiß ich. Bist du bereit, Sora?«

»Bereit!«

»Danita? Bereit?«

»Absolut!« Sie überspielte ihre Nervosität durch einen fast echt klingenden munteren Ton.

Mari und Sora nahmen jede eine von Danitas Händen, dann hoben sie den Blick zum dunkler werdenden Himmel. Danita tat es ihnen nach. Mari nickte ihr flüchtig aufmunternd zu. Unter den gespannten Blicken der Menge sandte sie ein stummes Gebet an die Erdmutter: *Bitte schenke Danita eine angenehme erste Erfahrung!*

Mit drei tiefen Atemzügen fand sie in einen entspannten, konzentrierten Zustand. Auch Sora versenkte sich auf diese Weise, und Danita versuchte, es ihnen gleichzutun. Dann rief Mari laut die ersten Worte der Beschwörung:

*»Als Mondfrau, die dir folgt und an dich glaubt, senke ich vor dir mein bares Haupt!«*

Sora setzte den rituellen Spruch fort: »*Mutter, von der meine Gaben sind, leihe Kraft auch heute deinem Kind.*«

Schon spürte Mari die kühle silberne Macht in sich einströmen. »*Dein Silberlicht erfülle uns mit Leben und heile, die in unsere Hut gegeben.*«

Als sie endete, drückten Sora und sie Danitas Hände und schlossen sich deren leisen, aber tiefempfundenen Schlussworten an: »*Gewähre mir, was seit Geburt mein Erbe, mein Reichtum und mein Schicksal, bis ich sterbe!*«

Mari hatte überhaupt keine Vorstellung davon, was nun geschehen würde. Sie hatte zwar schon Mondkraft von ihrer Mutter weitergeleitet und ihrerseits Mondkraft an Sora weitergegeben, aber noch nie hatte sie versucht, das silberne Leuchten gemeinsam mit einer anderen Mondfrau zu beschwören, insbesondere nicht mit einer Novizin wie Danita. Daher war sie sehr überrascht, als sich von oben ein funkelnder angenehmer Strahl aus Energie auf sie alle drei senkte und zuerst in Mari einströmte. Blitzartig spürte sie die reine, kalte Energie durch sich hindurch in Danita übergehen.

»Ganz ruhig«, raunte sie dieser zu. »Entspann dich und gib es an Sora weiter.«

Danitas Brauen zogen sich zusammen, sie biss sich auf die Unterlippe – und dann begann Sora zu lächeln. Ermutigend nickte sie Danita zu. »Ja, genau! Du hast es!«

»Bereit zum Losgehen?«, fragte Mari.

Angespannt nickte Danita. »Ich glaube schon.«

Vereint durch ihre Hände und ihr Tun schritten Mari, Danita und Sora durch die Menge. Sanft legten Mari und Sora den Clansfrauen die Hände auf die Stirn, während Danita sie in beispielhafter Konzentration begleitete. Die Clansfrauen lächelten sie an und sprachen auch Danita ihren Dank aus, woraufhin das Mädchen sich beinahe nicht mehr konzentrieren konnte, aber es gelang ihm, sich zusammenzureißen und den Fluss der Mondmagie aufrechtzuerhalten.

Und dann neigte, als sie sich Davis näherten, auch dieser den Kopf. Mari ließ sich nicht beirren. Sie legte ihm die Hand auf, kühl und in das silberne Leuchten des Mondes getaucht. Er zuckte zusammen, hob ruckartig den Kopf und starrte sie mit Tränen in den Augen an. »Ich spür's! Ich habe die Berührung des Mondes gespürt!«, rief er laut aus, während Cammy begeistert zu bellen anfing.

O'Bryan stellte sich neben den Jäger, grinste Sora etwas schüchtern an und sagte: »Ich bin schon durch Mondfrauenmagie geheilt worden, aber ehrlich gesagt weiß ich nicht mehr viel davon. Darf ich sie noch mal ein bisschen spüren?«

Ernst und bedächtig wie eine viel ältere, weisere Frau sprach Sora den traditionellen Segen der Mondfrau: »Ich wasche dich rein von aller Traurigkeit und schenke dir die Liebe unserer großen Erdmutter.« Damit legte sie O'Bryan die Hand auf den Scheitel.

Der Gefährte sog die Luft ein. Als er den Kopf hob, schien sein Gesicht vor Freude zu glühen. »Danke, Mondfrau«, sagte er zutiefst berührt.

Und weiter gingen sie durch die Menge und reinigten ihr Volk, so sanft und mühelos, wie Mari es noch nie erlebt hatte. Als sie Nik erreichten, legte Mari auch ihm die Hand auf den gesenkten Kopf. »Ich wasche dich rein von aller Traurigkeit und schenke dir die Liebe unserer großen Erdmutter«, sagte sie leise und ließ ihre Hand etwas länger auf seinem Haar ruhen als nötig.

Nach einem Moment hob er den Kopf, strahlend vor Liebe und Stolz. »Danke, meine Mondfrau!«

Gemeinsam kehrten Mari, Sora und Danita in die Kreismitte vor das gleichmäßig brennende Feuer zurück, das flackernde Schatten über die Lichtung warf. Hier ließen Sora und Mari Danitas Hände los. Das Mädchen taumelte. Sofort war Bast bei ihr, bot sich als Stütze an und gurrte ermutigend.

»Alles okay?«, fragte Sora.

Danita war beinahe so bleich wie der Mond selbst. »Mir ist ein bisschen schlecht.«

»Du solltest was essen«, riet Mari. »Das ist am besten, selbst wenn du dann erbrechen musst.«

Lautlos wie sein Luchs tauchte Antreas neben ihnen auf. »Ich kümmere mich um sie.«

Mari erwartete fast, dass Danita seine Hilfe ablehnen würde, doch sie protestierte nicht, als er sie am Ellbogen nahm und in Richtung der bratenden Truthähne führte.

Sobald Danita fort war, sagte Sora: »Ihr Clansfrauen, die Entscheidung, die euch bevorsteht, ist schwer. Wir bitten euch, sie nicht sofort zu treffen.«

»Denkt über unsere Worte nach«, fuhr Mari fort. »Wenn ihr Fragen zu der Reise habt, wendet euch an uns, an Nik oder Antreas. Aber in sechs Tagen im Morgengrauen geht unser Rudel für immer fort.« Von Gefühlen überwältigt musste sie innehalten. Neben sich spürte sie warm und tröstlich Rigel und schöpfte Kraft aus der Anwesenheit ihres Gefährten. Endlich konnte sie weitersprechen. »Auch ich lasse einen Bau zurück, der seit Generationen den Mondfrauen des Weberclans Schutz bot. Ein anderes Heim habe ich nie gekannt. Meine Mutter liegt dort begraben. Manchmal kann ich den Gedanken kaum ertragen wegzugehen, weil das ist, als würde ich sie im Stich lassen.« Wieder musste sie innehalten und sich Tränen von den Wangen wischen. In der respektvollen Stille hörte sie einige Clansfrauen ebenfalls leise die Nase hochziehen. Sie hob das Kinn und sprach weiter, mit jedem Wort kräftiger und sicherer. »Aber ich lasse sie nicht im Stich. Mama wird immer bei mir sein – hier drin.« Sie legte sich die Hand aufs Herz. »Ihre Liebe begleitet mich, egal wohin ich gehe. Ihr Clansfrauen – ich hoffe aufrichtig, dass ihr euch entschließt mitzukommen. Ich hoffe, dass ihr ebenfalls die Liebe von Generationen von Erdwanderern mitnehmen werdet und unser Rudel dank ihrer klüger, sanftmütiger und standhafter werden wird als jeder Stamm oder Clan.«

»Ich wünsche mir auch, dass ihr mitkommt«, sagte Sora. »Um im Gebiet der Windreiter zu siedeln, werden wir diesen unseren Wert beweisen müssen. Und eines weiß ich genau: Die Frauen des Weberclans sind verdammt viel wert! Aber jetzt lasst uns essen.«

Während des Essens waren die Clansfrauen recht schweigsam. In kleinen Grüppchen blieben sie unter sich und unterhielten sich leise. Mari und Sora bildeten mit Nik, Davis, O'Bryan, Rose, Isabel und Jenna eine kleine Runde auf dem bemoosten Boden. Rigel, Laru, Fala mit ihren Kleinen und Cammy nagten etwas abseits zufrieden an Truthahnhälsen und -knochen. Soras Chloe schlief tief und fest in deren Tunika gekuschelt.

Mari blies auf ein knusprig geröstetes Stück Truthahn. »Wo sind Sheena und Captain?«

»Sie halten Wache«, sagte Davis. »Cammy und ich lösen sie ab, sobald wir gegessen haben.« Er sah Mari an. »Danke, dass du mich gereinigt hast. Es war unglaublich. Ich hatte Kopfschmerzen gehabt – vielleicht, weil ich den ganzen Vormittag so konzentriert die Truthahnspuren verfolgt hatte –, aber sobald diese Kühle über mich kam, waren sie weg.«

»Keine Ursache«, sagte Mari. »Ich hatte mich schon gefragt, was die Reinigung jemandem bringen würde, der nicht zum Clan gehört. Wobei ich weiß, dass Nik die Kraft des Mondes spürte, als wir ihn heilten.«

»Ich auch, aber ich habe kaum eine Erinnerung daran«, sagte O'Bryan. Dann räusperte er sich und sagte zu Sora: »Danke, dass du mich gereinigt hast.«

»Kein Ding. Das gehört zum Mondfrauendasein dazu.«

»Ja, für dich war's ganz normal, aber für mich war es was ganz Besonderes. Vielleicht das Außergewöhnlichste, was mir in meinem Leben bisher passiert ist. Das, äh, wollte ich dir einfach mal sagen.«

Mit wachsender Neugier sah Mari, dass O'Bryan rot wurde. Sora beugte sich vor und legte ihm sacht die Hand auf den Arm. »Danke. Es freut mich, dass es so besonders für dich war. Das sollte nicht klingen, als wollte ich deinen Dank als unwichtig abtun.«

Während sie sich wieder zurücklehnte und Chloe zurechtrückte, damit diese nicht Gefahr lief herunterzurutschen, beobachtete Mari, wie O'Bryans Blick an der Stelle auf seinem Arm hängenblieb, die Sora berührt hatte.

Da spürte sie Niks Blick auf sich. Sie sah ihn bedeutungsvoll an und formte mit den Lippen: *O'Bryan mag Sora*. Niks Pupillen weiteten sich kurz, dann zuckte er mit den Schultern und schüttelte leicht den Kopf. Mari hätte nicht sagen können, ob verblüfft oder amüsiert. Sie nahm sich vor, ihn unter vier Augen zu fragen, ob er mehr über O'Bryans Gefühle wusste.

»Von außen betrachtet schien es mit Danita richtig gut zu laufen«, sagte Jenna. »Wie war es für euch beide?«

»Sie war klasse«, sagte Sora.

»Besser als ich beim ersten Mal«, stimmte Mari ihr zu. »Mir kam danach alles hoch.«

»Mir auch«, gab Sora zu.

»Also bereut ihr es nicht, dass ihr uns als Lehrlinge angenommen habt?«, fragte Isabel.

»Überhaupt nicht«, versicherte Mari ihr.

»Kein bisschen!«, bekräftigte Sora. »Mit Danita war das Reinigen ganz anders – sanft und mühelos.«

»Ich hoffe, wir stellen uns beim Heilen genauso gut an«, sagte Isabel.

»Davon bin ich überzeugt«, sagte Mari.

»Da ist sie ja!« Isabel sprang auf, um Danita zu begrüßen, die schon wieder eine kräftigere Gesichtsfarbe hatte. Wie immer wurde sie von Bast und diesmal auch von Antreas begleitet. Isabel umarmte sie. »Mari und Sora haben gerade gesagt, dass du es total gut gemacht hast!«

Danitas hübsche graue Augen wurden ganz groß, und ihr Blick flog von Mari zu Sora. »Wirklich? Es war so schwierig! Und so kalt! Ich dachte ständig, ich müsste euch loslassen, weil mir so übel war.«

»Aber du hast uns nicht losgelassen«, sagte Mari. »Das ist bewundernswert.«

»Da bin ich aber erleichtert! Äh, ist es in Ordnung, wenn ich mich ein bisschen hinlege? Ich fühl mich immer noch komisch.«

»Leg dich ruhig hin«, sagte Mari. »Wenn Mama den Clan gereinigt hatte, war sie oft so müde, dass sie fast schon schlafwandelte, wenn sie zu unserem Bau zurückkam.«

»Sora und du, ihr beide wirkt überhaupt nicht müde«, sagte Danita.

»Das liegt daran, dass das Reinigen heute Abend so leicht ging«, erklärte Sora. »Vielleicht, weil du uns geholfen hast.«

»Nach einer Weile gewöhnt man sich daran. Je weniger du dich gegen die Macht sträubst, desto leichter strömt sie durch dich hindurch und desto besser fühlst du dich hinterher.«

»Das merke ich mir«, sagte Danita. Sie wollte sich schon mit einer formellen Verneigung verabschieden, doch dann zögerte sie und sah Antreas an. »Bast und du, geht ihr heute Nacht zurück zu Maris Bau oder bleibt ihr hier?«

Antreas zögerte und warf einen Blick auf Bast. Diese rieb sich laut schnurrend an Danitas Bein.

»Wir bleiben hier. Bast mag den Geburtsbau.«

Erleichterung trat in Danitas Miene. »Oh, gut. Ist es für dich okay, wenn sie sich ein bisschen zu mir legt? Es ist Nacht, und, äh, ich glaube, ich wäre entspannter, wenn ich keine Angst haben müsste, dass Männer in den Bau kommen.«

»Die lassen wir nicht wieder in deine Nähe«, sagte Mari mit fester Stimme. »Nie wieder. Du brauchst gar keine Angst zu haben.«

»Im Prinzip weiß ich das, aber irgendwie habe ich es immer noch nicht so ganz begriffen.«

»Bast würde gern bei dir schlafen«, sagte Antreas. »Und wenn sich jemand dem Bau nähern würde, würde ich das sofort erfahren – sie würde es mir sagen.«

»Danke.« Danita lächelte Antreas offen an – und Mari sah, wie er einen Augenblick lang völlig verblüfft wirkte. Anscheinend war Antreas noch nie in den vollen Genuss von Danitas Lächeln gekommen – einem Lächeln, das sie von einem unschuldigen, eher unscheinbaren Mädchen in eine sprühende Schönheit verwandelte. Während die Luchsin und sie nebeneinander die Treppe zum Bau hinaufgingen, folgte er ihnen mit dem Blick.

»Vergiss nicht, was ich gesagt habe«, bemerkte Sora halblaut zu ihm.

»Was denn?«, fragte Mari.

»Nichts!«, entgegneten Sora und Antreas im Chor.

Mari wollte sie schon mit finsterem Blick drängen, mehr zu verraten, da hielt Nik ihr die flache Hand hin. Darauf stand das geschnitzte Abbild eines vierbeinigen Tiers mit gebogenem Hals und anmutigem, kräftigem Körperbau.

»Hier, ein Pferd«, sagte er. »Für dich.«

»O Nik, das ist ja wunderschön!« Mari drehte das herrlich weiche, glatte Holz in den Händen, völlig fasziniert von dem seltsam majestätischen Wesen.

Sora beugte sich vor und musterte die Schnitzerei. »Das sind also die Windreitergefährten. Du sagst, sie sind so groß, dass ein Mensch darauf reiten kann?«, fragte sie Antreas.

»Menschen«, verbesserte er. »Ich habe schon drei Mädchen, nicht viel jünger als Danita, zu dritt auf einem Pferd sitzen sehen. Aber es gibt auch kleinere Tiere.«

»Schwer vorstellbar«, sagte Mari. »Ich bin wahnsinnig gespannt darauf, sie in echt zu sehen.«

»Wenn eine ganze Herde davon über die Ebene galoppiert, bebt der Boden«, sagte Antreas mit vagem Blick, ganz in die Erinnerung versunken.

»Hört sich beängstigend an«, sagte Jenna.

»Nicht, wenn man mit ihnen befreundet ist«, sagte Antreas. »Dann hat dieses Donnern sogar was Tröstliches. Gegen so einen Ansturm kommt nichts an, nicht mal ein Schwarm Schaben.«

»Große Göttin! Nicht mal ein Schwarm?«, fragte Sora.

Antreas schüttelte den Kopf. »Die Pferde sind schneller.«

»Beeindruckend«, sagte Nik.

»Klingt, als könnte man definitiv gespannt auf sie sein«, sagte Davis. Dann stand er auf und wischte sich die Hände an der Hose ab. »So, ich löse Sheena ab, damit sie essen kann. Und ich glaube, ich bleibe heute Nacht auch im Geburtsbau. Mir gefällt's hier.« Er pfiff scharf, und Cammy hörte mit dem Knochenknacken auf und flitzte grinsend mit hängender Zunge herbei.

»Ist Cammy eigentlich jemals nicht gut drauf?« Vorsichtig streckte Isabel die Hand aus. Der kleine helle Terrier änderte sofort die Richtung, um sich von ihr hinter den Ohren kraulen zu lassen.

»Nö. Cammy findet Fröhlichsein toll, vor allem jetzt, da er nicht mehr auf der Hut sein muss, dass Odysseus ihn terrorisieren könnte. Du kannst ihn gern jederzeit streicheln, Isabel. Er freut sich über Aufmerksamkeit, vor allem von hübschen Mädels.«

Cammy bellte und sprang wild um die kichernde Isabel herum.

Rose grinste den Terrier an. »Was für ein Charmeur.«

»Das macht ihn so umwerfend. Aber genug jetzt, Cammy. Wir müssen arbeiten!« Davis nahm seine leere Schale und den Teebecher und schlenderte zum Lagerfeuer hinüber, um beides dortzulassen, ehe er sich aufmachte, um Sheena abzulösen.

»Ich muss mir noch von den Pfeilwurzeln nehmen«, sagte Mari zu Sora. »Ich weiß nicht, was du heute Abend anders gemacht hast, aber die sind sogar noch köstlicher als sonst.«

»Ich habe in der Vorratskammer einen Topf Salz gefunden. Damit und mit Knoblauch sind sie wirklich zum Reinlegen.«

»Reinlegen klingt gut, aber da sie in der heißen Glut backen, nehme ich mir lieber welche raus. Bis gleich!« Sie beugte sich zu Nik hinüber und küsste ihn, ohne überhaupt daran zu denken, wie seltsam normal es inzwischen für sie war, ihn zu küssen – zur Begrüßung, zum Abschied oder einfach, weil sie es so gern tat. Bis sie sich aufrichtete und ihr bewusst wurde, dass einige Leute sie ansahen.

Nik lächelte, drückte ihre Hand, zog sie wieder an sich und flüsterte: »Kümmer dich nicht darum, Mari. Wir sind wir.«

Sie erwiderte den Händedruck und bemühte sich, sehr aufrecht davonzuschreiten und die Blicke nicht weiter zu beachten.

Die Pfeilwurzeln ruhten mit Glut bedeckt in einer kleinen Grube nicht weit vom Bildnis der Erdmutter. Mari kniete sich davor und wollte mit einem Stock in den glühenden Kohlen nach einer der dampfend heißen Knollen wühlen, da erregte eine Bewegung in ihren Augenwinkeln ihre Aufmerksamkeit. Sie warf einen Blick dorthin und sah, dass jemand vor der Erdmutter stand und zu dieser aufsah. Es war ein Mann mit einem kleinen Terrier neben sich.

*Was in aller Welt macht Davis bei der Erdmutter?*, fragte sie sich. Neugierig schlenderte sie zu ihm hinüber. Als sie nur noch wenige Schritte entfernt war, kniete Davis sich hin und hob ein wenig Moos vom Boden vor dem Bildnis ab. Aus seiner Tasche zog er etwas, legte es in die kleine Mulde, wo das Moos gewesen war, und drückte den grünen Teppich wieder darüber. Dann stand er auf und richtete den Blick auf das heitere Gesicht der Göttin.

Mari räusperte sich.

Davis zuckte leicht zusammen. »Oh, Mari. Ich habe dich gar nicht kommen hören.«

»Hi. Ich wollte mir nur ein paar Pfeilwurzeln holen, da habe ich dich hier bei der Göttin gesehen –« Als ihr klarwurde, wie zudringlich das klang, verstummte sie. »Also, nicht dass ich was dagegen hätte, dass du hier bist. Das meinte ich nicht.«

Davis nickte. »Ich weiß schon, was du meinst. Du fragst dich, was ich hier will.«

»Ja, schon, aber eigentlich ist das deine Sache. Und die der Göttin. Ich sollte dir nicht nachschnüffeln.«

»Hörst du ihre Stimme?«, fragte er. Es klang sehnsüchtig.

»Bisher nicht. Aber meine Mama hat viel mit ihr gesprochen. Und ich glaube, Sora hört sie auch.«

»Glaubst du, die Göttin würde sich jemals dazu herablassen, zu jemandem zu sprechen, der kein Erdwanderer ist?«

Während Mari ihre Antwort formulierte, spürte sie Leda in den Worten. Das war seltsam tröstlich, zugleich überkam sie eine Woge der Sehnsucht nach ihrer Mutter. »Ich glaube, dass die Erdmutter nicht nur den Erdwanderern gehört, sondern allen. Deshalb bin ich mir sicher, dass sie es tun würde. Davis, du musst es mir nicht sagen, wenn du nicht willst, aber ich habe gesehen, wie du da etwas vergraben hast.« Mari deutete auf die Stelle vor der Göttin.

»Ich kann dir gern sagen, was es ist, aber es klingt wahrscheinlich dämlich. Ich habe vor Jahren eine hübsche Muschelschale gefunden, und ich wusste nicht genau warum, doch seither hatte ich sie überall mit mir herumgeschleppt. Erst als ich erfuhr, wie Clansmänner um Clansfrauen werben, wurde mir klar, warum ich sie nie weggegeben hatte.« Er verstummte und sah wieder zu dem Bildnis auf.

»Und warum hast du sie nie weggegeben?«, drängte Mari.

»Weil ich sie der Großen Göttin geben musste, natürlich. Weil sich Clansfrauen ihre Männer aussuchen und die in aller Form um sie werben müssen. Ich habe die Muschelschale der Göttin geschenkt. Wenn ich sie gut genug umwerbe, wird sie mich vielleicht ja annehmen und tatsächlich einmal zu mir sprechen.«

Vor Rührung wurde Mari die Kehle eng, und Tränen traten ihr in die Augen. Doch ehe sie Davis sagen konnte, was für eine wunderschöne Vorstellung das war, trat Adira aus den Schatten jenseits des Bildnisses. Sie musterte Davis intensiv, als sei in seinem Anblick eine geheime Schrift verborgen, und wenn sie sich nur anstrengte, könnte sie sie lesen.

»Woher hattest du die Idee, der Göttin ein Geschenk zu machen?«, fragte sie nicht unfreundlich.

Davis hob die Schultern. »Nirgendwoher. Einfach so. Ich wollte nicht respektlos sein. Verzeih mir, wenn ich –«

Adira wehrte ab. »Du musst mich nicht um Verzeihung bitten. Wir machen der Göttin oft Geschenke. Ich war nur erstaunt, dass ein Fremder, vor allem ein Gefährte, das tut.«

Davis sah wieder zum Gesicht der Göttin auf. »Ich weiß nicht warum, aber bei ihr fühle ich mich nicht fremd.«

»Ja, das gibt es. Du kannst dich glücklich schätzen, wenn du dich bei der Göttin zu Hause fühlst. Lausche in den Wind; darin hört man ihre Stimme am leichtesten. Der Segen der Göttin leuchte dir, Davis.« Adira verneigte sich kaum merklich vor ihm und dann mit allem Respekt vor Mari und zog sich wieder in die Schatten zurück.

»Hätte nicht gedacht, dass sie was für uns Gefährten übrighat«, sagte Davis.

»Ich glaube, das hatte sie auch nicht – bis jetzt. Gut gemacht, Davis.«

»Ich habe doch gar nichts getan.«

»Ich glaube, du hast gerade mehr getan, als du je geahnt hättest.« Zärtlich tätschelte Mari Cammy den Kopf, kehrte zu der Glutmulde zurück und fischte eilig zwei saftige Wurzeln heraus. Mit ihnen setzte sie sich wieder auf ihren Platz neben Nik. Inzwischen waren Rigel, Laru und Fala mit in die Runde gekommen, und Sora hatte Chloe nun doch ihrer Mutter übergeben, auch wenn ihr Blick immer wieder zu dem säugenden Welpen wanderte.

Maris Gedanken waren noch ganz bei dem, was sie gerade miterlebt hatte. »Glaubst du, die Erdmutter würde auch zu anderen Leuten sprechen?«, fragte sie Sora. »Also, Nicht-Erdwanderern?«

»Wüsste nicht, was dagegen spräche. Sie heißt schließlich Erdmutter und nicht Erd*wanderer*mutter.«

»Stimmt auch wieder.« Also war auch Sora, genau wie Adira, jener Meinung, die sie selbst, ohne nachzudenken, Davis gegenüber geäußert hatte. Die Erdmutter war die Große Göttin, das Leben selbst, keine schäbige kleine Clansgottheit. Leda hatte immer betont, wie gütig sie sei, und auch wenn Mari noch nie ihre Stimme gehört oder ihre Anwesenheit gespürt hatte, durch ihre geliebte Mama hatte sie die machtvolle Liebe der Göttin immer und immer wieder erfahren.

»Mari, Sora, habt ihr einen Moment Zeit für uns?«

Mari riss sich aus ihren Gedanken und kehrte in die Gegenwart zurück. Die Fragerin war Adira, die mit einigen Clansfrauen herangekommen war. Mari blinzelte – und erkannte, dass es nicht nur einige, sondern alle Clansfrauen waren.

»Ja, Adira? Was ist?«, fragte Sora.

»Natürlich haben wir Zeit für euch«, sagte Mari.

»Sollen wir euch allein lassen?« Nik machte Anstalten aufzustehen, und die anderen Gefährten taten es ihm nach.

Adira hob die Hand. »Nein. Was wir zu sagen haben, könnt ihr gern hören.« Dann wandte sie sich wieder ihren Mondfrauen zu. »Wir haben uns entschieden, was euer Rudel und die Reise in die Ebenen der Windreiter angeht.«

Mari hielt den Atem an.

»Wir schließen uns euch an.«

»Wie viele von euch?«, fragte Mari.

»Alle«, sagte Adira mit fester Stimme. »Dank der sehr unerwarteten Unterstützung durch den Gefährten namens Davis und die Göttin ist uns bewusst geworden, was wir wollen. Wir wollen ein Leben in Freiheit und Frieden, ohne befürchten zu müssen, dass wir wieder versklavt werden –, ob es nun nur einige von uns träfe oder alle. So wollen wir nicht mehr leben.«

»Überhaupt wollen wir mehr – und wir glauben, dass auch die Göttin mehr für uns will«, sagte eine jüngere Frau hinter ihr. Die anderen nickten zustimmend.

»Dies möchten wir mit einem Schwur bekräftigen, Mondfrauen.« Adira kniete nieder, senkte den Kopf und breitete die Hände mit den Handflächen nach oben aus. Jede einzelne Clansfrau tat es ihr nach. »Von heute an sind wir nicht mehr der Weberclan, sondern etwas Größeres. Etwas Größeres, das sich Rudel nennt.«

»Ich schwöre dem Rudel die Treue!«, riefen alle Frauen im Chor.

Sora begann zu applaudieren. »Und wir nehmen euch an!«

»Mit Freuden!« Mari fiel in den Applaus ein.

Da standen alle Gefährten auf. »Auf unser Rudel«, schrie Nik.

»Auf unser Rudel!«, riefen die Gefährten durcheinander, und dann brach ein allgemeines Tohuwabohu aus Jubelschreien und Gebell aus.

In Mari stieg ein ungeheures Gefühl der Geborgenheit und Gemeinschaft auf, als Nik sie in die Arme nahm und mit einem Triumphschrei herumschwenkte. *Vielleicht, ganz vielleicht können wir ja wirklich eine neue Welt schaffen*, dachte sie. *Danke, Göttin, dass du Davis berührt und die Clansfrauen an Folgendes erinnert hast: Liebe ist stärker als Furcht oder Hass.* Als Musik einsetzte, packte Nik ihre Hand, und sie wirbelten lachend über die Lichtung. Und zum ersten Mal, seit ihre Mama ihr genommen worden war, hatte Mari das Gefühl, wieder zu einer Familie zu gehören.

# 27

Täubchen spürte, dass der Gott zurückkehrte, noch ehe er in grobem Ton nach etwas zu essen und zu trinken verlangte. Es fühlte sich ähnlich an wie das Streichen von Atem über ihren Nacken, bevor jemand hinter ihr zu sprechen anfing. Nein, sie brauchte ihn nicht zu sehen und nicht einmal zu hören, um zu wissen, dass er da war. Ihre Zofen beeilten sich, seine Wünsche zu erfüllen; indessen kamen seine schweren Schritte immer näher auf Täubchen zu, die still dasaß und Büschel von Wildschweinfell in den Saum einer ihrer Tuniken nähte.

»Täubchen, dein Gott kehrt siegreich zurück!«

Sie legte die Näharbeit gerade noch hin, ehe er sie grob auf die Füße zog, umschlang und leidenschaftlich küsste. Sie zwang sich, sanft und nachgiebig auf seine Berührungen zu reagieren, obwohl sie feststellte, dass er sogar anders schmeckte als ihr aus seinem eigenen Leib verdrängter Geliebter.

Als er sie so weit losließ, dass sie sprechen konnte, verneigte sie sich vor ihm. »Meinen Glückwunsch, mein Gebieter. Möchtest du dich zum Essen mit mir auf die Galerie setzen und mir von deinem Sieg erzählen?«

»Tatsächlich hungert mich nach mehr als nur Speis und Trank.« Mit seinem massigen Arm zog er sie an sich, dass ihre Füße den Halt am Boden verloren, und begann, sie mit der anderen Hand zu begrapschen.

Täubchen hörte ihre Zofen entsetzt nach Luft schnappen und spürte deren Blicke auf sich. Unendlich gern hätte sie sich aus seinem Griff befreit, wäre in die heimelige Ecke geflohen, die Fahlauge und sie sich als Schlafstatt auserkoren hatten, hätte sich dort zusammengerollt und wäre unsichtbar geworden. Doch das war unmöglich. Selbst wenn es ihr gelänge, sich aus seiner widerlichen Umarmung zu befreien, würde er sie sofort wieder einfangen wie ein ungezogenes Kind – oder vielmehr eine Sklavin. Und Täubchen konnte nicht abschätzen, was er ihr antun würde, wenn er die Geduld mit ihr verlor. Also ergab sie sich ihm, sosehr es sie erniedrigte zu wissen, dass ihre jungen Helferinnen der rauen Behandlung des Gottes ansichtig wurden, die sich so völlig davon unterschied, wie Fahlauge, ihr Streiter, ihr Liebster, sie behandelt hatte.

»Wie entzückend jung und weich du bist«, murmelte Tod ihr ins Ohr. »Du wirst ein wundervolles Gefäß für meine Gefährtin sein, ob sie nun bereit ist zu erwachen oder nicht.«

In Täubchen wallte Hoffnung auf. »Wünscht die Göttin nicht zu erwachen, mein Gebieter?«

»Meine Geliebte ist manchmal etwas übervorsichtig. Doch meine Überzeugungskraft ist groß. Sorge dich nicht, kleiner Vogel. Sie wird in dir erwachen – darauf werde ich bestehen.«

»Und wann, mein Gebieter?«

»Brennst du darauf, oder fürchtest du dich?«

»Beides«, bekannte sie halbaufrichtig.

»In vier Nächten bei Einbruch der Dunkelheit werden wir die Stadt in den Bäumen erobern. Ist die Stadt in unserer Hand, so werde ich dich mit der Hautkrankheit infizieren. Sie ergreift schnell Besitz von ihren Opfern; das ist gut. Ich warte schon lange genug auf meine Geliebte. Ein oder zwei Tage nach deiner Ansteckung werden die ersten Symptome auftreten. Sobald das der Fall ist, werde ich die schönste, kräftigste Hindin im Wald suchen und sie mit dir verbinden. Erst wenn die Königin des Waldes Teil von dir geworden ist, werde ich das Blutopfer tätigen und die Göttin zwingen zu erwachen.«

»Blutopfer? Welches Blut?«, fragte Täubchen – aber sie ahnte bereits, was er ihr antworten würde.

»Deines natürlich. Genau wie Fahlauge mich mit Hilfe seines Blutes erweckt hat, wirst du die Große Göttin mit dem deinen erwecken.« Er sog an ihrem Nacken und biss schmerzhaft hinein. »Und dann wirst du auf ewig an meiner Seite regieren!«

*Nein*, dachte Täubchen insgeheim, während er weiter ihren nachgiebigen Leib befummelte. *Dann werde ich nicht mehr hier sein, genau wie Fahlauge nicht mehr hier ist.*

»Küss mich, kleiner Vogel!«

Täubchen tat wie befohlen, obwohl sich ihr der Magen umdrehte. So schnell wie möglich brach sie den Kuss ab. »Mein Gebieter, du musst dich stärken. Sollen wir auf die Galerie gehen? Ich rieche schon die Speisen. Sie müssen gleich fertig sein. Lass uns zusammen essen, und du erzählst mir von deinem heutigen Erfolg. Und danach können wir uns in unsere Schlafkammer zurückziehen.«

»Ach was, dazu brauchen wir doch keine Schlafkammer«, gab er grob zurück.

Täubchen konnte nicht anders. Sie spannte sich an und stemmte sich gegen seinen massiven Brustkorb, bis der Gott sie absetzte. »Mein Gebieter«, sagte sie leise, nur für seine Ohren bestimmt. »Ich weiß, dass du keine Schlafkammer brauchst. Ich aber brauche eine. Dort ist es für mich viel bequemer, und ich kann dir viel besser zu Gefallen sein.«

»Ist es dir wahrhaft wichtig, mir zu gefallen, kleiner Vogel?«

»O ja, mein Gebieter.« *Wenn auch nur, weil ich am Leben bleiben will*, fügte sie im Stillen hinzu.

»Würdest du deinem Fahlauge zugemutet haben, sein Vergnügen aufzuschieben?« Obwohl der Gott so leise sprach, schwang in seinem Ton etwas Gefährliches mit.

»Das wäre nicht nötig gewesen, mein Gebieter. Fahlauge hätte mir den Respekt erwiesen, nicht darauf zu bestehen, dass ich ihm vor den Augen meiner Zofen zu Gefallen bin.« Nachdem ihr die Worte fast gegen ihren Willen über die Lippen gekommen waren, verharrte sie reglos. *Wird er mich nun töten? Oder mir nur noch mehr weh tun als sonst?*

Da ertönten die Tritte vieler Füße auf dem gefliesten Boden. Der Gott horchte auf, hielt aber mit einer Hand ihr schmales Handgelenk umschlossen.

»Ah, Stahlfaust! Du hast die anderen Schnitter schneller zusammengerufen, als ich dachte. Gut! Kommt alle mit auf die Galerie und esst und trinkt mit mir, und dabei besprechen wir unsere nächsten Schritte.« Seine Aufmerksamkeit kehrte zu Täubchen zurück. »Lass deine Zofen mehr zu essen und zu trinken bringen, und dann darfst du dich uns anschließen, aber nur, wenn du wahrhaft bei mir bist.« Er schwieg kurz und brachte sein Gesicht auf eine Höhe mit ihrem. »Ich spüre, wie unbeteiligt du bist. Glaub nicht, das könntest du vor mir verbergen. Allmählich werde ich es leid, kleiner Vogel. Denk immer daran: Ich bin ein Gott in all seiner Macht. Ich brauche ein Gefäß für meine Geliebte, jedoch kein Orakel mehr.«

Täubchen unterdrückte ihre Furcht und hob das Kinn. »Ein Orakel ist nur dann überflüssig, wenn es nur einen einzigen Gott gibt, mein Gebieter.«

Tod begann, aus voller Brust zu lachen. »Dein Mut amüsiert mich, kleiner Vogel. Nun tue, was ich sage, ehe meine Laune sich wieder ändert.« Er ließ ihr Handgelenk los und stieß sie von sich.

Binnen eines Herzschlags war Lilie neben ihr. »Herrin?«

»Tod befiehlt, all seinen Schnittern genug zu essen und zu trinken zu bringen. Bitte sorge dafür.« Sie senkte die Stimme. »Wie viele Schnitter sind gekommen?«

»Alle, Herrin«, erwiderte Lilie ebenso leise. »Stahlfaust und die acht anderen.«

»Echse ist nicht dabei?«

»Echse ist nicht mit dem Gott zurückgekehrt.«

»Wo bleibt unser Essen?«, röhrte der Gott.

»Geh!«, drängte Täubchen. »Beeil dich.«

»Ja, Herrin.« Im Davoneilen rief Lilie nach den anderen Zofen.

Täubchen strich sich das Haar glatt und ging in die Ecke, wo die Tröge, Eimer und Töpfe mit frischem Wasser standen. Sie nahm einen der Eimer, schöpfte damit Wasser aus einem Trog, tastete nach dem trockenen, sauberen Tuch, das daneben hing, und legte es sich ordentlich über den Arm. So trug sie den Eimer zur Galerie. Auf der Schwelle hielt sie an.

»Schön, dass du dich uns anschließen willst, kleiner Vogel«, sagte Tod.

»Mein Gebieter, wenn du erlaubst, möchte ich dir vor dem Mahl Hände und Füße waschen.«

»Das erlaube ich in der Tat. Und wenn du fertig bist, darfst du auch meinen Schnittern Hände und Füße waschen, angefangen mit meiner Klinge Stahlfaust.« Er wandte sich an seine Männer, und sein Ton wurde fast leutselig. »Aber gewöhnt euch nicht daran, dass mein Täubchen euch bedient. Wenn die Große Göttin ihr innewohnt, wird sie niemandem mehr dienen außer mir.«

Während die Schnitter in das Lachen ihres Gottes einfielen, achtete Täubchen darauf, dass ihr Gesicht ausdruckslos blieb. Doch ihre Gedanken rasten. *Das Leben dient dem Tod? Irgendwie kann das nicht stimmen. Dient nicht der Tod schlussendlich immer dem Leben? Und egal wie großspurig er tut – er sagte, er wolle die Göttin zwingen zu erwachen. Kann man eine Göttin denn zu irgendetwas zwingen?* Ohne sich ihre Überlegungen anmerken zu lassen, tastete sie sich zu Tod hinüber, kniete sich vor ihn und wusch sanft nacheinander seine Hände, während er zu seinen Männern sprach, als sei sie nicht nur blind, sondern auch taub.

»In vier Nächten erobern wir die Stadt der Anderen«, sagte er und ließ eine Pause folgen, als wartete er auf Fragen. Als keine kamen, fuhr er fort, und Täubchen hörte das Lächeln in seiner Stimme: »Sehr gut. Sehr, sehr gut. Und da ich daran, dass ihr keine Fragen stellt, erkenne, wie treu ihr mir seid, erkläre ich euch nun mit Freuden, was passiert ist. Heute hat Echse ein edles Opfer gebracht. Erzähle es den Schnittern, Stahlfaust.«

»Echse ist heute gestorben, nachdem er eine starke Sau mit der Hautkrankheit angesteckt hat. Ich habe das Tier dorthin geführt, wo die Anderen sich aufhalten. Ich habe gesehen, wie sie es erlegt haben, und gehört, wie sie sich über das Fleisch freuten, das es ihnen bringen würde.«

»Fleisch, das so verseucht ist wie Echse es war«, schloss Tod.

»Damit sind sie erledigt.« Täubchen erkannte Rebells Stimme. »Jeder Andere, der vom Fleisch der Sau isst, wird sich anstecken. So wird uns niemand mehr Widerstand zu leisten vermögen, mein Gebieter!« Täubchen machte sich an die Füße des Gottes, wusch sie ebenso sorgfältig wie die Hände und hörte dabei weiter zu. »Zahlenmäßig mögen sie uns immer noch weit überlegen sein, aber die Krankheit wird sie schwächen. Und unsere Streitmacht wird sie völlig unvorbereitet treffen, umso mehr, da sie von einem Gott angeführt wird!«

»Ha, auf in den Kampf! Die Baumstadt gehört uns!«, brüllten die Schnitter.

Täubchen spürte, wie Tod den Arm hob. Die Männer verstummten. Geräuschlos bewegte sie sich weiter zum Ersten der Schnitter, Stahlfaust, Klinge des Gottes, und ging daran, rasch und gründlich seine Hände und Füße zu reinigen, bemüht, nicht vor dem Dreck und Schweiß zurückzuschrecken, der ihm anhaftete.

»Wir sind noch nicht bereit. Über die nächsten Tage werden die Anderen zwar schwächer werden und sich noch mehr entzweien, doch wir müssen stärker werden. Daher soll jeder von euch einen Jäger oder Schinder suchen, der noch nicht begonnen hat, Blut zu husten. Nehmt ihn mit in den Wald, weit hinein, wo die Tiere nicht verwachsen und verpestet sind, sondern rein und kräftig. Dann tut für ihn, was ich für euch getan habe. Häutet ein Waldtier und setzt dem Mann dessen Haut ein, auf dass jeder von ihnen zum Schnitter werde – zum Krieger, ja Halbgott!«

Die Männer sprangen auf. Der Eimer wurde Täubchen aus den Händen gestoßen. Schmutziges Wasser ergoss sich ihr über Rock und Beine.

»Was für eine Schweinerei, Täubchen! Rein mit dir, los. Wasch dich und erwarte mich auf unserem Lager«, herrschte der Gott sie an.

Täubchen stand auf und verneigte sich anmutig und tief vor

ihm. »Ja, mein Gebieter.« Hochaufgerichtet wie eine Königin schritt sie in die Kammer, während ihre Zofen mit Tabletts voll duftenden Essens an ihr vorüber nach draußen eilten. Erst hinter den Vorhängen, die ihre Lagerstatt abtrennten, sank sie auf den Boden und schlug die Hände vors Gesicht. Bebend vor Pein wünschte sie sich, sie könnte Tränen vergießen und mit ihnen vielleicht etwas von der Verzweiflung von sich waschen, die immer höher in ihr aufstieg.

»Herrin?« Lilies Stimme war kaum ein Flüstern. »Geht es dir gut?«

»Nein«, stöhnte Täubchen. »Ich kann nicht mehr.«

»O Herrin!« Lilie kam durch den Vorhang und kniete sich neben sie. Zögernd legte sie die Arme um Täubchen. Als ihre Herrin sich nicht wehrte, zog Lilie sie an sich, wiegte sie in den Armen und sang dabei eine wortlose Melodie, in der Täubchen ein Lied wiedererkannte, das Mädchen vor sich hin sangen, während sie darauf warteten, der Göttin vorgestellt zu werden, nachdem sie begonnen hatten zu bluten. Irgendwie beruhigte dies Täubchen. Zum ersten Mal fragte sie sich, wie alt Lilie eigentlich war.

»Wie alt bist du, Lilie?«, fragte sie leise, den Kopf an die Schulter ihrer Zofe gelehnt.

»Vierzehn Winter«, sagte Lilie.

»Wie gütig du schon bist. Vergib mir, dass ich einige Male hart mit dir gesprochen habe.«

»Ich wusste, dass das eigentlich nicht deine Absicht war, Herrin.« Lilie verstummte. Ihr zierlicher Körper wirkte angespannt.

»Frag schon, bitte«, sagte Täubchen.

»Wie geht es nun weiter, Herrin?«, flüsterte Lilie fieberhaft. »Ist es wirklich unser Gott, der in ihm erwacht ist?«

»Er ist *ein* Gott. Es gibt noch andere Gottheiten. Eine von ihnen will er in mir zum Leben erwecken, genau wie er selbst meinen armen Fahlauge übernommen hat.«

»Dann wirst auch du nicht mehr da sein? Wie unser Streiter?«

»Ja, so wird es kommen.«

»I-ich werde dir trotzdem treu dienen, Herrin«, sagte Lilie mit einem Schluchzer. »Auch wenn du nicht mehr du bist.«

»Danke, Lilie. Doch im Moment brauche ich weniger eine Dienerin als eine Freundin. Willst du meine Freundin sein?«

Lilie umarmte sie noch fester. »Das bin ich schon, Herrin. Du hast es bisher nur nicht erkannt. Und ich weiß, es ist blasphemisch, aber ich will nicht, dass eine Göttin deinen Körper übernimmt.«

»Ich auch nicht, Lilie, und nach dem, was der Gott mir heute verraten hat, glaube ich, dass die Göttin selbst es vielleicht auch nicht will.« Täubchen hob den Kopf. Ihre Hand tastete über Lilies zartes Gesicht. Sanft fuhr sie die Kontur von deren Wange nach. »Würdest du mir helfen, meine Freundin?«

»Ja, Herrin. Wobei soll ich dir helfen?«

Mit einem Mal wusste Täubchen, was sie tun musste. »Haben die anderen Zofen fleißig Opfertiere gefangen, wie der Gott es befohlen hat?«

»Natürlich, Herrin. Sie haben stets darauf geachtet, nur Tiere zu fangen, die nicht krank zu sein scheinen – genau wie es dein Fahlauge wünschte, ehe der Gott ihn zum Schweigen brachte.«

»Sind momentan gefangene Tiere für das Morgenopfer da?« Immer größere Hoffnung stieg in Täubchen auf.

»Ja, Herrin. In der Etage unter uns.«

»Bring mich schnell dorthin – aber leise. Lenk auf keinen Fall die Aufmerksamkeit des Gottes oder der Schnitter auf uns.«

Ohne ein weiteres Wort nahm Lilie Täubchens Hand. Auf nackten Füßen stahlen sie sich zu der bröckelnden Treppe, und Lilie half ihrer Herrin, langsam in die nächstuntere Etage zu steigen, die leer war bis auf einige Käfige, in denen die Opfertiere warteten.

Täubchen betastete die hölzernen Gitterstäbe. »Was für Tiere sind jetzt hier?«

»Tauben«, sagte Lilie. »Sechs Stück. Sie sind alle in diesem Käfig.«

Täubchen hob das Gesicht, um anhand des Luftzugs festzustellen, wo das nächste Fenster war. »Hilf mir, den Käfig an das Fenster dort drüben zu tragen.«

»Ja, Herrin.« Am Fenster zögerte Lilie. »Und jetzt?«

»Jetzt beten wir«, sagte Täubchen. Sie senkte den Kopf. Zuerst kamen ihre Worte zögernd, doch mit zunehmender Gewissheit, dass sie das Richtige tat, wuchs ihr Selbstvertrauen. »Große Göttin, ich bin Täubchen, das Gefäß, das dein Geliebter, der Gott des Todes, für dich ausgesucht hat, damit du es bewohnst, wenn er dich gezwungen hat zu erwachen. Aber, Göttin, ich glaube, du willst vielleicht gar nicht erwachen, genau wie ich nicht besessen werden will. Wenn das stimmt, dann flehe ich dich an, hilf mir! Bitte rette mich vor dem Tod. Um dir Respekt zu erweisen und dir meine Treue zu zeigen, lasse ich die Wesen frei, die eigentlich dem Tod geopfert werden sollten. Stattdessen gebe ich sie dir, dem Leben, genau wie ich mich selbst und mein Leben dir widme!« Täubchen betastete den Käfig, fand den Riegel, der ihn geschlossen hielt, und öffnete ihn. Mit wildem Geflatter flogen die Tauben aus ihrem Gefängnis auf, schwirrten durch das Fenster und verschwanden im Nachthimmel.

»Hat sie zu dir gesprochen?«, fragte Lilie mit zitternder Stimme.

»Das weiß ich noch nicht«, sagte Täubchen. »Aber ich spüre tief in mir, dass das, was ich getan habe, richtig war. Hoffen wir, dass sie wirklich damit zufrieden ist zu schlafen und nicht zu erwachen wünscht.«

Lilies schmale Hand schloss sich um die ihrer Herrin. »Ich folge dir in allem, Herrin. Wenn du diese Große Göttin als deine annehmen willst, will ich das auch.«

»Dann sage ich dir eines: Ich habe nicht vor, die Stadt in den Bäumen je zu betreten, und ich werde mich niemals zu einer sterblichen Hülle für eine Göttin machen lassen, erst recht nicht gegen ihren Willen.«

»Aber der Gott sagte gerade, dass wir die Stadt in vier Tagen einnehmen werden.«

»Das hat er vor. Aber ohne mich.«

Täubchen spürte, wie Lilie sachte nickte. »Ich verstehe.«

»Wirst du mir trotzdem helfen?«

»Ja.«

»Du darfst mit niemandem darüber sprechen.«

»Was ist mit den anderen Zofen?«

»Vertraust du ihnen voll und ganz?«

Lilie zögerte. In das Schweigen drang von der Galerie über ihnen das Gekicher von Frauen, gemischt mit tieferen, scherzenden, lüsternen Männerstimmen.

»Nein«, flüsterte Lilie traurig. »Ich vertraue ihnen nicht. Sie dienen dir, Herrin, und sie mögen dich gern. Aber alles, woran sie jetzt denken, ist die Stadt in den Bäumen und das neue Leben, das uns dort erwartet.«

»Aber sehnst du dich nicht auch danach?«

»Das tat ich – bis *er* unseren Streiter übernommen hat.« Noch dichter an Täubchens Ohr, so leise, dass diese sich anstrengen musste, um es zu verstehen, sagte Lilie: »Ich habe ihn beobachtet. Er behandelt dich nicht mit dem Respekt, den sein Orakel verdient und mit dem dich Fahlauge behandelt hat. Wenn er schon dich so behandelt, wie wird er dann erst mit uns anderen umspringen?«

Vor Erleichterung wurde Täubchen schwach zumute. »Danke, Lilie.«

»Und wohin gehen wir, Herrin?«

»Ich weiß es nicht. Irgendwohin, wo nicht der Tod regiert.«

»Odysseus!« Gründlich verärgert sah Thaddeus sich um. Es war bereits dunkel, und er hatte den perfekten Baum gefunden, um die Nacht darin zu verbringen – mit einem brauchbaren Nest, das noch niemand entdeckt und für Kranke oder Verwundete beschlagnahmt hatte. Sogar Decken lagen noch auf den Schlaflagern, und es stank nicht nach Rauch – oder wenigstens nicht allzu sehr. Er hatte bereits eine Seilschlinge angefertigt, um sich und Odysseus dort hinaufzuziehen und sich die erste anständige Nachtruhe zu gönnen, seit diese Dreckwühlerhure den Waldbrand verursacht hatte. Aber irgendwie war ihm Odysseus abhandengekommen. Schon wieder.

Thaddeus stemmte die Hände in die Hüften, pfiff schrill und konzentrierte sich darauf, seinen Terrier zu sich zu rufen.

Da spürte er Odysseus – und stellte überrascht fest, wie schwach seine Verbindung zu seinem Gefährten war. Er begann, um den Baum herum gründlich zu suchen, und legte mehr Energie in das Band.

Endlich hörte er ein Winseln. Mit erhobener Fackel bewegte er sich auf den Laut zu, bis er Odysseus' Augen im Licht funkeln sah.

»Da bist du ja!« Er eilte zu dem Terrier. »Was machst du denn da im Dunkeln? Ich dachte, du wärst dicht hinter mir. Komm schon, ich habe ein bewohnbares Nest gefunden. Lass uns raufklettern, bevor irgendein Gutmensch beschließt, es mit Verwundeten vollzustopfen.« Er klopfte sich auf den Schenkel, woraufhin Odysseus normalerweise an seine Seite kam. Doch der kleine Terrier winselte nur, drehte den Kopf und versuchte, an dem fleckigen Verband um seine Flanke zu lecken.

»Ja, ich weiß, es tut weh. Aber wenn du das Bein nicht benutzt, wird es nie besser werden. Komm, Odysseus!«, befahl er.

Mit schmerzerfülltem Röcheln hinkte der Terrier zu ihm; das verwundete Bein zog er nach.

Thaddeus seufzte. »Na schön. Ich trage dich. Aber nur dieses eine Mal.« Vorsichtig hob er Odysseus auf – und bemerkte, wie warm der Terrier war. »Hey, geht's dir etwa schlechter? Wie sieht's aus, willst du ein bisschen Wasser?« Er trug Odysseus unter den Baum, wo er seinen mit Proviant gefüllten Rucksack und seinen Wasserschlauch zurückgelassen hatte. Hier setzte er den Hund ab, goss etwas Wasser in die hohle Hand und bot es Odysseus an.

Der schlabberte ein bisschen und drehte den Kopf weg.

»Na, das war ja noch nicht viel. Aber das kann warten, bis wir gemütlich da oben sitzen.« Ohne weitere Umstände schlang er sich den Rucksack über die Schulter, steckte die Fackel in einen Halter am Baumstamm und nahm Odysseus auf, der sich heiß und schlaff anfühlte.

Thaddeus versuchte, sich keine Sorgen zu machen. Stattdessen konzentrierte er sich darauf, immer eine Hand über der anderen das Flaschenzugsystem zu bedienen, das ihn und den Terrier hinauf in die einladenden, vertrauten Arme der großen Kiefer beförderte. Oben machte er sich daran, ein Feuer zu entzünden und den Eintopf mit dem Kaninchen aufzuwärmen, das er aus einem der verbliebenen Gehege konfisziert hatte. Odysseus lag währenddessen reglos am Ende des Schlaflagers.

»Hey, Junge! Essen!«, rief er ihm zu. Der Terrier hob kaum den Kopf, schloss wieder die Augen, steckte die Schnauze unter ein Vorderbein und schlief weiter.

»Wirklich? Wenn du deinen Hintern nicht hierherbewegst, esse ich deinen Anteil auch auf.«

Diesmal rührte Odysseus sich nicht einmal.

Thaddeus sah ihn finster an und machte sich ans Essen. Odysseus ging es definitiv nicht gut. »Nur wegen dieser Hure. Alles nur wegen dieser Hure«, brummte er. Es ärgerte ihn wahnsinnig. Odysseus war immer an seiner Seite. War immer ganz Ohr, wenn Thaddeus mit ihm sprach. Stimmte ihm immer zu. Und jetzt? Jetzt war er matt, verletzt, elend. »Nur wegen dieser Mari.« Er spuckte den Namen aus, als schmeckte er bitter. »Aber das wird sie mir noch büßen. Früher oder später kriege ich sie, und Nik muss auch für seinen Verrat bezahlen.«

Odysseus' Augen öffneten sich einen Spalt weit, und er seufzte schwer und zustimmend.

»Genau!« Thaddeus beugte sich vor und kraulte sanft das dunkle Fell um die Ohren des Terriers. »Die kriegen wir schon noch – alle beide.«

Dann lehnte er sich zurück und kaute nachdenklich seinen Eintopf. *Nur wie kriege ich jemanden, der Sonnenfeuer herabrufen kann?*

*Du kannst mehr bekommen. Du verdienst mehr. Du brauchst dazu nur Macht* ..., wehte ihm unverhofft durch den Geist. Dieselben Gedanken hatte er schon einmal gehabt, als er diesem arroganten Schnösel Wilkes die Meinung gesagt hatte.

Natürlich brauchte er Macht – so viel, um gegen Sonnenfeuer zu bestehen. Aber wie?

»Egal wie – Hauptsache, es geht den beiden endlich an den Kragen«, sagte er mit zusammengebissenen Zähnen, den Blick auf Odysseus gerichtet, der in unruhigen Schlaf gefallen war. »Egal wie.«

# 28

»Also, wir sind achtundzwanzig, unsere Gefährten nicht eingerechnet«, sagte Antreas.

Sora wurde bleich. »So viele? Wirklich?«

»Na, ihr habt ja alle eingeladen mitzukommen.«

»Hallo? Sie gehören zu unserem Rudel!«, fauchte Mari beinahe.

Antreas hob abwehrend die Hände. »Schon gut, schon gut! Das war nur so dahingesagt – oder jedenfalls fast. Wir schaffen das. Deshalb habe ich euch gebeten, dieses Treffen einzuberufen.«

»Ja, gut, wir sind da«, sagte Nik ruhig. »Wir vertrauen dir. Sag uns, was wir tun müssen.«

Antreas fuhr sich mit der Hand durchs Haar, und die obersten Strähnen blieben als spitze Büschel stehen. »Wir brauchen Proviant, medizinische Hilfsmittel und tragbare Unterkünfte für achtundzwanzig Personen und mehrere Tiere. Die Reise nach Westen über die Berge dauert viele Wochen oder gar Monate, je nach Wetter. Und wenn wir es nicht über den Mittleren Pass schaffen, bevor er unter Schnee und Eis begraben wird, sterben wir.«

»Also müssen wir es über diesen Pass schaffen. Aber wir brechen doch bald auf, und du sagtest, dass wir genug Zeit haben«, erwiderte Nik.

»Ja, als ich noch dachte, wir wären zu wenigen, davon alle jung, gesund und kräftig. Jetzt sind wir weit mehr.« Er schüttelte den Kopf. »Wir müssen los, und zwar bald, sonst wird es definitiv zu spät.«

»Nein«, sagte Mari. »Es ist nicht zu spät. Du sagst, wenn wir schnell vorankommen, haben wir genug Zeit. Also müssen wir schnell vorankommen. Unterschätze uns Erdwanderer nicht. Wir sind zäh.«

»Schon«, sagte Antreas. »Aber das ändert nichts an den Weg- und Wetterverhältnissen. Und an den Gefahren. Je größer die Gruppe, desto mehr Insekten zieht sie an.«

»Und desto mehr Leute sind da, um sie zu bekämpfen«, sagte Danita.

Mari warf ihr einen dankbaren Blick zu. Sie schloss die junge Mondfrau immer mehr ins Herz. »Danita hat recht. Wir ziehen vielleicht Ungeziefer an, aber wir können es auch töten. Hör auf, nur über die Probleme zu jammern. Hilf uns, Lösungen zu finden.«

Antreas seufzte. »Wenn all diese Leute dabei sein sollen, gibt es nur einen machbaren Weg. Wir müssen den Fluss nehmen.«

»Den Killum?« Nik schüttelte den Kopf. »Kreuz-Käferklöten, wie ich ihn hasse.«

»Nein, nicht den Killum. Den Umbria nördlich davon. Er fließt nach Osten und mündet in den Verlorenen See. Wenn wir den überquert haben, sind wir am Fuß der Berge.«

Nik seufzte. »Einen See müssen wir auch noch überqueren?«

»Ja. Nur so kommen wir rechtzeitig an den Pass. Außerdem ist es leichter, über Wasser zu reisen als über Land – sicher, es birgt auch Gefahren, aber es geht schneller, deshalb werden einige Risiken kleiner. Hier.« Antreas trat an den Tisch des Geburtsbaus, der in der Nähe des Herdfeuers stand. Aus dem Beutel, den er über der Schulter getragen hatte, zog er eine Rolle groben Papiers und entrollte sie. Sie war übersät mit geschwungenen Linien, winzigen Dreiecken, schraffierten Haufen und anderen rätselhaften Kritzeleien. »Schaut.« Er deutete auf eine dicke, blaue, geschlängelte Linie, die sich über einen Teil des Papiers zog und in einem riesigen, seltsam geformten Klecks endete. Hinter dem Spritzer schlossen sich viele große Dreiecke mit geometrischen Zeichen darauf an. »Das ist der Umbria-Fluss und das der Verlorene See.«

O'Bryan ergriff das Wort. »Ich schäme mich nicht zu sagen, dass der Umbria mir Angst macht. Und der Verlorene See?« Er schüttelte sich. »Von dem erzählt man sich Geschichten. Dass dort die Alten spuken. Und dass er keinen Boden hat.«

»Klar spukt es dort, und vielleicht ist er bodenlos – aus diesem Grund ist es gut, dass wir *auf* ihm unterwegs sind und nicht *in* ihm«, sagte Antreas. »Hört zu, der Fluss erspart uns Hautdiebe, mutierte Pflanzen und eine Hochwüste, in der es so trocken ist, dass ihr eure eigenen Tränen trinken würdet. Und der See verkürzt die Reise um mehrere Wochen, was bedeutet, dass wir es über den Mittleren Pass schaffen werden, bevor daraus eine blendend weiße Falle wird, in der eine ganz eigene Sorte Ungeziefer lauert.«

»Toll. Noch mehr Käfer ist genau das, was wir brauchen«, schnaubte Danita.

»Mit denen wirst du fertig«, sagte Antreas. »Bast sagt, du seist zäh.«

Mari sah ein Lächeln auf Danitas Gesicht aufblühen. »Wie immer hat Bast recht«, sagte sie und sah dem Gefährten so offen in die Augen, dass es schließlich Antreas war, der errötete und den Blick abwandte.

Mari räusperte sich, und Antreas richtete seine Aufmerksamkeit wieder auf sie. »Wir müssen also über diesen Fluss und diesen riesigen See reisen. Das heißt, wir brauchen Boote.« Seufzend sah sie Sora, Danita, Isabel und Jenna an – sie hatte darauf bestanden, dass die drei Mondfrauenlehrlinge bei dem dabei waren, was Sora das erste Treffen des Rudelrats nannte; außerdem waren Nik, O'Bryan und Antreas anwesend. »Wir können Boote bauen, oder?«

»Na ja, Flöße«, berichtigte Isabel. »Aber die waren bisher eher dazu gedacht, Waren das Krebsflüsschen runterzubringen, um mit dem Zimmermannsclan zu handeln.«

»Auf Flößen können wir unser Gepäck transportieren, und sie können als Tragen dienen, wenn wir über Land reisen müssen«, sagte Antreas. »Aber wir brauchen auch richtige Boote – sie müssen nicht groß sein.«

»Wir könnten beim Fischerclan lernen, wie man welche baut«, sagte Danita.

»Der lebt Tage von hier entfernt an der Küste«, sagte Jenna. »Und wir haben garantiert keine Zeit, Boote zu bauen.«

»Der Stamm besitzt Boote«, sagte Nik. Alle drehten sich zu ihm um. »Eine ganze Menge kleiner Boote.«

O'Bryan nickte. »Dutzende. Sie liegen am Kanal.«

»Die werden bewacht sein«, vermutete Antreas.

»Möglicherweise nicht«, sagte Nik. »In der Nähe der Brücke auf den Inselhof gibt es nur einen Späherposten, und ich würde vermuten, dass er momentan nicht besetzt ist. Nicht so kurz nach dem Brand.« Er senkte den Blick; stummer Schmerz huschte über sein Gesicht.

Mari berührte ihn an der Schulter. »Ich erinnere mich. Wie das kleine Boot, in dem wir geflohen sind.«

Nik riss sich zusammen. »Ja, und wir haben noch kleinere, die wir Kajaks nennen. Aber eigentlich würde ich den Stamm ungern beklauen – das wäre so ehrlos.«

»Dann lasst sie uns nicht klauen, sondern eintauschen«, sagte Mari.

Niks Miene hellte sich auf, und er setzte sich gerader hin. »Wogegen?«

»Ich habe eine Idee.« Mari sah Sora an. »In der Stadt des Lichts habe ich gesehen, wie sehr der Stamm Schönheit und Kunst schätzt. Besteht die Chance, dass wir es schaffen, innerhalb der nächsten Tage den Wandvorhang mit der Erdmutter darauf zu reparieren?«

»Ja.« Sora nickte entschlossen. »Ja, das kriegen wir hin. Klasse Idee, Mari!«

»Halt – was?«, fragte Nik.

»Ich habe gesehen, wie schön eure Stadt ist«, erklärte Mari. »Aber wir haben hier auch schöne Dinge. Du wirst schon sehen, Nik. Ich versichere dir, der Wandteppich, den wir im Austausch für die Boote dort lassen werden, wird ihnen klarmachen, dass wir sie nicht gestohlen haben.«

»Damit kann ich leben«, sagte er. »Okay, also steht es fest: Wir fahren den Umbria-Fluss entlang zum Verlorenen See und gehen dann zu Fuß über die Berge in die Windreiterebene.«

»Aufbruch in sechs Tagen im Morgengrauen«, ergänzte O'Bryan.

»In sechs Tagen«, bestätigte Mari. »Was müssen wir noch besorgen?«, fragte sie Antreas.

»Jeder nimmt nur so viel mit, wie er beziehungsweise sein

Hund tragen kann. Wir brauchen Reisekokons, wie ihr beim Stamm sie habt. Wenn die Lage es erlaubt, können wir die Boote nachts aneinanderknoten und auf dem Fluss übernachten. Aber meistens werden wir landen und uns am Ufer einen Schlafplatz suchen müssen. Und zwar weit oben, wo das Ungeziefer nicht hinkommt.«

Nik wandte sich an Mari. »Können die Frauen große rechteckige Tücher aus starken Fasern weben, ungefähr so groß wie Mäntel?«

»Sicher. Oder, Jenna?«

»Klar. Ich kümmere mich darum. Kein Ding.«

»Lydia und Sarah können dabei helfen, Seile zu flechten, und den anderen zeigen, wie man die Mäntel zu Reisekokons knüpft«, sagte Nik.

»Gute Idee«, stimmte Antreas ihm zu.

»Eine Art Packtaschen für die Hunde wären gut«, warf O'Bryan ein. »So könnten wir viel mehr transportieren.«

»Das kriegen wir auch hin«, versicherte Jenna ihm.

»Wow«, sagte O'Bryan.

Sora grinste. »Sagen wir's mal so: Beschreibt uns, was ihr braucht, wir weben es.«

»Dann webt doch auch schwimmende Packsäcke«, schlug O'Bryan vor. »Die Boote sind klein. Es wäre gut, wenn das Gepäck nebenhertreiben könnte.«

»Aber wir müssen es auch tragen können«, wandte Antreas ein. »Macht nicht den Fehler, zu viel einzupacken und dadurch langsamer voranzukommen.«

Alle nickten und senkten den Blick auf die Landkarte.

»Das heißt, wir haben fünf Tage, um all das herzustellen, ja?«, vergewisserte sich Sora.

»Fünf Tage. Dann brechen wir auf«, bestätigte Mari. »Also, an die Arbeit.« Alle standen auf und strebten zur Tür. Sie hielt Nik zurück. »Halt, wir müssen reden.«

Er wartete, bis alle anderen den Bau verlassen hatten. »Das klingt aber ernst.«

Mari hob die Augenbrauen. »Natürlich ist es ernst. Nik, wann willst du zum Stamm schleichen, um den Mutterfarn zu holen, wenn wir in sechs Tagen im Morgengrauen aufbrechen?«

»In vier Tagen. Dann kann ich nachts ein, zwei Farne ernten und am fünften Tag rechtzeitig vor dem Aufbruch zu dir zurückkehren.«

»Du weißt, dass Sora dir fünf Tage Ruhe verordnet hat. Du hast versprochen, dich daran zu halten!«

Nik verflocht seine Finger mit ihren. Widerstrebend kam sie mit zu einem Lager am Herdfeuer. »Hier, setz dich zu mir.« Er wartete, bis sie mit abgewandtem Gesicht Platz genommen hatte. Ohne ihre Hand loszulassen, sagte er: »Tu das nicht, Mari. Ich weiß, du machst dir Sorgen um mich. Ich mache mir auch Sorgen. Ich will nicht zurückgehen und eine geheiligte Pflanze stehlen wie ein Dieb in der Nacht! Aber wir müssen so schnell wie möglich hier weg. Was soll ich denn tun? Abwarten? Antreas bitten, den Aufbruch zu verschieben? Und wenn die zwei, drei Tage Aufschub nun dazu führen, dass wir vor dem Pass vom Winter überrascht werden?«

»Das kannst du nicht, ich weiß. Ich habe nur Angst, Nik. Thaddeus wird nach dir Ausschau halten. Wenn er dich erwischt, wird er dafür sorgen, dass du nicht zurückkommst, egal was Leute wie Wilkes sagen werden.«

»Aber was ist die Alternative? Gar nicht zu gehen? Keinen Mutterfarn zu bekommen? Wir brauchen einen, für die Zukunft unseres Rudels und unserer Kinder, Mari. Überleg mal – kein Erdwanderer müsste mehr das Nachtfieber bekommen! Wäre das nicht herrlich?«

»Schon. Es wird herrlich sein. Versprich mir einfach, dass du dich nicht erwischen lässt.«

»Ich tue mein Bestes«, versicherte Nik ihr. »Ich gehe zurück zum Stamm. In vier Tagen. Und dann brechen wir auf. Wir alle. Zusammen.«

Mari holte tief Luft, nickte und wandte sich ihm zu. »Tu, was du tun musst. Du hast meine Unterstützung.«

Sora fing Mari ab, als diese den Bau verließ. »Und, hast du es ihm ausgeredet?«

»Was meinst du?«

»Zurück in die Stadt zu gehen. Dir ist doch klar, dass das ein Selbstmordkommando ist, oder?«

»Ist es nicht! Er kennt die Gegend wie wir unsere Baue. Er schleicht sich rein, holt ein, zwei Mutterfarne, schleicht sich wieder raus und kommt hierher zurück, damit wir geschlossen im Morgengrauen aufbrechen können. Bevor der Stamm überhaupt merkt, dass er da war, sind wir schon weit den Fluss entlang.«

»Mhm«, machte Sora spöttisch. »Übrigens werden seine Wunden bis dahin fast verheilt sein. Bei meiner Einschätzung habe ich etwa einen Tag mehr berechnet, damit du ruhiger bist. Das sag ich dir jetzt, damit du weißt, dass es nicht ganz so schlimm ist, wenn er früher geht.«

»Er besteht darauf, dass die Aktion sein muss. Wenn er nun recht hat, Sora? Wenn unsere Kinder wirklich immun gegen das Nachtfieber werden, wenn wir sie in Mutterfarnwedel wickeln?«

Sora seufzte und legte ihr den Arm um die Schultern. »Dann ist es das wert. Hey, komm doch mit mir. Du brauchst eine Atempause, und Danita braucht Training. Ich habe sie gebeten, ein Stück bachabwärts auf mich zu warten – weißt du, dort, wo der Clan immer den Winterkohl pflanzt.«

»Ah, ich weiß, wo du meinst. Was willst du ihr dort beibringen?«

»Na, ihren Namen zu tanzen. Das war eine der ersten Lektionen, die du mir gegeben hast.«

»Was ist mit Isabel und Jenna?«

»Die suchen gerade nach mehr –« Sora hielt inne und zählte an den Fingern ab: »Schafgarbe, Goldsiegel, Löwenzahn und Bärenklau.«

»Gute Wahl, aber Kräutersammeln macht definitiv nicht so viel Spaß, wie seinen Namen zu tanzen. Wirst du hier gerade zur fiesen Lehrerin?« Betont hob Mari die Augenbrauen.

»Nein! Aber Isabel und Jenna wollen Heilerinnen werden, dazu muss man den Mond nicht herabrufen können.«

»Wenn sie das nicht lernen, werden sie allerdings nicht sehr weit kommen.«

»Schon. Das heißt, Jenna wird sowieso nicht weit kommen. Und Isabel vielleicht auch nicht. Ich glaube, Danita hat die größte Begabung dafür, den Mond herabzurufen.«

»Glaube ich auch. Aber das heißt nicht, dass Isabel und Jenna nicht auch sehr fähig werden können, vor allem Isabel. Immerhin hat sie graue Augen.«

»Stimmt. Aber du verstehst, warum ich Danita besonders fördere?«

»Na gut, du hast ja recht. Gehen wir. Ich freue mich darauf, dir zuzuschauen, wie du ihr zeigst, wie man seinen Namen tanzt.«

»Ich? Aber die wahre Lehrerin bist doch du! Du hast es mir beigebracht. Ich dachte, du willst es ihr selbst zeigen.«

Mari schüttelte den Kopf. »Nö. Jetzt bist du dran. Gib dein Können weiter. Und irgendwann wird Danita selbst einem jungen Mädchen beibringen, wie man dem Mond seinen Namen nennt.«

»Das Ritual ist wunderschön, findest du nicht auch? Ich werde nie die Nacht vergessen, in der du es mir gezeigt hast«, sagte Sora. Mari und sie lächelten sich sacht an.

»Ich auch nicht. Genau wie ich nie vergessen werde, wie Mama es mir zeigte.« Mari kniff die Augen fest zu, um die Tränen zurückzuhalten.

»Wie geht's dir eigentlich? Wir beide hatten seit Ewigkeiten keine Zeit zum Reden.«

»Gut. Also, von Tag zu Tag besser. Aber ich vermisse Mama immer noch. Und du? Was machst du, falls Jaxom zurückkommt?« *Oder nie wieder zurückkommt*, fügte Mari im Stillen hinzu.

Sora hob die Schultern. »Ich weiß nicht. Ich dachte, wir würden uns die Treue schwören, aber jetzt –« Ihre Stimme verebbte.

»Jetzt kannst du ihm nicht verzeihen, was er getan hat?«

»Doch. Schon. Habe ich schon. Aber ich sehe ihn inzwischen einfach anders. Er ist nicht mehr der süße Kerl, der mich so heftig umworben hat, dass es fast schon peinlich war.« Sie grinste verschmitzt. »Na ja, so peinlich war's mir nicht. Mich hat's gefreut, wie er sich anstrengte. Aber nun ist er der Kerl, der mich angegriffen und fast vergewaltigt hat.«

»Als er das getan hat, war er krank«, sagte Mari, während sie im Vorbeigehen den Frauen zuwinkten, die sich bereits den Wandvorhang vornahmen, sich von Nik, O'Bryan und Davis beschreiben ließen, wie die Reisekokons beschaffen sein mussten, oder Gemüse und Kräuter aus dem Garten des Geburtsbaus ernteten. Sogar Sarah und Lydia hatten sich der Erntegruppe angeschlossen und zupften junge Basilikumblättchen.

»Vom Verstand her weiß ich das. Aber in mein Herz und meinen Körper geht es einfach nicht rein. Mari, ich glaube nicht, dass ich jemals wieder mit ihm zusammen sein könnte. Nicht als Liebende.« Sie klang richtig elend.

»Na, das heißt wohl einfach, dass für dich jemand anders bestimmt ist. Und für ihn auch.«

»Was ist, wenn er nicht zurückkommt? Gehen wir ihn dann suchen?«

Mari dachte einen Moment nach. »Jaxom weiß, wo wir sind. Eigentlich sollte er zur Drittnacht kommen, um sich reinigen zu lassen. Wenn nicht – «

»Dann hat er beschlossen, als Monster zu leben.«

»Sora, ein Monster war er nur wegen dieser Hautdiebskrankheit. Du weißt, dass unsere Männer im Nachtfieber zwar gewalttätig sein können, aber sie verwandeln sich nicht plötzlich in Vergewaltiger und Mörder. Meistens richten sie ihre Aggression doch gegen sich selbst, genau wie die Frauen depressiv in sich selbst versinken. Ich dachte eigentlich: Wenn er nicht zurückkehrt, heißt das, dass er andere kranke Clansmänner gefunden hat und sie schon zu krank waren, um auf ihn zu hören.«

»Und ihn umgebracht haben.«

»Oder ihn wieder angesteckt haben«, fügte Mari hinzu.

»In beiden Fällen wär's ziemlich sinnlos, nach ihm zu suchen.«

»Genau. Aber weißt du, was sehr sinnvoll wäre? Unserer Freundin dort beizubringen, wie man sich dem Mond vorstellt.« Mari wies mit dem Kinn auf das rechte Bachufer. Da saß Danita auf einem bemoosten Stein, das Kinn in die Hand gestützt, und sah zum Himmel auf, als seien dort die Antworten auf alle Fragen des Lebens zu finden.

»O ja. Könntest du Chloe für mich halten?« Sora zog das schlafende Welpenknäuel aus ihrer Tunika und hielt es Mari hin.

»Du hattest sie die ganze Zeit in deiner Tunika?« Mari barg das gähnende, fiepende kleine Wesen in den Händen und redete beruhigend auf es ein, als die Kleine sich lautstärker zu beklagen begann.

»Sie ist immer bei mir. Also, außer wenn sie trinkt.« Sora küsste Chloe auf die schwarze Nasenspitze. »Sei schön brav. Ich bin bald wieder da.« Dann ging sie auf Danita zu, blieb aber plötzlich stehen. »Wo ist eigentlich Rigel?«

»Laru und er sind mit Davis und Cammy unterwegs. Anscheinend will Rigel lernen, wie man jagt, was Davis total überraschte – und noch mehr, als Laru sich anschloss. Offenbar lassen sich Schäferhunde normalerweise nicht dazu herab, auf die Jagd zu gehen.« Mari verdrehte die Augen.

»Das gilt für den Stamm des Lichts. Hier bei unserem Rudel ist das anders«, sagte Sora.

Mari grinste. »So wie sich bei unserem Rudel Terrier auch Erdwanderinnen zu Gefährtinnen erwählen können?«

»Genau so!« Sora warf Chloe noch einen Kuss zu, ging endlich zu Danita hinüber und begann ihr zu erklären, wie man seinen Namen tanzte.

Mari sah sich um und fand ein gemütlich aussehendes Plätzchen unter einem jungen Ahornbaum. Sie befreite das Moos darunter von etwas feuchtem Laub, setzte sich mit einem Seufzer hin, lehnte sich gegen den Stamm und machte es Chloe auf ihrem Schoß bequem. Der Welpe war weich und warm, und seinem Atem haftete dieser ganz besondere angenehme Geruch an, den Mari schon »Welpenatem« getauft hatte. Nicht lange, und die kleine Hündin war wieder in Schlaf gefallen.

Mari legte den Kopf in den Nacken und sah zum Nachmittagshimmel auf, der exakt die Farbe von verdünntem Blaubeer-Farbextrakt hatte. »Sieht aus, als würde es demnächst wieder regnen«, murmelte sie dem schlafenden Welpen zu, hauptsächlich um ihre eigene Stimme zu hören. »Gut für die Ernte«, fing sie an – und verstummte, als ihr zum ersten Mal bewusstwurde, dass sie in diesem Jahr zur Erntezeit nicht mehr hier auf dem Land des Weberclans sein würde.

Bei dieser Erkenntnis wurde ihr traurig zumute, und zugleich war sie aufgeregt. »Was kommt nur auf uns zu, kleine Chloe? Ich weiß, dass wir weg müssen, aber manchmal fühlt es sich an, als führte ich mein Volk, mein Rudel in einer mondlosen Nacht einen Pfad entlang, der vielleicht an einem Abgrund endet, in den wir alle stürzen.« Sie seufzte. »Weißt du, was ich meine, Kleines?«

»Sie vielleicht nicht – ich schon.«

»Große Göttin! Antreas, erschreck mich doch nicht so!« Sie barg Chloe an ihrer Brust, da diese ebenfalls erschrocken war und ängstlich winselte. »Pst, es ist nur Antreas.«

»Leg sie neben Bast. Dann wird sie ruhig werden und wieder einschlafen.« Antreas zeigte auf seinen Luchs, der irgendwie unbemerkt bis auf wenige Schritte an Mari herangekommen war und schon wieder dabei war, sich ausgiebig zu putzen.

»Wirklich? Sie wird Chloe aber nicht, äh, beißen oder so? Sora wäre in einem Herzschlag hier, wenn ihrem Welpen was zustieße.«

»Nun, ich könnte mich wiederholen, aber warum fragst du nicht einfach Bast?«

Mari sah die große Katze an. Diese hielt im Putzen inne und erwiderte ihren Blick.

»Bast, darf Chloe neben dir liegen?«, fragte Mari sie und kam sich etwas blöd dabei vor.

Zu ihrem Erstaunen stand Bast sofort auf, kam zu ihr getrottet und schnupperte an Chloe. Diese hob den Kopf, schnupperte ebenfalls, begann, mit dem ganzen drallen kleinen Körper zu wedeln, und leckte dem Luchs die Nase. Bast nieste pikiert, gab dann ihr Husten von sich, rollte sich zu Maris Füßen zusammen und schaute den Welpen herausfordernd an.

Mari bedachte Antreas mit einem betonten Blick. »Sieht nach ja aus.«

»Definitiv.«

Mari setzte Chloe neben den Luchs. Bast fing sofort an, die Kleine zu lecken. Diese wedelte mit dem Schwanz, rollte sich auf den Rücken und gähnte ausgiebig.

»Danke«, sagte Mari zu dem Luchs. »Ich wusste gar nicht, dass du ein so guter Babysitter bist.«

Antreas lachte. »Ist sie – aber nur, wenn sie Lust dazu hat. So sind Katzen eben.«

Mari musterte den Luchs in aller Ruhe. »Sie ist wirklich

wunderschön. Vor allem diese dichte Mähne um ihr Gesicht herum gefällt mir. Und die schwarzen Spitzen an den Ohren.«

»Pinsel nennt man sie«, erklärte Antreas. »Sie haben sogar einen Zweck. Sie helfen ihr, Geräusche aufzufangen. Sie kann sich mit dem Gehör fast ebenso gut orientieren wie mit den Augen.«

»Spannend. Und ich dachte, Mama und ich wüssten so viel über die Welt. Da habe ich mich aber geirrt.«

»Warte nur, bis du die Windreiter und ihre Pferde siehst. Die sind erstaunlich schön.«

Etwas in Antreas' Ton änderte sich bei diesen Worten, und Mari betrachtete ihn und sah, dass er zu Sora und Danita hinüberblickte, die gerade anfingen, die Buchstaben ihrer Namen zu tanzen. »Erstaunlich schön, hm?«

Sein Blick kehrte zu Mari zurück. Er lächelte schief. »Ja. Erstaunlich.«

»Weißt du, ich glaube, Danita kann den Mond nicht nur weiterleiten wie gestern Abend, sondern auch selbst herabrufen.«

Antreas wirkte kein bisschen überrascht. »Natürlich kann sie das.«

»Das klingt aber ziemlich sicher, vor allem für jemanden, der noch nie im Leben selbst den Mond herabgerufen hat«, neckte Mari.

Er lächelte nicht einmal. »Ich bin sicher.«

»Woher?«

»Bast hat es mir gesagt. Und Bast irrt sich nie.«

»Nie? Aha? Und was ist damit, dass sie Danita regelrecht für dich umwirbt?«

Eine lange Pause entstand, in der nur Basts volltönendes Schnurren zu hören war.

Endlich sagte Antreas: »Wie gesagt, Bast irrt sich nie. Sie kann nervtötend und ätzend sein – aber sie irrt sich nicht. Aber egal, eigentlich wollten wir gerade einen kleinen Waldlauf machen. Wir sollten mal los.« Er hob die protestierende Chloe auf, setzte sie wieder Mari auf den Schoß und verschwand im Wald.

Bast erhob sich langsamer. Mari hätte schwören können, dass die große Katze einen Seufzer ausstieß. Dann tappte sie zu Chloe, leckte kurz deren Fell und auch Maris Hand. Mari grinste und strich dem Luchs vorsichtig über den Kopf.

»Wow, du bist ja noch weicher als du aussiehst.«

Bast gurrte geschmeichelt, leckte ein letztes Mal den Welpen und verschwand geräuschlos im Wald.

Mari nahm Chloe und steckte sie sich in die Tunika, wie Sora es gewöhnlich tat. Fast sofort schlief das Hündchen ein. Auch Mari wurden die Augenlider schwer, während sie Sora und Danita zusah, die glücklich mit erhobenen Armen herumwirbelten.

*Ach, Mama*, dachte sie. *Ich wünschte, du könntest all das hier sehen – all diese unterschiedlichen Menschen und Tiere, die sich zu einem Rudel zusammengeschlossen haben.* Mari schloss die Augen, und während sie in den Schlaf hinüberdriftete, fächelte der Wind in den Zweigen über ihr und schien zu flüstern: *Ich bin hier, mein süßes Mädchen … ich sehe alles.*

Normalerweise bestanden Maris Träume aus zusammenhanglosen Bruchstücken ihres täglichen Lebens, gemischt mit verrückten, unmöglichen Sachen, wie zum Beispiel, dass Rigel Flügel bekam und fliegen konnte.

Dieser Traum war anders. Von Anfang an unterschied er sich

schon in seiner grundsätzlichen Beschaffenheit von allem, was Mari je erlebt hatte. Ihr schien, als beobachte sie das Geschehen aus großer Ferne durch weiches, angenehmes Licht hindurch. Sie sah sich selbst auf einem hohen Berggrat stehen, von dem aus man die Stadt in den Bäumen überblickte. Diese bestand zur Hälfte aus verkohlten Trümmern. Es waren Gefährten darin, doch statt fleißig daran zu arbeiten, ihr Heim im Himmel wiederaufzubauen, schlurften sie teilnahmslos herum wie in Albträumen gefangen.

Plötzlich wurde der Himmel schrecklich finster, und wie eine Flutwelle brachen von allen Seiten bemalte Krieger über die Gefährten herein. Überwältigt und wehrlos wurden diese niedergemetzelt.

Mari wurde speiübel. Sie gab sich alle Mühe zu erwachen – da schwirrte mitten aus der Schlacht mit panischen Flügelschlägen eine kleine Taube auf sie zu, so silbergrau wie die Augen einer Mondfrau!

*Hilf mir! Ich kann nicht mehr!*, hörte Mari die Stimme der kleinen Taube, die sie sichtlich entkräftet umflatterte.

Instinktiv hob Mari den Arm, damit das Tier darauf landen konnte, doch da ertönte in ihr die Stimme ihrer Mutter.

*Hilf ihr nur, wenn sie dir dafür schwört, immer ehrlich mit dir zu sein.*

Mari sah der Taube in die grauen Augen. *Ich werde dir helfen, du musst mir allerdings schwören, dass du mir immer die Wahrheit sagst.*

*Wenn du mich fragst, werde ich dir stets die Wahrheit sagen – aber du musst mich fragen, Mondfrau.*

*Dann helfe ich dir.* Endlich hob Mari den Arm, und das Täubchen ließ sich anmutig darauf nieder.

Von dem plötzlichen Druck um ihren Arm flogen ihre Augen auf.

»Hey, aufwachen! Chloe und du seid solche Faultiere!«

Verwirrt blinzelte Mari das Wesen an, das sie am Arm rüttelte. »Du bist keine Taube.«

Sora krauste die Nase. »Hä?«

Mari versuchte, ihre Gedanken zu ordnen. »Wenn du eine kleine Taube siehst, hilf ihr, aber nur, wenn sie schwört, dir immer die Wahrheit zu sagen. Ich glaube, es ist wichtig.«

»Beim Schoß der Göttin, was redest du da?«

Mari rieb sich die Augen und setzte sich auf. Chloe winselte schläfrig. »Tut mir leid, ich habe geträumt.«

Soras Blick wurde intensiv. »Träume können Zeichen und Omen beinhalten, vor allem bei Mondfrauen.«

»Ja, ich weiß.«

»Also, erzähl mir alles ganz genau!«

»In meinem Traum wurde der Stamm des Lichts von bemalten Kriegern vernichtet. Mitten aus der Schlacht flog eine Taube zu mir. Sie wollte, dass ich ihr helfe. Aber Mamas Stimme sagte, ich solle sie erst schwören lassen, mir immer die Wahrheit zu sagen.« Mari hob die Schultern. »Sagt dir das vielleicht irgendwas?«

»Kein bisschen, doch ich werde nach Tauben Ausschau halten.«

»Wenn du eine siehst, hilf ihr«, sagte Mari.

»Aber nur wenn sie schwört, mir die Wahrheit zu sagen. Alles klar, ich bin vorbereitet.«

Seltsam erleichtert ordnete Mari sich mit den Fingern das Haar und sah sich um. Danita probte noch immer am Bach die Tanzschritte ihres Namens. »Schön, dass sie die Möglichkeit hat, es so gründlich zu üben, bevor sie es vor allen anderen tanzt. Sieht gut aus.«

»Ja. Wenn mir überhaupt was Sorgen macht, dann, dass sie so perfekt sein will, dass ihr die Freude verlorengeht, mit der man eigentlich für den Mond tanzen sollte. Du hast ja damals gemeint, es kommt sehr auf die Freude an, nicht wahr?«

»So hatte Mama es mir gesagt. Hey, sollen wir sie heute Abend in den Kreis begleiten, damit sie sich nicht so auf dem Präsentierteller fühlt?«

»Nette Idee. Also reinigen wir das Rudel heute noch mal?«, fragte Sora.

»Ich dachte eigentlich nur die, die noch verletzt sind. Drittnacht ist morgen. Die Gesunden sollten so lange warten können.«

»Stimmt. Die sollen sich nur nicht daran gewöhnen, dass wir ständig den Mond für sie herabrufen. Ich finde das ja schon ziemlich anstrengend. Du nicht?« Sora setzte sich neben Mari und nahm ihr die schlafende Chloe ab.

»Manchmal ja, aber Mama würde jetzt sagen, dass wir immer daran denken müssen, uns etwas von der Mondkraft für uns aufzusparen. Wobei sie diesen Rat oft selbst nicht beherzigt hat.«

»Das fällt mir schwer, weil ich immer noch das Gefühl habe, ich kann nur eine begrenzte Zeit lang Mondkraft in mich aufnehmen. Also will ich alles dem Rudel geben.«

»Ich denke, mit mehr Übung wird sich das geben. Außerdem sind wir jetzt zu zweit und«, Mari deutete mit dem Kinn auf Danita, »sehr wahrscheinlich bald sogar zu dritt. Also können wir uns unsere Pflichten teilen. Wusstest du, dass Bast Antreas gesagt hat, Danita hätte die Macht, den Mond herabzurufen?«

»Das Vieh weiß eine Menge«, sagte Sora. »Bisschen unheimlich ist mir das ja. Hunde sind da viel sympathischer.« Sie kraulte Chloe, die zur Antwort schläfrige, leicht genervte Welpenlaute von sich gab.

»Ach ja? Noch vor ein paar Tagen hast du dich nur über Rigel und alle anderen Hunde beschwert.«

»Über Rigel werde ich mich garantiert weiter beschweren. Aber die Kleine hier ist unschlagbar.« Sora küsste Chloe, die davon ganz erwachte und sich nun lauter zu beklagen begann. »Ups. Ich hätte sie nicht aufwecken sollen. Nun hat sie Hunger. Sie muss zu Fala.«

»Ich komme mit. Ich will mir noch mal Sarahs und Lydias Wunden anschauen.«

»Sollen wir Danita rufen?«

Beide blickten zu dem dunkelhaarigen Mädchen hinüber, das konzentriert und gründlich das Muster nachtanzte, das die Lettern ihres Namens in die weiche Erde bannte.

»Nö«, beschied Sora. »Lass sie weiterüben, das wird sie beruhigen. Und hier kann ihr nichts passieren, sie ist ja noch in Rufweite des Rudels.«

»Gut.« Die beiden Mondfrauen machten sich auf den Weg den Bach entlang zurück zum Bau. »Hey«, sagte Mari, »übrigens kommt's mir vor, als wäre Antreas interessiert an Danita – also, als potentieller Partnerin.«

»Er hat mir zumindest zugehört, als ich ihm erklärt habe, wie man eine Clansfrau umwirbt.«

»Hat er dich das gefragt?«

»Es war eher so, dass er sich Danita gegenüber ziemlich in die Nesseln gesetzt hat. Daraufhin habe ich ihn aufgeklärt. Und er schien mir zuzuhören.«

»Das Leben wird immer interessanter.« Mari kraulte Chloe.

»Tja, ich habe schon immer gesagt, dass ich nie Langeweile haben will.«

»Also ist all das deine Schuld?«, neckte Mari.

»Wahrscheinlich. Aber hey, nichts zu danken, das gehört zum Service.«

# 29

Okay, noch ein einziges Mal.« Danita breitete die Arme aus, legte den Kopf in den Nacken und begann, mit ihren Schritten ein D auf den Boden zu malen. Dabei versuchte sie, so fröhlich wie möglich zu sein, genau wie Sora gesagt hatte. Was deren Ratschläge bezüglich Anmut und Schönheit anging, hatte sie beschlossen, damit zufrieden zu sein, wenn sie nicht über ihre eigenen Füße stolperte. Während sie Buchstaben um Buchstaben hinzufügte, entspannte sie sich zunehmend, vor allem jetzt, da Sora und Mari fort waren. Danita mochte die beiden Mondfrauen – sehr sogar –, aber in ihrer Gegenwart fühlte sie sich immer schrecklich gehemmt. Sie wirkten so selbstsicher! Ob sie eines Tages auch so sein würde? »Ich hoffe es«, seufzte sie, während sie den letzten Buchstaben beendete.

Dann lief sie zum Bach, hob ihre oberschenkellange Tunika an und watete vorsichtig ins klare, kalte Wasser. Als ihre Füße Halt auf flachen Steinen gefunden hatten, klatschte sie sich Wasser auf Gesicht und Arme. Ihre Zehen gruben sich in die Mischung aus Kies und Schlamm, was sich herrlich anfühlte. Im Bach watete sie langsam stromabwärts, ohne darüber nachzudenken, dass sie sich so stetig vom Geburtsbau entfernte. Als ihr Blick ein Funkeln im Wasser auffing, bückte sie sich und holte die Ursache heraus: einen Kristall, so groß, dass er sich perfekt in ihre Handfläche schmiegte.

»Sieht aus wie ein Herz«, sagte sie erstaunt. Sie schloss die Augen und drückte den Stein an die Brust. »Danke, Göttin. Danke für dieses Zeichen deiner Gunst.« Ganz in dem magischen Moment gefangen, watete sie weiter, wobei sie intensiv Ausschau nach mehr Zeichen der Göttin hielt.

Irgendwann bekam sie kalte Füße und stieg aus dem Wasser ans sanft abfallende bemooste Ufer. Auf einem breiten, flachen Felsen nicht weit vom Bach streckte sie sich aus und betrachtete die kuriosen Gebilde aus weißer Wolkenwatte, die über den Himmel trieben. Sie war kurz davor einzuschlafen, da riss ein seltsamer Laut sie abrupt aus ihrer Entspannung. Leise und vorsichtig glitt Danita von dem Felsen und kauerte sich daneben. Das Herz hämmerte ihr in der Brust, und sie verfluchte sich innerlich. *Wie konnte ich bloß ganz allein so weit weg waten!*

In den Bäumen jenseits des Baches erhaschte sie eine schnelle Bewegung. Danita änderte ihre Position, so dass sie übers Wasser hinwegspähen konnte, ohne ihre Deckung zwischen dem Felsen und dem dichten Farnbewuchs daneben aufzugeben.

Zuerst begriff sie nicht recht, was sie sah, so fremdartig, ja unmöglich sah es aus. *Kann das real sein, oder bin ich doch eingeschlafen und träume?*

Ihr stockte der Atem, als ihr klarwurde, dass sie in der Tat wach war und das, was sie sah, nur allzu real.

Es waren Antreas und Bast, die durch den Wald sausten. Aber nicht nur, indem sie rannten und sich über umgestürzte Bäume und andere Hindernisse hinwegsetzten. Die beiden sprangen von Baum zu Baum! Luchs und Mann schienen zu fliegen, und dabei spielten sie eine Art närrisches Spiel, bei dem Bast Antreas hinterherjagte, bis sie ihm mit der Pfote eins auf den Hintern versetzen konnte (oder auch anderswohin), dann flitzte sie davon, und es war an Antreas, ihr nachzujagen, bis er sie abschlagen konnte, und danach fing das Spiel von vorn an.

Völlig gebannt hörte Danita Antreas schimpfen: »Hey, pass auf deine Krallen auf! Du pikst mich in den Hintern!«

Der Luchs gurrte ihn so mitleidig an, dass Danita klar war, er amüsierte sich über seinen Gefährten.

»Findest du das lustig, ja? Pass bloß auf, gleich zieh ich dich am Schwanz!« Und Antreas schwang sich seinem Luchs nach, von Fels zu Baumstamm zu Baumkrone.

Zu ihrer Überraschung ertappte Danita sich dabei, wie sie breit grinste. Bast war natürlich ein herrlicher Anblick – Danita liebte die große Katze einfach. Was sie erstaunte, war ihre Reaktion auf Antreas. Er wirkte so jung und fröhlich, dass sie ihn zum ersten Mal irgendwie gutaussehend fand. Als sie ihn weiterbeobachtete, machte sie die nächste überraschende Feststellung. Seine Hände! Was war mit seinen Händen los? Sie kniff die Augen zusammen und sah, wie die Nachmittagssonne auf etwas funkelte, was einst normale Fingernägel gewesen waren – und sich in messerscharfe Krallen verwandelt hatte.

»Wow. Unglaublich.«

Sie hatte es nicht laut aussprechen wollen – ja, ihr wurde erst bewusst, dass sie das getan hatte, als Bast abrupt den Kopf wandte und ihre übermenschlich scharfen Augen sich auf den Felsen richteten – und dann auf Danita. Mit einem entzückten Jaulen, das in Begrüßungsgurren überging, unterbrach die Katze das Spiel, huschte zum Bach, setzte mit einem langen Sprung darüber und rannte auf Danita zu. Diese kicherte, als der Luchs sie fast umwarf und sich dann laut schnurrend an ihr rieb. »Schön, dich zu sehen!« Sie küsste Bast auf die Stirn zwischen die kohlschwarz bepinselten Ohren.

Sie war so damit beschäftigt, Bast zu begrüßen, dass sie Antreas fast vergaß, bis er etwas weniger schwungvoll den Bach überquert hatte und sie ansprach. »Was machst du denn hier?«

»Nachdenken«, sagte sie.

»Dafür bist du ziemlich weit vom Bau entfernt.«

»Na ja, um allein und ungestört zu sein, muss man eben genau das sein. Außerdem, so allein bin ich gar nicht – Bast und du seid ja jetzt da. Was macht ihr hier? Es sah aus wie ein Spiel.«

Antreas setzte sich auf den flachen Felsen. »Ich sag's dir, wenn du mir verrätst, worüber du nachgedacht hast.«

Danita zuckte in *Okay, warum nicht*-Manier mit den Schultern und setzte sich ebenfalls. Bast sprang anmutig zu ihnen auf den Felsen. »Ich habe darüber nachgedacht, wie es als Mondfrau wohl so ist. Und ich bin nervös, weil ich heute Abend dem Mond meinen Namen tanzen muss.«

»Tanzen Isabel und Jenna denn nicht mit dir? Sie sind doch auch Mondfrauenlehrlinge.«

»Nein. Wir tanzen eine nach der anderen, ich zuerst. Die Sache ist, dieser Tanz ist ziemlich persönlich – man stellt sich durch ihn der Göttin und dem Mond vor, der auch ein Aspekt der Göttin ist. Das macht man von jeher allein, um dem Ganzen mehr Gewicht und Individualität zu geben.«

»Dann musst du heute Abend genau daran denken«, sagte Antreas.

»Woran?«

»Dass es was Persönliches ist. Zwischen dir und der Göttin. Dass sonst alles egal ist, also, ob dir Leute zuschauen, das Rudel oder auch Mari und Sora. Was du tust, geht nur dich und die Göttin etwas an. Niemanden sonst.«

Danita musterte ihn nachdenklich. »Das ist tatsächlich ein ganz guter Rat. Die Göttin jagt mir nämlich keine Angst ein. Auf die freue ich mich. Wenn ich nur an sie denke, kann ich mir vielleicht einreden, dass niemand sonst da ist.«

»Genau. Abgesehen davon brauchst du sowieso nicht nervös zu sein. Du wirst eine großartige Mondfrau werden.«

Danitas Brauen schossen in die Höhe. »Wie bitte?«

»Ich sagte: Du wirst eine großartige Mondfrau werden. Das ist erstens die Wahrheit. Zweitens ist es etwas Nettes – also, zumindest war es nett gemeint. So wie du mich jetzt anschaust, bin ich mir da allerdings nicht mehr so sicher.«

»Es war schon nett. Ich frag mich nur, woher du das wissen willst.«

»Dass du eine großartige Mondfrau werden wirst?«

»Ja.«

»Bast hat es mir erzählt«, gab Antreas zu.

Danita drehte den Kopf und sah dem Luchs in die starren gelben Augen, die denen ihres Gefährten so ähnlich waren. »Du glaubst also, ich würde eine großartige Mondfrau werden?«

Bast gurrte sie an, hustete, begann, säuselnd wie Wind in den Bäumen zu schnurren, und rieb den Kopf an dem Mädchen.

»Ich weiß, du verstehst das auch so, aber das heißt ja.«

»Hab's kapiert.« Danita ließ langsam den Atem entweichen. »Das ist erleichternd.«

»Also glaubst du ihr?«

Sie sah ihn finster an. »Natürlich. Du nicht?«

»Doch! Ich glaube Bast immer, wenn auch manchmal ungern«, gestand er.

»Okay, jetzt bist du dran. Wieso seid ihr durch den Wald geflogen?«

Antreas lachte leise. »Geflogen?«

»So sah es aus.«

»Hm, vermutlich. Bast und ich haben Fangen gespielt. Ist ein gutes Training. Und außerdem macht's Spaß.«

»Das hat man gesehen.« Danita senkte den Blick auf seine sehr normal aussehenden Hände. »Bei dem Spiel waren deine Hände komisch. Sie können sich verändern – oder?«

Antreas sah ihr in die Augen. »Ja. Sie können sich verändern. Macht dir das Angst?«

»Nein!«, rief Danita, verblüfft, dass er so eine Frage stellte. »Überhaupt nicht. Also verändern sich deine Hände manchmal. Zum Beispiel, wenn du von Baum zu Baum fliegst. Nur dann, oder kannst du das immer?«

»Ich kann es kontrollieren. Es gehört zu den Veränderungen, die mit mir vorgingen, als meine Verbindung zu Bast vollständig war.« Eine unbehagliche Pause entstand. »Damals hat sich noch mehr verändert.«

»Du meinst zum Beispiel deine Haare?«

»Woher weißt du das?« Unwillkürlich führte Antreas die Hand an seinen Nacken, wo das luchsfarbene Fell ansetzte, das ihm den Rücken hinunterwuchs.

»Na ja, das sieht man doch. Dein Haar ist zwar lang, aber darunter ist Fell wie das von Bast. Ich habe schon überlegt, dass es wahrscheinlich nicht nur dort wächst. Ist das bei Luchsgefährten normal? Oder hattest du das Fell schon, bevor ihr euch verbandet? Was hat sich sonst noch verändert? Kannst du besser sehen? Bast hat unglaublich gute Augen. Oder vielleicht dein Gehör?«

Er lächelte, überrascht und erfreut. »Langsam! Immer schön der Reihe nach.«

»Oh, tut mir leid. Ich habe nur schon so viel Zeit mit deinem Luchs verbracht. Aber das weißt du ja.«

»Ja. Bast liebt dich sehr.«

Danitas graue Augen suchten Antreas' goldenen Blick. »Ich sie auch«, sagte sie geradeheraus.

Schweigen breitete sich zwischen ihnen aus, das sich immer mehr in die Länge zog. Danita wünschte, Bast würde irgendwas sagen oder tun – normalerweise war der Luchs ziemlich gesprächig –, aber ausnahmsweise lag sie zusammengerollt und scheinbar schlafend zwischen ihnen, wobei Danita bezweifelte, dass sie wirklich schlief. Sie räusperte sich. »Also, deshalb interessiert mich all das. Weil Bast so faszinierend ist.«

»Nur deshalb?«

Danita hob die Augenbrauen. »Sollte es noch einen anderen Grund geben?«

»Nicht unbedingt. Na gut, pass auf: Ja, ich kann meine Krallen ausfahren, wann ich will. Nein, ich hatte weder Krallen noch Fell und konnte nicht besser sehen oder hören als andere Menschen, bis sie mich erwählte und ich ihren Test bestand.«

»Halt, das geht mir jetzt zu schnell. Was für ein Test? Aber zuerst – würde es dir etwas ausmachen, mir deine Krallen zu zeigen?« Zögernd lächelte sie ihn an.

Basts Schnurren verstärkte sich.

»Würde es nicht. Solange du nicht anfängst zu schreien oder so.«

»Schreien? Wieso sollte ich schreien?«

»Sagen wir mal, es ist schon vorgekommen, dass Frauen, die sich mit Luchsgefährten nicht auskennen, empfindlich auf Dinge wie Krallen reagiert haben.«

»Das müssen dämliche Frauen gewesen sein. Ich schwöre dir, ich schreie nicht.«

»Also gut.« Antreas streckte die Hand aus, schüttelte sie leicht aus dem Handgelenk, und aus seinen Nagelbetten schossen dicke, spitze Krallen.

Danita sog den Atem ein. »Wow! Wahnsinn. Darf ich sie anfassen?«

Antreas sah ihr in die Augen. »Ja.«

Ohne auch nur einen Augenblick zu zögern, strich Danita an der Kralle seines Zeigefingers entlang und tippte vorsichtig auf die Spitze. »Huch, scharf«, sagte sie. »Also kannst du wegen dieser Krallen von Baum zu Baum fliegen wie Bast?«

»Ja, und auch, weil ich stärker geworden bin. Mein Band mit Bast reicht sehr tief. Als sie mich biss und dieser Biss mich nicht tötete, veränderte er mich stattdessen so ziemlich von Grund auf.«

»Bast hat dich gebissen!« Danitas Blick flog zu der Luchsin, die sich noch immer schlafend stellte, deren gelbe Augen aber ein wenig durch die Schlitze der Lider funkelten, während sie unermüdlich weiterschnurrte.

»Ja. Das war das schönste Ereignis meines Lebens.«

»Das musst du mir näher erklären.« Danita schmiegte sich an Bast und begann, diese zu streicheln.

»Der Biss ist Teil des Verbindens. Wenn ein Luchs sich einen Gefährten erwählt, beißt er ihn. Willst du die Narbe sehen?«

»Ja!«

Antreas schob seinen rechten Ärmel hoch, bis die von eintätowierten Ranken und Blättern umgebene Bissnarbe sichtbar wurde. Neugierig beugte Danita sich vor. »Au, sieht schmerzhaft aus.«

»War es auch, aber es hat mich nicht getötet, und das bedeutete, dass Bast und ich von da an auf immer verbunden waren.«

Danita starrte die Narbe an. »Es hätte dich töten können?«

»Wenn sie nicht zufrieden mit dem Lager gewesen wäre, das ich uns beiden gebaut hatte, ja. Aber sie war zufrieden, deshalb hat das Gift in dem Biss mich verändert, statt mich zu töten – ich wurde stärker, schneller und all das andere.«

»Woher kommen die Blätter und Ranken?« Mit dem Finger fuhr Danita eines der Ornamente nach.

»Die hat mir später eine Priesterin unseres Gottes, des Großen Sturmjägers, eintätowiert. Sie sollen das Band zwischen Bast und mir darstellen – es ist wie eine lebendige, biegsame Ranke.«

»Großer Sturmjäger? Von dem habe ich noch nie gehört.«

»Ich könnte dir von ihm erzählen, aber das ist eine lange Geschichte, die auch davon handelt, wie Mensch und Luchs sich erstmals verbanden.«

»Ich bin neugierig.« Danita setzte sich noch bequemer hin, halb an die Katze gelehnt. »Und Bast ist müde. Also, warum erzählst du sie nicht?«

»Tja, warum nicht?«, murmelte Antreas vor sich hin.

»Was?«

»Nichts. Natürlich kann ich sie dir erzählen. Sag mir nur, wenn sie dich langweilt.«

Sie warf ihm einen kessen Blick zu. »Wenn du nicht langweilig erzählst, langweile ich mich auch nicht.«

»Ich tue mein Bestes. Also: In uralten Zeiten, als Sonnenstürme die Welt verwüsteten und die alten Kulturen vernichteten, floh eine kleine Gruppe von Menschen in die Berge auf der

Suche nach einer Zuflucht vor der Hitze und den Stürmen. Sie hatten Katzen dabei.«

»Katzen? Du meinst Luchse – haben sie sie damals anders genannt?«

»Nein. Ich meine Katzen. Deshalb ist es eine Beleidigung, wenn man uns Katzenleute nennt – oder Bast eine Katze.« Diese grollte tief in der Kehle, ohne die Augen zu öffnen. »Katzen waren viel kleiner und schwächer als Luchse, und sie lebten mit ihren Menschen in den Städten, nicht in Lagern in der Natur. Sie waren unselbständig, keine gleichberechtigten Gefährten ihrer Menschen – man bezeichnete sie als Schoßtiere.«

»Oh. Ich verstehe. Erzähl weiter.«

»Also, diese Menschen flohen mit ihren Katzen in die Berge.«

»Hört sich anstrengend an. Ihre Schoßtiere mitzunehmen, wenn sie um ihr Leben flohen, meine ich. Wenn die so klein und hilflos waren, konnten sie ja gar nicht selbst für sich sorgen.«

»Stimmt, aber die Alten liebten ihre Katzen, genau wie die Ahnen des Stammes des Lichts ihre Hunde liebten. Also nahmen sie sie mit. Der Sturm tobte und drohte, die Menschen von dem Bergpfad zu wehen, da fanden sie irgendwie den Eingang zu einem Lager. Sie zwängten sich hinein und sahen sich einer Luchsin gegenüber, die gerade Junge bekam. Die Luchsin war krank, hatte schon lange nichts mehr gegessen und getrunken und war so schwach, dass sie kaum noch in der Lage war, ihren Wurf auf die Welt zu bringen.

Die Menschen wussten nicht, was sie tun sollten. Die meisten drängten sich nahe am Eingang zusammen, so weit von dem Luchs entfernt wie möglich. Aber eine Frau besaß eine Katze, die vor kurzem auch Junge bekommen hatte, und die Frau hatte mitansehen müssen, wie diese bei der Flucht in die

Berge alle gestorben waren. Sie hatte solches Mitleid mit der Luchsin, dass wir glauben, sie ging als Erste eine Verbindung zu dieser ein.«

»Tatsächlich? Und dann?«

»Die Frau half der Luchsin, acht gesunde Kätzchen zu gebären. Dann starb die Luchsin.«

»Nein!«, sagte Danita entsetzt, was Bast leise grollen ließ, ehe sie wieder in Schlaf fiel.

»Doch. Aber zuvor hatte die Luchsin die Frau gebissen, damit deren Blut ihren Geruch annahm und die Jungen sie als Mutter annehmen würden.«

»Was ist aus ihnen geworden?«

»Die Katze der Frau säugte sie und zog sie wie ihre eigenen Jungen auf.«

»Traurige Geschichte, aber schön.«

»Sie geht noch weiter. Die Menschen, die Luchsbabys und die Katzen waren in dem Lager gefangen. Mal heißt es, vier Tage lang, mal vierzehn, und manche behaupten sogar, es seien vierzig volle Tage und Nächte gewesen. Wie auch immer, die Zahl Vier ist dem Luchsvolk heilig. Während dieser Zeit schleuderte der Große Sturmjäger Blitze und heiße Windstöße gegen die Berge, und drinnen geschah etwas mit den Menschen und den Luchsbabys. Als sie wieder aus dem Lager ins Freie kamen, hatten sie sich verändert, genau wie ihre Kinder und Kindeskinder. Menschen und Luchskätzchen hatten eine geistige Verbindung geschlossen. Das war der erste Ring.«

»Schöne Geschichte, wirklich.« Danita fuhr fort, Bast zu streicheln, sah aber Antreas an.

»Du verstehst jetzt, warum Basts Biss das schönste Ereignis meines Lebens war?«

»Ja.« Sie lächelte. »Also, eigentlich wohl eher, dass du an ihrem Biss nicht gestorben bist.«

»Da hast du recht.« Antreas verstummte. Dann räusperte er sich und holte tief Luft. »Danita, darf ich dich etwas fragen?«

»Ja.«

»Können wir noch mal von vorn anfangen? Also, so tun, als hätten wir uns gerade erst kennengelernt? Als wir uns zum ersten Mal sahen, habe ich mich wie ein Idiot benommen, und –«

»Ja«, unterbrach Danita ihn.

»Ja?«

»Ja, wir können von vorn anfangen. Sehr gern.«

»Bast würde das auch freuen.«

»Dich nicht?«

»Verzeih, ich rede immer noch blödes Zeug. Ja. Ich würde mich auch freuen, wenn wir von vorn anfangen könnten. Ähm, Bast und ich haben etwas gefunden, was dir vielleicht gefällt.« Antreas griff hinter sich und zog aus dem Beutel auf seinem Rücken vier lange Federn.

»Oh! Greifvogelfedern! Es gibt nur noch so wenige Greifvögel, da findet man fast nie Federn von ihnen. Wie schön!« Gierig griff Danita nach ihnen, zog die Hand aber im nächsten Moment wieder zurück. »Behalte sie doch. Die kannst du gegen viele wertvolle Dinge eintauschen.«

Bast hustete, streckte sich und schmiegte den Kopf in Danitas Schoß.

»Bast sagt, dass sie für dich sind. Sie hat sie gefunden – ich habe sie dir nur gebracht. Bast hätte sie ganz zerknittert und besabbert.«

Die große Katze öffnete die Augen zu Schlitzen, sah ihren Gefährten an, seufzte theatralisch, rollte sich herum und schmiegte sich noch gemütlicher in Danitas Schoß.

Danita kicherte. »Also, manchmal verstehe ich sie hervorragend.«

»Gut. Ich hätte auch nicht wiederholt, was sie gerade gesagt hat.« Antreas hielt ihr die Federn noch einmal hin. »Bitte nimm sie als Geschenk. Von Bast. Und von mir.«

Langsam nahm Danita die Federn, begutachtete jede einzelne genau und lobte ihre Schönheit. Dann beugte sie sich vor und küsste Bast auf die Nase. »Vielen Dank, sie sind wunderschön!« Ihr Blick hob sich zu Antreas. »Dir auch vielen Dank.«

»Gern geschehen. Freut mich, dass ich dich mal zum Lächeln gebracht habe. Ich mag dein Lächeln. Und Bast auch«, fügte er hastig hinzu.

Danita legte den Kopf schief und musterte ihn genau. »Du weißt, dass ich vor sehr kurzer Zeit von Männern angegriffen wurde?«, sagte sie mit leiser, aber fester Stimme. Ihr grauer Blick wankte nicht.

»Ja. Das tut mir leid. Ich wünschte, ich hätte es verhindern können. Bast auch.«

»Ich weiß, dass es Bast leidtut.« Danita kniff kurz die Augen zusammen und streichelte die schläfrige Katze. »Aber es war niemand da, der es hätte verhindern können. Die Clansmänner haben mir weh getan. Mich vergewaltigt. Ich – ich weiß nicht, ob ich jemals wieder normal sein kann.«

»Normal wird überbewertet«, sagte Antreas.

Mit Tränen in den Augen hob Danita den Blick.

»Ich bin auch nicht normal«, fuhr er fort. »Eigentlich suchen sich Luchse immer Gefährten aus, die dasselbe Geschlecht haben wie sie – Bast hat sich mich ausgesucht. Und eigentlich sind

Luchse Einzelgänger. Sicher, sie paaren sich und haben Junge, aber die männlichen Luchse leben nicht mit den Weibchen zusammen, und die Kätzchen verlassen das Lager auf Nimmerwiedersehen, kaum dass sie einen Winter überlebt haben. Ein so isoliertes Leben zu leben war nie meine Wunschvorstellung – und Basts auch nicht. Du siehst, Bast und ich sind auch unnormal.«

»Das ist gut«, sagte Danita.

»Zum ersten Mal in meinem Leben stimme ich dir da zu.«

Und sie sahen sich lange in die Augen, während die Katze zwischen ihnen sich schlafend stellte. Nur ihr ausdauerndes Schnurren verriet, dass das nicht stimmte.

# 30

Nik stand mitten in einem Kreis aus Frauen, die im Schneidersitz um ihn herumsaßen und ihm andächtig zuhörten. Mari versuchte, leise in Hörweite zu kommen, ohne ihn zu unterbrechen. Doch schließlich begnügte sie sich damit, sich mit dem Rücken an einen Baumstamm gelehnt so weit entfernt niederzulassen, dass sie nur etwa jedes fünfte Wort verstand.

»Er erklärt ihnen, wie diese Reisemäntel-Notschlaflager aussehen müssen, die sie weben sollen«, ertönte Jennas Stimme hinter ihr, und diese setzte sich neben ihre Freundin.

»So weit hatte ich's gerade begriffen. Sieht witzig aus, wie ein Mann den Clansfrauen etwas beibringt, oder?«

»Ja, echt witzig. Aber so richtig schräg ist erst, dass der Mann ein Gefährte ist.«

Mari wandte sich ihr zu. »Wie geht's dir eigentlich bei alledem? Die Gefährten haben deinen Vater getötet und dich gefangen gehalten. Ist es nicht manchmal schwer, jetzt ständig welche um dich herum zu haben?«

»Ich musste mich entscheiden. Entweder meine Wut weiterzuschüren und sie den Rest meines Lebens bestimmen zu lassen. Oder sie loszulassen. Neu anzufangen. Mich dem Rudel anzuschließen und in die Zukunft zu schauen. Ich habe mich für das Zweite entschieden.«

»Glaubst du, den anderen Frauen ist das auch gelungen?«

Jenna betrachtete die Frauen um Nik herum lange und nickte. »Ich glaube, denjenigen, die zufrieden wirken, ist es gelungen. Den anderen? Das wird sich früh genug rausstellen. Seinen Hass zu verstecken ist nicht leicht.«

»Ich hatte dich so vermisst, als du weg warst«, sagte Mari. »Damals – in dieser schrecklichen Nacht, als dein Vater getötet wurde – wollte ich dir so gern helfen.«

»Du hättest nichts tun können außer dem, was du schlussendlich getan hast – fliehen und erst mal weiterleben. Nur deswegen sind wir alle jetzt hier, haben ein Rudel und sind dabei, ein neues Leben anzufangen.« Jenna lächelte ihr zu.

Mari lächelte zurück. »Ich find's schön, dass du darum gebeten hast, zur Heilerin ausgebildet zu werden. Du bist schon ziemlich gut darin.«

»Danke, Mondfrau!«, sagte Jenna überglücklich. »Weißt du, mein ganzes Leben lang dachte ich, meine beste Freundin wäre irgendwie krank – im Prinzip kann man sagen, dass ich mir schon von klein auf wünschte, Krankheiten heilen zu können.« Sie verstummte. Nachdenklich sagte sie: »Es ist so seltsam, für immer hier wegzugehen. Ich weiß nicht, ob ich schon jemals so aufgeregt und so bedrückt zugleich war.«

»Ich weiß, was du meinst. Aufgeregt, dass was Neues anbricht, und bedrückt, dass wir unsere Heimat verlassen müssen. Aber ich denke, so fühlen sich Veränderungen eben an.«

»Deine Mama würde sich genau das für uns wünschen.«

»Sie wäre die Erste, die den Pass überquert!« Bei dem Gedanken, was ihre Mama zu dem bevorstehenden Abenteuer sagen würde, musste Mari leise lachen. Dann wurde sie ernst. »Mir macht nur Sorgen, dass Nik noch einmal zum Stamm zurück muss.«

»Das ist gefährlich, klar. Aber wenn einer weiß, was er da tut, dann Nik. Und Davis und Cammy kommen ja mit. Wenn's Schwierigkeiten gibt, werden wir das erfahren«, sagte Jenna.

»Falls ich noch mal dorthin gehen und Nik raushauen muss, bin ich nicht mehr so nett wie beim ersten Mal, das sag ich dir.«

Jennas Miene wurde hart. Aus ihrer Stimme schwand die jugendliche Leichtigkeit. »Ich hoffe sehr, du musst nicht dorthin zurück – aber wenn doch, dann zeig's ihnen so richtig, Mondfrau.«

»Oh, das werde ich, Jenna. Das verspreche ich dir.«

Wilkes hustete – was ziemlich verschleimt und ekelhaft klang – und kratzte sich am Ellbogen. »Musste ich genau jetzt krank werden?«, brummte er Odin zu, der mit unverkennbarer Sorge in den intelligenten, bernsteinfarbenen Augen zu ihm aufsah. Stöhnend und mühsamer als gewöhnlich stand er von dem verbrannten Boden neben den Überresten einer geschwärzten Kiefer auf, die einst die Nester einer ganzen Familie beherbergt hatte. »Krieger, zu mir!«, befahl er und hustete noch einmal.

Im Wald um ihn regten sich seine Krieger und ihre Schäferhunde, klopften sich das Laub von den Kleidern und husteten. Es war ein stummer, grimmig blickender Haufen. In den Hunden spiegelte sich die Stimmung ihrer Gefährten wider: Sie alle suchten deren Nähe, um ihnen durch ihr Band Kraft zu schenken.

Als sich alle um ihn geschart hatten, sagte Wilkes in einem Ton, der seiner düsteren Stimmung entsprach: »Ab heute besteht unsere Aufgabe offiziell nicht mehr in der Suche nach Überlebenden, sondern nach Leichen. Sind wir uns einig?«

Von seinen Leuten kamen Nicken und vereinzelt gemurmeltes »Ja«.

»Gut. Außerdem fangen wir an, alles noch Brauchbare aus den Ruinen zu bergen. Holt das ganze Metall und alle Spiegel, die noch verwertbar sind. Sucht dort, wo Lifte waren, ob ihr wenigstens noch ein paar Ketten und Rollen von den Flaschenzügen findet. Die meisten von uns sehen nicht aus, als hätten sie Lust, nach Hafenstadt fouragieren zu gehen.«

»Nicht mit dieser verdammten Grippe mit Übelkeit und Hautausschlag, die uns alle erwischt hat«, gab Claudia zu.

»Aber wenigstens sind wir am Leben. So wie unsere Gefährten. Je schneller wir die Stadt wiederaufbauen, desto schneller können wir die Verwundeten in die Bäume in Sicherheit bringen.«

»Falls dann noch Verwundete da sind«, sagte Renard. »Diese Krankheit gibt ihnen schneller den Rest als die Verbrennungen.«

»Wie steht es um deinen Vater?«, fragte Wilkes ihn.

Wie von selbst suchte Renards Hand den Kopf seines Schäferhunds Wolf. »Nicht gut. Mit den Verbrennungen allein dachte ich, er würde es schaffen, aber jetzt –« Er brach ab und schüttelte den Kopf.

»Das tut mir aufrichtig leid.«

»Uns allen tut's leid, aber was unternehmen wir dagegen?«, fragte ein anderer Krieger, Maxim, mürrisch.

»Wir bauen die Stadt wieder auf. Wir werden überleben«, sagte Wilkes.

»Nicht ohne die Dreckwühlerheilerin, die Nik angeschleppt hatte.«

Wilkes sah Maxim aus zusammengekniffenen Augen an. »Was soll das heißen?«

»Das, was Thaddeus und die Jäger sagen. Die Dreckwühlerhure hat Nik und O'Bryan durch irgendeinen finsteren Zauber von der Fäule geheilt. Wenn sie das kann, kann sie garantiert auch was gegen diese Krankheit tun, die sich im ganzen Stamm ausbreitet, und gegen die Verbrennungen auch.«

»Ich habe Mari kennengelernt«, sagte Claudia. »Sie ist zur Hälfte Gefährtin – das sieht man deutlich, und außerdem hat Larus Welpe sie erwählt. Und sie ist alles andere als eine Hure.«

»Übrigens hat sie auch das Sonnenfeuer herabgerufen und so uns alle gerettet. Erwähnten Thaddeus und die Jäger das auch?«, fragte Wilkes.

»Ein Grund mehr, sie zu suchen und herzubringen«, sagte Maxim.

»Sie und Nik«, fügte Renard hinzu.

»Nik wird zurückkehren. Das hat er mir versichert, und ich glaube ihm.«

»Ja, aber wann?«, fragte Maxim. »Er hat sich geschickt mit seiner Dreckwühlerin aus der Affäre gezogen, während wir hier leiden und ums Überleben kämpfen. Wenn ich er wäre, würde ich bestimmt nicht so bald zurückkehren – wenn überhaupt.«

»Dann wäre dein Wort einen feuchten Dreck wert«, sagte Wilkes.

»Gut zu wissen«, bemerkte Claudia.

»Was soll denn das heißen?«, brauste Maxim auf. »Leck mich, du arrogante Zicke! Und falls Nik es dir angetan hat – der ist nun ja wohl in festen Händen. Dreckwühlerhänden.«

Claudia schüttelte langsam den Kopf. »Du bist krank und hast dich nicht im Griff, deshalb nehme ich dir das jetzt nicht übel. Wobei es hier Leute gibt, die sich besser im Griff haben als andere.«

»Ich hab's genau so gemeint, wie ich es gesagt habe«, knurrte Maxim.

»Ich bin auch seiner Meinung«, sagte Renard. »Einfach, weil wir Niks Heilerfreundin hier dringend brauchen könnten.«

Claudia öffnete den Mund; ihre Augen funkelten zornig. Wilkes hob die Hand. »In manchen Situationen muss man sich entscheiden: ob man weiter zu dem stehen will, was uns zu anständigen Menschen macht, oder ob man sich von niederen Instinkten beherrschen lässt. Ich glaube, Thaddeus und seinesgleichen haben bereits beschlossen, sich ihren schäbigsten Trieben zu ergeben. Ich weiß nicht, ob nur als Überlebensstrategie oder weil dieses Finstere, Zornige, was schon länger in ihnen lauerte, nun die Gelegenheit ergriffen hat herauszukommen. Ich habe mich für den Anstand entschieden. Wenn es zum Überleben nötig wäre, dass ich alles Gute, Gütige in mir durch Zorn ersetzte, dann würde ich gar nicht überleben wollen. Diese Entscheidung muss allerdings jeder und jede für sich selbst treffen. Also, wer von euch ist Maxims und Renards Meinung? Wer von euch glaubt, dass wir Nik und Mari jagen und gefangen nehmen sollten?«

»Ich!«, sagte Maxim sofort. »Wie Thaddeus sagt, wir müssen danach handeln, was das Beste für den Stamm ist – wie seit eh und je. Und wenn das heißt, dass Nik und eine mutierte Dreckwühlerin ein paar Unannehmlichkeiten kriegen müssen, um alle anderen zu retten, dann ist es eben so.«

»Unannehmlichkeiten? So nennst du es, sie gefangen zu nehmen und Zwangsarbeit verrichten zu lassen?«, fragte Claudia ungläubig.

»Ach, bist du nun plötzlich dagegen, Leute gefangen zu halten?«, fragte Maxim spöttisch. »Bisher war's dir aber egal, dass wir seit Generationen eine Insel voller Dreckwühlerinnen hatten, die uns die Felder bestellt haben.«

»Da wusste ich es nicht besser. Jetzt schon«, entgegnete Claudia. »Inzwischen habe ich Mari kennengelernt und gehört, was Nik gesagt hat, und ich habe meine Meinung geändert.«

Maxim schnaubte verächtlich und wandte sich ab.

»Wer stimmt Maxim noch zu?«, wollte Wilkes wissen.

»Ich«, meldete sich Renard, wenn auch nicht so selbstgerecht. »Ich will nicht, dass mein Vater stirbt. Und Niks Freundin scheint da unsere größte Chance zu sein.«

»Noch jemand?«, bohrte Wilkes weiter.

Nach und nach, einer nach dem anderen, gestanden alle Krieger außer Claudia ihre Zustimmung. Manche zögernd mit reumütigem Blick auf ihren Anführer, doch die Mehrheit verhielt sich eher wie Maxim, zornig und tatendurstig, ungeachtet allen Hustens und aller Mattigkeit.

Wilkes ließ den Atem entweichen und betrachtete einen Moment lang den rußgeschwärzten Boden vor sich, der noch vor wenigen Tagen von dichtem smaragdgrünem Moos bedeckt gewesen war. *Die Welt spielt verrückt*, dachte er, hob langsam den Kopf und betrachtete seine Leute.

»Dann schließt euch bitte Thaddeus an. Wenn ihr dieser Meinung seid, kann ich es nicht mehr mit meinem Gewissen vereinbaren, euch meine Krieger zu nennen.«

In erstarrtem Unglauben blieben die Männer und Frauen stehen.

»Geht schon!«, brüllte er. »Los, verschwindet zu eurem neuen Anführer! Und stellt aus Hass und Wut unsägliche Dinge an, die nur noch mehr Leid und Trauer über euch und euer Volk bringen werden. Na los!«

Ohne ein weiteres Wort verdrückten sich die Krieger – bis nur noch Claudia und ihre Gefährtin Mariah vor ihm standen.

»Und jetzt?«, erkundigte Claudia sich bei Wilkes.

»Warum fragst du?«

»Weil ich die einzige verbliebene Kriegerin bin und gern wissen würde, was mein Anführer vorhat. Ich bin krank, ich bin traurig, ich bin erschöpft und ich habe Angst. Aber deshalb bin ich noch lange nicht wütend und kopflos. Genau wie du. Also, was jetzt?«

»Ich werde Nik und seine Freundin suchen und sie warnen, bevor sie in eine Falle laufen.«

»Glaubst du wirklich, dass er zurückkommt?«

»Ich weiß es. Und dann wird Thaddeus ihn niemals wieder gehen lassen, egal ob er Mari mitbringt oder nicht.«

»Also gut. Wann brechen wir auf?«

»Wir?«

»Muss ich es noch mal erklären? Ich komme mit, Wilkes.« Claudia hustete, verzog das Gesicht und wischte sich den Mund am Ärmel ab. »Egal wie mies es mir geht.«

»Na gut. Dann komm eben mit mir.« Wilkes sah prüfend zum Himmel. »Bis Sonnenuntergang sind es etwa drei Stunden. Wenn wir verhindern wollen, dass Thaddeus uns folgt, müssen wir dann gehen, wenn er es am wenigsten erwartet.«

»Also abends«, stimmte Claudia ihm zu. »Ich suche uns Gepäck zusammen. Mich beobachtet er nicht so genau wie dich.«

»Besorge auf jeden Fall Fackeln und Feuerzeug. Sobald wir weit genug weg sind, sollten wir sie anzünden; das schreckt zumindest die Wolfsspinnen ab.«

»Ist klar. Wo treffen wir uns?«

Wilkes deutete mit dem Kinn auf den abgebrannten Wald zur Rechten. »Am Ostrand der Stadt. Wenn jemand dich da sieht, kannst du immer sagen, dass du nach Brauchbarem suchst.«

Claudia nickte. »Und das Reisegepäck würde aussehen wie eine Vorsichtsmaßnahme, falls mich die Dunkelheit überrascht. Macht Sinn. Also, bei Abenddämmerung?«

»Bei Abenddämmerung. Und jetzt lass uns getrennt zum Stamm zurückgehen; besser, keiner ahnt, dass wir gemeinsam etwas vorhaben.«

»In Ordnung.«

Düster schüttelten sie sich die Hand und trennten sich. Mit neuem Mut fiel Wilkes in Trab, Odin an seiner Seite. Mochte die Welt noch so verrücktspielen, er war entschlossen, an seiner geistigen Gesundheit festzuhalten und Nik zu warnen – wie auch immer das für ihn enden mochte.

»Mach ihn gesund!«, blaffte Thaddeus Ralina speichelsprühend an, als diese sich zu ihm umdrehte, nachdem sie sich den fiebernden Odysseus angesehen hatte.

Ralina rieb sich mit dem Ärmel über das Gesicht. »Tut mir leid«, sagte sie voller Mitgefühl. »Ich kann nichts für ihn tun. Es liegt jetzt nur noch an ihm, ob er lebt oder stirbt.«

»Unsinn! Was sagen die anderen? Die anderen Heiler?«

Ralina seufzte. »Die können auch nicht mehr sagen. Die Wunde ist entzündet. Schon ziemlich schlimm. Wir haben sie mit einem Kräuter-Honig-Umschlag behandelt, aber wenn er nicht mehr isst und trinkt – wenn er nicht mehr kämpfen will –, dann wird er sterben.«

»Nein.« Thaddeus nahm Odysseus auf den Arm, entsetzt,

wie leicht sich der Terrier anfühlte – als sei er schon nicht mehr ganz vorhanden. »Nein«, wiederholte er. »Du sagst, das Fieber bringt ihn um?«

»Mehr oder weniger. Das Fieber kommt von der Entzündung. Und die kommt daher, dass die Messerwunde tief war und Dreck hineingeriet – kein Wunder, so wie es hier aussieht.« Sie deutete auf den verkohlten Wald ringsum. »Wenn er genug Lebenswillen hat, wird das Fieber wieder sinken.«

»Wenn deine miserablen Heiler und du nichts dagegen tun wollt, bringe ich das schabenverdammte Fieber eben selbst dazu, dass es sinkt!« Mit Odysseus fest im Arm stapfte Thaddeus davon, während Ralina ihm traurig und kopfschüttelnd nachsah.

Blindlings, ohne seinen Füßen eine Richtung vorzugeben, marschierte Thaddeus dahin. Dabei redete er ununterbrochen auf Odysseus ein. »Wenn das Fieber zu heiß ist, suchen wir dir eben einen Bach und kühlen dich ab. Danach bist du so gut wie neu. Und wir beide fangen endlich dieses Miststück, das an alledem schuld ist, und lassen sie dafür bezahlen. Hört sich das gut an, mein Großer?«

Odysseus öffnete die Augen. Sie waren gerötet und schienen stärker zu glänzen als gewöhnlich. Schwach wedelte er mit dem Schwanz.

»Wusste ich's doch! Mach dir keine Sorgen. Bald geht's dir wieder gut, und Nik und Mari kriegen, was sie verdienen.«

*Und du verdienst Macht!*, donnerte der Gedanke durch seinen Geist – fremd und doch vertraut … mit jedem Mal vertrauter.

*Ob ich dabei bin, wahnsinnig zu werden?*, fragte Thaddeus sich.

*Ist das nicht egal, solange du das Sagen hast?*

*Der Stamm des Lichts wird mir keine Macht geben, schließlich habe ich keinen Schäferhund.*

*O doch – wenn du sie dir einfach nehmen kannst, statt um Erlaubnis zu fragen!*

Thaddeus ging weiter und weiter, ohne zu bemerken, dass die Sonne immer tiefer sank. Ohne zu bemerken, dass er die Grenze zum Gebiet der Erdwanderer überschritt. Alles, was er wahrnahm, war die Diskussion, die sich in seinem Kopf abspielte. Erst als er das Plätschern von Wasser vernahm, kam er zu sich. Er blinzelte wie nach einem langen Schlaf und schaute sich um. Ungläubig sah er, wohin ihn seine Füße getragen hatten.

Er erkannte die Lichtung sofort.

»Hier ist die Mutter dieser Dreckwühlerhure gestorben.« Er warf einen Blick auf Odysseus, der kaum die fieberhellen Augen öffnete. »Schau? Da ist der Bach und da diese affigen Statuendinger, die die Dreckwühler mit Grünzeug überwuchern lassen. Na komm, wir geben dir was zu trinken, mein Großer.«

Sanft kniete Thaddeus sich am Ufer des kristallklaren Bachs nieder, setzte Odysseus ab, führte dessen ausgetrocknete Schnauze ans Wasser und stützte ihn. »Mach schon, trink. Das ist gut für dich.«

Odysseus winselte leise und drehte den Kopf weg.

»Hör mal, du musst aber. Ich weiß, das wird dir nicht gefallen, doch ich halte dich jetzt ins Wasser.« Während er sprach, wickelte Thaddeus den Verband um Odysseus' Flanke los. Die eitrige Wunde stank faulig. Thaddeus ignorierte es. »Ich trage dich rein, so wird erstens deine Wunde gespült und gereinigt, und zweitens kühlst du ab.«

Aber als Thaddeus seinen Gefährten hochhob und ihn tiefer

ins Wasser tragen wollte, begann dieser sich heftig zu wehren – und wand sich so wild, dass die Wunde wieder aufplatzte.

»Hey! Hey! Aufhören! Schon gut, ich warte noch ein bisschen.« Mit einem hohlen Gefühl im Magen watete Thaddeus ans Ufer zurück bis zu einer der lächerlichen Statuen. Er setzte sich hin, lehnte sich dagegen und legte Odysseus auf das weiche Moos neben sich.

Die Augen des Terriers waren geschlossen, bei jedem raschen Atemzug fiepte er leise.

*Ich muss ihm helfen! Ich muss das aufhalten!*, schrie es hilflos in Thaddeus. *Ich kann ihn nicht verlieren!*

Da kehrte auf wundersame Weise die Stimme in seinen Geist zurück, doch etwas daran war nun anders. Sie schien direkt aus Odysseus zu kommen.

*Du wirst Odysseus niemals verlieren. Du trägst bereits etwas von ihm in deinem Körper. Und nun können sich auch eure Geister verbinden. Es ist ganz einfach, aber du musst dich entscheiden. Du kannst das Leben wählen – dann wird dein Gefährte wieder genesen, und bald wird alles so sein wie früher. Du wirst weiter Jäger des Stammes sein – nicht mehr der Anführer, sondern einer von vielen. Der Stamm wird eine neue Führung bekommen, du wirst allerdings nicht dazugehören.*

*Wählst du den Tod, so wird das Leben deines Gefährten enden. Doch sein Tod wird dir zu einem neuen Leben verhelfen. Der Tod wird dir Macht verleihen – genug Macht, um zu herrschen. Und Odysseus wird auf ewig bei dir sein, untrennbar mit dir vereint.*

Thaddeus kniete sich vor Odysseus. Der kleine Terrier lag auf der Seite, sein Atem ging viel zu schnell und gequält. Thaddeus stützte die Arme rechts und links von ihm auf.

»Odysseus, hast du das gehört?«

Der Hund öffnete die Augen und sah seinen Gefährten an. Und in diesem Blick erreichten Thaddeus Qual, Trauer und schließlich Schicksalsergebenheit.

»Du hast es gehört! Was soll ich tun? Was sollen wir tun?«

*Entscheide dich – jetzt mach schon!*

Mühsam wälzte Odysseus sich auf den Rücken, bis er seinem Gefährten Hals und Bauch wie zur Kapitulation darbot. Sein Blick ließ Thaddeus nicht los.

*Er will sterben*, begriff Thaddeus.

*Es ist DEINE Entscheidung.*

Die Antwort platzte aus Thaddeus heraus wie ein Donnerschlag. »Tod!«

Sofort sah er, wie der helle Glanz in Odysseus' Augen schwächer wurde ... noch schwächer ... und zuletzt erlosch.

Thaddeus senkte den Kopf, presste das Gesicht an Odysseus' reglose Brust und schluchzte wild vor Kummer und Zorn –, ohne zu bemerken, dass rund um Odysseus' Körper das saftige Moos zu welken und abzusterben begann und schließlich das gesamte Bildnis der ruhenden Gottheit so schwarz und welk wurde wie Thaddeus' Herz.

*Nun erst kann deine wahre Zukunft beginnen. Höre, was du tun musst, um dir Gefolgsleute zu schaffen.*

Während Thaddeus mit bloßen Händen in dem mit welkem Moos und Farn bedeckten Erdhaufen, dem man die Gestalt einer Göttin gegeben hatte, ein Grab für Odysseus grub, flüsterte der Tod ihm unablässig weiter dunkle Dinge zu. Und Thaddeus hörte zu. Er hörte ganz genau zu.

# 31

Als der Abend sich über die Ruinenstadt senkte, trat Tod auf die Galerie des Gottes hinaus. Er fühlte sich gut – ja, großartig. Dass der kleine zornige Stammesjäger sich für den Tod entschieden hatte, hatte ihn entzückt. Danach hatte er dem Sterblichen nur noch einige Dinge einflüstern müssen, um dessen Schicksal unverrückbar mit dem seinen zu verknüpfen … und ihn sodann zu seinem Stamm zurückzuschicken.

»Und so werden sie weiter von innen heraus verrotten«, murmelte er vor sich hin. Dann trat er an die Brüstung und rief: »Entzündet die Feuer!«

Unter ihm ergriffen einige Schnitter Fackeln, hielten sie in das brennende Lagerfeuer in der Hofmitte und fachten mit ihnen die Feuer in den Töpfen an, aus denen sofort hohe Flammen schlugen und zuckend das versammelte Volk beleuchteten, das ausnahmslos ehrfürchtig zu seinem Gott aufsah.

Tod betrachtete seine Armee. Was er sah, gefiel ihm. Wie ein riesiges Rad erstreckte sich die Menge über den ganzen Hof und darüber hinaus, und mit jedem Feuertopf, der entzündet wurde, wurden die vor Begeisterung glühenden Mienen deutlicher. Über dem Hauptfeuer brutzelten mehrere Tiere – Tod erkannte vier Kaninchen, drei Truthähne, ein kleines Wildschwein und sogar einen jungen Hirsch. Seinem Befehl war eifrig Folge geleistet worden; das hatte seine Klinge ihm bereits berichtet. In Gruppen waren seine Männer in den Wald aufgebrochen und hatten von der verseuchten Stadt unberührte Tiere lebend gefangen. Unter der strengen Aufsicht der Schnitter wurden diese gehäutet und ihre warme, gesunde Haut mit der der Kranken verbunden. Dann wurden die Tiere geopfert – schnell und gnädig – und ihr Fleisch als Festmahl hierhergebracht. Schon spürte Tod in seinem Volk einen Unterschied zu vorher. Es strahlte größere Energie aus. Die jungen Männer begannen bereits, Täubchens Zofen zu besuchen, um sich in den Armen der hehren Dienerinnen des Orakels Befriedigung zu verschaffen. Er lachte in sich hinein. *Bald werden es gar die Dienerinnen einer Göttin sein.*

Weit breitete er die Arme aus, als wolle er sie alle umarmen. »Ihr habt getan, wie ich befahl. Seht, was euch bereits geschenkt wurde! Sagt, fühlt ihr euch heute stärker als gestern?«

»JA!«, brüllte das Volk.

»Morgen werdet ihr noch stärker sein, und übermorgen erst recht. Und in vier Tagen von heute an werden wir die Stadt in den Bäumen einnehmen, wie ich es vorhergesagt habe – wie ich es meinem Volk versprochen habe!«

Der Jubel, der aus dem Hof aufstieg, klang wie das Brüllen einer gewaltigen, unersättlichen Bestie. Es erregte Tod zutiefst. Dann fiel ihm auf, dass ein großer Bereich auf dem Hof leer blieb – leer bis auf den mächtigen Dreizahn, den er auf die letzten Zweifler geschleudert hatte. Tod wandte den Kopf. »Täubchen!«

Sofort vernahm er ihre weichen, leisen Schritte auf den gesprungenen Fliesen der Kammer des Gottes.

»Hier bin ich, mein Gebieter.«

Wie immer erfreute er sich am Klang ihrer Stimme, auch

wenn er wusste, dass sie insgeheim schreckliche Angst vor ihm hatte, ja, ihn womöglich sogar hasste. Achtlos wischte er den Gedanken beiseite. Furcht oder Hass, was spielte das schon für eine Rolle? Sie besaß einen wohlgestalten Körper und eine süße Stimme. Sie würde seiner Geliebten eine wunderbare Hülle bieten.

»Kleiner Vogel, lass deine Zofen nach Stahlfaust schicken. Sag ihm, ich wünsche, dass die Überreste der Verräter von dem Dreizahn abgeschnitten und verbrannt werden. Aber nicht in den Feuern auf dem Hof. Er soll dafür weit entfernt einen Scheiterhaufen errichten.«

»Und der Dreizahn, Gebieter?«

»Wie meinst du das?«

»Sollen Stahlfaust und die Schnitter ihn auch irgendwohin bringen? Vielleicht wieder hierher auf die Galerie?«

Tod warf den Kopf zurück und lachte. Dann sah er sein Volk an. Dieses verfiel sofort in Schweigen.

»Mein kleiner Vogel fragt, ob ich wünsche, dass der Dreizahn in die Hand der Statue zurückgebracht wird. Kennt ihr meine Antwort?« Das Schweigen hielt an. Nach einer Pause sprach Tod: »Meine Antwort ist nein! Wozu sollte ich wollen, dass eine Waffe in die Hand einer hohlen Statue zurückkehrt? Euer Gott wird den Dreizahn zur Stadt in den Bäumen mitnehmen – zu unserer Stadt in den Bäumen!«

Wie eine warme Brandung wallte ihr Jubel zu ihm auf.

»Verehrt ihr eine hohle Statue?«

»NEIN!«, brüllte das Volk.

»Wen verehrt ihr?«

»DEN TOD!«, schallte es ohne jedes Zögern zu ihm auf.

Er sah zu Täubchen hinüber. Sie verharrte in ihrer üblichen

Pose, den Kopf demütig gesenkt. Etwas an ihrer von Natur aus anmutigen Haltung missfiel ihm zutiefst. Er wünschte sich mehr Unterwürfigkeit von ihr. Weniger in dem, was sie sagte oder tat. Vielmehr ärgerte ihn, was sie nicht tat.

Täubchen betete ihn nicht an.

Schon bei der Großen Göttin ärgerte ihn das. Auch sie weigerte sich, ihn anzubeten, doch sie war immerhin die Muttergottheit, das Leben selbst, nicht nur ein menschlicher Geist in einem blinden, kindlichen, sterblichen Körper.

»Worauf wartest du noch? Ich habe dir etwas befohlen. Gehorche!« Mit dem Fuß trat er nach Täubchen, um sie auf die Tür zur Kammer zuzutreiben. Der unerwartete Stoß ließ sie taumeln, und mit ausgestreckten Armen stürzte sie zu Boden. In Sekundenschnelle war Lilie, ihre liebste Zofe, bei ihr, half ihr auf und redete dabei leise auf sie ein. Lilie war jünger als Täubchen und ebenfalls hübsch, wenn man von den Pusteln absah, die sich bereits an ihren Gelenken bildeten.

Tod wartete darauf, dass das Mädchen zu ihm aufblicken, sich verneigen oder zumindest auf irgendeine andere Art seine Verehrung für ihn zum Ausdruck bringen würde. Doch das tat es nicht. Erst als Täubchen wieder sicher auf den Füßen stand und die beiden sich anschickten, die Galerie zu verlassen, flüsterte diese Lilie etwas ins Ohr, und daraufhin hielt Lilie inne, drehte sich zu ihm um und verneigte sich.

Unwirsch winkte er das Mädchen weg, und die beiden verschwanden im Inneren der Kammer. Doch Tod würde diesen Vorfall nicht vergessen. Er wusste nun, dass Lilie nicht ihm treu war, sondern allein Täubchen.

»Wenn ich ihr Blut mit dem von Täubchen mische, wird die Göttin garantiert erwachen. Welchen Spaß es mir machen wird, sie zu opfern!«, murmelte er vor sich hin. Dann wandte er sich wieder an sein Volk und hob die Arme. »Lasst uns heute Abend feiern! Bald, sehr bald, mein geliebtes Volk, werden wir in einer reinen Stadt in den Kronen des Waldes leben!«

In den Tiefen des Waldes brach die Dämmerung schnell herein, selbst wenn diese Tiefen durch den Brand schweren Schaden genommen hatten. Von seinem Aussichtspunkt auf der höchstgelegenen noch tragfähigen Plattform sah Thaddeus auf das hinab, was von der Stadt in den Bäumen geblieben war – oder von *seiner* Stadt, wie er sie inzwischen bei sich nannte.

Seine Kleidung war fleckig von Erde und welkem Moos und sein Gesicht von Tränenspuren durchzogen, doch seine Augen waren trocken. Odysseus' Tod hatte ihn unwiederbringlich verändert. Auf dem Weg an der alten Meditationsplattform vorbei, zum ersten Mal seit zehn Jahren ohne seinen Gefährten, hatte er die Beileidsbekundungen des Stammes gleichmütig ertragen. Er hatte genickt und den Jägern und Kriegern gedankt, die auf ihn zugekommen waren, um ihm Trost zu spenden. Dann aber war er weitergegangen. Sie verstanden nicht. Keiner von ihnen ahnte, wie es wirklich war.

Odysseus war nicht fort. Thaddeus spürte ihn. Wenn er nicht genau auf die Stelle neben sich blickte, wo der kleine Terrier stets gewesen war, konnte er sich sogar einreden, dass Odysseus nicht nur geistig, sondern auch körperlich noch bei ihm war.

Seine Stadt lag in Trümmern, doch das bekümmerte Thaddeus nicht. Auch dass über die letzten Tage kaum etwas getan worden war, um sie wiederzuerrichten, bekümmerte ihn nicht.

»Sie waren ja alle krank, nicht, Junge?«, sagte er, als lausche Odysseus wie immer aufmerksam den Worten seines Herrn. »Genau! Und wir wissen auch, warum.« Thaddeus lachte. Es war erleichternd, endlich zu lachen, endlich seine wahre Stimmung ausleben zu können. »Also, was tun wir? Sagen wir ihnen, dass diese Krankheit – diese Vergiftung – geheilt werden kann? Dass die Heilung sie sogar noch stärker, schneller und klüger machen wird als zuvor?«

Thaddeus sah vor sich, wie Odysseus zu ihm aufblickte, die dunklen Augen ebenso listig funkelnd wie Thaddeus' eigene. Er hörte beinahe, wie der Terrier scharf bellte.

»Nein, natürlich nicht! Ich würde es niemals ihnen allen sagen. Nur den Auserwählten. Unseren Jägern zum Beispiel, und vielleicht einigen der Krieger, die endlich etwas Verstand gezeigt haben, indem sie Wilkes den Rücken gekehrt und sich unter meine Führung begeben haben. Denk nur, Odysseus! Ich bin verdammt nochmal Anführer dieser aufgeblasenen Schäferhundfraktion! Bald werden sie sich auf den Rücken werfen und dir die Bäuche zukehren!«

Thaddeus stellte sich vor, wie Odysseus mit dem Schwanz wedelte und voller Vorfreude bellte.

»Hey, hey, nicht so schnell. Zuerst müssen wir abwarten, bis die Hautkrankheit die Verwundeten und Schwachen dahinrafft. Zum Glück wurde der Rat bei dem Brand ausgemerzt – diese verknöcherten Relikte hätten nie gutgeheißen, was mit uns vorgeht. Das hat Cyril ja deutlich gemacht, bevor ich ihm endgültig das Maul gestopft habe. Aber weißt du, wer davon restlos begeistert sein wird? Diejenigen Jäger und Krieger, deren Wut auf Nik und diese Dreckwühlerhure am größten ist. Es wird Zeit, uns an das zu machen, wofür du dich so nobel geopfert hast, Odysseus. Ich muss sie beiseitenehmen und ihnen zeigen, was wir erfahren haben. Wie man zugleich geheilt und völlig anders werden kann. Du weißt ja noch, es wirkt schnell – die Veränderungen setzen fast sofort ein. Alles, was wir tun müssen, ist, ihre Hunde – egal ob Hoher oder Getreuer Hund – dazu zu bringen, ihnen von ihrer Haut abzugeben.« Thaddeus war kaum fähig, seine Erregung im Zaum zu halten, und begann, auf der Plattform hin- und herzuschreiten. »Verglichen mit dir haben sie's leicht, mein Tapferer. Sie müssen nicht deine Wahl treffen.« Kurz stockte Thaddeus und senkte den Kopf, seine Wut von Trauer überschattet. Doch schnell schüttelte er das unangenehme Gefühl ab. »Aber das war's wert, und du bist ja nicht wirklich fort, egal was diese Idioten glauben. Selbst meine eigenen Jäger und Krieger, die so denken wie ich, könnten nicht begreifen, was da zwischen uns dreien geschehen ist – dir, mir und dem Tod.« Thaddeus schüttelte den Kopf. »Nein. Das brauchen sie nicht zu wissen. Aber sie werden mir folgen. O ja, das werden sie. Und was den Rest des Stammes angeht: Die Verwundeten sind wir bald los. Bald, sehr bald werden diejenigen, die noch übrig sind – die lediglich an der Hautkrankheit leiden –, bemerken, wie sich diejenigen verändern, die unser Geheimnis teilen. Wenn sie uns bitten, sie in unseren Kreis aufzunehmen, retten wir sie. Die anderen können gern siech und elend weiterleben. So lange sie dann noch leben.« Wieder lachte er, ein harter, grausamer Laut. »Hätte nie gedacht, dass ich das je sagen würde, aber ich könnte diesen scheußlichen Hautdieben dafür danken, was sie uns angetan haben. Hey, vielleicht werde ich ihnen danken, wenn ich meine Jäger und Krieger in ihre verpestete Stadt führe und dieses Geschmeiß ein für alle Mal ausrotte!«

Thaddeus sah vor sich, wie Odysseus mit zustimmendem Gebell um ihn herumsprang.

»Genau, Junge! Und all das beginnt heute Nacht. Ich denke, Andrew, Joshua und Michael sind die Jäger, die ich am leichtesten überzeugen kann. Sie sind stinkwütend über den Brand und dass Nik den Stamm einfach im Stich gelassen hat. Maxim nehme ich auch mit. Der ist ein richtig gemeiner Kerl, und genau das brauchen wir. Sobald es ganz dunkel ist, führe ich sie hierher, damit wir die Sache ungestört durchziehen können. Ich muss ihnen nur einschärfen, dass ihre Hunde stillhalten müssen. Niemand darf hiervon erfahren, bis es zu spät ist. Niemand!«, rief Thaddeus und reckte triumphierend die Fäuste gen Himmel, während in seinem verderbten Geist das Freudengebell seines toten Gefährten erklang.

Er bemerkte nicht, dass unter ihm, verborgen zwischen den Trümmern eines herabgefallenen Nests, erstarrt eine Kriegerin mit ihrem Schäferhund stand. Mit vor Schock geweiteten Augen spähte sie zu ihm hinauf, und auch ihre Hündin fixierte Thaddeus mit der konzentrierten Intensität, die wahren Kriegern eigen ist.

Claudia hatte jedes Wort gehört, und ihr schwirrte der Kopf davon. Die beste Erklärung war, dass Thaddeus nun komplett durchgedreht war. Einen Moment lang erwog sie, die Armbrust zu spannen und eines der Grundgesetze des Stammes zu brechen, indem sie ihn einfach umbrachte.

Sie griff sogar schon danach. Suchte nach der besten Schusslinie. Ein Pfeil und alles wäre vorüber.

Aber wäre es wirklich vorüber? Nach Thaddeus' Worten war die Krankheit, die im Stamm grassierte, heilbar – und von den Hautdieben verursacht worden! Aber wie? Und warum? Worin bestand diese rätselhafte Heilung? Wenn Thaddeus tot war, wie sollten sie es dann erfahren? Indem sie die Hautdiebe um Hilfe baten? Unmöglich.

Und wo war Odysseus? Thaddeus redete mit ihm, als sei er wie immer an seiner Seite, aber mit ihren scharfen Kriegeraugen konnte Claudia auf der ganzen Plattform keine Spur des verwundeten Terriers entdecken.

Und während sie mit der Armbrust im Anschlag zu Thaddeus aufsah, wurde ihr etwas klar. Ihr Magen rebellierte nicht nur wegen der Seuche in ihr. Sie konnte es nicht. Sie konnte keinen Stammesbruder umbringen. Claudia ließ die Armbrust sinken und nickte Mariah zu. Gemeinsam zogen sie sich lautlos von dem Baum zurück, auf dem Thaddeus noch immer in makabrem Triumph vor sich hin lachte. In einem großen Bogen schlugen sie sich weiter nach Osten.

Am Rand der geschwärzten Ruinen, die einst eine prächtige Stadt im Himmel gewesen waren, fand sie Wilkes, der mit Odin geduldig wartete.

»Na endlich, ich hatte mir schon Sorgen ge–«

»Ich muss dir was erzählen. Aber nicht hier. Wir sind noch zu nahe dran. Du wirst mir nicht glauben, was ich Thaddeus gerade habe sagen hören.«

Wilkes hustete, räusperte sich und war endlich in der Lage zu krächzen: »Ich dachte, er wäre am Boden zerstört und ließe sich von seinen Jägern bemitleiden. Bevor ich mich davongemacht habe, habe ich noch gehört, dass Odysseus heute gestorben ist.«

Claudia spürte, wie ihr alles Blut aus dem Gesicht wich. »Glut und Hitze! Dann hatte ich recht – er ist wirklich völlig durchgeknallt. Entschuldige kurz, mir ist schlecht –« Sie stolperte gerade noch beiseite, ehe ihr ihr gesamter Mageninhalt hochkam.

Wilkes trat eilig zu ihr, raffte ihr das Haar zurück und stützte sie. »Bist du überhaupt stark genug für den Marsch?«

»Ich fühl mich total mies, aber wir müssen los, so schnell wie möglich. Und mir wurde eher deshalb schlecht, weil Thaddeus mich so anwidert, als wegen dieser Krankheit.«

»Na gut. Erzähl's mir auf dem Weg. Kannst du laufen?«

»Ja. Wohin gehen wir eigentlich genau?«

»Nach Südosten zum Gebiet der Erdwanderer.«

»Weißt du denn ungefähr, wo Nik und Mari sich aufhalten?«

»Nein«, gab Wilkes zu.

»Wie willst du sie dann finden?«

»Will ich ja gar nicht. Ich baue darauf, dass sie uns finden. Und jetzt erzähl, was für übles Zeug Thaddeus schon wieder ausbrütet.«

Als das schwindende Sonnenlicht über dem Geburtsbau allmählich in weiche Dämmerung überging, sahen Mari und Sora Danita an. Diese stand zwischen ihnen, und Mari fand, sie sah ganz besonders hübsch aus. Sora hatte ihr das Haar frisiert und vier seltene Raubvogelfedern hineingeflochten, zwischen denen ihr Gesicht etwas Exotisches, Wildes bekam.

»Bereit?«, fragte Sora.

»Ich glaub schon«, gab Danita zurück.

»Du wirst das hervorragend machen«, versicherte Mari ihr.

»Ich bin total nervös.«

»Jeder ist beim ersten Mal nervös«, sagte Sora. »Als ich damals meinen Namen getanzt habe, hat Mari mich so finster angestarrt, dass ich fast geweint hätte.«

»Ich habe dich nicht finster angestarrt!«, verteidigte Mari

sich erbost. »Ich war –« Soras Blick brachte sie zum Verstummen. Sie betrachtete das bleiche, stille Mädchen zwischen ihnen, dessen Gesicht und Schultern noch schwache gelbe und violette Spuren der Gewalt trugen, die ihr vor kurzer Zeit angetan worden war. »Na ja, Sora hat im Prinzip recht. Wir alle sind beim ersten Mal nervös. Vielleicht hilft es dir, was Mama mir damals sagte – mir hat's jedenfalls geholfen. Du tust es nicht für die Zuschauer oder für deine Freunde oder für irgendeinen Mann oder so. Du tanzt aus Lebensfreude vor der Erdmutter und stellst dich dabei dem Mond vor. Vergiss alles andere.«

»Tanz nur für die Erdmutter und den Mond«, wiederholte Sora und lächelte Danita zu.

»Das kriege ich hin«, sagte diese. »Aber glaubt ihr, der Göttin wird es was ausmachen, dass ich einen Knacks habe?«

Mari packte Danita an den Schultern und zwang sie, ihr in die Augen zu sehen. »Du hast keinen Knacks. Die Männer, die dir das angetan haben, hatten einen massiven Knacks. Das weiß die Göttin, das kann ich dir versichern.«

»Die Erdmutter wird dir Kraft geben«, sagte Sora. »Du musst sie nur darum bitten, dann wird sie sich ihrer Mondfrau nie, nie verweigern.«

»Aber ich bin noch keine Mondfrau.«

»Wirklich nicht? Was sagt dein Herz dazu?«

»Es sagt, dass ich Mondfrau werden will. Mehr als ich je in meinem Leben etwas wollte.«

»Das Herz ist es, was eine Mondfrau ausmacht – Herz, Geist und Tradition«, sagte Mari. »Das hat Mama immer gesagt.«

Danitas Gesicht hellte sich auf. »Wenn Leda das gesagt hat, stimmt es garantiert! Okay, ich bin bereit.«

Seite an Seite stiegen die drei jungen Mondfrauen die Steintreppe zur Lichtung am Bach hinab, wo ihr Rudel wartete. Kaum waren sie dort, trabte Rigel vorsichtig auf sie zu – im Maul baumelte ihm die winselnde Chloe am Nackenfell.

Sora schnappte ihm das Hundebaby sofort weg. »Die wird nicht aufgefressen!«

Rigel drückte sich an Mari, die seine tiefe Verwirrung spürte. »Sora, Hunde tragen ihre Jungen immer so herum«, sagte sie. »Das hat Nik mir gesagt. Und du weißt genau, dass Rigel Chloe niemals etwas tun würde.«

Sofort ließ Sora davon ab, Chloe panisch nach Verletzungen zu inspizieren, und hob sie auf Augenhöhe. »Stimmt das? Werdet ihr im Stamm so herumgetragen?«

Chloe hörte auf zu winseln und leckte Sora die Nase.

Sora seufzte und sah dann Rigel an. »Entschuldige. Chloe hat unnötig Theater gemacht. Keine Ahnung, woher sie das hat.«

»Ist mir auch ein Rätsel«, murmelte Mari sarkastisch.

Danita erstickte ihr Lachen mit der Hand.

»Also, danke, Rigel, dass du sie mir gebracht hast.«

»Ich danke dir auch.« Mari küsste ihren halbwüchsigen Schäferhund auf die Nase, wobei sie feststellte, dass sie sich gar nicht mehr besonders weit bücken musste. *Wow, wächst der schnell!*

»Okay, Chloe ist verstaut.« Sora klopfte sich vorn auf die Tunika, aus der mit neugierig funkelnden Augen der Welpe herausschaute.

»Perfekt. Dann lasst uns gehen, ihr Mondfrauen!«, sagte Mari. Und exakt zugleich setzten sich die Erdwanderinnen und Rigel in Bewegung.

Das große Lagerfeuer brannte, und schwer und betörend

hing der Duft der Forellen, die O'Bryan den Tag über gefangen hatte, und von gebratenem Knoblauch über den hungrigen Menschen und ihren Tieren.

»Mondfrauen! Unsere Mondfrauen sind da!« Der fröhliche Ruf kam von Jenna. Grinsend winkte Mari ihrer Freundin zu und freute sich, als Sora ihrem Beispiel folgte, ebenfalls winkte und einige Rudelmitglieder mit Namen begrüßte. Danita rief nur einem Wesen einen Gruß zu – Bast. Doch als Mari zu ihr hinüberschielte, schien ihr, als gelte Danitas Lächeln nicht nur der Katze, sondern auch Antreas. Sie beobachtete sogar, wie der Luchsmann sein Haar berührte, Danita zulächelte und beifällig den Daumen hob, als wolle er ihre Frisur kommentieren –, was dazu führte, dass Mari sich fragte, woher die Federn eigentlich kamen.

»Sei gegrüßt, Rudel!«, rief Sora.

»Seid gegrüßt, Mondfrauen!«, kam im Chor die Antwort.

»Heute Abend, während Mari und ich den Mond herabrufen und die Verletzten unter uns reinigen, wird der erste eurer neuen Mondfrauenlehrlinge, Danita, seinen Namen in die Erde tanzen, um sich dem Mond und der Erdmutter offiziell vorzustellen.«

»Wie der Brauch es will, wird Danita zuerst allein tanzen, bis sie ihren Namen ganz ausgeschrieben hat«, fügte Mari hinzu. »Dann kann das Rudel sich ihr gern anschließen.«

»Ja, bitte tut das!«, bekräftigte Danita. »Damit ich wenigstens die Gewissheit habe, dass ich nicht auf ewig allein da vorn herumhüpfen muss.«

Gelächter rieselte durch das Rudel, während Mari und Sora die Arme hoben und mit dem Herabrufen des Mondes begannen.

Nachdem die Beschwörung vollendet war, wandte Mari sich

der einen Seite des losen Kreises zu, den das Rudel gebildet hatte, und Sora der anderen. Während Danita ihren Namen über die Erde schrieb, um sich als Mondfrauenlehrling zu erkennen zu geben, kamen alle, die noch mit Verletzungen zu kämpfen hatten, auf Mari oder Sora zu, knieten nieder, neigten den Kopf und unterzogen sich der reinigenden Mondmagie.

Auch Nik kniete sich vor Mari. Ehe er den Kopf senkte, lächelte er sie an, und sie legte die Hand auf sein weiches blondes Haar. Zärtlich sprach sie die Worte und ließ ihre Hand noch etwas länger auf ihm ruhen. »Ich wasche dich rein von Wunden und Traurigkeit und schenke dir die Liebe unserer Erdmutter«, murmelte sie den traditionellen Segen, etwas modifiziert, weil er ja keine Reinigung brauchte, sondern Heilung. Doch Mari stellte fest, dass das Gefühl dasselbe war. Erdwanderer oder Gefährte – wenn sie die Mondmagie herabrief, durchströmte sie kühle silberne Macht und hüllte den Empfänger ein wie die lindernde Umarmung einer Mutter, zärtlich, gütig und voller Liebe.

»Danke, Mondfrau«, sagte Nik formell, aber das Funkeln in seinen Augen strafte jede Formalität Lügen.

Etwa im selben Tempo wie Sora schritt Mari ihre Hälfte des Kreises ab. Als die Runde vollendet war, beendete auch Danita soeben den letzten Buchstaben. Der Mondfrauenlehrling grinste seinen beiden Mentorinnen zu. »Hab's geschafft!«

Sora erwiderte das Grinsen. »Super!«

»Okay, ab jetzt könnt ihr alle mittanzen«, rief Mari, »oder Musik machen, singen und essen!«

Unter ausgelassenem Jubel machte das Rudel sich über das Essen her, während die Flöten und Trommeln einsetzten.

Schließlich gelang es Nik und Laru, sich zu Mari durchzudrängen. Er trug zwei Holzschalen, zwischen denen er einen Becher balancierte, dessen Inhalt verdächtig nach Frühlingsmet roch.

Mari nahm ihm eine der Schalen ab, und sie zogen sich an ein schattiges, ruhiges Plätzchen am Rand zurück. »Hast du noch Met aufgetrieben?«

»Na ja, O'Bryan hat eine Erdwanderin namens Spencer aufgetrieben. Sora hat sie wohl zur Metbeauftragten ernannt. Er hat sie dazu herumgekriegt, noch ein Fass auszugraben. Frag mich nicht wie – ich kenne ihn mein Leben lang, ich weiß nicht, wie er die Leute herumkriegt.«

Mari grinste. »Er ist charmant.«

»Ach, findest du?« Angelegentlich versetzte Nik ihr einen Schubs mit der Schulter. »Muss ich mir Sorgen machen?«

Maris Grinsen wurde zu Gelächter. »Nein! Aber nett finde ich O'Bryan schon, und er ist charmant. Und rücksichtsvoll. Und groß.«

»Irgendwie mache ich mir doch Sorgen.«

Jetzt schubste Mari ihn mit der Schulter. »Witzig, dass ich zwar definitiv klarstellen will, dass du dir wegen O'Bryan keine Sorgen zu machen brauchst, es mir aber trotzdem gefällt, dass du dir Sorgen machst. Paradox nennt man das, oder?«

»Frau nennt man das«, murmelte er.

»Was hast du gesagt?«

»Nichts, gar nichts. Deine Forelle wird kalt. Lass uns essen.«

Mit untergeschlagenen Beinen setzte Mari sich hin, den Rücken gegen einen Baumstamm gelehnt. Eigentlich dachte sie, Rigel und Laru würden sich auch hinlegen, aber die beiden blieben stehen – mit heraushängender Zunge, die Ohren aufgestellt, den Blick über die Lichtung gerichtet.

»Was ist los? Stimmt was nicht?«, fragte Mari schnell, aber von Rigel ging keine Warnung aus – nur hungrige Erwartung.

Da ertönte Sheenas Stimme. »Rigel! Laru! Cammy! Fala! Bast! Alle mal herkommen!«

Die beiden Schäferhunde sahen ihre Gefährten an.

Nik musste lachen. »Na geh schon!«

Laru schoss davon. Rigel blieb mit triefenden Lefzen stehen, den Blick auf Mari gerichtet.

Wieder rammte Nik ihr die Schulter in die Seite. »Lässt du ihn etwa hungern?«

Sie runzelte die Stirn. »Natürlich nicht. Ich würde nur gern wissen, was los ist.«

»Oh, natürlich, tut mir leid! Das war der Ruf für die Hunde und offenbar auch ein gewisses Kätzchen, dass es Abendessen gibt. Sheena hat ihnen rohes Kaninchen mit Gemüse, Getreide und Ei gemischt. So läuft das beim Stamm – und jetzt auch beim Rudel. Wir essen alle gleichzeitig.«

Mari sah Rigel an, der sabbernd zurückstarrte, ohne sich von ihrer Seite zu rühren.

»Na geh schon, Süßer!«, sagte sie. Rigel bellte glücklich und hetzte seinem Vater nach. Mari lachte. »Ich weiß nicht – ich bin nie so selig, nur weil es Essen gibt.«

»Für die Hunde sind Gefühle intensiver als für uns. Das ist eines der wundervollen Dinge, wenn man mit einem verbunden ist. Konzentrier dich beim Essen doch auf Rigel – du wirst sehen, dann wird es noch viel leckerer.«

»Echt? Verrückt!« Mari schloss die Augen und dachte an Rigel – wie sehr sie ihn liebte und wie er sich nur an sie zu schmiegen brauchte, damit sie sich beschützt und geliebt fühlte.

Plötzlich war sie völlig ausgehungert. »O Mann, her mit meiner Schale! Ich muss essen!«

Nik lachte leise. »Nie im Leben würde ich eine Gefährtin vom Essen abhalten.«

Mari wurde gar nicht bewusst, wie eilig sie ihre Schale leerte. Sie wusste nur, dass jeder Bissen herrlich schmeckte – und dann war sie plötzlich pappsatt und sehr zufrieden.

»Löse dich jetzt von ihm, sonst wirst du müde«, sagte Nik.

Mari gähnte ausgiebig. »Hm?«

»Hör auf, an Rigel zu denken!«, sagte er scharf.

Mari sah ihn verwirrt an. »Was schreist du mich so an?«

»Tue ich doch gar nicht. Bist du immer noch müde?«

Mari horchte in sich hinein. »Nein, eher nicht.«

»Sich beim Essen auf den Hunger des Gefährten einzulassen ist toll – so hat man immer einen gesunden Appetit. Aber danach muss man die Verbindung sofort abbrechen. Schau.« Nik deutete in Richtung Lagerfeuer.

Mari folgte seinem Blick, und ihre Mundwinkel hoben sich. »Was für Schnarchnasen!« In der Tat – da lagen Laru, Rigel, Fala, ihre Welpen abzüglich Chloe, Cammy, Sheenas Captain und sogar Bast in verschiedenen Stadien tiefen Schlummers herum. »Ach so – Rigel hatte mich müde gemacht!«

»Genau, aber jetzt bist du wieder voll da.« Er beugte sich vor und küsste sie – ganz leicht, aber zärtlich. Dann lehnte er sich zurück und lächelte. »Danita hat das vorhin gut gemacht mit ihrem Namen. Glaube ich jedenfalls.«

»Ich bin mir sicher. Ich konnte nicht viel davon sehen, aber sie hatte wie verrückt geübt.«

»Du hast vielleicht nicht viel davon gesehen, doch es gab da jemanden, der sie sehr genau beobachtet hat.«

»Bast?«

»Die auch. Aber ich meinte Basts Gefährten.«

»Ha! Ich wusste es. Die zwei raufen sich schon noch zusammen. Das freut mich – das freut mich sehr.«

Nik hob die Brauen. »Bist du etwa romantisch veranlagt?«

Sie boxte ihm in den Arm. »Und wenn?«

»Dann bist du nicht allein. Meine Mutter ist zwar viel zu früh gestorben, aber sie hat's noch geschafft, ein, zwei Dinge in mir zu erwecken. Eins davon war eine romantische Ader. Man sollte nicht denken, dass Vater das gut gefunden hätte, vor allem bei seinem einzigen Kind, aber ja. Er sagte oft, ich würde ihn an sie erinnern.« Nik lächelte traurig und starrte auf seine Hände hinab.

Mari strich ihm sanft über die Wange, und er hob den Blick. »Es ist hart ohne sie. Ich weiß. Ich kann's verstehen.«

Nik legte seine Hand über ihre. »Ja, das weiß ich. Teilweise habe ich mich sicher auch deshalb in dich verliebt. Weil du mich verstehst. Aber ich frage mich oft, warum du mich liebst.«

»Ganz einfach. Weil du mich so akzeptierst, wie ich bin.«

»Das tun ganz schön viele Leute. Schau dich um. Du hast ein ganzes Rudel, das dich akzeptiert.«

»Ich weiß, doch du warst der erste Gefährte, der mich akzeptiert hat. Du hättest mir ja auch übelwollen können, vor allem als du sahst, dass Rigel mich erwählt hatte und nicht dich. Aber das hast du nicht. Dazu hattest du ein zu gutes Herz. Und nicht nur mich – du hast auch Sora, Jenna, Rigel, Antreas und alle anderen akzeptiert. Deshalb habe ich mich in dich verliebt.«

»Danke. Mehr kann ich gar nicht sagen – ich wüsste keine Worte dafür zu beschreiben, wie glücklich ich bin, dass wir zusammen sind. Dass wir gemeinsam eine neue Zukunft, eine neue Gemeinschaft aufbauen. Aber ich kann's dir zeigen. Wenn du es mir erlaubst, werde ich den Rest meines Lebens damit verbringen, es dir zu zeigen.«

»Ich erlaube es dir, Nik.« Und Mari küsste ihn. Diesmal nicht sanft und keusch. Und sie beendete den Kuss auch nicht abrupt, weil sie plötzlich unsicher wurde oder es ihr peinlich war. Sie küsste Nik tief, leidenschaftlich, schmiegte sich an ihn und versank ganz darin, ihn zu schmecken und zu spüren.

Es war Nik, der den Kuss abbrach. Sein Atem ging schneller, seine Augen waren verschattet, sein Blick glühte. »Bitte nicht hier draußen.«

Leicht verwirrt und irgendwie getroffen fragte Mari: »Habe ich was falsch gemacht?«

»Nein! Kein bisschen!«, versicherte er ihr schnell. »Nur – wenn du mich so küsst, so berührst, dann will ich nur noch dich. Allein. In deinem Bau.«

Mari begann zu strahlen. »Ooooh. Das ist gut.«

»Ja, wenn wir allein in deinem Bau sind. Hier mitten in unserem Rudel, wo alle uns beobachten, ist es weniger gut.«

Mari sah sich um und bemerkte, wie mehrere Leute – Gefährten wie Erdwanderer – mit wissendem Lächeln rasch den Blick abwandten. Ihre Wangen begannen zu glühen. Sie nahm einen großen Schluck Met. »Dann hebe ich mir das dafür auf, wenn wir allein sind.«

»Glut und Hitze, das hoffe ich!«

Sie wechselten noch einen langen, intensiven Blick, aber als Mari merkte, dass sie sich schon wieder an ihn schmiegen wollte, richtete sie sich auf, strich sich das Haar glatt und versuchte, nicht weiter Niks Lippen anzustarren. »Wie geht's eigentlich mit den Frauen voran? Können sie alles weben, was wir für die Reise brauchen?«

Sofort lebte er auf. »O ja! Mari, die sind einfach genial. Sora und du hattet recht. Egal was ich ihnen beschreibe, sie kriegen es hin.«

»Das war mir klar, aber kriegen sie es auch in so kurzer Zeit hin?«

»So gut wie. Sie meinen, von den achtundzwanzig Kokons können sie bis zum Aufbruch die meisten fertig haben. Den Rest wollen sie versuchen zu weben, während wir auf dem Fluss unterwegs sind.«

»Wenn sie das sagen, schaffen sie es auch.«

»Deshalb brauchen wir zumindest einige von den größeren Ruderbooten wie dem, in dem du und ich von der Insel geflohen sind. Die anderen Boote, die Kajaks, sind kleiner; Gepäck kann man mit ihnen zwar transportieren, wenn man Flöße daran befestigt. Aber Platz für Passagiere und für das viele Garn, das die Frauen zum Weben brauchen, ist darin nicht. Weißt du eigentlich, woraus das besteht?«

»Ja klar, aus Hanf. O Nik, da fällt mir was ein! Wir müssen Jungpflanzen und Setzlinge mitnehmen sowie Samen, Wurzeln und Knollen! Das wird zwar viel Platz brauchen, aber es gehört zu dem, wovon Antreas meinte, es sei nötig.«

»Antreas will, dass ihr haufenweise Setzlinge und Knollen mitnehmt?«, fragte Nik verwirrt.

»Na ja, mehr oder weniger. Er sagte doch, wir müssten den Windreitern unseren Wert beweisen. Und wir Erdwanderer können alles zum Gedeihen bringen. Also müssen wir sie damit beeindrucken. Wir können den Windreitern Pflanzen zeigen, die sie wahrscheinlich noch nie gesehen haben – und ihnen sagen, wie man sie anpflanzt, erntet und verwendet. Ob sie wohl wissen, was Pfeilwurzeln sind und wie lecker sie schmecken, wenn man sie in der Glut bäckt?«

»Wahrscheinlich nicht. Hast recht, Mari. Mir läuft jedes Mal das Wasser im Mund zusammen, wenn ich an gebackene Pfeilwurzeln mit Knoblauch und Salz denke.« Er richtete sich auf, nun ebenfalls munter. »Und davon gibt's sicher noch mehr – also, Pflanzen wie Pfeilwurzeln und Hanf, die nur den Erdwanderern bekannt sind und sonst niemandem!«

»Ich weiß nicht, was die Windreiter kennen, aber wir Erdwanderer kennen ziemlich viele Pflanzen. Und dieses Wissen ist extrem viel wert.«

»Dann sage ich Antreas, dass er mindestens zwei Boote voller Pflanzen und solchem Zeug einplanen soll!«, beschloss Nik enthusiastisch.

»Gut! Ich werde Mamas und meinen Bau durchforsten müssen. In unserer Vorratskammer lagern eine Menge Wurzeln und Samen, getrocknete Kräuter, Früchte und Gemüse. Jemand muss mir helfen, sie zu sortieren und zu verpacken. Die Arzneien müssen wir alle mitnehmen, bei den Pflanzen versuche ich allerdings, mich auf diejenigen zu beschränken, die wir auf der Reise essen oder danach einpflanzen können.«

»Gute Idee. Aber halt – heißt das, wir gehen nachher nicht allein zu deinem Bau?«

Mari lächelte über seinen süßen, hundeäugigen Gesichtsausdruck und küsste ihn keusch auf die Lippen. »Genau das heißt es.«

Nik seufzte tief und theatralisch. »Gehört das zur Werbung um eine Erdwanderin dazu?«

»Nein, du Dummkopf.« Sie küsste ihn noch einmal und flüsterte gegen seine Lippen: »Das gehört dazu, in ein neues Land aufzubrechen.«

»Wenn wir endlich in diesem verdammten neuen Land sind, umgeben von unserem Rudel, den Windreitern und weiß der Geier von wem noch, werde ich dich einfach schnappen und in unseren Bau oder unser Nest oder Lager tragen, oder wie wir es dann nennen werden, und mich gründlich über dich hermachen. Egal was irgendwer dazu sagt.«

Maris Augen funkelten verschmitzt. »Ich hoffe, das ist ein Versprechen, Nikolas.«

»O ja, meine Mondfrau. Das ist definitiv ein Versprechen.«

# 32

»Aber wir brechen die Tradition doch sowieso! Ich dachte nicht, dass das ein solches Problem ist«, hörte Mari Isabel eindringlich auf Sora einreden, während sie sich mit Rigel einen Weg zum Eingang des Geburtsbaus bahnte. Überall saßen Frauen herum, die Reisekokons webten, vorsichtig Samen und Wurzeln in gewobene Behälter packten oder mit anderen Arbeiten beschäftigt waren. Mari war auf der Suche nach neuen Behältern, um mit Nik zusammen die Vorratskammer ihres Baus weiter zu leeren.

»Oh, da kommt Mari! Soll sie entscheiden«, sagte Sora.

Mari trat in den relativ ruhigen Geburtsbau. »Was soll ich entscheiden?«

»Sora will, dass heute Abend Isabel dem Mond ihren Namen tanzt und ich morgen«, erklärte Jenna und schloss die Tür, um das geschäftige Summen des Rudels auszublenden. »Aber Isabel hätte gern, dass ich mit ihr zusammen tanze.«

»Und ich finde, das geht nicht.« Sora schüttelte den Kopf. »Wenn eine Mondfrau mit ihrem Lehrling tanzt, ist das okay, das heißt, du oder ich könnten mittanzen. Aber zwei Lehrlinge zusammen? Das gehört sich einfach nicht.«

»Warum willst du denn, dass Jenna sich dir anschließt, Isabel?«, fragte Mari.

»Weil wir keine üblichen Mondfrauenlehrlinge sind. Danita

will den Mond herabrufen können. Wir nicht. Wir wollen nur Heilerinnen werden. Und ich dachte, eben weil wir anders sind, wäre es doch nett, wenn wir uns der Göttin gemeinsam vorstellen würden.«

In Jennas Wangen erschienen ihre Grübchen. »Isabel und ich sind ein klasse Team. Ich hoffe, eines Tages wird sie genug Mondmagie herabrufen können, um unsere Heilkunst ein bisschen zu unterstützen, und ich will mich auf Arzneien und Salben spezialisieren.«

»Würde es dir nichts ausmachen, wenn die Göttin heute Abend ihre Aufmerksamkeit zwischen dir und Jenna teilen würde?«, fragte Mari Isabel.

Das Mädchen wirkte ehrlich überrascht. »Nein! So sehe ich das überhaupt nicht. Ich dachte nur, Jenna und ich sind doch sowieso ein Team, deshalb wäre es passend, wenn wir auch als Team unsere Namen tanzen. Und die Göttin hat sicher genug Aufmerksamkeit für uns beide, oder?«

Mari sah Sora an.

Diese zuckte mit den Schultern. »Du entscheidest.«

»Dann fände ich es wunderschön, wenn ihr beiden Heilerlehrlinge euch gemeinsam vorstellen würdet«, beschloss Mari.

»Juhu!« Jenna klatschte in die Hände. Isabel strahlte.

»Gut, dann geht jetzt auf die Lichtung weiter bachabwärts«, wies Sora die beiden an. »Danita müsste schon dort sein. Sie weiß, wie das mit dem Tanzen funktioniert. Ich komme demnächst vorbei und schaue, ob ihr klarkommt.«

Die Mädchen flitzten hinaus in das Lärmen des Rudels, das sich zum Glück wieder dämpfte, als die Tür sich hinter ihnen schloss.

»Ich bin erstaunt, dass du es mit der Tradition so genau nimmst«, sagte Mari.

»Tue ich eigentlich nicht. Aber ich will nicht alles aufgeben, was unseren Clan ausgemacht hat.«

»Hm. Ich würde sagen, was unseren Clan ausgemacht hat, waren die Leute, nicht die Traditionen. Und nun verwandeln wir uns in ein Rudel mit einem ganz eigenen Mix aus Altem und Neuem – und einem ganz eigenen Mix aus Leuten. Aber das ist dir doch auch klar. Was ist los? Was hast du?«

Sora strich sich eine dicke schwarze Strähne aus der Stirn und pustete eine Blüte beiseite, die ihr vor dem Gesicht tanzte. »Ach, irgendwie will ich nicht weg von hier!«, platzte sie heraus. »Du etwa? Wir haben noch einen einzigen vollen Tag. Übermorgen müssen wir schon alles verstauen, damit wir am nächsten Tag im Morgengrauen loskommen!« Sehnsüchtig sah sie sich im Geburtsbau um. »Ich hatte gerade angefangen, mich hier einzuleben. Einen Platz für mich zu finden. Und ich find's toll hier – in diesem Frauenbau, in dem plötzlich alle möglichen Leute und Viecher wohnen. Wie verrückt sind wir eigentlich, dass wir das aufgeben?«

»Komm, ich mache dir einen Tee.«

»*Ich* mache Tee«, brummte Sora und kam mit Mari und Rigel nach hinten zum Herdfeuer. »Mir geht's schon schlecht genug, auch ohne deine fragwürdigen Teekochkünste.«

»Na, das hört sich doch schon viel mehr nach dir an. Wo ist Chloe? Sie würde dich sicher trösten.«

»Sie trinkt. Rose hat gesagt, sie bringt sie mir, sobald sie fertig ist.«

»Ach so. Also, du hast Angst. Ich habe auch Angst. Aber wir können nicht anders, als zu gehen. Hast du wirklich Zweifel daran?« Mari wollte nicht einmal daran denken, Sora zurückzulassen, aber sie sagte trotz des hohlen Gefühls in ihrer Magengrube: »Wenn du bleiben willst, dann tu's. Thaddeus ist hinter Nik und mir her. Wenn er merkt, dass wir weg sind, wird der Stamm vielleicht einfach wieder ins alte Muster zurückfallen. Sich genug Erdwanderinnen fangen, um den Inselhof bewirtschaften zu können, und den Rest in Frieden lassen, bis er wieder mehr braucht. Genau wie früher.«

»Aber das glaubst du nicht wirklich, oder?«

»Nein. Ich habe Thaddeus kennengelernt. Und ich habe mitbekommen, was der Anführer ihres sogenannten Ältestenrats denkt. Das sind verbohrte Typen, die sich krampfhaft an ihre überkommenen Denkmuster klammern. Ich glaube, sie werden sich an allen Erdwanderern rächen wollen. Weil sie uns die Schuld an dem Waldbrand geben.«

Sora hielt Mari einen Becher dampfenden Tee hin. Dann ließ sie langsam den Atem entweichen. »Ich habe nicht vor zu bleiben. Ich weiß, dass wegzugehen die richtige Entscheidung ist. Bisher war ich auch total gespannt darauf, ich habe mich sogar darauf gefreut, aber –« Sie verstummte und starrte in ihren Tee.

»Aber es jagt einem Angst ein, vor allem, je näher die Abreise rückt«, ergänzte Mari.

»Ja.«

»Veränderungen können einem Angst machen. Ich hatte wahnsinnige Angst, als du bei mir einzogst.«

»Ja? Das hätte ich nie vermutet. Du wirktest einfach nur wütend. Extrem wütend.«

»Darunter habe ich meine Angst verborgen. Ich hatte Angst vor allem! Ohne Mama weiterzuleben. Was du von mir denkst, weil ich halb Gefährtin bin. Was mit Rigel passieren würde, wenn ich nicht herausbekäme, wie ich richtig für ihn sorge. Und vor allem, was der Clan tun würde, wenn er mein Geheimnis herausfände. Ich war nicht wütend – ich war zu Tode erschrocken.«

»Mhm«, sagte Sora leise. »Ich habe keine Zweifel – ich habe total Panik.«

»Aber du bist nicht allein. Du hast ein ganzes Rudel um dich, Sora. Wir packen das gemeinsam an. Wir alle sind für dich da.«

Wieder hörte man das Lärmen des geschäftigen Rudels bis in den Bau. Mari sah auf. Im Eingang standen Nik und Laru. »Alles okay bei euch beiden? Isabel und Jenna haben mir gesagt, dass ich mal nach euch schauen soll.«

»Alles okay«, sagte Mari. »Sora macht sich nur Sorgen, ob bei unserer Reise alles glattgeht. Nik, würde es dir was ausmachen, wenn du allein –«

»Schon verstanden. Laru und ich joggen noch mal zu deinem Bau rüber und holen die restlichen Arzneien. Bei Einbruch der Dämmerung sind wir wieder da, rechtzeitig zur Drittnacht.«

»Ganz hinten in der Kammer hier sind noch mehr Beutel und Arzneitaschen«, sagte Sora. »Keine Ahnung, wo Jenna die alle aufgetrieben hat. Sie ist die geborene Plünderin.« Sie sah Mari an. »Deshalb kamst du doch ursprünglich hierher, oder?«

»Ja. Danke. Moment, Nik.« Mari eilte nach hinten, kehrte mit mehreren Beuteln über der Schulter zurück und reichte sie ihm. »Nochmals danke.« Auf Zehenspitzen gab sie ihm einen Kuss und raunte: »Sora braucht mich.«

»Hab's kapiert. Kümmer dich um sie. Soll Rigel mit uns kommen? Bestimmt hat er Lust auf 'ne kleine Spritztour unter Männern.«

Mari sah auf Rigel hinab, der sie mit offenem Maul angrinste und wild mit dem Schwanz wedelte.

»Großes Ja von Rigel und kleineres Ja von mir«, sagte sie. Dann kniete sie sich vor ihren Schäferhund. »Bleib immer in Larus Nähe und hör auf Nik. Ich hab dich lieb, mein Süßer.« Sie küsste ihn auf die Nasenspitze, und er leckte ihr die Wange. Lachend wandte sie sich an Laru, der etwas würdiger hinter Nik wartete. »Pass auf unseren Kleinen auf. Er bringt sich gern in Schwierigkeiten.«

Laru bellte leise, und als sie sich hinunterbeugte, um auch ihn zu küssen, leckte er ihr ausgiebig das Gesicht. Prustend und lachend richtete Mari sich auf und grinste Nik an, der sie in die Arme zog und innig küsste.

»Puh«, sagte sie, als er sie losließ, »ich bin voller Hundesabber. Du hast garantiert was davon abbekommen.«

»Ich liebe Hundesabber. Kommt gleich nach Mondfrauensabber.« Er wackelte mit den Augenbrauen. »Wir sehen uns, Sora.«

»Nicht, wenn ich dich zuerst sehe«, versetzte diese, während die beiden Schäferhunde bereits durch die Tür nach draußen schossen, Nik auf ihren Fersen.

»Na dann. Jetzt sollten wir etwas Ruhe haben.« Mari kehrte an ihren Platz neben Sora zurück und nahm ihren Teebecher auf. »Was kann ich tun, um dir zu helfen?«

»Ist das ein Angebot?«

»Ja.«

»Okay – du hast es so gewollt. Wir haben hier noch nicht mal die halbe Vorratskammer ausgeräumt. Und wir müssen tausend Klamotten sortieren. Und was ist mit den Schlaflagern? Und den Webmaterialien? Was machen wir damit? Wenn wir die Windreiter beeindrucken sollen, brauchen wir Webrahmen und Garn. Und wir sollten auch ein paar Schößlinge mitnehmen, nicht nur Samen und Wurzeln. Kennen die Windreiter Blaubeeren? Wenn nicht, brauchen sie welche. Was sagst du? Zu alldem?«

In Soras Atempause gelang es Mari endlich zu antworten. »Zuallererst musst du dir ein bisschen Lavendel in den Tee tun. Nicht so viel, dass du müde wirst –, nur dass du dich ein bisschen entspannst.«

»Damit ich alles weniger dramatisch sehe, als es ist, meinst du«, gab Sora sarkastisch zurück.

»Ja und nein. Du machst dir innerlich einen Mordsstress. Schau – was die Schlaflager angeht, wird jeder sein eigenes einpacken. Und heute Morgen, als Nik und ich meinen Bau sortiert haben, haben wir beschlossen, dass wir die Vorräte größtenteils auf Tragen zum Fluss transportieren sollten. Lass uns deshalb schon heute die Bettgestelle auseinandernehmen und Tragen daraus bauen. Die Matratzen können die letzten Nächte ruhig auf dem Boden liegen. Die Webrahmen und Materialien zurren wir auf den Tragen fest, und so können wir auch die lebenden Pflanzen transportieren. Nik meinte, wir könnten mehrere Boote aneinanderbinden; das sollten wir definitiv tun.«

»Aber was ist, sobald wir den Fluss verlassen und alles selber schleppen müssen?«

»Bis dahin werden wir einen großen Teil der Vorräte gegessen haben. Und wenn es trotzdem zu viel ist, lassen wir einen Teil am Fluss zurück. Das können wir entscheiden, wenn es so weit ist. Jetzt brauchen wir uns darum noch keine Gedanken zu machen.«

»Ich will nur nicht, dass was schiefgeht. Auf den ersten Blick kam mir alles so einfach vor. Aber es zu verwirklichen ist was ganz anderes.«

»Du musst doch nicht alles allein erledigen. Ich muss mich bei dir entschuldigen. Ich habe die ganze Zeit nur meinen eigenen Bau ausgeräumt, dabei hätte ich auch hier sein sollen«, sagte Mari.

»Du musst gar nichts. Ich sollte allein klarkommen. Du kommst ja auch wunderbar klar.«

Mari lachte. »Nein, nein, nein! Ich tue nur so! Ich habe wahrscheinlich genauso viel Angst wie du. Aber ich war es von klein auf gewohnt, ständig Angst zu haben, dass die Wahrheit über mich herauskommt. Ich habe gelernt, meine Gefühle zu verbergen.«

»Erstaunlicherweise tröstet mich das.«

»Also, streu noch etwas Lavendel in deinen Tee, und dann gehen wir beide da hinten in die Vorratskammer und packen die Sachen zusammen. Alle.«

»Ja. Danke«, sagte Sora.

»Kein Ding.«

Sora legte ihr die Hand auf den Arm. »Nein, wirklich. Danke. Und danke, dass ich dich als Freundin habe.«

»Du hast mir kaum eine Wahl gelassen.«

Sora grinste. »Doch, klar! Du hättest zulassen können, dass Rigel mich auffrisst.«

»Rigel fand, du hattest zu viel Speck auf den Rippen. Du weißt doch, er mag kein fettes Fleisch.«

»Das hat er nicht gesagt!«, fuhr Sora auf.

Mari kicherte. »Nö. Aber das war lustig.«

»Für wen?«

»Mich natürlich. Na gut, an die Arbeit. Es wird schnell genug Abend, und wir haben Drittnacht.«

»Glaubst du, Jaxom wird kommen?«, fragte Sora.

»Um seinetwillen hoffe ich das.«

»Ich weiß nicht, Mari. Um seinetwillen sollte er vielleicht besser nicht kommen.«

Auf der Schwelle in die große Vorratskammer des Baus blieb Mari stehen. »Wie meinst du das?«

»Na ja, ich glaube nicht, dass er in diesem Leben Frieden finden wird. Nicht nach dem, was er getan hat. Vielleicht wär's besser, wenn er zur Göttin zurückkehren und noch mal von vorn anfangen könnte.«

»Versuch, ihm zu vergeben. Wenn nicht um seinetwillen, dann um deiner selbst willen.«

Sora sah sie überrascht an. »Mari, ich habe doch schon gesagt, dass ich ihm vergeben habe. Aber ich kenne ihn. Ich war den größten Teil unseres Lebens mit ihm befreundet – und mehr. Ich glaube nicht, dass er sich jemals selbst vergeben kann.«

Der Tag verging schnell, aber Mari und Sora gelang es, die Vorräte an Lebensmitteln und medizinischer Ausrüstung im Geburtsbau komplett zu verpacken. O'Bryan und Sheena bauten währenddessen die Bettgestelle auseinander und brachten sie auf die Lichtung, wo sie zu stabilen Tragen umgebaut wurden. Antreas hatte beschieden, dass sie sich möglicherweise sogar dazu eigneten, als Lastflöße hinter die Boote geknotet zu werden, wenn die Frauen noch Netze oder Gurte weben konnten, um alles gut darauf zu befestigen.

Davis und Cammy hatten, wie er lachend erklärte, einen

Jagdexzess hinter sich: Es war ihnen gelungen, mehrere lebende Kaninchen zu fangen, die Maris kleiner Zucht hinzugefügt wurden, und einige Truthähne und sogar ein kräftiges Hirschjunges zu erlegen. Über der Lichtung hing schwer der Duft nach gebratenem und geräuchertem Fleisch, was die gedämpfte Stimmung entschieden hob. Wie Davis zu sagen pflegte: *Ein voller Teller macht das Leben gleich heller.*

»Isabel, Jenna, ihr seht perfekt aus, wenn ich das so sagen darf.« Sora trat zurück, begutachtete die beiden Mädchen von allen Seiten und schob hier und da eine Locke zurecht.

»Es verblüfft mich immer wieder, wie schnell du hübsche Dinge in Haare flechten kannst«, sagte Mari.

»Glaubst du, damit könnte ich die Windreiter beeindrucken?«

»Antreas behauptet, sie hätten ein Matriarchat«, sagte Isabel. »Kann schon sein, dass sie dann so was zu schätzen wissen.«

»Wir schätzen es jedenfalls!« Jenna wirbelte herum, dass ihr langes haselnussbraunes Haar nur so um sie flog und die Muscheln und Perlen, die Sora hineingeflochten hatte, melodisch klingelten.

»Ihr seht phantastisch aus, ihr zwei«, sagte Mari. »Seid ihr bereit?«

»Ja!«, rief Jenna.

»Nervös, aber ja«, bestätigte Isabel.

»Denkt daran, außer dem Spaß am Tanzen und der Göttin ist nichts wichtig«, sagte Mari. »Vergesst alles andere.«

»Höchstens, dass ihr die volle Unterstützung eurer Mondfrauen habt«, fügte Sora hinzu.

»Die habt ihr«, bestätigte Mari. »Na dann – das Rudel auf der Lichtung wird sicher schon ungeduldig.«

Jenna streckte mit einer kleinen Grimasse den Arm aus. »Die Sonne geht unter.«

Ihre glatte Haut hatte eine kränklich graue Farbe angenommen. Mari sah Sora und Isabel an. Auch deren Haut verfärbte sich aschfahl – Maris nicht. Sie fragte sich, ob es wirklich, wie Nik glaubte, daran lag, dass sie als Kind in Mutterfarn gewickelt worden war, oder schlicht an ihrem gemischten Blut. »Wie wär's«, überlegte sie, »wenn Sora und ich euch beide zuerst reinigen und ihr erst danach zu tanzen beginnt, ohne dass euch das Nachtfieber behindert?«

»Gute Idee«, sagte Sora. »In der Hinsicht können wir die Tradition gern brechen. Mit so vielen Mondfrauen sollte wirklich niemand mehr von uns unter dem Nachtfieber leiden müssen.«

»Klasse, Mari!«, sagte Jenna.

»Das wäre schön«, stimmte Isabel zu.

»Und mir gefällt diese neue Tradition mit den nackten Beinen, vor allem wenn wir tanzen«, fügte Sora hinzu und zupfte Isabels Tunika zurecht, die mit hübschen roten Blüten bestickt war.

Jenna grinste spitzbübisch. »Die Männer im Rudel sind da sicher ganz deiner Meinung.«

Mari musterte sie eingehend. Hatte sie einen bestimmten Mann im Sinn? Davis? O'Bryan? Oder vielleicht Jaxom, falls er auftauchen sollte?

»Mari? Hallo? Kommst du mit?«

Sie blinzelte und kam wieder zu sich. »Oh, entschuldigt. Natürlich.«

Rasch holte sie die drei anderen ein, und gemeinsam machten sie sich auf den Weg die Treppe hinunter. Der Abend war bewölkt, und es dunkelte bereits. Das Rudel hatte alle Feuer entzündet, und die Nacht war erfüllt vom Duft nach brennendem Kiefernholz, gebratenem Fleisch und dem Lavendel und Salzwasser, mit dem stets ein Kreis um die Lichtung gezogen wurde. Als Danita sie bemerkte und rief: »Mondfrauen! Unsere Mondfrauen sind da!«, schien Mari, als müsse ihr Herz bersten vor Freude, dass sie dazugehörte. *Ich wünschte, du wärst hier, Mama. Ich wünschte, du könntest sehen, dass ich bei diesen Menschen einen Platz gefunden habe. Endlich gehöre ich dazu!* Sie suchte unter den emporgewandten lächelnden Gesichtern nach Nik, obwohl sie schon ahnte, dass er noch nicht zurück war –, sonst wäre Rigel schon längst um sie herumgesprungen und hätte sie mit Küssen besabbert.

»Bereit?«, fragte Sora.

Sie nickte. »Absolut.«

Zu viert stiegen sie hinunter mitten unter ihr Rudel.

»Eine gesegnete Drittnacht, Rudel!«, rief Mari leicht verändert den alten Gruß ihrer Mutter. »Wir haben heute viel zu feiern. Hier sind zwei neue Mondfrauenlehrlinge, die beschlossen haben, dass sie sich zu zweit dem Mond vorstellen wollen. Sora und ich sind einverstanden, weil das eine passende und sinnvolle Veränderung unserer Traditionen ist.«

»Eine passende Tradition für ein Rudel, in dem Clan und Stamm vereint sind«, fügte Sora hinzu.

»Genau!« Mari nickte Sora zu, und beide schritten auf die Statue der Erdmutter zu, die sich aus der Mitte der Lichtung zu erheben schien. Im Licht der Lagerfeuer spielten flackernde Schatten auf dem herrlichen Moos ihrer Haut. Eine leichte Brise ließ ihr Haar aus saftigem Farn tanzen – fast war es, als bewegte sie sich, bereit, aufzustehen und ihr Volk zu begrüßen.

Sora und Mari hatten beschlossen, das Drittnachtritual weitgehend traditionell zu halten, aus Respekt sowohl vor der Göttin als auch vor den versammelten Frauen, die ihr bisheriges Leben lang Teil eines tief in Traditionen verwurzelten Clans gewesen waren. Sora hatte Mari gefragt, ob sie anfangen dürfe, und Mari hatte bereitwillig zugestimmt. Sora hatte eine starke Verbindung zur Göttin, vielleicht stärker als ihre eigene. Mari hatte noch nie deren Stimme gehört, doch Sora schien häufig mit ihr zu sprechen.

»Ich grüße dich, Erdmutter, mit der Liebe, der Dankbarkeit und dem Respekt deines neugegründeten Rudels«, sprach Sora an das Bildnis der Göttin gerichtet. Mari beobachtete, wie sie sich achtungsvoll vor der lebenden Skulptur verneigte, und sah sie zu ihrer Überraschung eine wunderschöne Perle aus ihrem Haar ziehen und an einen der Farnwedel auf dem Haupt der Göttin knüpfen. »Das hier ist meine liebste Perle«, hörte Mari sie sagen. »Behalte sie bei dir. Ich weiß, du wirst uns auf die Ebenen der Windreiter begleiten, aber ein Teil von dir wird immer hier in unserer Heimat bleiben. Und da sollst du sie bei dir haben.« Sora wischte sich die Wangen ab, auf denen Tränen glitzerten, und kehrte zu Mari zurück.

Nun war diese an der Reihe. Eigentlich wäre jetzt der Zeitpunkt gewesen, die Männer des Weberclans zu bitten vorzutreten, doch da keine männlichen Erdwanderer anwesend waren, ergriff Mari die Gelegenheit und ging selbst auf die Göttin zu.

Sie sah zu dem Gesicht auf, das aus einem glatten, mit Kristallen durchsetzten Stein aus dem Fluss bestand, dem jemand vor Generationen die Züge der Göttin verliehen hatte. Aus ihrem Haar zog sie die leuchtend blaue Feder eines Eichelhähers und steckte sie tief in den Farn hinein, der das Haar der Göttin bildete.

»Behalte auch das hier«, sagte sie leise zu ihr. »Blau war Mamas Lieblingsfarbe, also magst du sie vielleicht auch.« Dann trat sie zurück, drehte sich zum wartenden Rudel um und sprach die Worte, die sie ihre Mama unzählige Male hatte sagen hören. »Männer des Weberclans, tretet vor mich!«

Die Stille, die den Worten folgte, schien vor Erwartung zu vibrieren. Mari suchte die Lichtung ab, bis sie O'Bryan, Davis und Sheena fand. Sie standen vom Geschehen abgewandt; ihre scharfen Augen und die ihrer Hunde waren auf den Wald gerichtet.

Alles blieb ruhig. Niemand bewegte sich.

Vor Erleichterung seufzte Mari leise und drehte sich zu Sora um, um mit dem Herabrufen des Mondes zu beginnen – da versank die Nacht im Chaos.

Zuerst kam Rigel auf Mari zugestürmt, und mit ihm brandeten Erleichterung, Wut und Sorge über sie herein. Mari fiel neben ihm auf die Knie und tätschelte ihn beruhigend. »Mein Süßer, alles ist gut! Wo sind Laru und Nik?«

Rigel schwenkte die Schnauze in Richtung der Finsternis des Waldes hinter dem fröhlichen Kreis der Feuer.

»Mondfrau!«, ertönte Jaxoms gequälte Stimme, und im selben Moment hörte sie Nik rufen: »Mari, hilf uns!«

Während der taumelnde Jaxom zwischen den Bäumen auftauchte, schoss Laru an ihm vorbei und gesellte sich zu Mari und Rigel. Voller Entsetzen teilte sich das Rudel und ließ Jaxom und Nik durch. Zwischen sich zerrten die beiden einen Erdwanderer mit gefesselten Händen, der wild um sich blickte – mit vollkommen scharlachroten Augen und gefletschten Zähnen.

»Mondfrau!«, rasselte er mit kaum noch menschlicher Stimme. »Mondfrau!«

»O Göttin!« Sora wich zurück und stieß mit Mari zusammen. Mit ganz glasigen Augen sah sie Mari an. »Das kann ich nicht. Ich kann's einfach nicht, Mari!«

»Musst du auch nicht. Ich reinige ihn. Pass du auf Jenna und Isabel auf.« Dann suchte sie die Menge nach Danita ab. Auch deren Pupillen waren vor Furcht geweitet, aber schon eilte Antreas an ihre Seite, und Mari war sich sicher, dass Bast ebenfalls ganz in der Nähe sein musste. *Gut, Danita hat Unterstützung*, dachte sie.

»Rigel! Zu mir!« Doch nicht nur Rigel reagierte auf ihren Befehl. Auch Laru blieb an ihrer Seite, und binnen weniger Herzschläge war Captain bei ihr, ebenso wie Cammy, die kleine Hundemutter Fala und sogar Bast. Bedrohlich knurrend, mit gesträubtem Fell und aufgestellten Ohren, nahmen die Tiere rund um sie Aufstellung; keines ließ den rotäugigen Erdwanderer aus den Augen, der zu ihnen gezerrt wurde.

Mari tastete nach Rigels Kopf. Als sie ihn gefunden hatte, öffnete sie sich ihrem Gefährten, und eine Woge der Kraft brandete in sie ein. Völlig verblüfft erkannte Mari, dass diese Kraft nicht nur von Rigel stammte, sondern von allen Gefährten!

*Nicht ablenken lassen! Festige dich mit ihrer Hilfe innerlich, und dann rufe den Mond herab und reinige diesen Clansmann von seinem Wahnsinn!*, hörte sie klar und deutlich die Stimme ihrer Mama in sich.

Mari beeilte sich und trat Jaxom, Nik und dem im Nachtfieber um sich schlagenden Clansmann entgegen. Jetzt rollte sein Kopf unkoordiniert hin und her, und durch die Fetzen seiner Kleidung hindurch sah sie, dass seine Arme und Beine von eitrigen Pusteln bedeckt waren. Als er den Kopf wieder hob und sein Blick umherzuckte, ohne etwas wahrzunehmen, durchfuhr Mari der nächste Schock.

*Das ist ja Mason! Jaxoms jüngerer Bruder! Er ist kaum sechzehn Winter alt!*

So schnell es nur möglich war, hob Mari die Arme, wie um den noch nicht sichtbaren Mond zwischen die Hände zu nehmen, schloss die Augen und stellte sich mit aller Konzentration einen riesigen silbernen Mond vor, von dem sich dicke Stränge strahlender Macht auf sie herab ergossen und sie in ihren Glanz hüllten. Als sie spürte, wie die kalte Macht zu fließen begann, öffnete sie die Augen und rezitierte:

*»Als Mondfrau, die dir folgt und an dich glaubt,*
*senke ich vor dir mein bares Haupt.*
*Lass deinen Segen sammeln mich und spenden.*
*Mein Schicksal, Mutter, liegt in deinen Händen!«*

In dem Moment, als sie sich vorstellte, wie die silbernen Lichtstränge in sie einströmten wie in einen Trichter, legte sie Mason die Hände auf den Kopf, um das Licht in diesen weiterzuleiten. »Mason, ich wasche dich rein von aller Krankheit und Wut und schenke dir die Liebe unserer großen Erdmutter!«

Die Kälte durchraste sie so intensiv, dass ihr die Zähne klapperten und sie am ganzen Körper zu zittern begann. Aber sie nahm die Hände nicht von Masons Kopf. Mit aller Macht hielt sie an ihrer Konzentration fest und ließ das Mondlicht durch sich hindurch in Mason strömen, der allmählich in hellem Licht zu erstrahlen begann, als verwandele sich seine Haut in Silber, bis er endlich den Kopf hob und sie ansah.

Seine Augen hatten wieder eine gesunde braune Farbe, auch wenn er ziemlich verwirrt dreinblickte. Nachdem er einige Male geblinzelt hatte, lächelte er schüchtern und krächzte heiser mit schwacher Stimme die traditionelle Antwort: »Danke, Mondfrau!«

Zur Antwort nickte Mari nur. Sie musste ein paarmal schlucken; mühsam gelang es ihr, ihre Energie neu auszurichten. Dann wandte sie sich Jaxom zu, der seinen Bruder stützte, doch seine Augen durchsetzten sich bereits mit Rot, und seine Haut war fahlgrau. Er neigte sofort den Kopf vor ihr. Mari legte ihm die Hände auf den Scheitel und machte sich daran, noch mehr des lebensrettenden Mondlichts zu kanalisieren.

»Ich wasche dich rein von aller Krankheit und Wut und schenke dir die Liebe unserer Erdmutter!«

Sofort hob Jaxom den Kopf und strahlte sie an. »Danke, Mondfrau!«

Mari wandte sich Nik zu. Er sah sie an, in seinem Blick unendliche Liebe. Inzwischen konnte Mason von allein stehen, und Nik trat vor, kniete sich vor Mari und senkte den Kopf, wie es die Clansmänner von jeher taten, um sich von ihrer Mondfrau reinigen zu lassen.

Sanft legte ihm Mari die Hände auf den Kopf und wurde sich blitzartig wieder einmal bewusst, wie sehr sie diesen einzigartigen Mann liebte und schätzte. Sie stellte sich vor, wie der Mond ihn mit heilender Energie erfüllte, und sprach: »Ich wasche dich rein von aller Pein und Ansteckung und schenke dir die Liebe unserer Erdmutter.«

Flüchtig glühte sein Körper silbern auf, dann hob er freudestrahlend den Kopf. »Danke, meine geliebte Mondfrau!«

Mari wollte sich eigentlich anmutig umdrehen und zu Sora

zurückkehren, damit sie gemeinsam damit fortfahren konnten, das Rudel zu reinigen, doch ihre Beine versagten ihr den Dienst. Aus ihrer Drehung wurde ein Taumeln, und nur Rigel und Laru retteten sie vor der Blamage, vor dem gesamten Rudel auf dem Hinterteil zu landen. Die beiden stützten sie von beiden Seiten, und ihre Liebe und Kraft strömten in sie ein. Und auch Fala war da und Cammy, und selbst Basts Anwesenheit konnte Mari spüren. Die Energie der Katze fühlte sich ganz anders an als die der Hunde – wilder und so kühl, dass sie beinahe an Mondenergie erinnerte.

Und dann stand Sora vor ihr, nahm ihre Hände und zwang sie, ihr in die Augen zu sehen. Als Maris Blick sie gefunden hatte, sagte sie: »Senk den Kopf.«

Zu erschöpft, um zu widersprechen, tat Mari wie befohlen.

Sora ließ Maris Hände los und hob ihre eigenen dem unsichtbaren Mond entgegen. Mit kräftiger, klarer Stimme rezitierte sie Wort für Wort Ledas Anrufung:

*»Als Mondfrau, die dir folgt und an dich glaubt,*
*senke ich vor dir mein bares Haupt.*
*Mutter, von der meine Gaben sind,*
*leihe Kraft auch heute deinem Kind.*
*Dein Silberlicht erfülle mich mit Leben*
*und heile, die in meine Hut gegeben.*
*Gewähre mir, was seit Geburt mein Erbe,*
*mein Reichtum und mein Schicksal, bis ich sterbe!«*

Damit legte Sora ihr die Hände auf den Kopf. Mari spürte wundervolle Kühle in sich einströmen. Nicht die Flut der Macht, die sie durchtost hatte, als sie Mason, Jaxom und Nik gereinigt hatte. Das hier war süß und beruhigend und vertrieb die Schwäche, die von ihr Besitz ergriffen hatte. Das Zittern hörte auf. Ihr Magen, der sich angefühlt hatte, als wollte er sich umstülpen, beruhigte sich. Sie tat einen tiefen, dankbaren Atemzug, hob den Kopf und grinste ihre Freundin an. »Danke, Mondfrau!«

Sora berührte leicht ihre Wange. »Danke, dass du getan hast, was ich nicht konnte.«

»Kein Ding. Wir sind ja jetzt zu zweit.«

»Zu dritt«, sagte Danita und trat neben Sora.

»Zu viert.« Isabel kam an Soras andere Seite.

»Zu fünft, wenn eine Heilerin auch zählt.« Jenna lächelte Mari an.

»Ja, du zählst! Ihr alle zählt!«, sagte Mari. »Jetzt wird Sora euch reinigen, und dann könnt ihr dem Mond eure Namen tanzen.«

»Ich?« Sora musterte Mari eingehend. »Geht's dir denn noch nicht wieder gut genug?«

»Doch, schon, aber Mason hat Wunden, die gereinigt und verbunden werden müssen. Ich dachte, das könnte ich erledigen, während du den Rest des Rudels reinigst.«

»Nein, Mondfrau. Bleib du hier. Reinige mit Sora dein Volk. Mit deiner Erlaubnis werde ich Mason in den Bau bringen und schon mal anfangen, seine Wunden zu versorgen«, sagte Jaxom. »Dank dir ist er wenigstens wieder er selbst.«

»Ich gehe mit ihnen.« Unbemerkt war Rose aus der stummen Menge zu ihnen getreten. »Meine Wunden verheilen gut, ich brauche nicht gereinigt zu werden. Und ich habe oft mitgeholfen, Sarahs und Lydias Verbände zu wechseln. Ich weiß, wo das Goldsiegel ist und wie man damit Wunden reinigt. Ich würde wirklich gern helfen.«

Mari öffnete den Mund, um zu beteuern, dass sie das schon schaffen würde. Sie sollte es schaffen. Schließlich war sie die Mondfrau. Aber mit einem Schlag erkannte sie, dass es genau das gewesen war, worüber sie sich immer bei Leda beklagt hatte: dass ihre Mama alles allein erledigt hatte. Stets hatte sie all die Qualen und Ängste, die Liebe und den Schmerz des Clans auf sich genommen und war vor ihrer Zeit daran gealtert, und viel zu oft war eine Traurigkeit in ihr gewesen, die Mari nicht greifen konnte.

»Danke, Rose«, sagte sie. »Das wäre nett von dir.«

»Sobald ich meinen Namen getanzt habe, komme ich zu euch und helfe euch«, versprach Jenna.

»Ich auch«, sagte Isabel.

Mari hätte am liebsten die Arme um sie alle geschlungen und ihnen gesagt, wie phantastisch sie waren, doch ihre Kehle war plötzlich wie zugeschnürt, und alles, was sie tun konnte, war, zu lächeln, zu nicken und sich die Tränen aus den Augen zu blinzeln.

Als Jaxom und Rose mit Mason verschwunden waren, der schwach, aber ohne Hilfe zwischen ihnen ging, sah Sora Mari an. »Also, Mondfrau – bist du bereit weiterzumachen?«

Mari schlang die Arme um ihre Freundin und drückte sie – vor dem gesamten Rudel. Ihr Überschwang überraschte alle einschließlich Sora, deren Augen sich nun ebenfalls mit Tränen füllten.

»Mit diesem Rudel bin ich zu allem bereit!«

# 33

»Also, jetzt erzähl!«, bat Mari, als sie endlich unter sich – nur Nik, Laru, Rigel und sie – gemächlich zu ihrem Bau zurückwanderten, die Mägen voll köstlichem Essen und die Herzen voller froher Eindrücke. »Wie hast du Jaxom und Mason gefunden?«

»Nicht ich. Rigel.«

Mari betrachtete ihren jungen Schäferhund, der mit einem völlig besabberten Stock im Maul neben ihr hertrottete, der länger war als eines seiner Beine.

»Okay, jetzt musst du mir wirklich alles erzählen!«

»Da gibt's nicht viel zu erzählen. Ich war gerade dabei, die letzten Sachen zu verpacken. Die Tür stand offen – ich mag die Abendbrise so gern.«

»Ich auch.« Mari ließ ihre Hand in seine gleiten.

Er grinste sie an. »Also, die Tür war offen, und plötzlich fängt Rigel an zu wittern und wird unruhig.«

»Wittern?«

»Das ist, wie wenn er am Boden einer Spur folgt, nur dass er in die Luft schnuppert.«

»Ah, ich verstehe. Gut, weiter.«

»Als Nächstes fängt auch Laru an zu wittern – und zu knurren. Ich merkte, dass er den Geruch wiedererkannte und nicht mochte. Also nahm ich meine Armbrust.« Nik klopfte auf die

Waffe, die ihm über dem Rücken hing. »Und bat die beiden, mich zu dem zu bringen, was sie gewittert hatten. Sie führten mich zu Jaxom, der in einen Ringkampf mit diesem kranken, sehr gewalttätigen Burschen verstrickt war. Ich wollte den Kerl erschießen, aber Jaxom rief, das solle ich nicht tun, es sei sein Bruder, und ich solle ihm helfen, ihn zu dir zu bringen, damit du sie beide sofort reinigen könntest.«

»Jaxom benahm sich nicht komisch?«

»Zuerst nicht – es ging auf die Dämmerung zu, aber die Sonne war gerade noch am Himmel. Ich musste Mason niederschlagen, damit wir ihn fesseln konnten. Dann fingen wir an, ihn zum Geburtsbau zu schleifen.«

»Du hast dir aber nicht die Hand verletzt?«

»Die Hand?«

»Ja, als du ihn niedergeschlagen hast.« Mari untersuchte bereits die Hand, die sie hielt, und fand keine Verletzungen. Sie griff nach Niks zweiter Hand, doch er hinderte sie daran.

»Nein, nein, meine Hände haben nichts abbekommen. Ich habe ihm eins mit der Armbrust übergebraten. Die ist aber auch heil geblieben. Na ja, als die Sonne untergegangen war, fing Jaxom an, komisch zu werden. Doch ich muss sagen, er ist echt gut damit umgegangen. Er hat mir genau erklärt, was los war, und mich gebeten, nicht überzureagieren, wenn seine Stimme, seine Haut und selbst seine Augen sich verändern würden. Er meinte, er könne sich beherrschen, weil erst Drittnacht sei und er ja nicht mehr zusätzlich die Hautdiebskrankheit hätte. Und so war's auch. Na gut, wenn du ihn nicht gereinigt hättest, hätte ich morgen Nacht nicht in seiner Nähe sein wollen, aber vorhin war er durchaus noch er selbst – nur aggressiver.«

Mari nickte. »Das ist normal für männliche Erdwanderer

in einer Drittnacht. Wenn sie wissen, dass sie gleich gereinigt werden, können sie sich beherrschen.«

»Und wenn Erdwandererfrauen damit rechnen können, gereinigt zu werden, sind sie traurig, aber nicht gleich erstarrt und zu Tode betrübt?«

»Genau. Von außen erscheint es, als könnten Frauen es länger als Männer ertragen, nicht gereinigt zu werden, doch das liegt nur daran, dass sie nicht gewalttätig werden. Ihre Qualen sind genauso schlimm wie diese Aggression.«

»Hast du eine Ahnung, warum die Männer grundsätzlich gewalttätig werden und die Frauen traurig?«

»Ich weiß nur, wie Mama es erklärte. Sie sagte, dass das Nachtfieber uns unser Ich raubt und nur noch unsere niedrigsten, negativsten Anteile erhalten bleiben. Männer richten sich dann eher nach außen, was sich in Gewalt äußert, meistens gegen sich selbst. Frauen ziehen sich in sich selbst zurück und zerstören sich durch Traurigkeit und Selbsthass.«

»Aber die Männer haben Sora und Danita angegriffen.«

»Soweit ich weiß, kommt das normalerweise nie vor. Nik, ich bin mir sehr sicher, dass unsere Männer nur aufgrund der Hautdiebskrankheit so aggressiv gegen andere sind.« Mari warf einen nervösen Blick in den finsteren Wald ringsum. »Ich frag mich, wie viele männliche Erdwanderer noch da draußen sind und wie viele sich mit dieser schrecklichen Krankheit angesteckt haben.«

»Genau das habe ich Jaxom gefragt. Er glaubt nicht, dass es noch viele sind. Oder besser gesagt: Er glaubt nicht, dass überhaupt noch welche leben. Er sagte, einige hätten sich gegeneinander gewandt. Andere sind gestorben.« Nik verstummte, sichtlich nicht gewillt, mehr zu sagen.

»Hey. Du redest mit einer Heilerin. Erzähl, was du weißt.«

Er seufzte. »Jaxom sagte, er hätte gestern ein paar Erdwanderer gefunden. Aus eurem Clan. Sie waren alle tot. Ihre Haut hatte sich komplett vom Körper gelöst. Alles war voller Blut und Eiter. Sie müssen schreckliche Qualen gelitten haben.«

»O Göttin.« Auch Mari kribbelte es am ganzen Leib.

»Noch ein Grund mehr, diese Gegend zu verlassen. Irgendwie breitet das Gift von Hafenstadt sich aus.«

»Ganz meine Meinung. Wobei es mir zugegebenermaßen schwerfallen wird, hier wegzugehen. Ich versuche, nicht zu viel darüber nachzudenken, aber –« Sie brach ab, kniff die Augen zusammen und versuchte mit aller Macht, die drohenden Tränen abzuwenden.

»Ist schon okay. Ich verstehe. Aber am Ende wird sich zeigen, dass es die beste Entscheidung war. Da bin ich mir ganz sicher!«

»Ich weiß. Wir wissen ja alle, dass Veränderungen gut sind. Nur manchmal hart.« Mari fiel etwas ein. »Sag mal, Nik, hast du schon jemals Rigel gespürt?«

»Gespürt?«

»Ja, so wie Laru, nur vielleicht nicht so stark oder zumindest nicht so tief. Spürst du jemals Gefühle, die er dir schickt?«

»Nö, nicht dass ich wüsste.«

»Und andere Hunde? Zum Beispiel Laru, als er noch der Gefährte deines Vaters war?«

»Nein. Laru und ich hatten uns immer gern, aber so ist das oft bei den Kindern von Gefährten und ihren Hunden.«

»Konnte dein Vater andere Hunde spüren? Oder sonst jemand im Stamm?«

Nik sah sie erstaunt an. »Nein. Also, natürlich können Hunde außer ihren Gefährten auch anderen Leuten nahe sein. Zum Beispiel habe ich einen guten Draht zu Cammy. Er ist ein lieber kleiner Kerl, und da ich mit Davis befreundet bin, ist es nur natürlich, dass ich auch Cammy mag. Aber ich fange nicht wirklich Gefühle von ihm auf. Warum fragst du?«

»Als Jaxom und du vorhin Mason herbrachten und die Hunde und Bast zu mir kamen, konnte ich sie spüren. Wie Rigel, nur nicht so klar. Aber ich konnte es. Es war faszinierend. Bast fühlt sich viel ruhiger an, als ich gedacht hätte. Sie hat mich an Mondmagie erinnert – kühl und machtvoll auf sehr weibliche Art.«

Nik blieb stehen und starrte sie an. »Laru!«, rief er. Der Schäferhund, der ihnen einige Schritte voraus gewesen war, um auf Wolfsspinnen zu achten, sprang herbei. Nik ging neben ihm in die Hocke. »Könntest du Mari mal ein Gefühl senden?«

Laru wedelte mit dem Schwanz, und plötzlich durchströmte Mari ein Glücksgefühl.

Sie kicherte. »Danke, Laru! Das ist echt nett.«

Nik sah sie an. »Du hast es gespürt?«

»Ja. Fröhlichkeit. Laru ist süß.«

Nik sah zwischen ihr und Laru hin und her und stieß fassungslos aus: »Warum merken wir erst jetzt, dass Mari die Gefühle von allen Gefährten spüren kann?«

Laru bellte zweimal scharf. Da sagten Nik und Mari im Chor: »Weil bisher keiner danach gefragt hat!«

Lachend ließ Mari sich von Nik in die Arme schließen. Er gab ihr schnell einen Kuss. »Du bist der reine Wahnsinn!«

»Danke, Nikolas.«

»Soweit ich weiß – und alle Kinder im Stamm des Lichts

müssen unsere Geschichte lernen, ob wir wollen oder nicht –, gab es noch nie zuvor jemanden bei uns, der Gefühle anderer Hunde als die seines eigenen gespürt hätte. Ganz zu schweigen von einer Katze.«

»Huch! Gut, dass ich das erst jetzt erfahre –, sonst wäre ich wahrscheinlich so geschockt gewesen, dass ich's nicht geschafft hätte, den Mond herabzurufen.«

»Das bezweifle ich. Mari, wenn du dir was vornimmst, schaffst du das auch, da bin ich mir sicher!«

Er nahm ihre Hand, und Mari war so glücklich, dass es ihr vorkam, als berührten ihre Füße den Rest des Weges zu ihrem Bau kaum noch den Boden.

»Nik, was ist denn das?!«

Wie angewurzelt stand Mari auf der Schwelle zu ihrem Heim. Dass es anders aussehen würde, hatte sie erwartet. Die letzten Tage waren sie ständig zwischen ihm und dem Geburtsbau hin- und hergependelt, hatten Arzneien, Kochgeschirr, Kleidung und Vorräte weggebracht bis auf das, was sie für die letzte Nacht brauchten. Was sie jedoch nie erwartet hätte, war dieses duftende, bunte Wunderland.

Von der Decke hingen Bündel aromatischen Lavendels. In grob geschnitzten Holztiegeln standen Sträuße bunter Blumen – knallpinke Lichtnelken in dem einen, weiße Siebensterne auf leuchtend grünen Stängeln im nächsten, dann orangefarbene Taglilien, deren Duft ebenso betörend war wie ihr Anblick, ein herrlicher Strauß seltener purpurgelber Schwertlilien und zwischendrin immer wieder Büschel duftender Vergissmeinnicht.

Mari trat zu einem der Sträuße aus den unvergesslichen blauen Blumen. Ihre Hand zitterte, als sie über die samtigen Blütenblätter strich und ihren vertrauten süßen Duft einsog.

»Gefällt's dir?«

Mari sah ihn mit tränenüberströmtem Gesicht an. »Ich kann gar nicht ausdrücken, wie sehr.«

»Dann weine nicht!« Er zog sie in die Arme. »Ich wollte dir eine Freude machen – nicht, dass du traurig wirst.«

»Das sind Freudentränen. Größtenteils. Wusstest du, dass diese blauen Blumen Vergissmeinnicht heißen?«

»Nein, aber ich dachte, du würdest sie sicher mögen, weil Rigel mich zu ihnen geführt hat. Sie wachsen auf der kleinen Lichtung oberhalb eures Baus rund um das hübsche Göttinnenbildnis herum. Aber das weißt du ja.«

»Sie waren Mamas Lieblingsblumen. Es gab sie dort oben nie, bis ich Mama dort begraben habe – da war die Lichtung plötzlich voll davon.« Mari zog die Nase hoch und wischte sich die Augen. »Ich glaube, so wollte die Erdmutter zeigen, wie sehr sie Mama geliebt hat. Obwohl mir das ja schon klar war.« Da bemerkte Mari, was mitten auf ihrem Zeichentisch stand. Sie näherte sich ihm und hob die kleine Statue auf. »O Nik, wie wunderschön!« Von allen Seiten betrachtete sie die Schnitzerei, verzaubert von den weichen Linien und der fremdartigen Schönheit.

»Das ist die bessere Version von dem Pferd, um das du gebeten hattest. Ich habe die letzten Tage immer wieder heimlich daran gearbeitet.«

»Wie exakt du alles modelliert hast!«

»Meine Mutter hat oft welche gezeichnet, und ich fand sie schon als kleiner Junge spannend.«

»Hat deine Mutter das Gleiche gesagt wie Antreas –, dass man auf ihnen reiten kann?«

»Allerdings.«

»Ich kann mir das kaum vorstellen.«

»Hey, wir werden's mit eigenen Augen sehen. Ist das nicht genial?«

»Ja.« Mari stellte die Figur wieder auf den Tisch und drehte sich zu ihm um. »Morgen gehst du zum Stamm.«

Es war keine Frage, doch er antwortete: »Ja. Aber falls du willst, helfe ich dir vorher noch, die restlichen Sachen in den Geburtsbau zu bringen. Ich wusste nicht, ob du die letzten zwei Nächte noch hier verbringen willst.«

Maris spontaner Impuls war, zu sagen: *Ja, natürlich schlafe ich hier – das hier ist mein Zuhause.* Aber als sie genauer darüber nachdachte, erkannte sie, dass sie die beiden letzten Nächte auf Erdwanderergebiet besser beim Rudel verbringen sollte. Dieses würde all seine Mondfrauen brauchen – und Mari das Rudel. Hier zu sein wäre nur bedrückend, vor allem wenn Nik erst spät zurückkehrte und sie mit Rigel ganz allein wäre.

»Nein. Ich bleibe nur noch heute Nacht. Mit dir, Laru und Rigel. Morgen, wenn du gehst, gehe ich zum Geburtsbau zu den anderen und erwarte dich dort. So ist es richtig. Höchste Zeit, dass die Mondfrauen aufhören, sich abzusondern.«

»Da bin ich aber erleichtert!« Nik schlang die Arme um sie. »Der Gedanke, dich mit Rigel ganz allein hier zu wissen, hat mir gar nicht gefallen.«

»Meine Heimat hinter mir zu lassen wird schwer genug sein. Da will ich nicht auch noch allein sein. Ich war schon viel zu viel allein.« Mari nahm Niks Hände und sah ihm in die sanften moosgrünen Augen. »Nikolas, gehen wir ins Bett?«

»Klar doch! Du bist sicher verdammt müde, nachdem –« Er stockte, als er begriff, was ihr schüchternes Lächeln und die Erwartung in ihrem Blick bedeuteten. »Oh! Kreuz-Käferklöten, natürlich, lass uns ins Bett gehen! Ach, Mist. Das war nicht sehr romantisch.«

Mari kicherte. »Doch. Du bist so süß, wenn du dich für was begeisterst.«

Hand in Hand gingen sie zu dem weichen Lager hinüber, auf dem Mari ihr Leben lang geschlafen hatte.

»Setzt du dich mal kurz hin?«, fragte sie.

»Ich tue alles für dich, Mari. Auch aufhören, falls dir irgendwas nicht gefällt.«

»Mach dir darüber keine Gedanken. Mit Erdwandererfrauen ist es nämlich so.« Er setzte sich, und sie trat einen kleinen Schritt zurück. »Wenn wir einmal beschlossen haben, uns unserem Partner hinzugeben, dann tun wir das voll und ganz. Mit Freuden und ungehemmt. Na ja, zumindest fast ungehemmt.«

»Gut zu w-«, begann Nik, aber die Worte blieben ihm im Hals stecken, als Mari den Saum ihrer Tunika ergriff, sich diese mit einer einzigen Bewegung über den Kopf zog, ihren Schlüpfer löste und diesen achtlos an ihre Füße sinken ließ.

Nackt stand sie vor ihm. Im Rücken spürte sie die Hitze des Herdfeuers und am ganzen Körper die Hitze von Niks Blick. So oft hatte sie sich diesen Moment ausgemalt. Wie nervös und aufgeregt sie sein würde. Aber nie hätte sie gedacht, dass sie es einfach nur genießen würde, dazustehen und zu sehen, wie Nik sie mit den Blicken verschlang.

»Du bist so schön – einfach perfekt.« Seine Stimme klang plötzlich tiefer.

»Du bist dran«, sagte sie. Aber als er sich die Tunika vom

Leib zerren wollte, trat sie näher und legte die Hände auf seine. »Darf ich? Ich würd's gern machen.«

»Mari, du darfst alles mit mir machen.«

Sie grinste schief. »Pass auf, was du sagst, Nikolas. Nicht dass dir das noch Probleme einbringt.«

»Meine wunderschöne Mondfrau, weißt du, was das Problem mit Problemen ist?« Er hob ihre Hand an die Lippen, küsste ihr das Handgelenk und zog dann langsam und zärtlich eine Spur aus Küssen über ihren Unterarm bis in die Ellenbeuge. Dort hielt er inne und sah verschmitzt grinsend zu ihr auf. »Dass sie auf den ersten Blick oft wie ein Riesenspaß erscheinen.«

»Dann lass uns heute Nacht einen Riesenspaß haben.« Sie zog ihm die Tunika über den Kopf und ließ sie zu Boden fallen. Mit den Händen erkundete sie seine nackten Schultern und seine Brust. »Irgendwie gefällt's mir, dass du fest bist, wo ich weich bin. Und das da gefällt mir auch.« Neckisch zupfte sie an dem krausen blonden Haar auf seiner Brust. Dann wanderte ihre Hand abwärts, liebkoste ihm den straffen Bauch und gelangte zum Saum seiner Hose. Nik schnappte nach Luft.

»Gefällt dir das, was ich mache?«

»Mehr als du dir vorstellen kannst.«

»Oh, gut. Stehst du bitte mal auf?«

Er tat wie gewünscht, und sie streifte ihm die Hose ab und trat dann zurück, um ihn zu begutachten.

»Du siehst ein bisschen anders aus als das letzte Mal, als ich dich nackt sah.«

»Damals war ich krank und halbtot. Ich hoffe, mit anders meinst du besser.«

»Viel besser, definitiv.« Sie berührte ihn mit der Hand und spürte ihn erzittern. »Du zitterst ja.«

»Ich weiß. Das passiert einfach. Wenn du mich berührst, fühlt sich das an wie Sonnenfeuer.«

»Soll ich aufhören?«

»Nein! Hör bloß nie auf, mich zu berühren.« Nik schloss sie in die Arme, zog sie mit sich aufs Lager und küsste sie innig. Und Mari machte eine banale und zugleich wundersame Feststellung: Sie passten einfach perfekt zusammen.

# 34

Noch im Morgengrauen feierte der Tod. Mit seinen frischgebackenen Schnittern hatte er die Galerie in Beschlag genommen, und auch die Kammer des Gottes war von ihnen erfüllt und hallte wider vom groben Gelächter halbbetrunkener Männer und dem Gekicher von Frauen.

Täubchen kauerte hinter dem Vorhang des kleinen Schlafgemachs, das Fahlauge und sie vom Rest der Kammer abgetrennt hatten. Sie betastete das duftende Gewebe aus getrocknetem Lavendel. Gewöhnlich weckte der Duft Erinnerungen an frohe Stunden und Liebe in ihr. Jetzt aber machte er sie nur traurig und ließ all das in ihr aufsteigen, was sie verloren hatte, als ihr Geliebter sich dem Gott des Todes ergeben hatte.

Täubchen hatte jede Hoffnung aufgegeben, dass ihr Streiter noch einmal erwachen, sein Geist noch einmal an die Oberfläche kommen würde, und sei es nur für wenige Augenblicke. Nach wie vor sehnte sie sich danach, seine starken, beschützenden Arme um sich zu spüren, wünschte sich, nur noch einmal mit ihrem Liebsten sprechen zu können. Doch sie musste ihre Gedanken aufs Überleben richten – und darauf zu fliehen, denn beides hing untrennbar zusammen.

Aus einer anderen Ecke der Kammer hörte sie kicherndes Kreischen. Auch ohne Augen begriff Täubchen genug von dem, was dort draußen vorging, um sich tunlichst weiter verborgen zu halten. Die Männer des Gottes jagten ihren Zofen nach, die so taten, als wollten sie vor diesen fliehen –, nur um schließlich gefangen und auf eines der Lager getragen zu werden. Oder auf der Stelle genommen zu werden, vor den Augen aller anderen Männer, die ihre Brüder ausgelassen anfeuerten.

Und mittendrin dröhnte die Stimme des Todes, der das Treiben immer mehr anstachelte.

Sie hasste seine Stimme so sehr, dass es ihr manchmal den Atem verschlug.

Leise Schritte kündigten eine ihrer Zofen an. Noch ehe diese etwas sagte, erkannte sie ihre einzige Freundin und Vertraute.

»Er wünscht dich zu sehen, Herrin«, sagte Lilie bedrückt.

Täubchen nickte und strich sich das Haar zurecht. »Das war zu erwarten.«

»Soll ich ihm sagen, dass du krank bist? Vielleicht, dass deine Mondzeit da ist?«

»Er würde wissen, dass es gelogen wäre. Nein, ich gehe.« Sie stand auf. »Wie sehe ich aus?«

»Wundervoll, wie eine Göttin.«

»Ich wusste nicht, dass ich für schön gelten kann«, sagte Täubchen. »Dann erblickte mich mein Streiter und sagte mir, ich sei lieblich von Angesicht und Gestalt. Wie ich mich freute! Jetzt wünschte ich, ich wäre eine faltige Greisin wie die einstigen Wächterinnen, damit er mich in Ruhe ließe!« Fast spuckte sie die Worte aus.

Lilie kam näher. »Ich habe sie reden gehört. Heute Abend wollen sie zur Stadt der Anderen aufbrechen. Der Angriff soll nach Sonnenuntergang erfolgen.«

Täubchen drückte leicht ihre Hand. »Dann müssen auch wir heute gehen! Sind wir bereit?«

Lilie nickte und trat so dicht neben sie, dass sie ihrer Herrin ins Ohr flüstern konnte: »Ich habe getan, worum du batest.«

»Gut. Ich werde mir einen Grund überlegen, warum wir abwesend sein können, ohne dass er Verdacht schöpft. Sobald ich einen gefunden habe, verlassen wir diesen Ort. Niemals werde ich dieses Monster auf die Bäume oder sonstwohin begleiten!«

*»Täubchen, komm zu deinem Gott!«*

Bei seinem Ruf schrak Lilie zusammen. Täubchen drückte deren Hand noch einmal und ließ sie dann los. »Denk daran. Unser Gott ist eine Göttin – wir sind der Erdmutter treu, dem Leben selbst. Sei bereit. Ich glaube fest daran, dass sie uns helfen wird, dem Tod zu entrinnen.«

Tatsächlich war sich Täubchen da alles andere als sicher, aber sie versuchte, es sich einzureden, betete darum, wollte es mit aller Macht glauben in der Hoffnung, ihr Wunsch werde es wahr werden lassen.

»Das Gepäck ist schon draußen. Ich wollte, ich hätte mehr Zeit für die Vorbereitungen gehabt«, flüsterte Lilie noch.

»*Täubchen!*«, donnerte der Gott.

Eilig machte sie sich auf den Weg durch die Kammer, die sie so gut kannte, doch Lilie holte sie ein und nahm sie am Ellbogen.

»Lass mich allein gehen«, sagte Täubchen. »Ich will nicht, dass er dich mehr als nötig sieht. Ich kenne mich im Tempel aus, das weißt du doch.«

»Heute ist es anders. Überall sind Schnitter und deine Zofen – an Orten, wo man es nicht erwarten sollte.« In Lilies Ton schwang Abscheu mit.

»Oh. Ich verstehe. Dann führe mich.«

Gemeinsam schlängelten die beiden Mädchen sich durch die überfüllte, chaotische Kammer. Täubchen roch den schweren säuerlichen Geruch von Sex gemischt mit dem Trunk aus fermentierten Äpfeln, an dem sich alle berauschten. Einige Male musste sie schlucken, weil ihr übel wurde.

Täubchen hasste sie alle. Mit jedem Tag wurde die Armee der Schnitter größer und stärker. Mit jedem Tag wurden sie arroganter und zügelloser. Vorbei war es mit den Ritualen und dem Respekt, die hier im Tempel geherrscht hatten. Vorbei mit den Traditionen, die den Glauben an eine Metallstatue untermauert hatten. Der Gott war erwacht, und für niedliche Traditionen und altehrwürdige Rituale hatte er nichts übrig.

So wie Täubchen es erlebte, hatte Tod für nichts etwas übrig außer für Chaos.

»Ah, da bist du ja, kleiner Vogel!«

Sie verneigte sich anmutig vor ihm. »Mein Gebieter, was kann ich für dich tun?«

»Dort, wo du stehst, gar nichts! Komm auf meinen Schoß. Ich habe da etwas für dich – etwas ziemlich Großes!«

Lachen erklang – das anzügliche Gelächter der Klinge des Todes, Stahlfaust, sowie das Gekicher einiger weiterer seiner liebsten Schnitter. Sie alle standen also um ihn herum. Und der Gott wollte, dass Täubchen zu ihm kam – er wollte sich mit ihr vergnügen, auf intimste Art, hier vor all seinen Männern und ihren eigenen Zofen.

Sie straffte die Kiefermuskeln und hob das Kinn. »Mein Gebieter, ich werde dich mit Freuden in unserem Bett empfangen, aber nicht hier.« Sie streckte die Hand nach ihm aus. »Komm mit mir an einen abgeschiedeneren Ort.«

»Ich fühle mich sehr wohl, wo ich bin, umgeben von meinen

Schnittern. Auch sie vergnügen sich offen mit deinen Zofen, und diese beklagen sich nicht. Nicht wahr, meine Hübschen?«

Von überallher riefen ihre Zofen »Nein, mein Gebieter!« und »Deine Schnitter sind uns willkommen und du auch, Gebieter!«

»Schau, kleiner Vogel! Sie haben keine Bedenken. Und auch du wirst deine nun über Bord werfen.« Die falsche Freundlichkeit in der Stimme des Gottes war echter Härte gewichen.

»Wird deine Göttin auch so freizügig sein, mein Gebieter?«, fragte Täubchen scharf. Hochaufgerichtet und scheinbar ruhig stand sie da – das einzige Indiz für ihre Angst waren die blutigen Eindrücke ihrer Fingernägel in ihren zur Faust geballten Händen.

Eine große Stille breitete sich auf der Galerie aus. Täubchen spürte, dass die Aufmerksamkeit aller auf sie gerichtet war. Dann lachte Tod – lang, grob und laut. »Was für ein seltsames Mädchen du doch bist, kleiner Vogel. Du wirkst so schüchtern, ja kindlich, aber da stehst du und sprichst von der Göttin, als wollest du für sie sprechen.«

»Wer sonst sollte denn für sie sprechen?« Täubchen verharrte statuengleich. »Du vielleicht? Bedeutet das im Gegenzug, dass du der Göttin auch erlauben würdest, für dich zu sprechen?«

»Vorsicht, dass du nicht zu weit gehst, kleiner Vogel. Sonst muss ich dir die Flügel stutzen.«

»Verzeih, mein Gebieter.« Täubchen sank in eine tiefe, demütige Verneigung. Doch als sie sich wieder aufgerichtet hatte, schleuderte sie ihm den nächsten verbalen Angriff entgegen. Mit einer schwungvollen Geste deutete sie auf ihren jugendlichen Körper. »Ist nicht dies der Tempel, in dem die Große Göttin residieren wird, sobald du sie erweckt hast?«

»In der Tat.«

»Dann liegt es in meiner Verantwortung, diesen Tempel für sie heilig zu halten, bis sie ihr Recht darauf einfordert. Und das bedeutet, ich werde seine Geheimnisse nicht zur Unterhaltung deiner Schnitter preisgeben.«

»Wie kannst du es –«

»Ich wage es, weil ich mein Leben als Orakel der Götter verbracht habe!«, übertönte Täubchen ihn. »Ich weiß, wie sie sich ihre Tempel wünschen. Und sollte ich hiermit meine Befugnisse überschreiten, so bin ich sicher, dass die Göttin meinen Irrtum korrigieren wird, sobald sie Besitz von mir ergriffen hat. Bis dahin bitte ich dich, mir den Respekt zu erweisen, den der Tempel der Göttin verdient.«

»Ich habe mich wohl in dir geirrt, kleiner Vogel«, knurrte Tod verärgert und überdrüssig. »Verschwinde. Kehre in deine Einsamkeit zurück. Heute Abend ziehen meine Schnitter und ich zur Stadt der Anderen und nehmen sie nach Sonnenuntergang ein. Dann werde ich zurückkehren, dich holen und damit beginnen, meine wahre Geliebte zu erwecken. Geh mir aus den Augen und verschone mich mit deinem Anblick, bis ich komme, um dich zu holen. Ich bin deiner leid.«

»Ja, mein Gebieter.« Ein letztes Mal verneigte Täubchen sich tief. Schließlich griff sie nach Lilies Arm. Das Mädchen wollte sie wegführen, da ließ die scharfe Stimme des Gottes beide erstarren.

»Deine Zofe bleibt. Sie soll mir die süße Erleichterung verschaffen, die du mir verweigerst. Komm, kleine Blume«, sagte er zu Lilie.

Täubchen spürte, wie ihre Freundin zu zittern begann. Hastig wisperte sie ihr zu: »Welche Zofe wünscht sich am meisten, dem Gott zu Willen zu sein?«

»Haselmaus. Sie wäre überglücklich«, hauchte Lilie mit bebender Stimme.

Ohne sich ganz umzuwenden, sagte Täubchen lässig über die Schulter: »Ich brauche Lilie, um mich zurück in meine Einsamkeit zu führen. Mit all deinen Schnittern hier finde ich mich nur schwer zurecht. Haselmaus!«, rief sie.

»Ja, Herrin!«, hörte sie von irgendwo hinter sich.

»Würde es dich freuen, dem Tod aufzuwarten, solange Lilie anderweitig beschäftigt ist?«

»O ja, Herrin!«, kam die eifrige Antwort.

»Dann begib dich zu ihm.«

»Ja, Herrin!«

Eilig hörte Täubchen Haselmaus' nackte Füße über den Fliesenboden auf die Galerie huschen.

»Sie hat eine volle Brust, und ihre Haut ist so gut wie unversehrt«, flüsterte Lilie ihrer Herrin zu. »Einige Männer haben sie schon eine Schönheit genannt.«

»Zieh dich aus, Haselmaus. Zeig dich dem Gott.« Obwohl die Zofe dem Befehl bereitwillig gehorchte und sie deren Eifer deutlich spürte, zog sich Täubchens Magen dennoch zusammen. »Mein Gebieter? Gefällt dir diese Zofe?«

Er kicherte tief und leise; der Ton war nicht schwer zu deuten. »Sie wird vollauf genügen. Jetzt verschwinde – wie gesagt, ich bin deiner leid.«

Täubchen wandte sich zu Lilie um. »Bring uns hier raus«, hauchte sie. »Ein für alle Mal. Und zwar schnell.«

Unter den Seufzern, dem Mädchengekicher und dem tiefen Stöhnen der Ekstase brachte Lilie Täubchen zurück in die abgetrennte Ecke der Kammer, doch dort blieben sie nur, um sich die Schuhe anzuziehen, die sie unter der Matratze versteckt hatten. Daraufhin spähte Lilie zur Galerie zurück und flüsterte: »Sie schauen alle zu, wie der Gott sich an Haselmaus erfreut – selbst diejenigen, die hier in der Kammer waren.«

»Dann los. Sieh dich noch einmal genau um. Und danach passen wir einen Moment ab, in dem wirklich niemand herschaut, und verschwinden.«

Wie gebeten ließ Lilie den Blick noch einmal gründlich durch die große Kammer wandern. »Tausendschön und Flitter sind jetzt auch bei dem Gott. Sie und Haselmaus tanzen für ihn. Die Schnitter sind ganz gebannt von ihnen. Nun können wir unbemerkt gehen!«

Statt schleunigst in die Freiheit hinauszueilen, zögerte Täubchen noch einmal. »Lilie, bist du dir ganz sicher, dass keine der anderen Zofen so denkt wie wir?«

»Herrin, ich habe es dir schon einmal gesagt. Nein. Die Zofen genießen die Aufmerksamkeit der Schnitter. Endlich gibt es gesunde, starke Männer, die noch dazu in der Gunst eines Gottes stehen. Die Zofen freuen sich auf die Zukunft, die Tod dem Volk versprochen hat. Alles, was sie wollen, ist, umsorgt zu werden und von einem Leben in den Wolken zu träumen, fern von Krankheit und Tod.«

»Der Tod wird ihnen nicht fern sein. Er wird sie unterjochen.«

»Ein Joch, das sie mit Freuden annehmen werden.«

Täubchen hob das Kinn. »Gut. Dann lassen wir diesen schrecklichen Ort hinter uns. Aber langsam. Wir sollten gehen, als hätten wir nichts Besonderes vor.«

»Ich verstehe.«

Einander fest an der Hand haltend verließen die beiden Mädchen die Kammer des Gottes auf dem schmalen Pfad, der über die Trümmer der Treppe auf den Hof hinabführte. Im Erdgeschoss vor dem Eingangsportal blieben sie stehen.

»Was siehst du?«, fragte Täubchen.

»Die Feuertöpfe brennen. Die Siechen haben sie entzündet – du weißt, diejenigen, die zu alt oder krank sind, um den Gott zu interessieren; deshalb hat er sie nicht in Schnitter verwandelt und lässt sie niedere Arbeiten verrichten, bis sie sterben. Unser Gepäck liegt verborgen hinter dem Geröll jenseits des Hofes.«

»Dann lass uns dorthin gehen.«

»Die Siechen werden dich sehen, Herrin.«

»Um die mache ich mir keine Sorgen. Nur um den Tod.«

»Dann musst du dir keine Sorgen machen – oder zumindest nicht so bald. Im Moment amüsiert er sich prächtig.«

»Und später wird er den Angriff auf die Anderen durchführen. Das heißt, Sorgen muss ich mir erst morgen machen.«

»Morgen sind wir weit weg von hier«, sagte Lilie.

Gemächlich schritten sie über den Hof, ganz so, als machten das Orakel und seine Zofe einen kleinen Spaziergang. Manche der Alten und Kranken warfen Täubchen beim Vorübergehen einen Gruß zu. Sie lächelte und nickte, darauf bedacht, sich zu verhalten wie immer.

Ihre Rucksäcke lagen dort, wo Lilie sie versteckt hatte. Im Schutz eines eingestürzten Gebäudes schulterten sie sie. Lilie nahm wieder die Hand ihrer Herrin. »Bist du bereit?«

»Ich versuche es.« Täubchen hatte plötzlich Mühe zu atmen, ihr war zugleich glühend heiß und eiskalt.

»Geht es dir gut, Herrin?«

»Ich war noch nie außerhalb des Tempels und dieses Hofes«, bekannte sie. »Gleich nach meiner Geburt wurde ich den Wächterinnen übergeben, um der Göttin geopfert zu werden.

Doch eine von ihnen verkündete, ich sei ohne Augen geboren worden, weil die Göttin mir das Zweite Gesicht verliehen hätte, mit dem ich durch den Schleier zwischen den Welten blicken und das Göttliche schauen könne. Seither habe ich sechzehn Winter gesehen. Ich habe Furcht und Zorn durchlebt, Liebe und Freude, Hass und Abscheu, aber noch nie habe ich den Fuß auf den Boden jenseits dieses Hofes gesetzt.«

»Herrin, aber wie die Wächterinnen sagten: Du kannst das Göttliche schauen. Hast – hast du durch den Schleier gespäht und einen Blick auf unsere Zukunft erhaschen können?«

Täubchen widerstrebte es, ihre Freundin anzulügen, doch was blieb ihr übrig? Wenn Lilie wüsste, dass sie nur ein gewöhnliches augenloses Mädchen war, das zufällig dem Tod gefiel, würde sie ihr dann weiter bei der Flucht helfen? Sie durfte nicht riskieren, dass Lilie ihre Meinung änderte. Also sagte sie langsam und trotz der Täuschung so aufrichtig wie möglich: »Ja. Alles, was ich sicher weiß, ist, dass wir dem Tod über kurz oder lang nicht entrinnen werden, wenn wir bleiben.« Sanft legte sie Lilie die Hand auf den Arm. »Es tut mir leid, dass ich dir eine Last sein werde. Da draußen«, sie deutete vage nach vorn, »bin ich ohne dich hilflos.«

»Du hast nichts zu befürchten, Herrin. Ich werde immer an deiner Seite sein.«

Täubchen umarmte sie. »Danke, Lilie. Eines Tages wirst du für deine Treue mir gegenüber belohnt werden, darauf gebe ich dir mein Wort.«

»Ich brauche keine Belohnung. Mir reicht es, wenn wir dem Tod entkommen. Und jetzt müssen wir weitergehen. Die Sonne ist aufgegangen, und heute Abend müssen wir so weit wie möglich weg von hier sein.«

»Du hast Seile dabei, damit wir uns nachts an die Zweige eines großen Baumes binden können, nicht wahr?«

»Natürlich. Und wie du mich batest, bin ich gestern den Schnittern gefolgt. Ich weiß, wie man auf den Bergrücken kommt, der unsere Stadt von den Anderen trennt, und habe einen verborgenen Pfad zu einer Wegkreuzung gefunden. Bald werden wir unser Gebiet verlassen haben und im Schutz des Waldes sein.«

Sie marschierten los. Täubchen hatte sich bei Lilie untergehakt. Diese achtete unablässig auf den Boden vor ihnen und führte ihre Herrin um Farnbüschel, Baumwurzeln und herumliegende Äste herum.

»Wenn wir den Bergrücken überquert haben, wenden wir uns nach Süden«, sagte Täubchen. »Fahlauge hat mir einmal erzählt, dass er dort Anzeichen für ein Volk gefunden hat, das in Höhlen in der Erde wohnt.«

»Und dein Streiter sagte, sie seien friedfertig?«

Obwohl sie all dies Lilie schon erzählt hatte, verstand Täubchen deren Drang, es zur Bestätigung noch einmal zu hören. »Ja. Er sagte, sie bauten Pflanzen an und betrieben Weberei. Ich fragte ihn, ob es nicht einfacher wäre, sie aus ihren Höhlen zu vertreiben, als gegen die Baumleute zu kämpfen, aber mein Streiter sagte, er habe keine Lust, sich in die Erde zu wühlen, wenn er stattdessen in den Wolken leben könne.« Täubchen schüttelte den Kopf. »Ich wünschte, ich hätte es ihm irgendwie ausreden können. Vielleicht wäre er dann noch hier bei mir, und der Gott wäre nie erwacht.«

»Herrin, ich möchte mir nichts anmaßen, aber ich glaube, Fahlauges Schicksal war in dem Moment besiegelt, als er zum Streiter des Gottes erwählt wurde. Du hättest all das nicht verhindern können. Du bist schließlich nur ein Orakel, kein Gott.«

Täubchen biss sich auf die Lippe, nickte und fuhr damit fort, einen Fuß vor den anderen zu setzen. Alle Angst und Unsicherheit, was ihre Zukunft anging, waren nichts im Vergleich zu dem Grauen, sich selbst zu verlieren, wie Fahlauge sich verloren hatte. »Ich werde überleben. Wie immer.«

Sie bemerkte gar nicht, dass sie laut gesprochen hatte, bis Lilie hinzufügte: »Und ich werde immer bei dir sein.«

»Danke, meine Freundin. Lass uns im Weitergehen die Große Göttin um Hilfe anflehen.«

Und die Hand ihrer Freundin, Führerin und Retterin fest umklammert, floh Täubchen immer weiter vor dem Tod, ins inbrünstige Gebet an eine Göttin vertieft, von der sie nur hoffen konnte, dass diese ihr Gehör schenken würde.

# 35

Kurz vor Morgengrauen erwachten Mari und Nik, langsam, genießerisch und so eng ineinander verschlungen, wie es sich Mari vor ihrer Liebe zu Nik niemals hätte ausmalen können. Am liebsten hätte sie ihn nicht gehen lassen, aber sie wusste: Es war, wie einen Verband von einer Wunde abzunehmen – besser, man tat es schnell und entschlossen, um den Schmerz nicht zu sehr in die Länge zu ziehen.

»Bringst du Rigel und Laru raus? Dann mache ich derweil den Rest Kanincheneintopf für uns alle warm.«

Nik küsste sie auf die Nase. »Und Tee mit viel Honig?«

»Sora sagt, nur so wäre mein Tee genießbar.«

»Sora ist ein schlaues Mädchen.«

»Nik!« Scherzhaft gab sie ihm einen Klaps auf den nackten Po, ehe er sich die Hose hochziehen konnte.

Er glitt lachend außer Reichweite. »Sag ihr bloß nicht, dass ich das gesagt habe.«

»Ich werde schweigen wie ein Grab. Rigel, mein Süßer, geh mit Nik und Laru, ja?«

Der junge Schäferhund stellte sich mit den Vorderpfoten auf ihr Lager, leckte ihr das Gesicht ab und trabte den beiden anderen hinterher.

Mari wusch sich, und bevor ihre Männer zurückkehrten, dampfte der Eintopf bereits, und der Tee zog. Sie genoss diese besitzanzeigende Verknüpfung: ihre Männer. Sie gehörten zu ihr und sie zu ihnen. Vor Rigel, Nik und Laru hätte sie sich nicht vorstellen können, dass ihr Leben einmal so voller Menschen, Tiere und Liebe sein würde – und jetzt konnte sie sich ein Leben ohne all das nicht mehr vorstellen. Gerade hatte sie sich einen Zweig Vergissmeinnicht hinters Ohr gesteckt, da polterten ihre Männer wieder in den Bau und erfüllten ihn mit Lärm, Lachen und Liebe.

Die Hunde stürzten sich sofort auf ihren nur lauwarmen Eintopf, und Mari schöpfte auch Nik und sich je eine Schale voll – und tat großzügig Honig in ihren fragwürdigen Tee. Dann setzten Nik und sie sich nebeneinander, so nahe, dass sie sich immer wieder berührten, und ebenso oft trafen sich ihre Blicke und blieben aneinander haften. Mari liebte es, dass sie einfach die Hand ausstrecken und ihn berühren konnte, wann immer sie wollte, und dass seine Bereitschaft für Zärtlichkeiten immer größer wurde, je vertrauter sie sich mit ihm fühlte.

Sie aß langsam, um jeden Moment mit Nik zu genießen. Sie wusste, es würde für lange Zeit das letzte Mal sein, dass sie wirklich allein miteinander waren. Aber unweigerlich war schließlich alles aufgegessen, und Nik begann, seinen Rucksack zu packen.

»Davis wird jeden Moment hier sein.« Er ging zur Tür des gemütlichen kleinen Baus und öffnete sie. »Rigel, Laru, sagt ihr mir Bescheid, wenn ihr Cammy wittert?« Die Schäferhunde tappten in den Eingang und streckten sich mit täuschend schweren Augenlidern im hereinfallenden Sonnenlicht aus. Nik setzte sich neben Mari und nahm ihre Hand. »Also, gehen wir alles noch einmal durch.«

Sie nickte und packte seine Hand ganz fest. »Okay. Davis und du werdet einen Bogen um die Stadt schlagen, bis ihr aus Richtung des Versammlungsplatzes am Krebsflüsschen kommt.«

»Was genau die entgegengesetzte Richtung ist wie die, in der ihr übermorgen zum Kanal gehen werdet, egal ob ich bis dahin wieder bei euch bin oder nicht.«

»Das macht mich nervös, Nik. Du hast mir versichert, dass sie dich nicht sehen werden – du wirst dich reinschleichen, einen Mutterfarn holen und dich wieder rausschleichen. Trotzdem willst du, dass wir aus der entgegengesetzten Richtung zum Kanal gehen, egal ob Davis und du wieder aufgetaucht seid oder nicht, weil ihr erwischt worden seid. Das gefällt mir nicht.«

»Mari, ich tue nur, was man klugerweise immer tun sollte: mit dem Schlimmsten rechnen und auf das Beste hoffen. Ich habe fest vor, die letzte Nacht in diesem Wald mit dir und unserem Rudel im Geburtsbau zu verbringen und im Morgengrauen mit euch aufzubrechen. Aber falls es Tag wird und wir noch nicht zurück sind, erwarten wir euch am Kanal.« Als sie wieder protestieren wollte, legte er ihr sanft den Finger auf die Lippen. »Hey, wird schon gutgehen. Es gibt viele Gründe, warum wir es vielleicht nicht rechtzeitig zurück zum Bau schaffen. Der Stamm wird fleißig mit dem Wiederaufbau beschäftigt sein. Keine Ahnung, wo die Mutterfarne momentan untergebracht sind, vielleicht muss ich bis tief in die Nacht warten, bis ich ungefährdet einen holen kann. Wenn das der Fall wäre, wäre es für uns alle besser, wenn Davis und ich direkt zum Kanal kämen. Dann wären wir schon bei den Booten, wenn ihr dort ankommt, und hätten vorher die Zeit, uns um eventuelle Wachtposten zu kümmern.«

»Die werdet ihr aber nicht töten, oder?«

»Nein! Außer sie heißen Thaddeus. Dann verspreche ich nichts.«

»Ist okay. Cyril mochte ich zwar auch nicht besonders, aber einen so alten Mann solltest du nicht umbringen.«

Nik berührte ihre Wange. »Nein, Mari. Ich bin doch kein Mörder.«

»Ich weiß. Ich habe nur –«

»Angst? Bedenken?«

»Beides.«

»Das darfst du. Es wäre dumm, keine Angst oder Bedenken zu haben. Habe ich auch. Aber ich glaube an mich – und an Laru, Davis und Cammy. Und vor allem an dich, Mari, und unser Rudel.«

»Ich auch, Nik. Also, wenn du übermorgen nicht im Morgengrauen am Bau bist, treffen wir uns abends bei den Booten«, sagte sie etwas forscher.

»Ja. Und wir beladen die Boote so schnell wie möglich und rudern los. Ich hasse die Vorstellung, bei Nacht auf diesem dreimal verfluchten Fluss unterwegs zu sein, aber ich weiß, wenn jemand uns da durchbringen kann, dann Sheena.«

»Und wie Antreas sagte, ist nachts die Chance am größten, dass wir ungesehen am Stamm vorbeikommen«, sagte Mari.

»Ja, bei Nacht kümmert sich der Stamm sicher nicht um den Kanal. Gefangene auf dem Inselhof gibt es keine mehr, und kein vernünftiger Mensch fährt nachts auf dem verdammten Fluss herum. Wir werden so schnell und leise wie möglich sein und kommen garantiert problemlos durch, aber für den Fall, dass man uns doch sieht« – Nik zog einen Steinhammer mit scharfer Spitze aus seinem Rucksack –, »werde ich die Boote, die wir nicht mitnehmen, sabotieren. Im Stamm gibt es massenhaft gute Zimmerleute, die werden sie im Nu wieder flottkriegen, aber nicht so schnell, dass sie uns verfolgen könnten.«

»Gute Idee«, sagte Mari. »Und hoffen wir, dass der Mond hell genug leuchtet. Er ist fast voll.«

»Trotzdem sollten wir genügend Fackeln dabei haben. Nur für den Fall.«

»Haben wir. Keine Sorge. Das Rudel wird an alles denken. Wir sind ja schon ziemlich weit mit den Vorbereitungen. Konzentrier du dich darauf, die Mutterfarne zu holen und sicher wieder da rauszukommen.«

Laru bellte laut, und Rigel stand auf, schnupperte in die Luft und begann, mit dem Schwanz zu wedeln.

Mari lächelte den Hunden zu. »Cammy kommt.«

»Hast du das von beiden empfangen?« Nik grinste, noch immer etwas ungläubig.

»Ja. Laut und deutlich.« Dann fügte sie hinzu: »Und nicht nur Cammy.« Nik und sie machten sich auf den Weg zur Tür, da trieb Davis' Stimme gedämpft durch das dichte Buschwerk, das Maris Zuhause umschloss. »Hallo da drin!«

»Davis! Wir kommen«, rief Nik zurück, und er und Laru folgten Mari und Rigel durch das Dornenlabyrinth.

Als Mari den letzten schweren Dornzweig beiseiteschob, damit sie unverletzt aus dem Gebüsch treten konnten, blieb sie überrascht stehen. Da standen sämtliche Gefährten und ihre Hunde, die Gesichter strahlend wie die Morgensonne.

»Was ist denn los?«, fragte Nik, ebenso freudig verwirrt wie sie.

»Wir wollten Davis und dich verabschieden«, sagte Sheena.

»Und wir wollten was für Mari tun«, ergänzte O'Bryan.

»Für mich? Was denn?«

»Na ja, Nik hat erwähnt, dass ihr noch Sachen von deinem Bau zum Geburtsbau bringen wolltet«, erklärte Rose. »Dabei wollen wir euch helfen.«

»Außerdem dachten wir, wir könnten eine neue Tradition einführen«, erklärte O'Bryan.

»Hört sich gut an«, sagte Mari. »Was für eine?«

»Also, beim Stamm begrüßt man täglich gemeinsam mit dem Sonnenpriester die Sonne, nimmt ihr Licht in sich auf und dankt ihr«, sagte Davis. »Du hast das Mondlicht mit uns geteilt – da wär's nur gerecht, wenn wir jetzt die Morgensonne mit dir teilen.«

»Nicht, dass du uns dazu bräuchtest –, wer mit Sonnenfeuer umgehen kann, kann die Sonne auch ohne Hilfe herabrufen«, fügte O'Bryan hinzu.

»Trotzdem ist es gemeinsam schöner«, sagte Sheena. »Nun, das wollten wir mit dir teilen und, mit deiner Erlaubnis, gern ebenso mit allen Erdwanderern.«

Mari blinzelte erstaunt. »Aber Erdwanderer können doch gar kein Sonnenlicht in sich aufnehmen!«

»Bis du uns damit bekanntgemacht hast, hatten wir keine Ahnung von Mondmagie«, sagte O'Bryan. »Und auch wenn wir diese Energie nicht leiten können wie du, fühlt es sich gut an, wenn du's tust.«

»Als wir uns darüber unterhielten, dachten wir uns, vielleicht sind auch die Erdwanderer in der Lage, etwas zu spüren, wenn wir Gefährten gemeinsam Sonnenlicht in uns herabrufen«, fuhr Sheena fort.

»Und wenn nicht, vielleicht können sie wenigstens dem Anblick etwas abgewinnen. Wir finden es ja auch faszinierend anzusehen, wenn du den Mond herabrufst«, sagte Rose.

Keine Sonne hätte Mari in diesem Moment mehr wärmen können als ihr Rudel. »Das ist eine echt tolle Idee! Danke.« Sie warf einen Blick auf Nik.

Dieser lächelte mit verdächtig feuchten Augen. »Ich stimme unserer Mondfrau voll und ganz zu. Klasse Idee.«

»Dann leite das Sonnenerwachen, Sonnenpriester, und lass uns ihre Energie in uns aufnehmen«, sagte O'Bryan.

Mari spürte, wie Nik innerlich zusammenzuckte, als O'Bryan ihn Sonnenpriester nannte. Sie drückte ihm ermutigend die Hand. »Ja, leite uns an, Sonnenpriester.«

Da sah Nik sie an. »Gut. Ich wüsste einen perfekten Ort dafür, aber dazu bräuchte ich deine Erlaubnis – und deine Hilfe.«

Verwirrt hob Mari die Schultern. »Gern, wo?«

Er deutete schräg hinter sich – in Richtung des Hügels über Maris Bau, wo sie und ihre Mama ihr Leben lang den Mond herabgerufen und freudig ihre Namen in die Erde getanzt hatten. Wo Mari ihre geliebte Mama begraben hatte, vor dem Bildnis der Göttin, das Leda ihr Leben lang gepflegt hatte.

Plötzlich konnte sie nicht mehr sprechen. Stumm nickte sie, hob ihren Wanderstecken auf und machte sich auf den Weg zurück in das Dickicht hinein. Sie überließ es Nik, dafür zu sorgen, dass alle gefahrlos folgen konnten.

Er hob zwei weitere, unter den äußeren Zweigen des Dickichts verborgene Stecken auf und warf einen davon Davis zu. »O'Bryan, Sheena, Captain, Rose, Fala, ihr wart noch nie hier drin, also bleibt dicht hinter Mari oder Davis; die halten euch die Dornen vom Leib. Davis und Cammy, ihr wisst ja, wie's geht. Fang mit dem Stecken die Dornen auf, wenn Mari sie loslässt. Ich bilde die Nachhut.«

»Alles klar«, sagte Davis.

»Du kannst, Mari«, rief Nik.

Es dauerte länger als sonst, die vielen Besucher einigermaßen unzerkratzt über die gewundenen Pfade auf die Lichtung hinaufzubringen. Mari watete als Erste in den Teppich der zarten blauen Blüten hinein. Tief und genießerisch atmete sie den Duft ein, der sie auf ewig an ihre Mama erinnern würde.

»Das ist ja herrlich hier!«, rief Sheena, die ihr folgte.

»Wie hast du denn dieses Blütenmeer hinbekommen?«, fragte Rose. »Ist jetzt nicht die falsche Jahreszeit für Vergissmeinnicht?«

»Doch«, sagte Mari, nachdem sie den Kloß in ihrem Hals hinuntergeschluckt hatte. »Das war nicht ich. Das war die Göttin.«

Alle einschließlich ihr drehten sich nach der Statue der Erdmutter um, die sich, nur halb der Erde entstiegen, in dem Bett aus Blumen auszuruhen schien. Dieses Bildnis war das größte, das Mari kannte – und zu Recht. Schließlich war es dasjenige, das die Mondfrauen des Weberclans selbst geschaffen und über Generationen treu gehütet hatten. Die Haut bestand aus weichstem Moos, das Haar aus zartestem Frauenhaarfarn. Das Gesicht war ein makelloses Oval aus Obsidian, so wunderschön wie aufmerksam.

Automatisch wollte Mari sich vor der Göttin verneigen –, da ging Davis an ihr vorbei und stellte sich dicht vor die Statue. Mehrere lange Momente sah er zu ihr auf; Cammy neben ihm blieb untypisch ruhig. Dann verneigte Davis sich tief, die Hand über dem Herzen.

Als er sich wieder den anderen zuwandte, war sein Gesicht tränenüberströmt. »Ich kann sie spüren! Könnt ihr sie auch spüren?«

In diesem Moment beschloss Mari, dass nichts, was in diesem Rudel passierte, sie je wieder überraschen würde.

»Sie ist sehr schön, aber spüren tue ich nichts«, sagte Sheena.

»Ich auch nicht«, sagte Nik. »Aber ihr Gesicht ist toll – wie sie zugleich entspannt und bereit wirkt, jederzeit aufzuspringen und ihre Kinder zu beschützen.«

Davis sah erstaunt und ein bisschen verunsichert aus. »Ihr anderen auch nicht?«

Die Übrigen schüttelten nur den Kopf.

»Aber du, Mari, oder? Du bist doch eine Erdwanderin. Sie ist deine Göttin. Du spürst sie, ja?«, bohrte er flehend.

Mari trat zu ihm. »Ich habe sie noch nie gespürt. Ich habe auch noch nie ihre Stimme gehört. Meine Mama schon, immer und immer wieder. Aber, Davis, die Erdmutter ist nicht nur die Göttin der Erdwanderer. Sie ist für jeden da, der beschließt, ihr treu zu sein –, und für jeden, den sie sich als Getreuen erwählt. Und ich glaube, dich hat sie erwählt.«

Davis starrte dem Bildnis ins Gesicht. »Glaubst du wirklich? Dass sie mich erwählt hat?«

»Frag sie.«

»Wie?«

»Das muss dein Herz dir sagen.«

Davis nickte. Er trat noch näher an das liegende Bildnis heran und kniete nieder. Doch statt den Kopf zu senken, sah er zum Gesicht der Göttin auf und fragte zutiefst bewegt: »Ist das wahr? Erdmutter, hast du mich erwählt? Darf ich dich meine Göttin nennen?«

Eine lange Stille folgte. Dann begann der Wall aus Dornen um die Lichtung zu rascheln wie in einer frischen Brise –, aber in ihrem Haar spürte Mari nicht das kleinste Lüftchen.

»Oh! Danke! Tausend Dank, meine Göttin!«, rief Davis. Strahlend vor Glück stand er auf und drehte sich zu den anderen um.

»Sie hat zu dir gesprochen, ja?«, fragte Mari.

»Ja! Ich habe sie gehört! Hier«, er berührte seinen Kopf, »und hier.« Er deutete auf sein Herz.

»Was hat sie gesagt?«, wollte Sheena wissen.

Davis' Lächeln hätte tausend Fackeln entzünden können. »Sie sagte: *Ich war schon immer deine Göttin –, du hast es nur erst jetzt erfahren.*«

»Wow.« O'Bryan sah zu dem Bildnis auf. »Unglaublich.«

»Das heißt, wir sind auf dem richtigen Weg!« Nik umarmte Mari und danach Davis. »Was wir da tun – wofür wir uns entschieden haben –, hat dich zu deiner Göttin geführt, Davis. Wir tun das Richtige.«

»Hast du daran etwa gezweifelt, Nik?« Mari kam sich plötzlich sehr verwundbar vor.

Er sah ihr offen in die Augen. »Was mich oder uns beide angeht, nein. Mir war immer klar, dass das unser Weg sein muss. Aber für die anderen?« Er breitete die Hände aus und sah sich in dem kleinen Kreis seiner Freunde um. »Da war ich mir nicht sicher. Ich habe versucht zu tun, was für alle das Beste ist, doch ich war mir einfach nicht sicher.« Sein Blick wanderte zur Göttin. »Jetzt allerdings schon. Nicht nur was mich und dich betrifft.«

»Ich bin mir auch sicher«, sagte O'Bryan. »Ich will genau diesen Weg gehen und keinen anderen.«

»Ich auch«, bekräftigte Sheena.

»Ich auch.« Rose grinste. »Aber ich muss sagen, Falas kleine Chloe wusste das vor mir.«

Da bellte Cammy, wie um zu sagen: *Ich hab's auch gewusst!* Alle mussten lachen.

Nik sah Mari an. »Sollen wir?«

»Von mir aus ja. Was muss ich tun?«

»Es ist ganz einfach und ergibt sich wie von selbst. Tu, was wir alle tun –, den Rest werden die Sonne und das Blut deines Vaters erledigen.« An der Hand zog er sie mit sich und wandte sich nach Osten, wo der feurige Ball der Sonne soeben über den Dornenwall gestiegen war. Mari stellte sich neben ihn, und rund um sie versammelten sich die Gefährten, die Hunde an ihrer Seite, den Blick nach Osten gerichtet.

Nik verharrte reglos. Mari sah ihm an, dass er nachdachte, wohl über die richtigen Worte. Schließlich hob er den Kopf, breitete die Arme aus und rief: »Seht das Wunder unseres Rudels! Und seht die ersten Strahlen unserer Erhalterin – unserer Segenspenderin, der Sonne!«

Während er sprach, änderten seine Augen die Farbe – vom üblichen warmen Moosgrün in gleißendes Gold, das sich auch in Larus Augen spiegelte. Fröhlich lachend breitete Nik die Arme noch weiter aus. Die Ärmel seiner Tunika rutschten zurück und gaben das zarte Farnmuster frei, das schimmernd gleich unter seiner Haut sichtbar war und in dem Mari nun die Blattstruktur des Mutterfarns wiedererkannte.

Wie die anderen ahmte Mari seine Bewegungen nach, legte den Kopf in den Nacken und breitete die Arme weit aus. Als das Sonnenlicht ihr in die Augen fiel, sog sie entzückt die Luft ein. Statt sie zu blenden, durchglühte das Licht sie mit sanfter, stärkender Wärme. Mari schielte auf ihre eigenen Arme, und zum ersten Mal in ihrem Leben genoss sie es, wie das zarte Farnmuster in ihrer Haut aufstieg, der Sonne entgegen, um deren Macht in sich aufzunehmen. Auch Rigel neben ihr sah mit goldglühenden Augen zur Sonne auf. Rings um sich spürte sie die genießerische Freude der Gefährten. Manche lachten auf, manche riefen dem Morgen einen Gruß entgegen, andere flüsterten ihren Dank vertraulicher zum Himmel hinauf.

Und wie richtig es war, dies anzunehmen, begriff Mari in dem Moment, als sie erkannte, wie sehr das Begrüßen der Sonne dem Herabrufen des Mondes ähnelte. Sicher, der eine war kühl, die andere heiß. Die eine beherrschte den Tag, der andere die Nacht. Doch die Freude war dieselbe, genau wie die lebenspendende Nahrung, die das jeweilige Volk aus ihnen gewann. Glücklich gab Mari sich endlich ganz dem Erbe hin, das ihr Vater ihr hinterlassen hatte.

# 36

Mari und Nik standen unter der großen Zeder, wo der Pfad zum Versammlungsplatz am Krebsflüsschen begann, auf dem sich so viel Frohes und Schmerzliches abgespielt hatte.

»Cammy und ich lassen euch dann mal kurz allein«, sagte Davis, wandte sich aber zunächst an Mari. Schüchtern fragte er: »Darf ich dich umarmen, Mondfrau?«

»Ja klar!« Mari zog ihn in die Arme.

Ehe er sie wieder losließ, flüsterte der junge Gefährte ihr ins Ohr: »Die Göttin will, dass du ihr Antlitz mitnimmst.«

Mari trat zurück und starrte ihn an. »Was?«

Davis errötete. »Ich, äh, ich wollte das nicht vor allen anderen sagen. Es fühlte sich zu intim an, ich hatte das Gefühl, es wäre besser, es dir allein zu sagen. Also, sie will mit uns kommen. Nimm ihr Antlitz mit, Mondfrau. Wenn wir bei den Windreitern sind, werden wir daraus ihr erstes Bildnis dort erschaffen.«

»Aber wenn ich sie mitnehme – wer wird dann auf Mama aufpassen?«

»O Mari, deine Mama ist doch bei der Göttin! Sie kommt auch mit. Und dir ist klar, dass das Bildnis da oben – genau wie alle anderen Bildnisse – nicht wirklich die Erdmutter ist, oder?«

»Ja, hier ist mir das klar.« Mari deutete auf ihren Kopf, genau wie Davis nicht lange zuvor. »Aber hier nicht.« Sie wies auf ihr Herz.

»Vertrau deiner Göttin. Sie ist überall. Hey, sie hat mich beim Stamm des Lichts gefunden, bevor ich auch nur ihren Namen kannte. Auf bald, Mondfrau. Wir treffen uns bei unserem Rudel wieder.«

»Mach's gut, Davis.« Mari ging in die Knie, und Cammy trabte zu ihr. Sie umarmte den kleinen Terrier, der fröhlich den Kopf an ihr rieb. Grinsend sah sie zu Davis auf. »Was macht er da?«

»Ich nenne es Terrierkuscheln. Jetzt gehörst du offiziell zu seinem Rudel.«

»Aha – danke, Cammyjunge.« Mari nahm sein Gesicht zwischen die Hände und küsste ihn genau auf die Nasenspitze. Mit wedelndem Schwanz und glücklich heraushängender Zunge trabte er Davis hinterher.

»Bin jetzt ich mit dem Umarmen und Küssen dran?«

Mari stand auf und ließ sich von Nik in die Arme schließen. Sie vergrub ihr Gesicht an seiner Schulter, atmete seinen Duft ein und hielt ihn ganz fest.

»Ich liebe dich«, sagte sie.

»Und ich liebe dich«, sagte er.

»Bitte stirb nicht.«

Er lehnte sich zurück und hob ihr Kinn an, damit sie ihm in die Augen sehen musste. »Das werde ich nicht.«

»Schwöre es mir.«

»Ich schwöre dir, dass ich nicht sterben werde. Noch nicht. Erst müssen wir eine neue Welt gründen und Kinder zeugen.«

Sie lächelte ihn unter Tränen an. »O ja. Und denk daran, du gehörst nun einer Erdwanderin, und die lassen ihre Treuverbundenen nicht einfach verschwinden.«

Seine Brauen schossen in die Höhe. »Ihre Treuverbundenen?«

»Ja, mein Treuverbundener. »Wenn das für dich okay ist.«

»Natürlich. Äh. Müssen wir da keine Zeremonie abhalten oder so?«

»Doch. Sie wird dir sehr gefallen – mehr sage ich jetzt nicht. Dann spornt dich die Neugier hoffentlich noch mehr an, am Leben zu bleiben.«

»Ich brauche nicht mehr Ansporn als das hier.« Er beugte sich vor, und alles, was sie noch wahrnahm, war sein Kuss – seine Berührung, sein Duft.

Sie wollte ihn nicht gehen lassen. Sie wollte ihn nie, niemals gehen lassen.

Widerstrebend löste sie sich von ihm. »Morgen Abend oder übermorgen früh am Kanal. Bis dann.«

»Morgen Abend oder übermorgen früh am Kanal«, wiederholte er. »Nicht einmal der Tod könnte mich davon abhalten. Das schwöre ich dir.«

»Gut. Ich nehme dich beim Wort.« Mari sah Laru an. »Pass auf ihn auf und auf dich selbst auch.« Sie küsste den massigen Schäferhund auf den Kopf. Statt mit dem Schwanz zu wedeln und sie zu lecken, hob Laru den Blick, und seine Liebe strömte in sie ein. Mari wischte sich die Augen. »Danke, mein Freund. Ich danke dir.«

Inzwischen kam Rigel zu Nik – und setzte ihm die Vorderpfoten auf die Brust und sah ihn eindringlich an. Mari staunte, denn eigentlich war es nicht Rigels Art, an Leuten hochzuspringen. Außerdem bemerkte sie zu ihrer Überraschung, wie groß er schon war: Seine Pfoten erreichten fast Niks Schultern.

»Ich komme zurück. Heil und gesund. Dir schwöre ich das auch. Pass du währenddessen gut auf Mari auf!«, sagte Nik zu ihm. Da verhielt sich Rigel wieder, wie sie es von ihm kannten, und leckte ihm das Gesicht ab.

Zuletzt näherte Rigel sich Laru. Die beiden stupsten sich mit den Nasen an, und Rigel senkte den Kopf und bot dem ranghöheren Hund seine Kehle dar. Laru leckte ihn zärtlich, dann trabte er hinter Davis und Cammy her.

Ein letztes Mal nahm Nik Mari in die Arme, so fest, dass sie keine Luft mehr bekam. Im nächsten Moment hatte er sie losgelassen und joggte seinem Gefährten nach. Schnell verschwanden seine breiten Schultern und sein athletischer Rücken im Wald.

Mari war froh, dass er keinen Blick zurück warf. Er sollte nicht sehen, wie sie sich an Rigel klammerte und dessen weiches Fell mit stummen Tränen durchtränkte.

Nik und Davis kamen gut voran. Der Vormittag war noch nicht einmal zur Hälfte vorüber, als sie das Krebsflüsschen erreichten, auf dem Pfad, den sie bisher für einen gewöhnlichen Wildwechsel gehalten hatten. Erst jetzt erkannten sie, dass er von den Füßen unzähliger Erdwanderer auf dem Weg zu deren Versammlungen getreten worden war.

Der Pfad führte an eine Stelle, an der das Ufer mühelos zugänglich war. »Lass uns hier rübergehen«, sagte Nik. »Weiter nördlich wird diese Böschung verdammt steil.«

Davis nickte. »Ich erinnere mich. Und die Strömung wirkt hier auch schön sanft.« Er bedeutete Cammy, über das Flüsschen zu schwimmen. Dieser gehorchte ohne Zögern, und auch Laru ließ sich nicht lange bitten.

Nach dem Marsch, der überwiegend bergauf geführt hatte, war das Wasser herrlich kühl. Nik beugte sich vor und klatschte sich davon ins Gesicht, dann schöpfte er mit der hohlen Hand und trank gierig –, bis er das Geräusch hörte.

Davis war bereits ans andere Ufer gewatet und lachte über Cammy, der sich abzutrocknen versuchte, indem er sich im Moos wälzte.

Nik watete hastig zu ihm. »Hast du das gehört?«

»Ich habe nur Cammy gehört.«

Nik trat wieder ans Wasser, nach Norden gewandt. Davis bedeutete seinem Terrier, still zu sein, und alle lauschten angespannt.

Von bachaufwärts wehte sie ein viel zu vertrauter Laut an, der sie alle sofort in Alarmbereitschaft versetzte, Menschen wie Hunde. Davis stellte sich dicht neben Nik, um besser zu hören. Wieder ertönte der Laut und gleich darauf ein zweiter – ähnlich, wenn auch nicht gleich.

»Husten da zwei Leute?«, flüsterte Davis.

Nik nickte. »Hört sich so an. Vielleicht infizierte Erdwanderer.«

»Bei denen wissen wir wenigstens, woran wir sind.« Genau wie Nik schlang Davis sich die Armbrust vom Rücken und legte einen Pfeil ein.

Weiteres rasselndes Husten drang an ihre Ohren, gefolgt von einem ekelhaften Würgen.

»Definitiv diese verdammte Hautdiebskrankheit«, sagte Nik leise. »Schau, wie Larus und Cammys Ohren ausgerichtet sind –, die kommen auf dieser Seite des Flüsschens entlang. Gehen wir lieber wieder rüber und nähern uns ihnen am Westufer. Wenn das höher wird, kann man von ihm aus dieses hier überblicken. Dann können wir die Hautdiebe, falls es welche sind, von oben überwältigen.«

»Und wenn es infizierte Erdwanderer sind?«

Nik seufzte. »Dann versuchen wir, unbemerkt an ihnen vorbeizukommen.«

»Und wenn sie uns bemerken?«

»Dann verteidigen wir uns«, erwiderte Nik grimmig.

»Zum ersten Mal in meinem Leben hoffe ich, dass es Hautdiebe sind und keine Erdwanderer.« Davis legte seinem Freund die Hand auf die Schulter. »Du weißt, Mari würde es verstehen. Sie würde von uns erwarten, dass wir alles tun, um selbst am Leben zu bleiben.«

»Ich weiß. Leider weiß ich auch, dass sie sie heilen könnte, so dass sie werden wie Jaxom und Mason nach der Reinigung – anständige Jungs, die sich einfach mit einer schrecklichen Krankheit angesteckt hatten.«

Davis nickte. »Ich weiß. Mir gefällt's auch nicht, aber wir haben wenig andere Möglichkeiten.«

»Gehen wir erst mal über den Bach aufs Steilufer und schauen, was uns auf der Lichtung erwartet. Und vielleicht wär's ganz sinnvoll, wenn du deine Göttin um Hilfe bitten würdest.«

»Gute Idee.« Davis senkte den Kopf und flüsterte dringlich: »Bitte beschütze uns, Große Göttin. Wir würden gern den Stamm erreichen und einen Mutterfarn holen, ohne jemandem Gewalt anzutun –, ob Gefährte, Erdwanderer oder selbst Hautdieb. Bitte hilf uns.«

Davis und Cammy folgten daraufhin Nik und Laru zurück über den Bach, viel leiser diesmal. So verstohlen wie möglich erklommen sie das Steilufer, von dem man auf das Krebsflüsschen und den dahinterliegenden Versammlungsplatz herabsah. Sobald dieser in Sichtweite kam, ließen sie sich auf Hände und Knie nieder.

Vorsichtig spähte Nik über den Rand des Steilufers hinweg – und traute seinen Augen kaum.

»Kreuz-Käferklöten! Das sind ja Wilkes mit Odin und Claudia mit Mariah!«, stieß auch Davis aus und wollte schon aufstehen, um die beiden zu rufen.

Nik legte ihm die Hand auf den Arm. »Sie sind krank«, raunte er ihm zu. »Sehr krank. Schau, Claudia erbricht sich gerade. Und selbst von hier aus sieht man, wie fiebrig Wilkes wirkt.«

»O Göttin! Haben die sich etwa auch die Hautdiebskrankheit eingefangen?«

Nik betrachtete die beiden Gefährten. Wilkes saß an einen Baumstamm gelehnt. Odin lag dicht neben ihm. Der große Schäferhund wandte den Blick nicht von seinem Gefährten, was ein schlechtes Zeichen war. Der Hund machte sich sichtlich Sorgen.

»Sieht ganz danach –«, begann er, doch Davis fiel ihm ins Wort.

»Glut und Hitze«, zischte er entsetzt, »schau dir das Erdmutterbildnis an! Wie verwüstet es ist!«

Nik musste eine Weile suchen, ehe er sah, was Davis meinte. Ja, eines der Göttinnenbildnisse war entstellt – irgendwie umgegraben und falsch wieder aufgeschichtet. Aber noch beunruhigender war, dass alles Moos, Farn, Gras, ja sogar das Efeu darauf und im näheren Umkreis verwelkt, nein: schwarzverdorrt war.

»Waren das etwa die beiden?«, hauchte Davis.

Niks Blick wanderte zu Claudia. Deren Übelkeitsanfall war vorüber; jetzt wankte sie zum Bach. Mariah blieb an ihrer Seite und beobachtete sie mit demselben besorgten Blick, den Odin auf Wilkes richtete. Claudia sank schwer auf die Knie und schob sich vorsichtig die Ärmel ihrer fleckigen Tunika hoch –

und neben sich hörte Nik Davis leise nach Luft schnappen. Die entzündeten Pusteln in ihren Ellenbeugen und an ihren Handgelenken waren nicht zu übersehen.

Mit schmerzverzerrtem Gesicht spülte Claudia sich zunächst die Arme ab und trank dann durstig. Als sie sich Wilkes zuwandte, trieb der Wind ihre Stimme über das Wasser zu Nik und Davis.

»Bitte geh ohne mich weiter. Wenn du Mari gefunden hast, kannst du mich ja holen kommen. Ich halte dich nur auf.«

Wilkes schüttelte schwach den Kopf. »Mir geht's auch nicht besser als dir. Ich habe nur noch nicht angefangen zu kotzen. Dauert sicher nicht mehr lange. Nein, wir bleiben zusammen. Keine Diskussion. Früher oder später wird Thaddeus auffallen, dass wir weg sind. Dann wird er sich vermutlich auf die Jagd nach uns machen – und sei es nur aus purem Hass. Hier draußen, wo weit und breit niemand sonst ist, würde er uns ohne Zögern umbringen.«

Mit zitternder Hand deutete Claudia auf den Baumstamm, neben dem sie sich erbrochen hatte und an dem noch ihre Armbrust, ihr Köcher und ihr Rucksack lehnten. »Wenn er uns findet, halte ich ihn auf, damit du verschwinden kannst. Diese Mari ist unsere einzige Chance.«

»Hört sich nicht an, als hätten sie das angerichtet«, flüsterte Nik, »und selbst wenn sie es gewollt hätten, hätten sie wohl nicht die Kraft dazu gehabt.«

»Aber was reden sie da?«, fragte Davis. »Warum sollte ein Jäger zwei Krieger verfolgen wollen?«

»Wir müssen's wohl rausfinden.« Nik stand auf, winkte mit beiden Händen und rief: »Hallo, Gefährten!«

»Nik?«, krächzte Wilkes. Da stand auch Davis auf, und mit

unendlicher Erleichterung in der Stimme rief Wilkes: »Ihr seid es wirklich! Oh, der Sonne sei Dank!«

Nik und Davis stürmten das Steilufer hinunter. Laru und Cammy sprangen ihnen voran, durchschwammen zielstrebig den Bach und wurden am jenseitigen Ufer überglücklich von den beiden anderen Schäferhunden empfangen.

Gleich hinter ihnen wateten Nik und Davis durch die an dieser Stelle deutlich stärkere Strömung. Wilkes und Claudia kamen ihnen entgegen, ebenso froh wie die Hunde, aber viel unsicherer auf den Beinen.

Zu Niks völliger Überraschung schlang Wilkes sofort die Arme um ihn. »Verdammt nochmal, ist das gut, dich zu sehen, Junge!«

Claudia umarmte den nicht weniger überraschten Davis. »Ist Mari bei euch?«

»Nein, wir sind allein. Ist bei euch noch jemand?« Nik widmete der Lichtung einen scharfen Rundumblick.

»Nein. Wir haben uns davongeschlichen. Wir mussten dich suchen – und Mari.« Im nächsten Moment überkam Wilkes ein solcher Hustenkrampf, dass er sich krümmte und nach Atem rang.

Nik legte den Arm um den Anführer der Krieger und half ihm zu einem Baum, gegen den gelehnt Wilkes mühsam wieder zu Atem kam. »Was ist los? Warum seid ihr ausgerechnet hier, und was ist mit der Göttin passiert?«

»Göttin?«, keuchte Wilkes zwischen den Hustenstößen.

Davis zeigte darauf. »Sie war da, mitten in dem verwüsteten Bereich.«

Wilkes schüttelte den Kopf. »Keine Ahnung. Das war schon so, als wir kamen.«

»Der ganze Stamm hat sich mit der Krankheit der Hautdiebe angesteckt«, begann Claudia zu erzählen, während Davis ihr zu Wilkes half, wo sie sich dankbar zu Boden sinken ließ. Laru und Cammy hatten sich bereits neben den beiden anderen Hunden niedergelassen. »Wie, weiß niemand. Wir vermuten aber, dass Thaddeus irgendwie die Hand im Spiel hatte oder zumindest eine Art Heilmethode kennt, die er niemandem verraten will außer ein paar handverlesenen Getreuen.«

»Thaddeus ist nicht krank?«, fragte Davis.

»Nein. Aber er ist immer noch so seltsam, wie er war, nachdem er von unserer Fouragiermission zurückkam«, krächzte Wilkes zwischen rasselnden Atemzügen. »Und es ist schlimmer denn je. Odysseus ist tot.«

Nik durchfuhr eisiger Schrecken. »Warte. Doch nicht wegen der Messerwunde?«

»Doch. Sie hatte sich entzündet. Und jetzt ist Thaddeus endgültig wahnsinnig geworden«, berichtete Claudia. »Er redet mit Odysseus, als wäre er noch da. Und was er redet, ist verrücktes Zeug.«

»Wo sind die anderen Krieger?«, fragte Nik.

Wilkes antwortete nicht. Da sagte Claudia: »Sie haben sich gegen Wilkes gewandt und Thaddeus angeschlossen. Alle außer mir.«

»Nein!«, stieß Davis ungläubig aus. »Wie kann irgendein Mensch Thaddeus statt Wilkes zum Anführer wollen? Der ist doch ein Tyrann, der sich Respekt verschafft, indem er andere drangsaliert und einschüchtert, statt ihn sich zu verdienen! Das weiß ich genau, schließlich war er mein sonnenfeuerverdammter Mentor, und ich habe mich jeden einzelnen Moment mit ihm abgequält!«

Bitter schüttelte Wilkes den Kopf. »Alle, die sich ihm angeschlossen haben, sind ebenso zornig und unzufrieden wie er.«

»Oder sie glauben, was er behauptet: dass die einzige Möglichkeit, zu überleben und – in seinen Worten – *unseren Stamm wieder groß zu machen*, darin besteht, Mari aufzustöbern, sie zum Stamm zu schleifen und zu zwingen, alle zu heilen.« Claudia verzog angewidert das Gesicht und musste husten.

»Nur über meine Leiche«, knurrte Nik.

»Auch das gehört zu seinem Plan«, sagte Wilkes.

»Aber damit können Cyril und der Rat doch unmöglich einverstanden sein«, sagte Davis.

»Es gibt keinen Rat mehr«, sagte Wilkes. »Sie sind alle tot.«

»Die meisten sind im Feuer umgekommen. Außer Cyril – den hat Thaddeus umgebracht«, ergänzte Claudia.

»Hat der Stamm auch komplett den Verstand verloren? Wie können sie es Thaddeus durchgehen lassen, dass er Cyril tötet?«, fragte Nik.

»Das weiß keiner«, erklärte Claudia. »Sie glauben, Cyril wäre auch verbrannt. Aber ich habe belauscht, wie Thaddeus vor Odysseus – nachdem der schon tot war – damit prahlte, Cyril umgebracht zu haben.« Sie wischte sich die schweißnasse Stirn ab. »Ihr würdet den Stamm nicht wiedererkennen. Mehr als die Hälfte ist bei dem Brand gestorben, etwa fünfhundert weitere wurden verletzt. Und dann kam diese schreckliche Krankheit – diese Seuche. Als Wilkes und ich uns gestern Abend davongeschlichen haben, waren schon über die Hälfte der Verwundeten daran gestorben.«

»Und nachdem die Krieger sich von mir abgewandt haben, haben jetzt Thaddeus und sein Gesindel das Kommando«, fügte Wilkes hinzu.

»Unbegreiflich«, sagte Davis. »Es geht mir nicht in den Kopf, wie unser Volk es so weit kommen lassen konnte. Die meisten von uns mögen Thaddeus doch nicht mal – geschweige denn, dass sie ihn achten oder ihm gar vertrauen.«

»Er ist schlicht und einfach durchsetzungsfähiger als alle anderen«, sagte Wilkes. »Vor allem, nachdem die Krankheit über uns kam. Alle, die sich ihm hätten in den Weg stellen können, sind entweder zu krank oder aber so wütend und frustriert, dass sie bereit sind, alles zu tun, was Thaddeus fordert –, in der Hoffnung, den Stamm wieder groß zu machen.«

»Deshalb sind wir geflohen«, fuhr Claudia fort. »Wir wollten dich und Mari warnen, Nik. Diese Sache – diese Krankheit – hat mit den Hautdieben zu tun. Thaddeus hat noch mehr gesagt, als ich ihn belauscht habe. Er sagte, dass er eine Heilmethode kennt, aber es klang nicht nach einer gewöhnlichen Heilung, sondern eher nach einer Verwandlung. Es hat was mit Haut und den Hunden zu tun. Genauer hat er's nicht ausgeführt, doch es hörte sich beunruhigend nach dem Drang der Hautdiebe an, Leuten die Haut abzuziehen und sich selbst umzuwickeln.« Claudia hielt inne und hustete so heftig, dass sie über und über bebte. Endlich schloss sie: »Ich weiß nicht, ob Mari uns heilen könnte, selbst wenn sie dazu bereit wäre. Aber wir wollten sie und dich, Nik, suchen und warnen, bevor es zu spät ist. Geht nicht zum Stamm zurück. Ihr dürft nie wieder dorthin gehen. Nicht, wie er jetzt ist. Dann bringt Thaddeus euch um.«

»Mit dieser Krankheit haben wir Erfahrung«, sagte Nik. »Es gibt auch Erdwanderer, die sich damit angesteckt haben. Du hast recht, es ist keine normale Krankheit. Wenn es stimmt, was wir vermuten – da musst du mit Mari reden, aber was du erzählst, klingt sehr danach –, hat diese Heilmethode, von der Thaddeus redet, weniger mit echter Heilung zu tun als damit, die Krankheit irgendwie zu verändern.«

»Ihr habt genau das Richtige getan«, versicherte Davis ihnen. »Zu verschwinden und uns zu warnen. Und ja, Mari kann euch heilen.«

»Aber wird sie das auch wollen?«, fragte Wilkes.

»Nicht, wenn ihr vorhabt, sie zu fangen und zum Stamm zu schleifen«, sagte Nik. »Falls ihr das ins Auge gefasst haben solltet, dann lasst euch gesagt sein, dass ihr nicht nur an mir, sondern einem ganzen Rudel aus Menschen, Hunden und einer verdammt kampfstarken Katze vorbei müsstet.«

»Abgesehen davon kann Mari sich hervorragend selbst verteidigen«, fügte Davis hinzu.

Wilkes schüttelte den Kopf. »Wir wären gar nicht in der Lage, jemanden zu irgendwas zu zwingen.«

»Ja, momentan. Aber wenn ihr wieder gesund und wohlauf seid? Was dann?«, bohrte Nik.

»Ich würde Mari nie zwingen, dorthin zu gehen. Zum Stamm.« Claudia schüttelte resigniert den Kopf. »Ich habe mein ganzes Leben dort verbracht, aber nicht mal ich selbst will jetzt dorthin zurück.«

»Und du?«, fragte Nik Wilkes.

»Was soll ich noch dort? Ethan und Ginger sind bei dem Brand umgekommen. Die Krieger haben mir den Rücken gekehrt. Ich erkenne mein eigenes Volk und meine Heimat nicht wieder. Für mich ist dort kein Platz mehr.« Wilkes' Augen trübten sich, sein Blick ging in weite Ferne.

»In unserem Rudel wäre Platz für euch«, sagte Davis. »Das würde euch bestimmt aufnehmen. Und eure Gefährten auch.«

»Was ist ein Rudel?«, wollte Claudia wissen.

»Unsere neue Version von einem Stamm«, erklärte Davis mit stolzgeschwellter Stimme. »Ein Gemisch aus Stamm, Clan und Ring, aus dem gerade etwas ganz Neues entsteht. Etwas, wo jeder er selbst sein kann, ohne ausgeschlossen oder verurteilt zu werden.«

»Und wir gehen von hier weg. Für immer. Wir werden uns anderswo ein neues Leben aufbauen«, sagte Nik. »Was das Mitkommen angeht, können Davis und ich natürlich nicht für das gesamte Rudel sprechen. Aber ich kenne zumindest Mari gut genug, um zu wissen, dass sie euch nicht eurem Leid überlassen wird. Egal ob ihr mitkommen wollt oder dürft oder nicht, sie wird euch garantiert heilen. Wenn ihr allerdings Anstalten macht, das Rudel zu sabotieren, wird sie vielleicht befehlen, euch gesund und munter an einen Baum an der Grenze zum Stammesgebiet zu binden oder so.«

»Hat sie solche Autorität?«, fragte Wilkes staunend.

Nik lachte. »Ja, ich steh ganz schön unter ihrer Knute – und der Rest des Rudels auch. Aber sie ist nicht die einzige Anführerin. Es haben noch andere Frauen Führungspositionen inne. Das Rudel ist matriarchalisch organisiert. Es darf zwar jeder mitreden, doch das letzte Wort haben die Frauen.«

»Hört sich spannend und erfrischend anders an als das, was in der letzten Zeit beim Stamm los war«, sagte Claudia. »Also, mich interessiert dieses Rudel sehr.«

»Wäre darin Platz für einen Kriegeranführer ohne Krieger?«, fragte Wilkes.

»Darin ist Platz für jeden, der dem Rudel die Treue schwört und bereit ist mitzuhelfen, ein neues Leben aufzubauen.«

»Klingt verlockend«, gestand Wilkes. »Ich bin nicht mehr so

jung wie ihr alle, aber dafür kann ich einiges an Lebenserfahrung bieten.«

»Die ist eine Menge wert, mein Freund«, sagte Nik.

»Und wo sind dieses Rudel und deine Mari?«, wollte Claudia wissen. »Ich hoffe, in der Nähe. Ich weiß nicht, wie weit ich noch laufen kann. Wilkes und mir geht's zunehmend schlechter.«

»Es ist schon noch ein Stück entfernt«, sagte Nik. »Aber Davis kann euch helfen hinzukommen.«

»Nein! Es war ausgemacht, dass ich bei dir bleibe, falls was passiert!«, protestierte Davis.

»Den Plan können wir jetzt nicht mehr aufrechterhalten. Ohne deine Hilfe schaffen es Wilkes und Claudia nie zum Geburtsbau, und ich habe nicht die Zeit, euch zu begleiten oder zu warten, bis du hierher zurückkommst, Davis. Dir ist doch klar, was das hier bedeutet? Wir müssen heute Abend in der Dämmerung aufbrechen statt übermorgen früh.«

Davis schüttelte mechanisch den Kopf. »Das Rudel ist noch längst nicht fertig.«

»Das wird es schon, wenn du so schnell wie möglich hingehst und ihnen sagst, was los ist.« Nik wandte sich an Wilkes. »Wie wahrscheinlich ist es, dass Thaddeus euch verfolgen wird, sobald er merkt, dass ihr weg seid?«

»Sehr wahrscheinlich.«

»Das heißt, er könnte uns geradewegs zu Mari und diesem Rudel folgen«, sagte Claudia.

»Und deshalb müssen Mari und das Rudel verschwinden. Auf der Stelle«, sagte Nik. »Davis, renn mit Cammy voraus. Erzähl Mari alles. Sie wird dann schon jemanden losschicken, der Wilkes und Claudia den Rest des Weges zum Bau hilft.«

Wilkes nickte. »Wir finden den Weg erst mal allein – Odin und Mariah können Cammys und Davis' Spur folgen.«

»Klingt gut«, sagte Davis.

Nik sah Wilkes in die fieberglänzenden Augen. »Wo sind die Mutterfarne?«

Sehr genau beobachtete er, wie der einstige Anführer der Krieger hierauf reagierte. Er sah, wie Überraschung in dessen Blick trat – und dann Begreifen. »Deshalb seid ihr hier. Ihr wolltet zum Stamm zurück, um einen Mutterfarn zu holen.«

»Ja.«

Der ehemalige Erste Krieger runzelte die Stirn. »Du weißt, dass darauf nicht erst seit Thaddeus die Todesstrafe steht.«

Offen erwiderte Nik seinen Blick. »Das weiß ich. Ich weiß aber auch, dass mein Vater dieses Gesetz zunehmend in Frage stellte. Und ich bin mir sicher, für einen Zweck wie den meinen – ein neues Rudel zu gründen, zu einer Zeit, da der Stamm, wie du selbst sagst, immer weniger das ist, was er einst war – hätte er vollstes Verständnis gehabt.«

Wilkes seufzte bitter. »Ich muss zugeben, so scharf ich dich noch vor wenigen Tagen verurteilt hätte, heute kann ich dir nur zustimmen. Aber Thaddeus und seine Jäger werden das nicht – und die Krieger ganz sicher auch nicht. Wenn sie dich erwischen, bist du tot. Und nicht einmal wegen des Mutterfarns. Thaddeus hat so gut wie jeden überzeugt, dass Mari und du für den Brand und Sols Tod verantwortlich seid.«

»Ich? Sol war mein Vater! Thaddeus hat ihn umgebracht, nicht ich!«

»Das wissen wir«, sagte Claudia.

»Himmel, Nik, ich war doch dabei, ich weiß, wie sich alles abgespielt hat. Ich weiß, dass nichts davon deine Schuld war.

Aber viele der Krieger, die in jener Nacht auch dabei waren, scheinen sich das Ganze neu zurechtgelegt zu haben – in Thaddeus' Sinne. Wenn sie dich kriegen, töten sie dich, Nik.«

»Nicht sofort«, wandte Claudia ein. »Erst werden sie dich als Köder für Mari gefangen halten.«

»Dann dürfen sie mich nicht kriegen. Wirst du mir sagen, wo die Mutterfarne sind, Wilkes?«

Wilkes seufzte. »Maeve und ihre Hegerinnen haben sie in die Baumkrone über der alten Meditationsplattform gesetzt. Aber, Nik, die Plattform ist zurzeit Krankenstation. Überall liegen Kranke. Es ist unmöglich, nach da oben zu kommen, ohne gesehen zu werden.«

Nik kniff die Augen zusammen und dachte nach. Schließlich setzte er sich auf und grinste. »Und wenn ich nun gesehen, aber nicht erkannt werde?«

»Wie meinst du das?«, fragte Claudia. »Dich kennt doch jeder, und Laru erst recht.«

Er nickte. »Ja. Deshalb muss Laru in einem Versteck bleiben, und ich muss in der Menge untergehen.«

Davis klatschte Nik auf den Rücken. »Natürlich! Du wirst dich krank stellen.«

»Sehr krank.« Nik zog sich die Kapuze seines Reisemantels tief ins Gesicht, ließ die Schultern nach vorn sacken und krümmte sich, als hätte er Magenschmerzen. Dann hustete er heftig und wischte sich mit zitternder Hand den Mund ab.

»Sieht schon mal gut aus«, urteilte Claudia. »Aber du musst deine Arme und Handgelenke bedeckt halten, damit niemand sieht, dass du nicht diese Eiterpusteln hast.«

»Schmier dich mit Dreck ein«, riet Wilkes. »Seit dem Brand hatte der Stamm bisher Wichtigeres zu tun als sich zu waschen.«

»Noch besser«, sagte Nik. »Ich mache mich dreckig, halte meine Arme bedeckt und zerschramme mir außerdem mit Hilfe von Dornranken Handgelenke, Gesicht und alle sichtbaren Stellen. Damit ich so mitgenommen wie möglich aussehe.«

»Nein, Nik! Tu das nicht! Die Fäule!«, rief Claudia entsetzt.

Nik lächelte beruhigend. »Wenn ich die kriege, wird unsere Mondfrau mich einfach wieder heilen. Wie schon mal.«

»Wenn jemand dich anspricht, verbirg dein Gesicht und sag, dass du nur gern ein bisschen bei den Mutterfarnen wärst«, riet Wilkes ihm. »Dass sie dir Trost spenden. Das hat Maeve einmal von sich selbst gesagt.«

»Vielleicht habe ich ja Glück und begegne nur Maeve.«

»Nein!«, sagte Wilkes mit fester Stimme. »Die darf dich auf keinen Fall sehen. Seit sie von Sols Tod erfahren hat, hat auch sie sich verändert.«

»So sehr, dass sie dem Sohn des Mannes, den sie liebte, Leid zufügen würde?«, fragte Davis.

Wilkes und Claudia wechselten einen düsteren Blick. Dann nickte Wilkes. »Ich glaube, du wirst feststellen müssen, dass der Stamm wirklich kaum mehr wiederzuerkennen ist.«

»Besser, du redest mit gar niemandem«, befand Davis. »Geh rein, bleib stumm, geh wieder raus.«

»Ist wohl das Beste.« Nik musterte Wilkes genau und traf eine letzte Entscheidung. »Also, ich vertraue dir. Aber falls mein Vertrauen fehl am Platz ist, bekommst du es mit Mari und Sora, O'Bryan und Antreas –«

»Und Sheena und einem ganzen Haufen Erdwanderer und mir zu tun«, ergänzte Davis.

»Ihr könnt mir vertrauen. Ich gebe euch mein Wort. Auch

wenn ich verstehe, dass ihr mir erst vollends vertrauen werdet, wenn bewiesen ist, dass ich zu meinem Wort stehe.«

»Das ist richtig. Aber dein Wort ist ein guter Anfang. Werden die Boote am Kanal bewacht?«

Wilkes schnaubte verächtlich. »Nein. Dazu sind wir zu krank. Wir sind ja kaum in der Lage, für Nahrung und ein Dach über dem Kopf für alle zu sorgen. Dank sei der Sonne für die Sau und die zwei Frischlinge, die sich vor ein paar Tagen mitten in den Stamm verirrten. Die Kaninchen sind schon fast alle geschlachtet, und –«

»Warte! Eine Wildsau?«, unterbrach Nik ihn.

»Ja. Die ist alles, was wir an Fleisch hatten, seit die Krankheit zuschlug. Na ja, und ein paar Kaninchen, aber die meisten davon sind ja für die Hunde reserviert.«

»Hast du die Sau gesehen?«

»Ich war es sogar, der sie erlegte.« Bei der Erinnerung daran schüttelte Wilkes den Kopf. »Sie stürmte völlig kopflos in unser Lager. Die Frischlinge quiekten wie am Spieß; irgendwie waren sie ihr abhandengekommen und zwischen die Menschen geraten. Die haben wir lebend gefangen, und ich sagte, wir sollten sie nicht gleich töten, sondern erst noch mästen –, aber wer weiß, was seither mit ihnen passiert ist.«

»War etwas an der Sau seltsam?«

»Sie war über und über blutbeschmiert, als hätte sie gerade einen Kampf hinter sich. Doch es war nicht ihr Blut. Es stank fürchterlich.«

»Das ist es«, sagte Nik zu Davis. »So haben sie den Stamm angesteckt. Genau wie Thaddeus und die Erdwanderer.«

»Wovon redest du?«, fragte Claudia.

»Davis wird's euch auf dem Weg erklären.« Er wandte sich

dem jungen Jäger zu. »Bring sie zum Bau. Schnell. Und erzähl Mari alles. Dann wird sie verstehen, dass das Rudel dringend schon heute Abend los muss.«

»Das hoffe ich – ich verstehe gerade gar nichts mehr«, bemerkte Wilkes.

»Wirst du bald, aber ich fürchte, das wird es nicht besser machen.« Nik stand auf und hielt ihm die Hand hin. Wilkes nahm sie und ließ sich von ihm auf die Füße ziehen. Davis half Claudia auf dieselbe Weise.

»Nik, sag mir ganz ehrlich: Kann Mari uns wirklich heilen?«, bat Wilkes ihn.

»Ja. Darauf hast du mein Wort.«

»Ich habe miterlebt, wie sie's getan hat – zweimal«, sagte Davis. »Und ihre beste Freundin kann's auch.«

»Nik, schlag einen Bogen und nähere dich der alten Meditationsplattform von Norden her, am besten indem du vom Kanal her den verwüsteten Streifen entlanggehst, den das Feuer gefressen hat. Alle, die noch genug Kraft haben, sind damit beschäftigt, die verbliebenen Nester wieder bewohnbar zu machen und die Leute zurück auf die Bäume zu bekommen.«

»Gut zu wissen.«

»Denk daran: Wenn jemand Laru sieht, bist du entlarvt«, sagte Claudia. »Jeder im Stamm weiß inzwischen, dass er dich erwählt hat, nachdem Sol starb. Es wurde viel darüber diskutiert, warum die Hunde ihn noch als Leitrüden anerkennen.«

Nik kraulte Laru den Kopf und lächelte ihn stolz an. »Weil er das nach wie vor ist.«

»Leithunde verstecken sich nicht gern.« Wilkes bedachte Laru mit einem bedeutungsvollen Blick.

»Leithunde sind aber auch extrem klug und ordnen ihr eigenes Wohl dem des Stammes unter. Mein Laru wird sein Ego dem Wohl des Rudels opfern.«

Laru gab ein tiefes raues Bellen von sich, wie um Nik zuzustimmen.

Wilkes schüttelte diesem die Hand. »Sei vorsichtig.«

»Hol dir einen Mutterfarn und verschwinde«, sagte Claudia.

»Mache ich. Sagt Mari, sie soll sich keine Sorgen machen.«

»Das wird sie aber«, brummte Davis. »Und stinksauer wird sie sein, dass du doch allein losgezogen bist.«

»Aber sie wird verstehen, warum. Bis heute Abend am Kanal, mein Freund. Na los, Laru!« Mit dem großen Schäferhund an seiner Seite eilte Nik davon, dem Stamm des Lichts entgegen.

# 37

Nik hütete sich davor, zu viel nachzudenken. Auf dem Weg hielt er nur zweimal an – einmal an einem Brombeerdickicht, wo er sich mit zusammengebissenen Zähnen die messerscharfen Dornen über Handgelenke und Handrücken zog, eine dicke Ranke abschnitt und mit Gesicht und Hals ebenso verfuhr. Der zweite Halt war an einem kleinen Gewässer, nicht viel mehr als eine brackige Mulde im Waldboden. Hier schmierte er sich Schlamm ins Gesicht, auf Hände und Kleidung. So ungern er es tat, er beschloss, dass es sicherer sein würde, auch den Saum seines Mantels auszufransen und sich Löcher in Hose und Tunika zu reißen – nicht so groß, dass man darunter seine gesunde, glatte Haut sah, aber doch so, dass er sich nicht von dem düsteren Bild abhob, das Wilkes und Claudia vom Stamm gezeichnet hatten.

Aus seinem Reisesack zog er das große rechteckige Verbandstuch, das Mari ihm mitgegeben hatte, ließ es sich mit Wasser vollsaugen und steckte es in den gewobenen Beutel, den Sora ihm nach seiner Beschreibung, was er zum Transport des Mutterfarns brauchte, gegeben hatte.

Dann rannte er weiter. Zum Glück hatten Mari und Sora darauf bestanden, dass er sich noch ein paar Tage auskurierte, auch wenn es nicht ausgereicht hatte, um ganz zu genesen. Sein Bein tat noch etwas weh, versagte ihm jedoch nicht den Dienst.

Sein Rücken schmerzte ebenfalls, allerdings nicht so schlimm, dass er nicht die Armbrust hätte heben und spannen können. Sein normalerweise durchtrainierter Körper war noch nicht wieder bei hundert Prozent, trug ihn aber zügig nach Norden, ohne dass er allzu sehr ins Schwitzen kam.

Nach gefühlt sehr kurzer Zeit entdeckte er die ersten vertrauten Punkte. Obwohl es ihn wertvolle Zeit kostete, schlug er einen weiten Bogen nach Westen, ehe er sich wieder nach Norden wandte. Erst als er die Grenze der schwarzverheerten Zone erreichte, wo das Feuer gewütet hatte, verlangsamte er und verließ seinen bisherigen Pfad.

Von nun an verlegte Nik sich auf Heimlichkeit statt Geschwindigkeit. Doch er bemerkte keinen Menschen. Statt Stammesleuten, die den Weg durch die verbrannten Überreste des Waldes wieder freilegten, begegneten ihm nur Rauchgeruch, verkohlte Vegetation und Stille.

»Als hätten sie den Wald aufgegeben«, sagte er leise zu Laru, nur um sich zu vergewissern, dass in der Öde ringsum noch Geräusche existieren konnten.

Es war fast windstill, und die gelegentlichen sanften Lüftchen, die er spürte, fächelten ihm ins Gesicht. Darüber war er froh. So würde kein Hund ihn oder Laru wittern –, wobei immer das Risiko bestand, dass jemand zufällig Stellen kreuzte, an denen sie vorbeigekommen waren, und auch wenn Thaddeus' scharfnasiger Odysseus tot war, gab es andere Hunde, deren Aufmerksamkeit tödlich sein konnte.

Als Nik sich dem Kerngebiet des Stammes näherte, verging seine Angst, gewittert zu werden. Hier stank es bestialisch. Auf der sanften Brise wehte ihn ein so stechender Hauch von Siechtum und Tod an, dass er beinahe würgen musste. Laru nieste mehrmals heftig und machte sogar einmal einen Abstecher zu einem noch grünen, saftigen Flecken, um sich die Schnauze an einem Moospolster zu reiben.

»Es ist eklig, ich weiß«, sagte Nik zu ihm, als er wieder an seine Seite zurückkehrte. »Glut und Hitze! Kein Wunder, dass sie langsam aber sicher durchdrehen.«

Das Husten war das erste Geräusch, das er vernahm, noch vor den gedämpften Stimmen. Er verlangsamte. Zwischen Haufen verkohlten Holzes und anderen Unrats pirschten Laru und er sich an das belebte Gebiet heran, bis ihm die Deckung der vom Feuer verheerten Landschaft ausging. Er befand sich nun auf einem Terrain, das ihm so vertraut war wie sein eigenes Nest. Oft hatte er seine Mutter zu der Plattform auf der riesigen alten Kiefer begleitet, die in alten Zeiten im Herzen der Stadt gestanden hatte und seit dessen Verlagerung noch immer Künstlern als Rückzugsort für Inspiration und Arbeit diente. Nach ihrem verfrühten Tod hatte Nik der alten Meditationsplattform weiterhin regelmäßig Besuche abgestattet, weil er sich ihr hier am nächsten fühlte.

Schließlich ging er hinter einer dicken Zeder in Deckung, deren unterste Zweige bis über die üppigen Farne darunter herabhingen. Von hier aus hatte man einen guten Blick auf die alte Meditationsplattform und das, was vom Stamm geblieben war.

Als Nik die Ausmaße der Katastrophe sah, wurde ihm die Brust eng. Auf provisorischen Pritschen rund um den Baum lagen Männer, Frauen und Kinder. Den Stammesleuten, die sich um sie kümmerten, sah Nik selbst aus dieser Entfernung an, wie langsam und mühevoll sie sich bewegten und sich immer wieder an Armen und Beinen kratzten, und er hörte sie husten.

Zwar brannten Feuer, und Kessel waren darüber aufgehängt, aber alles, was er roch, war Verwesung.

Er nahm sich zum Beobachten so viel Zeit wie möglich, doch letztendlich kniete er sich vor Laru, legte diesem die Hände ums Gesicht und sagte leise und ruhig: »Bleib hier. Versteck dich. Lass dich auf keinen Fall sehen, egal was passiert. Wenn ich gefangen werde, geh zum Kanal. Warte dort auf Mari und das Rudel. Sag Mari, sie muss mit dem Rudel verschwinden. Sag ihr, ich werde ihnen folgen und mich befreien. Aber lass Mari auf keinen Fall hierherkommen und in die Falle laufen. Verstehst du?«

Laru gab ein leises Wuff von sich. Nik wurde von Verständnis und Wärme durchströmt. Dann schmiegte Laru ihm den Kopf an die Brust. Nik spürte, welche Mühe sein Gefährte sich gab, seine Angst und Unruhe zu verbergen. Er schlang dem riesigen Schäferhund die Arme um den Hals und zog ihn an sich. »Mach dir keine Sorgen, mein Großer. Du wirst mich nicht auch noch verlieren, das verspreche ich dir. Ich liebe dich, Laru. Auf immer und ewig.«

Laru leckte ihm das Gesicht –, und Nik sah, dass feuchte Tränenspuren sein pechschwarzes Fell durchzogen.

»Ich verspreche es«, wiederholte er. »Ganz fest.«

Schließlich stand Nik auf, zog seinen Mantel sorgfältig so zurecht, dass die Kapuze sein Gesicht zum größten Teil verdeckte, und zog sich die schmutzigen Ärmel ganz herunter. Abgesehen von seinen blutverkrusteten Händen und Handgelenken war seine Haut nun komplett verhüllt.

Als er an sich herabsah, schien das, was er sah, ein Fremder zu sein. Einen Moment lang ahnte er, wie Mari sich all die Jahre gefühlt haben musste.

»Nie wieder, Mari«, murmelte er. »Darum bauen wir uns ein neues Leben auf –, damit wir ganz diejenigen sein können, die wir wirklich sind.«

Noch einmal umarmte er Laru und trat hinter der dichten Zeder hervor – in Haltung und Körpersprache kaum wiederzuerkennen, mit hängenden Schultern, vorgebeugt, als hätte er Magenschmerzen. Versuchsweise hustete er einige Male rasselnd und zwang sich, pfeifend zu atmen. Ganz langsam schlurfte er los, auf den vertrauten Ort zu, der einst ein Hort der Schönheit und des Friedens gewesen war und jetzt wie ein Albtraum schien, entstellt von Siechtum und Tod.

Unvermeidlicherweise führte sein Weg ihn zwischen den Verwundeten und Kranken hindurch. Die meisten achteten überhaupt nicht auf ihn. Er zwang sich, ihnen nicht ins Gesicht zu schauen, um keine Freunde und Bekannten wiedererkennen zu müssen. *Wenn ich hinschaue, wenn ich auch nur einen von ihnen erkenne, werde ich nicht in der Lage sein, ihn seinem entsetzlichen Schicksal zu überlassen. Ich tue das für Mari und das Rudel. Um des Rudels willen muss ich mich darauf beschränken, rein- und rauszugehen.*

Fast hatte er den Baum erreicht, da hörte er Gelächter. Zuerst hielt er es für Einbildung, aber als er unter der Kapuze hervorspähte, sah Nik eine kleine Gruppe von Männern und Hunden den Lazarettbereich betreten, angeführt von Thaddeus.

»Ralina! Meine Jäger und ich haben, was du brauchst!«, rief Thaddeus aufgeräumt.

Jenseits des alten Baums tauchte die Geschichtenerzählerin auf. Sie bewegte sich langsam, und Nik hörte sie husten, doch aufrecht und, ohne Schwäche zu zeigen, ging sie auf den Jäger zu und wischte sich die Hände an der blutigen Schürze ab, die sie sich über die Tunika gebunden hatte. »Was gibt's denn, Thaddeus?«

Angenehm überrascht stellte Nik fest, dass in ihrem Ton Missbilligung mitschwang. *Vielleicht kaufen ihm doch noch nicht alle ab, was er ihnen weiszumachen versucht.*

»Truthähne!« Auf sein munteres Winken hin traten drei seiner Jäger vor, die Nik als Andrew, Joshua und Michael erkannte, zogen aus ihren Jagdtaschen mehrere fette Vögel hervor und warfen sie Ralina so lässig vor die Füße, dass es schon an Verachtung grenzte. Als ein vierter Mann hinzukam und den Haufen um zwei weitere Truthähne ergänzte, erkannte Nik dessen Schäferhund wieder. Ihn durchzuckte Schrecken – es war Goliath, ein großes, ausgewachsenes Tier, das vor zehn Jahren den Krieger Maxim erwählt hatte. Wie im Traum erkannte er nun auch Maxim, der mit den Jägern lachte und scherzte, als wären sie alle kein bisschen krank!

Nik betrachtete die Männer genauer. Ja, alle vier sahen kräftig aus, doch richtig gesund wirkten sie nicht. Sie husteten kaum, ihre Augen waren nicht glasig und ihre Wangen nicht fiebrig gerötet, aber blutige Verbände zierten ihre Ellbogen, Handgelenke und sogar Knie. Trotzdem hatten sie sichtlich viel mehr Energie als der Rest des Stammes.

Niks Bild wanderte zu den Gefährten der vier – und stellte fest, dass diese viel weniger gesund waren als die Menschen. Die drei Terrier und der Schäferhund bewegten sich kaum, und wenn, dann langsam. Sobald ihre Gefährten stehen geblieben waren, legten sie sich nieder – sehr vorsichtig, als stimmte etwas mit ihren Bäuchen nicht. Dann rollte Goliath sich steif und mühsam auf die Seite –, und Nik schnappte nach Luft. Goliaths Bauch war voller blutiger Wunden! Sein Magen drehte sich um, als er begriff, was er da sah. *Jemand hat den Hunden mehrere Streifen Haut aus dem Bauch geschnitten! Glut und Hitze! Mari und ich haben richtig geraten – Thaddeus zieht den Hunden die Haut ab und legt sie den Gefährten auf, genau wie die Hautdiebe es machen. Und das bewirkt irgendeine Veränderung in ihnen!*

Nik wandte sich ab, unfähig, weiter den Anblick von Thaddeus und seiner Bande zu ertragen, die sich aufspielten und herumstolzierten, während ihre Hunde still vor sich hin litten. Stattdessen nutzte er die Gelegenheit, nun, da alle Aufmerksamkeit auf Thaddeus gerichtet war, zu der breiten, robusten Treppe zu gelangen, die vor Generationen um den Baum herumgezimmert worden war. Rasch huschte er hinauf; erst kurz vor der Plattform verfiel er wieder in die Haltung des Kranken. Hier oben, wo stets der Geist von Schönheit und innerer Sammlung geherrscht hatte, lagen jetzt die Schwerstverwundeten und -kranken. Der Gestank war fast unerträglich, was dazu führte, dass Niks Husten echter wurde, als ihm lieb gewesen wäre.

Nur eine Person war hier bei den Sterbenden. Als sie von dem Patienten aufsah, um den sie sich gekümmert hatte, erkannte Nik sie mit ihren fieberheißen Wangen und dem resignierten Blick kaum. Es war Emma, ein junger Heilerlehrling.

»Hier ist kein Platz für dich«, sagte sie so leise, als fehlte ihr die Kraft, laut zu sprechen. »Warte unten, es dauert sicher nicht lange, bis einer frei wird.«

Nik ließ Kopf und Schultern noch mehr hängen und hustete wieder mehrmals rasselnd. Mit heiserer Stimme, von der er hoffte, dass sie nicht zu sehr wie seine eigene klang, sagte er: »Nein, ich wäre nur gern ein bisschen bei den Mutterfarnen. Sie geben mir Trost.«

Matt nickte Emma und deutete schwach zum hinteren Teil der Plattform, wo eine zweite Treppe auf eine viel kleinere Kanzel weiter oben führte. »Dann geh. Die Mutterfarne können Gesellschaft gebrauchen. Seit Maeve krank ist, kümmert sich kaum mehr jemand um sie –, ein Glück, dass sie trotzdem gut zu gedeihen scheinen.«

»Danke«, krächzte Nik und humpelte zur Treppe. Scheinbar mühsam stieg er sie hinauf, für den Fall, dass jemand ihn beobachtete, aber als er die obere Plattform erreicht hatte und einen Blick hinunterwarf, stellte er fest, dass keiner sich für ihn interessierte. Zu groß war das eigene Elend eines jeden dort unten.

Diese Plattform war leer, also richtete Nik sich auf und betrachtete erleichtert die lebenspendenden Mutterfarne. Es stimmte, sie gediehen sichtlich prächtig.

In alten Geschichten hieß es, die Mutterfarne seien aus etwas entstanden, was sich Geweihfarn nannte. Noch immer besaßen sie Ähnlichkeit mit einem Hirschgeweih, hatten sich aber zu enormer Größe entwickelt. In einen ausgewachsenen Wedel hätte sich mit Leichtigkeit ein Mann hüllen können. Mit ihren riesenhaften Wurzelballen klammerten sie sich an die Äste hoher Kiefern, wo sie ungestört reifen und sich vermehren konnten. Sie bildeten drei verschiedene Arten von Wedeln aus: Mantelblätter, sterile und fertile Wedel. Immer vorhanden waren nur die sterilen Wedel und die Mantelblätter, die ihrem Namen alle Ehre machten. Wie ein Mantel hüllten sie die Wurzeln auf den Baumästen ein, um sie zu schützen. Fertile Wedel knospten immer dann, wenn Frauen des Stammes schwanger wurden, und öffneten sich zum Zeitpunkt der Geburt der Kinder zu dicken, mit einem zarten Muster durchzogenen grünen Wedeln. Sie waren weich und elastisch und trugen Sporen. In sie wurden die Neugeborenen des Stammes gewickelt, bis sie ihren ersten Winter hinter sich hatten. Durch die Haut nahmen sie dabei die Sporen in sich auf – wobei stets ein ganz individuelles Muster entstand – und waren fortan auf wundersame Weise in der Lage, Sonnenlicht zu absorbieren, ähnlich wie der Farn selbst.

Nik ging auf die Ansammlung der ungeheuren Pflanzen zu, streckte die Hand aus und streichelte sanft einen Wedel. »Tut mir leid, dass ich Teile von euch entführen muss. Ich verspreche euch, das Rudel wird euch gut pflegen. Ich bin sicher, es wird euch gutgehen – die Erdwanderer sind meisterliche Gärtner. Und auch ich werde ganz vorsichtig sein.«

Er hob die massiven Wedel des Farns vor ihm an, sterile wie fertile, bis er die Unterseite der Pflanze sehen konnte. Tatsächlich, aus dem Moos, in das Maeve und ihre Hegerinnen den Wurzelballen gepackt hatten, schauten mehrere kleine Ableger heraus, die im Stamm Welpen genannt wurden.

»Da seid ihr ja«, sagte Nik. »Die Zukunft unseres Rudels.«

Aus dem gewobenen Beutel nahm er das nasse Tuch, trennte sehr behutsam mit dem Messer eine Jungpflanze von der Hauptwurzel ab und legte sie in die Mitte des Tuchs. Um nicht einen Farn übermäßig zu belasten, wiederholte er die Prozedur bei einer zweiten Pflanze, und auch von einem dritten Farn erntete er einen einzigen Welpen.

»Das sollte reichen, vor allem, da die Erdwanderer so talentierte Gärtner sind.« Nik wickelte die drei Welpen in das Tuch ein und verstaute dieses gerade wieder in dem Beutel, als er hinter sich einen Laut hörte. Er wirbelte herum – und vor ihm standen Maeve und ihre junge Schäferhündin Fortina.

»Nik! Was im Namen der Sonne machst du da?«

Ehe er antwortete, ging er sicher, dass die drei Jungpflanzen gut verpackt waren. Dann lächelte er und sagte so normal wie möglich, als wäre es laut Stammesgesetz kein Kapitalverbrechen, Teile der Mutterfarne zu stehlen: »Hallo, Maeve. Schön, dich zu sehen.«

»Beantworte meine Frage.« Maeves Ton war so hart wie ihre Miene. Ihre Gefährtin winselte bang. Nik erriet mit Leichtigkeit, warum: Maeve sah extrem schlecht aus. Auf ihren Wangen brannte Fieber, und ihre bloßen Arme waren von eitrigen Blasen bedeckt. Wenn sie nicht hustete, war ein Pfeifen in jedem ihrer Atemzüge.

Nik unterdrückte eisern jede Reaktion darauf, dass Maeve todkrank war. Genau wie er es unter normalen Umständen getan hätte, wandte er sich dem Welpen zu. »Hallo, Fortina. Gut siehst du aus, du bist ja fast so groß wie dein Bruder Rigel.«

Die Hündin begann, mit dem Schwanz zu wedeln, klemmte diesen aber sofort zwischen die Beine und sah ihre Gefährtin aus großen besorgten Augen an, als Maeve zischte: »Du hast meine Frage immer noch nicht beantwortet.«

Nik holte tief Luft und sagte die Wahrheit. »Ich habe drei Mutterfarnwelpen geholt und werde sie mitnehmen. Ich werde nie wieder hierher zurückkehren, sondern mit ein paar anderen eine neue Gemeinschaft gründen, die ein ganz neues Leben anfangen will. Wir nennen uns Rudel. Maeve, wenn du mitkommen willst, werden wir dich mit Freuden aufnehmen.«

»Besteht dieses Rudel«, sie gab dem Wort einen verächtlichen Klang, »aus Dreckwühlern?«

»Erdwanderer. Du weißt, dass das ihr richtiger Name ist. Ja, ein paar Erdwanderer sind dabei und auch ein paar Gefährten – Jäger und Krieger. Und Antreas mit seinem Luchs. Der hier war, um sich eine Frau zu suchen, du erinnerst dich?«

»Ja. Ich erinnere mich aber auch an deinen Vater und dass er wegen deiner Dreckwühlerin gestorben ist.«

»Nein, Maeve. Ich war dabei. Ich habe alles genau gesehen. Vater wurde von Thaddeus getötet.«

»Nur weil dein Vater zu nett war und dieses Miststück schützen wollte! Thaddeus hat recht: Wäre sie gestorben und nicht er, dann wäre der ganze Albtraum hier niemals passiert.«

»Maeve, Vater starb, weil es sein Leben lang einer seiner Grundsätze war, Unschuldige zu beschützen, und er wusste, dass Mari unschuldig war. Meinst du, ich vermisse ihn nicht mehr als alles andere auf der Welt? Er war mein einziges verbliebenes Elternteil! Und jetzt ist er tot, aber nicht durch Maris Schuld. Sondern weil Thaddeus von Hass zerfressen ist.«

»So siehst du das vielleicht. Du gehst mit ihr ins Bett, ja?« Als Nik schwieg, verzog Maeve voller Abscheu das Gesicht. »Dachte ich's mir. Wie hirnlos und triebgesteuert manche jungen Männer doch sind. Weißt du, wie ich das sehe? Dieses Weib hat dich behext.«

»Du bist krank und kannst nicht klar denken. Komm mit mir. Mari kann dich heilen, und dann kannst du es in Angriff nehmen, eine ganz neue Mutterfarnpopulation zu züchten. Überleg mal, wie spannend das wäre!«

Die ältere Frau schüttelte verächtlich den Kopf. »Dein Vater wäre so angewidert, wenn er dich hier sähe, wie du Mutterfarn für Dreckwühler und Feiglinge klaust.«

In Nik begann Wut aufzusteigen. »Du hast doch keine Ahnung, Maeve. Vater haderte schon lange damit, dass das Stehlen von Mutterfarn grundsätzlich verdammenswert ist. Und es war sein ausdrücklicher Wunsch, dass wir aufhören, die Erdwanderer so ungerecht zu behandeln. Er wäre der Erste, der mir zu unserem Rudel gratulieren würde –, und der Erste, der sich uns anschließen würde. Ich kann mir nämlich nicht vorstellen, dass er einem Stamm angehören wollte, der von Thaddeus angeführt wird.«

»Schämst du dich eigentlich nicht, dem armen Mann Worte in den Mund zu legen?«

»Der arme Mann war mein Vater. Diese Worte entstammen seinem Einfluss – ich hab's nun wirklich nicht nötig, sie mir auszudenken. Und jetzt lass mich durch. Ich habe nur drei kleine Mutterfarnwelpen genommen und die Farne dabei in keiner Weise geschädigt. Alles, was ich jetzt will, ist, in Ruhe meiner Wege zu gehen. Wenn du an diesem Leben hier festhalten willst, dann tu das – ich hindere dich nicht daran. Ich bitte dich bloß, erweise mir denselben Respekt und hindere mich nicht daran, mein eigenes Leben zu leben.«

Nik wollte an ihr vorbeigehen. Doch mit erstaunlicher Kraft schloss sich eine von Maeves knochigen Händen um sein Handgelenk. Fortina winselte kläglich.

»Still, Fortina!«, fuhr Maeve sie an. »Ich würde gern wissen, was der Stamm dazu sagt, dass Nik hier Mutterfarne stiehlt.«

Er riss seine Hand los. »So wie ich das sehe, ist das hier nicht mehr unser Stamm. Lass mich durch, Maeve.« Er wollte um sie herumgehen. Dabei tastete er in seinem Reisesack nach dem geflochtenen Seil, das er immer dabei hatte. *Ich überwältige sie, fessle und kneble sie. Das wird mir die Zeit geben abzuhauen, und –*

Doch schon gellte über dem Ächzen und Husten der Sterbenden Maeves Schrei durch die faulige Luft. »Hilfe! Er stiehlt Mutterfarne! Hilfe! Hilfe!«

»Kreuz-Käferklöten!«, fluchte Nik, sprang an Maeve vorbei

und hechtete die Treppe hinunter, immer drei Stufen auf einmal. Auf der Hauptplattform weiteten sich Emmas Pupillen vor Schreck, als sie ihn erkannte, aber Nik kümmerte sich nicht um sie. Über die Kranken hinweg fegte er zur anderen Treppe. Im Nu erreichte er den Waldboden, und dann rannte er, so schnell er konnte, zwischen den Pritschen mit Kranken und Verwundeten hindurch, die sich allmählich zu regen begannen. Auf der kleinen Kanzel ganz oben war Maeve ans Geländer getreten, beugte sich darüber und brüllte: »Nik stiehlt Mutterfarn für seine Dreckwühlerhure!«

Wie aus finsteren Albträumen heraus begannen die liegenden Männer und Frauen sich zu erheben. Im Fieber griffen ihre Hände nach ihm, zerrten an seinem Mantel, um ihn aufzuhalten. Doch Nik war schneller und stärker. Er wich ihnen aus und nahm Tempo auf. Am Rand der Lichtung konnte er im Farn unter der Zeder Larus bernsteinfarbene Augen funkeln sehen. Sein Schäferhund war ganz auf ihn fixiert. Nik spürte Kraft und Ermutigung von ihm ausgehen, und er beschleunigte noch mehr. Er war nur noch wenige Schritte von der relativen Sicherheit des Unterholzes entfernt, da traf ihn von hinten völlig unerwartet ein solcher Hieb, dass er von den Füßen gerissen wurde und ihm die Luft wegblieb.

Noch unfähig, Atem zu holen, versuchte er, wieder auf die Füße zu kommen, aber da rammte ihm jemand den Fuß in den Rücken, so dass er mit dem Gesicht hart auf den Boden prallte.

»Warum so eilig, Nikolas?«, spottete Thaddeus' Stimme. »Willst du uns nicht auf Wiedersehen sagen, wie es sich gehört? Und will deine Hure von Dreckwühlerin nicht auch mal wieder reinschauen, um dich zu retten? Diesmal werden wir sie mit allen Ehren empfangen.«

Nik schloss die Augen und legte all seine Konzentration in die Botschaft an seinen Gefährten. *Renn, Laru! Flieh! Zum Kanal, zu Mari!*

Sofort flutete ihn eine Woge der Kraft, des Verständnisses und der Liebe an. Nik gestattete sich einen Moment der Erleichterung. Laru würde Mari benachrichtigen. Jetzt musste er nur noch überleben und fliehen, damit auch er zu ihr zurückkehren konnte.

# 38

Mari schritt durch ihr kleines Feldlager, und ihr Herz war nahe daran, vor Stolz zu zerspringen. Alle waren mit irgendeiner Arbeit beschäftigt, und noch wichtiger: Alle arbeiteten einträchtig zusammen.

Bei den Mantelweberinnen saßen nun auch Sarah und Lydia, die sich diese Kunst so schnell angeeignet hatten, dass Jenna verkündete, sie seien in dieser Hinsicht hochbegabt. Jaxom baute gemeinsam mit O'Bryan und Sheena die letzten Tragen aus den auseinandergenommenen Bettrahmen des Baus. Selbst Mason, der sich bemerkenswert schnell von der Hautdiebskrankheit erholte, weigerte sich, im Bett zu bleiben, und half mit, getrocknetes Fleisch in Salz zu wälzen und dann für die Reise in weiche Maisblätter zu wickeln.

»Kaum zu glauben, aber wir werden tatsächlich pünktlich reisefertig«, sagte Sora, die sich zu ihr gesellte.

»Ich merk's. Noch gestern hätte ich das nie im Leben geglaubt.« Mari wies mit dem Kinn auf die kleine Schnauze, die aus der Trageschlinge schaute, die Sora inzwischen über der Brust trug. »Scheint zu klappen, was?«

Sora lächelte liebevoll zu ihrem Terrierwelpen hinunter und küsste diesen auf den Kopf. »Ja. Ich kann allerdings verstehen, warum die Hunde sich normalerweise erst nach der Entwöhnung Gefährten suchen. Sie will immer bei mir sein und ich bei ihr, aber sie kann einfach noch nicht schnell laufen und muss außerdem immer wieder zu Fala gebracht werden, um zu trinken.«

»Und dort winselt sie die ganze Zeit«, beendete Mari Soras Gedankengang und kraulte das weiche Fell hinter den winzigen Schlappohren des Hündchens. »Ich weiß. Das kriegen alle mit. Sie kann ganz schön laut winseln.«

»Sie ist absolut perfekt«, gurrte Sora zärtlich. Dann sah sie Mari in die Augen. »Aber ja. Es war echt nervig. Also kam mir die Idee mit der Schlinge. Eigentlich ist sie genau wie ein Tragetuch für ein Kind – nur kleiner.«

»Ja, sieht erstaunlich mütterlich aus.«

Sora kniff die Augen zusammen. »Das nehme ich als Kompliment.«

Mari grinste. »War auch so gemeint.« Sie ließ den Blick zu Mason schweifen. »Er erholt sich schnell. Wenn wir ihn heute Abend noch mal reinigen, wird er so fit sein wie Jaxom. Dafür, wie scheußlich die Krankheit ist, geht die Heilung erstaunlich leicht.«

Sora schnaubte. »Ach. Verflüchtigt sich in den rosaroten Wolken der ersten Liebe vielleicht schon dein Gedächtnis?«

Mari schaute sie empört an. »Was soll denn das heißen? Mein Gedächtnis ist ausgezeichnet, und Mason erholt sich schnell.«

»Ja, nachdem du gestern Abend fast in Ohnmacht gefallen wärst, weil du so viel Mondenergie in ihn geleitet hattest. Mari, diese Krankheit ist nicht leicht zu heilen. Sie ist tödlich. Außer der Kraft des Mondes und der Erdmutter ist ihr nichts gewachsen. Ohne beides wäre Mason immer noch ein tollwütiger Irrer, den man erlegen müsste wie ein krankes Tier.«

»Seit wann bist du denn so pessimistisch?«

»Ich glaube, seit mich diese tollwütigen Irren angefallen haben«, gab sie sarkastisch zurück. »Ich versuche, möglichst oft daran zu denken –, dass das ein Grund dafür ist, warum wir hier wegmüssen. So wird der Abschied leichter.«

Mari nickte. »Ich verstehe.«

»Aber weißt du, was mich interessieren würde?«

Mari hob fragend die Brauen.

»Wie es heute Nacht mit Nik war. In allen Einzelheiten.« Soras Augen funkelten vor Neugier.

»Woher willst du wissen, dass da überhaupt was war?« Mari spürte ihre Wangen heiß werden, daher wandte sie das Gesicht ab, indem sie tat, als mustere sie die kleine Gruppe Erdwanderinnen, die die letzten Kräuter aus dem üppigen Garten des Baus pflückten.

»Weil ich schlau bin. Und weil Sheena mir erzählt hat, wie vertraut ihr beide gewirkt habt, als sie euch heute Morgen an deinem Bau abgeholt haben. Also, raus damit. Ich will alles haargenau wissen.«

»Nein.« Mari bemühte sich, ihr Grinsen zu verbergen.

»O doch. Komm, wir schauen nach den Kaninchenkäfigen. Spencer hat sie schon fast alle nach deinen Angaben umgearbeitet. Gute Idee, die Tragen später zu Flößen umzufunktionieren, so braucht das Gepäck viel weniger Platz, und –«

»Mari! Wo ist Mari?«

Mari fuhr in die Richtung herum, aus der der Ruf erscholl. Die kleine Chloe fiepte leise, und Rigel, der neben Mari stand, bellte scharf – nicht warnend, eher erstaunt.

Und dann stürmten zwei ausgewachsene Schäferhunde auf die Lichtung, gefolgt von Davis' Cammy. Sofort zog sich Maris Magen zusammen.

»Rigel, komm mit!«, rief sie und begann, auf die drei Hunde

zuzueilen, aber noch ehe sie sie erreichte, war sie nicht mehr allein mit Rigel – Captain gesellte sich hinzu, stark und bedächtig, neben ihm hetzte die kleine Fala daher, und irgendwoher tauchte wie aus dem Nichts Bast auf, die Augen gefährlich verengt, ihre schwarze Schwanzspitze zuckte. Ihnen folgten ihre Gefährten, O'Bryan, Jaxom, Mason und alle Erdwanderinnen, die in der Nähe gewesen waren.

»Keine Sorge, wir sind friedlich!«

Mari sah auf. Oben auf der Steintreppe stand Davis, je einen Arm um zwei sehr krank aussehende Gefährten geschlungen.

Neben Mari rief O'Bryan: »Wilkes? Claudia?«

Mari warf einen Blick auf die beiden fremden Schäferhunde und stellte fest, dass sie sie leichter wiedererkannte als ihre Gefährten. »Odin und Mariah?«, murmelte sie, während bereits Sorge und Dringlichkeit von den beiden in sie einströmten. Sie sprintete die Treppe hinauf und erreichte Davis in dem Moment, als Claudias Knie nachgaben und sie zu Boden sank. »Was ist passiert?«

»Nik und ich haben die beiden am Krebsflüsschen gefunden«, begann Davis, aber Wilkes unterbrach ihn.

»Im Stamm grassiert diese Seuche.« Auch er musste sich setzen. Mari kniete sich neben ihn. »Wir sind geflohen«, keuchte er und wurde von einem Hustenanfall überkommen, der stinkenden Eiter und etwas Blut zutage förderte.

»O Göttin!« Sora kniete sich neben Mari und hielt Claudia das Haar zurück, die zur Seite fiel und krampfhaft würgte, ohne noch etwas im Magen zu haben. »Die Hautdiebskrankheit.«

»Bringen wir sie in den Bau«, sagte Mari. Rasch fand sie unter den Hinzugekommenen Danita, die hinter Antreas stand. »Danita! Fang an, Goldsiegel zu kochen.«

»Alles klar!« Das Mädchen eilte davon.

»Ich hole den Umschlag, den ich schon Jaxom und Mason gemacht habe«, sagte Sora. »Und ich koche Mohntee.«

»Aber starken«, sagte Davis. »Die beiden haben Schmerzen, und es dauert noch einen halben Tag bis Mondaufgang.«

Mari nickte rasch und rief: »O'Bryan, Jaxom, Mason, könnt ihr Davis helfen, die beiden in den Bau zu bringen?«

Dann holte sie Luft und spähte hinter Davis.

Von Nik keine Spur.

Und sie spürte nichts von Laru.

Sie bannte Davis mit dem Blick. »Wo ist er?«

»Er meinte, du würdest es verstehen, Mari. Die Sache ist, der ganze Stamm ist mit der Seuche infiziert. Der Rat ist tot. Die Krieger haben mit Wilkes gebrochen, und Thaddeus und seine Banditen sind an der Macht.«

Sie packte ihn an den Schultern und schüttelte ihn. *»Wo ist er?«*

»Er ist allein gegangen. Es ging nicht anders. Ich soll dir ausrichten, dass wir heute losmüssen. Heute Abend. Nicht morgen.«

»Was? Unmöglich!«, rief Sora.

»Warum? Wieso nicht morgen?«, wollte Mari wissen.

Claudia hob die Hand. Sie zitterte am ganzen Leibe und konnte kaum sprechen, aber ihr Blick war fest. »Unseretwegen. Wenn Thaddeus merkt, dass Wilkes und ich weg sind, wird er uns suchen, und dann wird er euch finden. Odysseus ist gestorben, und Thaddeus hat den Verstand verloren.« Ihre geröteten Augen füllten sich mit Tränen. »Es tut mir leid. Wir hatten nicht vor, euch das anzutun, aber Nik sagte, wir könnten uns eurem Rudel anschließen. Bitte schickt uns nicht weg!«

Mari berührte ihre fieberheiße Wange. »Wir schicken euch nicht weg, Claudia. Und es ist nicht eure Schuld, dass Thaddeus vor Hass nicht mehr klarsieht.«

»Er will Nik und dich sowieso fangen«, keuchte Wilkes. »Er gibt euch die Schuld an allem – von dem Brand bis zu Odysseus' Tod.«

»Das wissen wir. Deshalb wollen wir ja weg hier. Wir wollten nur –« Mari blieben die Worte im Hals stecken. Ein Sturm von Gefühlen brach über sie herein.

*Angst – Sorge – Wut!*

Mari fiel auf die Knie und schlang die Arme um sich, um der Panik Herr zu werden, die ihren Geist, ihr Herz und ihre Seele blockierte. Die Gefühle waren eindeutig Larus. Mit einigen tiefen Atemzügen versuchte sie, die rasende Panik zu bekämpfen, die drohte, ihre Konzentration zu stören und die Verbindung zu Laru zu kappen.

*Ruhig, Laru, ruhig. Ich bin da. Ganz langsam.*

Sora rüttelte sie verunsichert. »Mari, was ist denn?«

Mari schüttelte den Kopf. »Ich muss mich konzentrieren. Ich spreche mit Laru.«

Sora sog die Luft ein. »O Göttin, nein!«

Mari kniff die Augen fest zu, um alles auszublenden außer ihrem Band zu Niks Gefährten. *Laru! Was ist passiert? Geht es Nik gut?*

Die einzige Antwort war eine weitere Flutwelle von Gefühlen: *Angst! Angst! Wut! Sorge! Sorge! Angst!*

*Laru, ich verstehe nicht. Wo bist du? Wo ist Nik? Laru, bitte! Gib dir ganz viel Mühe! Erzähl's mir!*

Wieder überschwemmten sie die Gefühle, allen voran Angst.

»Ich verstehe dich nicht!«, sagte Mari jetzt laut mit tränenerstickter Stimme. »Sag mir, wo du bist!

Larus Gefühle waren so klar, als kämen sie aus ihr selbst, aber seine Gedanken waren und blieben wirr – und wurden mit jedem Augenblick wirrer. Sie verlor ihn. Mit absoluter Gewissheit wusste Mari, dass ihre Verbindung zu dem panischen Hund gleich abreißen würde.

*O Laru, bitte, bitte! Hilf mir, dich zu verstehen!*

Da drängte sich Rigel neben sie. Die Sicherheit, die Ruhe und Wärme, die von ihm ausgingen, hüllten sie ein wie eine warme Decke in einer Winternacht. Und plötzlich stand Mari ein Bild von Nik vor Augen – genau so, wie er ausgesehen hatte, als er heute Morgen nach ihrem Abschied davongetrabt war.

Mari riss die Augen auf und starrte ihren Schäferhund an. »Bilder! Er kann's mir in Bildern sagen!« Wieder schloss sie die Augen und stellte sich die Szene um sich herum vor: die kranken Gefährten, das versammelte Rudel, die unruhigen Hunde. Mit jedem Fitzelchen Konzentration, das sie aufbringen konnte, bemühte sie sich, Laru dieses Bild zu senden.

Die Flut der Gefühle ebbte ab. Da war nur noch Leere.

Mari öffnete die Augen. Tränen rannen ihr über die Wangen. Ihr war übel vor Angst.

»Mari, was können wir tun?«, fragte Sora, die ihr tröstend und stützend den Arm um die Schultern gelegt hatte.

»Laru«, schluchzte Mari. »Plötzlich ist er nicht mehr da, und –«

Sie schnappte nach Luft. Ein Bild stieg so vollendet in ihr auf, als sähe sie es vor sich. Da war Nik. Seine Hände waren ihm auf dem Rücken gefesselt, und er kniete an einem Ort, den Mari sofort als die alte Meditationsplattform erkannte, wo sie mit ihm auf Sols Signal gewartet hatte, dass sie gefahrlos in die Stadt kommen könnten. Sein Gesicht war zerkratzt und blutig und seine Lippe aufgeplatzt, als hätte man ihn geschlagen.

Hinter Nik stand Thaddeus. Er hielt ein Seil in der Hand, das um Niks Hals lag, und lachte.

*Ich verstehe, Laru! Versteck dich! Ich komme!* Sie sandte dem Schäferhund ein Bild von sich und Rigel, wie sie durch den Wald in Richtung Stammesgebiet rannten, während Laru in einem Versteck kauerte. Dann öffnete sie die Augen, sprang auf, wischte sich das Gesicht ab und sah Sora an.

»Das Rudel muss aufbrechen. Jetzt. Schnell. Versuch, es Claudia und Wilkes so bequem wie möglich zu machen – wir nehmen sie mit. O'Bryan, führe das Rudel zum Kanal.« Sie richtete den Blick auf Wilkes. »Du weißt genau, wo die Boote sind, oder?«

»Ja. Ich zeige es euch.«

»Zeig es ihnen.« Mari deutete auf Sora und O'Bryan, während sie sich bereits abwandte.

»Mari! Wohin willst du?«, rief Sora.

»Nik retten.«

»Nein!«, rief Wilkes so entsetzt, dass Mari sich umdrehte. »Du läufst in eine Falle. Thaddeus hat immer wieder gesagt, dass er dich zum Stamm locken will, um dich zu fangen und zu zwingen, alle zu heilen.«

»Darf er gern versuchen. Eine Mondfrau zu fangen ist nicht so einfach, und zwingen kann man uns erst recht zu nichts.« Sie drehte sich um und hastete nach oben in den Bau, um ihren Rucksack und die Schleuder zu holen, die sie mit tödlicher Präzision beherrschte. »Thaddeus unterschätzt uns«, sagte sie zu Rigel, der ihr nicht von der Seite wich. »Das und seine Arroganz werden ihn zu Fall bringen.« Rigel grollte tief in der Kehle. »Zeigen wir ihm, was passiert, wenn man den Treuverbundenen einer Mondfrau misshandelt, die noch dazu Sonnenfeuer herabrufen kann! Einverstanden?«

Rigel bellte nachdrücklich, und die beiden stürmten in den Wald davon.

»Davis!«, tönte Soras Ruf über die Lichtung.

Davis tätschelte Cammy den Kopf, seufzte und drehte sich halb um. »Hier bin ich, Sora!«

Zielstrebig wie immer marschierte die Mondfrau auf die Lichtung und trat zu Davis vor das Bildnis der Erdmutter. Sanft streckte sie die Hand aus und berührte das saftige Moos, das deren Haut bildete. Ihr Blick wanderte über die Federn, Perlen und anderen Schmuck, der liebevoll um die Statue drapiert war. »Wunderschön, was das Rudel ihr geschenkt hat.«

»Sie freut sich darüber«, sagte Davis.

Sora sah ihn intensiv an. »Du hörst sie wirklich, oder?«

Davis nickte. »Ja. Und ich weiß zwar, dass sie mit uns kommen wird, aber es bricht mir trotzdem das Herz, sie hier ganz allein zu lassen.«

»Sie ist nicht allein«, sagte Sora. »Hier sind all die Pflanzen, um die sie sich kümmert, und die Tiere, die sie beschützt. Und die Chance ist groß, dass irgendwann Erdwanderer aus einem anderen Clan unsere Baue finden werden. Nicht heute oder morgen, aber in ein paar Wintern. Dann werden sie das Bildnis von neuem pflegen und sie hier anbeten.« Sie legte ihm die Hand auf die Schulter. »Wir müssen los.«

Davis nickte, verneigte sich noch einmal vor der Göttin und

verließ mit Sora die menschenleere Lichtung. Das abmarschbereite Rudel hatte geduldig gewartet, während Sora Davis gesucht hatte, doch fast greifbar hing Unruhe in der Luft – Unruhe und Trauer.

Sora wünschte, Mari wäre da und hälfe ihr bei diesem Aufbruch. »Das ist kein wirklicher Abschied«, sagte sie. »Es ist der Anfang eines neuen Lebens – der erste Schritt in eine neue Welt – der Beginn eines großen Abenteuers. Sind wir bereit, Rudel?«

»Ja«, schallte es zurück.

Sora ging den Zug ab und zählte, ob jetzt auch wirklich alle da waren. Vor den Tragen, auf denen Wilkes und Claudia lagen, hielt sie überrascht an –, neben Wilkes' Trage standen O'Bryan und Sheena, aber Claudias Trage wurde von Jaxom und Mason flankiert.

Sie sah Jaxom an. Wie üblich wandte der junge Erdwanderer den Blick ab. »Wer hat euch gesagt, dass ihr Claudias Trage nehmen sollt?«

»Niemand«, antwortete Jaxom, die Augen auf Chloe gesenkt, die den Kopf aus der Trageschlinge über Soras Herzen steckte. »Mason und ich haben uns freiwillig angeboten.«

Sora musterte Jaxoms Bruder. »Bist du dir sicher, dass du das schon schaffst?«

»Mit Jaxoms Hilfe, ja.«

Sora sah wieder Jaxom an, um sich zu vergewissern, dass er bereit und fähig war, seinem Bruder die nötige Hilfe zu geben. Dieser verharrte mit gesenktem Kopf, den Blick zu Boden gerichtet. Gereizt seufzte sie. »Jaxom, ist es für dich okay, deinem Bruder zu helfen, auch wenn du dann den größeren Teil des Gewichts stemmen musst?«

Er nickte, die Augen auf Chloe. »Ja.«

In ihrer Nervosität ließ Sora ihrem Ärger freien Lauf. »Jaxom, wenn ich versuche, mit dir zu reden, und du schaust mich nicht mal an, sondern höchstens Chloe, dann ist das irritierend und ätzend.«

Da hob Jaxom die warmen, vertrauten, braunen Augen. »Vergib mir, Mondfrau. Deine Chloe ist das zweitschönste Wesen auf dieser Welt, das ich je gesehen habe.«

Sora starrte ihn an. Sein Ton, sein Blick – alles an ihm war genau der niedliche, liebe Jaxom, den sie ihr Leben lang gekannt hatte und in den sie ziemlich verliebt gewesen war. Aber kaum schob sich in ihren Kopf die Vorstellung, ihn zu berühren – etwas, was sie beide einst so genossen hatten –, gefror sie innerlich, und Galle stieg ihr in die Kehle.

Nun war sie es, die den Blick abwandte. »Schön«, sagte sie knapp. »Das wird Rose freuen.«

»Rose?«

»Ja, Rose.« Laut rief Sora über den Zug hinweg Rose zu, die bei ihren Freundinnen Sarah und Lydia wartete: »Rose! Du kannst Jaxom mit auf die Welpentrageliste setzen.«

»Ist gut, Mondfrau!«, kam Rose' Antwort.

»Welpentrageliste?«, fragte Jaxom.

»Ja. Wenn du Chloe hübsch findest, dachte ich, könntest du Rose helfen, die vier anderen Welpen zu tragen. Zu Fuß können sie noch nicht mit uns mithalten, also haben wir Trageschlingen für sie gemacht wie diese hier, und jeder, der will, kann ab und zu einen übernehmen. Wenn du das doch nicht wollen solltest, dann sag bitte Rose Bescheid.«

»Alles in Ordnung, Sora?« O'Bryan kam hinzu und bedachte Jaxom mit einem skeptischen Blick.

»Ja, alles bestens.« Sora wandte sich ab und ging mit O'Bryan zusammen weiter, während Jaxom ihr stumm nachblickte.

Am Kopf des Zugs angekommen drehte sie sich zu ihrem Rudel um. Sie hob die Stimme, damit alle sie hören konnten. »Also, damit wir den Kanal noch vor Einbruch der Dunkelheit erreichen, müssen wir uns beeilen. Wenn jemand nicht mehr kann, bitte sagt sofort euren Nachbarn Bescheid. Es bringt uns gar nichts, wenn ihr den Mund haltet und genau dann zu schwächeln beginnt, wenn so richtig Eile geboten ist.«

»Und wenn man gar nicht mehr laufen kann?«

Sora spähte zu der Sprecherin hinüber. Es war Sarah, deren Knöchel noch immer nicht voll belastbar war. O'Bryan hatte ihr eine Krücke geschnitzt, und Sora hatte ihr den Fuß so fest wie möglich bandagiert. Auch etwas Tee gegen die Schmerzen hatte sie ihr gegeben, aber nicht zu viel –, schließlich durfte Sarah nicht zu betäubt sein, um zu laufen.

»Zurücklassen werden wir keinen, wenn du das meinst.«

»Sie kann sich abwechselnd mit mir auf die Trage legen«, gelang es Claudia zu sagen, ehe sie wieder heftig husten musste.

»Mit mir auch«, rief Wilkes, dessen Stimme unnatürlich hoch und schwach klang.

»Danke euch beiden«, sagte Sora. Trotz des vielen Mohntees und der lindernden Umschläge um die eitrigen Stellen an Ellbogen, Handgelenken, Knien und Fußknöcheln war Claudias und Wilkes' Zustand zwar ernst, doch keiner der beiden würde sterben. Dafür würde Sora sorgen, sobald der Mond aufging. Also konnten sie durchaus ein bisschen auf eigenen Beinen laufen und Sarahs Knöchel etwas Ruhe gönnen.

Stolz betrachtete Sora das Rudel. Aus dem heillosen Chaos, das noch am Morgen geherrscht hatte, war dank der Disziplin eines jeden dieser geordnete Zug hier geworden. Überhaupt – Sora hatte miterlebt, wie aus all diesen Menschen, die anfangs so zögerlich, ja misstrauisch miteinander umgegangen waren, eine wirkliche Gemeinschaft entstanden war – dank eines gemeinsamen Ziels, das auf den ersten Blick nahezu unmöglich erschienen war.

Doch hier standen sie, bereit, allem den Rücken zu kehren, was sie bis vor kurzem als einzige, ewige Heimat betrachtet hatten.

Sora breitete die Arme aus und begann mit kräftiger, klarer, von Stolz auf ihr Rudel erfüllter Stimme zu beten.

»Erdmutter, segne unsere Reise und beschütze uns, und beschütze auch Mari und Nik, Rigel und Laru, auf dass sie bald wieder heil und gesund mit uns vereint sind!«

»Segne uns, Erdmutter!«, sprach das Rudel im Chor.

Dann marschierte Sora, gefolgt von O'Bryan, nach ganz vorn, wo Antreas mit Bast stand –, und neben ihnen Danita, die wie immer der Raubkatze nicht von der Seite wich.

»Zeig uns den Weg, Antreas!«

»Jawohl, Mondfrau!«, rief er fest, verneigte sich und begann, selbstsicher nach Norden zu marschieren.

Sie kamen besser voran, als Sora erwartet hätte, vor allem, weil Antreas – oder vielmehr Bast – das unfehlbare Talent hatte, die einfachsten und schnellsten Wege zu finden.

Sora sah zum Himmel auf. Der Stand der Sonne sagte ihr, dass diese sich bereits zum Abend hin zu neigen begann. Sora richtete den Blick auf den Zug hinter sich. Claudia hatte ihre Trage Sarah überlassen; diese hatte den Fuß hochgelagert. Die Gefährtin ging neben der Bahre her, die Hand schwer darauf gestützt. Ihre große Schäferhündin Mariah wich ihr nicht von der Seite.

Wilkes schien zu schlafen, was Sora nicht überraschte. Er hatte die Trage lange Zeit Lydia überlassen und war nebenhergeschlurft – so lange, dass Sora schließlich darauf bestanden hatte, dass er sich wieder hinlegte. Der Krieger hatte protestiert, bis Sora ihn daran erinnert hatte, dass er der Einzige war, der genau wusste, wo der Stamm seit dem Brand die Boote lagerte, was bedeutete, dass er sich genug Kraft aufsparen musste, um sie dorthin zu führen, sobald sie den Kanal erreichten.

Von dem schlafenden Wilkes wanderte ihr Blick zu Jaxom und Mason. Jaxom schwitzte, schien sich jedoch ansonsten ganz gut zu halten. Mason wirkte etwas müder als sein Bruder, aber noch zeigte keiner der beiden offen Anzeichen von Schwäche oder hatte um einen Halt gebeten.

»Wir haben ein gutes Tempo drauf«, bemerkte O'Bryan, der sich zu ihr gesellte und Chloe den Kopf kraulte. Der Welpe reckte sich zur Begrüßung etwas aus der Trageschlinge heraus und leckte ihm die Hand.

»Ja«, sagte Sora. »Aber sind wir schnell genug? Schaffen wir's vor dem Dunkelwerden zum Kanal?«

»Antreas sagt ja, solange nichts Unerwartetes passiert. Und ich wüsste nicht, was. Der Wald ist so still wie noch nie. Als wäre bei dem Brand alles geflohen, was Beine und Flügel hat.«

Sie nickte. »Mir kommt's auch so vor. Ziemlich unheimlich eigentlich. Nicht, dass ich mich sonderlich auf die Fahrt auf dem Fluss freue, aber ich werde erleichtert sein, wenn wir diesen Teil des Waldes hinter uns haben. Je näher wir dem Stammesgebiet kommen, desto komischer kommt er mir vor.«

»Das ist ein Zeichen«, sagte Davis, der ebenfalls hinzukam.

»Ich spüre es. Als ob der Wald mit angehaltenem Atem auf etwas wartet.«

»Und worauf?«, fragte Sora. Das erstaunliche Band des jungen Gefährten zur Erdmutter hatte ihren vollsten Respekt. Es war nur sinnvoll, darauf zu achten, was er spürte.

»Ich weiß es nicht. Aber irgendwas ist da. Irgendwas ist nicht am rechten Ort.«

Sora schnaubte. »Ach was. Ich kenne da ein paar Erdwanderer, die definitiv nicht da sind, wo sie hingehören.«

»Ich glaub nicht, dass es das ist. Es ist eher –«

In diesem Moment kam Danita von vorn auf sie zugerannt. »Sora! Sora!«

»Ich bin hier. Was ist?«

Danita rang nach Luft. »Antreas hat zwei Leute gefunden. Du sollst kommen – und O'Bryan und Davis und Sheena. Mit den Hunden, und bewaffnet. Er glaubt, es sind Hautdiebe.«

»Sheena!«, rief O'Bryan nach hinten. Sofort löste diese sich vom Ende des Zuges, wo sie ihnen den Rücken gesichert hatte, und kam mit Captain herangejoggt.

Um Sora herum entstand nervöses Gemurmel unter den Rudelmitgliedern. Mit einem scharfen Blick brachte sie sie zum Schweigen. »Hallo, zwei Hautdiebe sind nun wirklich keine Bedrohung für uns –, solange nicht wegen eures Getuschels Panik im Rudel ausbricht.«

Die Erdwanderinnen zogen die Köpfe ein und entschuldigten sich. Sora befahl dem ganzen Zug: »Anhalten! Kurze Rast!« Dann wandte sie sich an Danita. »Geh zu Isabel und Jenna und lass mit ihnen die Wasserschläuche herumgehen. Und gebt den Verwundeten ein paar Schlucke Cannabisextrakt – aber nicht zu viel.«

»Verstanden.«

»Wo ist Antreas?«, fragte O'Bryan.

Danita deutete voraus. »Dort, wo der Pfad zur Schlucht hin abbiegt und dann am Rand verläuft. Da kamen die Frauen uns entgegen.«

»Frauen?«, wiederholte Sheena, die soeben zu ihnen stieß.

Danita nickte. »Hautdiebsfrauen. Ihr werdet schon sehen.«

Eher neugierig als ängstlich zog Sora Chloe aus der gemütlichen Trageschlinge, küsste sie auf den Kopf und reichte sie Danita. »Gib sie Rose. Wer weiß, was genau uns erwartet.« Sie drehte sich zu den Gefährten um. »Okay, los.«

Die vier Menschen und zwei Hunde trabten den Pfad entlang, der bald eine Rechtskurve machte und auf den Rand der tiefen Schlucht traf, die das Gebiet des Stammes von der Ruinenstadt der Hautdiebe trennte.

Sora war es, die Antreas und Bast entdeckte. Die beiden ließen die Augen nicht von zwei Mädchen, die vor ihnen am Rand der Schlucht saßen. Sie waren seltsam gekleidet – Lederröcke und formlose bauchfreie Leibchen – und hatten grob gewebte Rucksäcke geschultert. Ihre Haut war sehr bleich und mit roten, schwarzen und weißen Ornamenten in stets dreifacher Ausführung bemalt. Das eine Mädchen war so blond, dass ihr Haar fast silbern wirkte; das der anderen war von einem satten Kastanienbraun. Bei ihrem Näherkommen drehten die beiden sich zu Sora und den Gefährten um, und Sora verschlug es den Atem.

Das kastanienbraune Mädchen besaß keine Augen.

»Kreuz-Käferklöten«, hauchte O'Bryan. »So was habe ich ja noch nie gesehen.«

»Ich auch nicht«, sagte Sheena.

Davis stand stumm und reglos. Sora warf ihm einen Blick zu. »Was ist?«

Cammy winselte. Davis schien wie aus einem Tagtraum zu erwachen. Er bückte sich und tätschelte den kleinen Terrier. »Ich weiß nicht. Aber da ist was an ihr.«

»Du meinst, außer dem, was offensichtlich fehlt?«, fragte O'Bryan.

»Oh, ich glaube, sie kann durchaus sehen – nur nicht so wie wir«, sagte Davis kryptisch.

»Was soll denn das heißen?«, wollte Sora wissen.

»Ich weiß es nicht – noch nicht. Sobald ich's weiß, sag ich's euch.«

Sie traten auf Antreas und die Mädchen zu. Die Jüngere beobachtete sie aus großen, ängstlichen Augen und umklammerte mit beiden Händen eine Hand der Blinden.

»Das ist eine unserer beiden Anführerinnen, die Mondfrau Sora«, sagte Antreas und deutete auf diese. »Sora, das sind Lilie und ihre –«

»Eure Anführerin ist eine Frau?«, unterbrach ihn das augenlose Mädchen neugierig. Ihre Stimme klang ruhig und fest.

»Zwei Frauen«, sagte Sora und trat vor die beiden. »Ich bin eine davon. Wer seid ihr?«

»Mein Name ist Lilie.« Das sehende Mädchen neigte den Kopf. Sora sah, dass sie zitterte. »Und das ist meine –«

»Ich bin Täubchen«, unterbrach die Blinde. »Das Orakel der Götter.«

»Welcher Götter?«, fragte Davis.

Sie wollte ihm antworten, aber Sora kam ihr zuvor. »Täubchen? Du heißt Täubchen?«

Das blinde Mädchen nickte. »Ja, das ist mein Name.«

Sora schwindelte. Sie erinnerte sich daran, was Mari ihr erzählt hatte: *In meinem Traum wurde der Stamm des Lichts von bemalten Kriegern vernichtet. Mitten aus der Schlacht flog eine Taube zu mir. Sie wollte, dass ich ihr helfe. Aber Mamas Stimme sagte, ich solle sie erst schwören lassen, mir immer die Wahrheit zu sagen.*

»Täubchen, seid ihr beiden Hautdiebe?«, fragte O'Bryan indessen scharf.

Täubchen wandte das augenlose Gesicht in seine Richtung. Statt zu antworten, stellte sie eine Gegenfrage. »Seid ihr Erdbewohner? Die Menschen, die in Höhlen im Boden leben?«

»Du hast meine Frage nicht beantwortet«, sagte O'Bryan.

»Und du nicht meine«, gab Täubchen zurück.

»Für so was haben wir keine Zeit«, mischte sich Antreas ein. »Ich würde sagen, wir fesseln sie so leicht, dass sie sich rechtzeitig befreien können, um vor Anbruch der Dunkelheit in ihre Stadt zurückzukehren, und ziehen weiter.«

»Es steht euch frei, uns zu fesseln«, sagte Täubchen in völlig ruhigem Ton. »Ihr dürft alles mit uns anstellen, was ihr wollt. Wir können euch nicht daran hindern. Aber Lilie und ich werden nicht in die Stadt zurückkehren. Wir möchten die friedlichen Erdbewohner um Asyl bitten.«

Sora ging vor ihr in die Hocke. »Ihr wollt um Asyl bitten? Warum das? Wovor lauft ihr weg?«

»Wir werden nicht verfolgt. Dessen könnt ihr gewiss sein.«

»Sie beantwortet schon wieder nicht die Frage«, sagte O'Bryan. »Antreas hat recht. Lasst sie uns fesseln und hierlassen.«

Während er sprach, beobachtete Sora Täubchen genau und sah flüchtig nackte Angst über deren seltsame Züge huschen.

»Täubchen, weißt du, was eine Mondfrau ist?«

»Nein«, antwortete diese.

»Eine Mondfrau ist von der Erdmutter mit der Gabe gesegnet worden, die Macht des Mondes herabzurufen.«

Täubchen wurde buchstäblich kalkweiß. Sie löste ihre Hand aus denen von Lilie und streckte sie Sora entgegen, die sie automatisch ergriff. »Du kennst die Große Göttin?«

»Ja.«

»Stehst du unter ihrem Schutz?« Täubchen klang erregt und atemlos.

»Ja – und mein Volk auch.«

Sora spürte, wie Täubchens Hand zu zittern begann. Und Lilie vergrub das Gesicht in den Händen und brach in Tränen aus.

»Ich verstehe nicht. Habt ihr Angst vor der Göttin?«

Da lächelte Täubchen so strahlend, dass Sora der Atem stockte. »Oh, Mondfrau! Nein! Wir sind glücklich, wirklich überglücklich, dass du die Göttin kennst. Wir haben um ihre Hilfe gebetet, und sie hat uns zu dir geschickt!«

Noch immer echote Maris Traum in Soras Geist. Sie folgte ihrem Bauchgefühl und traf einen Entschluss. »Täubchen, ich bin bereit, dir und Lilie Schutz zu gewähren. Aber nur unter einer Bedingung.«

Ohne zu zögern, sagte Täubchen: »Nenn mir diese Bedingung, Mondfrau.«

»Du musst mir schwören, dass du mir immer die Wahrheit sagen wirst. Bedenke: Was du vor mir schwörst, wird auch die Erdmutter hören. Sie ist gütig und freundlich, aber Eidbrecher kann sie nicht ausstehen.«

Täubchen griff in den Rucksack an ihrer Schulter und zog ein kleines Messer heraus.

Sofort waren die Hunde an Soras Seite und knurrten tief in der Kehle. Täubchen erstarrte. »Ich will niemandem etwas tun«, sagte sie schnell. »Ich möchte nur meinen Schwur mit Blut besiegeln, wie es sich gehört.«

»Schon gut«, sagte Sora zu den Hunden – und deren Gefährten, die bereits ihre Waffen gezogen und auf Täubchen gerichtet hatten. »Lasst sie schwören.«

»Danke, Mondfrau.« Mit einer schnellen Bewegung zog Täubchen sich die Klinge durch die Handfläche. Dann hob sie die verwundete Hand und drückte den Schnitt zusammen, bis Blut daraus auf den Boden tropfte und davon aufgesogen wurde. »Ich biete mein Blut der Großen Göttin dar, unter deren Schutz dieses Volk steht. Und ich schwöre, dieser Mondfrau stets nur die Wahrheit zu sagen, solange Blut in meinen Adern fließt.«

»Und das glaubst du ihr?«, fragte O'Bryan.

»Ich glaube Mari«, sagte Sora.

»Wie meinst du das?«, wollte Sheena wissen.

»Gestern hatte Mari einen Traum, in dem eine Taube sie um Schutz bat.« Ihre Worte waren an ihre Rudelmitglieder gerichtet, doch ihr Blick ruhte auf Täubchen. »Ledas Stimme sagte ihr, sie solle der Taube helfen, aber nur, wenn diese die Wahrheit sagen würde.«

»Dann ist es richtig, den beiden Schutz zu gewähren«, sagte Davis leise. »Das war ein Zeichen der Göttin.«

»Nur, wenn sie jetzt unsere Fragen beantwortet«, warf O'Bryan ein.

Sofort erhob Täubchen die klare, angenehme Stimme. »Hautdiebe – so nennen uns die Anderen. Wir selbst nennen uns das Volk.«

»Und hier noch einmal meine Frage: Wovor lauft ihr davon?«, sagte Sora.

»Wir fliehen vor dem kürzlich erwachten Gott des Todes.«

Sora lief ein eiskalter Schauder über den Rücken. »Gott des Todes? Du sagst, du seist das Orakel der Götter. Was bist du für den Gott des Todes?«

Täubchen presste die Lippen zu einer dünnen Linie zusammen und krampfe die blutige Hand zur Faust. Sie senkte den Kopf. Fest sagte sie: »Ich war seine Geliebte.«

»Bist du ihm wichtig?«, bohrte Sora.

»Mein Körper ja. Ich selbst nicht«, antwortete Täubchen mit unbestreitbarer Offenheit.

»Bitte schickt meine Herrin nicht zurück!«, stieß plötzlich Lilie hervor, die Hand nervös an die Brust gedrückt. »Der Gott ist abscheulich! Er zwingt sie, ihm zu Willen zu sein.«

»Ich schicke sie nicht zurück –, solange sie ihrem Schwur treu ist«, sagte Sora. »Täubchen, eines verstehe ich nicht. Du warst die Geliebte des Gottes des Todes und bist ihm wenigstens zum Teil wichtig, aber niemand verfolgt euch? Wie das?«

Ohne zu zögern, erklärte Täubchen: »Der Tod vermisst Lilie und mich noch nicht. Er weiß noch nicht einmal, dass wir fort sind. Zurzeit ist er vollauf damit beschäftigt, seine Schnitter zum Angriff auf die Stadt in den Bäumen zu führen.«

Die Gefährten um Sora wurden kalkweiß. Entgeistert starrten sie Täubchen an.

»Wann will er die Stadt erobern?«, fragte Sora.

»Heute Abend nach Einbruch der Dunkelheit, wenn die Kranken und Verwundeten schlafen.«

»Kranke und Verwundete? Woher weiß er, dass es im Stamm Kranke gibt?«, fragte O'Bryan.

Täubchen wandte sich ihm zu. »Weil er sie vergiftet hat. Zunächst nur einen von ihnen – denjenigen, den das Volk vor einigen Wochen gefangen nahm und wieder freiließ. Seither hat Tod dafür gesorgt, dass das Gift sich ausbreitet.«

»Kreuz-Käferklöten! Thaddeus! Genau wie Mari und Nik es sich dachten. Ich muss den Stamm warnen!«

»Jeder, der heute Abend in der Stadt in den Bäumen ist, wird getötet oder gefangen genommen werden«, sagte Täubchen in sehr seltsamem Ton. Er klang befremdlich ruhig – ja, emotionslos, wie eine körperlose Stimme. »Du kannst sie gern warnen, aber du wirst ihr Schicksal nicht abwenden können. Du wirst es teilen.«

»Ich muss –«, begann O'Bryan.

Sora legte ihm die Hand auf den Arm. »Sie sagt die Wahrheit. Ich glaube, deshalb wurde Mari der Traum geschickt. Um uns davor zu warnen, was passieren wird.«

»Aber jemand muss auch den Stamm warnen!«, sagte Davis.

»Es gibt dort immer noch gute, anständige Leute«, pflichtete Sheena ihm mit Tränen in den Augen bei. »Wir können doch nicht untätig zusehen, wie sie überrannt werden!«

»Du meinst: wie das mit ihnen passiert, was sie uns antun wollten?«, fragte Antreas. »Ich weiß, sie waren dein Volk, doch das sind sie nicht mehr. Du weißt genau, was sie mit dir machen würden – und mit dir, und mit dir – und mit uns allen, wenn wir bleiben würden.«

»Aber wie viel besser als sie sind wir, wenn wir sie nicht warnen?«, hielt Davis dagegen.

»O'Bryan, Davis, Sheena, von mir aus dürft ihr gern zum Stamm gehen und ihn warnen«, sagte Sora. »Ich bitte euch nur: Überlegt euch, was ihr riskiert. Wilkes und Claudia haben gesagt, dass Thaddeus und seine Leute an der Macht sind. Der Stamm, den ihr kennt, existiert nicht mehr. Seid ihr gewillt, euer Leben aufs Spiel zu setzen, um ein Volk zu warnen, das euch vermutlich nicht verschonen würde, wenn ihr erwischt werdet?«

»Wenn Nik und Mari nicht vor Einbruch der Nacht da rauskommen, trifft der Angriff der Hautdiebe auch sie«, gab O'Bryan zu bedenken.

»Nik und Mari wissen, dass sie bei Dämmerung am Kanal sein müssen, oder wir fahren ohne sie ab. Sie werden sich dort nicht zu lange festhalten lassen.«

»Halt! Ich weiß, wie wir den Stamm warnen können«, rief Davis. »Wir müssen nur bis zum Ausguck am Kanal kommen.«

»Die Alarmglocke! Glut und Hitze, wo sind meine Gedanken? Die hatte ich total vergessen«, sagte O'Bryan.

Sheena nickte. »Perfekte Idee. Einer von uns kann sie läuten, während die anderen die Boote zu Wasser lassen.«

»Was für eine Alarmglocke?«, erkundigte sich Sora.

»Wir haben vor Urzeiten ein paar Glocken aus Hafenstadt geborgen«, erklärte O'Bryan. »Sie sind strategisch auf verschiedene Späherkanzeln verteilt. Die Lauteste hängt über der Kanzel am Kanal. Wenn wir sie läuten, wird der Stamm wissen, dass Gefahr droht.«

»Ich verstehe. Aber wird er dann nicht auch merken, dass wir ihm die Boote klauen?«

»Vielleicht. Falls Täubchen allerdings wirklich die Wahrheit sagt, wird er sich erst mal mit den Hautdieben herumschlagen müssen.«

Sora seufzte, fuhr sich mit den Fingern durchs Haar und starrte das augenlose Mädchen an, während auf ihr selbst die Blicke der Gefährten ruhten, die auf ihr Urteil warteten. Zum ersten Mal begriff Sora so richtig, welche Verantwortung in ihrem Amt lag. Sie musste eine möglichst kluge Entscheidung fällen, so dass sie es schaffen würden, mit den Booten zu entkommen – und im Idealfall auch noch den Stamm vor der drohenden Katastrophe zu warnen.

Wenn sie weniger klug entschied, würden sie alle womöglich getötet oder gefangen und versklavt werden.

Sie sah O'Bryan in die Augen. »Ich glaube Maris Traum. Täubchen erzählt uns die Wahrheit. Wenn wir zum Kanal kommen, geht einer von euch zur Späherplattform und warnt den Stamm, und dann springt er schleunigst in eines der Boote. Als eure Mondfrau befehle ich euch, euch nicht fangen zu lassen. Ihr kommt gefälligst alle mit uns mit.«

O'Bryan verneigte sich formell vor ihr. »Ja, Mondfrau.«

»Sheena, du bist ab jetzt für Täubchen und Lilie verantwortlich.«

Die Brauen der jungen Gefährtin schossen in die Höhe, aber sie nickte. »Soll ich sie fesseln?«

»Nein. Sie sind nicht unsere Gefangenen. Ich habe den Eindruck, dass Täubchen ihren Schwur ernst nimmt. Ich will nur nicht alle Vorsicht außer Acht lassen.«

»Ich verstehe.« Sheena stellte sich neben die beiden Hautdiebinnen.

Sora wandte sich an alle. »Und nun zurück zu den anderen – schnell und leise. Informiert den ganzen Zug darüber, was Täubchen gesagt hat.« Sie sah die beiden Mädchen an. »Täubchen, Lilie, wenn ihr nicht mit uns mithalten könnt, lässt Sheena euch zurück.«

»Ja, Mondfrau«, sagte Täubchen. Lilie nickte mit großen Augen und kreidebleichem Gesicht.

»Was ist mit Nik und Mari?«, wollte Antreas wissen.

»Alles wie gehabt«, sagte Sora ruhig, obwohl ihr innerlich übel war vor Angst. »Wir müssen darauf vertrauen, dass Mari Nik befreit. O'Bryan, bitte alle Gefährten, zur Sonne für Nik zu beten.« Ihr Blick richtete sich auf Davis. »Wir anderen beten zur Erdmutter um Kraft für Mari. Und jetzt los! Wir haben genug Zeit verloren. Weiter geht's!«

# 39

Während sie mit Rigel nordwärts jagte, fasste Mari einen Entschluss. Sie wusste nicht, ob aus Wut oder aus einer Eingebung der Erdmutter heraus –, Mari hoffte, dass das Zweite zumindest daran beteiligt war. Mit jeder Faser ihrer selbst wusste sie eines genau: Sie würde sich nicht wie ein feiger Dieb in den Stamm schleichen. Sie würde Niks Freilassung offen fordern, und wehe jedem, der versuchen würde, sie aufzuhalten.

Die Erdwanderer waren kein kriegerisches Volk. Sie führten ein friedliches Dasein, bestimmt vom Rhythmus der Jahreszeiten, von Saat und Ernte. Selbst Männer im Nachtfieber waren selten für andere gefährlich außer sich selbst. Doch Mari war nur zur Hälfte Erdwanderin – in ihren Adern floss auch Stammesblut. Während sie dem Weg folgte, den Nik und sie vor kaum einer Woche in die umgekehrte Richtung gegangen waren, festigte sich ihr Entschluss immer mehr.

Thaddeus hatte ihr ihre Mutter genommen.

Thaddeus hatte Nik seinen Vater genommen.

Männer wie Thaddeus hatten Mari und ihrer Mutter Galen genommen.

Es reichte mit dem Nehmen.

Sie rannte und rannte, Rigel immer an ihrer Seite. Als sie spürte, wie sie zunehmend ermüdete, bekam sie Panik – sie hatte nicht die Zeit, eine Pause einzulegen oder auch nur zu verlangsamen! Immer schwerer wurden ihre Atemzüge, sie krallte die Hand in die Seite, die unerträglich schmerzte. Da stellte Rigel sich ihr plötzlich so in den Weg, dass sie anhalten musste.

»Rigel!«, schrie sie um Atem ringend. »Aus dem Weg! Du weißt doch, jetzt wird nicht gespielt!«

Der junge Schäferhund rührte sich nicht vom Fleck. Hechelnd und sichtlich erschöpft sah er Mari in die Augen. Mit einem Mal schien das Sonnenlicht um sie in übernatürlichem Glanz zu erstrahlen – und sie begriff, was ihr Gefährte ihr zu sagen versuchte.

»Natürlich! Tut mir leid, Rigel, jetzt kapiere ich's.« Mari riss sich die Tunika vom Leib. Lediglich mit ihrer schlichten Hose aus Hanf bekleidet stolperte sie an eine Stelle, wo die Spätnachmittagssonne sich einen Weg durch die Zweige der hier bereits höheren Kiefern bahnte, breitete die Arme aus und sah zu der feurigen Sphäre auf. »Dring in mich ein, Macht der Sonne! Ich brauche dich!«

Hitze strömte in sie ein. Sie warf einen Blick auf Rigel. Seine Pupillen glühten sonnengolden, er hechelte bereits nicht mehr.

Ihr Seitenstechen ebbte ab. Nach einer weiteren Sekunde beruhigte sich ihr Atem. Und nach der dritten wich die Erschöpfung der halbtägigen Hatz komplett von ihr.

Sie war von Wärme und Kraft erfüllt.

Ihr Geist war scharf und klar.

Sie stopfte die Tunika in ihren Beutel. Solange die Sonne noch am Himmel stand und Rigel und sie mit lebenspendender Kraft versorgen konnte, würde nichts sie dazu bringen, sich wieder zu bedecken.

»Und jetzt rennen wir wirklich, Rigel!«

Mondfrau und Hund schienen beinahe durch den Wald zu

fliegen. Während sie dahinstoben, dachte Mari sich einen Plan nach dem anderen aus – und verwarf ihn wieder.

*O Mama! Ich wünschte, du wärest hier. Ich wünschte, du könntest mir sagen, wie ich das am besten anfangen soll.*

Vielleicht war es tatsächlich Ledas Stimme, vielleicht nur ein Echo aus der Vergangenheit – aber mit einem Mal hörte Mari sie so klar in sich, als renne ihre geliebte Mama neben ihr her.

*Das Einfachste ist oft das Beste. Wenn dir jemand mit einer schrecklichen Wunde gegenübersteht, darfst du auch nicht zu viel nachdenken. Und nicht in Panik geraten. Dann musst du handeln, mein süßes Mädchen. Schnell und intuitiv!*

»Danke, Mama! Genau das werde ich tun.«

Als sie sich der alten Meditationsplattform und den Überresten dessen näherten, was einst die stolze Stadt in den Bäumen gewesen war, fielen sie doch in Schritt. Mari warf einen Blick zum Himmel. Die Sonne war schon dicht über den Horizont gesunken, und sie spürte, wie der Mond ungeduldig darauf wartete, die Herrschaft über den Himmel zu übernehmen. Sie prüfte den Wind und änderte die Richtung so, dass er ihr ins Gesicht blies. Zwar hatte sie nicht vor, die Sache heimlich durchzuziehen, aber Thaddeus sollte trotzdem nicht vorzeitig gewarnt werden, dass sie kam.

Zuerst wehte sie der Gestank an – und gleich darauf lärmende Männerstimmen. Es klang, als fände da ein Spiel statt. Maris Blut pochte schneller. Zorn stieg in ihr auf. *Sie haben Nik – und es macht ihnen Spaß, ihn zu quälen!*

Mari besann sich auf ihre Erdwandererfähigkeiten. Gänzlich geräuschlos schlichen Rigel und sie geduckt voran, bis zwischen den Bäumen die alte Meditationsplattform sichtbar wurde. Vor Wut bäumte sich Maris Magen auf.

Sie hätte sich keine Sorgen zu machen brauchen, dass man sie wittern könnte. Thaddeus und seine Männer waren so in ihr grausames Spiel vertieft, dass sie auf nichts achteten außer auf Nik.

Wie in dem Bild, das Laru ihr geschickt hatte, stand Nik auf der Plattform, die Hände auf den Rücken gebunden. Nur war ihm inzwischen das Hemd vom Leib gerissen worden. Die Schlinge, in der sein Hals steckte, war an einen Ast über ihm geknotet. Sie war so fest gespannt, dass Nik beinahe auf Zehenspitzen stehen musste, um nicht zu ersticken. Und unterhalb der Plattform, mitten zwischen den kranken und verwundeten Stammesleuten, die auf Pritschen rund um den Baum lagen, stand eine Handvoll Männer – genau fünf einschließlich Thaddeus. Sie alle hatten Armbrüste und Köcher voller Pfeile bei sich.

Und immer abwechselnd schossen sie auf Nik.

Voller Grauen sah Mari zu, wie einer von ihnen zielte und schoss. Der Pfeil zischte dicht an Nik vorbei, wobei er dessen rechte Schulter streifte und eine blutige Furche hineinriss, und bohrte sich dann in den Stamm der Kiefer. Nik gab keinen Laut von sich. Er zuckte nicht einmal zusammen. Er stand einfach da, hielt sich mit aller Kraft auf den Zehenspitzen und starrte in die Ferne.

Da hörte Mari ein Winseln. Ihr Blick huschte zu dem Schäferhund zu Füßen des Kriegers, der eben geschossen hatte. Während dieser einen Triumphschrei ausstieß und Thaddeus ihm gratulierte, lag der Hund bedrückt und unablässig winselnd da, die bernsteinfarbenen Augen auf das Gesicht seines Gefährten gerichtet. Jetzt veränderte er vorsichtig seine Position, als hätte er Schmerzen –, und Mari sog entgeistert den Atem ein.

Um seinen Bauch war ein blutiger Verband gewickelt!

Rasch flog ihr Blick zu den Terriern der drei übrigen Gefährten, die lachend auf Nik zielten. Auch sie waren verbunden, genau wie der Schäferhund.

*Also muss es stimmen. Sie haben mit ihren Hunden gemacht, was wir die Hautdiebe mit dem Keiler machen sahen!*

Noch ein Winseln erregte Maris Aufmerksamkeit. Nicht weit von Thaddeus und seinen Männern saß eine Frau. Anders als die restlichen Kranken beobachtete sie das Geschehen genau. Schon dachte Mari erleichtert, es gäbe wenigstens noch ein Stammesmitglied, dem Nik nicht gleichgültig war. Dann bemerkte sie, woher das Winseln kam. Ein junger Schäferhund lief unruhig vor der Frau hin und her. An ihm konnte Mari keine Wunden entdecken. Im nächsten Moment wurde ihr bewusst, dass es sich um Rigels Wurfschwester Fortina handelte –, und dann musste sie fassungslos mitansehen, wie die Frau, die Mari nun als Maeve erkannte, dem Welpen einen Schlag mit dem Handrücken versetzte.

»Habe ich nicht gesagt, leg dich hin und sei still?«, zischte Maeve. Fortina kniff den Schwanz ein und legte die Ohren zurück, nahm aber Platz. Mit der Schnauze auf den Vorderpfoten sah sie gequält zwischen Maeve und Nik hin und her.

In Maris Kehle stieg Galle auf. Sie hatte das Gefühl zu ersticken. *Oh, süße Fortina! Es tut mir so leid!*

Da richteten sich die Ohren der kleinen Hündin auf, und ihre scharfen Augen begannen, den schattigen Wald um Maris Versteck herum abzusuchen. Mari riss sich zusammen. *Ich muss meine Gedanken für mich behalten. Sonst verrät sie mich noch unabsichtlich.* Diese armen Hunde konnten ihr später noch leidtun. Jetzt musste sie sich um Nik kümmern.

Mari schloss die Augen. Die Gedanken auf Laru gerichtet, zeichnete sie ein Bild von sich und Rigel an der Stelle, an der sie kauerten, und fügte Laru dem Bild hinzu. Es dauerte aufreibend lange, aber schließlich kam die Woge der Wärme über sie, die anzeigte, dass Laru nicht weit war, und nur wenige Atemzüge später gesellte sich der Leitrüde auf leisen Pfoten zu ihnen.

Mari war so erleichtert, ihn unversehrt zu sehen, dass sie ihm die Arme um den muskulösen Hals schlang, ihn küsste und ganz fest hielt, um ihn ihre Liebe spüren zu lassen. Der große Schäferhund, der am ganzen Leib gezittert hatte, wurde nun, in Rigels und Maris Beisein, schnell ruhiger. Mari spürte, wie er neuen Mut fasste.

»Alles ist gut«, flüsterte sie und sandte ihm eine Woge der Liebe und Geborgenheit zu. »Wir retten ihn. Das verspreche ich dir.«

Sie sah zum Himmel auf. Er erstrahlte in leuchtendem Orange, Rosa und Türkis. Die Sonne sah sie nicht, spürte deren Macht aber ermatten, während die kühle Erhabenheit des Mondes stetig wuchs.

Entschlossen griff Mari in ihren Beutel und zog ihre Schleuder und das Säckchen mit den dafür gedachten ebenmäßigen Steinen heraus. Dann betrachtete sie kurz ihre Tunika und entschied sich dagegen, diese wieder anzuziehen. Sie schüttelte ihr Haar zurück. Noch immer war es mit Eichelhäherfedern verziert, und Mari gefiel, dass es inzwischen wieder lang genug war, um als wilde Mähne aus Locken und Zöpfen ihr Gesicht zu umrahmen. Plötzlich, aus einem Impuls heraus, goss sie etwas Wasser aus ihrem Reiseschlauch auf ein Fleckchen bloßer Erde unter der jungen, dichten Kiefer, hinter der sie sich verbarg, und knetete dort rasch etwas klebrigen Schlamm zusammen. Mit den Fingern malte sie sich ein Abbild der Sonne mitten auf die Brust und darunter, auf ihren flachen, glatten Bauch, ein Abbild des Mondes.

Zufrieden richtete sie ihre Konzentration auf die beiden Hunde und zeichnete im Geist ein Bild von sich, wie sie ins Feldlager des Stammes marschierte –, flankiert von Rigel und Laru mit erhobenen Köpfen, Ohren und Schwanz aufgerichtet, die spitzen Zähne gefletscht. Und sie alle drei umgab eine Aura der Macht.

»Verstanden?«, flüsterte sie.

Sofort trat Rigel rechts neben sie, Laru links. Mari stand auf. In einer Hand hielt sie ihre Schleuder. Das Säckchen mit den Steinen hatte sie sich um die nackte Taille gebunden.

Mit den beiden Schäferhunden neben sich verließ Mari die Deckung der jungen Kiefer und schritt geradewegs auf das zu, was vom Stamm des Lichts geblieben war.

»Hey, Nikolas! Du musst uns nur anflehen aufzuhören, dann tun wir das auch!«, spottete Thaddeus.

»Ja, wenn du ganz lieb bittest –, so wie du die Dreckwühlerhure gebeten hast, ob sie dich mal von hinten ranlässt!«, brüllte der junge Jäger namens Andrew, worauf die drei anderen Männer, die Thaddeus bereits geheilt hatte, gehässig grölten und ebenfalls dreckige Witze über Mari beisteuerten.

Nik reagierte auf nichts davon. Als Thaddeus das Seil um seinen Hals so an den Ast über ihm geknüpft hatte, dass er sich strecken musste, um nicht zu ersticken, hatte er sich einen Punkt in der Ferne gesucht – drüben in dem Teil des Waldes, der noch grün und lebendig war – und hielt nun den Blick unbeirrt auf diesen Punkt gerichtet. Dabei dachte er an all jene, die er liebte – Mari, Laru und Rigel, O'Bryan, Davis und den kleinen Cammy –, und an das Rudel, das er so gerne wiedersehen wollte. Und darauf konzentrierte er sich – auf die Menschen und Tiere, die seine Freunde, seine Zukunft, seine Familie waren. Und er wartete.

Thaddeus war von Wut zerfressen und wurde völlig von niederen Trieben beherrscht. Seine Männer – insbesondere die vier, die ihn stets begleiteten und unverkennbar dieselbe »Heilung« hinter sich hatten wie er – waren ebenso mit Hass und Wut erfüllt, dass Nik sie kaum wiedererkannte. Er kannte sie von klein auf. Einst waren sie willig seinem Vater gefolgt – jetzt wirkten sie fremd und gefährlich.

Aber Nik wusste, dass Wut merkwürdige Dinge mit Menschen anstellen konnte. Sie trübte das Urteilsvermögen und führte zu Handlungen, die Chaos und Angst hervorriefen. Und Chaos und Angst waren der Schlüssel zu Fehlern.

Also hielt Nik seinen Geist klar, indem er sich auf seine Liebsten konzentrierte, weigerte sich, das grausame Spiel der Jäger mitzuspielen, und wartete darauf, dass Thaddeus einen Fehler machte.

Wieder streifte ihn ein Pfeil; diesmal an der Schulter. Er zuckte nicht zusammen, doch seine Gedanken wurden aus dem Traum gerissen, in dem soeben Mari den Kopf an seine Schulter geschmiegt hatte, während Laru und Rigel zusammengerollt zu ihren Füßen lagen und zufrieden schliefen. *Verdammt, das zieht!* Er musste sich zusammenreißen, um keine Miene zu verziehen. Die Hitze des Schmisses brannte, und zu seiner Überraschung stellte er fest, dass er, während sein Geist auf der Reise zu Mari gewesen war, von so vielen Pfeilen gestreift worden war, dass Blut seine Brust überzog wie eine flüssige Tunika.

»Ach komm schon, Nik! Wenn du nicht willst, dass wir aufhören, dann tanz wenigstens ein bisschen!« Wieder sauste ein Pfeil von der Sehne, und Nik sog die Luft ein, als dieser seine Seite streifte und die nächste blutige Furche in seiner Haut hinterließ.

Ein leises Winseln lenkte seinen Blick auf die Hunde unter ihm. Die allermeisten lagen still neben ihren kranken und verwundeten Gefährten und bemühten sich, deren Qualen zu lindern, indem sie ihnen Liebe, Kraft und Hoffnung sandten. Bei Thaddeus und seiner Bande war das anders. Ihre Hunde waren verwundet, ja elend. Sie wirkten lethargisch und hatten sichtlich Schmerzen – und ihren Gefährten war das völlig egal. Nik fand das unbegreiflich. Für ihn wäre es nicht weniger schlimm gewesen, Laru leiden zu sehen, als zum Beispiel Mari. Aber Thaddeus' Kumpane, die einzigen Stammesleute, denen es von Moment zu Moment besser zu gehen schien, scherten sich nicht um ihre leidenden Hunde. Und Thaddeus, der erst am Vortag seinen Odysseus verloren hatte, zeigte keine Spur von Trauer. Nik hatte sogar mitbekommen, dass er gelegentlich mit Odysseus sprach, als sei der Hund noch immer an seiner Seite.

Wieder erklang das Winseln. Nik ließ den Blick über die überfüllte Lichtung schweifen. Das war kein ausgewachsener Hund. Tatsächlich kam der Laut von Fortina, dem Welpen, der vor noch gar nicht so langer Zeit Maeve erwählt hatte. Die arme Kleine war körperlich unversehrt – aber innerlich völlig gebrochen, ahnte Nik.

Während er sie beobachtete, versetzte Maeve der Hündin einen Schlag mit dem Handrücken. Nik musste all seine Disziplin aufbringen, um sich nicht gegen die Fesseln zu stemmen und von ihr zu verlangen, den jungen Schäferhund in Ruhe zu lassen. Einen Moment lang beobachtete er Fortina und wünschte, er hätte Maris Fähigkeit, mit den Gefährten anderer Leute zu kommunizieren. Er hätte ihr so gern vermittelt: *Lauf weg! Renn zum Kanal und such unser Rudel! Sie werden dir helfen!*

Da geschah etwas Merkwürdiges. Während er sie beobachtete, hob die Hündin den Kopf. Ihr Blick hellte sich auf, sie spitzte die Ohren und drehte den Kopf in Richtung des Waldes hinter ihr.

*Glut und Hitze, nein! Lass es nicht Laru sein!* Nik schloss die Augen und konzentrierte sich auf seine Verbindung zu dem Schäferhund. *Laru, lauf weg! Such Mari!*, wiederholte er.

Zur Antwort erreichte ihn eine so herrliche, starke Woge aus Trost und Hoffnung, dass Nik wünschte, er könnte vor Erleichterung in sich zusammensinken. Kein Zweifel, Laru hatte Mari gefunden! Nun musste Nik nur noch eine Möglichkeit finden zu fliehen.

*Twack!* Seine Augen flogen auf. Ein Pfeil hatte ihm die Außenseite des linken Oberschenkels aufgerissen, nicht weit von seiner ohnehin schmerzenden alten Wunde. Warm ergoss sich das Blut über sein Bein.

»Reicht es nicht langsam, Thaddeus?«

Nik blinzelte, um klarer sehen zu können. Auf einem der Lager setzte Ralina, die begabte Geschichtenerzählerin des Stammes, sich mit Mühe auf, während ihr kräftiger Schäferhund Bär ihr ermutigend das Gesicht leckte.

»Reichen?« Thaddeus sah sie an. »Wie, reichen?« So wuterfüllt, dass ihm Speichel über die Lippen sprühte, brüllte er:

»Wer ist denn schuld an all dem hier? Ganz allein er und seine Dreckwühlerhure!«

»Ja, das hast du jetzt oft genug wiederholt.« Ralina musste innehalten und husten. Nachdem sie sich den Mund abgewischt hatte, fuhr sie fort: »Aber wenn du Nik dazu benutzen willst, seine Dreckwühlerin herzulocken, muss er am Leben bleiben. Wenn ihr ihn weiter mit Pfeilen spickt, wird früher oder später einer eine kritische Wunde reißen. Wenn er verblutet, nützt er euch gar nichts mehr.«

»Ist doch scheißegal, ob er verblutet!«, schnaubte Thaddeus. »Wenn er nicht mit den gestohlenen Mutterfarnen bei seiner Hure aufkreuzt, wird die ihn suchen kommen -- tot oder lebendig.«

»Ich habe dir doch schon gesagt«, krächzte Nik mit finsterer Miene, »Mari und ihre Leute sind zum Fischerclan an die Küste gegangen. Ich sollte nachkommen. Es wird noch Tage dauern, bis sie mich vermisst.«

»Und ich habe dir schon gesagt«, schäumte Thaddeus, »dass ich dir das nicht abnehme! Dieses Miststück geht nicht weit, ohne dass du dabei bist. Ihr klebt viel stärker aneinander, als du mir weismachen willst!«

»Ausnahmsweise sagst du die Wahrheit, Thaddeus!«

Wie ein Fanfarenstoß schallte Maris Stimme über die Lichtung. Jeder, der noch in der Lage war, sie zu hören, drehte sich zu ihr um. Nik brauchte sich nicht umzudrehen – er hatte eine hervorragende Sicht auf sie. Es war ein Anblick, den er nie vergessen würde.

Flankiert von Laru und Rigel schritt Mari auf das Feldlager zu. Die beiden Schäferhunde grollten mit gefletschten Zähnen sämtlichen Hunden des Stammes die Warnung zu: *Bleibt zurück – lasst sie in Ruhe – sie steht unter dem Schutz eures Leitrüden!* Wild fiel ihr das mit Federn geschmückte blonde Haar um die Schultern. Ihr Oberkörper war nackt bis auf die mit Schlamm aufgemalten Symbole von Sonne und Mond und das zarte glühende Farnmuster, das die letzten Strahlen der untergehenden Sonne auffing.

»Schnappt sie euch! Aber tötet sie nicht – noch nicht!«, gellte Thaddeus.

Der Jäger namens Andrew gehorchte zuerst. Er begann, auf Mari zuzusprinten –, doch blitzschnell schwang diese die Schleuder mit dem bereits eingelegten Stein und ließ das Geschoss mit Schwung auf Andrew zusausen. Es zerschmetterte ihm die Nase, er taumelte zurück und brach leblos zusammen.

Mit wildem Knurren hob Thaddeus die Armbrust und zielte.

»NEIN!«, schrie Nik.

Doch ehe Thaddeus schießen konnte, wurde er zur Seite gestoßen, und der Pfeil sauste hoch über Maris Kopf harmlos in den Wald. Während im Stamm Rufe und Schreie laut wurden, wirbelte Thaddeus zu Ralina herum, der es gelungen war, aufzustehen und sich genau im richtigen Moment gegen ihn zu werfen. »Was soll das, du Miststück?!«

»Sag mir du, was das soll, Thaddeus! Willst du die einzige Person töten, die uns heilen kann – ja? Während um dich herum dein gesamter Stamm todkrank darniederliegt?«

»Du weißt doch gar nicht, ob sie euch heilen kann!«

»Natürlich kann ich das«, sagte Mari mit so absoluter Sicherheit, dass der Stamm in absolutes Schweigen verfiel. »Lasst Nik frei, und ich gebe euch mein Wort, dass ich jeden heilen werde, der geheilt werden will.«

»Dein Wort? Was ist denn das Wort einer Dreckwühlerhure wert?«, höhnte Thaddeus.

Mari legte den Kopf schief, als dächte sie über die Frage nach. »Also, ich würde sagen, mehr als das von einigen deiner Leute.« Scharf sah sie die drei Jäger und den Krieger neben Thaddeus an und bohrte den Blick dann in Maeve. »Schwört ihr nicht euren Hunden, wenn sie euch erwählen, dass ihr sie ein Leben lang lieben, achten und euch um sie kümmern werdet?« Ohne eine Reaktion abzuwarten, fuhr sie in vor Verachtung triefendem Ton fort. »Und hier sehe ich Hunde, denen von ihren eigenen Gefährten Leid zugefügt wurde!«

»Du hast doch keine Ahnung«, brauste Thaddeus auf.

»Das ist das Problem, Thaddeus – ich habe nicht nur eine Ahnung, ich weiß sogar ganz genau, was hier los ist. Ich weiß mehr als diese armen kranken Männer und Frauen, die dir auf den Leim gegangen sind. Ich weiß, dass ihr von der Hautdiebskrankheit befallen seid – und dass ihr euren Gefährten Hautstücke abgezogen habt, um euch zu heilen.«

Ralina starrte mit geweiteten Pupillen erst sie, dann Thaddeus an. »Wie meint sie das?«

Mari sah sie an. »Wenn du nicht so krank wärst, hättest du es sicher schon bemerkt. Schau dir seine Männer an – die vier, die so gesund wirken. Und dann schau dir ihre Hunde an und sag mir, was du siehst.«

Der Krieger trat neben Thaddeus. »Wir könnten sie zum Schweigen bringen, ohne sie zu töten.«

»Warum wollt ihr sie denn zum Schweigen bringen, wenn ihr Gerede doch nichts wert ist?«, fragte Ralina.

Nik bemerkte, dass es einigen Stammesleuten gelungen war, die Apathie abzuschütteln, und dass sie sich aufsetzten. »Wenn sie uns heilen kann, dann lasst sie das tun!«, stieß ein junger Krieger aus, der, auf seinen winselnden Schäferhund gestützt, mühsam aufgestanden war.

»Halt's Maul, Renard!«, zischte Thaddeus.

»Nein.« Langsam und ganz steif humpelte Renard auf Thaddeus zu. Er wies auf einen älteren Mann, der ohne Bewusstsein auf einer Pritsche in der Nähe lag. »Mein Vater liegt im Sterben. Meine Mutter ist schon tot. Ich werde alles tun, um den Rest meiner Familie zu retten –, dazu zählte schon, dass ich dich als Anführer akzeptierte, Thaddeus.«

Thaddeus verengte die Augen zu Schlitzen, aber ehe er antworten konnte, brandeten immer mehr Stimmen auf, lauter und lauter. »Wenn auch nur die winzige Chance besteht, dass sie uns heilen kann, dann lass sie in Frieden!«

»Die Dreckwühlerin soll uns heilen!«

»Gib ihr eine Chance!«

»Na gut!«, brüllte Thaddeus über das Tohuwabohu hinweg. Die Stimmen ebbten ab. Er richtete seinen bösartigen Blick auf Mari. »Los. Heile sie.«

»Erst, wenn du Nik freilässt.«

Thaddeus lachte. »Und wenn ich ihn freilasse, was dann? Wenn du doch niemanden heilen kannst? Nein, so läuft das nicht.«

»Ich sollte mich genauer ausdrücken. Binde Nik los. Lass ihn hierher zu mir kommen. Dann werde ich jeden heilen, der mich darum bittet, von dieser Krankheit gereinigt zu werden. Erst nachdem ich das getan habe – und ich versichere noch einmal, ich kann das –, werden Nik und ich gehen.«

Thaddeus' Augen funkelten siegessicher. »Na dann. Du wirst es sowieso nicht können. Und dann knüpfen wir dich dort oben neben dein Schatzilein und machen mit den Zielübungen weiter. Emma!«, rief er zur Plattform herauf. »Schneid Nik vorläufig los.«

Emma schlurfte mühsam auf Nik zu und schnitt das Seil um seine Handgelenke durch, so dass er nach oben greifen und sich die Schlinge vom Hals lösen konnte. Doch als er sich bückte, um seinen Beutel aufzuheben, ertönte hasserfüllt Maeves Stimme. »Nein! In dem Beutel sind gestohlene Mutterfarnwelpen! Die darf er nicht mitnehmen.«

Sofort wirbelte Mari zu ihr herum. »Wenn Nik die Pflanzen nicht mitnehmen darf, heile ich euch nicht. Ganz einfach.«

»Lass ihn die Welpen nehmen«, knurrte Thaddeus. »Die Dreckwühlerin wird sowieso niemanden heilen können, also werden sie auch nirgendwohin gehen.«

Maeve wollte noch etwas sagen, aber Thaddeus hatte ihr schon den Rücken zugewandt und beachtete sie nicht weiter.

Schnell hängte sich Nik den Beutel über die Schulter und eilte zu Mari. Am liebsten hätte er sie in die Arme geschlossen – aber nein. Noch nicht. Noch waren sie in Gefahr.

Auch Laru zu begrüßen gestattete er sich nur flüchtig. Als er diesem den Kopf getätschelt hatte und sich wieder aufrichtete, traf ihn Maris Blick. »Wie schwer bist du verletzt?«

Er winkte ab. »Nur ein paar Kratzer.«

»Ich lasse sie für jeden einzelnen davon bezahlen.«

»Ich liebe es, wenn du meine Gedanken liest.«

»Genug!«

Sie drehten sich beide um. Thaddeus und seine Männer hielten die Armbrüste auf sie gerichtet. »Nun fang schon an zu heilen, oder mir ist egal, was der Rest des Stammes sagt, und ich gebe euch gleich den Gnadenschuss.«

Nik warf einen Blick auf den Himmel, an dem noch die Farben des Sonnenuntergangs leuchteten.

Leise sagte Mari: »Keine Sorge. Ob man ihn sieht oder nicht, der Mond ist immer da.« Dann erhob sie die Stimme. »Alle, die gern von der Seuche gereinigt werden möchten, die euren Stamm heimsucht, neigt bitte die Köpfe und legt die Hand aufs Herz.«

»Warte! Was ist mit denen, die bewusstlos sind?«, fragte Renard.

Mari sah ihm in die Augen. »Ich habe meine beiden Elternteile verloren«, sagte sie mitfühlend, so laut, dass man es auf der ganzen Lichtung hörte. »Ich werde niemanden ignorieren, der so schwer krank ist, dass er nicht freiwillig beschließen kann, die Reinigung anzunehmen. Aber manche hier im Stamm scheinen sich über ihren Zustand zu freuen. Für sie war meine Aufforderung gedacht.«

»Manche hier sind nicht krank – wir sind schneller, stärker, besser als früher!«, rief Thaddeus trotzig.

»Wirklich?« Jetzt war es Mari, die sarkastisch auflachte. »Du kommst mir ziemlich krank vor, Thaddeus. Aber da deine Männer und du nicht frei von dem sein wollt, was ihr euch angetan habt, werde ich euch nicht heilen. Alle, die derselben Meinung sind wie Thaddeus, treten bitte neben ihn. Dann wird meine Mondmagie sie nicht berühren.«

Die vier Männer, deren Hunde teils gehäutet worden waren, stellten sich eilig neben Thaddeus. Langsamer kamen einige noch kranke, hustende Jäger und sogar nicht wenige Krieger hinzugeschlurft, deren Schäferhunde ihnen nur zögernd folgten, bis nach Niks Schätzung etwa fünfzig Menschen mit ihren Gefährten um den Jäger versammelt waren.

Mari nickte. »Nun ja, lasst euch eines gesagt sein: Was mit dir und deinen Leuten geschieht, geht auf deine Verantwortung und auf die der Wut und des Hasses, für den sie sich entschieden haben – nicht auf meine.« Damit trat sie einen Schritt von Nik weg, und mit ihren tiefen Atemzügen spürte er, wie eine gewaltige Konzentration über sie kam.

Mari atmete tief durch, um sich zu erden. Dann spürte sie in sich hinein, bis in den Kern ihres Wesens, und da war der Mond. Sie wandte sich nach Nordosten, dem dunkelsten Teil des noch glühenden Himmels zu, und hob die Arme.

Für Nervosität war keine Zeit – und auch nicht, um zu bedauern, dass sie nicht besser ausgebildet war, dass sie vielleicht nicht so stark war, wie sie sein könnte oder sollte. Sie richtete all ihr Sein auf den Mond und begann, die Anrufung zu rezitieren.

*»Als Mondfrau, die dir folgt bis in den Tod,*
*leih mir von deiner Macht in großer Not!*
*Sieh, Mutter, dieses Volk in schwerem Leid –*
*hilf mir zu heilen, wer dazu bereit!«*

Mari musste nicht auf ihre Arme schielen, um zu wissen, dass ihr ganzer Körper begonnen hatte, in der kalten silbernen Macht des Mondes zu erglühen. Sie musste nur dem entsetzten Keuchen der Menschen ringsum lauschen und ihre aufgerissenen Augen anschauen. Auch wenn er in der Dämmerung noch nicht zu sehen war –, der Mond hatte sie gefunden.

*»Gewähre mir, was mir seit je gegeben*
*und was ich frei nun wähle als mein Leben!«*

Innerlich zeichnete Mari ein sehr schlichtes Bild. Da waren die Lichtung, die alte Meditationsplattform und die kranken, sterbenden Menschen, die sich dort drängten. Um Thaddeus und seine Anhänger – einschließlich Maeve, die sich seinem hasserfüllten Haufen angeschlossen hatte – stellte sie sich eine riesige Blase vor wie diejenigen, die sich unterhalb eines schäumenden Wasserfalls bildeten. Dann zeichnete sie den Himmel und darin einen riesigen Vollmond. Aus ihm ergoss sich eine gleißende Flut flüssiger silberner Macht, die in Mari ein- und durch ihre offenen Handflächen als gewaltiger silberner Sprühregen wieder ausströmte und die Plattform, die gesamte Lichtung und all jene tränkte, die nicht in Thaddeus' Blase eingeschlossen waren.

Lange, lange Zeit sprühte das Silberlicht aus Mari über den Stamm hinweg. Sie biss die Zähne zusammen, die bereits anfangen wollten zu klappern. Ihre Knie waren weich, aber noch konnte sie die Verbindung aufrechterhalten. *Ich bin ein Trichter – durch mich fließt die Magie in den Stamm – ich bin ein Trichter – durch mich fließt die Magie in den Stamm …*, sagte sie sich ohne Unterlass, bis ihr bewusstwurde, dass auf ihrer Schulter Niks starke Hand lang und er ihr etwas ins Ohr flüsterte.

»Hör auf, Mari. Du kannst aufhören. Du hast es geschafft. Der Stamm ist geheilt.«

Mari tat einen langen, unsteten Atemzug und ließ das Bild los, das sie so lange festgehalten hatte. Das silberne Licht erlosch wie eine in Wasser getauchte Fackel. Sie blinzelte und nahm wieder wahr, was um sie geschah.

Überall regten sich die Kranken auf den Pritschen. Manche lachten vor Erleichterung. Andere weinten. Der junge Krieger, dessen Vater im Sterben gelegen hatte, eilte zu diesem, und die beiden fielen sich in die Arme.

Unendlich erleichtert lächelte Mari Nik an. »Es hat geklappt.«

»Hattest du etwa daran gezweifelt?«, fragte er.

Sie hob die Schultern. »Na ja, Rigel und Laru haben das nie.«

»Danke. Tausend Dank.«

Mari blickte über Niks Schulter hinweg. Da stand die Frau, die Thaddeus zur Seite gestoßen hatte. Der riesige Schäferhund neben ihr umsprang sie wie ein Welpe. Sie ergriff Maris Hände. »Du hast uns gerettet!«

»Nein«, sagte Mari leise. »Solange ihr Thaddeus folgt, ist und bleibt euer Stamm verseucht.«

»Das ist aber nicht nett gesagt, Dreckwühlerhure.«

Aus den Reihen der Leute um Thaddeus erhoben sich Armbrüste mit eingelegten Pfeilen – nicht auf Mari, sondern auf Nik gerichtet.

Die Frau stellte sich vor Nik und Mari. »Was soll das, Thaddeus? Sie hat genau das getan, was sie versprochen hat. Jetzt musst du sie beide wie vereinbart gehen lassen.«

Thaddeus schnaubte höhnisch. »Ralina, ich habe ihr nie zugesichert, dass sie gehen können. Ich habe nur eingewilligt, Nik zu ihr kommen zu lassen.«

»Und was hast du jetzt vor?«, wollte Nik wissen.

»Dich zu töten und deine Hure gefangen zu nehmen. Eigentlich wollte ich sie auch töten, aber nach dieser kleinen Einlage wird mir klar, dass sie dem Stamm tatsächlich noch nützlich sein könnte.«

Und Thaddeus zielte von neuem auf Nik.

So leicht wie einen Atemzug ließ Mari die Wut, die von der lindernden Mondmagie verdrängt worden war, wieder in jede Faser ihres Selbst dringen. Sie trat um die Frau namens Ralina herum, sog die Strahlen der untergehenden Sonne in sich ein und hob die Hände, die Handflächen nach vorn, damit der Stamm das Sonnenfeuer sah, das, angefacht von ihrem gerechten Zorn, golden darin flackerte. »Wenn ihr Nik tötet, töte ich euch mit Sonnenfeuer.«

Thaddeus zögerte. Sein Blick zuckte über ihre Hände, dann über ihr Gesicht. Ein listiges Lächeln trat auf seine Lippen. »O nein. Du bist Heilerin. Deinesgleichen leistet Eide, in denen ihr schwört, zu helfen und nicht zu töten. Aus diesem Grund wirst du weder mir noch sonst jemandem hier etwas tun.«

Mari ließ ihren Zorn noch heißer brennen, und die Flammen in ihrer Hand schlugen höher, wild und hungrig, so dass Nik und Ralina zurücktreten und die Augen mit den Händen schützen mussten. Mit einer Stimme, die sie kaum als ihre eigene wiedererkannte, da sie so voll heißer, unbarmherziger Glut war, sagte sie: »Du hast teilweise recht, Thaddeus. Das Einzige, was mich davon abhält, dich und deinen Haufen verderbter Anhänger auf der Stelle niederzubrennen, ist die Tatsache, dass ich eine Mondfrau bin, deren Gabe es ist zu heilen, nicht zu vernichten. Ich würde meine Seele ungern mit eurem Blut vergiften.«

»Ha! Da redet sie sich um Kopf und Kragen, die dumme Pute!«

»Lass mich fortfahren. Ich würde meine Seele ungern damit vergiften zu töten, aber wenn ihr Nik oder Laru oder Rigel etwas tut, werde ich nicht als Mondfrau reagieren. Sondern als wutentbrannte Liebende, als Anführerin meines Rudels und als Tochter meines Vaters –, dessen feurigem Blut ich es verdanke, dass ich Sonnenfeuer herabrufen kann. Ihr habt keine zahme Sonnenpriesterin vor euch, sondern eine Sonnenkriegerin, die euch bis auf die Knochen rösten wird, wenn ihr auch nur einen Pfeil abschießt. Das schwöre ich hiermit – auf immer und ewig. Und jetzt lasst uns in Ruhe oder sterbt. Ihr habt die Wahl!«

Thaddeus' Augen verengten sich mit bösartiger List, und sein niederträchtiges Lächeln wurde breiter. »Ach ja? Soll ich dir erzählen, wer deinen Vater Galen getötet hat?«

Neben sich spürte Mari Nik zusammenzucken.

»Ich weiß, wer ihn getötet hat. Meine Mutter hat es mir erzählt. Sie hat alles gesehen. Es war einer aus eurem Stamm, hasserfüllt wie du.«

»Du hast teilweise recht. Er war einer aus unserem Stamm, aber viel willensschwächer als ich –, deshalb ist er jetzt tot. Aber frag seinen Sohn. Er steht neben dir.«

Mari starrte Nik an. Der war kreidebleich geworden. »Es tut mir so leid, Mari.«

»Sol hat meinen Vater getötet?«

Matt nickte er. »Er hat es sich sein ganzes Leben lang nicht verziehen. Er hätte alles dafür getan, es wiedergutzumachen – zum Beispiel, sein Leben für deines zu geben.«

»O Göttin! Und genau das hat er getan.«

»Vergib ihm, wenn du kannst«, sagte Nik. »Und vergib mir dafür, dass ich wünschte, du hättest es nie erfahren.«

Mari gab keine Antwort. Stattdessen sah sie Thaddeus an. »Hast du wirklich gedacht, ich würde Nik für etwas hassen, was sein Vater tat?« Sie schüttelte den Kopf und fletschte wie ein Hund die Zähne. »Das ist doch völlig unlogisch – zumindest für alle, die sich noch nicht ganz dem Hass und der Wut ergeben haben. Was Sol vor so vielen Jahren tat, hat nichts mit Nik zu tun, du miserabler kleiner Schuft, du.«

»Stirb, Hure!« Mit einem Knurren, das eher tierhaft als menschlich klang, schwenkte Thaddeus die Armbrust, so dass sie auf Mari zeigte, und drückte ab.

Mari hörte Niks panischen Aufschrei. Sie spürte, wie Ralina sich in Bewegung setzte, wie um sich vor Mari zu werfen, aber keiner der beiden war nahe genug. Weder Nik noch Ralina würden sie retten können – also befreite Mari sich selbst.

Statt sich zur Seite zu werfen, tat sie einen Schritt nach vorn, auf den Pfeil zu, und schnippte mit den Fingern – und im nächsten Moment war der Pfeil in Sonnenfeuer gehüllt und verglühte im Flug zu Asche.

»Nik, Rigel, Laru! Hinter mich!«, schrie Mari. Dann sah sie Ralina an, deren Augen riesig geworden waren. »Zurück – außer du willst dich uns anschließen. Wir nehmen dich gern mit«, rief sie der freundlichen Frau zu.

»Ich kann mein Volk nicht verlassen. Es braucht mich.«

»Dann aus dem Weg! Schnell!«

Ralina packte ihren Schäferhund am Nackenfell und warf sich mit ihm zurück, weg von Mari, Nik und ihren beiden Hunden.

Mit ihrer lebhaften Vorstellungskraft und der Disziplin, in der ihre Mama sie unterwiesen hatte, seit sie verständig genug gewesen war, zeichnete Mari innerlich ein Bild in purem Gold. Und um sie loderte Sonnenfeuer auf, hoch und heiß, umgab sie, Nik und die Hunde von allen Seiten mit hungrigen Flammen.

Ihre Konzentration drohte abzugleiten. Das hier war so völlig anders als Mondmagie! Wie hatte sie sich einbilden können, eine so fremdartige Macht beherrschen zu können? Während sie ihre zerfasernden Gedanken zusammenzuhalten versuchte, roch sie bereits ihr eigenes verbranntes Haar. Das Feuer würde sie verbrennen! Sie alle vier!

Von hinten legten sich Niks starke Hände auf ihre Schultern, und sie hörte seine ruhige Stimme. »Nur die Ruhe. Du schaffst das. Wir schaffen das. Stell es dir nicht als Feuer vor. Stell es dir als Schild vor.«

»Aber es ist so heiß! So wütend!« Maris Atem beschleunigte sich, sie musste sich beherrschen, um nicht zu schreien: *Rennt! Flieht!* Sie mussten sich vor dem Feuer in Sicherheit bringen!

»Nein, ist es nicht. Du bist wütend. Und wenn die Wut von dir kommt, kannst du sie beherrschen, ja?«

Die Logik seiner Worte durchdrang ihre Panik. Überrascht blinzelte sie. *Es ist meine eigene Wut – ich habe sie absichtlich angestachelt. Weil ich wusste, dass das meine Methode ist, Sonnenfeuer herabzurufen.*

Bewusst entspannte Mari die Schultern unter Niks Händen. Sie konzentrierte sich auf ihren Atem: ein, aus, tief und ruhig. Sie musste sich nicht von Wut blenden lassen. Sie musste diese Menschen nicht vernichten. Sie wollte nur frei von ihnen sein.

Und plötzlich wurde die Flammenkuppel, die sie zu verschlingen gedroht hatte, niedriger. Mari konnte hindurchsehen. Die Stammesleute wogten schutzsuchend durcheinander, angstvolle Schreie und Rufe waren zu hören. Selbst Thaddeus und sein Haufen hatten sich ein Stück zurückgezogen, ihre Waffen allerdings zeigten noch immer in ihre Richtung.

Nik drückte ihr ermutigend die Schultern. »Genau so! Perfekt. Jetzt geh los. In die Ruinen der Stadt hinein.«

Langsam machte Mari sich auf den Weg. Der Flammenschild, in den sie gehüllt waren, bewegte sich mit ihr, und alle, an denen sie vorüberkamen, wichen davor zurück. Beim Weitergehen erlangte Mari zunehmend die Kontrolle über sich zurück. Ihre Wut siedete nur noch. Das Sonnenfeuer, das ihr dank des väterlichen Bluts gehorchte, beschränkte sich darauf, sie zu beschirmen.

Ohne sich umsehen zu müssen, spürte sie, dass Thaddeus ihnen folgte. Und sie spürte, wie die Sonne sank.

»Nik, bald ist die Sonne weg. Ich weiß nicht, wie lange ich den Schild noch aufrechterhalten kann.«

»Kein Problem. Wir brauchen ihn nicht mehr lange. Nur noch durch die Stadt hindurch, dann sehen wir schon den Kanal. Lass uns rennen – zweig dafür etwas von dem Sonnenfeuer für dich selbst ab, genau wie du es mit Mondmagie machst, um dich zu heilen.«

Mari biss die Zähne zusammen und nickte. Sie zapfte einen Strahl des Sonnenfeuers an und stellte sich vor, es webe sich wie Fäden durch ihre Adern. Hitze durchschoss sie, und sie sprintete los, dicht gefolgt von Nik, neben ihnen Rigel und Laru. So setzten sie über verkohlte Baumstämme und die Trümmer der einst so herrlichen Stadt hinweg, bis Nik wieder die Hand um ihre Schulter schloss.

»Wir sind da.«

Mari hielt stolpernd an. Sie standen auf dem letzten Ausläufer des Bergrückens. Vor ihnen fiel der Hang zum Kanal hin ab, der im letzten Tageslicht aussah wie ein leuchtendes grünes Band. Zu ihrer Rechten wurde die Bergflanke steiler, bis sie in die Wand der Schlucht überging, die das Territorium des Stammes von dem Gebiet um Hafenstadt trennte. Fragend sandte Mari ihren Geist aus – und wurde sofort mit Bildern aus Cammys, Captains und Falas Geist belohnt, wie das Rudel leise viele kleine Boote abfahrbereit machte. Ein Bild, in dem sie sah, wie Sora ausglitt und fast kopfüber ins Wasser fiel, musste sogar von der kleinen Chloe stammen.

»Das Rudel hat's geschafft!«, sagte sie zu Nik. »Sie sind genau jetzt dort unten.«

»Dann auf zu ihnen und weg hier!«

Da hörte Mari ein Geräusch hinter sich. Sie drehte sich um – und sah zu ihrem Entsetzen, dass es nicht von Thaddeus und seinem Mob kam, sondern von einem Schäferhundwelpen, der panisch hechelnd so dicht vor dem Schild stand, dass sein Fell sich stellenweise zu kräuseln begann.

»Fortina!«, rief sie. »Was machst du denn hier?«

Nik schüttelte den Kopf. »Nicht dass ich so was schon jemals erlebt hätte –, aber ich glaube, sie hat ihre Gefährtin verlassen.«

»Da sind sie! Schießt! Das Feuer wird niedriger! Die Sonne ist fast weg!«, ertönte durch das Knacken der hungrigen Flammen von weit hinten Thaddeus' Stimme. Mari hatte keine Wahl. Es gefiel ihr nicht, doch es schien ihr die einzige Möglichkeit, um weiterfliehen zu können. Sie stellte sich ein Loch von der Größe eines halbwüchsigen Schäferhunds in ihrem Schild vor, und dieser teilte sich tatsächlich.

»Komm, Fortina!«, rief sie dem Welpen zu. Die junge Hündin zögerte keinen Augenblick, sondern sprang durch die Öffnung in den Flammen geradewegs auf Rigel zu.

»Schießt! Jetzt! Sie rauben meine Fortina!«, gellte Maeves schrille Stimme, so voller Wut und Hass, dass Maris Zorn unwillkürlich wieder aufflammte.

Sie raffte alles Sonnenfeuer in sich zusammen und ließ es als Flammenpfeiler vor sich auflodern, und dann gestattete sie sich, uneingeschränkt an Thaddeus zu denken – an alles, was er ihr und Nik genommen hatte und was er ihnen noch zu nehmen wünschte.

»NIEMALS!«, schrie sie und schleuderte die Flammensäule mit Hilfe all ihres Zorns mitten in die verwüstete Stadt hinein. Thaddeus und sein Haufen waren gezwungen, ihren Marsch zu stoppen und sich zurückzuziehen.

Nik packte ihre Hand. »Schnell! In dem verkohlten Wald wird das nicht lange brennen!«

Halb rannten, halb schlitterten sie den Abhang hinunter. Schon war die geborstene Straße in Sicht, da begannen die ersten Pfeile um sie zu regnen.

»Renn, Mari! Renn!«, brüllte Nik.

Sie rannten, so schnell sie konnten, aber die Pfeile waren schneller. Immer dichter neben ihnen schlugen sie ein –, da ertönte mit einem Mal von der dunklen Späherkanzel, die ein Stück vor ihnen stumm Wacht über den Kanal hielt, das ebenmäßige, alarmierende Tönen einer Glocke.

Entsetzt stolperte Mari und wäre fast gefallen. Sie konnte ihr Rudel bereits sehen – es saß in den Booten, von denen der Kanal übersät war. Da kam ein Mann mit einem kleinen Hund neben sich die Treppe des Ausgucks heruntergerannt. Sie wappnete sich in der Erwartung, dass der Mann die Armbrust anlegen und sie unter tödlichen Beschuss nehmen würde, um sie vom rettenden Kanal abzuschneiden.

Doch der Mann hielt nur flüchtig an, um über das Geländer der Treppe einen großen vertrauten Wandteppich zu hängen, der die Göttin zeigte, umgeben von den Frauen des Clans. Dann formte er die Hände als Trichter um den Mund und brüllte: »Nik! Mari! Na endlich! Zu den Booten, schnell!«

»Davis!«, stieß Nik hervor, lachend vor Erleichterung. »Das ist Davis!«

»Warum hat er den Stamm vor uns gewarnt?« Mari konnte kaum glauben, dass Davis zu so etwas fähig sein sollte –, aber dieser kam von der Späherkanzel, in der gerade die Warnglocke des Stammes ertönt war.

»Glut und Hitze!«, stieß Nik aus. »Er hat ihn nicht vor uns gewarnt. Schau!«

Sie folgte seinem Finger mit dem Blick. Dort, auf der anderen Seite der Schlucht, entdeckte sie eine Armee halbnackter bemalter Männer mit dreispitzigen Speeren in der Hand, die auf die Stadt in den Bäumen zuschwärmten.

Hinter Mari und Nik ertönte ein lauter Ruf. Im nächsten Moment versiegte der Regen der Pfeile und richtete sich stattdessen auf das einfallende Heer.

»Los! Mit mir!«, schrie Davis ihnen zu.

Mari und Nik zögerten nicht. Mit Davis sprinteten sie auf die beiden Boote zu, die noch abfahrbereit am Ufer lagen. Überrascht sah Mari, wer als Einziger außer ihnen noch an Land war, damit beschäftigt, Löcher in die Boote zu hauen, die sie nicht benötigten.

»Jaxom, es reicht! Komm mit mir ins Boot!«, rief Davis ihm zu.

Jaxom hastete auf Davis zu, während Nik Mari mehr oder weniger in das zweite Boot hineinwarf. Rigel sprang auf einen der für Hunde gedachten Ausleger und Laru mit einem gewaltigen Sprung auf den zweiten.

»Komm, Kleine!«, rief Mari Fortina zu, die zitternd am Ufer stehen geblieben war.

Doch schon gab Nik dem Boot einen gewaltigen Schubs,

sprang hinein, packte die Ruder und begann, gegen die Strömung anzurudern, angefeuert von Sora und dem übrigen Rudel.

»Nik! Fortina ist noch am Ufer!«, schrie Mari.

»Zu spät. Ist vielleicht auch besser – ich habe noch nie gehört, dass Hunde einen noch lebenden Gefährten verlassen. Vielleicht hätte sie's sowieso wieder bereut.«

»Aber sie hatte Maeve definitiv den Rücken gekehrt!«

»Schon gut – ich hole sie!«, rief da Jaxom. Er sprang wieder aus dem Boot und watete ans Ufer, ohne auf Davis zu achten, der ihm zubrüllte, er solle gefälligst zurückkommen.

Ein, zwei Schritte vor dem jungen Schäferhund blieb Jaxom stehen. Über das Wasser war seine Stimme mühelos zu hören.

»Komm mit mir, wenn du frei sein willst. Habe keine Angst, ich schwöre dir, bei mir passiert dir nichts.«

Reglos starrte die junge Hündin ihn an.

»Jaxom! Komm schon, ich kann nicht ewig warten!«, brüllte Davis.

Da veränderte sich mit einem Mal Jaxoms Haltung. Er richtete sich auf und rief strahlend vor Glück: »Fortina! Komm zu mir, meine Kleine!«

Mit begeistertem Gebell warf sich die Hündin dem jungen Erdwanderer in die Arme. Jaxom packte sie ganz fest, sprang ins Wasser und machte sich daran, mit aller Kraft seiner muskulösen Beine gegen die Strömung anzustrampeln. Schließlich erreichte er das Boot, warf den Welpen hinein und ergriff Davis' ausgestreckte Hand. Unter Cammys besorgtem Kläffen landete er mit einem wenig eleganten Purzelbaum im Boot. Doch schon im nächsten Moment kroch er auf die junge Hündin zu, drückte sie an sich und begann, sie nach Verletzungen abzusuchen.

Ungläubig sah Mari die beiden an, noch ganz erfüllt von den

überwältigenden Gefühlen von Rigels Schwester. *Große Göttin! Die Kleine hat gerade Jaxom erwählt!*

»Los, los, los!«, tönte von weit voraus Soras Stimme über das Wasser. »Beeilt euch! Die Hautdiebe greifen an!«

Da nahm sich auch Mari ein Paddel und kämpfte mit Nik gegen die Strömung an, die sie zurück ans Ufer zu treiben drohte. Mit einem Mal aber ging ein Ruck durch das kleine Boot, und sie schossen vorwärts.

»Endlich!« Nik war so außer Atem, dass er kaum sprechen konnte. »Wir sind in der Hauptströmung. Jetzt kriegen sie uns nicht mehr!«

Maris Hände begannen so zu zittern, dass sie das Paddel loslassen musste. Sie schlang sich die Arme um die Brust, als müsste sie sich daran hindern, sich aufzulösen. Durch den Nebel der Erschöpfung, die dem Herabrufen von Sonnenfeuer folgte, hörte sie ihr Rudel erleichtert jubeln. Sie aber konnte die Augen nicht von dem Bergrücken abwenden. Vor dem Wall aus Flammen, der bereits zu verrauchen begann, hob sich als Silhouette eine riesige Gestalt ab. Sie fragte sich, ob sie halluzinierte –, sie war sich ziemlich sicher, dass dieser ein mächtiges Geweih aus der Stirn wuchs.

Mit einem Mal drehte die riesige Gestalt sich zu ihr um. Sie schien sie direkt anzublicken und hob die Hand, in der sie einen unwahrscheinlich großen dreispitzigen Speer hielt – in einer Art bizarrem Gruß? Dann stieß sie einen gewaltigen röhrenden Kriegsschrei aus und stürmte mit ihrer Armee dem Stamm entgegen.

Mari lief ein Schauer puren Grauens den Rücken hinunter. Sie beugte sich über die Reling und erbrach ihre Furcht ins schwarze Wasser.

»Was ist?«, fragte Nik, der unermüdlich ruderte, um die anderen einzuholen. »Alles okay mit dir?«

Mari wischte sich den Mund ab und sprach aus, was ihr auf dem Herzen lag.

»Im Moment ja, danke. Aber da drüben – was auch immer es ist –, da ist was absolut Ungutes. Und es hat mich gesehen, Nik. Es hat mich direkt angeschaut. Ich hab's gespürt – es ging mir durch und durch.«

»Egal was es ist, wir entfernen uns davon«, versuchte Nik, sie zu beruhigen.

»Nein«, brach es weiter aus ihr hervor. »Es wird uns folgen.«

»Dann müssen wir uns ihm eben stellen. Gemeinsam. Du bist nicht allein. Du wirst nie wieder allein sein. Beweist es ihr, Laru und Rigel!«

Daraufhin wurde Mari von Wärme und Kraft durchströmt – zuerst nur von ihren beiden Gefährten, dann spürte sie Cammy und Fortina, und schließlich übermittelten auch Fala, Captain, Mariah, Odin, Bast und selbst die kleine Chloe ihr eine so unerschütterliche Solidarität, dass ihre Furcht in einer Flutwelle der Liebe, Zuversicht und Hoffnung ertränkt wurde.

Sie sah Nik an. Ihr Treuverbundener lächelte. »Hey, denk daran: Wir sind bei dir. Wir werden immer bei dir sein.«

Mari wusste, dass er recht hatte: Was auch immer auf sie zukam, sie würden sich ihm stellen. Und es überwinden.

Alle gemeinsam.

ENDE

*... für diesmal.*

# DANK

Ich möchte meiner wunderbaren Agentin und Freundin Meredith Bernstein für ihre Unterstützung und ihren Glauben an mich danken.

Wie immer bin ich meiner hervorragenden Lektorin Monique Patterson unendlich dafür dankbar, dass sie die besten Ideen beim Brainstorming hatte und mir so geholfen hat, das Beste aus diesem Roman herauszuholen. *I heart you!*

Und natürlich wäre all das nicht ohne das restliche Lektoratsteam von St. Martin's Press möglich gewesen – Sally Richardson, Jennifer Enderlin, Alexandra Sehulster, Brant Janeway und Jessica Preeg – sowie den Kollegen aus der Herstellung, dem Marketing und der Covergestaltung. Ihr seid die ideale Besetzung!

Ich freue mich sehr über alle Leserkommentare, vor allem darüber, dass diese Serie so viele von ihnen dazu angeregt hat, Fotos und Geschichten von ihren Gefährten auszutauschen. Bei dieser Vorstellung geht mir das Herz auf!

Ganz besonderen Dank auch an meine Freundin Teresa Miller für ihre unermüdliche Unterstützung und ihre weisen Worte. Ich hab dich lieb, Tess!

Sehr zu schätzen weiß ich auch, dass ich bei meinem Vater Dick Cast immer nachfragen konnte, wenn ich etwas über Biologie und im Besonderen Botanik wissen wollte. Danke,

Mighty Mouse, dass du immer meine Fragen beantwortet und mir dabei geholfen hast, schreckliche, geniale und seltsame Tiere, Pflanzen und Menschen zu erschaffen, die diese neue Welt bevölkern!

Und zu guter Letzt danke ich Kristin Cast, der ich für immer am nächsten verbunden sein werde, für ihre Liebe und Unterstützung. Mutter – Tochter!

Und jetzt ist es Zeit fürs Mittagessen!

**Rückgabe bis**

| | | | |
|---|---|---|---|
| 18. 12. 18 | | | |
| - 8. 02. 19 | | | |
| 29. 03. 19 | | | |
| 30. 04. 19 | | | |
| 20. 12. 19 | | | |
| - 8. 12. 20 | | | |
| | | | |
| | | | |
| | | | |
| | | | |
| | | | |
| | | | |
| | | | |
| | | | |